DANIEL DAKUNA

# MEHR

EIN ABENTEUER-ROMAN

W0410602

*Wir Menschen streben oft nach mehr*
*Doch was wir vergessen, ist, dass wer*
*Stets mehr will, auch Gefahr läuft, zu ertrinken*

L100
BUCHVERLAG

**Bibliografische Information der Deutschen Bibliothek**
Die Deutsche Bibliothek verzeichnet diese Publikation in der Deutschen Nationalbibliografie; detaillierte bibliografische Daten sind im Internet über www.dnb.de abrufbar.

1. Auflage, Kempen 2022
© 2019 L100 Verlag, Kempen; Hans-Jürgen van der Gieth • Ulli Potofski GbR.
*www.L100verlag.de*

Nach der neuen deutschen Rechtschreibung

Alle Rechte dieser Ausgabe vorbehalten durch L100 Verlag, Kempen

Lektorat: Hans-Jürgen van der Gieth, L100 Verlag
Umschlaggestaltung: Christian Griese, Johannes Goergen, Daniel Dakuna, Robin Fleischer
Gestaltung: Robin Fleischer

Druck / Bindung: Jettenberger Internationale Druckagentur, D-Königsbrunn

Vertrieb: BVK Buch Verlag Kempen GmbH, *www.buchverlagkempen.de*

Printed in Europe

Best.-Nr.: L20
ISBN: 978-3-947984-20-6

Mail: daniel@dakuna.de
Homepage: www.dakuna.de
Facebook: Daniel Dakuna
Instagram: Daniel.Dakuna

# PROLOG: ZU VIEL

Ich erinnerte mich noch gut an den Tag, an dem ich auf meine Reise aufgebrochen war. Damals wollte ich mehr, ohne zu wissen, was „mehr“ überhaupt bedeutete.

Jede Person, die ich traf, jeder Ort, den ich besuchte und jedes Abenteuer, das ich erlebte: Alles brachte mich genau heute hier an diesen Ort. All die Lagerfeuer, die Freudentränen und selbst die Abgründe, vor denen wir manchmal standen. Ohne sie hätte ich das Mehr nie gefunden. Doch vielleicht wollte ich am Ende einfach zu viel. Vielleicht war ich deshalb gerade dabei, alles zu verlieren.

„Du sollst das vorlesen“, schrie der Mann erneut und kam mit der Pistole einen Schritt auf mich zu. Ich hustete laut und tat, was er von mir wollte.

„Hallo. Mein Name ist Leonard Mehrens. Mir geht es gut und ich bin am Leben. Wenn das so bleiben soll, müsst ihr den Forderungen nachkommen. 200000 Dollar in bar. Falls ihr nicht zahlt, werdet ihr mich“, ich versuchte zu schlucken, doch meine Kehle zog sich immer weiter zu, „werdet ihr mich nie mehr wiedersehen.“

# DIE BERKUTSCHI

*Vicky Leandros – Ich liebe das Leben*

Ich stützte die Ellenbogen auf meiner braunen Cordhose ab und versuchte, das Zittern meiner Beine zu unterdrücken. Während ich auf meine weißen Sportschuhe starrte, ging ich in Gedanken die letzten 28 Jahre meines Lebens durch. War ich an irgendeiner Kreuzung falsch abgebogen, ohne es zu merken? War ich deshalb heute genau hier? Ich erinnerte mich an den Tag, an dem ich damals im schicken Anzug neben meinen stolzen Eltern stand und lächelnd mein Abiturzeugnis in den Händen hielt. Ich dachte, mir würde die ganze Welt offenstehen und hatte einen großen Traum: Ich wollte Pilot werden und durch die Lüfte fliegen. Um mir die Ausbildung leisten zu können, hatte ich beschlossen, eigentlich nur ein Jahr lang am Fließband zu arbeiten. Doch mit jeder Weihnachtsfeier der Firma, zu der ich als Mitarbeiter eingeladen wurde, wurden nicht nur mein Kontostand, sondern auch meine Zweifel immer größer. War es wirklich das richtige, Pilot zu werden? War das die Einbahnstraße, in die ich abgebogen war?

„Leonard Mehrens?", fragte eine freundliche Frauenstimme, „der Herr Doktor hat sich ihre CT-Auswertung angesehen. Kommen Sie bitte mit."

Nun würde ich es erfahren und eine Antwort bekommen. Die Antwort auf eine Frage, die mir seit einiger Zeit durch den Kopf ging: Was stimmte nicht mit mir? Warum fühlte ich seit Jahren diese innere Leere?

Ich betrat das letzte Zimmer am Ende des Flures, nahm auf dem bequemen Lederstuhl vor einem rechteckigen Mahagonitisch Platz und machte mich für die Diagnose bereit. Der Arzt trommelte gedankenversunken mit seinen Fingerkuppen auf dem Holz seines

Schreibtisches und schaute abwechselnd in seine Unterlagen und meine ängstlichen Augen. Hatten sie endlich herausgefunden, was mir fehlte?

„Herr Mehrens", begann er, legte die Akten beiseite und faltete seine Hände ineinander. „Alle unsere Untersuchungen haben keinen Hinweis auf eine Krankheit ergeben. Soweit ich das beurteilen kann, sind Sie vollkommen gesund. Wir könnten noch ein großes Blutbild machen, falls Sie möchten."

Ich nickte, versuchte mir meine Enttäuschung nicht anmerken zu lassen, bedankte mich und begleitete die Arzthelferin zur Blutentnahme. Nachdem sie mehrere Ampullen gefüllt hatte, wurde ich gebeten, erneut im Wartezimmer Platz zu nehmen. Sie nannte es eine Vorsichtsmaßnahme, da ich so wirkte, als wäre mir etwas schwummrig. Die freundliche Dame konnte jedoch nicht wissen, dass meine wackligen Beine einen ganz anderen Grund hatten: Ich war gesund. Aber wie konnte ich gesund sein, wenn ich mich nicht gesund fühlte? Eigentlich ging es mir ja gut, aber je öfter ich das Wort „eigentlich" nutzte, umso klarer wurde mir, dass es das eigentlich nicht tat. Irgendetwas hielt mich schon davon ab, beim Aufwachen voller Vorfreude in den Tag zu starten. Irgendetwas …

Auf der Suche nach der Ursache hatte ich viele verschiedene Ärzte aufgesucht, doch alle hatten mich für gesund befunden. Das war sie also, meine persönliche Einbahnstraße. Doch gab es wirklich keinen Weg, umzudrehen und dieses Mal richtig abzubiegen?

Mein Blick schweifte durch das menschenleere Zimmer und blieb an dem mit Zeitschriften vollgepackten Tisch hängen. Meine Augen wanderten von Autos zu Fußballern, über prominente Paare bis hin zu Frauen, die anscheinend alle Brigitte hießen, bis sie auf ein *National Geographic*-Magazin trafen, das meine Aufmerksamkeit auf sich zog.

Auf dem Cover war eine asiatische Frau mit glatter Haut und

hellbraunen Augen abgebildet. Ihr Blick war zur Seite gerichtet und die obere Hälfte ihres Gesichts wurde von einer dunklen Fellmütze verdeckt. Doch der Fokus des Bildes lag nicht auf dieser geheimnisvoll wirkenden Person, sondern auf einem Adler, der auf ihrem Arm saß und in meine Richtung starrte. Er hatte braune Federn mit einigen wenigen weißen Flecken, einen beige-gelben Schnabel und große, schwarze Pupillen, in denen sich die Zimmerlampe spiegelte. *Berkutschi,* hieß es im Titel, *die Adlerjäger der Mongolei.*

*Die Mongolei,* hallte es wie ein Echo durch meinen Kopf. Irgendwie übte dieses Wort eine Magie aus, die mich neugierig machte, obwohl ich nicht das Geringste über dieses Land wusste. Mein Herz begann etwas kräftiger zu pochen. Ich wischte meine schwitzigen Hände an meinem grauen Pullover ab und spürte ein eigenartiges Kribbeln in meinem Magen. Für einen kurzen Moment fühlte ich mich so, als wäre ich in einem anderen Leben selbst einmal einer dieser Adlerjäger gewesen. Meine Mundwinkel zogen sich wie von selbst ein kleines Stückchen nach oben.

Während ich unentwegt das Magazin anstarrte, erinnerte ich mich an meine liebste Kindergeschichte, die mir meine Mutter fast jeden Abend erzählt hatte. Sie handelte vom Adlerkönig Edward und davon, wie er am Ende das wahre Glück fand. Auch, wenn ich an diesem Punkt seiner Geschichte meist bereits eingeschlafen war. Ich sah es fast vor mir, wie meine lächelnde Mutter an meinem Kinderbett saß, mir über den Kopf strich und mich zudeckte. Und dann begann sie mit sanfter Stimme zu erzählen. So, als gäbe es nichts auf der Welt, vor dem ich mir Sorgen machen müsste.

*Es war einmal ein Königreich mit Namen Heraldika. Es lag weit über den Wolken. So weit, dass es vor den Menschen versteckt blieb. Hier lebte das Volk der Krummschnäbel unter der Führung des größten und prächtigsten von ihnen: König Edward. Die Krummschnäbel waren vor*

Generationen in zwei Klassen unterteilt worden. Der Adel lebte in einem pompösen Schloss und wurde gemäß seinem Titel die Adler genannt. Während die Adler in Wohlstand lebten und blitzsaubere Federkleider trugen, siedelte sich die zweite Klasse um das Schloss herum an. Es war ihr erlaubt, den Schutz der Stadtmauern zu genießen. Aber sie mussten sich im Gegenzug darum kümmern, das Königreich Heraldika mit Nahrung zu versorgen. Daher versammelten sie sich jeden Morgen auf dem höchsten der Schlosstürme, stürzten durch die Wolkendecke hinab und kamen einige Zeit später mit Mäusen zwischen ihren Krallen zurück. Die Adler saßen zur selben Zeit in ihren warmen Sälen und bestaunten die Sonnenaufgänge durch riesige Bogenfenster. Hierbei konnten sie auch den Jägern bei der Arbeit zusehen. Da es für die Adler so wirkte, als würden die Jäger vom Himmel fallen, wurden sie von ihnen spöttisch als die Falken bezeichnet.

Adler und Falken lebten bereits seit Tausenden von Jahren gemeinsam in Heraldika, ohne dass sich jemals jemand von ihnen über die ungleichen Verhältnisse beschwert hätte. Es war für die Krummschnäbel schon längst zur Normalität geworden. Dennoch gab es seit einiger Zeit ein großes Problem, das vielen der Adler Kopfzerbrechen bereitete: König Edward suchte vergeblich nach der großen Liebe. Für ihn selbst war dies nicht weiter tragisch, aber einige der Adler sahen die Thronfolge bedroht und fürchteten eine Revolution. Daher stellten sie König Edward fast täglich fremde Adlerdamen vor – in der Hoffnung, dass er sich in eine von ihnen verlieben würde. Zu ihrem Unmut war dies jedoch ein scheinbar unmögliches Unterfangen.

Eines Morgens saß König Edward traurig vor seinem prunkvollen Fenster und schaute den Falken dabei zu, wie sie in Richtung Boden stürzten. Für ihn waren alle Krummschnäbel gleich und sollten die gleichen Rechte haben. Doch von diesem Wunsch war Heraldika weit entfernt, und obwohl er König war, besaß Edward nicht die Macht, das

System der Zwei-Klassen-Gesellschaft zu ändern. Hierfür hätte er die Zustimmung der anderen Adler benötigt. Doch da es den wohlhabenden Adlern gefiel, wohlhabend zu sein, waren Edwards Versuche stets zum Scheitern verurteilt. Er fühlte sich schlecht, da es ihm besser ging als vielen anderen und er suchte krallenringend nach einer Möglichkeit, Gleichheit für alle zu schaffen. An manchen Tagen wog die Last der Schuldgefühle so schwer auf seinen Flügeln, dass er sich sogar wünschte, als Falke geboren zu sein.

Und während all jene Gedanken durch seinen Kopf kreisten, sah er sie. In einer eleganten Bewegung flog sie im Sturzflug an Edwards Fenster vorbei. Ihre Flügel trugen ein kräftiges Schwarz, ihr Rumpf und Schwanz leuchteten königsrot und an ihrem linken Fuß trug sie ein gelbes Lederband. Obwohl Edward sie nur für den Bruchteil einer Sekunde sehen konnte, war es um ihn geschehen. Der König der Adler hatte sich zum ersten Mal in seinem Leben verliebt.

„Bist du verrückt? Du kannst doch keinen Falken zur Königin machen. Völlig ausgeschlossen. Du kennst die Regeln, Edward. Adler dürfen keine Falken lieben." Die Adler waren sich einig, und Edward stieß auf genau die Reaktionen, mit denen er gerechnet hatte. Zudem war er sich darüber bewusst, dass sich ein Falke niemals für einen Adler interessieren würde. Aber wie hätte König Edward die Grenzen seiner Liebe nur akzeptieren können, wo er doch so grenzenlos verliebt war?

Von Trauer durchdrungen schloss sich Edward für mehrere Wochen in seinem Zimmer ein und versuchte, einen Weg zu finden, die übrigen Adler von seiner Liebe zu überzeugen. Letzten Endes musste er sich jedoch eingestehen, dass es diesen Weg leider nicht gab. Edward stand vor einer Sackgasse. In seiner Verzweiflung erinnerte er sich an einen Ort, den er aus alten Erzählungen kannte. Ein Ort, den man unter keinen Umständen aufsuchen durfte. Aber in seiner Ausweglosigkeit sah der König keine andere Möglichkeit. Und so verließ er das Schloss *im Schutze der Nacht und flog in einen nahegelegenen Wald, um dort die Eule Eurenikus zu treffen.*

„Herr Mehrens“, unterbrach die Arzthelferin meine Träumerei, „vielen Dank, dass sie gewartet haben. Sie können jetzt gehen und erhalten ihre Ergebnisse in den nächsten Tagen per Post.“

Ich bedankte mich und schlenderte, noch immer leicht benommen, in Richtung der Bushaltestelle. Mit jedem Arzt, der mir zufrieden zu meiner Gesundheit gratuliert hatte, gab es immer weniger Zweifel. Ich selbst musste der Grund dafür sein, dass etwas nicht stimmte, und vielleicht konnte nur ich etwas daran ändern. Doch wie? Während ich an der Straße stand und nachdachte, wünschte ich mir für einen kurzen Moment, dass ein fremdes Auto anhalten, mir eine Person ihre Hand reichen und es mir verraten würde. Irgendjemand, der mich aus meiner Einbahnstraße herausbringen könnte. Kurz darauf hielt tatsächlich jemand an und öffnete die Tür. Er reichte mir jedoch nicht die Hand, sondern nur meine Fahrkarte.

Ich nahm auf einem der hinteren Sitze im Bus Platz und lehnte mich an ein großes Fenster. Es war ein grauer, regnerischer Frühlingstag. Draußen zogen die tristen Häuserfassaden Frankfurts an mir vorbei und im Innern flog ich in meiner eigenen Traumwelt durch die Weiten der Mongolei. Wie sieht dieses Land wohl aus? Gibt es dort riesige, schneebedeckte Berggipfel, oder leben die Leute in flachen Steppen? Wie geht es den Menschen in der Mongolei? Sind sie glücklich und gibt es wirklich Menschen, die mit Adlern jagen?

Nachdem ich vor lauter träumen fast meine Haltestelle verpasst hatte, entleerte ich – angekommen an meiner Wohnung – den Briefkasten und öffnete die Wohnungstür. Ich legte die Post auf den gefliesten Wohnzimmertisch und ließ mich auf die durchgesessene, bordeauxrote Stoffcouch fallen. Sie war, wie der Rest der Wohnung, ein Erbstück meiner vor einigen Jahren verstorbenen Oma. Wäre sie acht

Jahre nach ihrem Tod plötzlich aus dem Grab auferstanden und zu ihrer alten Wohnung zurückgekehrt, hätte sie sich sicherlich heimisch gefühlt. Vermutlich hätte sie mich gefragt, was dieses komisch leuchtende Ding mit den Antennen neben ihrem Telefonanschluss sei und mich anschließend mit erhobenem Zeigefinger darüber belehrt, dass ein derart großer Fernseher im Schlafzimmer schlecht für die Augen sei. Aber davon abgesehen hatte sich kaum etwas verändert. Warum auch? In meinem Leben gab es keine potentiellen Partnerinnen, die ich beeindrucken wollte, und meine Freunde traf ich meist im Internet. Zu alledem war das ja sowieso nur eine vorübergehende, zweckmäßige Lösung, bis ich irgendwann endlich meine Pilotenausbildung beginnen und von Hotel zu Hotel ziehen würde. Dort oben über den Wolken würde ich meine innere Leere mit dem Gefühl von Freiheit füllen.

Als meine Gedanken wieder gelandet waren, beugte ich mich nach vorne und öffnete meine Post. Einer der Briefe war von meiner Bank:

„Herr Mehrens, verändern Sie etwas, um noch sorgenfreier durchs Leben zu gehen." Ich zog verwundert meine Augenbrauen nach oben und las den Rest des Briefes. Das Schreiben informierte mich darüber, dass ich nun ein sogenannter Premiumkunde war und Anspruch auf ein besseres Kontomodell hätte. Ein Premiumkunde? Ich hatte keine Ahnung, was das bedeutete und drehte den Brief um. Auf der Rückseite war eine Aufstellung meiner Einlagen bei der Bank. Mein Kontostand hatte die 250000 Euro-Marke überschritten. Ich ließ das Schreiben auf den Tisch fallen und schüttelte ungläubig den Kopf.

„250000 Euro", flüsterte ich, „eine Viertelmillion." Mir war bewusst, dass ich in den letzten acht Jahren am Fließband immer mehr Geld angespart hatte, aber mit so viel hätte ich nicht gerechnet. Mit diesem Geld hätte ich drei Pilotenausbildungen finanzieren können. Und doch saß ich noch immer hier und flog lediglich in meinen Träumen. Ich schaute nach oben zur tapezierten Decke meines

Übersprungen

Wohnzimmers und stellte mir vor, wie die Wolken an mir vorbeiziehen würden. So, als würde ich wie ein Adler durch die Lüfte segeln.

„Leon, denk dran, am Ende von Phase 1 des Bosskampfes *Feuersturm* zu zaubern und anschließend *Drachenatem* zu unterbrechen“, erklärte Gottwald, als ich mich eine Stunde später zu meinen Onlinefreunden gesellt hatte. Ich verbrachte meine Abende fast immer mit ihm und meinen zwei weiteren Freunden Ralf und Rudi. Zumindest mit ihren Stimmen in meinen Kopfhörern, da wir alle an verschiedenen Orten Deutschlands lebten. Gottwald war unser Gildenleiter und befand sich bereits im Ruhestand. Ralf programmierte für eine große IT-Firma und Rudi studierte Maschinenbau. Obwohl wir uns noch nie im echten Leben getroffen hatten, waren wir stets füreinander da und retteten gemeinsam die Welt. Nicht unsere reale Welt, aber in meiner Fantasie fühlte es sich genauso an. Wir hatten uns alle in dem Online-Rollenspiel *World of Lorecraft* kennengelernt und kämpften jeden Tag gemeinsam gegen feuerspuckende Drachen, fünfköpfige Schlangen oder andere Fantasiewesen.

„Sagt mal“, begann Rudi, „sollten wir vielleicht endlich mal etwas verändern?“

Hatte er das wirklich gesagt? Warum fühlte es sich so an, als würde mir heute überall Veränderung über den Weg laufen? Oder bildete ich mir das nur ein? „Ehrlich gesagt …“, stammelte ich, als Rudi mich unterbrach.

„Ich spiele jetzt schon seit drei Jahren Heiler und würde wirklich gerne mal wechseln. Ich hätte echt mal eine Veränderung nötig“, sagte er und ließ mich verstummen.

„Stell dich nicht so an. Heiler sind wichtig. Also denk gar nicht erst dran. Wir brauchen dich. Aber mal was anderes. Was geht bei euch so nächste Woche ab?“, fragte Ralf. „Am Mittwoch bin ich beim Zocken raus, da geht mein Bruder heiraten. Und wisst ihr, was das Schlimmste ist? Der Hochzeitssong von denen ist *Ed Sheeran – Perfect.* Was macht Liebe nur mit Menschen?" Selbst wenn seine Frage nicht rhetorisch gewesen wäre, hätte ich sie nicht beantworten können. Ich hatte bisher noch keine Beziehung geführt und der einzige Ort, an dem ich romantische Tänze mit meiner großen Liebe aufführte, waren meine Gedanken.

„Ihr solltet froh sein, dass ihr in eurem Alter noch Hochzeiten zu feiern habt. Ein alter Sack wie ich wird auf sowas nicht mehr eingeladen", antwortete Gottwald und lachte.

„Ich habe am Mittwoch einen Drittversuch im Fach ‚Produktion'", fügte Rudi hinzu, „die Klausuren sind sowas von unfair. Wenn ich das nicht schaffe, muss ich mein Studium abbrechen und meine Eltern werden mich rausschmeißen. Aber das wird schon irgendwie. Und du Leon? Irgendwelche Pläne?"

Ich hatte nichts vor und generell auch selten Pläne. Zumindest Pläne im Sinne von „Ich kann heute Abend nicht mit euch spielen, weil ich etwas anderes vorhabe." Die Ausnahmen hiervon waren Probleme mit meiner Internetleitung, Jahrhundertstürme oder Wartungsarbeiten am Server unseres Onlinespiels – solche Dinge eben.

„Ich habe nicht wirklich was geplant", antwortete ich und schloss mich kurz darauf den Jubelschreien der anderen an. Wir hatten nach knapp 20 Versuchen endlich die dreiköpfige Feuerhydra besiegt.

Nachdem wir uns gegen Mitternacht verabschiedet hatten, lag ich mit meinem Handy auf dem Bett. Vor dem Einschlafen führte ich abwechselnd politische Diskussionen in Onlineforen, kommentierte lustige Tiervideos und wischte durch die Social-Media Beiträge all der Menschen, die ich meistens noch nicht einmal kannte. Dann stieß ich auf ein Video, das ich bisher noch nie gesehen hatte. Eine Katze im Piratenkostüm saß auf einem Staubsaugroboter und fuhr zu dem

Titelsong von *Fluch der Karibik* durch ein Zimmer.

„Yarr, I was a pirate, but they kicked meowt“, kommentierte ich unter dem *Facebook*-Beitrag und schloss meine Augen.

Nein, sorg dich nicht um mich
Du weißt, ich liebe das Leben

Mein Handyalarm weckte mich wie jeden Morgen mit dem Refrain des bekannten Songs von Vicky Leandros.

Und weine ich manchmal noch um dich …

Es war der Lieblingssong meiner Mutter und er erinnerte mich an meine sorglose Kindheit. Damals machte ich mir noch keine Gedanken um Entscheidungen und mein weiteres Leben, sondern ich lebte es einfach. Zudem war es eines der Lieder, die mich beim Aufwachen die Stille um mich herum vergessen ließen. Auf der Arbeit lenkten mich meine Kollegen ab, auf dem Heimweg waren es Diskussionen anderer Fahrgäste, abends dann meine Onlinefreunde und nachts wog mich stets eine TV-Dokumentation in den Schlaf. Aber beim Aufwachen war es ruhig. Morgens konnte mich nichts und niemand davon ablenken, was ich im tiefsten Inneren fühlte: Eine eigenartige, dumpfe Leere.

… Das geht vorüber sicherlich

Was tragen die Menschen in der Mongolei wohl für Kleidung? Ist es dort warm oder frieren die Leute? Vielleicht tragen die Adlerjäger genau deshalb dicke Tierfelle um ihre Körper. Auf einmal spürte ich einen stechenden Schmerz an meiner linken Schläfe.

„Wach auf, du Idiot“, schrie Achim und spuckte dabei die Hälfte seines Mettbrötchens auf den vergilbten Tisch in unserem Pausenraum. „Du bist echt unheimlich, wenn du mit offenen Augen träumst. Komm jetzt, die Pause ist vorbei.“ Statt mich einfach wachzurütteln, warf mein Arbeitskollege mit Gegenständen nach mir. Am Ende weckte mich ein fliegender Bleistift und Achim bejubelte zufrieden seinen erfolgreichen Wurf. Glücklicherweise hätte er sich bewegen müssen, um Gegenstände zu erreichen, die mich ernsthaft verletzt hätten. Und unnötige Bewegung vermied Achim so gut es ging – vor allem nach zwei Mettbrötchen samt Zwiebeln und Maggi-Würze.

Ich hätte ihm gerne gesagt, dass er aufhören soll, mich mit Dingen zu bewerfen, doch was hätte das schon gebracht. Achim hätte mich bestimmt ausgelacht und dann einen weiteren Stift geworfen. Laut meiner Freunde war ich bei Konflikten wie Strom: Ich ging stets den Weg des geringsten Widerstandes.

Kurz darauf stand ich vor meinem Arbeitsplatz, Nummer 28. Meine Aufgabe war es, zwei Schrauben in einen Automotor zu drehen, der auf einem Fließband an mir vorbeilief. Drehen, prüfen, Knopf drücken. Drehen, prüfen, Knopf drücken. Meine Arbeit erfüllte mich zwar nicht, aber sie war schließlich auch nur eine vorübergehende Lösung, bis ich bald genügend Geld für meine Ausbildung angespart haben würde. Doch nachdem ich den Brief meiner Bank geöffnet hatte, wurde mir immer mehr bewusst, dass meine vorübergehende Lösung in Wirklichkeit eine langfristige Ausrede war. Warum war ich immer noch hier? Mit jeder Schraube, die ich heute drehte, zog diese Frage wie ein Blitz durch meinen Körper. War es wirklich mein Traum, Pilot zu werden, oder träumte ich nur vom Fliegen, damit ich überhaupt von irgendetwas träumen konnte?

„Feierabend“, hallte es durch die Halle unserer Fabrik.

„Tschüss Achim, bis morgen."

„Morgen ist Sonntag, du Pfeife. Da ist frei. Tschö."

Zurück an meiner Wohnung fand ich dieses Mal zwei Umschläge im Briefkasten. Im ersten Brief informierte man mich über meine exzellenten Blutwerte, und im zweiten befand sich der Flyer einer Reiseagentur. Auf ihm waren verschiedene Bilder von Palmen, Sanddünen, Kamelen und schneebedeckten Berggipfeln zu sehen. Darunter stand ein einprägsamer Slogan: „Mehr Abenteuer. Mehr Erinnerungen. Mehr Leben." Auf der Rückseite wurde das Angebot der Reiseagentur etwas konkreter. „Eine atemberaubende Safari durch die Wüstenlandschaft Namibias, eine historische Reise durch das antike Rom und eine …" Ich stockte kurz und stieß einen lauten Seufzer aus, „… eine abenteuerliche Expedition durch die Mongolei."

„In Ordnung", sagte ich mit sarkastischem Unterton zu dem blauen Himmel, den ich von der Couch aus durch mein Wohnzimmerfenster sehen konnte, „falls du, wer auch immer du bist, mir wirklich ein Zeichen geben möchtest, dann …" Ich hielt die Luft an. Mit wem redete ich hier überhaupt? Ich schüttelte meinen Kopf, legte den Flyer in die Küche auf den Altpapierstapel und gesellte mich zu meinen Onlinefreunden.

*„Zorn des Feuers,* Leon, denk dran, *Zorn des Feuers* zu zaubern. Und schluck deinen Stärketrank", erinnerte mich Gottwald.

„Sagt mal", begann ich zögerlich, „war von euch zufällig mal jemand in der Mongolei?"

„Reisen", antwortete Ralf und lachte, „da hätte ich viel zu viel Angst, ausgeraubt zu werden oder mir irgendeine Krankheit einzufangen. Schaut mal *Dr. House.* Ihr glaubt nicht, was es alles für krassen Scheiß gibt."

„Ich möchte nach dem Studium irgendwann mal verreisen", fügte

Rudi hinzu, „aber dafür muss ich zuerst die Klausur bestehen."

„Ich wäre froh, wenn ich noch große Reisen machen könnte, aber dafür bin ich zu alt", erklärte Gottwald, „warum fragst du, Leon? Möchtest du verreisen?"

„Ähm, nur so. Irgendwie waren die letzten zwei Tage etwas eigenartig." Ich räusperte mich verlegen. „Das klingt jetzt dämlich, aber es fühlt sich fast so an, als würde mir mein Leben momentan irgendwelche Zeichen geben."

„Zeichen?", schoss es aus Ralf heraus, „so, wie bei *Breaking Bad?* Wirst du jetzt Drogenbaron und verdienst damit ein Vermögen?"

„Bitte was?", antwortete ich. Ein Drogenhändler war so ziemlich das Letzte, das mir in den Kopf gekommen wäre. Mein schlechtes Gewissen würde mich umbringen. Ich fühlte mich sogar schlecht und entschuldigte mich, wenn andere an der Supermarktkasse hinter mir warten mussten, weil ich mein Gemüse falsch abgewogen hatte. „Nein, ein Zeichen dafür, mein Leben zu ändern."

„Nun ja, ich glaube ja an Zeichen. Habe ich euch mal erzählt, wie ich meine Ehefrau kennengelernt hatte?", begann Gottwald. „Ich stand vor einer Bar und sah diese wunderschöne Frau. Dann sagte ich zu Gott, dass er mir ein Zeichen geben soll, falls sie die Richtige ist. Ich sagte, er soll Feuer regnen lassen. Und auf einmal ging ein Feuerwerk los und Feuer regnete. Ich bekam ein Zeichen. Verrückt, oder?"

„Warte, hattest du nicht erzählt, dass ihr euch an Silvester kennengelernt hattet?", fragte Rudi.

„Ja", antwortete Gottwald und hustete leise, „schon."

Als wir eine kleine Pause einlegten, ging ich zu meinem Schlafzimmerfenster und schaute nach draußen in die Dunkelheit. „Okay", flüsterte ich und rollte meine Augen, „gib mir ein weiteres Zeichen und ich werde etwas verändern. Zeig mir auch Feuer." Mein Atem stockte und ich hielt mich am Fensterrahmen fest, um nicht umzukippen.

„Unmöglich", seufzte ich und rieb mir durchs Gesicht. Auf dem Hügel hinter meinem Haus brannte ein kleines Feuer. Es erinnerte mich erneut an die Geschichte von König Edward. War das wirklich mein Zeichen? Wie von selbst lag ich auf einmal wieder in meinem Kinderbett und lauschte erneut der sanften Stimme meiner Mutter.

*... Und so verließ er das Schloss im Schutze der Nacht und flog in einen nahegelegenen Wald, um dort die Eule Eurenikus zu treffen.*

*„Uhu, das ist aber ein unerwarteter Besucher. Was führt einen Adler an diesen verbotenen Ort, König Edward?"*

*„In den Legenden heißt es, dass du jeden Wunsch erfüllen kannst. Ich bin hier, um deine Hilfe zu erbitten. Ich bin verliebt und ich möchte meiner Liebe eine Chance geben. Ich wünsche mir, dass sie in mir das Lebewesen sieht, das ich wirklich bin und nicht den König der Adler."*

*„Uhu, die Liebe, ein ganz neuartiger Wunsch, uhust. Dennoch ehrenwert. Du hättest dir, wie alle anderen zuvor, auch einfach wünschen können, dass sie sich in dich verliebt. Aber das hast du nicht. Nun, du weißt, dass jeder Wunsch mit einem Opfer kommt, uhu? Wenn ich dir das gebe, was dir am wichtigsten ist, werde ich dir das nehmen, was dir am zweitwichtigsten ist. Quid pro quhu. Falls du damit einverstanden sein solltest, muss du nur das Zauberwort sprechen: Hokuspuhukus."*

*König Edward wusste, dass er sich mit der Eule Eurenikus niemals auf einen Handel einlassen durfte, aber blind vor Liebe sprach er das Wort, das alles verändern sollte.*

*„Hokuspuhukus."*

*Erst folgte ein lauter Donnerschlag, dann ein grelles Licht – und als Edward die Augen wieder öffnen konnte, war die Eule Eurenikus bereits verschwunden. Während er sich fragte, ob der Zauber wohl erfolgreich war, breitete er seine Flügel aus, stieß sich vom Boden ab und fiel kopfüber auf den mit Laub bedeckten Waldboden. König Edward schlug wild mit den Flügeln, sprang verzweifelt umher und landete ein ums andere Mal auf der kühlen Erde. „Ich nehme dir im Gegenzug das zweitwichtigste", murmelte er. „Eurenikus hat mir die Fähigkeit zum Fliegen genommen."*

*So stapfte König Edward verloren über Felder, Wiesen und Hügel. Ohne zu fliegen, konnte er sein Königreich und somit seine große Liebe nicht erreichen. Mittlerweile hätte ihn dort wohl sowieso niemand mehr erkannt, weil sein Federkleid durch den anhaltenden Regen nun braun wie die Erde und völlig zerzaust war.*

*Sekunden wurden zu Stunden und Tage wurden zu Wochen, bis Edward eines Abends inmitten eines Hügels ein loderndes Feuer sah. Ein warmes Licht, umgeben von völliger Dunkelheit.*

Plötzlich klingelte mein Handy. Es war unser Gildenführer Gottwald und sein Anruf riss mich zurück in die Realität.

„Leon, ist alles in Ordnung? Durch dein Headset hört man laute Sirenen."

Ein wenig später lag ich wieder auf meinem Bett und beobachtete das blaue Leuchten der Sirenen auf der Zimmerdecke. Ab und an hörte ich auch laute Rufe der Feuerwehrleute. Was passierte hier gerade? Das Magazin im Warteraum, der Brief der Bank, der Reiseflyer und nun auch noch das Feuer. Konnte das wirklich alles ein großer Zufall sein? Ich schloss meine Augen und sah wieder König Edward aus der Kindergeschichte, wie er verloren über die Felder stapfte, kurz bevor sich sein ganzes Leben verändern sollte. Musste auch ich meinen Traum vom Fliegen aufgeben, um wirklich glücklich zu werden?

# MEHR

In der folgenden Woche fühlte ich mich innerlich hin- und hergerissen. Es gab Momente, in denen ich mir sicher war, dass mir das Universum ein Zeichen gegeben hatte. Aber in anderen meldete sich die Vernunft und warnte mich davor, eine voreilige Entscheidung zu treffen. Manchmal träumte ich davon, die Adlerjäger in der Mongolei zu bestaunen und ihnen die Hand zu reichen. Aber dann folgten Träume, in denen alles schiefging, mir mein Gepäck geklaut wurde und ich in einer einsamen Zelle verendete. Egal, wie sehr ich mir den Kopf zerbrach, ich konnte mich einfach nicht entscheiden.

An einem ganz normalen Samstagmittag wurde ich aus dem Pausenraum zu meinem Chef zitiert, während Achim ganz gewöhnlich sein Mettbrötchen verschlang.

„Herr Mehrens, es tut mir sehr leid. Ihre Stelle wird abgebaut, da die Aufgabe zukünftig von einer Maschine übernommen werden wird. Aber ein Mann mit ihren Qualifikationen wird sicherlich schnell eine neue Arbeit finden. Sie brauchen ab sofort nicht mehr zu kommen, doch ihr Gehalt wird …"

Während die restlichen Worte meines Chefs an mir vorbeihallten, war ich zunächst enttäuscht, doch dann spürte ich erneut dieses Kribbeln im Bauch. So wie drei Wochen zuvor im Wartezimmer des Arztes, als ich auf den Adler starrte. Ich spürte, wie meine Mundwinkel sich nach oben zogen und wie dieser kleine Schubs den Stein langsam ins Rollen brachte. Ich nickte, drehte noch ein letztes Mal Schrauben in Automotoren und verabschiedete mich schließlich von meinem Arbeitskollegen, mit dem ich mir acht Jahre lang einen Pausenraum geteilt hatte.

„Hey, Achim", sagte ich, als wir uns gemeinsam zum Drehkreuz unserer Firma bewegten, „ich möchte mich verabschieden. Ich werde ab morgen nicht mehr hier arbeiten."

„Morgen ist Sonntag, du Pfeife. Da ist frei. Tschö."

Ich blieb kurz stehen und schaute ihm mit weit aufgerissenen Augen hinterher. Hatte Achim mir eigentlich jemals richtig zugehört? Aber das sollte nun alles keine Rolle mehr spielen, da ich bereit war, mein Leben umzukrempeln.

Im Laufe der weiteren Wochen setzte ich meine Pläne langsam, aber zielstrebig in die Tat um und beschäftigte mich hauptsächlich mit einer existentiellen Frage: „Wie bereitet man sich auf eine Reise vor." Glücklicherweise lebten wir in einer Welt, in der die *Google*-Suche so ziemlich jede Frage beantworten konnte. Ich schaute mir Reisevideos an und wischte durch Blogbeiträge von Personen, die schon seit Ewigkeiten unterwegs waren. Mit jedem dieser Erfahrungsberichte wurde ich in meinem Vorhaben bestärkt. Nicht nur, weil sie überwiegend positiv waren, sondern weil sie mir eine wichtige Sache klar machten: Es war völlig normal, Ängste und Zweifel zu haben. Sie alle hatten zu Beginn ihrer Reise mit Unsicherheiten zu kämpfen, aber sie waren dennoch aufgebrochen und im Nachhinein froh, es getan zu haben. Abgesehen von ihren Erfahrungen stieß ich bei meiner Recherche auf einen interessanten Ratschlag. Man solle sich vor der Reise eine kleine Liste machen: *„Drei Dinge, die du auf deiner Reise gerne finden möchtest."*

Wenig später saß ich vor einem leerten Stück Papier und mit einem Kugelschreiber in der Hand auf der Couch in meinem Wohnzimmer und dachte nach. Das erste Wort war recht schnell geschrieben: *Mut.* Doch dann stockte ich. In der folgenden Stunde landeten immer neue Wörter auf meinem Blatt: *Abenteuer, Selbstbewusstsein, weniger Ängste, Liebe, Glück, Zufriedenheit, Freiheit.* Doch mit jedem neuen

Wort, das ich dazuschrieb, wurde ein anderes wieder durchgestrichen. Solange, bis ich das Stück Papier zusammenknüllte und frustriert auf die andere Seite des Tisches warf. Wie konnte ich etwas finden, wenn ich noch nicht mal entscheiden konnte, wonach ich überhaupt suchte? Als ich mit herunterhängendem Kopf in die Küche ging und auf den Kaffeevollautomaten drückte, fiel mein Blick auf die Werbung der Reiseagentur. Sie lag bei den anderen Briefen auf einem Stapel neben der Mikrowelle.

„Mehr Abenteuer. Mehr Erinnerungen. Mehr Leben." Der Slogan hallte wie ein Echo durch meinen Kopf, und meine Tasse füllte sich immer weiter mit Kaffee. Während sie langsam überlief, rannte ich zurück ins Wohnzimmer, riss ein neues Blatt Papier von meinem Schreibblock und schrieb ein einziges, großes Wort darauf: MEHR

Nachdem ich den übergelaufenen Kaffee aufgewischt hatte, musste ich mich mit wesentlich weniger philosophischen Fragen beschäftigen. Wie wollte ich in die Mongolei kommen? Ich hätte mich in ein Flugzeug setzen und ohne Zwischenlandung in die Hauptstadt der Mongolei fliegen können. Mittlerweile wusste ich sogar, dass sie Ulaanbaatar hieß. Aber sämtliche Reisende waren sich darin einig, dass der Weg oft wichtiger als das Ziel war. Besonders, wenn es darum ging, neue Dinge über sich selbst zu lernen. Außerdem waren wohl schon tausende Deutsche von hier über Land in die Mongolei gereist. Zumindest spuckte das die *Google*-Suchmaschine aus. Viele von ihnen sogar per Anhalter – und die meisten dieser Personen kamen tatsächlich an.

Die nächsten Tage zogen nur so an mir vorbei. Ich machte Besorgungen, kümmerte mich um bürokratische Dinge und fütterte die Suchmaschine mit ständig neuen Fragen:

„Busse online buchen …

… wie kann man auf dem Handy ohne Internet Straßenkarten benutzen …

… Impfungen fürs Ausland …

… Impfungen fürs Ausland ohne Verschwörungstheorien …

… lustige Katzenvideos …

… Bettwanzen …

… Wie wird man die Angst vor Bettwanzen wieder los? …

… internationale Steckdosenadapter …

… die besten Zelte zum Reisen …

… die besten günstigen Zelte zum Reisen …

… *Decathlon* in der Nähe von Frankfurt …

… Wie kommt man im Ausland an Geld? …

… Sonderkündigung Handyvertrag …

… Murphys Gesetz …

… Dinge, die man beim Reisen immer vergisst …

… Reisebingo? …“

Letzteres war ein Spiel, auf das ich bei meiner Recherche gestoßen war. Man versuchte, auf einem quadratischen Feld Reihen zu füllen. Statt Zahlen standen in den einzelnen Feldern jedoch Dinge, die einem beim Reisen früher oder später passieren könnten. Beispielsweise schnarchende Zimmernachbarn, Personen, die nach Cannabis fragen, oder auch Taxifahrer, von denen man viel zu hohe Preise berechnet bekam. Mein rechtes Bein begann unkontrolliert auf und ab zu wippen. Wie viele Felder würde ich wohl im Laufe meiner Reise durchstreichen können? Was würde ich alles erleben?

Schneller, als es mir lieb gewesen wäre, gab es nur noch eine große Sache, die ich vor meiner Abreise erledigen wollte. Es war an der Zeit, mich zu verabschieden. Zuerst sprach ich mit meinen

Onlinefreunden, die in unserem Spiel eine kleine Abschiedsfeier organisiert hatten. Unsere Charaktere saßen vor einem riesigen Wasserfall, hatten ihre Rüstungen gegen Stoffroben eingetauscht und stießen mit Stärketränken auf mein Vorhaben an. Ralf konnte den Sinn meiner Reise zwar noch immer nicht ganz verstehen, aber er wünschte mir gutes Gelingen. Rudi, der seine Klausur erfreulicherweise bestanden hatte, wollte, dass ich wieder heil zurückkomme. Und Gottwald wünschte mir viele tolle Begegnungen. Außerdem versicherte er mir, dass in unserer gemeinsamen Onlinewelt immer ein Platz für mich bereitstehen würde.

Am Morgen meiner Abreise frühstückte ich mit meinen Eltern und gab meiner Mutter eine lange Umarmung.

„Habe ganz viel Spaß. Und schick mir bitte ganz viele Bilder", sagte sie.

Mein Vater verabschiedete sich mit einem festen Händedruck und klopfte mir ermutigend auf die Schulter. Er war zwar nicht glücklich darüber, dass ich meinen Job gekündigt hatte, aber er bestärkte mich in meiner Entscheidung.

„Ich bin stolz auf dich, Leonard. Pass bitte auf dich auf." Er strahlte mich an, küsste meine Mutter auf die Wange und meinte: „Schau nur, Schatz, was wir für einen mutigen Sohn haben." Während sie mir mit feuchten Augen hinterhersahen, warf ich mir den Rucksack über die Schultern und sprang die letzten Stufen ihrer Treppe nach unten. Es war vielleicht nur ein kleiner Sprung für die Menschheit, doch für mich war es der Sprung ins Abenteuer meines Lebens.

Vor meinen Augen türmte sich ein blockförmiges Parkhaus auf, dessen Seitenwände aus Gitterstäben bestanden. Zu meiner Linken blickte ich auf die knallroten Fensterrahmen des Eingangsbereiches vom *Toyoko-Inn* Hotel und zu meiner Rechten standen mehrere giftgrüne Reisebusse Schlange. Wie oft hatte ich mich bereits über das knallrote Design des *Toyoko-Inns* gewundert und wie oft hatte ich mich über die Farbwahl der Busse amüsiert. Doch heute sah ich alles mit anderen Augen. Ich stand gerade am Frankfurter Bahnhof und war kurz davor, meine Pläne tatsächlich in die Tat umzusetzen. Meine Knie waren weich, meine Hände schwitzten und ich behielt meinen Rucksack auf dem Rücken, um ihn nicht vor lauter Aufregung zu vergessen. Die letzten fünf Wochen waren in rasender Geschwindigkeit an mir vorbeigeflogen. Und ähnlich schnell verging auch die Stunde bis zu meiner Abfahrtszeit.

„Achtung. Der Bus Richtung Slowenien fährt an Terminal 2 ein." Es war mein Bus und der von unzähligen Fremden, die sich um die Schiebetür scharten. Im Gegensatz zu mir hatte niemand sein Ticket ausgedruckt. Stattdessen zogen sie routiniert ihre Handys aus der Tasche und hielten sie dem Busfahrer entgegen. Ich reichte einem der Mitarbeiter meinen Rucksack, und nachdem er ihn in den Kofferraum gepackt hatte, stellte ich mich als Letzter in die Schlange.

Als ich die schmalen Treppenstufen des Busses bewältigt hatte, versuchte ich den Sitzplatz zu finden, der auf meinem Ticket ausgedruckt war. Während mein Blick verloren durch den Bus schweifte und nach den Sitznummern suchte, tippte mir jemand auf die rechte Schulter und zeigte auf die Gepäckablagen über den Sitzen.

„Danke … ähm, thank you", antwortete ich und wusste nun, wo die Nummern zu finden waren. Die Unbekannte nickte mir zu und drückte sich an mir vorbei.

Ich nahm Platz, atmete erleichtert aus und spürte, wie der Bus sich in Bewegung setzte und meinen Sitz vibrieren ließ. Um mich herum saßen viele Menschen, von denen die meisten entweder schliefen, Musik hörten oder beides gleichzeitig taten. Es roch nach einer Mischung aus kaltem Schweiß und Toilettenchemikalien, und meine Beine stießen bei jeder Kurve gegen den Vordersitz. Aber heute störte mich das alles nicht. Heute war ich einfach nur stolz darauf, diesen Schritt gegangen zu sein. Heute sah ich wirklich alles mit anderen Augen.

# BINGO

**806 / 9.600 km bis zur Mongolei**

Mein erstes Ziel war die slowenische Hauptstadt Ljubljana, da sie als Reiseempfehlung recht oft genannt wurde. Eine europäische Großstadt, die malerisch schön sein und ihre ganz besondere Magie haben soll. Sie sollte der Beginn meiner Suche nach dem „Mehr", der Start meines Abenteuers und meine …

„Final Destination – Endstation", schallte es durch den mittlerweile recht leeren Bus. Die meisten Fahrgäste waren in verschiedenen deutschen oder österreichischen Städten ausgestiegen. Nachdem ich gemeinsam mit den sechs verbliebenen Personen den Bus verlassen hatten, suchte ich nach dem Rucksack. Zu meinem Entsetzen musste ich feststellen, dass mein blauer Reisebegleiter verschwunden war. In mir stieg Panik auf und ich blickte hilfesuchend umher. Konnte ich wirklich bestohlen worden sein? Am ersten Tag meiner Reise? Waren meine Alpträume zur Realität geworden? Während die anderen Fahrgäste den Bahnhof zielstrebig in verschiedene Richtungen verlassen hatten, zündete der Busfahrer sich eine Zigarette an und schaute gelangweilt zu mir herüber. Als er meine weit aufgerissen Augen sah, stieß er sich vom Bus ab und schlenderte in meine Richtung. Er blieb kurz vor mir stehen und pustete einen Schwall Rauch in mein Gesicht.

„Mein … ich glaube, mein Rucksack wurde gestohlen." Der Busfahrer grinste, nahm einen weiteren Zug und ging vor dem Kofferraum in die Knie. Dann zog er einen schwarzen Rucksack heraus und hielt ihn mir entgegen. Er hatte die gleiche Form, doch er war nicht glänzend blau, sondern matt schwarz. Aber als ich genauer hinsah, wurde mir klar, dass es meiner war. Mein Körper stieß einen lauten und erleichterten Atemzug aus. Mir fiel ein riesiger Stein vom Herzen und ich bedankte mich bei dem Busfahrer. Er sah mich an, nickte mit dem Kopf und streckte mir seine offene Hand entgegen.

„Natürlich“, antwortete ich und zog meinen Geldbeutel aus der Tasche. Er hingegen zog eine seiner dicken Augenbrauen nach oben, lachte laut und schüttelte meine Hand.

„Gute Reise“, sagte er, nahm einen letzten Zug und schnipste seine Zigarette auf den Boden.

Ich hingegen nahm drei andere Dinge: Einen weiteren, erleichterten Atemzug, ein Taxi zu meinem Hostel und mir vor, in Zukunft bei Busfahrten stets die Regenhülle über meinen Rucksack zu ziehen und ihn so vor Dreck zu schützen.

Zwei Minuten später stand ich vor meinem Hostel. Der Taxifahrer hielt es wohl nicht für wichtig mir mitzuteilen, dass mein Ziel nur 200 Meter vom Bahnhof entfernt lag. Aber all das konnte meine Stimmung nicht trüben. Ich hatte die erste Hürde erfolgreich genommen und war alleine nach Ljubljana gereist. Zudem hatte ich mein Gepäck bei mir und stand vor dem Gebäude, in dem ich übernachten wollte. In einem Onlinespiel hätte man mir genau in diesem Moment mit einer lauten Fanfare zum Erreichen von „Level 2“ gratuliert. In der realen Welt jedoch fragte mich der Taxifahrer nach zehn Euro für unsere gemeinsame Fahrt. So stand ich vor einer großen, hellbraunen Holztür, hievte meinen mattschwarzen Rucksack auf die Schultern und ging kurz in mich, bevor ich das Hostel betrat. Wie wird es sich wohl anfühlen? Wird im Inneren ein zarter Duft von Abenteuer mit einer leichten Note Freiheit in der Luft liegen? Die Eingangstür knarzte laut und ich machte einen kleinen, vorsichtigen Schritt über die Schwelle.

„Ey du!“, rief jemand auf Englisch.

„Meinst du mich?“, entgegnete ich überrascht und schaute mich um.

„Ja, genau du“, antwortete ein junger Mann, der auf einer gelben

Couch im Eingangsbereich lag. Es fühlte sich eigenartig an, derart direkt von einer fremden Person angesprochen zu werden, aber bei einer Reise ging es ja auch unter anderen darum, seine Komfortzone zu verlassen. Und Unterhaltungen mit Fremdem lagen definitiv außerhalb von ihr.

„Ja oder nein?“, wiederholte der Mann.

„Entschuldigung, was hast du gesagt?“, fragte ich mit leicht geröteten Wangen.

„Ob du was zum Kiffen dabeihast.“

„Oh. Tut mir leid, aber ich rauche nicht.“

„Was bist du denn für'n komischer Backpacker.“ Er seufzte enttäuscht und legte seinen Kopf wieder auf die Couch.

Nachdem ich an der Rezeption auf meine Buchung verwiesen und meinen bisher leeren Reisepass gezeigt hatte, wurde ich in mein Zimmer geführt. Ich hatte mich in ein Designer-Hostel eingebucht. Eines, das früher einmal ein Gefängnis gewesen war. Mittlerweile waren alle Zimmer und Schlafsäle von verschiedenen nationalen und internationalen Künstlern individuell gestaltet worden. Ich wollte auf meiner Reise zwar nicht in teuren Luxushotels übernachten, wollte jedoch auch nicht mit dem anderen Extrem beginnen und in der günstigsten Herberge Sloweniens unterkommen. Zudem fand ich die Vorstellung davon, in einem ehemaligen Gefängnis zu übernachten, recht amüsant, da ein Teil von mir aus seinem alten Leben ausbrechen wollte. Vielleicht ein wenig klischeehaft, aber dennoch amüsant.

Die Rezeptionistin öffnete die noch originale Gittertür meines Zimmers und ich betrat die zehn Quadratmeter, welche für die folgenden drei Nächte mein Zuhause sein sollten. Das Zimmer bestand eigentlich nur aus Betten. Zwei am Boden und eines mit Holzleiter über der Eingangstür.

„Vielen Dank“, verabschiedete ich mich und stemmte meinen

Rucksack auf das obere Bett. Die anderen zwei Schlafplätze waren beide belegt. Eines mit getragenen Klamotten und das andere mit einem jungen Mann, der mit dem Rücken zur Zimmerdecke vor seinem Laptop lag und ein Fußballspiel schaute. Ohne von ihm beachtet zu werden, stieg ich die Leiter nach oben, legte mich hin und starrte erleichtert auf die bunt gestrichenen Wände. Mein Herz pochte aufgeregt und ich grinste bis über beide Ohren. In meinem Zimmer roch es zwar nicht nach Abenteuer und Freiheit, sondern nach Deodorant und *Bruno Banani* Parfüm, aber ich war stolz darauf, es bis hierher geschafft zu haben. Nachdem ich acht Jahre lang geträumt und Pläne geschmiedet hatte, war ich nun endlich losgezogen. Und obwohl sich alles noch sehr surreal anfühlte, sagte mir mein Bauchgefühl, dass ich die richtige Entscheidung getroffen hatte. Bevor ich meine Augen schloss und meinem erschöpften Körper etwas Schlaf gönnte, starrte ich für eine Weile einfach nur nach oben. Die Decke befand sich so dicht über mir, dass ich sie mit meiner Hand berühren konnte. In der Ecke des Raumes brummte eine Klimaanlage. Die kalte Luft legte sich kühlend auf meine Stirn, und meine Schultern brannten leicht, obwohl ich den Rucksack heute nur für wenige Minuten getragen hatte. Meine Augenlider wurden allmählich schwerer, während in meiner Nase noch immer der süße Duft von *Bruno Banani* brannte.

Mitten in der Nacht wurde ich unsanft aus dem Schlaf gerissen. Ich drehte mich zur rechten Seite, um einen Blick auf die anderen Betten zu erhaschen. Dann hörte ich es erneut. Ein lautes, tiefes Röcheln. Ich erkannte, dass nun auch mein zweiter Zimmerkollege im Bett lag und die Geräusche von ihm kamen. Er klang, als würde er im Schlaf einen Lastwagen imitieren. Nachdem ich kurz mit dem Gedanken gespielt hatte, Hilfe zu holen, wurde mir klar, dass er einfach nur schnarchte. Sein Bettnachbar schien von der musikalischen Darbietung wenig beeindruckt zu sein. Er starrte nach wie vor vertieft auf seinen Laptop und schaute mittlerweile einen Zeichentrickfilm. Ich drehte mich vorsichtig zurück auf den Rücken und dachte nach. Zehn Euro für eine zweiminütige Fahrt, ein schnarchender Bettnachbar und jemand, der nach Gras fragt.

„Bingo“, flüsterte ich und schloss meine Augen mit einem breiten Lächeln.

# DER KRANICH

**806 / 9.600km bis zur Mongolei**

Trotz einer eher unruhigen ersten Nacht war ich am nächsten Morgen bestens gelaunt und freute mich, Ljubljana zu erkunden. Von meiner früheren Antriebslosigkeit war nichts zu spüren. Auch das „mach deinen Wecker aus“ von dem Mann, der so gut Lkws imitierte, konnte mir den Start in den Tag nicht verderben. Wie auch, schließlich sang *Frau Leandros* wieder mal davon, wie sehr sie das Leben liebte. Voller Tatendrang verließ ich das Hostel und spazierte entlang eines breiten, ruhig fließenden Flusses, in dem sich alte Häuserfassaden spiegelten. Um mich herum unterhielten sich Menschen in Sprachen, die ich noch nie zuvor gehört hatte. Der blecherne Klang einer alten Kirchenglocke hallte durch die immer lebendiger werdenden Stadtgassen, und die ersten Tauben säuberten die Pflasterwege der Altstadt. Vieles wirkte zwar ähnlich wie in meiner Heimat, aber dennoch fühlte sich alles neu und aufregend an. Bevor ich meine Unterkunft verlassen hatte, gab mir einer der Mitarbeiter eine Stadtkarte, auf der verschiedene Sehenswürdigkeiten eingezeichnet waren. Ich ging über die Drachenbrücke, die nach mehreren türkisgrünen Drachenstatuen benannt war, besichtigte die Laibacher Burg auf dem Schlossberg und trank schließlich Kaffee aus einem Pappbecher, während ich im Tivoli-Park auf einer saftig grünen Wiese saß. Als ich zufrieden in den blauen Himmel schaute, musste ich schmunzeln. Eine Brücke mit Drachenstatuen, ein Schloss auf einem Berg und Coffee2Go in einem grünen Stadtpark. All das hätte ich sicherlich auch in Frankfurt finden können, aber hätte es sich dort auch so aufregend angefühlt?

Einige Stunden und 84 Fotos später stand ich wieder vor meinem Hostel und machte im Eingangsbereich Bekanntschaft mit einem alten Freund.

„Ey du, hast du was zum Kiffen dabei?“

„Tut mir leid, ich bin immer noch Nichtraucher.“

„Diese modernen Backpacker“, murrte er.

Anschließend nahm ich an einem der Tische im Außenbereich Platz und genoss die letzten Sonnenstrahlen. Der erste richtige Tag meiner Reise ging langsam zu Ende und ließ mich mit einem wohligen Gefühl zurück. Während mein alter Bekannter neue Freunde gefunden hatte und im hinteren Teil des Eingangsbereiches auffällig lange Zigaretten drehte, schrieb ich meiner Mutter und schickte ihr die Bilder meines ersten Tages.

„Wie toll“, antwortete sie, „ich wusste gar nicht, dass die Mongolei so schön ist.“ An manchen Tagen war ihr Zustand besser, an anderen schlechter. An manchen Tagen fand sie die richtigen Worte, an wiederum anderen verlor sie sich in der Suche nach ihnen. Und ganz selten, an ganz wenigen Tagen, vergaß ich für den Moment sogar, dass sie bereits mit 60 Jahren an schwerer Demenz erkrankt war.

„Hey du, bist du zufällig ‚Jungfrau‘?“, unterbrach mich eine Frauenstimme von der Seite.

„Bitte was?“, antwortete ich erschrocken, drehte meinen Kopf und bemerkte, dass sich eine junge Frau an meinen Tisch gesetzt hatte, während ich in mein Handy vertieft gewesen war.

„Ob du zufällig ‚Jungfrau‘ bist. Das würde zu deiner Aura passen“, wiederholte sie. Die Fremde trug kupferfarbene, engelsgleiche Locken und hatte mehrere Zeichen auf ihrem rechten Oberarm tätowiert, die mir allesamt unbekannt waren. Unabhängig von ihrer intimen Frage wirkte sie auf den ersten Blick sehr herzlich und offen.

„Meine Aura?“, fragte ich. „Ich möchte nicht unhöflich sein, aber das ist mir ein wenig zu persönlich.“ Mein Blick senkte sich nach unten.

„Ja, deine Aura springt mich förmlich an und sagt mir, dass du sehr zielstrebig und zuverlässig bist. Schade, aber wenn du nicht über dein Sternzeichen reden möchtest, ist das vollkommen okay", sagte sie und stieß einen lauten Seufzer aus.

„Oh, Entschuldigung", stammelte ich und spürte, wie meine Wangen immer heißer wurden, „ich habe das irgendwie falsch verstanden. Ich bin Zwilling." Ihre Deutung war sehr interessant. Zielstrebig und zuverlässig? Nun ja, ich hatte zielstrebig mein Ziel immer wieder aufgeschoben und auf die Schrauben in meinen Motorblöcken konnte man sich stets verlassen.

„Falsch verstanden … ach", lachte sie und staunte, „sorry. Ich bin schon so lange unterwegs, dass ich Dinge in meiner Muttersprache vergesse. Im Englischen gibt es da zwei verschiedene Wörter."

„Und woher wusstest du, dass ich Deutscher bin?"

„Ganz einfach: von deiner Aura", antwortete sie, als wäre es das Selbstverständlichste auf dieser Welt. „Ich bin übrigens Lisa."

„Und ich heiße Leon", stellte ich mich ebenfalls vor.

Lisa erzählte mir von ihrer Heimatstadt Bielefeld und davon, dass diese Stadt tatsächlich existierte. Ich wusste zwar nicht, was sie damit meinte, nickte aber zustimmend und kicherte, wann immer sie einen Witz machte. Sie erzählte mir von ihrer Weltreise, ihrer Yogaausbildung in Indien und erklärte mir, wo es den besten veganen Chai-Latte Ljubljanas gab. Außerdem erklärte sie mir, dass es sich bei den Zeichen auf ihrem Arm um sogenannte Chakren handelte.

„Du trägst einen ziemlich schweren Rucksack mit dir rum", sagte Lisa.

„Woher weißt du, wie schwer mein Reisebegleiter ist? Hast du gesehen, wie ich hier eingecheckt habe?"

„Reisebegleiter klingt süß, aber nein, ich meine das Gepäck, das du ständig mit dir herumträgst. Leon, schließe deine Augen und spüre das Gewicht. All die Verpflichtungen und gesellschaftlichen Zwänge, die du mit dir rumschleppst. Dein Haus und deine Versicherungen. All die Freunde, all die Verflossenen und all die Familienmitglieder. Spürst du, wie der Rucksack immer schwerer wird?" Das Einzige was ich spürte, war, dass sich meine Augenbrauen wie von selbst immer weiter nach oben zogen.

„Pack auch deine Zukunftsängste, deine Erwartungen und deine ehemaligen Schul- und Kindheitsfreunde in den Rucksack. Spürst du, wie sich die Trageriemen immer stärker in deine Schultern schneiden?" Ich nickte ihr verwirrt zu. Was wollte sie mir damit sagen?

„Und nun stell dir vor, dass du all den Ballast loswerden könntest. Nimm den Inhalt deines Rucksacks, kipp ihn aus und wirf ihn auf ein Feuer. Spürst du die Erleichterung? Spürst du, wie leicht es ist, ohne Gepäck und Ballast durchs Leben zu gehen? Das ist wahre Freiheit."

„Moment mal", wand ich ein, „hast du mir gerade geraten, meine Freunde zu verbrennen?"

„Du Witzbold", lachte Lisa, „du hast wirklich eine lebhafte Fantasie. Das passt zu deinem Sternzeichen. Hast du für heute Abend schon was geplant?"

„Also … wie meinst du das?", antwortete ich mit leicht zittriger Stimme.

„Ich gehe gleich duschen und wollte dann in die Stadt etwas trinken gehen. Möchtest du mit?"

Lud mich Lisa gerade zu einem Date ein? Flirtete sie mit mir? Meine Hände begannen zu schwitzen und mein Mund wurde staubtrocken. Ich hatte noch nie ein Date gehabt. Aber genau darum ging es doch, oder? Ich wollte neue Dinge probieren und mehr vom Leben erfahren.

„Gerne", antwortete ich und versuchte, meine Nervosität zu verbergen.

„Dann sehen wir uns in einer Stunde wieder, genau hier", verkündete

Lisa und umarmte mich zum Abschied. „Bis gleich."

Während ich unter der Dusche stand, schossen mir tausend Dinge durch den Kopf. Was, wenn mir die Gesprächsthemen ausgehen? Wenn wir uns am Ende gegenseitig anschweigen und unser Date ein Debakel wird? Was, wenn ich ihr zu langweilig bin? Während das Wasser auf mein Gesicht prasselte, klopfte es kräftig an meiner Duschkabine.

„Wärst du so gut und würdest dich etwas beeilen? Ich muss auch noch duschen."

Eine fremde Stimme riss mich aus meinen Gedanken und brachte mich zurück in die Realität. Ich stieg aus der Dusche, und während ich vor dem Badezimmerspiegel stand und mein Hemd zuknöpfte, dachte ich an die Worte von unserem Gildenführer Gottwald, die er mir zum Abschied mit auf den Weg gegeben hatte: „Wenn du dich mal unsicher fühlst, frag dich einfach, was du zu verlieren hättest."

Wie ausgemacht trafen Lisa und ich uns am selben Tisch wieder. Ich hatte mir ein kariertes Hemd angezogen und trug eine beige Cordhose. Sie kam in einem bauchfreien Trägeroberteil und einer bunten, mit Elefanten verzierten Stoffhose zu unserem Date.

„Ich würde dir gerne noch etwas zeigen, bevor wir gehen. Kannst du mir mal einen deiner Geldscheine geben? Keine Sorge, du bekommst ihn wieder zurück." Sie lächelte mich an.

Ich öffnete meinen Geldbeutel und reichte ihr einen der drei grünen Scheine. Vor meiner Abreise hatte ich 300 Euro abgehoben, da ich nicht genau wusste, ob meine Bankkarte auch wirklich im Ausland funktionierte. Zu meiner Überraschung hatte mir der Geldautomat den Betrag in nur drei Scheinen ausgeworfen.

„100 Euro Scheine. Du scheinst reich zu sein." Lisa nahm den Schein in ihre Hände und begann ihn zu falten. „Das habe ich in

Japan gelernt und es nennt sich Origami, die Kunst des Papierfaltens." Einige Faltbewegungen später stellte sie einen grünen Kranich auf unseren Tisch.

„Der Kranich steht für ein gesundes und erfülltes Leben. Möge er dir Glück bringen und dabei helfen, dein Herzchakra zu öffnen." Lisa zeigte dabei auf ihr Tattoo und erklärte, dass dies das Zeichen hierfür sei. „Außerdem besagt eine Legende, dass derjenige, der 1000 Papierkraniche faltet, einen Wunsch frei hat – und Wünsche können nie schaden, oder?"

Bevor ich ihr eine Antwort geben konnte, wurden wir von einer Gruppe junger Männer unterbrochen.

„Yo Lisa, bereit für eine wilde Nacht? Wer ist das? Hast du noch einen neuen Freund dabei? Cool, dich kennenzulernen." Ich schaute den Mann überrascht an und blickte dann beschämt zu Boden.

Das war also mein erstes Date. Lisa hatte mich nicht zu einem Dinner mit romantischem Kerzenschein und Musik von *Ed Sheeran,* sondern zum Feiern mit ihren Freunden eingeladen. Zumindest musste ich mir nun keine Gedanken mehr darüber machen, dass uns die Gesprächsthemen ausgehen würden.

„Alles klar, Leon?", fragte Lisa, nachdem sie die anderen herzlich umarmt und mein betrübtes Gesicht bemerkt hatte.

„Mir geht es gut", antwortete ich und setzte ein leichtes Lächeln auf, „freut mich, euch kennenzulernen."

Wir landeten in einer hippen Bar mitten im Szeneviertel Ljubljanas. Die Wände hingen voller alter Schallplatten und die Decke war mit Kronkorken beklebt. Meine anfängliche Enttäuschung wich schnell der Freude darüber, weitere Reisende kennenzulernen. Ich versuchte, mich in die gesellige Runde zu integrieren, merkte aber, dass ich nicht wirklich reinpasste. Jedes Mal, wenn ich das Gefühl hatte, etwas zum Gespräch beitragen zu können, ergriff einer der anderen das Wort und begann mit einer neuen Geschichte. Alle erzählten von ihren Reisen und davon, welch verrückte Abenteuer sie erlebt hatten. Auf jede dieser Erzählung wurde mit einem Glas Jägermeister angestoßen. Ich lehnte zunächst ab, aber als sie mir dennoch ein Glas in die Hand drückten, dachte ich an meine eigenen Worte. Ich wollte neue Dinge ausprobieren.

„Na gut, Prost." Ich hob mein Glas in die Mitte, stieß mit der Gruppe an und würgte den Jägermeister hinunter.

„Damals in Pakistan wurde ich vom Militär eskortiert", sagte der junge Mann aus Polen, „bis auf die Zähne bewaffnet waren die." Cheers.

„Ich hatte mal in einem alten Kriegsbunker übernachtet. So ein verrückter Kerl, der früher mit Gaddafi zusammengearbeitet hatte, hatte dort ein Hotel eröffnet", lachte der Argentinier, „ich dachte wirklich, dass ich an diesem Abend sterben würde." Cheers.

„Waawaa wawwa wawaw wawa wawawa", murmelte der Schotte, dessen Akzent ich beim besten Willen nicht verstehen konnte. „Wawaa wa." Cheers.

„Ich habe in Indien mein Sakralchakra geöffnet und mir wurde mein Bauchnabel ausbalanciert", erklärte Lisa. Cheers.

„Ich hatte mir damals in Thailand aus Versehen einen Ladyboy mit ins Zimmer genommen. Das sind Frauen mit Schwänzen!", schrie der Australier und alle außer mir lachten Tränen. Cheers.

„Und was ist mit dir, Leon? Erzähl uns was von deiner Reise."

Waren das die Geschichten, von denen man nach einer Reise erzählte? Keine traumhaften Strände oder malerische Gebirge, sondern Militäreskorten und Kriegsbunker? Keine Geschichten von menschlichen Begegnungen, sondern abfällige Kommentare über die Geschlechtsteile anderer Menschen? Ich starrte nachdenklich auf mein

Glas, in dem sich noch ein kleiner Schluck der braunen Brühe befand.

„Tut mir leid", antwortete ich, „bin gleich zurück. Muss kurz zur Toilette."

„Cheers", hörte ich die Runde hinter mir lachen und anstoßen, „auf Toiletten!"

Als ich in Richtung der Toiletten ging, bemerkte ich, wie sich alles um mich herum immer schneller drehte. Ich musste mich an der Wand abstützen, um nicht umzufallen. Während ich vorsichtig die Treppenstufen nach unten stolperte, rutschte ich aus und mir wurde schwarz vor Augen.

Als ich die Augen wieder öffnete, blickte ich auf eine rosa Zimmerdecke. Mein Kopf fühlte sich an, als hätte mir jemand einen Dachziegel übergezogen. Vielleicht war auch genau das geschehen, schließlich konnte ich mich an nichts mehr erinnern. Meine Hand tat zudem tierisch weh und die rechte Seite meines Gesichts schmerzte. Hatte ich mich etwa geprügelt? Ich gab ein leises Stöhnen von mir und versuchte, mich zu orientieren. Wo war ich? Rechts neben dem Bett lagen meine Kleidungsstücke kreuz und quer über den gesamten Teppichboden verteilt. Und links neben mir …

„Verdammt, wer bist du? Wo bin ich!", schrie ich voller Panik.

Ein nackter Oberkörper richtete sich langsam neben mir auf.

„Alles gut, junger Mann. Ein Freund von mir hat dich gestern Abend hierhergebracht und du hast bei mir geschlafen."

Der Körper gehörte zu einer brünetten Frau, die sich müde ihre Augen rieb und laut gähnte.

„Hatten wir …, hatten wir …?

„Sex? Ja, aber keine Sorge. Ich verhüte."

Ich ließ mich zurück auf das Bett fallen und starrte wieder zur Decke. Warum hatte ich nur mitgetrunken? Nun lag ich in einem fremden Bett, hatte mein erstes Mal und konnte mich noch nicht einmal daran erinnern. So ähnlich mussten sich wohl die Leute in den *Hangover*-Filmen gefühlt haben.

„Ich habe kein Tattoo im Gesicht, oder?"

„Hmm? Nein, aber du musst dich auf den Weg machen. Ich bekomme nachher noch Besuch", sagte die schöne Namenlose, während sie ungeniert aus dem Bett stieg und ihre Unterwäsche suchte.

Nachdem ich unter der Bettdecke meine Unterhose angezogen und die restlichen Kleidungsstücke eingesammelt hatte, wankte ich zur Eingangstür.

„Vielen Dank, dass ich hier schlafen durfte."

„Nichts zu danken. Mach's gut."

Ich fasste an die Türklinke und in genau diesem Moment bemerkte ich einen Geldschein auf der hölzernen Wandgarderobe. Ein 100-Euro Schein, auf dem mehrere Faltlinien zu erkennen waren. Ich griff verängstigt an meine hintere rechte Hosentasche und musste zu meinem Entsetzen feststellen, dass mein Geldbeutel verschwunden war.

„Entschuldigung", sagte ich, „weißt du zufällig, wo mein Geldbeutel ist?"

„Keine Ahnung. Du hast mit einem Schwan aus deiner Hosentasche bezahlt."

Mein Kopf senkte sich immer tiefer nach unten, während ich geniert die Wohnung verließ. Ich ging wieder an dem Fluss entlang, den ich am Morgen zuvor mit riesigen Augen bestaunt hatte. Aber über Nacht hatte Ljubljana seine Magie verloren. Alles, was ich gerade wollte, war zu Hause in meinem Bett zu liegen und mit meinen Onlinefreunden zu spielen. Doch ich war allein in einer fremden Stadt, umgeben von fremden Menschen, die eine fremde Sprache sprachen. Hinter einer Brücke fand ich ein wartendes Taxi, klopfte an seine Scheibe und setzte mich auf den Beifahrersitz.

Die Haare, die man unter der Baskenmütze des Taxifahrers sehen konnte, waren bereits ergraut und er trug einen gepflegten Drei-Tage-Bart.

„Können sie mich bitte zu meinem Hostel fahren?", fragte ich, „der Straßenname ist … ach verdammt. Mein Geldbeutel. Tut mir leid, aber ich kann doch nicht mit Ihnen fahren." Er sah mich mit hochgezogenen Augenbrauen an und fragte, was denn mit meinem Geldbeutel geschehen war. Ich erklärte ihm, dass er wohl irgendwo zwischen Bordell und Bar einen neuen Besitzer gefunden haben musste.

„Wie heißt dein Hostel?", fragte er auf Englisch.

„Aber ich …" Ich konnte nicht ganz verstehen, warum er das wissen wollte. Immerhin hatte ich ihm gerade erzählt, dass ich ihn nicht bezahlen konnte.

„Du brauchst mir kein Geld zu geben. Ich fahre dich."

Als ich ihm dankbar die Hand schüttelte, stellte sich der slowenische Mann als Anton vor. Er erzählte mir stolz, dass er dieses Taxi bereits seit 20 Jahren fuhr und klopfte dabei auf die Armlehne seines Sitzes. Die beiden Vordersitze waren mit Sitzauflagen aus kleinen Holzkugeln belegt und auf dem Armaturenbrett befanden sich Bilder, die Anton mit zwei kleinen Kindern zeigten. Ich erzählte ihm während unserer gemeinsamen Fahrt zum Hostel von meinen Reiseplänen und auch von dem gestrigen Abend. Zumindest von den wenigen Dingen, an die ich mich noch erinnern konnte. Er setzte ein warmes Lächeln auf und legte seine Hand auf meine Schulter.

„Shit happens. Mach dir nicht zu viele Gedanken", sagte er, als wir bereits auf die Einfahrt meines Hostels zufuhren, „an manchen Tagen läuft eben alles schief. So ist das im Leben. Aber das sollte dich niemals daran hindern, nach vorne zu schauen. Lern was aus deiner letzten Nacht", sagte er und begann laut zu lachen, „und lass in Zukunft die Finger von Jägermeister."

„Vielen Dank, Anton“, antwortete ich berührt und schüttelte seine Hand. „Das, was du getan hast, bedeutet mir wirklich viel. Kann ich mich nicht doch irgendwie revanchieren?“

„Also, wenn du unbedingt möchtest … ich würde mich sehr darüber freuen, wenn du meine Heimatstadt Ljubljana nicht nur wegen dieses schrecklichen Abends in Erinnerung behältst.“

Unsere Wege trennten sich und ich hatte ein breites Lächeln auf meinen Lippen. Der Morgen hatte eine unerwartete Wendung genommen, die meine Probleme zwar nicht lösten, mich aber dennoch ermutigte, meinen Kopf nicht in den Sand zu stecken. So machte ich mich auf den Weg zur Rezeptionistin und bat um Hilfe. Sie riet mir, die Dokumente, die ich in meinem Geldbeutel hatte, telefonisch neu zu beantragen und sie dann von einem Freund per Post zusenden zu lassen. Außerdem erzählte sie mir davon, dass mir jemand in Deutschland Geld auf ein *Western Union*-Konto überweisen solle. Diese Bank hatte wohl überall auf der Welt Standorte und man konnte dort das überwiesene Geld vor Ort bar abholen. Zum Glück hatte ich meinen Reisepass im Zimmer gelassen und so konnte ich mich zumindest ausweisen. Nachdem ich mit meinem Vater telefoniert und er die Überweisung getätigt hatte, schienen sich meine Probleme langsam zu lösen. Auf einmal rief mich eine vertraute Stimme.

„Hey, da bist du ja“, erkannte ich Lisa, „sorry, aber wir haben dich gestern Abend völlig vergessen. Wir sind in die nächste Bar, während du auf Toilette warst. Kommt nicht wieder vor, versprochen. Und du musst mir nochmal deinen Namen verraten. Ich habe so ein schlechtes Gedächtnis.“

„Leon“, antwortete ich.

„Stimmt, Leon. Du, wir gehen nachher wieder in die Stadt, willst du mit?“

Ich hielt kurz inne und dachte nach. Es war nicht Lisas Schuld, dass ich mich betrunken hatte, möglicherweise in eine Schlägerei verwickelt war und für mein erstes Mal Geld bezahlt habe und mich nicht einmal daran erinnern konnte. Und doch war ich enttäuscht von ihr. Sie und ihre Freunde hatten mich einfach vergessen und waren weitergezogen. Genau das wollte ich ihr sagen und nahm all meinen Mut zusammen.

„Nein, danke."

„Schade Leon, bis später irgendwann."

Ich wünschte ihr viel Spaß und schleppte mich müde in mein Zimmer. Als ich am Nachmittag wieder aufwachte, lag mein Bettnachbar noch immer vor seinem Laptop. Wollte er vielleicht eine „authentische Gefängniserfahrung" erleben und das Zimmer deshalb nicht verlassen? Vielleicht war er aber auch einfach schüchtern und wartete darauf, dass ihn jemand ansprach. Fast so wie bei mir selbst. Ich stieg die Holzsprossen der Leiter hinab und tippte ihm auf die Schulter.

„Hey, hast du vielleicht Lust, mit mir einen Kaffee trinken zu gehen?", fragte ich. Der junge Mann schaute mich überrascht an.

„Nein danke, gleich kommt Fußball."

Ich schmunzelte, ging in den Außenbereich des Hostels und schlürfte meinen Kaffee alleine. Während die letzten Sonnenstrahlen schwach auf mein Gesicht fielen, buchte ich einen Bus in die Hauptstadt Kroatiens und rief meine Mutter an. Es war schön, eine bekannte Stimme zu hören, und sie schien heute einen guten Tag zu haben.

„Wie war dein erster, richtiger Reisetag?", fragte sie. Ich blinzelte in Richtung Sonne und lächelte. Dann erzählte ich die erste Geschichte meiner eigenen Reise.

„Weißt du was? Ich habe hier einen tollen Taxifahrer kennengelernt, der mir geholfen hat. Sein Name ist Anton und er fuhr mich zu meinem Hostel, ohne dafür Geld zu wollen."

## SAURUS BRONTO

**806 / 9.600 km bis zur Mongolei**

Am nächsten Morgen verabschiedete ich mich von meinen Mitbewohnern, bedankte mich bei der Rezeptionistin für ihre Hilfe und machte mich auf den Weg zur *Western Union*-Filiale. Unterwegs besorgte ich mir auch einen neuen Geldbeutel. Zu meiner Freude konnte ich mit meinem Reisepass problemlos das Geld von meinem Vater in Empfang nehmen. Ich steckte mir einen Teil der Scheine in die Hosentasche und verstaute den Rest in meinem Rucksack. So würde ich zukünftig eine kleine Geldreserve haben, falls ich meinen Geldbeutel erneut verlieren sollte.

„ZAGREB – 20 MIN", stand es in Großbuchstaben auf der digitalen Anzeigetafel, die über meinem Kopf hing. Bald würde mich der zweite *Flixbus* meiner Reise in die Hauptstadt Kroatiens bringen. Während ich die Schutzhülle über meinen Rucksack stülpte, klopfte jemand von hinten auf meine Schulter. Ich drehte mich neugierig um und blickte in ein lächelndes Gesicht. Die junge Frau trug eine modische, dunkelbraune Hornbrille und ihre blauen Augen glänzten in der morgendlichen Sommersonne. Sie hatte ihre blonden Haare zu einem Pferdeschwanz gebunden, und ihre Hände verschränkte sie hinter dem Rücken. Ihren zierlichen Oberkörper versteckte sie in einem übergroßen Pullover, auf dem in leuchtend gelber Schrift der Name meiner Lieblingsfilmreihe aufgedruckt war: *Star Wars*.

„Schöner Pullover", sagte ich spontan.

„Vielen Dank. Das nenne ich mal einen guten ersten Eindruck hinterlassen", lachte sie. „Tut mir leid, dass ich dich hier aus dem Nichts anspreche, aber sag mal, warst du nicht vor zwei Tagen abends in dieser Bar?“ Das war es also mit meinem guten ersten Eindruck. Ich neigte meinen Kopf etwas nach unten.

„Bitte sag mir, dass ich kein Getränk über dich geschüttet habe. Falls ja, tut es mir sehr leid. Ich kann mich wirklich an nichts mehr erinnern, aber würde selbstverständlich für die Reinigungskosten aufkommen.“ Sie schüttelte freundlich den Kopf und ließ mich erleichtert aufatmen.

„Keine Sorge“, kicherte sie, „das hast du nicht. Darf ich dich zu einem Kaffee einladen, Leon?“

„Leon? Woher weißt du, wie ich heiße?“

„Ich glaube, die ganze Bar kennt mittlerweile deinen Namen“, sagte sie mit einem Schmunzeln und klopfte mir auf die Schulter. Sie wirkte nett und zu meiner Überraschung hatte ich dieses Mal keinen Kloß im Hals. Aber egal, wie nett ihre Einladung auch war, ich wollte den Bus zu meinem nächsten Reiseziel nicht verpassen.

„Eigentlich gerne, aber in 20 Minuten fährt mein Bus.“

„20 Minuten? Das schaffen wir. Ich kenne ein schönes Café direkt um die Ecke. Bist du dabei?“

„Das schaffen wir? In Ordnung, aber wir behalten die Zeit im Auge.“

„Klar, Pünktlichkeit ist eine meiner Stärken. Versprochen. Ich stelle direkt einen Alarm auf … sagen wir 13 Minuten.“

Kurze Zeit später saßen wir an einem kleinen Holztisch neben einer großen Glasfront. Vor uns hatten es sich mehrere junge Pärchen gemütlich gemacht, und in der hinteren Ecke versteckte ein älterer Mann sein Gesicht hinter einer Tageszeitung. Sie alle saßen an verschiedenen Tischen und auf unterschiedlichen Stühlen, die zusammengewürfelt wirkten. So, als hätte das Café in einer Nacht- und Nebelaktion ein gesamtes Gebrauchtwarenkaufhaus leergeräumt. Zu meiner Überraschung wirkte dieses Chaos jedoch nicht chaotisch, sondern strahlte irgendetwas Besonderes aus. Etwas, das mich lächeln ließ, so, wie die noch immer fremde Frau, die gegenüber von mir Platz genommen hatte.

„Hast du eine Idee, warum ich dich angesprochen haben könnte?", fragte sie.

„Warte. Das klingt jetzt vielleicht seltsam, aber ich möchte sichergehen. Das hier ist kein Date, oder?"

„Das kommt drauf an, was du unter einem Date verstehst. Sitzen wir hier zusammen und trinken Kaffee? Definitiv. Erwarte ich, dass du mir Komplimente machst und die Rechnung übernimmst? Nein, keine Sorge." Sie lächelte und zwinkerte mir zu.

„Tut mir leid, das war eine dämliche Frage. Ich hatte da vorgestern eine unschöne Erfahrung, aber eigentlich ist das auch egal. Also, warum hast du mich angesprochen?"

„Du bist lustig", sagte sie und schaute mich an, „und davon abgesehen finde ich, dass Fragen nie dumm sind. Aber gut, ich schulde dir eine Antwort. Ich habe dich in der Bar beobachtet und du wirktest wie jemand, der gerne Komplimente macht und stets die Rechnung übernimmt." Die Unbekannte verzog zunächst keine Miene, brach dann aber recht schnell in Lachen aus. „Sorry, mein Sinn für Humor." Sie wischte sich durchs Gesicht und atmete tief durch. „Nein, der eigentliche Grund ist folgender: Ich habe ein Geschenk für dich."

Ein Geschenk? Was hätte sie mir schenken können? Immerhin konnte sie unmöglich gewusst haben, dass sie mich an der Bushaltestelle treffen würde. Oder etwa doch? Dann wurden meine Augen immer größer und meine Kinnlade klappte herunter.

„Mein Geldbeutel? Woher hast du meinen Geldbeutel?", fragte ich überglücklich und erkannte beim Öffnen, dass bis auf das Geld nichts fehlte.

„Okay, wo fange ich an. Du weißt ja sicherlich, dass du an dem

Abend sehr betrunken warst. Ich habe dich immer mal wieder an der Bar stehen sehen, doch irgendwann warst du verschwunden. Erst dachte ich, dass du mit deinen Freunden gegangen bist. Aber dann hast du auf einmal an einem Tisch gesessen und wolltest Armdrücken machen. Als Gegner hattest du dir den breitesten Kerl der Bar ausgesucht. Er sah aus wie ein Profi-Wrestler. Und trotzdem warst du derart zuversichtlich, dass du deinen Geldbeutel als Spieleinsatz auf den Tisch gehauen hast. Du hast noch einen Papierschwan herausgenommen, und dann kochte die Stimmung über. Die ganze Bar hat dich angefeuert und deinen Namen gegrölt. Leon, Leon, Leon."

„Wie peinlich", seufzte ich beschämt.

„War halb so schlimm. Auf jeden Fall habt ihr dann begonnen, und ich habe noch nie jemanden so schnell beim Armdrücken verlieren sehen. Er hatte deinen Arm einfach mit voller Kraft auf das Holz geschmettert. So laut, dass die Barbesitzerin Angst um ihren Tisch hatte. Dann hast du sowas wie ‚Ich komme auch ohne Geld nach Zagreb' gelallt und bist enttäuscht zu einem bärtigen Mann an die Bar gefallen. Während du wieder an der Theke warst, setzte ich mich zu dem Kerl, der deinen Geldbeutel gewonnen hatte. Ich konnte ihn nach einem Drink dazu überreden, das Geld zu behalten und mir dafür zumindest den Geldbeutel mit den Karten zurückzugeben. Ich habe meinen eigenen auch mal im Ausland verloren und es war ein Kraftakt gewesen, neue Dokumente zu bekommen. Tja, aber als ich deinen Geldbeutel hatte, waren du und der bärtige Mann leider schon verschwunden. Alles, was ich wusste, war, dass du nach Zagreb wolltest. Und da in deinem Geldbeutel noch ein altes *Flixbus*-Ticket war, dachte ich, dass du vielleicht wieder einen nehmen wirst. Gestern warst du nicht an der Haltestelle. Aber heute habe ich dich gefunden."

„Ich … ich weiß nicht, was ich sagen soll", stotterte ich, „ich bin dir sowas von dankbar."

„Ach was, das hätte doch jeder getan“, antwortete sie und strahlte mich an. Während ich darüber nachdachte und ungläubig meinen Kopf schüttelte, schaute die Unbekannte auf ihre Armbanduhr.

„Also Leon. Wir haben nur noch ein paar Minuten. Lass uns ein Experiment wagen – ein sehr aufregendes. Stell dir vor, in acht Minuten würde die Welt untergehen, und du kannst mir noch eine Frage stellen. Was wäre es für eine?“

„Ähm … wie ist dein Name?“, antwortete ich zögerlich.

„Bist du dir sicher? Was haben Namen schon für eine Bedeutung.“

„In Ordnung“, murmelte ich, dachte nach und sagte: „Liebe Unbekannte, da du weißt, dass in acht Minuten die Welt untergeht, frage ich mich, warum du mir meinen Geldbeutel zurückgegeben hast.“ Sie grinste und nickte mir zu.

„Ich glaube an das Karma und würde gerne als etwas Schönes wiedergeboren werden. Jetzt bin ich dran. Welcher ist dein Lieblingsdinosaurier?“

„Lieblingsdinosaurier? Wie kommst du darauf?“, fragte ich verblüfft.

„Weißt du, Leon, wir reden so oft über ernste Themen. Über Politik, über das Elend in unserer Welt und über Krankheiten, für die es kein Heilmittel gibt. Dann reden wir über die normalen Dinge. Über das Wetter, über süße Hundewelpen, über Filme, Kinder und Zugverspätungen. Danach über traurige Dinge. Über den Tod, den Klimawandel, die Ungerechtigkeit auf diesem Planeten und über Babykleidung, die online als ‚ungetragen – Zustand wie neu‘ verkauft wird. Gelegentlich auch mal über philosophische Themen. Über das Leben, das Glück und die Liebe. Aber weißt du, was wir viel zu selten machen? Über sinnfreie Themen sprechen und so zu tun, als wären sie das Sinnhafteste auf unserer Erde. Das sind meiner Meinung nach die Gespräche, die dir viel über einen Menschen verraten.“

„Lass mich kurz überlegen.“ Ich kratzte mich am Kopf. „Brontosaurus.“

„Der Brontosaurus? Da ist wohl jemand mit *Littlefoot* aufgewachsen“, folgerte sie und bemerkte mein zustimmendes Kopfnicken. „Mein Lieblingsdinosaurier ist der T-Rex. Willst du wissen, warum?“

„Weil da wohl jemand mit *Jurassic Park* aufgewachsen ist?“

„Guter Versuch, aber ich habe einen anderen Grund. Wenn es mir schlecht geht, stelle ich mir vor, wie ein Tyrannosaurus mit seinen kleinen Ärmchen versucht, nach dem Schlafen seine Bettdecke zusammenzulegen. Das ist lustig, oder?“

Unsere Blicke trafen sich und für einen kurzen Moment stand die Welt um uns herum still. Während der Kellner am Nachbartisch Kuchen servierte und sich draußen eine Wolke vor die Sonne schob, spürte ich ein wohliges Kribbeln in meiner Magengegend.

„Es ist wirklich lustig“, lachte ich. Die Fremde schaute mich zufrieden an.

„Warum bist du auf deine Reise aufgebrochen, Leon?“

Obwohl wir uns kaum kannten, fühlte es sich an, als würde ich mit einer guten Freundin sprechen. Als könnte ich vollkommen ehrlich sein, ohne dafür verurteilt zu werden.

„Ich wollte einige Dinge in meinem Leben verändern und öfter meine Komfortzone verlassen. Ich wollte mehr. Aber wenn ich ganz ehrlich bin, weiß ich noch nicht genau, was das bedeutet und wie ich das alles schaffen soll. Deshalb bin ich aufgebrochen und hoffe, dass mir das Reisen eine Antwort geben kann.“

„Vielleicht solltest du nicht zwanghaft nach Antworten suchen, sondern stattdessen andere Fragen stellen?“

„Zum Beispiel die nach dem Lieblingsdinosaurier?“

„Genau“, antwortete sie schmunzelnd. In diesem Moment piepte der Alarm ihrer Uhr, „Leon, wir müssen uns gleich verabschieden.

Was würdest du genau jetzt tun, wenn in drei Minuten wirklich die Welt untergehen würde?"

„Ich würde … ich würde … vermutlich würde ich meine Eltern anrufen und ihnen sagen, dass ich sie liebhabe."

„Das ist eine schöne Idee. Weißt du, was ich machen würde? Ich würde dir einen Kuss geben. Und dann würde ich jemand Fremden zum Lächeln bringen."

Ich war mir nicht ganz sicher, ob sie den Teil mit dem Kuss wirklich so gesagt hatte, oder ob ich wieder in einen kurzen Tagtraum abgedriftet war. Aber ich wollte während unserer letzten Minuten nicht über sowas nachdenken.

„Du würdest jemanden zum Lächeln bringen?"

„Genau. Stell dir vor, jeder Mensch würde an jedem Tag einen anderen Menschen zum Lächeln bringen. Die ganze Welt würde lächeln. So stelle ich mir den perfekten Weltuntergang vor. Und falls wir aus irgendwelchen Gründen den Weltuntergang überstehen sollten, würde ich dich gerne um zwei Dinge bitten: Ruf deine Eltern an und sag es ihnen trotzdem. Meine zweite Bitte ist eine Art Mutprobe, die dir vielleicht helfen wird. Stell dich an die Straße, halte ein Auto an und bring diese fremde Person zum Lächeln. Frag sie nach ihrem Lieblingsdinosaurier. Das wird sie bestimmt zum Lachen bringen." Sie schaute zufrieden. So zufrieden, wie man es vor einem anstehenden Weltuntergang nur hätte sein können.

„Du sagst, es könnte mir helfen", begann ich, „aber wobei?"

„Dabei herauszufinden, nach was du wirklich suchst", antwortete sie. „Vertrau mir. Vertrauen ist der Schlüssel zu so vielen Fragen. Aber uns läuft langsam die Zeit davon. In einer Minute ist es so weit." Die Unbekannte drehte sich zur Theke und bestellte einen Schokoladenmuffin.

„Das war es also? Werden wir uns nach dem Weltuntergang

wiedersehen? Ich könnte mir deine Adresse aufschreiben und dich nach meiner Reise mal besuchen."

„Habe Vertrauen", lächelte sie und gab mir einen kurzen Kuss auf die Wange, „vielleicht sehen wir uns ja irgendwann wieder. Die Welt ist schließlich klein. Und abgesehen davon: Dank deinem Geldbeutel weiß ich, dass du in Frankfurt wohnst. Ich werde mich also dort einfach jeden Tag an den *Flixbus*-Bahnhof stellen und nach dir Ausschau halten. Gute Reise, Leon. Pass auf dich auf." Sie zwinkerte mir zu, zog ihren Stuhl nach hinten, stand auf und nahm den Muffin in Empfang.

„Warte", rief ich traurig, „willst du mir nicht wenigstens deinen Namen verraten?"

„Es ist deine Geschichte. Denk dir einfach einen Namen aus. Du kannst mich ja zum Beispiel die Dinosaurier-Dame nennen, Rawr." Sie grinste breit, imitierte die Arme von einem T-Rex, versuchte zu winken und drehte mir den Rücken zu. Bevor sie das Café verließ, stoppte sie kurz bei dem älteren Mann, der noch immer in seine Zeitung vertieft war. Sie stellte den Muffin vor ihm ab, flüsterte ihm etwas ins Ohr und verschwand durch die Tür.

Glücklicherweise war unsere Welt nicht wirklich untergegangen, aber ich hatte keine Zeit, dies würdig zu feiern. Schließlich musste ich meinen Bus erwischen, der in wenigen Minuten abfahren würde. Auf dem Weg nach draußen griff der ältere Zeitungsleser im Vorbeigehen nach meinem Arm.

„Vielen Dank", sagte er.

„Danke wofür?"

„Für den Muffin. Die junge Dame eben sagte mir, dass du es dir zum Ziel gesetzt hast, jeden Tag jemanden zum Lächeln zu bringen. Danke.", sagte er gerührt und lächelte mich an.

„Ach so, der Muffin. Nicht der Rede wert. Haben sie einen wunderschönen Tag."

„Sie auch, Mister *Saurus Bronto*“, antwortete der Mann.

Ich nickte und spurtete lachend und kopfschüttelnd zur Haltestelle. Mister Saurus Bronto. So musste sie mich vorgestellt haben. Und anscheinend klangen diese zwei Wörter für den Slowenen so, als könnten sie ein realer, ausländischer Name sein. Mein Herz schlug kräftig, doch auf einmal fiel es mir in die Hose. Ich stand vor einer leeren Haltestelle, schaute auf die Uhr und musste feststellen, dass mein Bus vor drei Minuten abgefahren war. Meine Beine wurden wackelig, ich wischte mir den Schweiß von der Stirn und schaute verwirrt umher. Wie konnte das passieren? Dinosaurier-Dame hatte doch einen Alarm gestellt. In diesem Moment dämmerte es mir, und ich bekam Gänsehaut an beiden Armen. War es etwa möglich, dass sie den Alarm absichtlich falsch gestellt hatte? Ich stieß ein lautes Seufzen aus und schaute auf den grauen Asphalt. Aber warum sollte sie das tun? Vielleicht wäre genau das die richtige Frage gewesen.

Ich ging in Gedanken erneut unser Treffen durch. Sie sagte mir, dass ich Vertrauen haben soll und sprach von einer Mutprobe, die mir helfen könnte. Ich schüttelte ungläubig den Kopf und war etwas wütend auf sie. Doch bevor ich überlegte, wie es nun weitergehen sollte, tat ich etwas anderes.

„Hey Papa, ich bin es, Leonard. Ja, keine Sorge, es ist nichts passiert. Du, ich wollte euch nur noch etwas Wichtiges sagen. Du weißt, dass ich euch liebhabe, oder?“

Nach dem Telefonat schaute ich mich eine Weile um. Ich sah Menschen, die eilig in ein Einkaufszentrum strömten, andere, die ungeduldig auf ihren Bus warteten und einen jungen Mann mit Skateboard, der mit einem Handy am Ohr Kaffee bestellte. Doch je länger und genauer ich hinsah, desto öfter fiel mein Blick auch auf lächelnde Gesichter. Kinder, die fangen spielten. Pärchen, die sich verliebt in den Armen hielten und ein Obdachloser, der von einem älteren

Mann eine Zeitung gereicht bekam. Und mit jeder dieser Gesichter verflog meine Wut auf Dinosaurier-Dame ein wenig mehr.

Wie es sich der Taxifahrer gewünscht hatte, sollte Ljubljana mir am Ende wirklich nicht als die Stadt in Erinnerung bleiben, in der ich die schlimmste Nacht meines Lebens verbracht hatte. Stattdessen wurde sie zu einem Ort, an dem mir Anton und eine freundliche Rezeptionistin geholfen hatten. Ljubljana wurde zu einer Stadt, in der mir die Dinosaurier-Dame nicht nur meinen Geldbeutel zurückgab, sondern mich auch zu einer Mutprobe überredete.

Ich nahm all meinen Mut zusammen, streckte den Daumen aus und versuchte, eines der vorbeifahrenden Autos anzuhalten. Mein Arm zitterte und die überraschten Blicke der Passanten waren mir unangenehm. Aber ich wollte die Mutprobe bestehen. Vielleicht würde die Dinosaurier-Dame dann hinter einem der Gebäude hervorspringen, mir gratulieren und erklären, warum sie mich meinen Bus verpassen ließ. Vielleicht würde sie mir dann auch ihren richtigen Namen verraten.

Zu meinem Erstaunen dauerte es nur wenige Minuten, bis ein ockerbrauner Wagen hinter mir zum Stehen kam. Ich joggte zum Beifahrerfenster und blickte in zwei freundliche Gesichter. Hinter dem Steuer saß ein blonder, langhaariger Mann in weißem Unterhemd. Seinen linken Arm hatte er auf dem Lenkrad abgelegt und er trug mehrere Perlenarmbänder am Handgelenk. Neben ihm hatte es sich eine Frau mit brünetten Locken gemütlich gemacht und presste ihre nackten Füße gegen das Armaturenbrett.

„Yo, wo willste hin?“, fragte der Fahrer durch das offene Fenster.

„Das klingt jetzt etwas komisch, aber … ich muss euch etwas fragen. Habt ihr einen Lieblingsdinosaurier?“

„Ist alles in Ordnung mit dir?“ Der Mann und seine Beifahrerin sahen sich einen Moment lang fragend an und lachten dann laut.

So, wie es sich Dinosaurier-Dame gewünscht hatte.

„Also, jetzt mal Butter in die Pfanne. Wo willste hin? Und wie heißt du eigentlich?"

„Leon und ich bin unterwegs in … die Mongolei. Eigentlich wollte ich einen Bus nach Zagreb nehmen, aber ich habe ihn verpasst."

„Eigentlich?", wiederholte der Fahrer, „eigentlich fahren wir zu nem anderen Ort in Kroatien, aber wir könnten vielleicht nen kleinen Umweg machen. Was meinst du, *Apfeltäschchen?"*

„Du kennst das Antwort von mir bestimmt schon, oder, Schatz? Ich finde, wir sollen die junge Mann helfen", antwortete die Frau mit einem liebenswerten Akzent.

„Na los, steig ein. Ich bin Hans."

„Ich bin Helena."

„Und du bist bei den zwei heißesten Schnitzeln im ganzen Land gelandet", fügte Hans hinzu und gab Helena ein High five.

Ich zog meine Augenbrauen nach oben und drehte mich zu dem Café um. Ob sie mir wohl gerade zuschaute und sich fragte, ob ich tatsächlich einsteigen werde? Zu den zwei heißesten Schnitzeln im ganzen Land, ohne auch nur den blassesten Schimmer zu haben, was das bedeuten könnte? Dann drehte ich mich wieder zu Hans und Helena. Meine Beine waren weich und meine Hände zitterten. Dieses Mal jedoch nicht nur vor Angst, sondern auch vor Neugierde.

„Habe Vertrauen", wiederholte ich die Worte der Unbekannten und flüsterte sie vor mich hin. Ich atmete tief ein und wieder aus und traf eine Entscheidung, die mein ganzes Leben verändern sollte: Ich stieg ein.

# MR WILSON

*Outcast – Hey Ya!*

*Dolls United – Eine Insel mit zwei Bergen*

**904 / 9.600km bis zur Mongolei**

Der ockerbraune Volkswagen-Bus von Hans und Helena verzichtete in seinem Inneren auf diesen doch eher markanten Farbton. Stattdessen hatten sie ihn vorrangig mit verschiedenen Hölzern in eine kleine, aber gemütliche Wohnung auf Rädern verwandelt. Ich saß auf einer mit bunten Batiktüchern abgedeckten Sitzbank, die man umklappen und so über Nacht in ein Bett verwandeln konnte. Gegenüber der quietschenden Schiebetür befand sich ein Küchenblock, dessen Schranktüren aus vielen verschiedenen Holzarten gefertigt waren. Über dem Gasherd hatten sie zwei Planken angebracht, an denen Küchenutensilien, Aufkleber, Postkarten und Polaroid-Fotos hingen. Auf den Fotos waren verschiedene Gesichter, die eines gemeinsam hatten: Alle lächelten sie.

„Vielen Dank nochmal, dass ihr mich mitnehmt." Ich schaute glücklich zu den beiden nach vorne.

„Gerne", antwortete Helena, „aber du solltest dich auch bei die Mr Wilson bedanken."

„Mr Wilson?"

„Lustiger Name, oder? So habe ich die Karre genannt. Nach dem Film mit der verlassenen Insel, weißt du, welchen ich meine?"

„*Cast Away?*"

„Ja, genau der", antwortete Hans, „wobei ich den englischen Titel immer noch nicht verstehe. Was hat der Film schon mit ‚wegwerfen' zu tun."

„Ich glaube, das ist eine englische Redewendung", erklärte Helena, „und bedeutet … wie heißt das nochmal in Deutsch … wenn man an die Strand gespült wird.“

„Gestrandet“, antwortete Hans und gab ein lautes „Aaaah“ von sich, „das macht nen bisschen mehr Sinn. Meer Sinn, versteht ihr?“ Hans kicherte laut und schob dann eine Frage in ernstem Ton nach. „Du magst den Film, oder? Das ist ne wichtige Voraussetzung, um von Mr Wilson rumgefahren zu werden.“

„Ja, doch. Ich mag den Film, außer …“

„Leon mag die Film, das ist super“, jubelte Helena und schlug mit Hans ein, bevor ich ihnen sagen konnte, dass ich *Cast Away* ein klein wenig langatmig fand.

„Sag mal, Helena, woher kommst du eigentlich?“

„Ich komme aus die Spanien.“

„Hast du mal länger in Deutschland gelebt, oder wo hast du so gut Deutsch sprechen gelernt?“

„Das ist lieb, Leon, doch nein. Hans hat mich Deutsch beigebracht. Aber ich mache immer so dumme Fehler. Eure Sprache ist ganz toll verwirrend.“

„Dumme Fehler? Dein Deutsch ist fantastisch. Und keine Sorge, das mit den Artikeln ist wirklich sehr kompliziert.“

Helena bedankte sich mit einem lauten Luftkuss, den sie mir mit ihrer Hand quer durch Mr Wilson zuwarf.

„Willste wissen, wo ich Deutsch gelernt habe?“, fragte Hans.

„Ähm, ja?“, antwortete ich verwundert.

„Na, in Deutschland. Ich bin nen Deutscher.“ Seine Antwort war so stumpf, dass ich etwas schmunzeln musste.

„Woher genau? Du kürzt manche Artikel ziemlich interessant ab.“

„Aus Bayern, aber das hat nen anderen Grund“, lachte Hans. „Das Leben ist zu kurz, um Wörter unnötig lang zu machen. Die Zeit kann man dann für ne schönere Sache nutzen.“ Hans neigte seinen Kopf nach rechts und gab seiner Freundin Helena einen flüchtigen Kuss auf die Wange. „Siehste?"

Während die Erklärung von Hans mein Herz erwärmte, fiel mein Blick auf einen Aufkleber an der Rückseite des Beifahrersitzes: „Life is too short to learn German."

„Und warum kürzt du dann nicht auch ganze Wörter ab?"

„Ein Bekannter von mir ist bei der Bundeswehr. Bei dem ist jedes dritte Wort ne Abkürzung. Ich habe den nie richtig verstanden. Deshalb ..." Wie aus dem Nichts unterbrach Hans seinen Satz und drehte das Radio auf. Dann begann er laut mitzusingen.

Shake it, shh – shake it
Shake it, shh – shake it
Shake it like a polaroid picture

Seine Singstimme klang gut und noch dazu sang er einen meiner Lieblingssongs. Während seiner musikalischen Darbietung trommelte er mit den Händen auf dem Lenkrad und hielt das Fahrzeug mit dem rechten Bein auf der Straße. Sicherlich war das wenig bis gar nicht straßenverkehrsregelkonform, aber derart lange Wörter mochte er vermutlich sowieso nicht.

„Kannst du mal zu mich schauen, Leon?", fragte Helena vom Beifahrersitz und drückte auf ihre Kamera.

„Du hast ja schon die Bilder an das Wand gesehen. Das sind alles Leute, die wir mitgeholt haben. Und jetzt bist du auch einer von diese Gesichter." Kurz darauf schob sich das Bild aus Helenas Polaroidkamera, und sie reichte es mir nach hinten.

Ich schüttelte es, bis ich mein eigenes Gesicht auf dem Foto erkennen konnte. Ich sah in meine dunkelbraunen Augen, unter denen sich durch den Schlafmangel der letzten Tage leichte Schatten gebildet hatten. Auf meinem normalerweise glatt rasierten Kinn war nun ein Drei-Tage-Bart zu erkennen, da ich den Rasierer zu Hause vergessen hatte. Aber im Grunde sah ich noch so aus, wie vor einer Woche in Frankfurt. Trotzdem ließ das breite Grinsen in meinem Gesicht mich wie eine Person wirken, die ich fast nicht wiedererkannte.

„Schön. Und jetzt kannst du es zu die andere Bilder hängen. Jetzt bist du eine Teil von Mr Wilson."

„Willkommen an unserer Wand", fügte Hans hinzu und beendete so seine musikalische Darbietung. „Also, Leon, was ist deine Geschichte? Bist du schon lange am Trampen?"

„Ehrlich gesagt bin ich erst vor drei Tagen gestartet. Und eigentlich trampe ich auch gar nicht."

„Ne Jungfrau?", schoss es aus Hans heraus.

„Nein, Zwilling", scherzte ich, obwohl ich dieses Mal genau wusste, worum es ging.

„Wir haben ne Jungfrau an Bord, *Schokostreusel.*"

„Wie bitte? Leon ist eine junge Frau?", antwortete Helena überrascht.

„Nein. Ne Jungfrau. Das ist jemand, der noch nie Sex hatte."

„Du hast noch nie mit eine andere Person Liebe gemacht?", fragte mich Helena voller Neugier und warf mir dabei einen erstaunten Blick entgegen. Bevor ich das Missverständnis aufklären konnte, legte Hans seine rechte Hand auf Helenas Schulter, nannte sie erneut bei dem Namen einer Backware und gab ihr einen weiteren Kuss.

„*Streuseltälerchen,* Leon ist eine Reisejungfrau."

„Gut. Ich glaube, ich verstehe. Also bis du schon wirklich eine Mann, aber das ist deine erste Reise, ja?" Auf ihrer Stirn zeichneten sich tiefe Falten ab.

„Genau, Helena", antwortete ich, lachte laut und merkte, wie mir mittlerweile die Wangen schmerzten. Doch dann stoppte ich abrupt.

„Tut mir leid, ich wollte nicht über dich lachen."

„Ich finde es selbst lustig, wenn ich manchmal komische Sachen sage. Du darfst nicht über mich, aber mit mich lachen."

In den folgenden Stunden lachten wir laut und viel. Als wir die Grenze überquerten, wollte ein Grenzbeamter von uns wissen, wohin wir unterwegs waren. Hans antwortete mit „Freiheit" und versuchte, den Mann daraufhin davon zu überzeugen, dass dieser Ort tatsächlich existierte. Nachdem der Beamte irgendwann kapitulierte und uns kopfschüttelnd weiterfahren ließ, fuhr Hans ein paar Kilometer später rechts ran und wir stiegen alle aus.

Als Hans ein paar Schritte ging und sich streckte, wurde mir bewusst, wie muskulös er war. Sein ganzer Körper war durchtrainiert, seine Schultern waren so breit wie mein alter Kleiderschrank, und er war ungefähr einen halben Kopf größer als ich. Er wirkte mit seinen durchgelaufenen Flipflops und der im Wind wehenden Haarmähne wie der geborene Darsteller einer Surfdokumentation. Auch seine schwarze Lederhalskette, an der ein großer Zahn hing, passten zu dieser Vorstellung.

„Ist das ein echter Zahn an deiner Kette?"

„Yo. Ich wurde beim Surfen mal von 'nem Hai angegriffen. Er hat nen Zahn verloren und ich nen Finger. Aber halb so schlimm. Man kann auch mit neun Fingern gut singen und ich kann jetzt sogar beim Nägelschneiden Zeit sparen." Hans hielt seine rechte Hand nach oben und zeigte auf seinen fehlenden kleinen Finger.

„Du sollst nicht immer so eine Quatsch erzählen", antwortete Helena und kniff ihrem Freund in die Wange.

„Okay, okay, anderes Thema. Wir haben angehalten, weil wir zwei wichtige Dinge besprechen müssen", erklärte er. „Zuerst haben Helena und ich da so'n Ritual. Und ich würde mich freuen, wenn du mitmachst, Leon. Jeder Tramper, den wir mitnehmen, muss sich nen Finger abschneiden." Ich machte einen kleinen Schritt nach hinten und riss meine Augen weit auf. „Keine Sorge, war Spaß. So nen schlimmer Finger bin ich echt nicht. Verstehst du? Schlimmer Finger." Er kicherte und ich atmete beruhigt aus. „Wir machen Folgendes. Immer, wenn wir in nen neues Land fahren, spricht jeder nen Wunsch aus. Irgendwas, was man in dem Land gerne machen würde, und dann versuchen wir, diese Wünsche zu erfüllen."

„Ich fange an", rief Helena, „ich möchte gerne ganz viel von die Kirschen essen. Die aus Kroatien sollen toll schmecken."

„Mein Wunsch ist es, an 'ner ganz besonderen Stelle zu übernachten. Da gibt es ne Region, in der du auf einer Seite das Meer und auf der anderen die Berge hast. Dort ist es magisch", fuhr Hans fort. Dann fragte er mich nach meinem Wunsch.

Ich dachte kurz nach und fand nur eine Antwort, von der ich wirklich überzeugt war. Obwohl ich Helena und Hans erst vor wenigen Stunden kennengelernt hatte, wollte ich mich in einigen Kilometern nicht schon von ihnen verabschieden.

„Darf ich mir wünschen, euch zu dieser magischen Stelle zu begleiten? Die mit den Bergen und dem Meer, von der du gerade gesprochen hast."

„Klar, darfst du das. Ist ja dein Wunsch. *Kirschtörtchen,* was meinst du? Wollen wir Leon seinen Wunsch erfüllen?", fragte Hans.

„Ich bin froh, wenn du noch bei uns bleibst, Leon."

Meine Mundwinkel zogen sich erleichtert nach oben. „Würdet ihr mir auch verraten, wo dieser Ort liegt?"

„Direkt neben Freiheit", antwortete Hans.

„Und wo liegt Freiheit?", fragte ich nach.

„Da, wo du auf die eine Seite die Meer und auf die andere Seite die Berge hast", erklärte Helena.

„Lass dich überraschen, Leon", antwortete Hans und klopfte mir auf die Schulter, „vertrau uns. Es wird dir freilich gefallen. Freilich, verstehst du?“ Hans kicherte erneut.

Vertrauen. Da war es wieder. Es war keines der Wörter, die ich vor zwei Wochen in meinem Wohnzimmer auf das Stück Papier geschrieben und kurz darauf zusammengeknüllt hatte. Aber es schien beim Reisen eine große Rolle zu spielen.

„In Ordnung, ich vertraue euch“, antwortete ich, „was habe ich schon zu verlieren.“

„Zu verlieren? Nichts, aber wir haben nen Haufen Sachen zu finden. Zum Beispiel die ersten Stände, an denen es Kirschen gibt.“ Hans klatschte in seine Hände und Helena stieß einen Jubelschrei aus.

„Warte mal kurz, Hans, du wolltest doch zwei wichtige Dinge besprechen. Euer Ritual habt ihr mir gezeigt, aber was war das zweite?“

„Ach“, sagte Hans beiläufig, während er zur Fahrertür schlenderte, „nicht so wichtig. Vielleicht wollten wir dich fragen, ob du deinen Plan ändern und uns noch ein wenig begleiten willst.“ Ich lächelte bis über beide Ohren.

Mit mehreren Körben voller Kirschen ausgerüstet, erblickten wir wenig später die ersten kroatischen Inseln. Hans merkte wohl, wie beeindruckt ich war und fuhr besonders langsam. So langsam, dass die Autoschlange hinter uns immer eindringlicher hupte, da sie auf der kurvenreichen Strecke nicht überholen konnte. Das konnte die Magie dieses Momentes jedoch nicht schmälern. Es wirkte so, als wäre eines der Hintergrundbilder, die auf meinem Computer zu Hause ständig wechselten, zum Leben erwacht. Hans kämpfte gegen das laute Hupkonzert an, indem er aus vollem Leibe ein weiteres Lied sang und im Takt der Musik auf die Hupe von Mr Wilson drückte. Währenddessen füllte sich meine Nase mit salziger Meeresluft.

Eine Insel mit zwei Bergen und dem tiefen weiten Meer
Mit viel Tunnels und Geleisen und dem Eisenbahnverkehr

Eine Stunde später verließen wir zur Freude der anderen Autofahrer die Küstenstraße und fuhren durch das Gebiet, in dem laut Hans die Winnetou-Filme gedreht wurden. Er versuchte, seiner Freundin die Handlung zu erklären, während ich mich gemütlich zurücklehnte und den beiden einfach nur zuhörte.

„Da geht's um nen Indianerhäuptling in Amerika, der Haarbänder bei Männern zu 'nem Trend gemacht hat. Dann wird er Blutsbruder von 'nem blonden Kerl. Dafür schneiden die sich ihre Daumen auf und drücken die dann gegeneinander. Wirklich eklig. Also, der blonde Kerl ist eigentlich böse, aber dann doch gut. Und er kann mit einem Schlag jeden k.o. schlagen. Ist nen echter Draufgänger – aber nen Lieber. So wie ich."

„Außer, dass du umfällst, wenn du Blut siehst."

„Ach je, lass uns nicht über den Abend reden. Aber mal ne andere Sache mit Filmen. *Zimtsternchen,* haste ne Ahnung, wo *Cast Away* gedreht wurde?"

„Ich glaube, auf so eine verlassene Insel bei Fidschi."

„Meinste, die hätten das auch alles mit versteckten Kameras drehen können? Weißt du, um die Insel so richtig verlassen zu machen."

Und während sie darüber diskutierten, auf welche teils sehr absurden Arten man *Cast Away* hätte filmen können, wurden meine Augenlider immer schwerer.

Als ich wieder aufwachte, drehte sich ihr Gespräch immer noch um dasselbe Thema.

„Und was wäre, wenn man die Tieren auf der Insel Kameras umgebunden hätte?"

„Erinnerst du dich noch daran, als wir in Polen mit 'nem Hund Gassi gegangen sind und ihm ne *GoPro*-Kamera umgebunden hatten?"

„Stimmt", lachte Helena, „und dann haben wir die Video geschaut und man hat nur die Löcher von die Hintern gesehen." Als sich die beiden verliebt ansahen, drehte sich Hans zu mir um.

„Yo, Leon, du bist ja wieder wach. Ein richtig guter Zeitpunkt."

Ich rieb mir den Schlaf aus den Augen, schaute aus den getönten Fenstern und blickte auf Straßen voller Menschen inmitten von historischen Stadtpalisaden.

„Ich war wirklich unglaublich müde", gähnte ich, „wie lange habe ich geschlafen? Und wo sind wir?"

„Ungefähr vier Stunden. Und wir sind grad an unserem ersten Ziel angekommen: Freiheit. Jetzt werden wir ein bisschen Geld verdienen, ein paar Schnitzel unter die Leute bringen und dann zeig ich dir, warum wir den Ort *Freiheit* nennen. Gleich, nachdem wir nen Parkplatz gefunden haben. *Johannisbeerschnittchen,* haste ne Ahnung, wo meine Lederhose ist?"

Nach einem kurzen Blick auf *Google Maps* fand ich heraus, dass sich hinter *Freiheit* die kroatische Stadt Split verbarg. Ich war gespannt darauf, herauszufinden, was die beiden vorhatten, aber gleichzeitig auch ein wenig verwirrt über die Andeutungen von Hans.

„Hast du Schnitzel gesagt? Und wofür brauchst du eine Lederhose?", fragte ich mit einem Stirnrunzeln.

„Ich habe dir doch gesagt, dass du bei den heißesten Schnitzeln im ganzen Land gelandet bist."

„Eigentlich dachte ich, dass das ein Spaß war."

„Warum sollte das Spaß gewesen sein? Komm jetzt. Wir müssen los." Die beiden drückten mir eine schwere Tasche in die Hand und bevor wir losgingen, griff Hans an meine Schulter.

„Noch ne kleine Warnung: Die Nummer ist nichts für schwache Nerven." Er machte eine kurze Pause und zwinkerte mir zu. „Oder sollte ich eher sagen: nichts für nen schwachen Magen?"

# SCHNITZEL

*Westernhagen – Freiheit*

*Nena – 99 Luftballons*

**1.273 / 9.600 km bis zur Mongolei**

Als wir nach wenigen Minuten auf einem großen Platz im Stadtkern von Split ankamen, griff sich Hans einige Sachen aus dem Rucksack und verschwand in einem nahegelegenen Restaurant. Währenddessen begann Helena damit, einen Mikrofonständer aufzubauen. Es gab da jedoch eine winzige Sache, die mich stutzen ließ: Der Mikrofonständer war mit einer bemalten Hartplastikschicht ummantelt und sah aus wie eine riesengroße Bratwurst. Um keine Zweifel aufkommen zu lassen, stand das Wort „Bratwurst" auch über der gesamten Länge des Ständers geschrieben. Durch die Schrift zog sich eine gelbe Linie, die vermutlich „Senf" darstellen sollte. An dem Ende des Bratwurstständers, dort, wo normalerweise das Mikrofon befestigt wurde, war eine leere Heinz-Ketchup-Flasche angebracht. Während ich verdutzt meine Augen rieb, zog Helena einen Verstärker aus der Tasche, die ich getragen hatte, schloss das Mikrofon an und steckte es in die Ketchupflasche. Dann stellte sie sich neben mich, verschränkte ihre Arme und nickte zufrieden.

„Gleich beginnt die Show, Leon. Bist du auch so aufgeregt wie ich?" Sie wippte mit ihren Füßen auf und ab.

„Ehrlich gesagt, weiß ich nicht genau, was ich bin. Aber warum bist du aufgeregt? Das ist nicht dein erstes Mal, oder?"

„Nein, ich bin keine Jungfrau. Ich war schon bei ganz viele so Auftritte dabei, aber ich bin immer nervös. Ach, ich habe fast die Hut vergessen." Helena rannte erneut zu ihrem Rucksack und legte einen Fedora-Hut umgedreht vor das Mikrofon. Sie schaute auf ihre Uhr.

„Noch 15 Minuten", verkündete sie und atmete hörbar aus. Helena war ungefähr einen Kopf kleiner als ich und hatte lange, braune Locken, die, wie ihre grünbraunen Augen, im Sonnenlicht glänzten. Ihre Wangen waren von Sommersprossen bedeckt und sie hatte eine kleine Stupsnase. Ihr roter Lippenstift passte zu den roten Blumen, die auf ihrem hellen Sommerkleid aufgedruckt waren, und eine Bauchtasche an der Taille betonte ihre Rundungen. Sie war wunderschön, doch was ihre Schönheit ausmachte, war nicht nur ihr Aussehen, sondern vor allem ihre Ausstrahlung. Sie hatte ein ansteckendes Lächeln, das sie fast ununterbrochen mit ihren Mitmenschen teilte.

Während wir warteten, versammelten sich immer mehr Menschen um uns herum. Was auch immer Hans vorhatte, zog ein großes Publikum an. Ich begann, die überwiegend jungen Menschen zu zählen, aber gab auf, als ich Richtung 100 kam und der Kreis immer größer wurde. Von links drückte sich ein breitgebauter Mann vorbei und blieb unmittelbar vor mir stehen, um so einen besseren Blick erhaschen zu können. Er trug ein schwarzes T-Shirt mit einem auffallenden Aufdruck, dessen Buchstaben aus Bacon-Streifen bestanden.

„The singing Schnitzel?", fragte ich und schaute Helena an. Sie nickte – und als im selben Moment eine Kirchenglocke schlug, begann die Menge laut zu pfeifen und zu applaudieren. Hans bahnte sich energisch einen Weg durch die Menge und klatschte hier und da einige Zuschauer ab, bis er schließlich hinter das Mikrofon trat und seine Gitarre nahm. Er trug ein rotkariertes Hemd und eine braune Lederhose. Meine Kinnlade klappte herunter und ich kniff mich selbst. Nur um sicherzugehen, dass ich nicht immer noch in Mr Wilson saß und auf der Rückbank schlief.

„Yo, Test, eins, zwei. Eins, zwei. Can you hear me?"

Die Zuschauer jubelten und bejahten seine Frage.

„Are you ready for some German words?"

Jede seiner Fragen wurde mit einem stets lauter werdenden Grölen erwidert.

„Are you ready for some Bratwurst? Kindergarten? German Autobahn? Ja? Are you ready for some Schnitzel?"

Vorne links wedelte eine junge Frau mit einem Kochlöffel aus Holz und hinter mir schrie eine kräftige Männerstimme „Snitzel". Ich war völlig baff. Hans wirkte auf mich bereits bei unserer ersten Begegnung wie eine eher extrovertierte Person. Man hätte vielleicht sogar „verrückt" sagen können. Doch die folgenden Minuten setzten meine Messlatte für dieses Wort um einige Meter nach oben.

„My name is Hans, and I am the singing Schnitzel. Today we begin with a very famous song from a very famous German singer. Have fun with *Marius Müller-Westernhagen – Freiheit.*"

Die Panade ist gemacht
Stunden an dem Herd verbracht
Was ist besser als Dessert?
Schnitzel, Schnitzel

Die Kapelle ordert drei
Und der Papst sagt: Ich will zwei
Und mein Nachbar vorneweg

Schnitzel, Schnitzel
Ist das einzige, das brät

„Kommt schon, meine lieben Schnitzelfreunde, kommt!"

„Schniiiiitzel. Schniiiitzel", hallte es aus der Menge. Und während sie sangen, als wäre es ein bekanntes kroatisches Volkslied, konnte ich vor lauter Lachen kaum noch atmen. Wie um alles auf der Welt war Hans bloß auf die Idee gekommen, in Lederhosen und mit einem Bratwurst-Mikrofon Lieder über Schnitzel zu singen. Und dann damit sogar im Ausland auf Tour zu gehen. Verstand überhaupt jemand, was er da sang?

„Schniiiiitzel. Schniiiitzel."

Unabhängig davon schien jeder im Publikum einen riesigen Spaß zu haben. Die Menschen tanzten ausgelassen und lagen sich schunkelnd in den Armen.

„Very good my friends. Thank you. Very nice that you are here today. The next song is from a very famous German woman: *Nena – 99 Luftballons.*"

Hast du etwas Mehl für mich?
Paniere ich ein Stück für dich
Biosiegel, exzellent
Discounterpreis: nur neunundneunzig Cent

Neunundneunzig Schnitzelweck
Richtung Mund, dann sind sie weg
Und sind die Schnitzel einmal all
Hilft der Majo-Schnitzelgeneral

Die Zuschauer hatten eine Polonaise gebildet und auch Helena und ich schlängelten uns mit ihnen gemeinsam über den Platz im Stadtkern von Split. Vorbei an Menschen, die kopfschüttelnd in Cafés saßen und wiederum anderen, die fleißig im Takt klatschten. Hans sang noch einige weitere Songs. *H.P. Baxxter* mit *Was kostet das Jägerschnitzel, Aber bitte mit Rahmsoße* von *Udo Jürgens* und auch ein wenig Hip Hop mit *Schnitzel im Kopf* von *Sido.*

Während er damit beschäftigt war, lautstark „Ich hab nur Schnitzel im Kopf“ zu brüllen, tauchten neben ihm drei Polizisten auf, gestikulierten wild mit ihren Armen und zogen das Kabel aus dem Verstärker.

„I am very sorry my friends“, brüllte Hans in die Menge, da sein Mikrofon nun nicht mehr funktionierte, „but it seems the health-police arrived and they don't want me to give you more Schnitzel. I must stop now. But don't be sad, I will be back. Like Schwarzenegger, you know? Thank you. Until next time. Stay hungry.“

Die Menge buhte, einige von ihnen fluchten in einer unbekannten Sprache und räumten dann friedlich den Platz. Bevor sie dies taten, warfen sie etwas in den Hut und würdigten die Leistung von Hans mit einer kleinen Spende. Dabei sagten sie Sätze wie „For your next Schnitzel“ oder „Hans, you're the greatest Schnitzel in the world.“ Dinge, die man anscheinend nach einem Schnitzel-Konzert so sagte.

„Wir sollten uns nen bisschen beeilen. Wenn ich in zehn Minuten noch hier bin, sperren die mich ein. Ich geh noch kurz ins Restaurant meine Kleider holen und dann geht's zu Mr Wilson.“ Hans wirkte völlig entspannt, schlenderte über den Platz und schüttelte dabei einigen Leuten die Hand.

„Sollte er sich nicht beeilen?“, fragte ich Helena.

„Mach dir keine Angst. Das passiert Hans dauernd. Wie fandest du die Konzert?“ Sie strahlte mich glücklich an.

„Ich … weiß nicht, was ich sagen soll.“

„Das ist schon gut. Ich kann an deine Gesicht sehen, wie viel Spaß du gehabt hast“, antwortete Helena und zeigte dabei mit ihrem Finger auf meine Lachfalten.

Zurück bei Mr Wilson konnten wir drei eine Runde verschnaufen. Während Helena damit beschäftigt war, das Geld im Hut zu zählen, legte Hans seine Hand auf meine Schulter.

„Du schaust aus, als hättest du zum ersten Mal ein singendes Schnitzel gesehen.“ Er zwinkerte mir zu.

„Also Hans. Erstmal ein großes … wow … mir fehlen die Worte. Ich muss das Ganze wohl noch etwas verdauen.“

„Verdauen“, kicherte Hans, „ich verstehe. Das ist lustig. Den merk ich mir.“

„Also“, begann ich und versuchte mich zu konzentrieren, „warum tust du das?“

„Na, weil es nie schadet, sich gute Witze zu merken.“

„Ich meine, warum singst du ausgerechnet Lieder über Schnitzel? Warum die Lederhose und warum singst du aus einer Ketchupflasche?“

„Ach so, na das ist ne lustige Geschichte. Am Anfang wollte ich beim Reisen einfach nur ein bisschen Straßenmusik machen und Geld verdienen. Weil mein Englisch so schlecht ist, habe ich auf Deutsch gesungen. Und die Leute fanden es lustig, obwohl die meisten nichts verstehen konnten.“

„Aber warum singst du dann nicht einfach deutsche Lieder in ihren Originalversionen?“

„Irgendwann wollte ich ein Experiment machen. Da ich aus Bayern komme, hatte ich ne Lederhose dabei, und die sind für Leute im Ausland ja typisch Deutsch. Und weil Schnitzel ein Wort ist, das fast jeder kennt, habe ich ein Lied drüber gesungen. *Peter Maffay* mit *Ich wollte nie ein Schnitzel sein …* – und weißt du, was passiert ist? Irgendwer hat das mit seinem Handy gefilmt und auf *YouTube* hochgeladen. Ob du es glaubst oder nicht. Das Ding ging durch die Decke, obwohl es recht schnell wegen Copyright-Zeugs gelöscht wurde.“

„Unglaublich“, murmelte ich und schüttelte ungläubig den Kopf.

„Es wird noch verrückter. Keine Ahnung, wie sich Sachen im Internet so schnell verbreiten und warum die Leute das so witzig fanden.

Aber auf einmal gab es diesen Fanclub, der mich *The Singing Schnitzel* nannte. Ich bekam meine eigene *Facebook*-Seite, auf der ich meine Auftritte ankündige und irgendwer hat sogar ne Kleiderkollektion entworfen. Die drucken da berühmte Personen drauf und schreiben nen Schnitzelsatz drunter. Am besten verkauft sich *Mr Pythagoras.* ‚$A^2 + B^2$ = Schnitzel, zart' steht da drauf. Der Mikrofonständer wurde mir übrigens von 'nem Fanclub aus Michigan in den USA zugesandt. Absolut verrückt. Aber so ist das Leben."

„Schatz, wir haben ungefähr 120 Euro gesammelt", verkündete Helena von hinten, während ich die Geschichte vom singenden Schnitzel langsam auf mich wirken ließ.

„Nicht schlecht für fünf Songs. Kannste das Geld bitte wie immer aufteilen?"

„Das nennt ihr also Freiheit?", fragte ich, als Helena das Geld auf zwei Stapel sortierte. „Das zu tun, was ihr möchtet und damit Geld zu verdienen?"

„Das hier? Nein. Das Singen macht Spaß und hilft uns, unserem Wunsch näherzukommen."

„Und was wünscht ihr euch?", fragte ich und hörte gespannt zu. Was hätten Helena und Hans wohl auf das Stück Papier geschrieben, auf dem bei mir selbst irgendwann nur noch „MEHR" gestanden hatte. Hans nahm Helena in den Arm und beide schauten mich überzeugt an.

„Eine glücklichere Welt", antwortete er und drehte seinen Kopf zu Helena. „Wollen wir los?"

„Ja, Schatz, lass uns Leon zeigen, was für uns das Freiheit ist."

# FREIHEIT

*Yvonne Catterfeld – Für Dich*

**1.273 / 9.600 km bis zur Mongolei**

Hans führte uns in einen Teil von Split, der im Vergleich zum Stadtkern eher heruntergekommen wirkte. Die Häuserpalisaden wurden hier nicht in regelmäßigen Abständen renoviert, Touristen fütterten hier keine Tauben und in den kleinen Geschäften vertrieben sich Mitarbeiter ihre Zeit mit dem Handy.

„Also, Leon, du gehst Tüten kaufen. So 20 Stück. Natürlich nicht aus Plastik. *Rosinenbrötchen,* schau dir die Gegend an und mach dir nen Überblick. Und dann treffen wir uns in 'ner halben Stunde wieder genau hier."

Nachdem unsere Aufgaben erledigt waren, versammelten wir uns erneut am ausgemachten Treffpunkt. Es war gar nicht so leicht gewesen, plastikfreie Tüten zu finden. Nachdem ich Hans sah, wurde mir jedoch bewusst, dass er die wesentlich schwerere Aufgabe auf sich genommen hatte – sprichwörtlich. Sein vorher noch leerer Rucksack machte nun selbst dem trainierten Hans zu schaffen.

„Folgt mich", sagte Helena euphorisch, und erst als wir einige Minuten später Halt machten, weihten mich die beiden in ihren Plan ein. Hans verlangte eine meiner Tüten, öffnete seinen Rucksack und begann damit, Essenspakete zu schnüren.

„Hier, Leon, das erste ist für dich. Gib es dem Obdachlosen dahinten." In den Tüten befanden sich jeweils zwei Bananen, zwei Brötchen, zwei Schnitzel und zwei Kinogutscheine.

„Kinogutscheine?", fragte ich verwundert.

„Weißt du, manchmal sind es ganz unscheinbare Dinge, die Menschen vermissen. Ein paar Stunden im Trockenen an 'nem regnerischen Tag, nen Film, der einen für ne Weile lang alles andere vergessen lässt, oder manchmal auch einfach nur ne Erinnerung, an bessere Zeiten. Noch ne andere Sache: Falls die Leute nen Hund dabeihaben, musst du ihn streicheln."

Ich nickte und ging zu einem älteren Mann, der auf einer dünnen Decke saß, einen ausgefransten Parka trug und sich an eine Häuserwand anlehnte. Er schaute mich neugierig an, und als ich ihm die Tüte entgegenhielt, lächelte er zwar, versuchte aber dann, das Geschenk abzulehnen. Der Mann schüttelte seinen Kopf, legte beide Hände auf die Brust und schaute mich dankbar an. Wir sprachen unterschiedliche Sprachen und konnten uns somit nur über unsere Mimik und Gestik verständigen. Daher stellte ich die Tüte vor ihm ab und versuchte, ihm zu signalisieren, dass es in Ordnung war. Nach einer Weile beugte der Mann seinen Körper nach vorne, öffnete die Tüte ein kleines Stück und warf einen Blick hinein. Nun streckte er mir seine Hand entgegen, schüttelte sie kräftig und hatte dabei die Mundwinkel fast bis zu den Augen gezogen. Als er meine Hand wieder losließ, zeigte ich auf seinen Schäferhund, der vor ihm auf einem dunkelgrauen Kissen lag und machte eine Streichelbewegung. Der Mann nickte und streckte seinen Daumen nach oben. Einige Minuten später verabschiedete ich mich und kehrte zu Helena und Hans zurück. Mein Herz klopfte immer noch kräftig.

„Siehste", sagte Hans zufrieden, „so einfach kann man zwei Menschen glücklich machen."

„Zwei?", fragte ich überrascht.

„Du solltest mal deine Gesicht sehen", antwortete Helena und ich schaute den beiden kurz hinterher, während sie in die nächste Gasse abbogen.

Nachdem wir alle Päckchen verteilt hatten, schlenderten wir gemütlich und zufrieden zurück zu Mr Wilson.

„Das war also Freiheit“, sagte ich zu Hans.

„Das war unsere Freiheit. Für uns bedeutet es, die Freiheit zu haben, anderen zu helfen. Menschen, die es schlechter erwischt haben und ihnen somit ein bisschen Freiheit zu schenken.“

„Und warum jeweils zwei von allem?“

„Na, damit sie die Hälfte wem anders schenken können und so selbst das Gefühl von Freiheit erleben dürfen. Du glaubst nicht, wie oft sich Bedürftige wünschen, anderen etwas geben zu können. Denn Geben fühlt sich gut an. Du hast es auch gemerkt, oder?“

„Ja, das habe ich“, antwortete ich mit einem wohligen Gefühl in meiner Magengegend, „und warum die Regel mit dem Hund?“

Hans zuckte mit seinen Achseln. „Na, weil Hunde toll sind.“

Gegen Abend hatten wir uns mit Mr Wilson auf einem Parkplatz in der Nähe des Meeres niedergelassen. Da ich ein Zelt dabeihatte, mussten wir uns nicht zu dritt in ihren Camper quetschen. Ich freute mich sogar darauf, heute zum ersten Mal seit meiner Kindheit wieder in einem Zelt zu schlafen. Früher war ich mit meiner Familie öfter an die Nordsee gefahren und hatte dort mit ihnen Nächte am Strand verbracht. Ich baute es gleich neben dem Camper auf, während Helena Wasser aufkochte, um uns Abendessen zuzubereiten.

„Können wir dir helfen, *Butterhörnchen?*“, erkundigte sich Hans.

„Danke, alles gut. Mach du ruhig mit Leon rum.“

„Oder“, begann ich und drehte mich zu Hans, „du verrätst mir, wie du auf die Idee gekommen bist, Helena Namen von Backwaren zu geben.“

„Das ist einfach“, antwortete Hans trocken, „weil sie die mag.“

Später brachte Helena eine riesige Pfanne zum Lagerfeuer. Sie hatte vegetarische Paella gemacht und füllte unsere Teller bis zum Rand.

Wir saßen gemeinsam auf dem Sandboden um ein knisterndes Lagerfeuer. Auf der linken Seite konnte ich im Mondschein die Silhouetten der kroatischen Berge erahnen und von rechts hörte ich, wie die Wellen des Meeres brachen.

„Das ist unfassbar lecker, Helena. Wo hast du so kochen gelernt?", fragte ich.

„Ich finde die Essen ist eine ganz wichtige Sache. Und so habe ich Koch gelernt. Mobile Koch."

„Du bist eine mobile Köchin? Du fährst also zu Leuten nach Hause und kochst für sie?"

„Ja genau. Bei Leute in die Wohnung. Manchmal muss ich auch für die Haustiere mitkochen. Einmal habe ich für eine Labrador eine Garnelensuppe machen müssen. Hat die ganze Teppich vollgekotzt."

„Und lass mich raten: Ihr habt euch kennengelernt, weil die Familie von Hans dich als Köchin für einen gemeinsamen Schnitzelabend gebucht hatte?"

„Nee, nicht ganz. In meiner Familie wurde nicht oft zusammen gegessen", antwortete Hans leise und griff nach der großen Kelle, um sich Nachschlag von Helenas Paella zu holen.

„Ich habe Hans kennengelernt, als ich mit meine Eltern in Italien Urlaub gemacht habe. In Florenz haben wir ihn Musik machen gehört. Er hat sogar eine Song nur für mich gespielt. Damals habe ich aber noch keine Deutsch gesprochen und dachte, es wäre eine normale Lied."

„Welchen Song hat er denn gespielt?"

„Schatz, magst du ihm meine Song vorsingen?"

„Na gut. Du kennst mich. Ich könnte dir nie nen Wunsch abschlagen. Hier ist das schönste Liebeslied aller Zeiten: *Yvonne Catterfeld – Für dich.*"

Für dich schwenke ich die Pfanne weiter
Solang, bis die Panade knusprig ist
Für dich gibt's Zitronenscheiben in Herzform
Damit du mein Schnitzel nie vergisst

Während Helena ihrem Freund einen lauten Kuss gab, konnte ich vor lauter Lachen kaum noch meinen Teller halten. Vor einer Woche hätte ich nicht einmal im Traum daran gedacht, mit Menschen, die ich eigentlich kaum kannte, an einem Strand um ein Lagerfeuer zu sitzen. Doch heute Abend war genau das meine Realität. Ich spürte die kühle Meeresbrise, die durch meine Haare wehte, die Wärme, die das Feuer abstrahlte und die Herzlichkeit, mit der mich Helena und Hans aufgenommen hatten. Und nicht nur das. Ich spürte auch, wie meine Wangen bei jeder Bewegung schmerzten.

„An solche Abende könnte ich mich wirklich gewöhnen", antwortete ich träumerisch und stellte meinen leeren Teller beiseite.

„Und warum tust du es nicht einfach? Alles, was du brauchst, ist ein bisschen Holz, ein Feuerzeug, Reis und was von dem gelben Gewürz", antwortete Hans aus dem Bauch heraus.

„Die gelbe Gewürz heißt Safran", korrigierte Helena und zwinkerte ihrem Freund zu.

„Ich weiß es nicht", flüsterte ich, schaute in die Flammen des Feuers und spürte, wie sich meine Lachmuskeln entspannten. Warum tat ich es nicht einfach? Während ich über die Frage nachdachte, unterbrach Hans meine Gedanken.

„Yo, das Feuer geht bald aus. Wir brauchen noch nen paar Äste. Leon, kannste mit mir welche suchen gehen?"

„Natürlich", antwortete ich, stand auf und klopfte den Sand von meiner Hose. Wir sammelten ein paar Holzstücke, die wir in einem kleinen Waldstück hinter Mr Wilson fanden. Als wir uns auf den

Rückweg machen wollten, hielt mich Hans an der Schulter fest.

„Du, Leon", begann er mit ruhiger Stimme, „warum bist du auf deine Reise aufgebrochen?" Ich schaute ihm tief in seine kristallblauen Augen.

„Ich wollte mein Leben verändern … ich wollte … mehr."

„Mehr von was?"

„Mehr von …" Ich machte eine kurze Pause und atmete tief durch, „ich weiß es nicht genau." Hans zog nun langsam seine Hand zurück.

„Vertraust du mir?" Ich nickte ihm zu. „Dann komm mal mit." Er drehte sich um und wir gingen gemeinsam in Richtung Meer, bis die Wellen kurz vor unseren Füßen stoppten.

„Ich werde nicht ins Wasser gehen", protestierte ich unruhig, „ich kann nicht schwimmen."

„Du kannst nicht schwimmen? Das solltest du irgendwann ändern. Glaub mir, es gibt kein schöneres Gefühl, als sich im Meer treiben zu lassen und dabei zu pinkeln. Das ist auch Freiheit. Aber keine Sorge, du musst nicht weit ins Wasser. Du meintest doch eben, dass du Meer möchtest. Hier ist es." Ich drehte meinen Kopf zu ihm hinüber und zog meine Augenbrauen nach oben. Dann begann er zu kichern. „Sorry, ich konnte nicht widerstehen. Aber der war gut, oder?"

„Er war nicht schlecht", antwortete ich grinsend.

„Ich wusste es. Na gut, was ich dir eigentlich sagen wollte, ist, dass ich selbst auch mal an 'nem Punkt in meinem Leben war, an dem ich was verändern wollte. Ich wollte mehr, aber wusste nicht wie."

„Wirklich?", fragte ich.

„Wirklich", antwortete er in Richtung der Wellen.

„Und wie hast du es geschafft?"

„Ein Freund hat mich bei sich aufgenommen und mir geholfen. Und nur deshalb stehe ich heute hier mit dir am Meer." Hans machte eine kurze Pause, wodurch die Geräusche des Ozeans nun umso lauter wirkten. „Leon, zieh mal deine Schuhe aus und stell dich hierhin." Ich folgte seiner Bitte und er führte mich zu einer Stelle, an der mir das Wasser bis zu den Fußknöcheln ging.

„Und jetzt mach deine Augen zu und tu so, als könntest du in die Zukunft sehen. Nicht zu weit, sondern nur ne Woche oder so. Siehste was?"

„Nur schwarz. Schließlich habe ich die Augen zu", sagte ich trocken.

„Okay, wir sind quitt", lachte er, „also, versuch wirklich mal die Zukunft zu sehen. Und während du das machst, gehe ich zurück zu Helena. Ich nehme dein Holz mit. Komm einfach rüber, wenn du dich danach fühlst." Er klopfte mir ein weiteres Mal auf die Schulter, und dann verloren sich die Geräusche seiner Schritte im Meeresrauschen.

Ich spürte, wie eine kühle Welle den Sand über meinen Fußrücken spülte, um dann kurz darauf den Sand unter meinen Füßen wegzuziehen. Vor mir tanzten die Spieglungen des Mondes über die Wasseroberfläche, und auch ohne meine Augen zu schließen, konnte ich klar erkennen, wo ich in einer Woche gerne sein wollte. Ich sah mich vor einem Lagerfeuer sitzen, Paella essen und neuen Liedern lauschen. Das waren die Geschichten, die ich irgendwann anderen Reisenden gerne in einer Bar erzählen wollte. Geschichten von fröhlichen Menschen, die gemeinsam Lieder über Schnitzel sangen und von einer Dinosaurier-Dame, die am Bahnhof wartete, um mir meinen Geldbeutel zurückzubringen. Und natürlich auch die Geschichte von Helena und Hans, die mich mitgenommen und so meine Reise in eine unerwartete Richtung gelenkt hatten. Ich lächelte ein weiteres Mal, griff mir meine Schuhe und ging zurück zur Feuerstelle.

Als ich ankam, hatten Helena und Hans gerade den Abwasch erledigt und räumten um die Feuerstelle herum auf.

„Sag mal, Hans, ich bin auf dem Weg hierher an einem kleinen

Holzhaufen vorbeigegangen. Waren das nicht die Äste, die wir eben gesammelt hatten?"

„Ja, waren sie, wir haben genug für heute Abend. Und die nächsten Leute, die hier irgendwann mal campen, werden sich bestimmt darüber freuen", antwortete er.

„Ich verstehe nicht. Warum waren wir dann eben …" Und während ich darüber nachdachte, wurde es mir klar. Es war ein Vorwand, um mit mir alleine zu sprechen und mich ans Meer zu führen.

„Leon, ich habe eben mit meinem *Maracuja-Sorbet* über dich gesprochen. Wir mögen dich, wirklich. Und du scheinst ein guter Kerl zu sein. Eben habe ich dir ja davon erzählt, dass ich früher auch mal mein Leben ändern wollte und mir ein Freund geholfen hat. Falls du willst, kannste noch bei uns bleiben. Vielleicht können wir dir ja auch dabei helfen."

„Aber", stotterte ich, „ich habe dir doch noch gar nicht erzählt, was ich in meiner Zukunft gesehen habe."

„Brauchst du auch nicht. Die war nur für dich", antwortete Hans und zwinkerte mir zu.

„Zukunft sehen? Was habt ihr bitte an die Meer gemacht?", fragte Helena und schaute uns ratlos an.

„Ich kann dir sagen, was wir nicht gemacht haben. Leon hat noch nie ins Meer gepinkelt. Verrückt, oder?"

„In die Meer gepinkelt? Warum sollte man das machen?"

„Na, um sich frei zu fühlen."

„Danke", sagte ich und unterbrach die beiden, „ich würde sehr gerne noch etwas bei euch bleiben." Hans und Helena gaben sich wieder ein High five, hielten mir danach ihre Hände entgegen und wir schlugen miteinander auf unsere gemeinsame Weiterreise ein. Dann machte Hans einen Schritt auf mich zu und schaute mich mit zusammengekniffenen Augen an.

„Sag mal, Leon, haste etwa Pipi in den Augen“, schmunzelte Hans.

„Pipi in die Augen? Sowas sagt man auf Deutsch?“, fragte Helena entsetzt.

„Klar, weil Tränen befreiend sind. So, wie wenn man auf dem Wasser treibt und …“

Während sie ihr Gespräch fortführten, schaute ich in den sternenklaren Nachthimmel. Nun hatte sich auch mein Wunsch, den ich kurz hinter der Grenze geäußert hatte, mehr als erfüllt, und mein Körper brannte nur so vor Freude. Als hätte ihre Einladung das Feuer entfacht, das vor einigen Wochen hinter meiner Wohnung gelöscht wurde. Es fühlte sich so an, als könnte uns drei nichts auf dieser Welt stoppen. Als würde uns die ganze Welt gehören und als wären wir unsterblich.

# TEIL 1 – HANS

„Das Leben ist kein IKEA-Katalog“, sagte Leonard einige Wochen zuvor, „all die kleinen Unvollkommenheiten, die kleinen Makel, die Dinge, die für viele andere Menschen unkorrekt sind – das ist wahre Perfektion. Und glaub mir, wenn du auf meiner Feier sitzen wirst und all die Farben, all die verschiedenen Stühle siehst: Du wirst feststellen, dass nichts zueinander passt. Und du wirst auch feststellen, dass genau darin wahrhafte Schönheit liegt.“

Obwohl seine Vergleiche manchmal etwas holprig waren, sollte er Recht behalten. Ich schaute mich im ganzen Raum um und verstand, was Leonard gemeint hatte: Es war wirklich wunderschön. Ich sah junge Menschen in bunten Anzügen und Männer in Hawaiihemden. Zwei der Männer trugen Ritterrüstungen und Schwerter, ein anderer sah aus wie ein Pirat. Ich blickte auf alte Damen in Sommerkleidern und junge Frauen in Batikpullovern. Babys in Dinosaurierkostümen und einen weißen Corgi-Hund, der als Nigiri-Sushi verkleidet war.

Die bogenförmigen Wände des alten Kellergewölbes waren mit Leinentüchern in allen erdenklichen Farben geschmückt: Zinnoberrot, Zitronengelb, Smaragdgrün und selbst Pastellrosa. Es gab nur eine Farbe, die Leonard an dem heutigen Tag ausdrücklich nicht sehen wollte: Schwarz.

Eine weitere seiner Regeln besagte, dass jeder Gast seinen eigenen Stuhl mitbringen musste. Und so durften wir zu diesem besonderen Anlass ein Stuhl-Sammelsurium bestaunen, das selbst die meisten Möbelhäuser vor Neid hätte erblassen lassen: Barhocker, Bürostühle, ein Regiestuhl, eine ausgebaute Autositzbank, ein Schaukelstuhl, ein Sitzsack – und vorne rechts hatte jemand eine kleine Holzbank aufgestellt.

Das grelle Glockenklingeln ließ das laute Murmeln der Gäste

verstummen, drückte sie sanft in ihre mitgebrachten Sitzgelegenheiten und läutete den Beginn unserer Feier ein.

Ein älterer Mann, der komplett in schwarz gekleidet war, betrat das improvisierte Podest. Dies war übrigens die dritte und somit letzte Regel des Abends. „Wie bereits erwähnt, darf niemand schwarz tragen. Und hier ein kleiner Zusatz: Keiner darf dem Priester davon erzählen. Ich verspreche euch, dass sein Blick köstlich sein wird. Und keine Sorge, er wird es euch nicht übelnehmen. Wir haben da so einen kleinen Insiderwitz."

Sein Blick war wirklich amüsant. Der Priester schaute uns erstaunt an und rang um Fassung. Er schüttelte den Kopf und versuchte, sich ein Lächeln zu verkneifen, während er damit begann, seine Worte an uns farbenfrohe Menschen zu richten.

„Ich hätte mir es fast denken können", sagte er und schaute kurz nach oben, „also liebe Gäste, wir haben uns heute wegen eines ganz besonderen Menschen versammelt. Seine Geschichten sind – so wie die heutige Zeremonie – vieles, aber vor allem eines: bunt. Auf jedes Schwarz folgte ein Moment voller Farben." Ich musste zugeben, dass er sich aus dem kleinen Kleidungsstreich höchst professionell herausgewunden hatte.

„Vor dieser Feier bat er mich um einen Gefallen", fuhr der Priester fort. „Leonard wollte, dass einige seiner Freunde jeweils eine kurze Rede halten und er bestand darauf, diesen Wunsch geheim zu halten. So wollte er sicherstellen, dass es am heutigen Tag – ich zitiere ihn – keine hochpolierten, aufgebrezelten und ausgefeilten Vorträge geben wird. Stattdessen wünschte er sich spontane, wahre Worte, die von Herzen kommen. Er sagte mir, dass genau diese Worte diesen Tag absolut perfekt machen werden. Daher bitte ich als ersten Redner Hans auf die Bühne."

Ich war der einzige Gast, der von den geplanten Reden wusste und meinte von vorne links, dort, wo Hans gerade aufgestanden war, ein halb verschlucktes „Dieser Kerl ist unglaublich!" gehört zu haben. Kurz darauf bauten sich seine breiten Schultern hinter dem Rednerpult auf und zwei riesige Hände justierten das Mikrofon um einige Zentimeter nach oben. Er trug ein rotes Hawaiihemd, eine beige Dreiviertelhose, Flipflops und eine dünne Lederhalskette, an der ein Haifischzahn hing.

„Yo, Test, eins, zwei. Eins, zwei. Könnt ihr mich hören? Nun gut. Mein Name ist Hans Heine. Und wie ihr ja grad gehört habt, soll ich ein paar Worte zu euch sagen. Leonard ist ein … Leon war … Leon ist ein toller Freund und hatte das Herz am rechten Fleck. Dieser Kerl wollte wegen 'nem Adlerbild in die Mongolei fahren und hatte den Arsch in der Hose, das auch wirklich zu machen. Entschuldigung. Ist mir so rausgerutscht. Also, ich weiß noch, als ich ihn das erste Mal traf. Er stand an 'ner Straße und wollte irgendwas über Dinosaurier wissen." Hans schüttelte langsam den Kopf.

Ich spürte, wie Lilly ihre warme Hand auf meine legte. Sie verschränkte ihre Finger mit meinen und drückte fest zu.

„Und ich hatte das große Glück, ihn auf dieser verrückten Reise begleiten zu dürfen. Ich bin eigentlich niemand, der große Reden schwingt, aber eine Sache sage ich euch. Ohne Leon würde ich heute nicht da stehen, wo ich grad stehe." Hans machte eine kurze Pause und kratzte sich an der Stirn. „Irgendwie klingt das komisch. Ich mein, natürlich stehe ich nur hier, weil ich Leon kennengelernt habe – ist ja seine Beerdigung. Was ich eigentlich sagen wollte ist Folgendes: Nachdem wir Leon getroffen haben, sind wir zusammen in ein Abenteuer gestartet, das keiner von uns je für möglich gehalten hatte. Und es war fantastisch. Vielleicht abgesehen von der Schießerei, den Polizeieinsätzen und den Gefängnissachen, aber ihr wisst, was ich meine. Wo Schnitzel gebraten werden, spritzt auch Fett. Kurz, nachdem wir uns kennenlernten, saßen wir zusammen an 'nem Strand und Leon sagte, dass es fast zu schön war, um wahr zu sein." Er machte eine weitere, dieses Mal etwas längere Pause, und ich konnte selbst aus der hinteren Reihe erkennen, dass ihm dicke Tränen über die Wange liefen. „Und so war es leider auch. Wir hatten ne richtig gute Zeit, vielleicht nen bisschen zu gut, bevor dann alles den Bach runterging."

# DIE DREI MUSKETIERE

**1.138 / 9.600 km bis zur Mongolei**

Die Grenze zu Bosnien und Herzegowina bestand aus zwei kleinen Betonhütten und einer alten Schranke, an der ein „Außer Betrieb"-Schild hing. Nachdem der Grenzbeamte unsere Pässe kontrolliert hatte, wollte er wissen, wohin wir unterwegs waren. Dieses Mal antwortete Hans mit „Liebe". Der Beamte hatte ihn anscheinend missverstanden und dachte, dass Hans ihm die Liebe zu Bosnien und Herzegowina gestand. Er grinste glücklich und winkte uns weiter.

„Ich glaub, so schnell bin ich noch nie über ne Grenze rüber. Der wollte nicht mal meine Versicherungspapiere sehen", erklärte Hans.

„Warum sagst du den Beamten nicht einfach, wohin wir wirklich fahren?"

„Na, um sie zum Lächeln zu bringen. Bei so 'nem Job kommt das selten vor. Denke ich jedenfalls. Aber jetzt ist es erst mal Zeit für unser Ritual", eröffnete er, als wir in einer kleinen Seitenbucht angehalten hatten. „Ich wünsche mir Folgendes: Ich war schon ein paar Mal hier und würde euch gerne meine Lieblingswasserfälle zeigen."

„Und ich will ganz viele von die Spinat-Bureks essen. Das sind so Blätterteigsachen mit Füllung drin. Das ist die Lieblingsessen von meine Papa", wünschte sich Helena.

„Ich möchte", begann ich und dachte nach, „ähm … ehrlich gesagt, weiß ich fast nichts über Bosnien und Herzegowina."

„Nicht schlimm, wünsch dir einfach irgendwas."

„Aber wie … in Ordnung, da wir nach ‚Liebe' fahren, wünsche ich mir, Liebe zu finden", scherzte ich.

„Alles klar, dann mal los", verkündete Hans und steuerte Mr Wilson in Richtung der bosnischen Hauptstadt: Sarajevo.

Wir waren mittlerweile seit zwei Wochen gemeinsam unterwegs. In dieser Zeit hatte Hans drei weitere Konzerte gegeben, Helena führte uns jeden Tag durch die spanische Küche und ich wurde in meinem Zelt meistens von einem beruhigenden Meeresrauschen in den Schlaf gewogen. An einem Abend hatte ich mich bereit erklärt, für unsere Gruppe zu kochen. Ich wollte ihnen die italienische Küche näherbringen und überraschte sie mit Spaghetti in Tomatensoße. Sie waren dankbar, aber wir entschieden danach einstimmig, in Zukunft wieder Helena das Kochen zu überlassen. Sie bot mir jedoch an, mich als Kochlehrling zu unterrichten und mich zu einem „Meisterkoch" zu machen. Ich konnte ihren Optimismus zwar nicht ganz teilen, aber nahm ihr Angebot dankend an.

Wir hatten nach Möglichkeit in jeder Stadt ein Tierheim besucht. Hans war es sehr wichtig, Vierbeinern zu helfen, indem er sie ausführte und für die Einrichtungen Nahrung kaufte. So taten wir es auch in der von grünen Hügeln umgebenen Hauptstadt Sarajevo.

„Welcher von denen wurde denn schon am längsten nicht mehr ausgeführt? Die da? Die kleine Dogge? Wie heißt sie? Amira? Na komm Amira. Ja, du bist aber nen tolles Mädchen. Willste mit uns spazieren gehen? Ja, keine Sorge. Du brauchst vor dem unrasierten Mann keine Angst zu haben."

„Du hast ja Recht", gab ich zu, „ich werde mir im nächsten Geschäft einen Rasierer kaufen, versprochen." Im Gegensatz zu mir rasierte sich Hans täglich und betonte so seine ohnehin bereits markanten Wangenknochen.

Wir spazierten gemeinsam mit Amira durch einen Park und sahen ihr dabei zu, wie sie alles in Reichweite ihrer Leine beschnupperte.

„Woher kommt es eigentlich, dass du Hunde so magst?", fragte ich Hans.

„Als ich klein war, hat mir mal ein Hund das Leben gerettet."

„Wie das?“

„Mich wollte jemand verprügeln und unser Hund hatte sich schützend vor mich gestellt. Deshalb liebe ich Hunde. Sie beschützen ihre Freunde. Also das genaue Gegenteil von Katzen, wobei ich die auch mag.“

„Wir haben in Spanien auch eine Katze mit die Namen Napoleon. Die Kater ist so lustig. Der war die ganze Tage immer draußen, und irgendwann sind wir mal mit die Katze zum Doktor. Und der hat dann gemerkt, dass unsere Katze vor kurzem operiert wurde. Aber das konnte nicht sein. Wir haben später herausgefunden, dass Napoleon tagsüber immer in eine andere Haus in unsere Straße war. Und die Leute dachten, er ist eine Straßenkatze, und sie haben sich dann mehrere Jahre um ihn gekümmert. Und die Leute waren mit ihm beim Doktor, und dort wurde seine Bein operiert. Deshalb war Napoleon auch so dick. Der hat immer doppelt gegessen. Schlaue Kater.“

„Katzen“, sagte ich verträumt, „ich muss dir später unbedingt mein liebstes Katzenvideo zeigen. Da fährt eine auf einem Staubsaugroboter und trägt ein Piratenko…“

„Passt gefälligst auf euern Scheißköter auf!“, unterbrach mich jemand laut fluchend. Ein kräftiger Mann hatte sich direkt vor uns aufgebaut und schaute wütend. Anscheinend hatte Amira sein Bein angesprungen, da sie an seiner Hose schnüffeln wollte. Wir blieben stehen und schauten dabei zu, wie Hans seelenruhig in die Knie ging und seinen Kopf neben den von Amira hielt. Sie wirkte verängstigt und machte sich ganz klein.

„Was haste gesagt?“, flüsterte Hans ihr zu, „nein, keine Sorge, ist schon in Ordnung. Der meint es nicht so. Ja, ich frag ihn.“

Dann richtete er sich wieder auf und drehte sich zu dem noch immer tobenden Mann.

„Amira sagt, dass es ihr leidtut und sie nur ihre Jeans anfassen wollte, weil sie so unglaublich weich aussieht. Und sie wollte wissen, wie Sie das tun. Benutzen sie Weichspüler?“

Der Mann murrte etwas Unverständliches, drehte sich von uns weg und ging dann weiter seinen Weg.

„Ja, Amira, bist ’en tolles Mädchen. Haste gut gemacht, ja, fein. Mit *Perwoll* hat er gesagt.“ Hans streichelte Amira ausgiebig, während Helena und ich seine Fähigkeit, mit Tieren zu sprechen, lobten.

„Wie lustig war das denn bitte?“, sagte eine dunkle, leicht kratzige Frauenstimme hinter uns und zog so unsere Aufmerksamkeit auf sich. „Ich habe selten jemanden so gelassen mit einer wütenden Person umgehen sehen. Und vor allem sehr kreativ.“ Die junge Fremde war so groß wie Helena und trug ein dunkelgelbes Trägertop, das auf Bauchnabelhöhe unsauber abgeschnitten war. Es betonte ihre zierliche Figur.

„Was meinst du?“, fragte Hans, „Amira hat das gesagt. Ich hab es nur wiederholt.“

„Selbstverständlich“, hüstelte sie, „ich bitte um Verzeihung. Mein Name ist Lilly.“ Sie grinste bis über beide Ohren und streckte uns ihre Hand entgegen.

„Meine Name ist Helena. Das ist meine Freund Hans und das ist meine andere Freund Leon.“

„Also, Hans ist der richtige Freund“, fügte ich an, „ich bin ein Freund von den beiden.“

„Alles klar“, lachte Lilly. „Helena, ich liebe deinen Akzent. Höre ich da Spanisch heraus?“

„Si.“

„Hola, amo tu cabello.“

„Muchas gracias. El tuyo también es hermoso“, antwortete Helena.

„Vamos a la playa“, verkündete Hans daraufhin.

„Zu welchem Strand möchtest du?“ Lilly zog eine ihrer Augenbrauen nach oben.

„Zu keinem. Aber das ist der einzige Satz, den ich mir auf Spanisch merken kann", erklärte er, „von dem einen Song." Und wie von selbst begann Lilly ihn zu singen. Sie sang zwar nicht so gut wie Hans, aber tat es mit der gleichen Leidenschaft.

Vamos a la playa
A mí me gusta bailar

Während sie fröhlich sang und dazu ihre Hüfte kreiste, konnte ich meinen Blick nicht von ihrem strahlenden Gesicht lösen. Sie hatte kurze, tiefschwarze Haare. Ihr Pony endete etwas unterhalb der Augenbraunen, und an den Seiten reichten ihre Haare bis knapp über die Ohren. Sie trug einen silbernen Nasenring, und als sie beim Singen ihren Kopf hin- und herbewegte, funkelten ihre Ohrstecker im Sonnenlicht. Unsere Augen hatten die gleiche, dunkelbraune Farbe, aber ihre waren größer, und der schwarze Lidstrich ließ sie geheimnisvoll wirken. Geheimnisvoll und anziehend.

„Bravo", applaudierte Hans, „ich mag dich schon jetzt. Du solltest bei uns bleiben. Dann muss ich nicht mehr alleine singen."

„Wohin geht ihr denn?", fragte Lilly.

„Wir gehen mit eine Hund aus die Tierheim Gassi", antwortete Helena, „willst du mitmachen?"

„Aber gerne doch", antwortete sie lächelnd und schloss sich unserem Spaziergang an. Am Ende des Parks erreichten wir eine Lichtung, die von den Sonnenstrahlen in ein kräftiges Grün gehüllt wurde. Wir breiteten eine Decke aus und aßen einige der mit Spinat gefüllten Teigtaschen, die Helena zuvor in der Stadt gekauft hatte. So, wie es ihr Wunsch gewesen war.

„Wow, die sind wirklich unglaublich lecker. Danke, Helena", sagte Lilly. „Sagt mal, habt ihr besondere Pläne für Sarajevo?"

„Ich habe heut Abend ein Konzert."

„Ein Konzert? Bist du Musiker?"

„Si", sagte Hans, „Straßenmusiker."

„Ich bin lange durch Südamerika gereist", erzählte Lilly, „und ich vermisse den Gesang auf den Straßen. Dort wurde an jeder Ecke Musik gemacht, und die Leute haben gemeinsam getanzt. Und ihr spielt die Instrumente?" Sie blickte zu Helena und mir.

„Wir sind eher sowas wie der moralische Beistand", antwortete ich und schob meine Unterlippe vor.

„Ich verstehe. Also, nur um nochmal sicherzugehen: Ihr habt heute Abend ein Konzert hier in der Stadt?"

„Genau. An die bekannte Brunnen. Und dann gehen wir gemeinsam zu die Obdachlosen und geben ihnen was für die Hunger."

„Ihr verteilt Essen an Obdachlose und führt Hunde aus dem Tierheim spazieren? Seid ihr sowas wie die modernen drei Musketiere?"

„Muskeltiere?", antwortete Helena. „Nein! Dafür haben wir zu wenig Muskeln. Also Leon und ich. Hans hat schon genug."

„Danke für das Kompliment, *Kirschpralinchen,* aber es heißt Musketiere. Das kommt von Muster. Weil die Klamotten von denen alle das gleiche Muster hatten."

„Ähm, Hans", antwortete ich, „ich glaube, das kommt von den Waffen. Von den Musketen."

„Muskete? Ach, ihr sprecht von die *los cuatro mosqueteros."* Während Helena ein lautes „ahh" von sich gab, grummelte ihr Magen in ohrenbetäubender Lautstärke. „Können wir vielleicht bald was essen?"

„Essen klingt gut. Ich sollte auch langsam zu meinem Hostel", antwortete Lilly, „vielleicht schaue ich heut Abend mal bei euch vorbei."

Dann stand sie auf, verabschiedete sich und stellte sich auf die Zehenspitzen, um mir etwas ins Ohr zu flüstern.

„Hat Hans seine Freundin wirklich *Kirschpralinchen* genannt?"

„Ja", schmunzelte ich, „er denkt sich immer was Neues aus. Ich bin nun seit zwei Wochen bei ihnen, und er hat ihr bisher bestimmt schon über 20 verschiedene Backwarennamen gegeben."

„Ich seid ein wirklich lustiger Haufen", wiederholte sie und hielt kurz inne, „also … bis später, ihr … *Quarktaschen.*

Ich grinste und hoffte insgeheim, Lilly heute Abend wiederzusehen. Nicht nur, weil ich sie wirklich nett fand, sondern auch, weil ich herausfinden wollte, warum ich dieses eigenartige Kribbeln in meinem Bauch spürte. Nachdem wir Amira zurückgebracht hatten, machten wir uns auf den Weg zu Mr Wilson, der auf einem Parkplatz wartete.

„Siehste Leon", jubelte Hans, „wie du es dir gewünscht hast: Liebe."

„Ach hör auf", antwortete ich und spürte, wie sich meine Wangen erwärmten, „wir haben Lilly doch gerade erst kennengelernt."

„So beginnt es doch immer", erklärte er, „und glaub mir: Das Leben brät die verschiedensten Schnitzel."

„Wie bitte?"

„Wir müssen eindeutig an deinem Vokabular arbeiten. Das bedeutet, dass alles möglich ist."

„Ach so, natürlich. Jetzt, wo du es sagst, ergibt das selbstverständlich Sinn."

„War das etwa Sarkasmus?" Hans rümpfte seine Nase.

„Niemals", schmunzelte ich, und er nahm mich freundschaftlich in den Schwitzkasten.

„Na, das will ich auch hoffen, Mr Moralischer Beistand."

Zurück bei Mr Wilson übte Hans ein paar Lieder für das heutige Konzert, und ich half Helena beim Kochen.

„Es ist wirklich lieb Leon, dass du mir mit die Zwiebeln hilfst. Hier ist eine gute Tipp: Wenn du beim Zwiebelschneiden eine Schluck Wasser in die Mund machst und ihn bis zum Ende in deine Mund lässt, dann musst du nicht weinen. Aber mach nicht zu viel Wasser in deine Mund. Ich habe mich mal bei einer Familie dabei verschluckt und die ganze Wasser über die Küche gespuckt. Fanden die sehr unfreundlich." Ich nickte, doch bevor ich einen großen Schluck nahm, musste ich eine Frage loswerden, die mich seit unserem Spaziergang beschäftigte.

„Sag mal, glaubst du, dass Lilly heute Abend kommt?"

Helena legte ihr Messer beiseite, drehte sich zu mir um und schaute in meine weinenden Augen. „Bestimmt", sagte sie mit einem herzerwärmenden Lächeln, „meine Freunde in Spanien haben sich immer über meine Optimismus lustig gemacht. Aber ich bin mir sicher, dass Sachen funktionieren, wenn man gut genug daran glaubt."

# KUCKUCK

*Reinhard Mey – Über den Wolken*

*Gipsy Kings – Volare*

**1.138 / 9.600 km bis zur Mongolei**

„Meinst du wirklich, dass sie kommt?", fragte ich Helena erneut, als wir zwei Stunden später am Sebilj-Brunnen auf den Beginn des Konzerts warteten. Ich schaute nervös hin und her, stellte mich immer wieder auf meine Zehenspitzen und hoffte, Lilly irgendwo entdecken zu können.

„Mach dir keine Sorgen, Lilly kommt bestimmt. Weißt du noch, als sie mit mir Spanisch gesprochen hat? Da hat sie gesagt, dass sie dich sehr nett findet. Komm, setz dich zu mich." Ich nahm mit Helena auf der Mauer Platz, die den Brunnen umgab. Sie tauchte ihre Hand ins Wasser und spritzte damit auf die Pflastersteine vor uns.

„In Spanien gab es mal eine Mann, und jede von meine Freundinnen wollte mit ihm gehen. Aber niemand hat sich getraut, also habe ich ihm so eine Liebesbrief geschrieben und dann ganz viel daran geglaubt."

„Und dann hat er ‚ja' gesagt?" Helena drehte ihren Kopf von mir weg, als sie ihre Antwort gab.

„Ja." Kurz darauf wandte sie sich wieder zu mir, sah mich kurz verunsichert an und schlug dann ihre Hände vors Gesicht. „Ich bin so eine schlechte Lügner. Er hat sich nie gemeldet, und Lilly hat eigentlich auch auf Spanisch nur eine Kompliment für meine Haare gemacht", platzte es aus ihr heraus. Ich grinste und nahm sie in den Arm.

„Ist schon gut. Wenn wir beide zusammen ganz fest daran glauben, kommt sie bestimmt", flüsterte ich ihr zu.

In diesem Moment drückte sich Lilly aus der Menschenmenge hervor und winkte in unsere Richtung. Sie hatte ihr Top gegen einen weiten, dunkelgrünen Pullover eingetauscht, kratzte sich am Kopf und kam zögerlich auf uns zu.

„Lilly", rief ich erleichtert, „schön, dass du hier bist."

„Hallo, ihr beiden, schön euch wiederzusehen." Lilly kniff ihre Augen zusammen und ließ ihren Blick durch die Menschenmenge schweifen. „Tut mir leid, aber ich bin etwas verwirrt. Könnt ihr mir sagen, warum da vorne eine Bratwurst steht? Und was hat es mit der Kleidung der Leute auf sich? Ich bin eben an jemandem vorbei, der einen Pullover mit dem Gesicht von *John Lennon* trug. Und darunter stand ‚Life is what happens when you're busy making Schnitzel'. Oder schaut mal da hinten." Lilly zeigte auf eine schlanke Frau, auf deren Jacke *Bob Marley* mit einem seiner Zitate abgedruckt war. ‚Love the Schnitzel you cook. Cook the Schnitzel you love.' Was geht hier bitte vor sich?"

Ich klopfte ihr vorsichtig auf die Schulter. „Es wird alles einen Sinn ergeben. Mehr oder weniger zumindest." Dann schoss Hans an mir vorbei, schlug mit uns ab und tanzte durch die Menge zu seiner Ketchupflasche.

„Hello my friends. Nice to be here. Today I have special guests. Here is Helena, the woman of my dreams and there are my new friends Leon and Lilly. We are the four Muscle-animals and tonight our mission is to make you the greatest Schnitzel in the world." Die Menge applaudierte lautstark und ich erkannte, wie Lillys Kinn immer weiter nach unten sank, während ihre Augen immer größer wurden.

„We start with a very famous song from a very famous German singer: *Reinhard Mey – Über den Wolken.* Have fun."

Dunstabzugshaube Stufe Drei
Die Butter schmilzt in meiner Pfanne
Noch ein kleines bisschen Ei

Kommt zum Mehl in eine Wanne
Und dann pinsle ich es ein
Meine angeborene Gabe
Bis es klebt, so muss das sein
Rein in die Panade

In der Panade, eieiei
Fühlt das Schnitzel sich unendlich frei
Alle Ängste alle Sorgen sagt man
Liegen im Mehl verborgen und dann
Würde was uns weich und schrumplig erscheint
Plötzlich knusprig und fein

„Very good my friends. I can almost feel the Schnitzel in my mouth."

Während die Menge jubelte, hielt Lilly sich an meinem Arm fest, da sie sonst vor lauter Lachen wohl umgekippt wäre. Sie legte den Kopf auf meiner Schulter ab. Da war es wieder, dieses Kribbeln in meinem Bauch.

„Das erklärt auf jeden Fall einiges", sagte sie und rang nach Luft, „wirklich köstlich."

„Ein wahrer Gaumenschmaus", stimmte ich zu. Lilly hob ihren Kopf und sah mich an. Ich versank in ihren tiefen Augen und mein Herz schlug immer schneller. Als würde es versuchen, aus meiner Brust zu springen.

„Hat dir schon mal jemand gesagt, dass deine Schulter sehr bequem ist?", fragte sie. Bevor ich ihr eine Antwort geben konnte, legte Hans seine Gitarre beiseite, begann ins Mikrofon zu sprechen und zog unsere Aufmerksamkeit auf sich.

„Very good. Today we make a little experiment. Because my love

Helena is from Spain and one of the special guests loves Spanish street-music we sing a song in Spanish. *Gipsy Kings – Volare.* No fear, it is very easy. I sing and you repeat."

Volare, ohoohoooo
Panade, ohoohoooo

Hans hatte beide Arme nach oben gestreckt und klatschte sie im Takt über dem Kopf zusammen. Während das Publikum lautstark seinen Gesang wiederholte, rannte ein junger Mann zu ihm nach vorne und hing Hans eine schwarze Kochschürze um den Hals. Lilly löste sich langsam von mir und griff nach meiner Hand.

„Kannst du tanzen, Leon?"

„Nein, kann ich nicht", antwortete ich unsicher.

„Okay, dann lernst du es jetzt." Lilly zwinkerte mir zu und zog mich mit sich in die Menschenmenge.

Zu meiner Erleichterung war es so eng, dass meine nicht vorhandenen Tanzkünste keinerlei Rolle spielten. Wir applaudierten, sangen gemeinsam und manchmal trafen sich unsere Hände, wenn auch nur für einen kurzen Moment. Doch er wirkte jedes Mal wie eine Ewigkeit. Hier, auf einem prallgefüllten Platz in Sarajevo zwischen unzähligen Fremden, die aber alle eines gemeinsam hatten: Alle hier schienen einen riesigen Spaß zu haben. Und nach jedem Song, mit dem Hans die Menge anheizte, fragte ich mich immer mehr, ob ich gerade dabei war, mich zu verlieben. Zu lachen und zu tanzen. Unbeschwert zu sein und sich keine Gedanken über morgen oder nächstes Jahr zu machen, weil man so gefangen im Hier und Jetzt ist. Fühlte es sich so an?

Als Hans mit den letzten Sonnenstrahlen seinen Auftritt beendete, kehrte langsam Ruhe ein und wir packten die Sachen zusammen.

„Also, Hans, du hast bei deinem Auftritt wirklich nichts anbrennen lassen“, lachte Lilly, während sie ihm mit dem Mikrofonständer half, „und das mit dem Volare-Song war wirklich süß, obwohl das kein Spanisch, sondern Italienisch war.“ Sie klopfte Hans auf die Schulter. „Davon abgesehen hätte ich da aber noch die eine oder andere Frage.“

„Verdammt, aber der Wille und so. Klar darfst du fragen, aber erst müssen wir noch was erledigen. Schatz?“

„200 Euro ist in die Hut“, verkündete Helena, „heute war richtig gut.“

„Nicht schlecht. Lasst uns 50 für Tierfutter nehmen und mit 100 gehen wir in nen Supermarkt. Wir könnten durchaus noch ne helfende Hand gebrauchen. Lilly, kommst du mit?“

Zwei Stunden später hatten wir alles verteilt und schlugen zufrieden miteinander ein. So, wie es wahre Musketiere ganz bestimmt auch getan hätten.

„Ihr seid wirklich wundervoll. Das wisst ihr, oder?“, sagte Lilly mit zittriger Stimme.

„Ach“, antwortete Hans, „wir helfen nur nen bisschen. Nichts weiter.“

Lilly lächelte kurz und richtete ihren Blick vor sich auf den Boden. „Also, vielen Dank für diesen tollen Abend. Ich sollte wohl … langsam zurück zu meinem Hostel.“ Während ich nach den passenden Worten suchte, schaute ich zu Hans rüber. Er erwiderte meinen Blick und nickte mir zu.

„Wenn du willst, kannste heut Abend bei uns schlafen und wie Leon in ’nem Zelt pennen. Helena und ich haben noch eins für den Notfall dabei, aber schlafen eh in Mr Wilson.“

„Mr Wilson? So wie der imaginäre Freund von *Tom Hanks?*“, fragte sie.

„Warum imaginär? Das war ja wohl nen echter Volleyball. Und unser Camper ist auch echt und heißt auch Mr Wilson. Also, was hältst du von dem Plan?“

Lillys Blick wanderte durch unsere Runde, bis er schließlich bei mir landete. Sie nahm einen tiefen Atemzug. „Warum eigentlich nicht.“

Am späten Abend saßen wir gemeinsam am Lagerfeuer. Die Autos waren größtenteils verstummt, Wind raschelte durch die Bäume, die Flammen in unserer Mitte knisterten und Hans machte seltsame Geräusche.

„Kuckuck, Kuckuck“, rief er.

„Was tust du da?“, fragte Lilly.

„Na, ich versuche, nen Kuckuck anzulocken. Das sind schöne Tiere.“

„Hat das schon mal geklappt?“

„Irgendwie noch nicht.“

„Dann drücke ich dir die Daumen“, sagte Lilly, „aber du solltest vielleicht eine Sache wissen, die mir der Hostelbesitzer erzählt hat. Viele Muslime hier in Bosnien glauben daran, dass in einem Haus, auf das sich ein Kuckuck setzt, bald jemand sterben muss.“

„Oh nein“, entgegnete Helena erschrocken, „Schatz, dann lass die Kuckucks lieber in die Wald bleiben.“

„Das wusste ich nicht. Aber ich habe ne richtig gute Idee, damit das nicht passiert. Bin gleich wieder da.“ Hans sprang auf und verschwand in Mr Wilson.

„Wie lange reist ihr denn schon zusammen?“, fragte Lilly.

„Ich bin jetzt seit ungefähr eine Jahr mit Hans am Reisen. Er ist aber schon lang unterwegs. Ich glaube, seit etwas mehr als sieben Jahre. Und Leon ist eine Jungfrau. Das sagt man so, ja?“ Lilly schaute überrascht zu mir und meine Wangen erröteten.

„Es ist meine erste Reise", erklärte ich, „und sie hat erst vor zwei Wochen begonnen. Und du? Bist du schon lange unterwegs?"

„Erst seit zwei Wochen? Wie aufregend. Bei mir ist es schon etwas länger. Ich bin vor vier Jahren nach Mexiko geflogen und sehr lange durch Südamerika gereist. Vor ein paar Wochen bin ich nach Europa gekommen und dann …" Lilly verstummte kurz und schaute in die Flammen. „Dann … habe ich euch im Park getroffen."

„So", schrie Hans und stellte etwas auf das Dach von Mr Wilson, „jetzt brauchen wir keine Angst mehr zu haben, dass nen Kuckuck auf unserm Haus landet." Wir schauten uns verblüfft an.

„Was hast du denn getan?", fragte ich. Außerhalb des kleinen Lichtkreises unseres Feuers war es zu dunkel, um auch nur das Geringste erkennen zu können.

„Na, mir hat auf 'nem Konzert mal ein Mann ein kleines Schwein geschenkt. Weißt du, so wie bei so 'nem Spielzeugbauernhof für Kinder. Das habe ich aufs Dach gestellt."

„Und du meinst, das hilft?" Lilly runzelte die Stirn.

„Klar. Kuckucke haben Angst vor Schweinen. Kommt schon, das weiß doch wohl jedes Kind." Während Hans sich mit dem Finger an die Stirn klopfte, schauten Lilly und ich uns an. Sie zog eine Augenbraue nach oben und lachte, als ich versuchte, es ihr nachzumachen, aber stattdessen nur alberne Grimassen zustande brachte.

Der Abend neigte sich langsam dem Ende, unser Lagerfeuer spendete immer weniger Wärme und Helena gähnte laut.

„Ich glaube, ich muss in die Bett, um für morgen wach zu sein."

„Wo geht's denn morgen hin?", fragte Lilly.

„Wir fahren zu den Kravice-Wasserfällen. Warst du da mal?", fragte Hans, „die sind richtig schön."

„Ich habe von ihnen gehört. Fahrt ihr mit Mr Wilson und übernachtet dort?"

„Genau, wir haben auch noch Platz für dich. Wir müssten uns dann nur zusammen in die zwei Zelte quetschen. Autos dürfen nicht bis runter zum Wasser fahren."

„Das ist wirklich lieb von euch, aber … ihr solltet ohne mich fahren." Lillys Stimme klang leise und nachdenklich.

„Du kannst auch gerne bei Helena pennen und ich kuschele mich zu Leon. Ne richtig gute Idee, oder?" Hans zeigte mit seinem Kinn in meine Richtung.

„Klar", schoss es aus mir heraus, „gerne."

„Das ist es nicht", seufzte Lilly, „ich habe sogar ein eigenes Zelt dabei. Es liegt im Hostel bei meinen Sachen. Es ist nur …" Lilly wurde immer leiser, bis das Knistern des Feuers ihre Stimme verschluckte. Sie schaute erst zu Hans, dann zu Helena und schließlich zu mir. Die Schatten der Flammen tanzten durch ihr Gesicht und auf ihrer Stirn zeichneten sich tiefe Falten ab.

„Wir würden uns wirklich freuen, wenn du noch bei uns bleibst", sagte ich zu ihr. Sie schloss ihre Augen, stützte ihren Kopf auf den Händen ab und stand langsam auf.

„Ich werde eine Nacht drüber schlafen", sagte sie. „Gute Nacht, ihr *Muskeltiere.*" Sie verschwand im Zelt und ich meinte, ihr leises Lachen hören zu können. Ich schaute zu Helena und Hans hinüber. Sie zwinkerten mir beinahe gleichzeitig zu und wünschten mir eine gute Nacht.

Als ich eine Weile später in meinem Zelt lag, fragte ich mich, wie es Lilly wohl gerade ging. Sie wirkte auf mich, als würde sie unsere Gesellschaft genießen, aber dennoch war sie am Ende irgendwie traurig. Lilly schien sich über irgendetwas den Kopf zu zerbrechen. Doch was könnte es nur sein? Dann erinnerte ich mich an den Moment beim Konzert, als Lilly meine Hand ergriff und ihren Kopf an meine

Schulter lehnte. Ich war mir sicher, dass sie uns noch nicht verlassen würde. Oder doch? War dieses Hin und Her vielleicht auch ein Teil des „Sich-Verliebens"?

Am nächsten Morgen weckte mich Hans mit einer kleinen Gesangseinlage. „Kuckuck, Kuckuck, ruft's aus dem Wald", sang er aus der Richtung, in der unser Feuer gebrannt hatte. Ich stemmte mich müde aus meinem Zelt und hielt beide Hände vor meinen offenen Mund. Hans und Helena standen bereits hellwach vor mir.

„Du bist echt nen Morgenmuffel", stellte Hans fest, „aber schau, Lilly scheint noch länger zu schlafen. Ihr würdet wirklich gut zusammenpassen."

„Nicht so laut, Hans", flüsterte ich ihm zu.

„Ist ja nur Spaß. Lilly, aufwachen", rief er und klopfte gegen die Zeltwand, „Lilly?" Als niemand antwortete, öffnete Hans vorsichtig den Reißverschluss und warf einen Blick hinein. Dann drehte er sich langsam um und starrte uns mit ernster Miene an.

„Es tut mir leid, Leon. Aber Lilly ist nicht mehr da."

„Oh", sagte Helena und nahm mich in den Arm, „wie schade. Ich habe so kräftig für dich mitgeglaubt."

„Ist schon gut", seufzte ich enttäuscht und starrte auf ihr leeres Zelt.

„Weißt du, Leon, eine Panade besteht aus ganz vielen Mehlkörnern." Ich schaute Hans traurig an. „Das bedeutet, dass du … komm her." Hans nahm mich in den Arm und schlug mir kräftig auf die Schulter. Plötzlich ertönte ein blechernes Geräusch, und wir drehten uns zu Mr Wilson.

„Ist das eine … Kuckuck?" Neben der Figur von Hans saß ein zierlicher Vogel auf dem Autodach. Er war so groß wie eine Taube und seine grauen Flügel hingen leicht abgespreizt nach unten.

„Ich habe keine Ahnung", antwortete Hans.

Der Vogel drehte sich in unsere Richtung, zuckte kurz, griff mit seinen Krallen nach dem Schwein und drückte sich von Mr Wilson ab. Das kleine Spielzeugtier hatte fliegen gelernt und verschwand am strahlend blauen Horizont.

# DIE RUHE VOR DEM STURM

**1.307 / 9.600 km bis zur Mongolei**

„Du hast das Wahrheit gesagt, Schatz. Die sind wirklich wunderschön", staunte Helena.

Wir starrten auf gewaltige Wassermassen, die in mehreren Wasserfällen 30 Meter tief auf einen blaugrün leuchtenden See prasselten. Ich war überrascht darüber, wie laut sie in echt waren. Das Wasser donnerte auf die Oberfläche und erinnerte mich vom Klang her an einen tobenden Sturm. Ich schaute mich um und blickte auf dichte, saftig grüne Wälder, die die Wasserfälle zu allen Seiten hin umgaben. Mehrere Touristen standen in Badesachen vor dem überschaubaren See und tasteten sich vorsichtig ins Wasser. Aber egal, wie beeindruckend dieser Moment auch war, meine Gedanken waren heute woanders.

„Lilly hätte es bestimmt auch gefallen", sagte ich gedankenversunken und setzte mich neben Helena und Hans auf die Picknickdecke.

„Du musst die Kopf nach oben halten. Wir finden bestimmt noch eine andere Lilly."

„Mein *Pfirsichtörtchen* hat recht. Aber du solltest froh sein."

„Froh, dass Lilly weg ist?" Ich sah Hans betrübt an.

„Nee, froh, weil du jetzt weißt, wonach du suchst. Schau, siehste da vorne den schwimmenden Mann?" Ich nickte. „Schau gut hin. Das wird dich auf andere Gedanken bringen. Gleich passiert es bestimmt."

Ich sah dem Fremden dabei zu, wie er in dem kleinen See schwamm und kratzte mich am Kopf, als der Mann plötzlich lautstark schrie und zurück ans Ufer kraulte. Er rannte aus dem Wasser und umarmte eine Frau, als wäre er gerade dem Tod von der Schippe gesprungen.

„Hier gibt's Wasserschlangen", erklärte Hans, „die sind nicht gefährlich und wollen nur mit den Touristen spielen. Und dann klingt das immer so wie bei *Der weiße Hai.* Nun gut. Ich gehe dem Mann mal kurz sagen, dass die nicht gefährlich sind und geh dann an die Bar."

Als Hans verschwunden war, strecken Helena und ich uns auf der Decke aus. Sie hatten aus Mr Wilson einige Kissen mitgenommen und so konnten wir unsere Köpfe aufstützen, um entspannt auf die Wasserfälle zu blicken.

„Das klingt bestimmt komisch, aber ich hatte noch nie zuvor dieses Gefühl, das ich an dem Abend mit Lilly hatte. Es war so …" Ich suchte vergeblich nach Worten.

„Wie eine Feuerwerk in deine Kopf?"

Ich musste laut lachen und drehte mich zu Helena. „Ja, doch. Das trifft es ziemlich gut." Ich machte eine kurze Pause. „Meinst du, ich habe etwas falsch gemacht?"

„Nein, Leon, du bist toll und ich weiß, dass Lilly dich mag. Sowas kann ich an die Augen sehen. Aber das ist manchmal sehr kompliziert. Trotzdem, irgendwann hört die Feuerwerk auf und es beginnt eine neue. Ich habe fünf Feuerwerke gehabt, bis ich Hans getroffen habe. Wirklich, meine Kopf ist fast explodiert."

„Danke, Helena." Ich richtete meinen Blick wieder auf die Wasserfälle und spürte, wie sich ihr kühler Wasserdunst auf mein Gesicht legte.

„Yo", rief Hans, als er eine halbe Stunde später euphorisch zu uns zurückkehrte, „der Mann kann wieder lachen, und ich habe uns das VIP-Sternenzimmer für heute Abend reserviert."

„Was meinst du mit VIP-Zimmer?", fragte ich und wischte mir das Wasser aus dem Gesicht.

„Na, als ich vor zwei Jahren hier war, habe ich so nen jungen Kerl kennengelernt, der hier arbeitet. Er hat mir angeboten, mich mit 'nem kleinen Boot rüber auf die Insel zu fahren", erklärte Hans und zeigte zu den Wasserfällen. „Ich habe eben mit ihm gesprochen und er bringt uns später hin. Dann haben wir diesen tollen Ort heute Abend ganz für uns alleine."

„Ist das denn sicher? Du weißt, dass ich nicht schwimmen kann?"

„Keine Sorge, wir haben Schwimmwesten. Abgesehen davon ist mein Freund der beste Bootsfahrer, den es hier gibt."

Ich schaute mich um und konnte genau ein Boot erkennen. Es lag einige Meter vor uns an einer Stahlkette befestigt und trieb auf dem Wasser. Ich spürte ein flaues Gefühl in meiner Magengegend, doch auf einmal spielte all das keine Rolle mehr.

„Entschuldigung, hättet ihr auf eurem Boot vielleicht noch Platz für einen weiteren Passagier?" Ich konnte meinen Augen kaum trauen, wollte aufspringen und sie in den Arm nehmen, doch entschied mich dazu, es nicht zu übertreiben.

„Lilly, was machst du denn hier? Wo warst du? Und wie bist du …?", staunte Hans.

„Lass sie doch zuerst mal ankommen. Hier ist eine Platz für dich. Komm, Lilly." Sie setzte sich zu uns und seufzte laut.

„Es tut mir leid. Ich hätte nicht einfach abhauen sollen. Es ist nur … ich habe mich daran gewöhnt, alleine unterwegs zu sein. Doch als ich dann heute Morgen im Hostel wach wurde, fühlte ich mich wie ein riesiger Idiot, weil ich euch wirklich mag und gerne besser kennenlernen würde. Als ich wieder an dem Campingplatz von gestern Abend war, wart ihr schon weg, aber ich habe einen Bus gefunden, der zu den Wasserfällen gefahren ist."

Mir fiel ein riesiger Stein vom Herzen, und auch Helena und Hans waren sichtlich glücklich darüber, dass Lilly ihre Meinung geändert hatte. Als die Sonne allmählich unterging, und die anderen Touristen langsam ihren Heimweg antraten, machte der Freund von Hans das

Boot fertig und winkte uns herüber. Während der kurzen Fahrt, auf der ich mich verkrampft an meine rote Schwimmweste krallte, hörte ich Lilly zum ersten Mal englisch sprechen, als sie sich mit dem Einheimischen unterhielt.

„Wow, du klingst wie eine Muttersprachlerin", sagte ich beeindruckt, als wir angelegt hatten.

„Danke, aber um ehrlich zu sein, habe ich ein wenig gemogelt. Ich bin in Australien aufgewachsen."

„Australien?", fragte Hans, „da bekomme ich Gänsehaut. Die haben diese riesigen Spinnen. Aber Leute, lasst uns schnell die Zelte aufbauen, solange es noch hell ist. Danach kannste von Australien erzählen. Außer von Spinnen. Wehe, du erzählst mir was von Spinnen."

Als unsere Zelte standen, liefen wir zwischen den Bäumen umher, um Äste zu finden. Kurze Zeit später brannte unser Lagerfeuer und Helena packte eine Tupperdose mit Essen aus, das sie am Morgen zubereitet hatte. Da ihre Portionen immer sehr üppig ausfielen, war genug für uns alle da.

„Köstlich, Helena", sagte Lilly, „ich habe schon seit Ewigkeiten keine vegetarischen Tacos mehr gegessen."

„Ich hoffe, es schmeckt auch ohne Fleisch", antwortete sie.

„Ganz im Gegenteil. In Südamerika gab es so oft Fleisch. Das hier ist eine gelungene Abwechslung."

Helena wirkte sehr zufrieden. „Schön, dass dir meine Essen gefällt. Wie ist denn so eine typische Essen in Australien?"

„Ziemlich international. Das Einzige, das ich bisher noch nirgendwo sonst finden konnte, ist Pavlova. Das ist eine Torte, die mit Sahne und Früchten gefüllt wird. Sehr kalorienreich, aber auch sehr lecker."

„Gut, dass ich nach die Schule nicht in Australien für eine Au-Pair bin. Sonst wäre ich noch dicker."

„Mein kleiner *Pavlova*", sagte Hans und bedankte sich mit einem

Kopfnicken bei Lilly für das neue Wort, „du bist doch nicht dick. Nicht mal nen bisschen.“ Während die beiden über die Anzahl von Helenas Bauchringen diskutierten, schaute ich zu Lilly hinüber.

„Du bist also in Deutschland aufgewachsen und dann nach Australien gezogen? Das muss ein riesiges Abenteuer gewesen sein. Mir hätte für sowas der Mut gefehlt.“

„Um ehrlich zu sein, haben meine Eltern für mich entschieden. Ich war erst sechs Jahre alt, als wir nach Australien ausgewandert sind. Wir haben in Brisbane an der Ostküste gelebt, aber da ich so jung war, kann ich mich an gar nicht mehr so viele Dinge erinnern. Für mich war es einfach normal, dort zu leben. Doch eine Sache werde ich nie vergessen. Wir waren im australischen Winter gelandet und alle Leute trugen dicke Winterjacken. Aber ich lief im Sommerkleid durch die Straßen. 20 Grad hatten wir. Anscheinend eiskalt für Menschen aus Brisbane“, lachte sie. „Ich bin dann dort zur High School gegangen und kurz nach meinem achtzehnten Geburtstag zu dieser Reise aufgebrochen.“ Lilly verstummte für einen kurzen Moment. „Das ist wirklich schon vier Jahre her.“

„Und warum bist du aus Australien weg?“, fragte Helena. „Jeder sagt doch immer, wie schön die Land ist.“

„Na bestimmt wegen den Spinnen“, antwortete Hans.

„Vielleicht auch wegen denen, aber eigentlich … also … ich brauchte einen Tapetenwechsel. Es ist schwer zu erklären“, seufzte Lilly und hielt inne. Hans sah sie währenddessen aufmerksam an.

„Wäre *Tom Hanks* auf 'ner Insel in Australien gestrandet, wäre der wegen den Spinnen bestimmt auch früher abgehauen. Habt ihr euch eigentlich mal gefragt, warum er seinen Freund ‚Mr Wilson‘ genannt hat?“

„Leute?“, flüsterte ich.

„Ich dachte früher immer, der Name käme von den Rasierern.

Aber irgendwann hat mir mal wer erklärt, dass der Name von 'nem Sportartikelhersteller namens *Wilson* kommt. Verrückt, oder? Wie kommt man auf so ne Idee?"

„Leute?", wiederholte ich nun etwas lauter.

„Es ist schon etwas her, dass ich den Film gesehen habe, aber war auf dem Volleyball nicht der Markenname *Wilson* aufgedruckt?" Lilly kratzte sich an der Stirn.

„So habe ich da noch gar nicht drüber nachgedacht. Ne richtig gute Idee."

„Leute!", schrie ich, „schaut mal." Ich zeigte mit meinem ausgestreckten Arm zu den Zelten. „Haben wir die Zelte wirklich so nah am Ufer aufgestellt oder steigt das Wasser?"

„Kann nicht sein, ist doch ein See."

„Eigentlich nicht", antwortete Lilly, „aber Leon hat recht. Wir haben die Zelte definitiv nicht so dicht am Ufer aufgebaut. Hat dein Freund nicht vielleicht irgendwas davon erwähnt, Hans?"

„Naja, er hat nur gesagt, dass wir die Zelte nicht direkt am Wasser aufstellen sollen. Dachte, er meint wegen den Schlangen."

„Aber du meintest doch, dass die nicht gefährlich sind", antwortete ich.

„Keine Ahnung. Hätte ja sein können, dass mein Kumpel Angst vor Schlangen hat." Hans schaute uns an und zog seine Schultern nach oben.

Ich versuchte, nicht in Panik zu geraten und lief zu meinem Zelt, um meine Schwimmweste zu holen. Wie weit würde das Wasser wohl noch steigen? Oder noch schlimmer, könnte es sogar die ganze Insel überfluten?

„Ich habe ne richtig gute Idee. Wir könnten einfach zurück ans Ufer schwimmen, wenn das Wasser zu hoch steigt", schlug Hans vor.

„Hans!", erinnerte ich ihn.

„Ach stimmt. Oder wir könnten uns ein Floß bauen und rüberpaddeln? So wie *Tom Hanks.*"

„Oder", begann Lilly, „wir atmen alle tief durch und denken mal kurz ganz rational über unsere Situation nach. Dein Freund würde uns doch nicht auf eine Insel fahren, die nachts untergeht, oder, Hans?"

„Ich glaube, er mag mich."

„Er könnte auch nicht wütend sein, weil du ihn *Blätterteigteilchen* oder sowas nennst?"

„Nein, sowas sagt meine Hans nur zu mir."

„Also gut. Ich würde Folgendes vorschlagen", begann Lilly. „Wir ziehen die Zelte auf die andere Seite der Insel und behalten das Wasser im Auge. Zur Not schlafen wir dann einfach hier im Sitzen. Keine Angst, Leon, wir werden hier nicht untergehen. Sonst würden die Stühle vom Restaurant am anderen Ufer weggespült werden. Und wenn das passieren könnte, hätten die Besitzer sie bestimmt nicht einfach so draußen stehen lassen."

„Ich stimme für Lillys Plan", schoss es aus mir heraus und ich streckte meinen Arm nach oben.

„Tut mir leid, Schatz, aber ich will auch das Plan von Lilly."

„Schon in Ordnung. Aber fürs Protokoll: Ein Floß war auch ne richtig gute Idee, oder?"

Wir lösten die Heringe unserer Zelte und zogen sie zu uns ans Lagerfeuer in die Mitte der Insel. Lilly hatte kleine Äste in den Boden am Wasser gesteckt, um so beobachten zu können, ob sich das Ufer verschob.

„Und mach dir keine Sorgen, Leon. Selbst wenn das Wasser weiter steigt, wird es das langsam tun", beruhigte mich Lilly.

„Ich bin wirklich froh, dass du dabei bist", sagte ich, öffnete den Verschluss meiner Schwimmweste und legte sie neben mich auf den Boden. „Warst du schon öfter in solchen Situationen?"

„Nicht ganz, aber ich war früher bei den australischen Pfadfindern und wir haben öfter kleine Wochenendtrips in die Wildnis gemacht. Wir sollten jetzt in Sicherheit sein.“ Sie schaute mich an und klopfte mir dabei auf die Schulter.

„Apropos, hat noch jemand Lust auf nen Wein?“, fragte Hans. Lilly sah überrascht zu ihm rüber.

„Wie kommst du denn bitte auf einmal darauf?“

„Na, weil *Wein* sich auf *sein* reimt. So funktioniert mein Kopf. Sind die Schnitzellieder schuld. Denke ich. Also, wer will?“

„Ja, aber nur eine Glas. Sonst dreht sich nachher wieder meine Kopf“, erklärte Helena.

„Warum eigentlich nicht. Ich bin dabei“, schloss sich Lilly an.

„Danke, aber für mich nicht. Jemand sollte nüchtern bleiben und auf das Wasser achten.“

„Guter Punkt. Wir haben noch ne Flasche Apfelsaft dabei. Willste einen?“

„Gerne“, sagte ich dankbar und stieß wenig später mit meinen Freunden an. Lilly saß neben mir auf der Picknickdecke und Helena hatte neben Hans gegenüber von uns auf einem umgefallenen Baumstamm Platz genommen. Heute konnten wir das Knistern unseres Lagerfeuers nicht hören, da die Geräusche des Wasserfalls alles übertönten. Wir mussten fast schreien, um uns zu verstehen.

„Lasst uns nen Spiel machen, bei dem man sich besser kennenlernt. Jeder sagt der Reihe nach nen Satz. Und jeder, der das bereits gemacht hat, muss nen Schluck trinken. Ich fange an“, verkündete Hans, „ich habe noch nie *Star Wars* geschaut.“

Alle außer ihm tranken.

„Wird mir viel zu viel geschossen“, fügte er hinzu, „da schaue ich lieber ruhige Filme.“

„Wie beispielsweise den auf dieser verlassenen Insel?“, scherzte ich.

„Meinst du etwa den mit dem sprechenden Volleyball?", fügte Lilly hinzu.

„Wie hießt der nur nochmal?" Lilly und ich klatschten uns gegenseitig ab.

„Ihr Spaßvögel", antwortete Hans und zeigte mit seinem Zeigefinger in unsere Richtung, „macht ihr euch nur über mich lustig!"

Lilly starrte kurz auf seine Hand. „Was ist eigentlich mit deinem kleinen Finger passiert ist?"

„Ich habe mal nen Hundewelpen auf 'ner Straße vor 'nem rasenden Autofahrer gerettet. Und im Sprung hat mich das Auto an der Hand erwischt und zack: Finger ab. War's aber wert. Hund lebt. Okay, weiter geht's. *Cupcakechen?*"

„Ich habe noch nie eine Floß gebaut."

Nur Hans trank.

„Ich habe noch nie ein Floß gebaut, das auch funktionierte und nicht untergegangen ist", sagte Lilly.

Niemand trank. Nicht mal Hans. Stattdessen murmelte er etwas Unverständliches vor sich hin.

„Ich war noch nie in der Mongolei", sagte ich.

Niemand trank. Irgendwann und 8000 Kilometer entfernt würde sich das zumindest bei mir hoffentlich ändern.

„Ich habe noch nie nackt im Regen getanzt", sagte Hans.

Die anderen drei tranken und Lillys Glas war fast leer.

„Willste noch ne Ladung?", fragte Hans.

„Danke, aber ich bin gut."

„Du bist gut? War dir schlecht?" Helena schaute Lilly fragend an.

„Sorry, wenn ich was getrunken habe, schmeiße ich Englisch und Deutsch manchmal durcheinander. Aber ‚ich bin gut' sagt man nur im Englischen. Ich meinte ‚ich habe genug'. Oder weißt du was, ein Glas nehme ich noch." Hans nickte.

„Ich habe noch nie eine magische Gegenstand gehabt", fuhr Helena fort.

Helena und ich tranken.

„Wie schön, Leon. Hast du auch früher gezaubert und so eine Zauberkasten gehabt? Ich konnte unsere Katze Napoleon fast aus eine Hut zaubern. Aber er ging nicht rein. War zu dick."

„Nun, nicht ganz. Ich habe vor der Reise viel Zeit in einem Onlinespiel verbracht. Und da konnte man magische Gegenstände finden."

„Wurde da viel geschossen?", fragte Hans.

„Nein, gar nicht. Da wurde nur gezaubert", erklärte ich und dachte an meine Onlinefreunde, die mir in dem Spiel vor ähnlichen Wasserfällen eine kleine Abschiedsparty gegeben hatten. „Ich gehe mal kurz nach hinten, um den Wasserstand zu kontrollieren."

Während die Runde immer ausgelassener und die Weinflasche immer leerer wurde, stand ich auf und ging zum Ufer. Die Äste waren noch immer trocken und es schien so, als würde das Wasser nicht weiter steigen. Auf der Oberfläche des Sees spiegelte sich der Nachthimmel. Ich hob meinen Blick und sah in die sternenklare Nacht. Vor ungefähr einem Monat hatte ich mich von meinen Freunden in dem Onlinespiel vor einer ähnlichen Kulisse verabschiedet und mir Gedanken darüber gemacht, ob es wirklich die richtige Entscheidung war. Ich erinnerte mich an den Abend zurück und stand auf einmal wieder vor dem Fenster meines Schlafzimmers. Damals hätte ich es nicht für möglich gehalten, direkt zu Beginn meiner Reise so wundervolle Menschen kennenzulernen. Als ich dankbar in Richtung der Sterne nickte, erblickte ich ein Flugzeug, das durch den Nachthimmel schwebte. Vielleicht hätte ich genau in dieser Maschine am Steuer gesessen und sie geflogen, wenn ich in meinem Leben an manchen Kreuzungen anders abgebogen wäre. Doch heute Abend gab es keinen Ort, an dem ich lieber sein wollte. Selbst als Nichtschwimmer, der von

Wasser umgeben auf einer kleinen Insel stand. Ich erinnerte mich an meine Wunschliste und ergänzte sie, wenn auch nur in Gedanken. Neben MEHR stand nun ein zweites Wort auf dem Stück Papier, das noch immer auf meinem Wohnzimmertisch liegen musste: Freundschaft.

Ich drehte mich um und ging zurück zu meinen Freunden. Bevor ich jedoch in den Lichtkreis des Feuers trat, blieb ich erneut stehen, um den Moment zu genießen. Helena lag bereits an der Schulter von Hans und war eingeschlafen. Er selbst konnte seine Augen kaum noch offenhalten und sein Kopf sank immer wieder bedächtig langsam in Richtung Boden, um kurz darauf hochzuschrecken. Lilly schaute in die lodernden Flammen des wärmenden Feuers. Ihre Wangen waren leicht gerötet. Ich musste am Ufer völlig die Zeit vergessen haben. Auf einmal schreckte Hans wieder hoch, machte dabei schmatzende Geräusche, streckte die Beine aus und landete dabei mit seinen Flipflops fast im Feuer.

„Scheiße, ist das heiß, so, letzte Runde. Ich bin dran." Er machte eine kurze Pause und ich dachte schon, er wäre wieder eingeschlafen. „Ich habe noch nie jemanden getötet."

Ich löste meinen Blick vom Feuer und sah zu Hans. Er zuckte kurz mit seinem Arm, ließ den Kopf zur Brust fallen und schien nun endgültig eingeschlafen zu sein. Morgen würde er vermutlich einen steifen Nacken haben. Ob er wohl von *Tom Hanks* und tropischen Inseln träumte? Helena löste sich von ihrem Freund und legte sich in Embryohaltung auf den Baumstamm. Während ich vorsichtig ans Lagerfeuer ging, um die beiden nicht zu wecken, nahm ich eine weitere Bewegung im Augenwinkel wahr. Ich drehte meinen Kopf zu Lilly und sah, wie sie einen kräftigen Schluck nahm. Dann stellte sie das leere Glas neben sich ab und starrte gedankenversunken in die Flammen. Ein Schauer lief mir über den Rücken und meine Beine wurden immer wackliger. Was hatte das zu bedeuten? Hatte sie die Frage falsch verstanden, weil die Wasserfälle so laut waren? Vielleicht hatte ich selbst die Frage falsch verstanden. Lilly seufzte etwas vor sich hin, griff dann die Weinflasche und nahm einen weiteren, tiefen Schluck. Hatte sie getrunken, weil sie durstig war und nicht wegen der Frage des Spiels? Warum sollte sie sonst mehrere Schlucke nehmen? Ich atmete erleichtert aus und machte einen Schritt aus dem Schatten.

„Alles in Ordnung?“, fragte ich, und Lilly zuckte zusammen.

„Oh Gott, Leon. Du hast mir einen riesigen Schrecken eingejagt.“

„Tut mir leid“, antworte ich verlegen, nachdem ich mich zu ihr auf die Decke gesetzt hatte. Obwohl sie ihre Mundwinkel nach oben zog, wirkten ihre Augen traurig. Dann rollte sie sich neben mir zusammen, legt ihren Kopf auf meinen Oberschenkel und schloss die Augen. Ich griff nach hinten zu meiner Decke, breitete sie über ihr aus und legte meinen Arm schützend um ihren Körper.

Als ich erneut zu den Sternen schaute, kreisten meine Gedanken wild umher. Konnte es doch wahr sein? Hatte Lilly wirklich jemanden getötet? Nein, es gab bestimmt eine Erklärung. Lilly würde doch niemanden umbringen! Während die Wassermassen noch immer laut trommelten, spürte ich, wie die Wärme unseres Feuers allmählich nachließ und Lillys Körper sich nun immer langsamer auf und ab bewegte. Und in genau diesem Moment sah ich eine helle Sternschnuppe zwischen all den leuchtenden Punkten.

Ich hatte einen Wunsch frei, aber es war erst zwei Tage her, dass Helena, Hans und ich uns hinter der Grenze alle etwas gewünscht hatten. Helena hatte ihre Spinatteilchen bekommen, Hans konnte uns die Wasserfälle zeigen und ich hatte mir spaßeshalber gewünscht, hier Liebe zu finden. Nun hielt ich einen Menschen im Arm, den ich am liebsten nie wieder loslassen wollte. Fühlte sich so die Liebe an? Ich wusste es nicht, aber bei einer Sache war ich mir sicher: Alle Wünsche, die wir an der Grenze geäußert hatten, waren auf eine gewisse Art und Weise in Erfüllung gegangen. Doch Lilly war bei dem Ritual noch nicht bei uns gewesen.

So entschied ich mich, mir nichts für mich selbst, sondern stattdessen etwas für Lilly zu wünschen und hoffte darauf, dass auch dieser Wunsch sich erfüllen würde. Ich schloss meine Augen und flüsterte ihn in Richtung der Sterne: „Ich wünsche mir, dass es Lilly gut geht."

# DAS ENDE

**1.307 / 9.600 km bis zur Mongolei**

„Guten Morgen. Verdammt, tut mir mein Nacken weh. Glaube, ich werde zu alt für sowas."

„Zu alt? Du bist 25 Jahre jung, Hans", antwortete ich und gähnte laut. Seine Freundin Helena war knapp ein Jahr jünger als er und Lilly 22. Ich war mit meinen 28 Jahren der Älteste der Gruppe.

Hans war irgendwann mitten in der Nacht vom Baumstamm gefallen und auf dem Boden liegen geblieben. Ich konnte mir nicht erklären, wie er dabei noch nicht einmal aufgewacht war. Helena hatte sich wacker gehalten und beim Schlafen den Stamm fest umarmt. Dies führte jedoch dazu, dass sie nun den Abdruck der Baumrinde im Gesicht hatte. Lilly lag die ganze Nacht über auf meinem Schoß, bis die Dämmerung langsam einen neuen Tag einläutete. Woher ich das alles wusste? Ich hatte zwar versucht zu schlafen, aber mich beschäftigten einfach zu viele Gedanken. Und es gab einen ganz bestimmten, der mir Angst machte. Ich hatte einige Gründe dafür gefunden, warum Lilly getrunken haben könnte. Doch obwohl ich die Liebe kaum kannte, geisterte mir die ganze Nacht über eine bekannte Redensart im Kopf herum: Liebe macht blind. Waren meine Gedanken überhaupt noch rational, oder war meine Sicht bereits vernebelt?

„Ich fühle mich ganz gut", verkündete Helena, „nur meine rechte Gesicht tut bisschen weh. Schaut mal, ist da was?"

„Warte, ich komme zu dir", gähnte Lilly und stand auf, „du hast den halben Wald in deinen Locken hängen."

„Eine halbe Wald? Oh."

„Sag mal, Leon", begann Hans, als er mir einen Kaffee anbot, den er kurz zuvor mit dem Gaskocher zubereitet hatte, „haben du und Lilly die ganze Nacht lang auf das Wasser aufgepasst? Sorry, ich bin wohl irgendwann eingepennt. Dieses Autofahren macht echt müde."

„Alles gut. Ich kann ja nachher auf der Fahrt schlafen. Danke für den Kaffee."

Als wir unsere Sachen zusammengepackt hatten und die ersten Einheimischen am anderen Ufer auftauchten, versuchten Helena und Hans mit verschiedenen Handzeichen ein Boot zu organisieren.

„Schatz, du musst mit deine Hände so eine Schale machen. So wie eine Boot von der Seite aussieht."

*„Rosinenbrötchen,* ein Boot in Zeichensprache geht anders. Du hältst eine Hand flach und machst die andere senkrecht drauf. So als Mast, wie bei 'nem Segelboot. Verstehst du?"

„Aber das ist doch eine ‚X'"?

„Der Winkel ist dabei ganz wichtig. Schau, die Leute da hinten verstehen es."

Während sich die Restaurantbesitzer zehn Meter von uns entfernt auf der anderen Seite ratlos anschauten, ging ich zu Lilly.

„Du, Lilly, sag mal … kannst du dich … geht es dir gut?"

„Dank dir tut es das." Sie lächelte mich dankbar an.

„Dank mir?"

„Du hast mich immerhin auf deinem Schoß schlafen lassen und zugedeckt, nicht wahr? Ohne dich hätte ich wahrscheinlich auch Rückenschmerzen oder Holzabdrücke im Gesicht. Wer weiß, vielleicht wäre ich ohne dich sogar von den Schlangen gefressen worden." Sie grinste und zog ihre Schultern nach oben.

„Hat Hans nicht gesagt, dass die ungefährlich sind?"

„Hans hat auch gesagt, dass wir ein Floß bauen sollen." Lilly legte ihre Hand auf meine Schulter und zeigte zum gegenüberliegenden Ufer. Jemand ließ gerade das kleine Holzboot ins Wasser.

Nachdem wir im Restaurant gefrühstückt und uns für das Wassertaxi bedankt hatten, gingen wir zurück zu Mr Wilson. Die Einheimischen hatten uns erklärt, warum in der Nacht das Wasser angestiegen war. Die Bauern der Region nutzten tagsüber Wasser aus dem Fluss, um ihre Felder zu bewässern. Und da sie dies nachts nicht taten, hatten die Wasserfälle bei Nacht mehr Wasser.

„So, ihr Lieben. Ich habe morgen Abend nen Auftritt in Albanien. In Tirana, der Hauptstadt, vor so 'ner lustigen Pyramide. Wollt ihr mit?"

„Also", begann ich, „wenn es in Ordnung für euch ist, würde ich gerne mit euch weiterfahren."

„Liegt auch quasi auf dem Weg in die Mongolei. *Nusseckchen,* was meinst du?"

„Natürlich darf er bleiben. Ich mag dich, Leon, und ich möchte dir noch mehr von die Kochen beibringen. Bleibst du auch, Lilly?"

„Die Mongolei? Da hast du ja noch einen weiten Weg vor dir", begann Lilly nachdenklich, „darf ich ganz ehrlich zu euch sein?" Ich hielt für einen kurzen Moment die Luft an und spürte, wie meine Hände leicht zitterten. Erzählte sie uns nun von ihrem Geheimnis?

„Ich wusste es", antwortete Hans, „du fandest die Idee mit dem Floß doch richtig gut und hast Leon zuliebe dagegen gestimmt, oder?"

„Nein, Hans, die Idee war wirklich nicht gut", sagte sie und schlug ihren Kopf sanft gegen meine Schulter. „Wisst ihr, ich war mir eigentlich sicher, dass ich für den Rest meiner Reise alleine unterwegs sein möchte. Doch in eurer Gesellschaft fühle ich mich so gut wie schon lange nicht mehr. Als wäre ein kleines Wunder geschehen. Aber es gibt da etwas … ich glaube, ich kann nicht bleiben." Lilly verstummte und machte ein nachdenkliches Gesicht.

„Ich habe ne richtig gute Idee", erklärte Hans, „wir werfen ne Münze. Bei Kopf bleibt Lilly bei uns, bei Zahl nicht. Ich werfe und Leon fängt, bereit?" Ohne dass jemand von uns eine Antwort geben konnte, griff Hans in seine Tasche, zog eine Münze hervor und schnipste sie in meine Richtung. Sie drehte sich durch die Luft und landete zwischen meinen Händen. Bevor ich meine Hand jedoch öffnete, schauten wir uns an.

„Hast du eigentlich auch manchmal Ideen, die nicht ‚richtig gut' sind?", fragte Lilly und hob ihre rechte Augenbraue.

„Nicht wirklich", antwortete Hans.

„Dann lassen wir die Münze eben entscheiden." Lilly drehte sich zu mir und schaute mich gespannt an.

„Nur fürs Protokoll. Ich finde, das ist keine gute Idee", antwortete ich und öffnete zögerlich meine Hand.

„Mach es nicht so spannend. Was liegt oben?", fragte Lilly neugierig.

Meine Hände begannen zu schwitzen. Was wäre, wenn uns Lilly wegen einer Münze wirklich verlassen würde, und ich sie niemals besser kennenlernen könnte? Was, wenn sie wirklich jemanden getötet hatte und ich unsere Gruppe in Gefahr bringen würde? Ich schloss kurz meine Augen und tat das, was mir Hans damals am Meer empfohlen hatte. Ich sah in meine Zukunft.

„Kopf", sagte ich mit leicht zitternder Stimme.

„Wuhu Tirana!", schrie Hans euphorisch, „die vier Musketiere reisen gemeinsam nach Tirana. Seht ihr? War ne richtig gute Idee."

„Juhu", schloss sich Helena an, „ich bin so froh. Und wo du Tirana sagst: Soll ich uns heute Abend eine leckere Tiramisu machen? Wir müssen dann nur noch diese Kekse kaufen."

„Ich bin wirklich froh, dass Kopf gewonnen hat", flüsterte mir Lilly zu, während sie mir eine kräftige Umarmung gab.

„Ich auch", antwortete ich und merkte dabei, dass meine Stimme noch immer zitterte.

Kurz vor der albanischen Grenze hielt Hans an einem kleinen Waldparkplatz an, da ich auf Toilette musste.

„Geh nicht zu tief in den Wald rein“, rief er mir hinterher, „wir wollen nicht, dass du von ’nem Bär gefressen wirst.“

„Sind Bären nicht eher in den Bergen?“, fragte Lilly.

„Schau doch da, die Fußabdrücke.“

„Ich würde sagen, die sind etwas klein für einen Bären.“

„Könnte ja nen kleiner Bär gewesen sein.“

Ich ging ein paar Schritte, bis sie mich nicht mehr sehen konnten und stellte mich hinter einen Baum. Plötzlich hörte ich ein seltsames Geräusch tief aus dem Wald. Es klang wie eine Kuhglocke. Ungewöhnlich war jedoch, dass sie ununterbrochen und in gleichmäßigem Tempo klingelte. So, als würde sie jemand läuten.

Ich schaute mich um und ging ein paar Schritte in die Richtung, aus der das Geräusch kam. Vielleicht spielte jemand mit einer Glocke. Vielleicht brauchte aber auch jemand Hilfe.

„Hallo? Ist da jemand?“, rief ich in den Wald hinein. Bis auf das stetige Läuten blieb es still. Trotz des mulmigen Gefühls ging ich weiter … und kurz darauf lichteten sich die Bäume. Ich trat auf eine freie Fläche hinaus, die von großen Kiefern umgrenzt wurde.

Am Rand der Lichtung bemerkte ich eine alte Holzhütte. Die Fenster waren mit Brettern vernagelt, auf der linken Seite führte eine kleine Holztreppe hinauf zu einer rot gestrichenen Tür. In diesem Moment wurde mir bewusst, dass es totenstill war. Kein Windhauch, kein Rascheln der Bäume, und auch das Klingeln der Glocke hatte aufgehört. Ein Schauer lief mir über den Rücken. Ich hatte das komische Gefühl, beobachtet zu werden.

Ich war mir fast sicher, das Läuten war aus der Hütte gekommen. Mit wackligen Beinen überquerte ich die Lichtung und ging auf die Hütte zu. Ich musste nach dem Rechten sehen. Vielleicht war jemand verletzt und hatte so versucht, auf sich aufmerksam zu machen.

„Hallo? Ist jemand hier drin?", rief ich vorsichtig, während ich an die Tür klopfte. Ich wiederholte meine Worte, dieses Mal etwas lauter. Nichts passierte.

Als ich erneut gegen die alte Holztür schlug, gab sie mit einem knarzenden Geräusch nach und öffnete sich einen Spalt. Ich versuchte, ins Innere des Raums zu sehen, doch es war zu dunkel.

„Sei einmal mutig, Leonard", murmelte ich zu mir selbst, stieß die Tür auf und betrat mit weichen Knien die kleine Hütte.

Das Tageslicht, das durch die offene Tür in den Raum drang, fiel auf ausgestopfte Tiere und Geweihe, die an der gegenüberliegenden Wand hingen. Es musste sich um eine Jagdhütte handeln. In der Mitte des Raums stand ein rechteckiger Tisch mit genau einem Stuhl. Im hinteren Teil der Hütte erkannte ich die Umrisse eines Bettes in der Dunkelheit. Die Einrichtung war verstaubt und es roch modrig, als wäre hier schon lange niemand mehr gewesen. Ich machte einen weiteren Schritt in die Hütte und nahm dabei mein Handy aus der Hosentasche, um Licht zu machen.

Als ich den Lichtstrahl der Handytaschenlampe auf die hintere Ecke des Raumes richtete, fuhr ich erschrocken zusammen und machte einen hastigen Schritt nach hinten. Zu hastig, denn ich stolperte, knallte auf den Boden. Dabei flog mir das Handy aus der Hand und landete irgendwo neben mir auf den Holzdielen. Ohne das Bett aus den Augen zu lassen, tastete ich nach meinem Handy und klammerte mich mit zittrigen Fingern daran fest, als ich es endlich gefunden hatte. Erneut richtete ich den Lichtkegel auf das Bett. Es war leer. Panik breitete sich in mir aus und mein Atem stockte. Noch vor wenigen Sekunden hatte auf der verfilzten Wolldecke auf dem Bett eine Kuhglocke gelegen.

„Wer ist da? Soll das ein schlechter Scherz sein?" rief ich panisch und sprang so schnell es ging vom Boden auf. „Zeig dich. Ich weiß, dass jemand hier ist."

Vielleicht hatte ich mich nur geirrt? Hatte ich wirklich eine Glocke gesehen oder war es nur Einbildung gewesen? Ich konnte es nicht genau sagen.

Hektisch atmend drehte ich mich zur Tür. Ich wollte die Hütte so schnell wie möglich verlassen. Doch wo eben noch die Eingangstür war, befanden sich jetzt dicke Gitterstäbe. Ich krallte mich an ihnen fest und rüttelte, so fest ich konnte. Nichts passierte. Ich schrie vor Verzweiflung. Vielleicht hörten die anderen mich und würden mir zur Hilfe eilen. Hinter mir, aus der Dunkelheit der Hütte, erklang plötzlich wieder das Läuten einer Kuhglocke. Es war nur wenige Meter von mir entfernt. Verlor ich den Verstand?

Ich holte tief Luft, um laut um Hilfe zu rufen, als sich eine Hand auf meine Schulter legte. Panisch schrie ich und zuckte zusammen, als hätte mich ein Blitzschlag getroffen. Als ich mich umdrehte, verschlug es mir jedoch die Sprache.

„Lilly!?" rief ich erstaunt und zugleich erleichtert. Mein Verstand musste mir tatsächlich einen Streich gespielt haben. Mein Blick wanderte von ihrem Gesicht hinab zu ihren Händen. Die Erleichterung wich Angst. In ihrer linken Hand hielt sie eine große, schwere Kuhglocke. An dem Metall klebte dunkelrote Farbe, die Blut zum Verwechseln ähnlich sah. Es konnte kein Blut sein. Nein, es konnte unmöglich Blut sein! Auch Lillys Hände und ihr grünes Shirt waren blutrot verfärbt.

„Lilly, was …", setzte ich an.

„Es tut mir leid, Leon. Ich habe versucht, dich zu warnen", sagte sie mit leerem Blick, „ich bin nicht die, für die du mich hältst."

Sie holte aus und schwang die Kuhglocke in die Luft, wobei diese einen dumpfen Laut machte. Ihr Gesicht sah mit einem Mal bitter und hasserfüllt aus. Ich schloss die Augen und hob schützend die Hände über den Kopf.

„Bitte nicht. Bitte nicht. Bitte nicht", wiederholte ich leise. Hatte ich mich so in Lilly geirrt?

„Beruhig dich, Leon!"

Jemand rüttelte mich fest an der Schulter und ich versuchte, die Hand abzuwehren. Als ich die Augen weit aufriss, sah ich in Lillys Gesicht. Sie sah mich besorgt an. Mein Blick huschte zu ihren Händen, ihrem Pullover. Sie waren sauber. Keine blutroten Spuren. Dann atmete ich erleichtert auf. Sie lächelte mich an und drückte kurz meine Hand. Es war nur ein Traum.

„Ist alles in Ordnung, Leon? Du hast im Schlaf laut geschrien", sagte Lilly und legte mir dabei ihre Hand auf die Wange.

„Tut mir leid. Nur ein schlechter Traum. Muss der Schlafmangel von gestern Nacht sein. Wo sind wir denn?"

„Da ist die albanische Grenze", antwortete Hans und zeigte nach vorne. „Wusstet ihr, dass Albanien der führende Cannabis-Produzent in Europa ist? Und wisst ihr auch, warum? Die Bauern hier verdienen mit zwei Kilo Gras genau so viel wie mit 'ner Tonne Weizen."

„Vielleicht sollten wir das Thema wechseln", schlug ich vor, als ein Grenzbeamter beherzt gegen die Fahrerscheibe klopfte. Während Hans mit dem Beamten sprach und ihm unsere Reisepässe zeigte, neigte Lilly ihren Kopf zu meinem Ohr.

„Hat er gerade gesagt, dass wir nach ‚Abenteuer' fahren?"

„Ja, sowas Ähnliches hat er an den zwei Grenzen zuvor auch schon getan. Aber keine Sorge. Gleich lachen alle – und wir können weiterfahren."

„Wenn du das sagst." Lilly schüttelte ihren Kopf und reichte mir ihre Hand. „Hör mal. Ist wirklich alles in Ordnung? Wovon hast du denn geträumt? Du hast am Ende meinen Namen gemurmelt."

Ich wollte Lilly fragen, ob sie wirklich jemanden getötet hatte, aber irgendetwas hinderte mich daran. Es war eine sehr heikle Frage und ich kannte Lilly immerhin erst seit wenigen Tagen. Wenn ich sie ihr stellen würde, sollte ich es definitiv nicht jetzt tun, sondern später, wenn wir alleine waren. Es gab bestimmt eine einfache Erklärung, und ich wollte mich vor meinen neuen Freunden nicht blamieren. Aber falls es doch stimmen würde, könnte auch die Sicherheit von Helena und Hans auf dem Spiel stehen. Während meine Gedanken Achterbahn fuhren, und als uns der Grenzbeamte die Reisepässe zurückgab, erinnerte ich mich an ein kleines Detail aus meinem Traum. Gitterstäbe … Gefängnis … natürlich, Leon. Wenn Lilly jemanden getötet hätte, wäre sie entweder im Gefängnis oder auf der Flucht. Und da sie hier neben mir saß und ihr Reisepass kontrolliert wurde, konnte beides nicht in Frage kommen. Lilly konnte niemanden getötet haben. Als mein Blick zufrieden durch die Windschutzscheibe nach vorne auf die Straße wanderte, sah ich die winzige Kuhglocke an, die seit drei Tagen am Rückspiegel baumelte. Sie wurde Hans auf einer seiner Shows geschenkt. Ich schüttelte den Kopf und musste über mich selbst lachen.

„Es war ein eigenartiger Traum. Wir waren eingesperrt und da war eine Waldhütte. Und eine Kuhglocke." Ich lächelte erleichtert.

„Wir beide, eingesperrt in einer Hütte im Wald? Klingt irgendwie romantisch. Ich weiß nur noch nicht so recht, wie ich die Kuhglocke einordnen soll." Lilly grinste, packte ihren Reisepass ein und legte ihren Kopf auf meine Schulter.

Kurz hinter der Grenze hielten wir – wie beim letzten Mal – an, um unsere Wünsche zu äußern. Dieses Mal war auch Lilly ein Teil unseres Rituals.

„Ich wünsche mir, mal wieder mit 'nem Mops Gassi zu gehen. Die Armen sind sowas von überzüchtet."

„Ich wünsche mir Pizza. Pizza haben wir schon lange nicht mehr gekocht“, meinte Helena.

„Ich wünsche mir“, überlegte Lilly, „dass sich eure Wünsche erfüllen werden.“

„Das zählt nicht. Wir werden ja gemeinsam dafür sorgen, dass die Wünsche sich erfüllen. Wünsch dir ruhig ne richtige Sache“, erklärte Hans.

„Na gut. Ich wünsche mir Eiscreme. Mit Pistaziengeschmack.“

„Eingeloggt. Und Leon, was hast du für nen Wunsch?“

„Ich wünsche mir, dass wir alle gesund bleiben und uns nichts geschieht.“

„Pizza, Eiscreme, Gesundheit und nen Mops“, fasste Hans zusammen, „klingt gut.“

„Und nun?“, fragte Lilly, „schlagen wir unsere Hände zusammen oder wie besiegelt ihr eure Wünsche?“

„Gute Idee. Eigentlich haben wir nie was gemacht. Aber ein Handschlag klingt gut. Zuerst muss ich aber noch kurz in den Wald. Für kleine Jungs und so.“

„Können wir das mit dem Handschlag vielleicht davor machen?“, merkte Lilly an.

„Keine Angst, ich kann freihändig.“

„Geh nicht zu weit, Hans. Vielleicht gibt es hier Bären“, sagte ich, da mich dieser Ort irgendwie an meinen Traum erinnerte.

„Bären? Hier unten? Hör auf zu träumen, Leon“, lachte Hans und verschwand hinter den Bäumen.

Wir erreichten Tirana gegen Abend und hielten auf einem Campingplatz, neben dem sich eine Bar befand.

„Wer hat Lust auf nen Drink?“, fragte Hans.

„Nein danke, Schatz, ich habe immer noch Rotwein von gestern in meine Gehirn.“

„Ach *Donauwelle,* ich rede nicht von Alkohol. Die haben hier in Albanien ein verrücktes Getränk. Bozë heißt das. Mit zwei Punkten auf dem ‚e'. Das ist Zucker mit Wasser und Mehl. Stell dir vor, du nimmst Cola, machst die ganze Chemie raus und dafür Mehl rein."

„Du weißt wirklich, wie man anderen Menschen Dinge schmackhaft macht." Lilly wuschelte sich mit den Händen durch die Haare und schlug sie anschließend laut zusammen. „Also los, lasst uns Mehl trinken gehen."

Wenige Minuten später standen wir in der Bar. Sie war ziemlich überschaubar, gemütlich eingerichtet und hatte eine lange Theke, die sich quer durch den Raum zog. Neben ihr befand sich eine kleine Tanzfläche, die mit einem Discostrahler beleuchtet wurde und von mehreren Tischen umgeben war. Obwohl wir halbwegs früh ankamen, platzte der Laden aus allen Nähten. Die meisten der Gäste tanzten ausgelassen, während wir an der Bar das Getränk von Hans probierten.

„Interessant." Lilly verzog das Gesicht und musste dann kräftig husten.

„Ich muss mal auf Toilette", sagte ich.

„So schlimm?"

„Nein. Also doch, schon. Aber ich muss wirklich auf Toilette."

Nachdem ich mich in einer der Kabinen eingeschlossen hatte, betrat eine weitere Person das WC.

„Ja, jetzt bin ich alleine … ich weiß, wie du dich fühlst … aber ich muss rational denken … manchmal reicht es nicht, sich zu lieben …" Offenbar telefonierte der Unbekannte mit jemandem – und zwar auf Deutsch.

Gedankenlos drückte ich die Toilettenspülung und die Stimme vor der Kabine verstummte. Als ich zögerlich die Tür öffnete, schaute mich ein schlanker Mann mit weit aufgerissenen Augen an. Er musste fast zwei Meter groß sein.

„Tut mir leid, ich wollte das Gespräch nicht belauschen", sagte ich zu ihm.

„Um Gottes Willen, du bist auch aus Deutschland? Was bedeuten würde, dass du mein Telefonat verstanden hast." Seine Wangen liefen rot an.

„Keine Sorge. Ist alles in Ordnung?", fragte ich den Fremden.

„Nur Beziehungsprobleme. Bitte entschuldige mich." Der Mann nickte mir zu, drehte sich beschämt um und verschwand aus dem WC.

Zurück an der Bar stiegen wir ziemlich schnell auf andere, mehlfreie Getränke um und überlegten uns Songs, die das Potential zum zukünftigen Schnitzelhit haben könnten. Ab und zu sah ich den Fremden von der Toilette an der Bar stehen. Er bestellte sich stets ein Getränk, in das der Kellner Oliven packte. Irgendwie sah er traurig aus. Vielleicht war er einsam? Könnte unsere Gesellschaft etwas daran ändern? Meine Gedanken wanderten hin und her. Als ich mich schließlich dazu durchgerungen hatte, den deutschen Mann zu uns einzuladen, konnte ich ihn nirgendwo mehr sehen. Vermutlich war er gegangen.

Ein lauter Knall, der selbst die Musik übertönte, hallte durch den Raum und zog ein erschrockenes Raunen der Gäste hinterher. Der Barkeeper starrte zum Eingang und als wir uns umdrehten, erkannte ich den Mann von der Toilette. Er war anscheinend gegen die Tür gekracht, lag nun am Boden und hielt sich die Hände schützend vors Gesicht. Ein groß gewachsener, muskulöser Mann stand über ihn gebeugt und packte ihn am Hemdkragen, um ihn daran hochzuziehen.

„Get the fuck out", schrie der Kellner, und der Mann zog meine Toilettenbekanntschaft vor die Tür.

„Ich kenne den Mann am Boden. Ich habe ihn eben auf der Toilette getroffen", stammelte ich. Hans schaute erst zu mir, dann zu Helena und schließlich zu Lilly. Er küsste seine Freundin auf die Stirn, sprang auf und rannte nach draußen. Wir schauten Hans kurz wie versteinert hinterher und folgten ihm dann.

Vor der Tür hatte sich ein kleiner Kreis gebildet. Meine Bekanntschaft lag mit schmerzverzerrtem Gesicht auf dem Boden und flehte um Gnade. Hans hatte sich vor dem Schläger aufgebaut, redete mit ruhiger Stimme auf ihn ein und hielt dabei beide Arme nach oben.

„Komm schon. Schlagen bringt doch nichts. Wir können das bestimmt auch anders klären, oder?"

„Halt dich da gefälligst raus, das geht dich einen Scheiß an. Der Wichser hat meiner Freundin an den Arsch gegrapscht. Mit dem bin ich noch nicht fertig."

„Habe ich nicht", wimmerte es vom Boden aus.

„Sicherlich ist alles nur ein Missverständnis. Sieht dieser junge Mann etwa aus, als würde er sich mit so 'nem starken Kerl wie dir anlegen wollen?" Hans schaute zu dem Unbekannten am Boden, zeigte auf ihn, und als er sich wieder umdrehte, traf ihn die Faust des Mannes mit voller Wucht im Gesicht. Er schlug hart auf den Boden auf.

„Ich habe dir doch gesagt, du sollst dich da raushalten", murrte der Mann, „aber nein, du musstest ja unbedingt ein scheiß Held sein. Jetzt zu dir. Wir sind noch nicht fertig." Er ging zwei Schritte auf den verängstigten, am Boden liegenden Mann zu. Währenddessen war Helena ihrem Freund zu Hilfe geeilt und kniete vor ihm. Meine Toilettenbekanntschaft presste seinen Kopf zwischen die Beine, um sich so vor weiteren Schlägen zu schützen. Auch ich wollte irgendwie helfen, aber mein Körper bewegte sich keinen Zentimeter. Während ich hilflos um mich schaute, baute sich Lilly vor dem Schläger auf.

„Und jetzt?", brüllte Lilly. „Schlägt so ein harter Kerl wie du auch eine Frau zusammen? Falls nicht, dreh besser um, denn ich werde hier nicht verschwinden."

„Was ist nur los mit euch verdammten Kids?", schnauzte der Glatzkopf, „ich zähle bis drei und dann ist mir scheißegal, ob du eine Frau bist."

„Eins …"

Lilly bewegte sich keinen Schritt.

„Zwei …"

Der immer wütender werdende Mann ballte seine Hände zusammen.

„Drei …"

Alles ging ganz schnell. Hans hatte sich wieder aufgerafft und knallte heftig gegen den wütenden Mann. Er riss ihn zu Boden und sie rollten über den Schotter. Dabei hämmerte der Schläger immer weiter gegen den Kopf von Hans. Immer und immer wieder. Nach mehreren Treffern konnte Hans jedoch den Mann greifen und seine Arme auf den Boden drücken. Er saß nun auf ihm und versuchte nach Kräften, sich nicht abschütteln zu lassen. Auf einmal fiel mein Blick auf etwas, das silbern glänzte. Ich ging einen kleinen Schritt nach vorne und wich gleichzeitig drei Schritte zurück. Es war eine Pistole, die im Gürtel des wütenden Mannes steckte. Hans stieß ein lautes Stöhnen aus, der Mann löste seinen linken Arm und griff zu seiner Waffe. Er zog sie aus dem Gürtel und ließ ihren Lauf hektisch durch die Menge wandern. Zu Hans, der noch immer auf ihm saß, Helena, die versuchte, ihren Freund runterzuziehen und in Sicherheit zu bringen, Lilly, die sich an meinen Arm klammerte und mir, der wie versteinert einfach nur dastand. Er zielte auf uns und viele andere, schockierte Menschen, die panisch schrien und wild umherliefen. Nein, er würde niemals in die Menge schießen. Es ertönte ein ohrenbetäubender Knall. Er schallte laut durch die Nacht und ließ alles um uns herum verstummen.

„Hans", schrie Helena und durchbrach die Stille.

Meine Augen bewegten sich unkontrolliert hin und her. Ich zitterte am ganzen Leib und versuchte zu erkennen, ob die Kugel jemanden getroffen hatte. Ich sah zu Hans und zuckte vor Schmerz zusammen.

Er torkelte langsam nach hinten, starrte zu Lilly und mir und stieß einen gequälten Schrei aus. Blut strömte über sein Gesicht und in seinen Augen spiegelte sich blanke Angst wider. Er fing sich, stand kurz still und versuchte, seinen Arm in unsere Richtung zu strecken. Dann kippte er einfach um und lag leblos am Boden.

Helena rannte zu ihm, stolperte über ihre eigenen Füße und fiel auf den Boden. Sie drückte sich nach oben, kniete sich vor Hans hin und rüttelte kreischend an seinen Schultern. Ihre Tränen tropften auf das Gesicht von Hans und vermischten sich mit dem Blut. Sie riss sein Hemd auf, ihr Blick wanderte panisch über seinen Körper und schließlich drückte sie ihr Ohr an seine Brust. Ihr Kopf richtete sich wieder langsam auf und drehte sich wie in Zeitlupe in unsere Richtung. Sie hielt beide Hände vor den Mund und stieß einen schrillen Schrei aus. „Doktor“, schrie sie, „ruft eine Doktor.“

Meine Toilettenbekanntschaft saß wenige Schritte neben Lilly und mir am Boden. Er sprach mit zitternden Händen in sein Handy. Während meine Gedanken immer mehr abdrifteten, schaute ich schließlich zu Lilly, die direkt vor mir stand.

Ich erstarrte vor Schreck. Mir wurde immer kälter und die einzige Wärme, die ich spürte, war die ihrer Hände. Sie hatte sie auf meine Wangen gelegt und redete auf mich ein. Ihre Augen waren wunderschön und ja, sie hatten wirklich die gleiche Farbe wie meine. Nun, da sich unsere Nasenspitzen fast berührten, konnte ich es ganz klar erkennen. Ihr Kajal lief über das Kinn, und als ich meinen Blick senkte, erkannte ich auch, warum. Sie trug ihren viel zu großen, grünen Pullover. Denselben Pullover, mit dem Lilly sich an unserem ersten gemeinsamen Abend in Sarajevo vor lauter Lachen die Tränen getrocknet hatte. Damals, als sie Hans das erste Mal singen hörte, mich in den Arm nahm und zum Tanzen in die Menge zog. Damals, als ich mir nichts mehr wünschte, als mehr Zeit mit ihr verbringen zu können. Doch die schien uns gerade zu entrinnen. Ihr Pullover färbte sich mit jedem Atemzug immer mehr blutrot. Solange, bis vor lauter Rot kaum noch Grün zu erkennen war.

# TEIL 2 – MARIUS

„Wisst ihr, Leon hat mir mal gesagt, dass jeder Mensch irgendwann ne helfende Hand braucht und er streckte seine nach mir aus. Aber ich war nen verdammter Dickkopf. Leon“, sagte Hans und blickte dabei zur Decke des Kellergewölbes, „keine Ahnung, ob du mich von da oben hören kannst. Aber danke, dass du mir damals deine Hand gereicht hast. Das hier ist mein Applaus für dich.“ Hans begann zu applaudieren, und alle im Raum schlossen sich an. Als er das Rednerpult verlassen wollte, stolperte er über seine eigenen Flipflops und fiel hin.

„Verdammt, das war das falsche Statement. Mir geht's gut!“, schrie er von vorne, während der Priester wieder zum Mikrofon ging.

„Vielen Dank, Hans“, sprach er, „danke für diese überaus schönen Worte. Nun möchte ich Marius auf die Bühne bitten.“

Vorne rechts erhob sich der fast zwei Meter große Marius. Er trug ein weißes Hemd, einen schwarzen Smoking mit Fliege und eine dicke Hornbrille. Marius justierte das Mikrofon noch etwas weiter nach oben, ließ seinen Blick durch die Menge schweifen und begann, nach einer kurzen Pause zu sprechen.

„Ich begrüße Sie alle ganz herzlich. Leon hätte sich sicherlich riesig darüber gefreut, in all eure Gesichter zu blicken. Nachdem Hans bereits einige sehr bewegende Worte gesprochen hat, möchte auch ich meinen kleinen Teil zu dieser Feier beitragen.“ Marius zog ein regenbogenfarbenes Taschentuch aus der Innenseite seines Sakkos und tupfte sich damit die Augenränder ab.

„Ich glaube, dass ein jeder von uns, alle, die wir heute hier sitzen, Leon etwas zu verdanken hat. Denn so war Leon. Er liebte es, anderen zu helfen. Ich erinnere mich noch sehr gut an unser erstes Treffen. Es fand an einem ganz besonderen Ort statt: auf einer Toilette.“

Ein leises Lachen ging durch die Menge, doch Marius blieb ernst. Ich ahnte, wie schwer ihm diese Worte fielen.

„Aber eigentlich lernten wir uns erst zwei Tage später richtig kennen. Und zwar in einem albanischen Krankenhaus, denn Leonard Mehrens hatte sich eine Kugel für mich eingefangen und mir so womöglich sogar das Leben gerettet. Er und seine Freunde." Marius schaute nach vorne zu Hans und Helena. Anschließend schweifte sein Blick nach hinten zu Lilly und mir.

„Und könnt ihr euch vorstellen, was das Erste war, das Leon zu mir sagte, als ich im Krankenhaus mit ihm sprach? Er entschuldigte sich bei mir. Dafür, dass er an dem Abend nicht früher zu mir an die Bar gekommen war, obwohl er bemerkt hatte, dass es mir nicht gut ging. So lernte ich Leon kennen. Als eine Person, die immer zuerst an andere dachte. Und genauso werde ich ihn auch für ewig in Erinnerung behalten."

## DER ANFANG

*Rammstein – Du Hast*

**1.775 / 9.600 km bis zur Mongolei**

Um mich herum strahlte alles in hellem Weiß und von irgendwo hinter mir sang *Céline Dion* voller Leidenschaft *My heart will go on.* Ich lag weich, fast wie auf Wolken. Schwerelos. Solange, bis mich eine bekannte Stimme zurück in die Realität holte.

„Yo, da bist du ja. Das Krankenhaus hat gesagt, dass du wieder wach bist und uns endlich zu dir gelassen. Sag mal, was läuft denn hier für ne traurige Musik? Kein Wunder, dass du da lieber schlafen wolltest."

Lilly, Helena und Hans umarmten mich vorsichtig. Auch der junge Mann, den ich auf der Toilette kennengelernt hatte, stand in meinem Zimmer.

„Dürfte ich?", fragte er in Richtung der anderen. Sie nickten. „Mein Name ist Marius. Und ich bin der Grund dafür, dass du angeschossen wurdest. Ich weiß nicht, wie ich das jemals wieder gutmachen kann."

„Hör auf, dich zu entschuldigen. Du konntest nichts dafür. Ich hätte dich zu uns an die Bar einladen sollen. Dann wäre das alles nicht passiert." Er trug eine schlichte, dunkelgraue Brille mit Metallbügeln und schaute nach unten.

„Marius hat direkt den Krankenwagen gerufen. Er hat dir das Leben gerettet", erklärte Lilly.

„Nein, du warst es. Hättest du Leon nicht mit deinem Pullover die Wunde abgedrückt, hätte er es nicht geschafft", berichtigte Marius.

„Und was war mit Hans? Ich erinnere mich noch dunkel daran, dass er regungslos am Boden lag", fragte ich.

„Meine Hans kann kein Blut sehen. Als er dich gesehen hat, ist er direkt umgefallen."

„Tut mir echt leid, Leon, ich war wirklich keine Hilfe. Wenn ich den Kerl nicht umgerissen hätte, dann wäre …"

„Marius jetzt vielleicht nicht mehr hier", beendete ich seinen Satz. „Hört auf, euch Vorwürfe zu machen. Bitte. Mir geht's gut. Und ich bin unglaublich froh, dass ihr hier seid. Auch …" Ich machte eine kurze Pause und zog meine Mundwinkel nach oben, „… auch wenn ihr so ausseht, als könntet ihr etwas Schlaf vertragen." Sie schauten sich gegenseitig an.

„Naja, also, um ehrlich zu sein, haste nen ziemlich langen Schönheitsschlaf gemacht."

„Und wir waren in die Warteraum von die Krankenhaus. Da gibt es eine Automat, der Kaffee und Tomatensuppe macht. Das hat uns die Leben gerettet."

Meine Freunde erzählten mir, dass ich operiert wurde und danach zwei ganze Tage durchgeschlafen hatte. Laut der Ärzte traf die Kugel meine rechte Achselarterie und bohrte sich durch mein Weichgewebe vorbei am Schlüsselbein. Ein glatter Durchschuss. Zu meinem Glück lag das Krankenhaus nicht weit von der albanischen Bar entfernt.

„Leon, soll ich dir mal was Lustiges erzählen?", flüsterte mir Hans zu.

„Hans, das ist nicht lustig", stöhnte Lilly und schlug ihre Hände vors Gesicht.

„Hör nicht auf sie. Also, am Eingang vom Krankenhaus musste zum Anmelden einer von uns nen Namen angeben. Und weißt du, wie Marius mit Nachnamen heißt? Kock. So wie das englische Wort für, du weißt schon. Lustig, oder?", kicherte Hans. Marius sah ihn an und rollte mit den Augen.

„Entschuldige bitte, aber ich habe so ein schlechtes Gedächtnis", antwortete Marius, „wie war nochmal dein Vorname? Er scheint mir aus irgendeinem Grund entfallen zu sein."

„Hans.“

„Fällt dir womöglich etwas auf?“, fragte Marius und kratzte sich dabei an der Schläfe.

„Richtig guter Name, oder?“, antwortete Hans. Ich musste laut lachen, obwohl meine Schulter bei jeder Bewegung schmerzte.

„Seht ihr, Leon lacht. Leon findet den Namen Kock auch lustig“, jubelte Hans und streckte Marius seine geschlossene Faust entgegen, um abgeschlagen zu werden. Das Einzige, das Marius bewegte, waren jedoch seine Augenbrauen.

„Er ist eigentlich sehr liebenswert“, flüsterte ich Marius zu, „er hat nur gelegentlich einen sehr … individuellen Sinn für Humor.“

„Wirklich?“, antwortete Marius trocken und grinste ein wenig. „Ich bin jedenfalls sehr erleichtert, dass es dir wieder besser geht.“

Auch in den kommenden Tagen wichen meine vier Freunde nicht von der Seite des Krankenhausbettes. Auf meine Bitte hin hatten sie sich in ein nahes Hotel eingemietet, und mit jedem neuen Morgen verblassten ihre Augenringe etwas mehr. Meistens waren sie gemeinsam da, gelegentlich aber auch alleine. Helena erzählte mir von leckeren Rezepten, mit denen sie mich nach meinem Krankenhausaufenthalt wieder aufpäppeln wollte. Hans schrieb mit mir gemeinsam einen neuen Schnitzelsong und Marius erzählte, dass Albanien bis in die frühen 90er-Jahre kommunistisch geführt wurde. Lilly schmuggelte ständig Pistazieneis in mein Zimmer und sagte, dass mir der Verband an meinem Arm außerordentlich gut stehen würde. Ich würde wie jemand aussehen, der gerade einen Hundewelpen vor einem fahrenden Auto gerettet hatte. Glücklicherweise konnte Hans das nicht hören. Sie ließen mich den monotonen Krankenhausalltag vergessen. Aber eine andere Sache war viel wichtiger: Sie waren da, ohne dass ich sie darum gebeten hatte. Am fünften Tag wünschten die Ärzte mir eine gute Besserung, und ich wurde entlassen.

„Willkommen zurück in der Freiheit, Leon. Nach so 'ner langen Zeit im Bett musst du doch richtig Lust auf nen Schnitzelkonzert haben, oder? Heute feiert unser gemeinsamer Song Premiere. Und danach gehen wir zusammen Pizza essen."

„Hast du gerade Schnitzelsong gesagt?", fragte Marius verblüfft. Wir hatten ihm viel über unsere Gruppe erzählt. Aber eine Sache wollten wir ihn selbst herausfinden lassen, später, am Abend, als wir uns gemeinsam auf dem Hauptplatz Tiranas versammelt hatten. Dieses Mal standen wir an der Seite, um so meine Schulter vor dem Schnitzel-Pogo zu schützen, mit dem die Zuschauer heute den Auftritt von Hans einläuteten.

„Hello my friends. Nice that you are here. Today is a very special day, because my friend came out from the hospital. He was shot with a pistol. Pew, pew, you know? He helped me with this song. Leon, this is for you: *Rammstein – Du hast.*"

Er
Er ist
Er ist nicht
Er
Er ist
Er ist nicht
Er isst nicht Salat
Er isst nicht Salat
Er isst nicht Salat und hat ein Schnitzel parat

Willst du bis zum Garpunkt bleiben,
Saftig in der Teflonpfanne?

Jaaaaaaaaa – Schnitzel
Jaaaaaaaaa – Schnitzel

„Wirklich interessant", entgegnete Marius und schluckte sichtbar. „Rational betrachtet ist dieser Auftritt vermutlich das Irrationalste, das ich je bezeugen durfte."

„Was heißt diese komische Satz?"

Lilly legte ihre Hand auf die Schulter von Helena. „Das heißt, dass dein Freund ein wenig verrückt ist." Dann drehte sie sich zu Marius und meinte: „Herzlich willkommen in unserer Welt."

Heute verteilten wir unsere Essensrationen in Rekordzeit, da wir zum ersten Mal als Fünferteam unterwegs waren. Zudem hatte Marius die Idee, keine Tüten zu benutzen, und die Artikel stattdessen in dünne Decken einzuwickeln. So verursachten wir weniger Abfall und die Obdachlosen bekamen gleichzeitig eine weitere Schicht, mit der sie sich zudecken konnten.

„Ne richtig gute Idee. Danke, Marius."

„Gerne. Ich muss zugeben, dass deine Schnitzeleinlage in mir durchaus eine gewisse Skepsis ausgelöst hat, aber die Intention dahinter ist sehr rühmlich. Ihr erinnert mich ein wenig an Robin Hood und seine Freunde."

„Skepsis? Rühmlich? *Robin Hood?* Verstehe ich nicht. Aber *Robin Hood* passt auch nicht wirklich. Wir tragen ja keine Strumpfhosen. Wir sind die vier Musketiere", erklärte Hans.

„Ich verstehe manche Sätze von Marius auch manchmal nicht", fügte Helena hinzu und verkündete dann lautstark, dass wir uns auf den Weg zur Pizzeria machen sollten.

Wenig später erreichten wir ein urig eingerichtetes Restaurant und nahmen an einem dunkelbraunen Holztisch Platz, auf dem drei halb abgebrannte Kerzen Licht spendeten. An den Wänden hingen kleine italienische Flaggen, und in einer beleuchteten Glasvitrine waren mehrere Flaschen Wein ausgestellt.

„Könnte mir jemand sagen, was ‚Capsicum' bedeutet? Ist das vegetarisch?" Hans hatte die Menükarte breit vor seinem Gesicht aufgefächert.

„Das ist Paprika", antwortete Lilly, „das Wort benutzt man eigentlich nur in Australien. Lustig, dass es hier auf der Karte steht."

Helena bestellte eine Quattro Formaggi, Lilly eine Pizza mit Meeresfrüchten und ich eine mit Peperoni-Wurst. Obwohl sich mein Fleischkonsum durch das gemeinsame Reisen mit Helena und Hans stark verringerte, hatte sich an meiner Lieblingspizza nichts geändert.

„Ich würde eine Pizza Hawaii nehmen", sagte Marius, woraufhin Hans laut hustete. Wir schauten zu ihm rüber und beobachteten ihn dabei, wie er die Menükarte langsam vor sich auf dem Tisch ablegte.

„Sorry, aber hast du dir grad ne Pizza mit Ananas bestellt?" Sein Gesicht wirkte völlig entgeistert.

„Ja, in der Tat. Weswegen fragst du?", antwortete Marius trocken.

„Ich meine ja nur. Pizza und Ananas geht doch nicht. Das passt nicht zusammen." Während Hans uns mit gerunzelter Stirn ansah, legte auch Marius die Speisekarte ab.

„Es passt nicht zusammen? Etwa so wie ein Vegetarier, der Lieder über Schnitzel singt?" Marius' ernste Miene wich einem neckischen Grinsen. Hans grummelte etwas Unverständliches vor sich hin und streckte Marius wieder seine Faust entgegen. „Denkst du nicht, dass Faustschläge in unserer derzeitigen Situation eher unangebracht sind? Immerhin wurden wir verprügelt und Leon sogar angeschossen."

„Stimmt, du hast recht", antwortete Hans, dachte kurz nach und riss dann seine Hand nach oben, „High five!"

„Ist nicht wahr", seufzte Marius und ließ seinen Kopf auf den Tisch fallen. Wir brachen in lautes Lachen aus und es begleitete uns für den Rest des Abends. Nachdem unsere Teller geleert und die Bäuche gefüllt waren, ergriff Hans das Wort.

„Also Leute, Helena und ich wollen in die Türkei fahren. Der Winter steht vor der Tür und ich kenne da nen schönen, warmen Ort am Meer. Ein Kumpel von mir hat da ne Bar. Wie sehen eure Pläne aus?"

„Dürfte ich mir etwas wünschen?", meldete ich mich zu Wort. Meine Hände begannen ein wenig zu schwitzen und mein Knie stieß gegen die Tischkante.

„Sei vorsichtig, Leon", schmunzelte Lilly, „du hast dir vor ein paar Tagen gewünscht, dass uns nichts passiert. Und nun schau uns an."

Die Lippen von Hans sahen noch immer so aus, als hätte man ihnen Botox gespritzt. Zudem erinnerte ein Veilchen an seiner linken Wange an die Faust des unbekannten Mannes. Marius hatte mittlerweile zwar kein blaues Auge mehr, aber man konnte noch einen leichten grün-blauen Schatten erkennen. Ich selbst trug eine Schlinge um meinen Arm und sollte ihn für die nächsten Tage ruhighalten.

„Aber wir sind gesund, oder?", betonte Hans. „Also Leon, was möchtest du dir wünschen?"

„Ich wünsche mir, dass wir diese Unterhaltung erst morgen früh führen. Ich würde mir heute gerne keine Gedanken darüber machen."

„Und somit ist die Entscheidung vertagt", verkündete Hans und tat so, als würde er mit einem Hammer auf den Tisch schlagen, „wir feiern ja schließlich deine Entlassung. Was haltet ihr von folgender Idee. Marius, haste nen Zelt dabei?"

„Ich habe vor, früher oder später einen Berg zu besteigen und habe deshalb eins mitgenommen, habe es jedoch noch nie benutzt."

„Na perfekt! Lasst uns nen Parkplatz suchen, nen Feuer machen und dort übernachten. Dann sieht Marius auch mal, wie wir das normal so tun. Und morgen früh reden wir dann. Wie klingt das?"

Wir waren alle einverstanden. Helena hatte in einem Onlineforum einen Parkplatz im Norden der Stadt am Waldrand gefunden und wenig später saßen wir um unser Lagerfeuer.

„Du hast gesagt, du hast eine Sabbatjahr gemacht. Was ist das?", fragte Helena.

„Ich arbeite zu Hause bei einer Bank und meine Firma bietet ein Sabbatical, beziehungsweise Sabbatjahr an. Das bedeutet, dass man für eine bestimmte Zeit, in meinem Fall ein Jahr lang, Urlaub machen kann. Der wird dann aber auch nicht bezahlt. Vor einer Woche habe ich meine Reise hier in Albanien begonnen, um mehr über seine Geschichte zu lernen."

„Ach so, ich verstehe. Du machst also eine lange Urlaub ohne Geld. So wie Leon."

„Mit dem Unterschied, dass ich mir einen neuen Job suchen muss, wenn ich zurück bin", antwortete ich.

„Wenn ich mit dich fertig bin, kannst du auch eine mobile Koch werden. Also keine Angst. Willst du eigentlich mit deine Arm heute in Mr Wilson schlafen? Hans und ich können die Zelt nehmen."

„Das ist lieb, aber schon okay. Meinem Arm geht es gut." Ich nickte ihr zu und erinnerte mich an das Telefonat von Marius. „Ist mit deiner Beziehung wieder alles in Ordnung? Ich hatte ganz vergessen, dass du auf der Toilette davon gesprochen hast. Ist wieder alles gut?"

„Stimmt, du hast ja das Telefonat … das Ganze ist etwas kompliziert. Eigentlich führen wir auch gar keine richtige Beziehung."

„Hat sie eine andere Mann, mit dem sie verheiratet ist und der sie mit eine andere Frau betrügt?" Lilly und ich drehten uns überrascht zu Helena um.

„Nein, so komplex ist unsere Situation nicht", antwortete Marius und fasste sich an die Stirn, „das Problem ist … dennoch sehr kompliziert. Meine Eltern wünschen sich, dass ich mit einer anderen Person zusammen bin. Und nach allem, was sie für mich getan haben, möchte ich sie ungern enttäuschen."

„Oh, ich habe bestimmt zu viele Telenovela geschaut. Können wir dich irgendwie helfen?", fragte Helena und kratzte sich am Kopf.

„Danke, aber es wird schon alles werden", flüsterte Marius in Richtung des Feuers, „bestimmt."

„Die Familie ...", seufzte Hans, „kann man sich nicht aussuchen. Soll ich dich aufmuntern? Ich kenne nen guten Witz, der dich bestimmt zum Lachen bringt. Willste hören, Marius?"

„Ich bin mir unsicher. Möchte ich das?"

„Klar. Also, kommt ein Pferd in ne Bar. Sagt der Kellner: Hey Pferd. Was ist los? Warum machst du so nen langes Gesicht? Versteht ihr? Weil Pferde so lange Gesichter haben." Während Hans kicherte, schaute der Rest von uns sich fragend an.

„Ich glaube, es wird Zeit fürs Bett", schlug ich vor.

„Eine sehr gute Idee", antwortete Marius und musste dabei ein ganz klein wenig schmunzeln.

„Seht ihr!", schrie Hans und zeigte auf ihn „er lacht."

„Schlaft gut."

„Bevor wir pennen gehen, habe ich noch ne wichtige Frage für dich, Marius. Was hältst du von dem Film *Cast Away?*

„Leitet sich daraus etwa der Name eures Campingbusses ab?"

Ich versuchte einzuschlafen und dachte über die Entscheidung nach, die uns am nächsten Morgen bevorstand. Ich selbst hatte meine bereits getroffen. Aber ich fragte mich, wie es meinen Freunden ging. Hatten sie sich bereits entschieden? Vielleicht würde ja sogar Marius bei uns bleiben, obwohl er und Hans öfter mal unterschiedlicher Meinung zu sein schienen. Während ich darüber nachdachte, wie unsere Reise wohl weitergehen könnte, wiegte mich das Rascheln der Blätter in den Schlaf.

Mitten in der Nacht weckte mich ein lauter Schrei.

„Ahhhh! Hilfe! Haut ab, geht weg! Hilfe!"

Mein Oberkörper schnellte erschrocken nach oben und mir wurde immer mehr bewusst, dass ich die schreiende Stimme kannte. Es war die von Helena. Ich riss den Reißverschluss meines Zeltes auf, robbte auf einem Arm hinaus und drückte mich hoch. Lilly hielt Helena bereits in den Armen und Marius stand erschrocken neben mir.

„Was um Himmels Willen …", flüsterte er und starrte zu Mr Wilson.

Ich kniff meine Augen zusammen und machte einen Schritt nach vorn. Helena stand entsetzt da und zeigte auf den Kofferraum ihres Campers. Neben der Heckscheibe von Mr Wilson waren zwei Männer, die beide schwarze Sturmmasken trugen. Sie standen nebeneinander und wedelten wild mit ihren Armen. Wollten sie uns ausrauben, doch wir konnten sie dank Helena daran hintern? Waren wir in Gefahr? Immerhin schienen sie keine Waffen zu tragen. Im Gegenteil, sie hielten beide ihre Hände nach oben und wirkten fast so, als ob sie selbst Angst hätten. Dann stolperte auch Hans aus dem Auto, wankte zu Helena und Lilly und wischte sich den Schlaf aus den Augen. Er schaute zu den beiden Männern, stutzte kurz und sah uns fragend an.

„Sind das Freunde von euch?"

„Natürlich nicht. Die haben Sturmmasken auf", schnauzte Lilly ihm entgegen.

„Bitte mach was, Schatz. Die Männer haben uns durch die Fenster von Mr Wilson beobachtet."

„Okay", begann Hans, ging einen Schritt auf die beiden Fremden zu und nickte ihnen entgegen. „What's up friends. Are you hungry?" Die Unbekannten drehten ihre Köpfe zueinander, starrten sich eine

Weile an und murmelten etwas in einer Sprache, die ich nicht verstand. Einer von ihnen formte eine Faust, hielt sie Hans entgegen und bewegte sie mehrere Male auf und ab, als würde sie etwas schütteln. Hans schob sein Kinn nach vorne und gab ein lautes „Ahhh" von sich, als würde er verstehen, was gemeint war. Auch er hob seinen Arm und schlug seine Faust dreimal in die Luft. Dann spreizte er seine Finger voneinander ab und formte eine Schere. Die beiden Maskierten starrten sich verwirrt an und zuckten mit den Achseln.

„Wirklich jetzt?" Lilly zog Hans nach hinten, stellte sich vor die zwei Unbekannten und rief ihnen „go home" entgegen. Doch es tat sich nichts. Die Männer verschwanden weder, noch machten sie irgendwelche Anstände, uns zu bestehlen. Warum waren sie immer noch hier? Während Lilly mit Hans diskutierte, ging Marius nach vorne und bewegte sich zögerlich auf die beiden Männer zu.

„Ich habe eine Idee." Er atmete tief ein und sagte einen Satz in einer anderen Sprache. Die beiden Maskierten schnellten einen Schritt nach hinten und schauten sich wieder gegenseitig an. Sie nickten hektisch und liefen wie von Sinnen davon. Lillys Schultern sackten erleichtert zusammen und Helena umarmte Marius.

„Was war das denn?" Hans runzelte die Stirn.

„Ich habe auf Albanisch gesagt, dass die *Schere, Stein, Papier-Europameisterschaft* einen Parkplatz weiter stattfindet." Marius schaute ihn an und schüttelte ungläubig den Kopf.

„Auf welchem Parkplatz?"

„Du bist wirklich ein Unikat", antwortete Marius, ging auf Hans zu und schlug ihm dann freundschaftlich auf die Schulter. „Ich habe ihnen gesagt, dass wir in der deutschen Botschaft arbeiten."

„Du sprichst Albanisch?"

„Eigentlich nicht. Aber ich kann mir Dinge sehr gut merken, und bevor ich zu meiner Reise aufgebrochen bin, habe ich mir einige

Sätze eingeprägt. Ein Arbeitskollege meinte, dass dieser Satz mit der Botschaft bei korrupten Polizisten Wunder wirkt. Anscheinend funktioniert er auch bei maskierten Männern im Wald."

„Krasser Kerl! Ist das ne Faust wert?"

„In der Tat ein Unikat", seufzte Marius und drehte sich zu uns rüber.

„Ein guter Reim. Passt auf ‚Schnitzel zart'. Wir könnten zusammen nen Song schreiben", merkte Hans an.

„Können wir bitte die Ort wechseln? Ich habe genug von diese Wald." Helena faltete ihre Hände, als würde sie beten.

„Helena hat recht, lasst uns zusammenpacken." Lilly nickte ihr zu und begann damit, ihr Zelt abzubauen. Während Helena und Hans in ihrem Bus verschwanden, kam Marius auf uns zu.

„Könntet ihr mir bitte behilflich sein?", flüsterte er mit geröteten Wangen, „ich habe nicht den blassesten Schimmer, wie man dieses Wurfzelt wieder in seine Hülle bekommen soll."

„Natürlich, das ist das Mindeste, was wir nach deiner Rettungsaktion eben tun können."

„Sagte der Mann, der sich für mich eine Kugel eingefangen hat."

„Ist das ne Faust wert?", antwortete ich und versuchte, Hans zu imitieren. Marius grinste und sagte irgendetwas in einer Sprache, die ich nicht verstand.

# DIE ZUKUNFT

## 1.775 / 9.600 km bis zur Mongolei

Als wir eine halbe Stunde später einen neuen Parkplatz erreichten, entschieden wir uns dazu, die restliche Nacht gemeinsam im Auto zu verbringen und auf den Sitzen zu schlafen. Solange, bis man die Luft im Inneren durch die Hitze der Morgensonne fast schneiden konnte.

„Und, wie war gestern eigentlich deine erste Nacht im Zelt?“, fragte ich Marius am Morgen, als ich mir vor Mr Wilson die Müdigkeit aus den Knochen schüttelte.

„Meinst du abgesehen davon, dass uns zwei Maskierte geweckt haben? Eigentlich ganz gut. Übrigens, da ich im Sitzen nicht wirklich schlafen kann, habe ich, während ihr die Augen geschlossen hattet, darüber nachgedacht, was die Männer von uns gewollt haben könnten. Schau mal, Helena, hast du hier den Parkplatz gefunden?“ Marius hielt ihr den Bildschirm seines Handys entgegen.

„Ja, genau, das ist das Seite.“

„Dann ergibt die Sache durchaus Sinn. Mit Hilfe meiner Übersetzungsapp konnte ich herausfinden, dass dieses Forum zu einer Community gehört, die sich zu Sex-Treffen verabredet. Und so, wie es aussieht, war der Parkplatz ein beliebter Treffpunkt.“

„Also sollte das Schütteln mit der Faust …“, begann ich, aber führte den Gedanken nicht zu Ende.

„Das erklärt auch ihre enttäuschten Gesichter“, scherzte Lilly. Mittlerweile hatten wir Mr Wilson verlassen und schauten uns um. Von allen Seiten brummten die Motoren der Lkws, und vor uns türmten sich riesige Müllhalden auf. Ich sah meine vier Freunde an und rümpfte die Nase.

„Irgendwie habe ich mir den Moment etwas anders vorgestellt“, sagte ich.

„Stimmt. Aber yo, ich hab ne richtig gute Idee“, begann Hans euphorisch und ich konnte spüren, wie Lilly ihre Stirn auf meine Schulter legte. „Wir können zum Strand fahren. Sind ein paar Stunden, aber die Küste hier ist schön. Dort gehen wir schwimmen, machen ein Feuer und reden dann heut Abend.“

„Die Idee ist tatsächlich gut“, antwortete Lilly überrascht und löste ihren Kopf von mir.

„Ich finde“, begann Marius, „wir sollten es ausknobeln. Schere, Stein, Papier. Wenn du gewinnst, fahren wir zum Strand – und falls nicht, entscheiden wir hier.“ Es dauerte noch keine Sekunde, bis Hans seine Faust ausstreckte und sie auf und ab bewegte.

„Das sollte ein Scherz sein. Ein Strand klingt in der Tat sehr gut“, lachte Marius, „und falls es dich interessiert: Statistisch gesehen hast du die besten Chancen, wenn du mit Stein beginnst.“

„Wirklich?“, fragte Hans überrascht, „und was, wenn die anderen Papier machen?“

Während die beiden miteinander diskutierten, stiegen wir gemeinsam ins Auto.

Die Fahrt führte uns auf engen Straßen durch wunderschöne Gebirgszüge und endete gegen Abend an einem kleinen Strand vor einem türkisfarbenen Meer. Während Hans Wasser aufkochte, bereiteten Helena und ich das Abendessen zu. Um genau zu sein, schnitt ich Zwiebeln und Helena kümmerte sich um alles andere. In der Zwischenzeit war Lilly damit beschäftigt, Marius zu erklären, wie er künftig auch alleine sein Zelt zusammenlegen konnte. Dabei gestikulierten beide wild herum, als würden sie ein Haus konstruieren. Nachdem Marius das Zelt mehrere Male auf- und abgebaut hatte, sammelte er mit Hans Holz und wenig später saßen wir gemeinsam am Lagerfeuer und genossen Helenas vegetarische Spaghetti Carbonara.

Nach dem Essen lag eine ungewöhnliche Stille in der Luft, wo doch sonst eigentlich immer jemand von uns redete. Helena drehte sich ihre Locken, Marius stocherte mit einem Ast im Feuer herum und Lilly griff nach meiner Hand. Sie merkte sicherlich, wie sehr verschwitzt meine waren. Über uns funkelten die Sterne und hinter uns rauschte das Meer.

„Ich würde Folgendes vorschlagen", begann Hans, „wir gehen der Reihe nach vor und jeder sagt, was er sich von seiner Reise wünscht. Dann schauen wir, ob das irgendwie passt und wir zusammen weiterfahren sollten. Wie klingt das?"

„Unsere Wünsche?", fragte Marius „ich dachte, wir wollten über die Reiseroute sprechen?"

„Willste wirklich, dass ich Konfuzius zitiere?", fragte Hans.

„Der Weg ist das Ziel?", antwortete Marius, zog seine Augenbrauen nach oben und Hans nickte ihm zu. „Ich verstehe. Nur um vollkommen sicherzugehen", fuhr er fort und rückte seine Brille zurecht, „ich bin jetzt erst seit ein paar Tagen mit euch unterwegs. Einer von uns wurde angeschossen und wir haben Bekanntschaft mit zwei maskierten Männern gemacht. Geschieht euch sowas öfter?"

„Nein, es hat noch nie jemand auf uns geschossen. Aber Hans und ich wurden mal zu eine Party eingeladen. Und als wir da waren, hatten die alle so Ledermasken an. Die eine hatte sogar eine Ball in die …"

*„Windbeutelchen."* Hans räusperte sich.

„Oh, Entschuldigung! Nein, sowas passiert uns nicht öfter."

„Soll ich den Anfang machen?", unterbrach Lilly und schaute nachdenklich ins Feuer. Ich spürte, wie ihr Griff immer fester wurde. „Ich habe euch ja schon erzählt, dass ich eigentlich alleine reisen wollte. Aber seitdem ich bei euch bin, fühle ich mich nicht nur unglaublich lebendig, sondern auch so glücklich, wie ich es seit Ewigkeiten nicht mehr war. Was ich mir von meiner Reise wünsche? Ich kann es nicht genau sagen. Aber ich wünsche mir, dass ich mich für den Rest von ihr weiterhin so fühle, wie in genau diesem Moment." Ihr Blick wanderte umher und ihre Mundwinkel zogen sich immer weiter nach oben. „Mit euch gemeinsam."

„Das war schön", fuhr Helena fort. „Ich wünsche mir auch, gemeinsam zu bleiben. Ich weiß nicht, ob ich für immer mit unsere Mr Wilson durch die Welt fahren will, aber was anderes weiß ich. Wenn ich jede Tag mit eine große Lächeln aufwache, ist das gut. Und solange will ich weitermachen. Ich liebe meine Hans. Und auch ihr seid in meine Herz. Wenn man mich fragt, könnt ihr gerne mit in die Türkei kommen und dann können wir zusammen jede Morgen mit eine große Lächeln aufwachen."

Hans nahm Helena in den Arm und gab ihr einen langen Kuss auf den Mund. Anschließend warf sie auch dem Rest von uns mit beiden Händen zahlreiche Luftküsse zu.

„Ich habe mir gewünscht", begann Marius, „dass mir das Reisen dabei helfen wird, mir über meine Gefühle klarzuwerden. Aber noch wichtiger ist mir, schlussendlich auch zu ihnen zu stehen." Er schwieg kurz und murmelte einen weiteren Satz vor sich hin. „Absurd, dass man dafür nach Albanien fliegt."

„Falsch", antwortete Hans, „absurd ist es, Pizza mit Ananas zu essen." Er stand auf, setzte sich neben Marius und klopfte ihm auf die Schulter.

Jetzt fehlten nur noch Hans und ich. Er schaute mich lächelnd an, beobachtete mich kurz und nickte mir zu.

„Mein Wunsch ist eigentlich ganz simpel." Hans krempelte seine Ärmel nach oben und schlug kräftig in die Hände. „Ich will alles dafür tun, dass sich eure Wünsche erfüllen. Und wenn wir dabei mit Hunden Gassi gehen, ich meine Fans glücklich machen kann und wir noch nen paar Schnitzel verteilen, bin ich damit wunschlos glücklich."

Er schaute zu Helena und zwinkerte ihr zu. „So können wir unsere Welt ein wenig besser machen, findet ihr nicht?“ Für einen kurzen Moment schwiegen wir. Und während ich merkte, dass mein Kopf unbewusst nickte, erkannte ich, dass Lilly, Helena und Marius es mir gleichtaten.

„Dann bin jetzt wohl ich dran.“ Ich versuchte mit einem breiten Grinsen von meiner Aufregung abzulenken. „Ich habe in Deutschland lange auf einen bestimmten Traum hingearbeitet. Ich wollte Pilot werden und fliegen. Aber ich habe meinen Traum immer weiter nach hinten geschoben. Als mir das bewusst wurde, traf ich die Entscheidung, mein Leben zu verändern. Und jetzt fragt ihr euch vielleicht zurecht, warum ich hier bin und nicht in der Pilotenschule sitze.“ Ich schaute vor mich und rieb meine Hände an meiner Jeans. „Je mehr ich darüber nachdachte, umso weniger wusste ich, ob es wirklich mein Traum war, Pilot zu werden, oder ob ich nur davon träumte, um überhaupt einen Traum zu haben.“

„Sorry fürs Unterbrechen, aber weißt du, wer bestimmt ein guter Pilot geworden wäre?“, kicherte Hans, „Marius! Wegen seinem Nachnamen. Kock-Pit, versteht ihr?“

„Sehr lustig“, meinte Marius und rollte seine Augen. „Leon, bitte erzähl weiter.“

„Also ja, auf einmal ist etwas Eigenartiges passiert. Ich saß bei einem Arzt im Wartezimmer und habe dort ein *National Geographic*-Magazin gesehen. Auf dem Cover war eine mongolische Adlerjägerin abgebildet. Wisst ihr irgendetwas über die Mongolei?“

„Ich weiß nur, dass die Mongolei der am dünnsten besiedelte Staat der Welt ist. Er ist ungefähr vier Mal so groß wie Deutschland und dennoch leben in unserer Heimat fast 30-mal so viele Menschen.“

„Du bist wirklich ein wandelnder Duden“, staunte Hans.

„Lexikon“, sagte Marius und schmunzelte. Nun war er es, der Hans freundschaftlich auf die Schulter klopfte.

„Klugscheißer", hustete Hans vor sich hin und hielt dabei die Hand vor seinen Mund.

„Ich glaub, wenn Marius bei uns bleibt, bin ich nicht mehr die einzige Mensch, die Deutsch lernt." Wir brachen zusammen in lautes Lachen aus. Alle, außer Hans.

„Also, falls wir zusammen weiterreisen, werden wir mit den beiden auf jeden Fall noch viel Spaß haben", fügte Lilly hinzu und schaute mich zufrieden an. „Erzähl uns von der Mongolei."

„Nun ja, ich weiß eigentlich nur, dass es dort Adlerjäger gibt und diese Berkutschi genannt werden. Aber mir ging die Mongolei nicht mehr aus dem Kopf. Irgendwie hatte mich dieser Moment an meine liebste Kindergeschichte erinnert. Meine Mutter hatte sie mir fast jeden Abend vorgelesen." Ich schaute in die Flammen, und für einen kurzen Moment lag ich wieder in meinem Kinderbett und lauschte gespannt ihrer Stimme.

„Berkutschi", wiederholte Hans, „ihr macht mich echt fertig."

„Falls es dich beruhigt", begann Marius, „ich habe das Wort auch noch nie zuvor gehört."

„Ich würde die Geschichte gerne hören", antwortete Lilly.

„Kindergeschichten sind toll", stimmte Helena zu.

„Ich bin auch mehr als gespannt", sagte Marius.

„Mir hat noch nie wer ne Kindergeschichte erzählt. Da kommen keine Spinnen drin vor, oder?", fragte Hans.

„Keine Sorge", beruhigte ich ihn, „ich lasse die Stelle mit der Spinnenhöhle weg." Hans atmete erleichtert aus. „Also, es war einmal ein Königreich mit dem Namen *Heraldika* …"

# KÖNIG EDWARD

... Nachdem die Eule Eurenikus ihn verzaubert hatte, stapfte König Edward verloren über Felder, Wiesen und Hügel. Ohne zu fliegen konnte er sein Königreich und somit seine große Liebe nicht erreichen. Mittlerweile hätte ihn dort wohl sowieso niemand mehr erkannt, da sein Federkleid durch den anhaltenden Regen nun matschbraun und völlig zerzaust war. Sekunden wurden zu Stunden und Tage wurden zu Wochen, bis Edward eines Abends inmitten eines Hügels ein loderndes Feuer erkannte. Ein warmes Licht, umgeben von völliger Dunkelheit. Von Neugierde getrieben, machte er sich in dieser sternenklaren Nacht auf den Weg zu besagter Lichtquelle und erreichte schließlich ein loderndes Lagerfeuer. Um die Flammen herum hatten sich vier Tiere versammelt, die, ohne Edward zu bemerken, lautstark diskutierten.

„Wusstet ihr, dass all diese Sterne Lagerfeuer auf anderen Planeten sind?", fragte ein Hase.

„Quaksch", widersprach ein Frosch, „das sind alles Reflektionen von unserem Lagerfeuer, die von den Spiegeln am Himmel zurückgeworfen werden, hicks."

„Nein, nein, nein", sprach ein Biber, „dasch sind die Augen der alten Bibergötter, die ständig über unsch wachen."

„Dummköpfe", murmelte ein Fuchs, „ich werde euch erleuchten. Das sind alles Kugeln aus Gas, die wegen der enormen Hitze glühen und somit leuchten."

Schlagartig brachen die anderen Tiere in lautes Gelächter aus.

„Dasch ist ja dasch Dümmste, dasch ich je gehört habe", schrie der Biber.

„Quaksch zum Quakdrat, hicks", lachte der Frosch. Und plötzlich wich das herzhafte Lachen einer völligen Stille – genau in dem Moment, als König Edward aus dem Schatten hervortrat.

„Hilfe, ein Falke, er wird uns fressen, hicks!"

„Bibergötter, die ihr über unsch wacht, beschützt unsch!"

„Wir Hasen sind schnell, lauft, ich lenke ihn ab!"

„Wartet", sprach der Fuchs, „seht ihr denn nicht seine traurigen Augen?"

Nachdem sich die Situation wieder beruhigt hatte, luden sie Edward zu sich ans Lagerfeuer ein und er erzählte seine Geschichte. Davon, dass er eigentlich ein Adler sei. Dass er sich unsterblich verliebt hatte, und davon, dass er einen Pakt mit der Eule Eurenikus eingegangen war.

„Ein Pakt mit der Eule?", sprach der Fuchs, „das ist schlecht. Auf so eine dumme Idee würden nicht einmal meine Freunde hier kommen. Aber gut, Vergangenheit ist vergangene Zeit. Und nun, da du hier bist, kannst du auch gerne bleiben. Wir können alle nicht zurück in unsere Heimat. Ich wurde beispielsweise ausgestoßen, weil ich mich für ein Leben als vegetarischer Fuchs entschieden hatte. Meine Eltern luden mich damals in ein All-cage-can-eat-Restaurant ein, und als ich sah, in welch winzigen Käfigen die Hühner gehalten wurden, brachte ich es nicht übers Herz. Daraufhin hatten die anderen mir vorgeworfen, unserem Essen das Essen wegzuessen und mich verbannt. Geh dorthin, wo der Salat wächst, haben sie gemeint."

„Hat jemand Esschen gesagt? Isch wurde übrigens verbannt, weil isch gegen die Abholzung unscherer Wälder demonstriert habe."

„Ich wurde ausgestoßen, hicks, weil meine Mitfrösche und Mitfröschinnen meinen ständigen Schluckauf nicht mehr erquaken konnten, hicks."

„Und ich wurde verbannt", führte der Hase fort, „weil ich ein Wettrennen gegen einen Igel verloren hatte. Eine Schande für uns Hasen, haben sie mich genannt."

So fand der ehemalige König Edward in dieser Nacht vier Gleichgesinnte, denen er sich anschließen konnte. Aber egal, wie sehr er es *in den folgenden Monaten auch versuchte, sah er jede Nacht das Bild seiner nie erloschenen Liebe in den Flammen ihres Lagerfeuers lodern.*

*„Dasch macht keinen Sinn. Wenn dasch alles Gaschkugeln wären, müsste esch doch jeden Abend stinken."*

*„Ich kann bezeugen, hicks, dass der Gestank definitiv nicht von den Sternen, sondern von Mister Biber kommt, hicks."*

*„Während ihr Dummköpfe", unterbrach der Fuchs, „noch immer über die Sterne diskutiert, habe ich mir Gedanken um unseren Freund Edward gemacht. Du hast dir gewünscht, dass deine große Liebe in dir das sieht, was du wirklich bist, richtig? Gut, dann habe ich einen Plan, wie ich euch einander vorstellen kann."*

*Im Laufe der Nacht lauschten alle Versammelten aufmerksam den Worten des Fuchses, während er seinen – wie er ihn selbst nannte – fuchstastischen Plan verkündete.* Ich stoppte kurz mit meiner Geschichte. Und während meine Freunde gespannt lauschten, änderte ich sie ein wenig ab.

„Der Fuchs verkündete seinen ‚richtig guten' Plan:

*„Hört mir jetzt genau zu. Ihr bekommt eine Aufgabe von mir, und nur wenn jeder sie gewissenhaft ausführt, wird der Plan funktionieren und Edward kann endlich seine große Liebe finden. Mister Biber, du machst dich auf den Weg in den Wald und bringst uns so viele Äste und Zweige, wie du zwischen deine vier Zähne bekommst. Sammle alles ein, was du auf dem Boden findest. Du musst deinen Prinzipien entsprechend also keine Bäume abnagen. Fräulein Hase, du musst deine Beine dehnen. Damit der Plan funktioniert, wirst du so schnell laufen müssen, wie du es noch nie zuvor getan hast. Und mach dir keine Sorgen, dieses Mal werden dich keine Igel übers Ohr hauen. Mister Frosch, du wirst heute Nacht Stimmübungen machen. Wir brauchen morgen deine Luciano Quakarotti-Einlage. Mister Adler, du musst dich unbedingt rüber zum Fluss waschen gehen, damit du morgen früh vorzeigbar*

bist. Nicht, dass deine große Liebe direkt in Ohnmacht fällt. Und ich werde zum Hühnerstall gehen, in dem ich früher mit meiner Familie essen war."

„Kannscht du mir ein leckeres Hühnschen mitbringen?"

„Du Dummkopf, ich esse doch kein Fleisch. Ich brauche nur ein paar Federn. Abgesehen davon sind auch Biber Vegetarier."

„Kannscht du mir dann ein vegetarisches Hühnschen mitbringen?"

Der Fuchs schüttelte seinen Kopf und gab ein Zeichen – so machten sich an diesem warmen Frühlingsabend fünf Freunde auf den Weg, um die Geschichte von König Edward zu einem glücklichen Ende zu führen.

Nachdem sämtliche Vorbereitungen getroffen waren, versammelten sich alle Beteiligten auf einem nahe gelegenen Acker.

„Hier, Edward, du stellst dich dorthin. Biber, gib mir die Äste und hilf mir, die Federn daran zu befestigen. Hase, du machst dich für deinen großen Lauf bereit, und auf mein Zeichen beginnst du mit dem Singen, Mister Frosch. Alle bereit?"

„In Startposition!"

„Selbschtverschtändlisch!"

„Etwas Quakenfieber, aber bereit, hicks!"

„Wünscht mir Glück, meine neuen Freunde. Und danke für alles."

Kurze Zeit später fielen die ersten Sonnenstrahlen über den Hügel und hüllten den Acker in warmes Orange. Im selben Moment stürzten die Falken aus den Wolken herab, um für ihr Königreich Nahrung zu jagen. Aber an diesem Morgen sollten sie etwas sehen, das ihnen das Blut in den Flügeln gefrieren ließ.

„Los jetzt", schrie der Fuchs und gab den Startschuss für ein noch nie dagewesenes Schauspiel, das an Imposanz auch heute noch seinesgleichen sucht.

Edward richtete sich auf, machte sich so groß wie er nur konnte und streckte beide Flügel weit von sich. Sie sahen aber nicht so aus wie gewöhnlich. Der Fuchs hatte sie provisorisch mit Ästen und Federn erweitert, sodass sich die Spannweite verdreifacht hatte. Der Hase begann im selben Moment damit, um Edward herumzulaufen. So schnell, dass man ihn selbst nicht erkennen konnte, sondern nur die aufsteigende Staubwolke sah. Und in genau diesem Augenblick stimmte der Frosch seine Gesangseinlage an – in einer Lautstärke, mit der man sie bestimmt sogar im Königreich Heraldika hören konnte.

Time toooo say Quakbyeeee
Paequaksi che non ho mai
Vequakto e visquakto con te
Adesso sì li vivrò

Während Fuchs und Biber sich hinter einem Baum versteckt hielten, bestaunten sie zufrieden das Schauspiel ihrer Freunde. Die jagenden Falken sahen jedoch etwas völlig anderes. Sie sahen ein angsteinflößendes Vogelmonster, das nicht nur riesig war, sondern aus dessen Füßen sogar Rauch emporstieg. Und zu allem Überfluss sang das Monster auch noch eine eigenartige Version von Luciano Pavarotti in ohrenbetäubender Lautstärke. Das Vogelmonster machte den Falken derart Angst, dass sie alle binnen Sekunden umkehrten und vor Schreck wieder hinter den Wolken und ihrer Stadtmauer verschwanden – alle Falken, bis auf eine. Eine von ihnen sah an diesem Morgen kein Monster. Sie sah Edward als den, der er wirklich war. So, wie er es sich Monate zuvor gewünscht hatte. Und da sie wissen wollte, warum in aller Welt ein Adler sich derart verkleidete und so katastrophal sang, landete sie direkt vor König Edward.

„Mein Name ist Gerlinde. Darf ich fragen, was du hier tust?" Es folgte eine stundenlange Erklärung, die mit einer Einladung an das Lagerfeuer endete.

„Ich habe nicht einmal gehickst, hicks!"

„Habt ihr gesehen, wie schnell ich war? Meine Familie wäre stolz gewesen!"

„Du bischt der schönste Falke, den isch je geschehen habe. Gerlinde, hascht du zufällig eine Mausch dabei?"

„Dummkopf."

Edward hatte ehrlich gesagt nie große Erwartungen an den Plan gehabt. Aber manchmal zahlte es sich aus, selbst nach geringen Chancen zu greifen. Seine große Liebe Gerlinde nahm nicht nur die Einladung zum Lagerfeuer an, sondern fand auch Gefallen an der Gesellschaft der fünf Freunde. Sie entschied sich dazu, die Nacht am Lagerfeuer zu verbringen. Aus einer Nacht wurden weitere Nächte. Und schließlich fand sie in Fuchs, Hase, Frosch und Biber nicht nur eine Familie, sondern verliebte sich auch in König Edward. Nicht wegen eines Zauberspruches, sondern weil sie ihn kennenlernte, wie er wirklich war. Ein Adler, der für sie alles aufgegeben hatte. Ein König, dem die Ungerechtigkeit in Heraldika viel Kummer bereitet hatte. Ein Lebewesen, für das alle anderen Lebewesen gleich waren. Aber dennoch gab es etwas, das Edward unglücklich stimmte. In seinen Augen war er nicht gut genug für sie, da er ein Adler war, der nicht fliegen konnte.

Eines Morgens verabschiedete sich Gerlinde von den anderen.

„Ich fliege kurz rüber zum Acker und schaue, ob sich die Falken mittlerweile wieder in die Nähe trauen, oder ob sie noch immer Angst vor dem Monster haben."

„Bringscht du mir bitte eine Mausch mit?"

„Ich werde sehen, was sich machen lässt, Herr Biber."

Und so flog Gerlinde davon. Ihr eigentliches Ziel war jedoch nicht der Acker, sondern ein nahegelegener Wald. Sie war auf dem Weg zur Eule Eurenikus. Und als sie einige Stunden später an die Feuerstelle zurückkehrte, versammelte sie ihre neuen Freunde. Gerlinde fasste all ihren Mut zusammen und begann eine Rede:

„Ich muss euch etwas erzählen. Es gab noch einen weiteren Grund, warum ich heute Morgen zum Acker geflogen bin. Tut mir leid, Herr Biber, aber es gibt keine Mäuse. Ich bin zur Eule geflogen, um mit ihr einen Pakt zu schließen. Ich habe meine Fähigkeit zu fliegen eingetauscht und habe mir gewünscht, dass du, Edward, an meiner Stelle wieder fliegen kannst."

„Das hast du nicht getan!", schrie Edward entsetzt.

„Lass mich bitte ausreden. Wisst ihr, seitdem ich euch kennengelernt habe, weiß ich, was wahres Glück bedeutet. Freunde zu haben, die einen zum Lachen bringen. Freunde, die stets für einen da sind. Als wäre das noch nicht genug, habe ich mich sogar verliebt. Und das alles hat nicht das Geringste mit meiner Fähigkeit, fliegen zu können, zu tun. Aber ich weiß, wie viel es Edward bedeutet. Hier mit euch zu leben, mit euch alt zu werden und Edward wieder fliegen zu sehen. Dich, mein Liebling, vollends glücklich bei mir zu haben. Das bedeutet für mich wahres Glück, und genau das habe ich durch euch erfahren dürfen. Ich habe gelernt, wie glücklich man sich selbst fühlen kann, wenn man andere glücklich macht."

Edward war sichtlich gerührt von Gerlindes Tat und lebte glücklich und zufrieden mit seiner Liebe und seinen Freunden von Nacht zu Nacht und von Lagerfeuer zu Lagerfeuer.

Von seiner Fähigkeit zu fliegen machte er übrigens nur ganz selten Gebrauch. Edward merkte, wie wenig er das Fliegen eigentlich vermisst hatte. Früher hatte er stets davon geträumt, frei von Pflichten durch die Lüfte zu segeln. Nun merkte er, dass er das Fliegen erst verlernen musste, um wirklich frei zu sein. Einmal flog er, ohne seine wahre Identität zu verraten, in sein ehemaliges Königreich. Nachdem die Falken damals das Monster gesehen hatten, trauten sie sich nicht mehr, auf die Jagd zu gehen. Dies führte zu neuen Verhandlungen zwischen Adlern und Falken, wodurch die Zwei-Klassen-Gesellschaft letzten Endes aufgebrochen wurde. Sie gründeten die „Vereinigung öffentlich gleichberechtigter einheitlicher Lebewesen." Da die Krummschnäbel jedoch schnell merkten, wie unpraktisch eine derart lange Bezeichnung war, entschieden sie sich schnell dazu, nur die Anfangsbuchstaben zu verwenden. Fortan lebten sie als VÖGEL gemeinsam in Heraldika. Dies wurde für alle Ewigkeit in einem Fliegensvertrag festgehalten: Über den Wolken sollte jeder gleich sein.

So endete die Geschichte von König Edward, der am Ende all das erreichte, was er sich immer erträumt hatte. Jeden Abend saßen sie gemeinsam am Feuer, erzählten Geschichten und lachten. Manchmal kann man ihr Feuer sogar sehen, wenn man abends in Richtung der Hügel blickt. Sie sitzen dort, so wie wir und lachen und singen bis tief in die Nacht.

# FÜNF FREUNDE

## 1.775 / 9.600km bis zur Mongolei

„Was für ein schönes Geschichte. Am meisten habe ich die Biber gemocht. Diese Tier sieht so lustig aus, wenn sie isst."

„Ich habe ihn auch immer geliebt", antwortete ich, „obwohl ich zugeben muss, dass meine Mutter ihn wesentlich besser nachmachen konnte."

„Isch finde, du hast dasch … schehr gut gemacht", sagte Lilly und lachte.

„In der Tat eine schöne Anekdote", stimmte Marius zu, „aber verrat mir eines: Ein vegetarischer Fuchs, ein Frosch, der eigenartige Versionen von Musikstücken singt, ein Lagerfeuer und fünf Freunde – wäre es möglich, dass du Teile der Geschichte ein wenig abgeändert hast?"

„Anekdote?", wiederholte Hans und runzelte die Stirn, „ich dachte, das Wort ist ausgestorben. Aber davon abgesehen glaube ich auch, dass Leon die Geschichte nen bisschen geändert hat. Der Fuchs hatte ne ganz schöne Ähnlichkeit mit mir. Ich habe auch immer nen richtig guten Plan."

„Ja genau, ich musste bei dem Fuchs auch direkt an dich denken", antwortete Marius und schlug sich die Hand ins Gesicht. Hans nickte zufrieden und machte dann auf einmal ein nachdenkliches Gesicht.

„Sagt mal, habt ihr euch mal gefragt, warum wir zu ‚Sex haben' auch ‚vögeln' sagen?"

„Was? Sowas sagt ihr?" Helena schüttelte ihren Körper.

„Obwohl ich deine Gedankengänge äußerst bedenklich finde, kann ich womöglich weiterhelfen", antwortete Marius. „Ich habe in der Tat mal davon gelesen. Man ist sich zwar nicht zu hundert Prozent sicher, aber geht davon aus, dass der Begriff aus dem Mittelalter stammt. Damals war es wohl üblich, dass Frauen eines höheren Ranges Singvögel hielten. Und wenn sie den Käfig an ihr Fenster gestellt hatten, sollte das signalisieren, dass sie alleine zu Hause waren und nun ja … Lust hatten."

„Schön, dass wir darüber gesprochen haben." Ich wischte mir über die Augen, da ich vor lauter Lachen fast weinen musste. „Wie sind wir nur von der Mongolei zu mittelalterlichen Sexpraktiken gekommen?"

„Gekommen", kicherte Hans, „das sind die Leute mit den Käfigen am Fenster bestimmt auch."

„Um Gottes Willen", antwortete Marius und seufzte laut, „aber vielleicht sollten wir wirklich zurück zum eigentlichen Thema kommen. Du möchtest also in die Mongolei?"

„Das war mein Ziel", antwortete ich und zwinkerte Marius zu, „aber wer weiß. Vielleicht hat Konfuzius ja tatsächlich recht."

„Wenn's nach mir geht", begann Hans und schlug laut in seine Hände, „könnten wir gemeinsam bestimmt nen ziemliches Abenteuer erleben. Ihr könntet mit in die Türkei zu meinem Kumpel Mesut, dort überwintern, und dann können wir nochmal über die Mongolei sprechen. Ist ne ganz schön lange Strecke, aber könnte lustig werden. Ach, und noch ne wichtige Sache: Da jeder von euch sowieso alleine unterwegs war, macht das die Sache recht leicht. Wenn ihr also keine Lust mehr haben solltet, könnt ihr die Gruppe jederzeit verlassen. Bloß keinen Stress. Also, was meint ihr. Wer will mit?"

Helena und Hans waren die ersten, die ihre Hände weit nach oben streckten. „Ich bin dabei", riefen sie gleichzeitig und gaben sich danach einen Kuss.

„Auf irgendeine Art und Weise habe ich das Gefühl, von euch allen etwas lernen zu können", sagte Marius und bemerkte, dass Hans ihn zustimmend angrinste. „Ich korrigiere: von fast allen."

„Na warte", rief Hans, sprang auf und nahm Marius locker in den Schwitzkasten. Dabei kippten sie nach hinten und fielen in den Sand.

Marius protestiere und versuchte Hans dazu zu bringen, loszulassen, da seine Kleider dreckig wurden. Aber irgendwann kapitulierte er und die beiden lagen nebeneinander im Sand. Ohne aufzustehen, streckte Marius seine Hand nach oben und stimmte der gemeinsamen Weiterreise zu. „Außerdem habt ihr mir ja womöglich mein Leben gerettet. Vielleicht kann ich mich irgendwann dafür revanchieren. Ich bin dabei“, keuchte er.

„Wie Helena es vorhin schon gesagt hat“, fuhr Lilly fort, „solange ich jeden Morgen glücklich aufwache und mich über eure Gesellschaft freue, wüsste ich nicht, warum ich daran was ändern sollte.“ Auch sie hob ihren Arm nach oben.

„Ich möchte euch etwas erzählen“, begann ich. „Als ich los bin, hatte ich gelesen, dass man sich eine Liste machen soll mit drei Dingen, die man auf der Reise gerne finden würde. Ich saß in meinem Wohnzimmer und schrieb sie auf: Mut, Glück, Freiheit. Ich habe viele Wörter aufgeschrieben und dann irgendwann alle wieder durchgestrichen. Am Ende stand nur noch ein einziges Wort auf meinem Zettel: MEHR. Ich weiß zwar immer noch nicht genau, was ‚Mehr‘ bedeutet, aber ich wünsche mir im Moment vor allem mehr von dem, was wir hier haben: Freundschaft.“ Jedes unserer Gesichter strahlte. Dann bewegte sich auch mein Arm nach oben.

„Bin gleich wieder da“, sagte Hans und ging zu seinem Wagen.

„Bitte sag mir, dass du nicht wieder pinkeln gehst“, rief ihm Lilly hinterher.

„Nee, gebt mir nen Moment.“

„Möchtest du wieder ein Schwein aufs Dach stellen?“, fragte ich.

„Ein Schwein?“, hustete Marius und verschluckte sich dabei.

„Nee, nur ne Sekunde.“

Kurze Zeit später stand er wieder vor uns und drückte Marius die Polaroidkamera in die Hand.

„Hier, du hast die längsten Arme." Wir stellten uns hinter das Feuer, sodass die Flammen unsere Gesichter erhellt wurden und versuchten, uns irgendwie gemeinsam auf das Bild zu quetschen. Dann machte es „Klick" und Hans hielt kurz darauf unser gemeinsames Foto in der Hand.

„Perfekt", rief er und zeigte uns das Bild. Mein Gesicht war zur Hälfte abgeschnitten, bei Marius fehlte die Stirn, Helenas Locken verdeckten den Großteil von Hans und Lilly verzog ihr Gesicht, da sie kurz vor dem Foto niesen musste. Aber das war das Schöne an Polaroidkameras. Man konnte nicht so einfach hunderte Bilder machen und sich anschließend das Beste aussuchen. Und genau das machte unser eigentlich katastrophales Bild so unglaublich perfekt.

„Wir haben aber noch ein anderes Problem. Für Musketiere sind wir jetzt zu viele … fünf Stadtmusikanten … fünf Fragezeichen … fünf Ritter der Tafelrunde … verdammt, das sind alles keine fünf."

„Wie wäre es denn mit ‚Fünf Freunden'?", schlug ich vor.

„Fünf Freunde? So wie bei dem Film mit den Kindern, die so verrücktes Zeug machen? Hat nen schönen Klang."

„Ich glaube, dass Leon sich vielmehr auf seine Adlergeschichte bezieht", antwortete Marius, „aber ja, es klingt in der Tat passend."

„Fünf Freunde", wiederholten wir gemeinsam. So schrieb Helena es mit einem schwarzen Filzstift unter das Foto und hängte es über die Spüle an die Wand von Mr Wilson. Mein Herz pochte vor lauter Freude. Wir hatten uns wirklich dafür entschieden, mein Abenteuer zu unserem gemeinsamen Abenteuer zu machen.

Und so zogen die „Fünf Freunde" los, um sich ihre Träume zu erfüllen und die Welt vielleicht wirklich ein klein wenig besser zu machen. Wir reisten entlang der albanischen Küste, vorbei an leuchtenden Stränden und erlebten malerische Sonnenuntergänge. Wir durchquerten Griechenland und schafften es wie zuvor, jeden Wunsch von unserem Ritual zu erfüllen. Helena wollte unbedingt den griechischen Feta probieren und tat dies, bis sie nach eigenen Worten kurz vor einer Feta-Vergiftung stand. Hans hatte den Wunsch, sich von keinem Einheimischen zum Ouzo trinken verführen zu lassen. Er hatte sich wohl vor mehreren Jahren mit einem Griechen in Athen maßlos betrunken und dann nachts halbnackt *Griechischer Wein* vor der Akropolis gesungen. Wir waren uns jedoch nicht ganz einig, ob sich sein Wunsch wirklich erfüllt hatte. Hans hatte seit Albanien immer öfter das Verlangen, *Schere, Stein, Papier* zu spielen und verlor gegen einen Kneipenwirt. Er musste daher allen Gästen einen Ouzo ausgeben und mittrinken, berief sich aber darauf, dass der Wirt ursprünglich aus Mazedonien kam. Lilly hatte sich bei unserem Grenzritual gewünscht, an den Klöstern in Meteora vorbeizufahren. Nicht weil sie religiös war, sondern weil die Klöster auf atemberaubenden Felsformationen errichtet worden waren. Marius wünschte sich, in der Hafenstadt Thessaloniki das Geburtshaus von *Atatürk* zu besichtigen. Der war der Begründer der türkischen Republik und 1923 auch ihr erster Präsident. Durch Marius erfuhren wir nicht nur viel über die Kultur und Geschichte der Orte, an die wir reisten, sondern er lebte sich auch gut in unsere Gruppe ein. Er hatte zudem öfter mal nützliche Tipps, die uns im Alltag halfen. Beispielsweise zeigte er uns, dass man Kleider rollen und sie so faltenfrei im Rucksack verstauen konnte. Er erklärte, dass es in seiner Familie eines der obersten Gebote war, faltenfreie Kleidung zu tragen, und er diesen Zwang nie ablegen konnte.

Und mein Wunsch für Griechenland? Nun ja, auch der ging in Erfüllung. Ich hatte mir gewünscht, dass niemand von uns angeschossen wird.

# DAS VERBORGENE KÖNIGREICH

*Matthias Reim – Verdammt ich lieb dich*

**2.772 / 9.600 km bis zur Mongolei**

Die Minarette der Hagia Sophia ragten hinter dem Bosporus in die Höhe, das Flussufer wimmelte nur so von Anglern und die Tauben schossen dicht an unseren Köpfen vorbei. Wir waren im Osten von Istanbul angekommen, und seit unserem gemeinsamen Polaroidfoto waren fünf Wochen ins Land gezogen. Mittlerweile waren auch die Schussverletzung und Gesichter meiner Freunde verheilt und erinnerten nicht mehr an unseren ersten Abend in Albanien.

„Wusstet ihr, dass die *Hagia Sophia* bereits mehrere Male zerstört wurde? Manchmal durch Menschen, meist aber durch höhere Gewalt. Es gab hier im Laufe der Jahre viele Erdbeben." Da Marius sehr belesen war und ein unglaubliches Gedächtnis hatte, war er unser wandelnder Reiseführer.

„Aha", antwortete Hans, „aber wusstest du auch, dass Istanbul früher die Stadt der Toiletten genannt wurde?"

„Interessanterweise habe ich davon noch nie etwas gehört. Warum war das so?"

„Na, weil es hier so viele Toiletten gab." Hans klopfte stolz seinen Zeigefinger gegen die Stirn.

„Kein Wunder, so viel Tee wie hier getrunken wird", sagte Lilly und nippte vorsichtig an ihrem Glas.

Meine Blicke schweiften durch den belebten Park, in dem wir es uns auf einer der vielen Wiesen gemütlich gemacht hatten. Er befand sich direkt am Ufer des Bosporus. Auf der anderen Seite ragten Hochhäuser dicht an dicht empor und einige von ihnen reichten bis in die Wolken. Sie erinnerten mich ein wenig an meine Heimat Frankfurt. Auch der Park selbst wirkte irgendwie vertraut. Einige

Meter neben mir tanzte eine junge Frau *Breakdance* zu amerikanischem Hiphop aus einem Ghettoblaster. Vor mir hatte eine Gruppe Jugendlicher ein Gummiband zwischen zwei Bäumen aufgespannt und sie balancierten abwechselnd auf ihm. Und hinter mir fuhr gerade ein Mann oberkörperfrei auf einem Skateboard vorbei und trug dabei knallrote Kopfhörer.

„Das ist also die Türkei."

„Nein, Leon", erklärte Hans, „das ist nicht die Türkei. Das ist Istanbul. Glaub mir, der Rest des Landes ist viel konservativer."

„Ich verstehe. Weißt du, was eigenartig ist, Hans? Irgendwie erinnert mich Istanbul an Frankfurt. Komisch, so weit entfernt von meiner Heimat dieses Gefühl von Vertrautheit zu haben."

„Wenn du die richtigen Pfannen benutzt, kannste überall nen gutes Schnitzel braten."

Ich schaute ihn mit zusammengekniffenen Augen an. „Was?"

„Na, wenn du ohne Vorurteile durchs Leben gehst, kannste überall nen vertrautes Gefühl von Heimat haben. Man muss nur die Augen öffnen und sich mit den richtigen Menschen umgeben." Er legte seine Hand auf meine Schulter, und wir schauten noch eine Weile lang auf die Skyline.

In der Nähe des Parks fanden wir einen Stellplatz, von dem aus wir die Innenstadt zu Fuß erreichen konnten und gleichzeitig einen schönen Ausblick auf das Meer hatten. Lilly saß mit dem Rücken an Mr Wilson gelehnt auf einer Decke und strickte. Sie hatte sich gewünscht, für unsere Gruppe Wollmützen zu stricken und damit bis zum baldigen Winteranfang fertig zu sein. Marius saß im Schneidersitz vor seinem Zelt, genoss die Sonne und war in ein Buch über das Osmanische Reich vertieft. Hans hatte die Schiebetür von Mr Wilson geöffnet und auf der Stufe Platz genommen. Er zupfte dabei ein paar

Saiten auf seiner Gitarre und schrieb einen neuen Song.

Verdammt ich hmmmhmmmm
Hmmmhmm dich nicht
Hmmmhmm ein Schnitzel
Ich brauch dich nicht, hmmmm

Ich selbst lief am Rande des Stellplatzes auf und ab und führte ein Gruppentelefonat mit meinen drei Onlinefreunden. Dabei erzählte ich ihnen davon, wie laut Wasserfälle in echt waren, welch liebenswerte Menschen ich getroffen hatte und auch davon, dass ich den Winter in der Türkei verbringen würde.

„Was, du wurdest angeschossen? Wie krass, ist ja wie in einem Film“, staunte Ralf, „ich habe mir auch mal auf *YouTube* was von diesem Hans angeschaut. Der ist echt verrückt.“

„Pass bloß auf, dass dir nichts passiert und komm wieder heil zurück“, sagte Rudi, „der neue Magier unserer Gruppe kann dir echt nicht das Wasser reichen.“

„Ich freue mich riesig für dich. Vor allem darüber, dass du anscheinend wirklich tolle Leute getroffen hast“, sagte Gottwald. „Und wenn du zurück bist, kommst du meine Frau und mich mal in Leipzig besuchen. Jetzt, wo du Reiseprofi bist.“ Er lachte und wünschte mir weiterhin ganz viel Spaß.

Nachdem ich mich von meinen Onlinefreunden verabschiedet und auch noch meine Eltern auf den neusten Stand gebracht hatte, kam Helena zu mir. Auch sie hatte mit ihrer Familie telefoniert und schaute mich glücklich an.

„Hast du Lust, mit mir in das Stadt zu gehen?“

„Gerne“, antwortete ich, „ich bin gespannt, wie die andere Seite von Istanbul aussieht.“

„Was habt ihr denn vor? Sollen wir alle zusammen gehen?", rief Hans quer über den Platz.

„Nein, Schatz. Ich habe eine Überraschung vor."

„Alles klar. Aber Leon, pass gut auf meinen *Zwetschgen-Muffin* auf."

„Wird gemacht", rief ich ihm zu und wir winkten zum Abschied.

Helena und ich überquerten den Bosporus mit einer Fähre. Während der gesamten Fahrt klammerte ich mich an die Reling, direkt neben einem Rettungsring, als neben uns eine Reiseführerin ihrer Gruppe Touristen erklärte, dass der Bosporus Europa und Asien trennt, und wir somit gerade zu einem anderen Kontinent fuhren.

Zurück an Land atmete ich erleichtert auf. Und während meine Beine noch immer etwas wacklig waren, schlenderten wir über einen gut besuchten Lebensmittelmarkt. Überall standen Menschen an kleinen Essensständen und diskutierten mit Händen und Füßen über die Preise. Manche von ihnen hatten ihre Köpfe mit Tüchern bedeckt, aber vor allem die Jüngeren waren meist ganz modern gekleidet.

„Schau mal, Helena, das hier sieht aus, als wäre es süß. Der Mann hat es gerade erst aus dem Ofen gezogen. Du liebst doch süße Backwaren, oder nicht?"

„Das ist Baklava", erklärte sie mir, „ist wirklich richtig süß, aber ich mag süße Sachen nicht so."

„Wie bitte?", ich schaute sie verblüfft an. „Hans meinte, dass er dich so nennt, weil du Süßes liebst."

Helena schmunzelte. „Hans nennt mich so, weil ich es liebe, wenn er sich immer ein neues Name ausdenkt. Und Hans liebt es, weil es mich jede Mal zum Lachen bringt. Aber schau, komm her. Wir probieren diese Sache hier", sagte sie und zeigte dabei auf ein frisch gebackenes Fladenbrot.

Helena blieb an fast jedem der Stände stehen und wir probierten gemeinsam so ziemlich alle vegetarischen Speisen. So, wie sie es sich kurz hinter der Grenze gewünscht hatte. Von manchen Sachen bestellte sie mehr und packte das Essen in ihre mitgebrachten Tupperdosen. Damit wollte sie den Rest von uns überraschen und ihnen eine Freude machen.

„Ich liebe Essen einfach, weil es Menschen glücklich macht. Sieht man auch. Ich habe eine kleine Bauch bekommen. Aber ich will nicht nur essen. Ich will eine Geschenk für Hans kaufen." Helena hatte uns einige Tage vorher heimlich erzählt, dass ihr Freund bald 26 Jahre alt werden würde. „Ich möchte ihm so eine Ding für die Gitarre schenken. Weißt du, sowas, was man über die Saiten macht und dann klingt das anders."

„Ich glaube, ich weiß, was du meinst. Aber keine Ahnung, wie man das nennt. Wir werden es herausfinden. Und falls du einen Spielzeugladen siehst, sag Bescheid. Ich habe schon ein Geschenk im Sinn und ich soll auch für Lilly noch eine Kleinigkeit besorgen."

„Ihr beiden seid süß", lachte sie und zog mich zum nächsten Essensstand.

„Wirklich?", antwortete ich so leise, dass es zwischen den Markschreiern und den feilschenden Leuten unterging.

Nachdem wir satt waren und unsere Rucksäcke mit Essen gefüllt hatten, fragten wir mehrere Passanten nach einem Musikladen. Ihre Beschreibungen führten uns vor ein großes Einkaufszentrum. Im Inneren wirkte es so wie das Skyline Plaza in Frankfurt. Das Licht war grell, überall wuselten Menschen mit vollgepackten Taschen umher und der Kaffee kostetet dreimal so viel wie draußen an der Straße. Es gab jedoch eine Sache, die dieses Einkaufszentrum sehr von dem in meiner Heimat unterschied: Zu Hause hörte man meist dezente Klavierklänge, mit der die Kundschaft berieselt wurde. Hier hallte jedoch laute Musik durch das gesamte Gebäude und gab mir das

Gefühl, in einem Club zu sein. Anders, als ich es erwartet hätte, lief keine orientalische Musik, sondern *David Guetta* dröhnte aus den Boxen. Der Mann am Infoterminal schickte uns in den fünften Stock und zeigte auf einen Aufzug. Helena und ich gingen zu ihm hin, die Schiebetür schloss sich hinter uns und wir bewegten uns zu zweit nach oben. Die Wände waren verspiegelt und es wirkte so, als wäre die Musik hier drin sogar noch lauter. Der Bass ließ meine Füße vibrieren und Helena und ich konnten fast nicht miteinander sprechen.

„Magst du *David Guetta?"*, schrie ich ihr entgegen.

„Geht so. Ist mir ein bisschen viel Boom Boom Boom. Und du?"

„Ich mag eher Gitarrenmusik."

„Also so Musik wie Hans sie macht?"

„Sowas in der Art." Ich lächelte sie an, als plötzlich ein lautes Geräusch ertönte, gefolgt von einem Ruckeln und einer Erschütterung. Helena schrie auf, dann wurde alles schwarz. Auch die Musik war verstummt.

„Oh nein. Leon, was ist das?", sagte Helena erschrocken und ich spürte, wie sich ihre Hände an meinen Arm krallten.

„Wir scheinen festzustecken", murmelte ich und zog mein Handy aus der Tasche. Ich schaltete die Taschenlampe an, leuchtete auf das Bedienpanel und drückte nacheinander sämtliche Knöpfe. Selbst als ich alle Tasten gemeinsam drückte, tat sich nicht das Geringste.

„Verdammt, ich habe keinen Empfang."

„Ich auch nicht. Meine Handy ist leer. Leon, ich habe Angst." Ihr Griff wurde immer fester.

„Mach dir keine Sorgen, wir werden sicherlich gleich wieder weiterfahren. Sie haben bestimmt schon gemerkt, dass der Fahrstuhl feststeckt und schicken jemanden, der ihn repariert. Du sagst ja selbst immer, man soll optimistisch sein, oder?" Helena sah mich mit weit aufgerissenen Augen an.

„Ich muss dir was sagen. Ich habe eine Problem in enge Räume, wenn die dunkel sind."

„Oh, okay. Und was passiert dann mit dir?"

„Kommt drauf an. Manchmal muss ich weinen. Manchmal muss ich kotzen und manchmal beides zusammen."

„Ich verstehe. Ähm, warte", sagte ich und legte mein Handy mit der Rückseite nach oben auf den Fahrstuhlboden, „jetzt haben wir immerhin etwas Licht. Ist das besser?"

„Ein bisschen. Kannst du mich bitte in die Arm nehmen?"

„Natürlich. Komm, wir setzen uns hin."

Ich lehnte mich mit meinem Rücken an die kühle Fahrstuhlwand und legte meine Arme um Helena, die nun direkt vor mir saß. Ihre Atmung war unruhig und ihr ganzer Oberkörper zitterte. Sie wischte sich immer wieder mit dem Arm über die Stirn, und mit jeder Minute schniefte sie lauter. Auch mir war nicht ganz wohl dabei, in einem türkischen Fahrstuhl festzustecken, aber ich versuchte, es mir nicht anmerken zu lassen und Helena stattdessen abzulenken.

„Ich habe als Kind auch mal in einem Aufzug festgesteckt. Nach ein paar Minuten funktionierte er wieder und wir haben sogar einen Gutschein für das Einkaufszentrum bekommen. Sag mal, wie bist du eigentlich auf die Idee gekommen, mobile Köchin zu werden?"

„Das ist eine lustige Geschichte", antwortete sie mit zittriger Stimme, doch zumindest lachte sie ein bisschen. „Ich hatte mal eine Freund und der hat mich zu seiner Familie zum Essen eingeladen. Damals habe ich noch Fleisch gegessen. Das war, bevor ich mal in eine Schlachterei eingesperrt war. Aber das ist ein andere Geschichte. Also, seine Familie hat eine Steak gekocht, und als wir am Tisch saßen und die Steak gegessen haben, war es ganz schlimm. War ganz trocken und ich konnte es nicht essen. Ich habe es versucht, aber ging nicht." Während Helena kurz aufstieß und mit ihrer Geschichte fortfuhr, wurde mir bewusst, dass ich womöglich doch besser ein anderes Thema gewählt hätte.

„Also habe ich gewartet und Beilage gegessen. Und als mein Freund auf Toilette war und die Eltern kurz in die Küche gingen, schaute ich mich um. Die Luft war sauber. Da war eine offene Fenster und ich dachte, es ist eine gute Idee, die Steak nach draußen zu werfen. Hätten dann die Tiere essen können. Das habe ich gemacht. Aber es gab eine Problem. Die Fenster war gar nicht offen, sondern nur richtig gut geputzt. Und als mein Freund und die Eltern zurück an die Tisch kamen, haben sie auf das Fenster gesehen. Die Steak hat geklebt und ist ganz langsam an die Scheibe heruntergerutscht. Sehr peinlich. Meine Freund hat dann mit mir Schluss gemacht. Dann dachte ich, dass ich Koch werden soll, damit niemand mehr eine Steak an eine Scheibe werfen muss. Und ich mag es, wenn ich koche, und die Menschen dann zu mich strahlen, weil es so gut war."

„Ihr möchtet also beide andere Menschen glücklich machen. Hans und du passen wirklich gut zueinander." Ich konnte spüren, wie sich Helenas Kopf auf und ab bewegte. „Da gibt es noch etwas, dass ich dich fragen wollte", sagte ich zögerlich. „Du hast erzählt, dass du Hans in Italien getroffen hattest und dann bei ihm geblieben bist. Woher wusstest du damals, dass es das Richtige war? Ich mein, dir wurde doch bestimmt von vielen Leute gesagt, dass es eine dumme Idee ist, oder?"

„Oh ja. Meine Mama hat zum Beispiel gesagt, ich wäre naiv. Und mein Papa hat gesagt, naiv ist gut. Er meinte, dass ein naiver Mensch keine Vorurteile hat. Meine Freunde haben aber gesagt, Hans wird mir die Herz brechen, weil eine Musiker immer ganz viele Frauen hat. Und das habe ich an ihnen nicht so gemocht. Die haben in andere Menschen immer die schlechte gesehen. Aber warum ich bei Hans geblieben bin, hat eine ganz einfache Grund. Hast du mal so eine Kribbeln im Bauch gehabt, wenn du bei Lilly bist?" Ich hielt kurz die

Luft an. Nun war es mein Körper, der zitterte.

„Ja“, antwortete ich leise, „ich spüre manchmal so ein Kribbeln.“

„So war das auch mit Hans. Meine Bauch hat gekribbelt und ich wollte wissen, warum. So hat unsere Abenteuer angefangen.“

„Weißt du, Helena“, seufzte ich, „manchmal beneide ich euch dafür, wie aufregend euer Leben ist und wie leichtfüßig ihr durch die Welt zieht.“

„Leichtfuß? Nein, meine Füße und die von Hans sind groß und dick. Und aufregend? Wie war denn deine Leben in Deutschland. Was hast du gemacht?“

„Ich habe geholfen, Automotoren zu bauen und viel Computer gespielt. Mein Leben war im Vergleich zu eurem wohl eher langweilig.“

„Autos bauen? Klingt aufregend. Das könnte ich nicht. Ich habe noch nicht mal eine Führerschein. Die Fahrlehrer hat gesagt, ich bin eine Gefahr für die Straßenverkehr. Und Computer sind mir zu kompliziert. Weißt du, schon eine paar Menschen haben gesagt, dass ihre Leben im Vergleich mit Hans und mir langweilig ist. Aber warum? Wir stehen auf, fahren mit Mr Wilson und schlafen. Hört sich das wie eine aufregende Abenteuer an? Ich denke, man kann jedes Leben zu eine Abenteuer machen. Das ist nicht leicht, aber das geht. Du hast doch eben eine große Zeit lang vor die Fluss gestanden und auf die Häuser von Istanbul geschaut. Hast du das mal in deine Heimatstadt gemacht?“

Ich musste kurz über ihre Frage nachdenken. „Nein“, antwortete ich leise, „noch nie.“

„Siehst du! Und wenn du das tust und anfängst, in all die Dinge Schönheit zu sehen, dann fühlt sich jeder Tag an wie eine Abenteuer.“

Mittlerweile steckten wir seit knapp einer halben Stunde in dem Fahrstuhl fest. Helena lag noch immer in meinen Armen, aber ihre

Atmung war nun ruhiger und gleichmäßiger. Doch warum waren wir immer noch hier? War es möglich, dass niemand bemerkt hatte, dass der Fahrstuhl feststeckte? Mein Handy piepte und machte mich darauf aufmerksam, dass auch mein Akku fast leer war.

„Oh nein, nicht nochmal dunkel." Helenas Griff wurde wieder fester. Dann ging meine Taschenlampe aus.

„Hilfe, Leon", schrie sie panisch und drückte ihren Rücken fest an meine Brust.

„Helena, versuch, tief durchzuatmen."

„Ich bekomme keine Luft", keuchte sie und wedelte mit ihren Händen wild vor dem Gesicht herum. Plötzlich gab es einen weiteren, ohrenbetäubenden Knall, der Fahrstuhl machte einen kleinen Satz nach unten und wir blieben mit einem zweiten Krachen wieder stehen. Die Lichter des Fahrstuhls gingen an, unsere Angstschreie verstummten, und die Eingangstür öffnete sich, begleitet von einem einladenden Glockenton. Vor uns standen zwei Techniker und der Mann, mit dem wir eben am Infoschalter gesprochen hatten. Sie sahen uns erschrocken an. Helena und ich saßen noch immer Arm in Arm auf dem Boden. Sie begann zu würgen und entleerte ihren Mageninhalt über dem Schoß.

„Tut mir leid für die Schweinerei. Ich mache das sauber. Und Leon, ich glaube, ich habe deine Arm ein bisschen getroffen."

Die Mitarbeiter des Einkaufszentrums entschuldigten sich unzählige Male für die Fehlfunktion des Aufzugs und bestanden darauf, die Reinigung zu übernehmen. Zudem boten sie Helena an, sich in einem der Geschäfte kostenlos ein neues Kleid mitzunehmen. Im Gegensatz zu meinem Arm hatten ihre Klamotten nämlich wesentlich mehr abbekommen.

„Schau, Leon, meine neue Kleid. Schön, oder? Lass uns jetzt zu die Musikgeschäft. Aber diese Mal benutzen wir die Treppe, okay?"

Eine Stunde später brachte die Fähre uns wieder von Europa nach Asien.

„Das war mal eine aufregende Abenteuer, oder?“

„Ja“, stimmte ich zögerlich zu, „aber ich habe erstmal genug von Aufzügen.“

„Ich auch. Entschuldigung nochmal für deine Arm. Und danke, dass du dich um mich gekümmert hast. Ich mag übrigens dein Geschenk, was du für Hans gekauft hast. Und ich bin gespannt, was er zu meine Geschenk sagen wird.“

„Ihr beiden seid wirklich süß. Ich hoffe, dass ich auch mal irgendwann so eine Liebe finden werde.“ Helena schaute mich mit ihren großen, freundlichen Augen an und hielt mich kurz am Arm.

„So eine Liebe findet man nicht, Leon. Kennst du die Maya? Was meinst du, wie viele Tempel sie in die Wälder gefunden haben? Keine, aber sie haben Orte gefunden, an die Platz war und dachten sich, hier kann man eine bauen. Heute gibt es dort diese wunderschöne Tempel und viele Touristen machen Bilder davon. Such nach eine freie Platz im Wald, Leon, und nicht nach eine verborgene Königreich.“

Während ich über den Satz von Helena nachdachte, stand ich in Gedanken wieder in meinem Wohnzimmer. Der Tisch war langsam etwas staubig geworden, aber das Blatt Papier lag immer noch dort. Ich nahm es und ergänzte neben MEHR und „Freundschaft“ ein weiteres Wort. Etwas, das mir hoffentlich irgendwann dabei helfen würde, mein eigenes Königreich zu bauen: Optimismus.

Als wir zurück zu Mr Wilson kamen, war Lilly noch immer mit Stricken beschäftigt. Marius starrte nach wie vor vertieft in sein Buch und Hans hatte seinen neuen Song fast fertiggeschrieben. Zumindest hörte es sich danach an.

Verdammt ich brat dich
Ich brat dich nicht
Verdammt ich grill dich
Ich grill dich nicht

Er unterbrach seinen Gesang, als er uns erblickte.

„*Apfelsinenkuchen,* ich liebe dein neues Kleid. War das die Überraschung? Wie war euer Ausflug?“

„Wir waren in eine Fahrstuhl gefangen. Dann habe ich gekotzt. Auf Leon und auf mich. Aber wir haben Essen mitgebracht und ich habe die Kleid geschenkt bekommen.“

Marius schlug sein Buch zu und schaute erstaunt zu uns.

„Da lässt man euch mal für nen Moment alleine und schon passiert sowas“, kicherte Hans.

„Dir ist nicht entfallen, dass Leon vor fünf Wochen angeschossen wurde, oder?“, erinnerte Marius.

„Ja okay, komm her Schatz. Ich würde gerne die ganze Geschichte hören und dir nen neuen Song zeigen. Den habe ich für dich geschrieben. Wenn ich mein Capo nicht irgendwo verloren hätte, würde es noch besser klingen, aber so ist es auch ganz okay.“

Nachdem sich Helena zu ihrem Freund gesetzt und ich Marius zugenickt hatte, ging ich zu Lilly.

„Ihr scheint ja einen ereignisreichen Nachmittag gehabt zu haben“, sagte sie, machte große Augen und grinste mich an.

„Frag lieber nicht. Aber ich habe etwas für dich. Es gab leider keine Schnitzel, aber ich habe einen Aufnäher mit einem Mikrofon gefunden.“

„Das ist perfekt. Danke Leon, du bist ein Schatz. Jetzt muss ich ihn nur noch auf die Mütze bekommen.“

Während ich ihr den Aufnäher reichte, spürte ich wieder das

Kribbeln in meinem Bauch. Helena hatte recht. Ich sollte aufhören, nach einem Königreich zu suchen, sondern mir stattdessen eines aufbauen. Und vielleicht konnte ich, wie Helena, lernen, optimistischer zu sein.

„Kann ich dir helfen? Ich habe zwar keine Ahnung vom Stricken, aber vielleicht kann ich ja den Faden halten? Tut man das überhaupt?"

Lilly nickte und rutschte etwas zur Seite. „Liebend gerne. Komm, setz dich zu mir. Ich kann dir beibringen, wie das Stricken funktioniert." Und während ich neben Lilly Platz nahm, konnte ich aus dem Augenwinkel erkennen, wie Helena mir zuzwinkerte.

## Helena Diaz
## Eineinhalb Jahre zuvor

„Es ist so schön wie auf den Bildern. Warst du schon auf dem Balkon, Helena?"

„Ja, Mama, es ist wirklich toll."

„Wartet ab, bis ihr den Stadtkern von Florenz seht. Es ist eine der schönsten Städte, in der ich jemals war", sagte Papa. Er war aus Portugal und ist vor 30 Jahren, noch bevor er Mama kennengelernt hatte, mehrere Jahre lang per Anhalter gereist und dabei unter anderem in Florenz gewesen. Papa erzählte immer, dass er nach seinem Studium in Deutschland nur eine kurze Auszeit nehmen wollte, aber sich dann in das Reisen verliebt hatte.

Nachdem wir unsere Sachen im Hotel verstaut hatten, gingen wir durch die historischen Gassen von Florenz. Die Kathedrale ragte weit über die anderen Häuser empor und ließ mich staunen. Nicht weniger beeindruckt war ich von den Straßenkünstlern, an denen wir vorbeigingen, als wir uns durch die Menschenmassen auf der *Ponte Vecchio* drückten. Sie präsentierten sich als menschliche Statuen und bewegten sich keinen Millimeter. Nur, wenn ihnen jemand Geld in den Hut warf, verbeugten sie sich und zeigten, dass sie wirklich lebten. Unser Ziel war eine Eisdiele, die Papa während seiner Reise entdeckt hatte, als aus einer Seitenstraße Musik zu uns drang, die ich noch nie zuvor gehört hatte.

„Können wir uns das kurz anschauen?", fragte ich mit großen Augen. Ich liebte alle Arten von Musik und war gespannt, was uns erwarten würde.

„Natürlich. Das Eis läuft uns nicht davon." Meine Eltern gaben sich die Hand und gingen mir hinterher. Wir folgten der Musik und fanden uns kurze Zeit später in einer kleinen Menschentraube wieder, die einem Mann mit langen, blonden Haaren zusahen, wie er Gitarre spielte und dabei sang. Seine Kleidung erinnerte mich an ein Foto von Papa, das er auf dem Münchner Oktoberfest aufgenommen hatte, und ich glaubte, der fremde Mann sang gerade ein Lied auf Deutsch. Papa hatte schon häufiger versucht, mir diese Sprache beizubringen, aber ich hatte mir nicht viel merken können. Der Sänger wiederholte ständig das Wort Schnitzel – das kannte ich – doch ich musste ihn falsch verstanden haben.

„Über was singt er, Papa?"

„Nun", auf seiner Stirn waren tiefe Falten zu sehen, „er singt alte Klassiker, aber mit abgewandelten Texten."

„Excuse me, you with the beautiful hair", rief der Straßenmusiker in unsere Richtung. Meinte er mich? „Yes, you. What is your name?"

„Helena", antwortete ich verlegen.

„A beautiful name. I want to sing you a song, that is so beautiful as your smile."

Papa legte seinen Arm um mich und amüsierte sich über meine geröteten Wangen. Mama hingegen schien – wie mir – die Sache etwas peinlich zu sein. Und während einige Zuschauer gespannt zu mir sahen, begann der blonde Mann zu singen.

Für dich schwenke ich die Pfanne weiter
Solang, bis die Panade knusprig ist
Für dich gibt's Zitronenscheiben in Herzform
Damit du mein Schnitzel nie vergisst

Ich verstand kein Wort, und die Sprache hörte sich seltsam an. Aber die Art und Weise, wie der blonde Mann sang und so viel Freude ausstrahlte, war wirklich süß. Noch nie zuvor hatte jemand ein Lied für mich gesungen, außer an Geburtstagen.

„Kannst du mir den Text übersetzten?“, fragte ich Papa.

„Nun … er hat … er hat von deinen glänzenden Locken und deinem ehrlichen Lächeln gesungen.“

Als das Lied vorbei war, verbeugte sich der Musiker in meine Richtung und wir applaudierten. Er kündigte den nächsten Song an und meine Eltern drehten sich um, um unseren Spaziergang zur Eisdiele fortzusetzen.

„Hättet ihr etwas dagegen, wenn ich noch ein wenig hierbleibe? Ich kann ja später nachkommen und euch anrufen, wenn das Konzert vorbei ist.“

„Natürlich, Schatz. Wir sehen uns später.“ Papa schmunzelte und zog Mama mit, bevor sie protestieren konnte. Als das Konzert eine halbe Stunde später endete und die Leute ihrer Wege zogen, ging ich nach vorne, um mich zu bedanken und etwas in seinen Hut zu werfen.

„Es war wirklich lieb, dass du mir einen Song gespielt hast. Du hast eine tolle Ausstrahlung und es irgendwie geschafft, alle Leute hier zum Lächeln zu bringen. Obwohl bestimmt kaum jemand Deutsch spricht“, sagte ich auf Englisch und mit weit hochgezogenen Mundwinkeln.

„Vermutlich genau deswegen“, schmunzelte er und schaute in mein überraschtes Gesicht. „Mein Name ist Hans. Möchtest du den Rest des Abends mit mir durch die Stadt spazieren? Wir müssten nur kurz an mein Auto, die Gitarre ablegen.“

„Aber du kennst mich doch gar nicht“, antwortete ich verlegen.

„Genau das würde ich gerne ändern. Immerhin weiß ich, dass du ein großes Herz hast.“

„Wie kommst du darauf?“, fragte ich verunsichert.

„Dein Lächeln hat es mir verraten“, antwortete er und nickte mir zufrieden zu. Ich grinste und gleichzeitig hallten die Stimmen von Mama und Papa durch meinen Kopf. Die Stimme von Papa erzählte mir, zu welch wunderbaren Momenten es führen kann, wenn man Menschen vertraut. Die Stimme von Mama hingegen warnte mich davor, dass Hans böse Absichten haben und ich als Leiche in seinem Gitarrenkoffer enden könnte.

„Ich habe einen neuen Vorschlag", unterbrach Hans meine Gedanken, als hätte er sie lesen können, „ich bringe meine Sachen ins Auto und wir treffen uns in 20 Minuten auf dem großen Platz vor der Kathedrale und spazieren einfach im Kreis. Da sind viele andere Menschen und du brauchst keine Angst zu haben. Vielleicht können wir ja ein paar Leuten dabei helfen, Bilder mit der Kirche zu knipsen. Dann müssten die keine Selfies machen. Was meinst du?" Hans schaute mich an und ich spürte ein Kribbeln im Bauch, als würde jemand in mir ein kleines Feuerwerk entfachen.

„Okay", antwortete ich nervös, drehte mich um und machte mich mit einem breiten Grinsen auf den Weg zu unserem Treffpunkt.

Vier Stunden später verabschiedeten wir uns mit einer langen Umarmung und einer Einladung.

„Hör mal, Helena. Du bist ein toller Mensch und ich bin ein verkorkster Schnitzelmusiker. Aber wenn du mit mir nach Süden, Richtung Sizilien, fahren möchtest, kann ich dir eine Sache versprechen: Ich werde mein Bestes geben, dass du eine gute Zeit hast." Ich konnte kaum einen klaren Gedanken fassen und meine Gefühle fuhren Achterbahn.

„Glaubst du wirklich, dass wir in diesem Mr Wilson gut miteinander auskommen würden? Was, wenn wir streiten, oder irgendwas schiefgeht?"

„Mach dir nicht so viele Sorgen. Ein schlauer Mann namens *Dalai Lama* hat mal gesagt: ‚Wer alles mit einem Lächeln beginnt, dem wird das meiste gelingen'."

„Ich glaube, *Dalai Lama* ist ein Titel und kein Name, oder?" Meine Wangen schmerzten mittlerweile. Hans war wirklich witzig.

„Natürlich", hüstelte er.

„Also gut, ich werde es mir überlegen", antwortete ich, nahm ihn ein weiteres Mal in den Arm und drehte mich um.

„Übermorgen um 12 Uhr fahre ich los. Ich wohne, also parke in der Straße, wo ich Musik gemacht habe", rief er mir hinterher. Ich konnte nicht fassen, dass ich wirklich darüber nachdachte, seine Einladung anzunehmen. Als ich später zurück im Hotel war, erzählte ich meinen Eltern aufgeregt von meinem Abend. Davon, wie wir eine Stunde lang im Kreis spaziert sind, Selfies mit anderen Touristen gemacht hatten und auch davon, wie wir anschließend kleine Essenspakete an Obdachlose verteilt hatten.

„Aber du kannst doch nicht einfach mit einem fremden Mann abends durch die Stadt gehen." Mama wirkte wütend und fassungslos.

„Liebling, du machst dir zu viele Sorgen", antwortete Papa.

„Diese Naivität hat sie von dir", murrte sie, „aber Helena ist eine Frau. Das ist was völlig anderes." Dann verschwand sie verärgert im Badezimmer.

„Sie macht sich nur Sorgen um dich", sagte Papa und klopfte mir auf die Schulter. „Hast du Lust auf noch einen kleinen Spaziergang?" Ich nickte, Papa ging kurz zu Mama ins Bad und dann nahmen wir den Aufzug zur Hotellobby. Wir schlenderten gemeinsam zum Pool, zogen unsere Schuhe aus und setzten uns mit hochgekrempelten Hosenbeinen an den Beckenrand. Die Palmen um uns herum waren mit warmem Licht beleuchtet und die Poolstrahler warfen ein leichtes Schimmern über die Wasseroberfläche.

„Findest du auch, dass ich naiv bin?" Papa legte seinen Arm um mich.

„Ich hoffe es doch. Naiv sein ist etwas Schönes, denn naive

Menschen sind unvoreingenommen." Ich drehte meinen Kopf zu Papa und sah ihn verunsichert an. „Hans hat mich gefragt, ob ich übermorgen mit ihm in Richtung Sizilien reisen möchte."

„Wow", schmunzelte Papa, „das sind Neuigkeiten. Und? Was hast du gesagt?"

„Ich weiß nicht, was ich machen soll."

Papa gab ein langes, nachdenkliches Brummen von sich. „Schatz, du kennst meine Meinung. Ich glaube, jeder Mensch kann beim Reisen etwas lernen und neue Wege entdecken. Immerhin hätte ich deine Mutter nie kennengelernt, wenn ich damals in Spanien nicht trampend an der Straße gestanden hätte."

Ich musste kichern. „Hat Mama nicht nur angehalten, weil ihr Reifen geplatzt war und ihr Auto ein paar Meter vor dir liegen blieb?" Papa tauchte seine Hand in den Pool und spritzte mir etwas Wasser ins Gesicht.

„Werde nicht frech", sagte er mit gehobenem Zeigefinder, „aber genaugenommen: ja. Doch ohne das Reisen hätte ich nicht dort gestanden. Ich hätte deiner Mutter auch nicht beim Reifenwechseln helfen und sie danach überreden können, mit mir einen Kaffee trinken zu gehen."

„Also glaubst du, ich sollte mit Hans reisen?"

„Helena, was liebst du alles an deinem Leben in Spanien?" Wir schauten beide zu der gebogenen Holzbrücke, die sich über den Pool spannte. Ein verliebtes Pärchen stand auf ihr, hielt sich im Arm und schaute zu den Sternen.

„Ich liebe dich und Mama, meine Freunde und unseren Napoleon. Mein Job macht mich glücklich, das Wetter ist toll. Ich mag das Meer. Eigentlich mag ich alles."

„Und was davon würdest du verlieren, wenn du erst ein paar Wochen später zurückkommen würdest?" Ohne meine Antwort abzuwarten, stand Papa auf und wuschelte durch meine Haare. „Selbst das schönste Königreich ist nur solange das schönste, bis du einen noch schöneren Ort findest, um dir ein neues zu bauen. Und selbst wenn nicht und du am Ende zurückkehrst, wirst du seine Schönheit als noch schöner sehen. Doch wie man es auch dreht, es ist deine eigene Entscheidung. Aber sei dir sicher, dass Mama und ich dich unterstützen werden, egal, wie du dich entscheidest. Wir sehen uns morgen früh, meine liebe Helena."

Ich saß noch eine ganze Weile am Pool und dachte über seine Worte nach. Doch egal, wie viele Gedanken ich mir machte, kam ich immer zum selben Ergebnis. Eigentlich hatte Papa recht. Mein Königreich in Spanien würde auf mich warten.

„Du bist ja tatsächlich gekommen", jubelte Hans, als ich zwei Tage später morgens an seinem Parkplatz stand. Er kochte gerade Kaffee und schaute mich überrascht an.

„Ich kann es selbst noch nicht so ganz glauben. Wir sollten schnell los, bevor ich es mir anders überlege. Zudem hat Mama wahrscheinlich schon das Sondereinsatzkommando gerufen und sie zielen gerade auf dich." Sie war von meinem Plan nicht besonders begeistert, aber ich konnte sie gemeinsam mit Papa beruhigen. Außerdem wollte ich von Sizilien aus zurück nach Spanien fliegen, und so musste ich ihr nur versprechen, alle paar Tage anzurufen und auf mich aufzupassen.

„Du scheinst eine Mutter zu haben, die dich sehr liebhat." Hans machte eine kurze Pause, in der er tief durchatmete. „Hier, ich habe noch einen Apfelstrudel übrig, möchtest du ihn?"

„Wie sagt man dazu im Deutschen?", fragte ich.

„Na, das ist recht einfach. Genau wie im Englischen: Apfelstrudel. Man betont es nur schöner. So, als würde man es singen."

„Du bist wirklich witzig“, antwortete ich und versuchte, aus den Vokabeln, die mir Papa beigebracht hatte, meinen ersten deutschen Satz zu bilden: „Viele Dank, ich möchte nicht eine Apfel Strudel, bitte nein.“ Hans kam auf mich zu, lächelte mich an und zeigte auf meinen Mund.

„Siehste? Wir beginnen unsere gemeinsame Reise mit einem Lächeln. Was könnte jetzt noch schiefgehen?“

Eineinhalb Jahre später saßen wir gemeinsam vor Mr Wilson und ich erzählte Hans von unserem Fahrstuhlabenteuer. Aus den zwei Wochen Sizilien wurde eine etwas längere Reise, doch Papa hatte Recht gehabt. Obwohl ich mein Leben in Spanien liebte, hatte ich ein neues Königreich entdeckt, in dem ich noch glücklicher war. Ich schaute zu Hans, lächelte ihn dankbar an und griff nach seiner Hand. Dann drehte ich mich zu Leon um und sah, wie er sich zu Lilly setzte.

„Glaub an dich“, flüsterte ich in seine Richtung und zwinkerte ihm zu.

# APRIKOSE IN DER SOßE

**3.811 / 9.600 km bis zur Mongolei**

Die langsam untergehende Herbstsonne hüllte die schmale Landstraße in ein warmes Orange. Die Bäume am Rand der Straße leuchteten in unterschiedlichen Gelb- und Brauntönen, am Boden türmte sich das Laub und die Berge am Horizont schienen immer näher zu kommen. Wir waren unterwegs nach Trabzon, einer Großstadt im Nordosten der Türkei am Schwarzen Meer. Hier wollten wir überwintern, um dann im Frühjahr bei wärmeren Temperaturen hoffentlich gemeinsam nach Georgien, Russland und schließlich in die Mongolei aufzubrechen. Die Winter in Trabzon waren laut Hans zwar auch nicht gerade sommerlich, aber er wollte uns dort eine warme Bleibe besorgen. Mesut, einer seiner Freunde, würde uns eine Wohnung überlassen, wenn wir ihm etwas beim Arbeiten unter die Arme greifen. Das war zumindest der Plan von Hans.

„Ich sehe was, was du nicht siehst – und das ist gelb“, sagte er.

„Das Kleid deiner Freundin Helena“, antwortete Marius wie aus der Kanone geschossen.

„Verdammt, bist du gut. Okay, du bist dran.“

„Ich sehe etwas, das ihr nicht seht – und das ist türkis.“

Plötzlich ertönte ein lautes Geräusch, Mr Wilson begann zu schlingern und Hans stieg mit voller Kraft in die Bremsen. Der Bus kam mit quietschenden Reifen in der Mitte der Fahrbahn zum Stehen. Glücklicherweise war weit und breit kein anderes Auto zu sehen, mit dem Mr Wilson hätte zusammenstoßen können. Wir schauten uns erschrocken an, bis Helena als erste das Schweigen brach.

„Schatz, hast du eine Unfall gebaut?“ Sie sah mit großen Augen in den Rückspiegel und griff nach der Hand ihres Freundes. „Ist alles gut bei jedem?“

„Da war nichts auf der Straße“, erklärte Hans.

Als der erste Schock vorbei war, sprangen wir aus dem Auto und schauten uns um. Wir waren irgendwo im Niemandsland inmitten eines dichten Waldes und die Sonne würde bald untergehen. Hans kniete vor dem linken Hinterrad und drückte mit seiner Hand dagegen. Der Reifen war geplatzt.

„Nicht gut“, seufzte ich und schaute in die Gesichter meiner Freunde, „was machen wir jetzt?“

„Mach dir keine Sorgen“, antwortete Lilly und nickte, „wir wechseln einfach das Rad. Ich habe das bei unseren Familienausflügen in Australien schon ein paar Mal machen müssen. Habt ihr einen Wagenheber dabei?“

„Nee.“

„Vielleicht etwas, mit dem wir eine Hebelwirkung schaffen können? Ein langes Stück Metall oder irgendein vergleichbares Instrument?“, fuhr Marius fort.

„Ich habe nur ne Gitarre dabei. Aber es gibt da sowieso nen anderes Problem.“

„Wir haben die Rad in Italien gelassen, um Platz für die Paella-Pfannen zu haben“, platze es aus Helena heraus.

„Ihr habt …“, Marius fasste sich an die Stirn, drehte sich um und ging einige Schritte vom Auto weg, „ihr habt die Wahl zwischen einem Ersatzrad und Pfannen gehabt und euch für letzteres entschieden?“

„Zu unserer Verteidigung“, sagte Hans mit kräftiger Stimme, „ihre Paella ist wirklich richtig gut.“

„Paella-Pfannen“, murmelte Marius, stellte sich an den Waldrand und streckte sein Handy in die Luft. Lilly schlug ihren Kopf sachte gegen den Kofferraum und zog beide Schultern nach oben.

„Es wird schon bald eine andere Auto kommen.“ Helena schaute sich um und beobachtete einige Blätter dabei, wie sie vom Wind über die Straße getragen wurden. Es wurde immer dunkler. „Oder vielleicht kommt auch keine Auto." Sie verschränkte ihre Arme und schaute auf den Asphalt.

„Nun ja", sagte Hans locker, „es könnte schlimmer sein."

Dann erhellte sich der Himmel für eine Sekunde lang und kurz darauf ertönte ein krachender Donnerschlag. Ich richtete meinen Blick nach oben und spürte einen Tropfen auf meiner Stirn.

Binnen Minuten zog ein Sturm auf und wir flüchteten ins Innere von Mr Wilson. Der Wind peitschte den Regen gegen die Seitenfenster und ließ unser Dach wie eine große Trommel klingen. Helena und Hans hatten ihre Vordersitze umgedreht, Lilly lag mit ihrem Kopf auf meiner Schulter und Marius saß rechts am Fenster und schaute nach draußen.

„Ich habe nen Rätsel für euch. Was ist gelb und kann nicht schwimmen?"

Lilly zog eine dünne Decke über uns und Marius antwortete, ohne seinen Blick zu wenden: „Eine Paella-Pfanne?" Seine Stimme klang genervt.

„Ein Bagger! Und warum kann er nicht schwimmen?"

„Weil er zu schwer ist?", antwortete Helena.

„Nee, schwere Sachen können ja auch schwimmen. Nen Boot zum Beispiel. Ich verrate es euch. Weil er nur einen Arm hat!" Hans kicherte und schlug sich auf den Oberschenkel.

„*Andreas Onea* ist ein einarmiger Schwimmer aus Österreich, der schon sieben Medaillen bei Welt- und Europameisterschaften gewonnen hat."

„Aber der ist ja auch kein Bagger, oder?"

„In der Tat", antwortete Marius trocken, drehte nun sein Gesicht zu Hans und ließ es dann hinter seinen Händen verschwinden.

„Komm schon, das ist lustig, oder?", sagte Hans, beugte sich nach vorne und boxte Marius freundschaftlich aufs Knie.

„Wie kannst du in dieser Situation einfach immer weiter Witze machen?“ Marius machte eine kurze Pause. „Ich versuche das irgendwie zu verstehen.“

„Naja, ne doofe Situation mit Witzen ist witziger als ne doofe Situation ohne Witze, oder?“ Marius nahm nun langsam seine Hände aus dem Gesicht, blickte ihn wortlos an und schüttelte den Kopf. „Wie auch immer, ich habe noch'n letztes Rätsel: Was kann dich einholen, aber niemals überholen?“

„Ein Schatten?“, schlug ich vor, aber merkte beim Sagen bereits selbst, dass es keinen Sinn ergab.

„Die Vergangenheit“, murmelte Lilly. Hans sah sie mit ernster Miene an, und auch Marius drehte sich zu ihr um. Die Regentropfen schlugen noch immer gegen die Fenster und ich spürte, wie Lilly unter der Decke nach meiner Hand griff.

„Eigentlich hatte ich ne andere Lösung, aber wir haben ne Gewinnerin“, verkündete Hans nach der kurzen Stille und schlug in die Hände.

„Was war denn die Lösung von dir?“, fragte Helena.

„Na, ein Schnitzel, beim Verdauen. Oder auch Musik. Ja, Musik ist besser.“

Im Laufe des Abends konnte sich auch Marius immer mehr mit der Situation abfinden. Das Gewitter war weitergezogen, doch es schüttete immer noch wie aus Eimern. Durch die Scheiben hielten wir die Straße im Blick und hätten frühzeitig erkennen können, falls doch noch ein Auto vorbeifahren sollte. Es gab jedoch noch eine weitere Sache, auf die wir Acht gaben.

„Marius“, flüsterte ich, „kannst du mir sagen, wie viel Uhr es ist?“ Um Mitternacht hatte Hans Geburtstag und es musste fast so weit sein.

„Würde ich gerne, aber meine Armbanduhr funktioniert schon seit einer Weile nicht mehr."

„Warum trägst du eine Uhr, die nicht mehr funktioniert? Ich dachte immer, Rolex-Uhren gehen nicht kaputt."

„Sie ist nicht wirklich defekt, sondern die Batterie müsste ausgetauscht werden. Die Uhr ist ein Familienerbstück und wurde mir zu meinem Abschluss geschenkt. Das klingt vielleicht eigenartig, aber ich finde es passend, dass meine Uhr kurz vor dem Beginn meiner Reise stehengeblieben ist, dazu zu einer sehr lustigen Zeit. Schau her", antwortete Marius und hielt mir sein Handgelenk entgegen.

„10 nach 10? Ist das eine besondere Zeit?"

„Das ist die sogenannte Rolex-Zeit. Auf den Werbebildern von Rolex sind die Uhren immer auf genau diese Uhrzeit eingestellt. So wurde der Begriff etabliert. Und ironischerweise ist meine Armbanduhr zu genau dieser Zeit stehengeblieben."

Während Marius mir erklären wollte, wie genau die Rolex-Zeit entstanden war, begann Helena lautstark zu singen.

Happy birthday to you
Happy birthday to you
Happy birthday lieber Hans
Happy birthday to you

Natürlich konnte Hans es sich nicht nehmen lassen, auch noch seine eigene, ganz besondere Version zum Besten zu geben.

Happy birthday to me
Das Schnitzel reinste Magie
Aprikose in der Soße
Happy Birthday to me

Wir applaudierten und versuchten, ihn trotz des niedrigen Autodachs abwechselnd zu umarmen. Ich konnte in Mr Wilson gerade so aufrecht stehen, aber Hans und Marius mussten sich stets etwas nach vorne beugen, um sich nicht die Köpfe zu stoßen.

„Woher wisst ihr von meinem Geburtstag?“ Helena lächelte. Sie überreichte Hans ihr Geschenk mit einem lauten Schmatzer. Lilly schenkte ihm eine dunkelblaue Mütze mit dem Mikrofon-Aufnäher, den ich ihr in Istanbul mitgebracht hatte. Marius hatte für Hans ein Buch gekauft, das den Titel „Unnützes Wissen“ trug. Und ich schenkte ihm einen kleinen Brontosaurus, den ich in einem türkischen Spielzeugladen gefunden hatte.

„Ein Dinosaurier. Stimmt, du hast uns damals so ne lustige Frage gestellt, als wir für dich angehalten hatten. Ich erinnere mich. Den klebe ich hier aufs Armaturenbrett. Und falls wir nochmal was für nen Kuckuck brauchen, können wir den aufs Dach stellen. Vor Dinos haben die Vögel bestimmt Angst. Vielen lieben Dank euch allen.“ Hans drückte jeden von uns ein weiteres Mal kräftig und war sichtlich gerührt.

„Hast du eine Wunsch, mein Schatz?“

*„Kokosmakrönchen,* ich bin wunschlos glücklich.“ Hans schaute dankbar in Richtung des Dachs von Mr Wilson, auf dem der Regen nach wie vor kräftig trommelte. „Oder doch. Ich habe nen Wunsch. Von Lilly und Leon weiß ich es ja schon. Marius, haste mal nackt im Regen getanzt?“

„Ganz zufällig habe ich das noch nie getan“, antwortete er und zog seine Augenbrauen nach oben.

„Alles klar, ich wünsche mir ne Sache, die jeder mindestens einmal in seinem Leben gemacht haben sollte. Wir tanzen zusammen. Nackt im Regen.“

Während Helena und Hans die Tür öffneten, raussprangen, sich ihre Kleidung vom Leib rissen und in Richtung Wald rannten, schauten wir übrigen drei uns verdutzt an.

„Bitte sagt mir, dass ich nicht der Einzige bin, der dies für eine absolut sinnfreie Idee hält", sagte Marius mit ernster Miene.

„Ich glaube", antwortete Lilly und zuckte mit ihren Achseln, „dass es manchmal genau darum geht, unsinnige Dinge zu tun." Sie grinste und hielt uns ihre Hände entgegen. Ich zögerte erst, gab mir dann einen Ruck und griff zu. Sie zog mich nach draußen in die Dunkelheit, und als wir unsere Kleider ausgezogen und im Auto abgelegt hatten, fragte ich Marius:

„Kommst du nicht mit?" Er wirkte, als wäre er in Gedanken und schüttelte sanft seinen Kopf.

„Geht ihr ohne mich. Ich bleibe hier, falls doch noch ein Auto vorbeifährt."

„Alles klar", sagte ich, nickte ihm zu und rannte mit Lilly zu der Stelle im Wald, aus der die Stimmen von Helena und Hans kamen. Ich streckte meinen Arm vor mir aus, um nicht gegen einen Baum zu rennen. Es war so dunkel, dass ich noch nicht einmal meine eigene Hand erkennen konnte. Der Regen peitschte auf meinen nackten Körper und ich stolperte über hervorstehende Wurzeln. Aber auch ohne etwas erkennen zu können, fanden wir unsere Freunde. Wir tanzten zu dem lautstarken Gesang von Hans über den nassen Laubboden. Er sang *Time of my Life* aus *Dirty Dancing.* Und während ich mir vorstellte, wie die beiden gemeinsam Hebefiguren machten, merkte ich immer mehr, warum er tanzen wollte. Ich hatte meinen inneren Schweinehund überwunden und Lillys Hand ergriffen, weil ich sie nicht enttäuschen wollte. Ohne sie hätte ich mich geniert und wäre bei Marius geblieben. Doch nun, da der Regen wie ein Wasserfall über uns einbrach, fühlte ich keinerlei Scham. Im Gegenteil. Ich fühlte mich frei und lebendig.

Plötzlich hallte die Stimme von Marius durch den Wald.

„Ein Auto kommt!“, schrie er. „Ich halte es an.“ Hans stieß einen Freudenschrei aus und wir liefen laut singend zurück zu Mr Wilson. Als wir ankamen, strahlten uns mehrere Taschenlampen an. Eine Hand hielt ich vor meine geblendeten Augen und mit der anderen bedeckte ich meinen Intimbereich. Marius reichte uns Handtücher, und als die Taschenlampen gesenkt wurden, konnten wir erkennen, wen er mitten in der Nacht angehalten hatte.

„Hättest du kein anderes Auto stoppen können?“, scherzte Hans, während wir uns vor der Seitentür provisorisch Kleidungsstücke überwarfen.

„Sehr komisch“, antwortete Marius und murmelte etwas Unverständliches vor sich hin.

„Wo wir schon bei komisch sind. Ich habe noch'n Rätsel für euch: Was ist fast nackt und fährt gleich in die Stadt?“, fragte Hans und kicherte laut.

„Nicht jetzt, Hans, das ist ein schlechter Zeitpunkt für Witze“, antwortete Lilly.

„In der Tat“, stimmte Marius zu.

„Ach, kommt schon. Kannste denen nicht einfach auf Türkisch sagen, dass wir in der deutschen Botschaft arbeiten?“

„Nicht lustig, Schatz“, sagte Helena, „gar nicht.“

Ich konnte mir ein leichtes Schmunzeln nicht verkneifen, hörte, wie meine Handschellen einrasteten und stieg gemeinsam mit meinen Freunden in den Polizeibus.

# BARTENDER

*Tarkan – Simarik (Kiss Kiss)*

*Weihnachtslied – O Tannenbaum*

**3.834 / 9.600 km bis zur Mongolei**

Als wir eine Stunde später, gegen 2 Uhr morgens, im Polizeirevier ankamen, wurden wir in eine große Gemeinschaftszelle geführt. Außer uns war niemand hier, und so hatten wir die zwei stählernen Bänke und eine kleine Metalltoilette ganz für uns alleine. Durch die Gitterstäbe konnten wir drei Polizeibeamte dabei beobachten, wie sie auf Türkisch miteinander diskutierten. Marius saß mit Lilly auf einer der Bänke. Er hatte seinen Oberkörper nach vorne gebeugt, beide Hände vors Gesicht geschlagen und Lilly legte ihren Arm über seine Schulter. Helena stand vor der Toilette und kratzte sich am Kopf, während Hans vor den Gitterstäben stand und sich über das Kinn strich. Ich versuchte, Ruhe zu bewahren und setzte mich mit weichen Knien neben Lilly auf den Boden. In meinem Kopf kreisten verschiedene Gefängnisgeschichten umher, von denen ich online gelesen hatte. Touristen, die Steine eingesteckt hatten und dafür jahrelang im Knast saßen. Gab es in der Türkei eine Strafe für Nackttanzen im Regen? Oder waren wir aus einem anderen Grund hier? Leider sprach keiner der Beamten auch nur ein einziges Wort Englisch oder Deutsch.

„Immerhin sind wir jetzt in eine Stadt. Aber ich habe eine andere Problem. Ich muss Pipi und ich kann nicht, wenn ihr zuseht", sagte Helena und schaute zu der Metalltoilette.

„Ich helfe dir", sagte Lilly prompt, stand auf und zog ihren Pullover aus, „ich kann ihn als Vorhang vor dich halten."

„Wenn meine Eltern wüssten, dass ich gerade in einem Gefängnis sitze", seufzte Marius.

„Sieh es mal von der guten Seite", antwortete Hans, und Marius hob neugierig seinen Kopf. „Du hast dir doch bei unserem Ritual gewünscht, irgendetwas zum ersten Mal zu machen. Du warst bestimmt noch nie hinter Gittern, oder?"

„Ich sollte meinen Wunsch das nächste Mal etwas konkreter formulieren", murrte Marius und ließ den Kopf auf seinen Schoß fallen.

„Sag mal, Hans", begann Lilly, die mittlerweile wieder ihren Pullover angezogen hatte, „du warst doch schon öfter in der Türkei. Kannst du dich nicht vielleicht an irgendeinen Satz oder ein Wort erinnern, das uns helfen könnte?"

„Hmm", überlegte er und schnalzte dabei mit der Zunge, „nicht wirklich. Aber ich habe damals ein paar Filme auf Türkisch geguckt, weil sich das lustig anhört. Vielleicht bekomme ich noch was zusammen. Soll ich nen Versuch wagen?", fragte er vorsichtig. Hans schien selbst nicht sonderlich überzeugt von dem Plan zu sein, aber wir hatten wenig Alternativen.

„Wir vertrauen auf dich, Hans. Du schaffst das", sagte ich, ging zu ihm und klopfte ihm ermutigend auf die Schulter. Dann drehte er sich zu den Gitterstäben, räusperte sich und versuchte, mit den Polizisten zu kommunizieren.

„Yo, also … kuzular … kafesi … terk … etti."

Die Beamten wichen einen Schritt zurück, schauten sich verwirrt an und wirkten leicht verängstigt.

„Was hast du ihnen gesagt?", fragte Marius, der mittlerweile aufrecht saß und uns gespannt anstarrte.

„Weiß nicht mehr genau, was das heißt. Aber das haben die, so glaub ich, in dem Film gesagt. An ner Stelle, wo es um Polizisten ging."

„Ich traue mich kaum zu fragen", seufzte Marius und zog eine Augenbraue nach oben, „aber wie hieß denn der Film, aus dem du zitiert hast?"

„*Das Schweigen der Lämmer.* Weißt du, der mit der Polizistin und dem Kerl, der Menschen isst."

„Ist nicht wahr", platzte es aus Marius heraus, und er begann hysterisch zu lachen, „wir werden hier nie rauskommen." Sein Kopf fiel wieder nach unten.

„Warum sagt er so eine Sache?", flüsterte Helena mit weit aufgerissenen Augen und zittriger Stimme.

„Er braucht nur etwas Schlaf", antwortete Lilly ruhig und nahm sie in den Arm, „und wir sollten auch schlafen. Wir sind schon viel zu lange wach." Hans und ich nickten ihr zu. Es war mittlerweile drei Uhr früh und uns allen würde eine Runde Schlaf sicherlich guttun.

Helena legte sich auf die zweite Bank, Hans setzte sich vor sie und Lilly legte sich mit mir auf den Boden. Sie stützte ihren Kopf auf meinem Oberschenkel und schloss ihre Augen. Auch heute, sechs Wochen später, pochte mein Herz noch so wie vor den Wasserfällen. Und obwohl mir die Tatsache, dass wir hinter Gittern schliefen, leichte Magenschmerzen bereitete, war ich so müde, dass auch ich innerhalb von Minuten eindöste. Als ich am Morgen wach wurde, stand Hans bereits an den Gitterstäben und versuchte, mit den Polizisten zu kommunizieren.

„Coffee? Coffee, please?", rief er mit gefalteten Händen.

Ich streckte mich, gähnte laut und schaute mich um. Marius saß noch immer auf der Bank und seine dunklen Augenringe ließen erahnen, dass er nicht geschlafen hatte. Helena stand vor der Toilette und hielt Lillys Pullover in der Hand.

„Hast du gerade versucht, Kaffee zu bestellen?", fragte ich und rieb mir die Augen. Wir waren in einem türkischen Gefängnis, wussten nicht, wann wir wieder freigelassen werden würden und Hans versuchte, Kaffee zu bestellen. Ich musste laut lachen.

„Na ja, normal wären wir jetzt bei Mesut, und der macht nen richtig guten Kaffee in seiner Bar. Nen Versuch wars wert."

„Mesut“, wiederholte Lilly, die nun auch bei uns stand, „echt schade, dass du seine Nummer nicht auswendig kennst. Sonst könnten wir ihn anrufen und er würde die Situation klären.“ Hans riss seine Augen weit auf und legte beide Arme auf die Schultern von Lilly.

„Ne richtig gute Idee“, flüsterte er, „wie bei *Law & Order.* Mesut könnte unser Anwalt sein. Wir haben ja nen Anruf. Aber nein, mein Handy liegt ja in Mr Wilson und ich kenne die Nummer nicht auswendig. Wobei …“ Hans griff sich an den Kopf und schien eine Idee zu haben. „Ich hatte für Mesut mal nen Radiojingle gesungen. Und da wurde am Ende die Nummer gesagt. Wie ging das noch gleich …“ Nun sprang selbst Marius auf und versuchte, ihm Mut zuzusprechen.

„Denk nach, Hans. So könnten wir hier rauskommen.“

„Es war auf jeden Fall dieser Song von Tarkan. Wisst ihr? Der, bei dem dauernd geküsst wird. Ach, wie war das nochmal …“ Hans ging auf und ab, fuhr sich mit der Hand über die Stirn und summte die Melodie vor sich hin. Auf einmal blieb er stehen, strahlte uns an und begann zu singen.

Very good Bar tendaaa
It offers steak, so tendaaa
Come to the Bar, tendaaa
A night, you will remember

Dann sah Hans in unsere Richtung und warf uns einen lauten Kuss entgegen. So, wie es Tarkan anscheinend in dem Song getan hatte.

„Vielen Dank für die musikalische Darbietung“, sagte Marius, „ich bin maximal verwirrt, aber mal ganz davon abgesehen. Wo kam da bitte eine Telefonnummer vor?“

„Die kam nach dem Jingle: For more information call 123123.“

„123123?“, fragte Lilly verblüfft.

„Nee, die war irgendwie anders, aber es ist schon so lange her. Ich erinnere mich nicht. Waren auf jeden Fall mehrere Zahlen."

Die Mundwinkel von Marius fielen nach unten, und er raufte sich die Haare. „Mehrere Zahlen", murmelte er, „warum hast du den Song überhaupt gesungen, wo du die Telefonnummer nicht mehr kanntest?"

„Keine Ahnung. Ist ein richtig guter Song, oder? Hätte ja sein können, dass die Nummer beim Singen wiederkommt."

Lilly seufzte enttäuscht und ließ sich auf die Bank fallen. Gleichzeitig standen die drei Polizisten von ihren Stühlen auf und sahen uns neugierig an. „Bartender? Mesut?"

„Bartender?", wiederholte ich.

„Yes, yes", schrie Hans, „Mesut, phone please." Dann drehte er sich zu Lilly hin und fragte nach dem englischen Wort für Anwalt.

„Lawyer", antwortete sie, „aber ich glaube kaum, dass sie das verstehen werden."

„Lawyer. Call Bartender. *CSI Miami. Law & Order.*" Einer der Polizeibeamten nickte, wählte eine Nummer und hielt sich sein Handy ans Ohr.

„Hans?", fragte der Polizist in unsere Richtung.

„Yes! My name is Hans", rief er euphorisch.

„Schnitzel-Hans?"

„Yes. Very correct."

Dann sprachen sie auf Türkisch weiter, und nach einem etwas längeren Telefonat zeigte der Beamte mit seinen Fingern die Zahl zwei.

„Nen Peace-Zeichen?", murmelte Hans.

„Er will uns wohl eher sagen, dass Mesut in zwei Stunden hier ist. Hoffe ich zumindest", antwortete Lilly und stieß einen leisen Jubelschrei aus. Marius ließ seine Haare los und starrte Hans an, als hätte er einen Geist gesehen.

„Siehste, alles easy", lachte Hans.

„Ich habe nicht die leiseste Ahnung, was da gerade geschehen ist." Marius schüttelte den Kopf und machte einen Schritt auf Hans zu. „Aber ich sollte mich wohl bei euch entschuldigen. Dafür, dass ich gestern Abend etwas grantig war. Ich bin ein derartiges Chaos nicht gewöhnt. Erst das Ersatzrad, dann die Polizei. Und dann zitierst du auch noch aus *Das Schweigen der Lämmer.* Vor allem findest du das noch lustig. Aber was soll ich sagen. Du hast es anscheinend irgendwie geschafft, uns hier rauszuholen. Entschuldigung."

„Schon okay", antwortete Hans mit ernster Miene, „glaub mir. Vielleicht wirkt das nicht immer so, aber ich versuche nur, das Richtige zu tun. Auch wenn das manchmal bedeutet, euch einfach nur zum Lachen zu bringen." Er schaute Marius tief in die Augen. „Faust?"

„Wir bewegen uns in die richtige Richtung." Marius grinste und legte seine offene Hand auf die Faust von Hans. Kurz danach brachten uns die Polizisten fünf Pappbecher mit Kaffee ans Gitter.

Zwei Stunden später betrat ein breitgebauter Mann mit einer Torte die Polizeistation. Er trug einen grauen Jogginganzug, schwarze Adiletten und einen dünnen Oberlippenbart. Die grauen Haare an seiner Schläfe ließen ihn älter wirken, doch sein faltenfreies Gesicht behauptete das Gegenteil. Nachdem er die Polizisten mit Handschlag begrüßt hatte, stellte er sich vor unsere Zelle und hielt uns eine Schokoladentorte entgegen.

„Happy Birthday, alter Freund", rief er und begann dann zu flüstern, „ich habe dir eine Metallfeile reingebacken." Dann brach er in lautes Gelächter aus. Er schrie, zog ein Handy aus der Hosentasche und machte Bilder von Hans. Als er fertig war, ließ er einen der Polizisten die Zelle aufsperren. „Ich bin Mesut. Warum habt ihr mich nicht gestern Nacht schon angerufen? Die Polizisten hier sind Stammkunden bei mir." Wir drehten uns zu Hans um.

„Ja okay, ich war letzte Nacht nicht das hellste Schnitzel." Marius ging als Erster aus der Zelle und sprach dabei ein Stoßgebet in Richtung Decke. Dann verließ auch der Rest von uns die Station und wir sprangen gut gelaunt über die Straße.

„Danke, Mesut, du hast definitiv was gut bei mir", sagte Hans und fiel ihm in die Arme.

„Wie viele Gefallen schuldest du mir mittlerweile eigentlich?" Mesut gab ihm eine Faust und öffnete seinen weißen Kastenwagen.

„Siehste? So geht das", sagte Hans zu Marius, der immer noch ungläubig seinen Kopf schüttelte. Wir stiegen in den Wagen und fuhren los.

„Ich bin neugierig. Was haben die Polizisten dir am Telefon denn erzählt?", fragte Lilly während der Fahrt.

„Sie wollten euch nur kurz in der Zelle behalten und euer Nummernschild checken. Aber dann hätte einer von euch wohl was Eigenartiges gesagt. Sowas wie ‚die Lämmer haben das Gatter verlassen'. Und dann wollten sie euch erstmal dabehalten und das gegen Mittag mit dem Polizeihauptmann abklären. Warum wart ihr eigentlich nackt im Wald? Lasst mich raten, es war die Idee von Hans?"

„Die Lämmer haben das Gatter verlassen", wiederholte ich leise vor mich hin, „unglaublich."

„In der Tat", grummelte es von meiner rechten Seite her, wo Marius saß. „Darf ich einen Teil meiner Entschuldigung revidieren?"

„Zu spät", sang Hans vom Beifahrersitz.

„Mesut, das ist ein lange Geschichte mit die nackte Tanz. Kannst du uns erst an eine Werkstatt fahren? Wir müssen noch unsere Auto ganz machen. Das ist noch in die Wald."

„Gute Idee. Ihr lasst euer Auto abschleppen, repariert den Wagen und dann treffen wir uns in meiner Bar Tender."

„Bartender? Wir treffen uns bei jemandem, der in einer Bar

arbeitet?“, fragte Lilly.

„Ne“, entgegnete Hans, „die Bar von Mesut heißt Tender. Lustiger Name, oder?“ Hans kicherte.

„Ich glaube, ich weiß bereits jetzt, warum ihr beiden so gut befreundet seid“, murmelte Marius und schaute wortlos aus dem Fenster.

Wie sich herausstellte, befand sich die Polizeistation bereits in Trabzon. Daher dauerte es nur wenige Minuten, bis Mesut uns an einer Werkstatt absetzte und den Mitarbeitern auf Türkisch Instruktionen gab. Sie fuhren mit einem Abschleppwagen zu Mr Wilson und reparierten anschließend den Reifen. Als wir die Bar Tender erreichten und den Camper in einer Garage neben ihr parkten, fielen gerade die letzten Sonnenstrahlen durch die Stadtgassen.

„Nicht wundern“, sagte Hans, kurz bevor er die Tür öffnete, „Mesut hat so ne komische Angewohnheit.“

„Singt er etwa Lieder über Schnitzel?“, fragte Marius.

„Ich wusste, dass wir beide richtig viel Spaß miteinander haben werden“, kicherte Hans, zwinkerte ihm zu und öffnete die breite Holztür, „Mesut isst zumindest keine Ananas auf seiner Pizza, so viel ist sicher.“

Hinter der hölzernen Theke türmte sich ein riesiges Regal mit unzähligen Flaschen auf. Unter den warmgelben Deckenlampen hatte sich eine dünne Schicht Rauch gesammelt, die von zwei qualmenden Männern am Billardtisch kam. Und neben uns stand eine uralte Jukebox, aus der Rockmusik dröhnte. Ich bekam auch eine Idee davon, was Hans mit „komische Angewohnheit“ gemeint haben könnte. An der Wand, gegenüber der Theke, standen zehn lebensgroße Pappaufsteller von Personen, die ich allesamt noch nie zuvor gesehen hatte.

„Herzlich willkommen in meiner Bar, ihr Knastis“, begrüßte uns Mesut und zog an einem der Tische zwei Stühle für Helena und Lilly nach hinten. „Hat Hans euch viel von mir erzählt?“

„Nur, dass du ein toller Mensch bist und hier in Trabzon arbeitest", antwortete Lilly.

„So ein Schleimer", plärrte Mesut quer durch den Raum, „aber ja, das hier ist meine Bar. Ich habe hier in der Nähe noch eine zweite Wohnung. Ihr könnt dort gerne einziehen, wenn ihr mir im Gegenzug etwas in der Bar helft. Aber bevor wir schauen, welche Aufgaben zu euch passen würden, könnt ihr mir vielleicht bei etwas anderem helfen. Moment, bin gleich wieder da." Mesut stand vom Tisch auf, ging zur Theke und kehrte mit einer türkischen Zeitschrift zurück.

„Ich bin süchtig nach diesen Promimagazinen. In jedem davon gibt es so ein Bilderrätsel und man kann einen Promi gewinnen." Mesut zeigte auf die Aufsteller, die mir vorhin aufgefallen waren. „Man könnte fast meinen, dass da außer mir niemand mitmacht. Wie auch immer, schaut mal. Kennt jemand hier das Zeichen? Falls ihr es löst, spendiere ich euch einen Abend Freigetränke." Hans schaute zu Marius und bekam große Augen.

„Es könnte ein hinduistisches Zeichen sein", meinte Marius zögerlich, „aber ich kann es nicht genau entziffern."

Auch ich beugte mich über die Zeitschrift und zu meiner Überraschung hatte ich es schon mal gesehen. Ich dachte kurz nach und schlug dann jubelnd auf den Tisch.

„Ich weiß es. Am Anfang meiner Reise habe ich in einem Hostel eine Frau getroffen, die es tätowiert hatte. Das ist das Herzchakra."

„Ein Herzchakra? Scheiße, ja, Leon, du hast Recht", jubelte Mesut, nachdem er meine Antwort mit seinem Handy überprüft hatte. Dann sprang er auf, klatschte mit mir ab und tanzte fröhlich durch seine Bar. Er wedelte dabei mit seinen Armen hin und her und sang lautstark irgendetwas auf Türkisch.

Ich mochte Mesut. Sowohl seine heitere Art, als auch sein herzliches Auftreten. Und anscheinend ging es nicht nur mir so. Auch die anderen freuten sich riesig darüber, den Winter über hierbleiben und in der Tender-Bar arbeiten zu können. Lilly stand meist hinter der Theke, Helena kochte, sobald sich jemand Essen bestellte, Marius übernahm technische Angelegenheiten und ich kümmerte mich um alles, was übrigblieb. Hans erklärte sich dazu bereit, einmal pro Woche ein Konzert zu geben. Mehr wollte Mesut seinen Gästen nicht zumuten. In der übrigen Zeit versuchte er, im Stadtzentrum Werbung für die Bar zu machen.

Die folgenden zwei Monate flogen förmlich an uns vorbei. So, wie ich es sonst nur von einem *Star Wars*-Marathon kannte. Dank Hans fanden immer mehr neue Gesichter ihren Weg zur Bar. Marius reparierte eine der Zapfanlagen und dank Helena wurde die Speisekarte um einige neue Gerichte bereichert. Mittlerweile hatte sie mir so viel beigebracht, dass ich sogar manchmal alleine kochte und Helena sich frei nahm. Und dann war auch schon Weihnachten. Wir hatten die Bar gemeinsam mit Lichterketten und buntem Lametta geschmückt. In der hinteren Ecke des Raumes stand eine lebensgroße Pappnachbildung von *Burak Özçivit,* einem türkischen Schauspieler, die Mesut beim Gewinnspiel tatsächlich gewonnen hatte. Helena hatte der Figur eine Weihnachtsmütze angezogen und unseren Plastik-Weihnachtsbaum geschmückt. Nur, dass wir ihn stattdessen Neujahrsbaum nannten. Weihnachten hatte in der Türkei keine religiöse Bedeutung, da hier nur wenige Christen lebten. Mesut hatte mir erzählt, dass Türken unglaublich gerne feiern und so auch Weihnachten eingebürgert hatten. Nur, dass es hier anders hieß und an Neujahr gefeiert wurde. Sie feierten quasi das neue Jahr mit dekorierten Weihnachts- beziehungsweise Neujahrsbäumen.

Die Bar platzte aus allen Nähten und hinter der Theke wurde es eng und hektisch. Helena stolperte über Lillys Fuß, wobei ihr ein ganzes Tablett Gläser zu Boden fiel. Lilly kam gar nicht mehr hinterher, Raki-Shots in Gläser zu füllen, und sogar Marius musste heute mit anpacken, damit uns die Gäste nicht verdursteten. Hans bereitete sich währenddessen auf seinen Auftritt vor. Dieses Mal trug er zusätzlich zu seinem regulären Outfit auch eine rote Weihnachtsmütze und einen weißen Bart.

„Hello, my friends. Nice that you are here on this special day. Tonight we sing some German Christmas songs. Happy Merry Chrisp-New-Year-Mas. You understand?“ Hans kicherte erneut und begann mit seiner Show.

„Ich glaube, dass ich mich nie an diesen Humor gewöhnen werde“, sagte Marius und zog seine Mundwinkel leicht nach oben.

„Ist doch schön“, scherzte Lilly, „so kannst du ihn jedes Mal aufs Neue genießen. Und sag mir nicht, dass ich da kein kleines Grinsen erkenne.“

O Schnitzeltraum, o Schnitzeltraum
Wie treu sind die Geschmäcker
Du schmeckst nicht nur zur Sommerzeit
Nein, auch im Winter, wenn es schneit
O Schnitzeltraum, o Schnitzeltraum
Du bist unglaublich lecker

„Interessant, dass Hans das so singt“, erklärte Marius und rieb sich am Kinn. „Wusstet ihr, dass die zweite Zeile von ‚Oh Tannenbaum‘ ursprünglich wirklich von Treue handelte? Es hieß ‚wie treu sind deine Blätter‘. Eigentlich ging es in dem Lied um den Kontrast zwischen der Treue eines Baumes und der Untreue einer Geliebten. Später, im 20. Jahrhundert, wurde die Zeile in ‚wie grün sind deine Blätter‘ geändert. Hans ist wirklich immer für eine Überraschung zu haben.“

Marius nickte zufrieden in Richtung der Bühne.

„Absolut", antwortete ich und füllte fleißig Raki in die Gläser der Gäste, „aber manchmal gehen auch die Lämmer mit ihm durch."

Marius schaute mich an und legte seine Hand auf meine Schulter. „Leon, ich glaube, du verbringst zu viel Zeit mit Hans."

Am frühen Morgen waren nur noch meine vier beschwipsten Freunde und ich in der Bar. Mesut hatte sich eine Weile zuvor gähnend verabschiedet, und auch alle Partygäste lagen vermutlich bereits in ihren warmen Betten. Zumindest hoffte ich, dass es trotz des heutigen Raki-Umsatzes jeder sicher nach Hause geschafft hatte. Ich fegte noch schnell durch die Bar, um den gröbsten Schmutz zu beseitigen. Meine Freunde hingen erschöpft und mit roten Wangen an der Theke.

„Wie nennt man nen Keks, der unter nem Baum liegt. Ach, und die Sonne scheint. Das ist ne wichtige Info." Hans lallte ein wenig und schlug mit der flachen Hand auf den Tisch. „Nen schattiger Keks!" Er lachte laut, die anderen schauten ihn entgeistert an, und Lilly gab ein unüberhörbares Räuspern von sich.

„Ist es nicht ein ‚schattiges Plätzchen'?"

„Ach scheiße, stimmt."

„Du hast den Witz wirklich getötet", sagte Lilly spontan.

„Eine Witz töten? Sagt man das?", Helena schaute sie verwundert an.

„Sorry, nein. Ich bin wieder ins Englische gerutscht. Was ich meinte ist, dass Hans den Witz ruiniert hat." Helena gab ein lautes „Ahh" von sich und Hans erzählte einen weiteren Witz. Während die Jukebox *Last Christmas* spielte und ich die Pappaufsteller, mit denen auf der Feier wild getanzt worden war, wieder an ihre Plätze stellte, erinnerte ich mich an den Abend vor den Wasserfällen. Lilly hatte mehrere Gläser Wein getrunken und war auch damals etwas beschwipst. Hatte sie deshalb bei der Frage von Hans getrunken? Hatte sie das Wort „töten" im falschen Kontext verstanden? Aber ehrlich gesagt war ich mir mittlerweile sicher, dass Lilly niemals jemanden töten könnte, und uns ganz sicher auch kein halbes Jahr lang angelogen hätte. Ich legte den Wischmopp beiseite und setzte mich zu meinen Freunden.

„Jetzt, wo Leon, die Putzfee, auch hier ist, will ich noch ne Sache loswerden", begann Hans, stand von seinem Hocker auf und hielt sich an der Theke fest. „Meine eigene Reise hat heute vor ziemlich genau acht Jahren begonnen. Und es ist toll, heute mit euch hier ins neue Jahr zu starten. Lasst uns anstoßen, hicks. Mit nem ganz besonderen Getränk." Hans drehte sich nach hinten und zeigte auf eine Whiskeyflasche im obersten Regal, die unter ihrem eigenen Deckenstrahler auf einem kleinen Podest stand.

„Der Macallan Sienna?", entgegnete Marius. „Bist du von Sinnen? Die Flasche kostet mehr als wir alle zusammen den ganzen Winter über hier verdient haben."

„Ihr habt doch Mesut gehört. Dank Leon können wir heute trinken, was wir wollen", antwortete Hans, zog die Trittleiter unter der Theke hervor und griff schwankend nach der Macallan-Flasche.

„Aber muss es gleich so etwas Teures sein?", fragte ich.

„Hört mal. Heute ist nen besonderer Anlass. Wie ihr wisst, bin ich vor acht Jahren auf diese Reise aufgebrochen. Mesut würde es so wollen. Er hat mir schon mal nen Schluck angeboten, als ich ihn auf die Idee mit dem Namen für die Bar gebracht habe. Also, was meint ihr?"

„Aber wirklich nur einen ganz Kleinen." Lilly stand auf und brachte uns Whiskeygläser, während Hans vorsichtig die Flasche öffnete. Auch ich wollte einen Schluck probieren, um mit ihnen auf unser neues Jahr anzustoßen.

„Auf uns und auf die neue Jahr", begann Helena.

„Auf die Gesundheit“, fuhr Lilly fort.

„Auf unsere weitere Reise“, schloss ich mich an.

„Auf teuren Whiskey, Hunde, *Bob Dylan* und türkische Gefängnisse. Auf die fünf glorreichen Halunken“, posaunte Hans und lallte mit jedem Wort etwas mehr.

Marius hustete, erhob sich ebenfalls und hielt sein Glas in die Mitte. „Auf die fünf Freunde.“ Wir leerten unsere Gläser in einem Zug und hielten kurz inne.

„Ein wahrer Gaumenschmaus. Und diese Vielfalt von Aromen. Datteln, Feigen und Rosinen. In der Tat einzigartig.“ Marius leckte sich mit der Zunge über die Lippen und schloss dabei genießerisch die Augen.

„Wirklich sehr gut. Ich finde, dass er im Abgang etwas nach Vanille schmeckt“, sagte Lilly und schmatzte mehrere Male.

„Und da ist bisschen von die Orange drin, glaub ich“, sagte Helena und hielt ihr leeres Glas vors Gesicht.

„Also für mich schmeckt es“, begann ich, „als ob ich in ein Stück Holz gebissen hätte.“

„Du Banause“, platze es aus Hans heraus und er hob seinen Arm, um mir freundschaftlich gegen den Hinterkopf zu schlagen. Dabei blieb er mit seinem Ellenbogen an der Whiskyflasche hängen und das Unglück nahm seinen Lauf. Die offene Flasche kippte um und landete in der Spüle, in der noch einige Töpfe standen. Wir sahen wie versteinert dabei zu, wie sich der Inhalt der Flasche mit dem Spülwasser vermischte und goldbraun wurde. Helena stieß einen spitzen Schrei aus und Hans griff nach der Flasche. Sie war leer und der gesamte Whiskey befand sich im Abfluss.

„Scheiße“, flüsterte Hans hastig mit schwacher Stimme, „ich bin ein Idiot. Das wollte ich nicht. Was nun?“ Er blickte sich hilfesuchend um.

„Vielleicht … könnte man … ich weiß nicht.“ Helena stieß einen lauten Seufzer aus.

„Wartet, ich habe ne richtig gute Idee. Ich fülle die Flasche einfach mit Jack Daniels auf und niemand wird was merken.“ Hans klatschte mit beiden Händen auf die Theke, griff nach der Jack Daniels Flasche und füllte sie um.

„Das meinst du nicht ernst, oder?“, protestierte Marius.

„Mesut sagt immer, dass den Macallan nie wer bestellt. Es würde also eigentlich keinem auffallen.“

„Und selbst wenn. Es war ein Unfall und Mesut wird das hoffentlich auch so sehen. Aber du musst es ihm sagen. Und wir werden gemeinsam die Konsequenzen tragen.“ Lilly griff nach seiner Hand und nickte ihm aufmunternd zu.

„Wir sollten wirklich nicht mit einer Lüge ins neue Jahr starten“, sagte ich und legte meine Hand auf die der beiden.

„Ach, ihr habt ja Recht“, seufzte Hans, „mein Kopf kann vor lauter Weihnachtsliedern grad nicht richtig denken. Ich werde Mesut davon erzählen, aber lasst mich bitte entscheiden, wann. Das braucht den richtigen Moment.“ Hans hielt die mit Jack Daniels gefüllte Macallan-Flasche vor sich und starrte sie einen Moment lang an. Er wirkte zerknirscht und richtete seinen Blick dann wieder zu unserer Runde. „Okay?“

„In Ordnung“, antwortete Marius, nahm ihm die Flasche ab und stellte sie ohne Leiter auf ihren Platz. Dann machten wir die Lichter aus und schlossen die Bar ab.

Mesuts Gästewohnung lag ungefähr fünf Minuten Fußweg entfernt und als wir vor der Tür standen, griff Lilly nach meiner Hand. Helena, Hans und Marius waren bereits ins Haus gegangen.

„Jetzt nochmal ohne Lärm und grölende Menschen. Frohes neues Jahr, Leon.“ Sie gab mir eine lange Umarmung.

„Danke, Lilly. Frohes neues Jahr." Als wir unsere Arme lösten, musste ich an meine eigenen Worte in der Bar denken. Auch ich sollte nicht mit einer Lüge ins neue Jahr starten und atmete tief durch. „Ich muss dir etwas beichten." Sie sah mich überrascht an und hielt meine Hände.

„Weißt du noch, damals bei dem Münzwurf? Ich habe gelogen. Die Münze hatte sich gegen dich entschieden."

„Ich dachte es mir schon", antwortete Lilly und gab mir einen Kuss auf die Wange. „Deine wunderschönen Augen haben dich verraten. Leon, ich finde es ist wichtig, die Wahrheit zu sagen. Aber es ist nicht immer einfach, den richtigen Moment dafür zu finden. Ich bin jedenfalls froh, dass du damals geschummelt hast. Und ganz ehrlich, man sollte auch keine Münze über sowas entscheiden lassen, oder?" Sie schmunzelte, küsste auch meine andere Wange und zog mich mit in die Wohnung.

Ich war erleichtert, dass Lilly mir meine kleine Lüge nicht übelnahm. Während sie mit Helena im Badezimmer war, schaute ich in den Spiegel vor meinem Bett. „Wunderschöne Augen", hatte sie gesagt. Ich grinste verliebt und ließ mich auf mein Bett fallen. Vielleicht sollte ich Lilly endlich erzählen, wie gut ich mich in ihrer Gegenwart fühlte und dass mein Herz bei jeder unserer Berührungen wild pochte. Aber was meinte sie mit „dem richtigen Moment" für die Wahrheit? Steckte doch mehr hinter ihrem Trinken am Abend vor den Wasserfällen? Nein, ich vertraute ihr. Wir kannten uns jetzt seit fast einem halben Jahr und ich vertraute darauf, dass sie, wenn es wichtig ist, im richtigen Moment die Wahrheit sagen wird und sich nicht als eine Person ausgab, die sie gar nicht war.

„Hey Leon, kannst du mir bitte eine neue Tube Zahnpasta zuwerfen?" rief Lilly und unterbrach meine Gedanken, „ist oben in meinem Rucksack."

„Klar, Sekunde."

Ich öffnete den Reißverschluss, zog ein paar Kleidungsstücke nach draußen und fand die Zahnpasta. Sie lag direkt neben ihrem Reisepass. Wo sie wohl überall schon gewesen war und wie die verschiedenen Stempel wohl aussehen mussten? Ich schlug ihn neugierig auf und sah eine riesige Auswahl an Ein- und Ausreisestempeln. Mal in Farbe, mal recht simpel, mal verziert. Während ich umblätterte, landete ich zufällig bei ihrem Passfoto. Lillys Haare waren wesentlich länger und sie schaute grimmig in die Kamera. Dann schweifte mein Blick etwas nach rechts und ich erschrak.

Der Reisepass fiel mir aus der Hand, landete auf dem Boden und ein eiskalter Schauer lief mir über den Rücken. Nein, das konnte nicht sein! Mit zittrigen Fingern hob ich den Reisepass wieder auf und sah mir erneut die erste Seite an, um sicherzugehen, dass mir meine Sinne keinen Streich gespielt hatten. Doch das taten sie nicht. Egal, wie lange ich auf die Buchstaben starrte, sie blieben gleich. Ich schluckte, legte den Pass zurück in den Rucksack und packte die restlichen Kleidungsstücke wieder obendrauf.

„Kannst du sie nicht finden?", rief Lilly aus dem Bad.

„Doch, doch. Moment", antwortete ich und brachte ihr die Zahnpasta.

„Alles okay, Leon? Du schaust, als hättest du einen Geist gesehen."

„Alles bestens", antwortete ich, „bin nur müde." Meine Beine bewegten sich roboterhaft zum Bett, ich ließ mich hineinfallen und starrte die Decke an. Ich hatte angenommen, dass Lilly keine Mörderin sein konnte, weil sie mit ihrem Reisepass von Land zu Land reiste. Doch was ich gerade entdeckt hatte, veränderte alles. Während ich weiter nach oben starrte, sah ich sie noch genau vor mir, die erste Seite ihres Reisepasses:

Geschlecht W
Staatsangehörigkeit DEUTSCH
Name JESSICA GROSS

# MACALLAN

*Adele – Hello*

**3.834 / 9.600 km bis zur Mongolei**

Das neue Jahr begann für die meisten von uns mit dem gewohnten Tagesgeschäft. Marius wechselte eine der Deckenlampen, Lilly füllte Getränke auf, Helena studierte an einem Tisch ein Buch über deutsche Grammatik und ich ging zu Hans, der alleine vor der Jukebox stand und grübelte.

„Ich suche noch nach nem passenden Song, den ich anmache, wenn ich mich bei Mesut entschuldige. Was hältst du von *OneRepublic – Apologize?*"

„Geht es in dem Song nicht darum, dass es zu spät ist, um sich zu entschuldigen?" Ich zog meine Augenbrauen nach oben.

„Scheiße, stimmt. Echt kein guter Song dafür. Danke Leon, du bist nen guter Freund."

„Mach dir nicht zu viele Gedanken. Und wenn du Hilfe brauchst, sind wir für dich da." Hans nickte und starrte dann weiter die Songliste von Mesuts Jukebox an. Meine eigenen Gedanken kreisten noch immer um den Reisepass von Lilly. Aber egal, wie sehr ich auch darüber nachdachte, konnte ich mir keine Erklärung zusammenreimen. Warum hatte sie sich als Lilly Wunderlich vorgestellt? Oder war Lilly vielleicht wirklich ihr richtiger Name und sie reiste mit einem gefälschten Pass? Könnte das bedeuten, dass sie tatsächlich eine flüchtige Straftäterin war? Wie konnte ich so tun, als ob nichts gewesen wäre? Ich griff mir den Wischmop und versuchte, mich irgendwie abzulenken.

„Ich weiß es!", schrie Hans und unterbrach meine Gedanken, *„Adele – Hello."*

„Was weißt du?", fragte Marius überrascht.

„Wie ich mich bei Mesut entschuldige. Und weißt du, was ich noch weiß? Ich habe angefangen, in deinem Buch zu lesen. Wusstest du, dass es Haie vor den ersten Bäumen gab?“

„Ja.“

„Ja? Woher weißt du sowas?“

„Nun ja“, antwortete Marius und zuckte mit den Achseln, „durch Bücher.“

Als der Boden wieder glänzte, rief mich Helena zu sich an den Tisch. Ich hatte ihr angeboten, sie beim Lernen zu unterstützen. Aber ich musste schnell einsehen, dass es nicht wirklich ausreichte, Muttersprachler zu sein.

„Phonologische Regeln zur Genuszuweisung. Ich verstehe nur Haltestelle, Leon.“

„Ehrlich gesagt, verstehe ich den Satz selbst nicht“, antwortete ich und raufte meine Haare.

„Ich meine, warum ist es das Bier, aber der Stier und die Gier? Das macht doch keine Sinn. Jede zweite Satz fängt mit Ausnahme an.“

Ich nickte ihr aufmunternd zu. „Man sagt übrigens ‚nur Bahnhof verstehen‘. Weil die vermutlich lauter sind, als Haltestellen.“

„Bei die Sprichwort geht es um Lärm? Leon, Hilfe.“

Während sich Helena die Hände vors Gesicht schlug, betrat Mesut die Bar. Er gähnte laut, lobte unsere Arbeit und bedankte sich für einen wunderschönen Abend. Daraufhin kümmerte er sich um den Weihnachtsschmuck und entfernte das Lametta. Ich blickte zu Hans und konnte erkennen, wie er in seine Hose griff, eine Münze herauszog und anschließend mit zittrigen Händen versuchte, den Schlitz der Jukebox zu treffen. Dann begann das Lied.

Hello, it‘s me
I was wondering if after all these years you‘d like to meet

Während Adele die erste Strophe sang, atmete Hans hörbar aus, krempelte seine Ärmel hoch und ging langsam auf Mesut zu. Als er ihn fast erreicht hatte, ging die Tür auf, und zwei Männer in Anzügen betraten die Bar. Hans machte einen Schritt zurück und blieb wieder neben der Jukebox stehen.

Die beiden Männer versteckten ihre Augen hinter dunklen Sonnenbrillen mit goldenen Gestellen, ihre Lederschuhe waren auf Hochglanz poliert und beide hatten die Haare mit einer kräftigen Portion Pomade nach hinten gelegt. Als sie sich das Angebot an alkoholischen Getränken angeschaut hatten und ihr Blick nach oben ins Regal ging, nahmen sie vor Lilly an der Theke Platz. Dann sagte einer von ihnen ein Wort, das uns die Kehlen zuschnürte.

„Macallan. Mach uns bitte zwei Gläser Macallan."

„Was läuft denn hier für Trauermusik? DJ, lass mal einen anderen Song laufen", rief der andere Mann und zeigte dabei zu Hans. Der wirkte erschrocken und griff erneut in seine Tasche.

„Hast du mich nicht verstanden? Zwei Gläser Macallan. Wir haben nicht ewig Zeit."

„Der ist", stutzte Lilly, „sehr teuer." Ihr Blick kreiste hilfesuchend durch die Bar.

„Sehen wir etwa aus, als ob wir uns das nicht leisten könnten?", fragte einer der beiden Männer und legte dabei seinen Geldbeutel auf den Tresen.

„Und wir haben nicht nur einen großen Geldbeutel", ergänzte der andere und sie schlugen miteinander ab.

Lilly rümpfte ihre Nase und schaute verunsichert zu mir. Als ich aufstand und zur Theke gehen wollte, zog Mesut Lilly zur Seite. Er baute sich vor den beiden Männern auf und verschränkte seine Arme.

„Warum habt ihr das gesagt? Ich verstehe es nicht. Was ist denn noch groß?"

„Also …", die beiden Männer begannen zu stottern.

„Die Peinlichkeit eurer Anmache?", unterbrach Mesut.

„… unser Durst. Wir wollten eigentlich nur zwei Gläser Macallan."

„Aha. Erstmal werdet ihr euch bei meiner Freundin hier entschuldigen." Sie folgten der Aufforderung von Mesut. „In Ordnung. Und jetzt muss ich euch enttäuschen. Momentan gibt es keinen Macallan."

Ich riss meine Augen weit auf, sah meine Freunde an und konnte erkennen, dass nicht nur ich überrascht war.

„Was meinst du damit? Er steht doch dort oben." Der Mann zeigte auf die Macallan-Flasche, die unter den hellen Strahlern stand.

„Diese Flasche dort hat eine besondere Bedeutung für mich. Sie ist unverkäuflich." Vor der Jukebox klirrte es, als Hans einige Münzen aus der Hand fielen und auf den Boden knallten. „Mein Ur-Ur-Großvater war damals nach Schottland gesegelt und auf seinem Rückweg in einen schweren Sturm geraten. Er ging über Bord und konnte leider nie gefunden werden. Aber sein Boot tauchte Tage später an einer Insel auf. Und genau diese Flasche lag gut verpackt in seiner Kajüte. Sie sollte wohl ein Geschenk für die Familie werden, und seitdem halten wir sie als Erinnerung in Ehren."

„Das tut uns sehr leid. Wir wussten nicht …"

„Schon gut. Lilly, mach den beiden bitte zwei Whiskey aufs Haus. Nimm den *Glenfiddich.*"

Die Geschichte von Mesut traf mich wie ein Schlag in die Magengrube. Helena schlug ihr Buch zu und schaute mich betrübt an. Hans wankte mit gesenktem Kopf auf uns zu, ließ die Münzen auf dem Boden liegen und zog einen Stuhl nach hinten. Kurz darauf verließ auch Marius den Raum hinter der Theke und setzte sich zu uns, während Lilly und Mesut noch immer hinter der Theke mit den zwei Männern sprachen.

„Habt ihr das gehört?" Marius schaute uns erschrocken an.

„Ich habe ne Familienerinnerung mit Jacky gefüllt. Ein richtiger scheiß Freund bin ich.“ Hans legte seinen Kopf mit der Stirn voran auf den Tisch. Kurz darauf stieß auch Lilly zu uns.

„Habt ihr gehört …“ Dann sah sie Hans und stellte ihre Frage nicht zu Ende.

„Es war ein Unfall“, sagte Marius in ruhigem Ton.

„Ein Unfall …“, wiederholte Lilly mit trauriger Stimme.

„Wir müssen ihm das Wahrheit sagen. Vielleicht können wir es wiedergutmachen – irgendwie.“ Helena legte ihre Hand in die Mitte des Tisches und Marius und Lilly legte ihre ebenfalls darauf. Sie hatte recht, wir mussten Mesut wirklich die Wahrheit sagen. Auch ich legte meine Hand in die Mitte des Tisches. Direkt auf die von Lilly. Nun hob auch Hans seinen Kopf.

„Es war allein meine Schuld und ich werde dafür geradestehen“, antwortete er nüchtern.

„Kommt nicht in Frage“, widersprach Lilly, „wir haben alle getrunken und wir werden es Mesut gemeinsam beichten.“

„Ihr wollt alle beichten? Ihr wisst schon, dass ich Muslim bin und die Beichte in unserem Glauben nicht existiert, oder?“, scherzte Mesut und sein Lachen hallte durch den ganzen Raum. Wir zuckten vor Schreck zusammen und bemerkten, dass er mittlerweile neben unserem Tisch stand. „Was ist denn heute los mit euch? Seid ihr verkatert?“

„Ich habe deinen Macallan verschüttet“, platzte es aus Hans heraus, „ich bin ein scheiß Freund und sonst hat niemand was damit zu tun.“ Mesut zog seine Augenbrauen fast bis zum Haaransatz hoch.

„Was redest du da? Die Flasche steht doch oben im Regal.“

„Wir haben eine kleine Schluck davon getrunken und dann ist eine kleine große Unfall passiert.“

„Ich habe die Flasche …“, begann Hans.

„Wir haben die Flasche …", unterbrach Lilly.

„Da ist jetzt die Jack Daniels drin." Helena beendete den Satz.

„Es tut uns wirklich leid", sagte ich, während alle wild durcheinanderredeten und nervös zu Mesut schaute. Seine Miene wurde immer ernster, er kratzte sich am Kopf und schwieg für eine gefühlte Ewigkeit.

„Mit Jack Daniels aufgefüllt", murmelte er, „auf so eine Idee kommt auch nur Hans." Dann hob er langsam seinen Kopf und schaute grimmig in unsere Runde. „Wie hat er denn geschmeckt?"

„Richtig gut", antwortete Hans wie aus der Kanone geschossen.

„Jeder Schluck war ein wahrer Genuss", fügte Marius hinzu.

„Soso", sagte Mesut und rieb sich am Kinn, „was mache ich nur mit euch." Nach einer kurzen Pause klopfte er mit seiner Hand zwei Mal auf den Tisch, stand auf und ging zur Bar. Wir blieben sitzen und schauten uns ängstlich an. Was würde Mesut jetzt wohl tun? Würde er uns rauswerfen? Und warum war er bisher so ruhig geblieben? Müsste er uns nicht eigentlich anschreien? Oder war er so enttäuscht von uns, dass er uns nicht mal mehr ansehen wollte. Und warum ging er zur Bar? Hatte er dort vielleicht einen Revolver versteckt? Hoffentlich würde nicht wieder jemand von uns angeschossen werden. Dieses Mal hätten wir es immerhin verdient. Doch dann geschah etwas, mit dem niemand von uns gerechnet hätte. Mesut kehrte mit sechs Gläsern und der Flasche Macallan zurück.

„Wer möchte ein Glas?" Er grinste auf einmal bis über beide Ohren.

„Ich verstehe nicht", flüsterte Lilly und kratzte sich an der Schläfe.

„In Ordnung", begann Mesut und brach in lautes Lachen aus, „ihr habt euch jetzt lange genug schuldig gefühlt. Wisst ihr, ich sollte euch auch etwas beichten. Die Geschichte von meinem Großvater war ausgedacht. In Wirklichkeit habe ich die Flasche mal draußen vor meiner Bar gefunden. Ich fand sie schön, habe sie mit Jack Daniels aufgefüllt und dann als Deko da oben hingestellt. Und wisst ihr, was verrückt war?“

Ich atmete erleichtert aus. Auch meine Freunde wirkten nun wesentlich entspannter und schauten neugierig zu Mesut.

„Mit der Zeit kamen immer mehr Leute, die diese teure Flasche bestaunten. Es hat sich in Trabzon rumgesprochen. Und ab und an kommt jemand vorbei, der einen Macallan trinken möchte. Dann erzähle ich die Geschichte, gebe ihnen was aus und danach bestellen sie zehn weitere Gläser und zahlen dafür.“

„Ich verstehe nur Bahnhof“, antwortete Helena.

„Wir haben also Jack Daniels getrunken“, flüsterte Marius vor sich hin und sah zu mir rüber. „Du hattest Recht, Leon. Das, was wir getrunken haben, war in der Tat nicht sonderlich gut. Ironischerweise scheinst du der einzige Whiskeykenner unserer Runde zu sein.“ Er schmunzelte und nickte mir zu.

„Scheiße, ich bin sowas von froh.“ Hans umarmte Mesut und atmete erleichtert auf. „Ich schulde dir wohl schon wieder nen Gefallen.“

„Weißt du was? Ich habe da sogar schon eine Idee. Aber lasst uns erst anstoßen“, erklärte Mesut.

Als wir einige Stunden später auf dem Nachhauseweg waren, konnten wir unser Glück noch immer nicht fassen. Kurz vor der Wohnung blieb Hans stehen und rief uns zu sich.

„Ich möchte mich bei euch entschuldigen. Wisst ihr, manchmal denke ich nicht nach, wenn ich Dinge mache.“

„Wirklich?“, fragte Lilly verblüfft.

„Das sind Neuigkeiten“, fügte Marius hinzu.

„Haha, ihr Spaßvögel. Also, lasst mich was versprechen. In Zukunft werde ich nicht mal mehr drüber nachdenken, zu lügen. Und noch was.“ Hans schüttelte seine Faust, als würde er wieder Schere,

Stein, Papier spielen wollen. „Lasst uns in Zukunft jeden Whiskey so trinken, als wäre er Macallan. Lasst uns jedes Essen so genießen, als wäre es Macallan. Und lasst uns das Leben so leben, als wäre es Macallan."

„Auf Macallan", schrien wir im Chor. Jeder war erleichtert, lachte ausgelassen und freute sich darüber, dass am Ende mal wieder irgendwie alles gutgegangen war. Aber egal, wie sehr ich mich ihnen anschließen wollte, ließ mich eine andere Sache einfach nicht mehr los. Als meine Freunde die Wohnung betraten, griff ich nach Lillys Schulter.

„Kannst du noch kurz mit mir draußen bleiben?"

„Na klar", antwortete sie, schaute mich an und runzelte die Stirn. „Ist alles in Ordnung? Du siehst auf einmal aus wie ein ganz anderer Mensch."

Ich nahm einen kräftigen Atemzug. „Lilly, wer bist du?"

„Wird das ein Witz?", antwortete sie aus dem Bauch heraus und grinste, „du weißt doch, wer ich bin. Oder hast du dir etwa den Kopf gestoßen?" Doch dann senkten sich ihre Mundwinkel langsam ab und ihr Blick wurde ernst. Sie versuchte, nach meiner Hand zu greifen, doch ich zog sie weg. Mein Herz pochte so schnell, dass mir die Brust schmerzte. Meine Knie wurden weich, als würden sie jeden Moment nachgeben, und meine Kehle war staubtrocken. Wir sahen uns wortlos an, und ihre Augen wurden immer größer. So groß und wunderschön, dass ich nichts mehr wollte, als mich in ihnen zu verlieren. Auch, wenn mir bewusst war, dass ich mit meiner Frage womöglich kurz davor war, Lilly Wunderlich wirklich zu verlieren.

„Wer ist Jessica Gross?"

## Jessica Gross
## Viereinhalb Jahre zuvor

Der Flughafen in Brisbane platzte aus allen Nähten. Überall standen Menschen, die sich verabschiedeten und ihre Liebsten in die Arme nahmen. Ich hingegen wartete alleine in einer Schlange darauf, mein Flugticket zu bekommen. Seit ihrem Tod war ein knapper Monat vergangen, aber der Schmerz saß immer noch so tief wie am ersten Tag. Kein „Alles wird gut" konnte daran etwas ändern. Nichts war gut. Alles zu Hause erinnerte mich an sie. Die Kuhle in der Wohnzimmercouch, in der sie immer gesessen hatte und die Pastellbilder, die sie als Hobby gemalt und an die Wände gehängt hatte. Ich konnte es einfach nicht mehr ertragen. Nichts würde je wieder gut werden. Alles, was ich tun konnte, war wegzulaufen. Vor mir selbst und vor dem, was ich getan hatte. Ich reichte der Frau am Schalter meine Unterlagen.

„Jessica Gross. Und Sie fliegen nach La Paz in Mexiko. Ich wünsche Ihnen eine schöne Reise", sagte sie, lächelte breit und reichte mir meinen Boardingpass. Ich nickte still.

Zwei Stunden später betrat ich das Flugzeug und nahm im hinteren Teil neben einer dunkelhaarigen Frau Platz. Sie hatte eine auffällige Tätowierung an ihrem linken Unterarm.

„Ich mag dein Tattoo", sagte ich, „das ist eine Wunderlampe, oder?"

„Genau", antwortete sie und nickte, „so muss ich nur an meinem Arm reiben und schon darf ich mir etwas wünschen."

„Funktioniert es auch?"

„Das Wünschen? Ja. Aber ob sich der Wunsch auch erfüllt? Nun ja, eher selten. Aber meistens ist sowieso der Wunsch selbst das Wichtige." Ich runzelte meine Stirn und die Frau neben mir begann sich zu erklären.

„Okay, ich gebe dir ein Beispiel. Ich bin vor einigen Jahren von

London nach Australien geflogen, weil ich mir immer schon gewünscht hatte, irgendwann mal eine Veranstaltung im Opernhaus von Sydney zu sehen. Im Flugzeug saß ich dann neben einem Mann, mit dem ich direkt ins Gespräch kam. Wir hatten das Gleiche studiert, mochten dieselben Filme und wir lachten fast den gesamten Flug lang. Er war unterwegs nach Neuseeland und wir verabschiedeten uns in Singapur, als wir beide das Flugzeug wechseln mussten. Ein paar Stunden später stieg ich in die nächste Maschine, die mich nach Sydney bringen sollte. Und jetzt rate mal, wer mein Sitznachbar war. Ich saß auf einmal wieder neben dem gleichen Mann. Letzten Endes ist er mit mir in Australien geblieben und hat seinen Weiterflug nach Neuseeland verfallen lassen. Das Ganze ist nun fast zehn Jahre her. Mittlerweile sind wir verheiratet und haben zwei Kinder. Und weißt du was? Ich habe es bis heute noch nicht ins Opernhaus geschafft. Aber der Wunsch hat dennoch dafür gesorgt, dass ich mir einen anderen Wunsch erfüllen konnte: Eine glückliche Familie und einen Mann, den ich über alles liebe. Glaubst du an Wunder?“

„Das würde ich wirklich gerne“, seufzte ich.

Sie hielt für einen kurzen Moment inne. „Was hast du denn in Mexiko vor? Jagst du keinem Wunsch hinterher?“

„Eigentlich wünsche ich mir im Moment nur, irgendwo neu anzufangen.“

„Warum möchtest du denn neu anfangen?“

Ich schwieg einen Moment und schaute vor mich auf den Bildschirm. „Hast du mal etwas Schlimmes getan und dir dann jeden Tag gewünscht, dass du es rückgängig machen könntest?“

„Hmm“, dachte meine Sitznachbarin nach, „von wie schlimm sprechen wir?“

Mein Kopf drehte sich langsam zu ihr rüber. „Von … sehr schlimm.“

„Ohne zu wissen, was du getan hast oder was mit dir passiert ist

… ich denke, dass jeder Mensch diese Momente in seinem Leben hat, die er gerne rückgängig machen würde. Doch ich glaube auch, dass wir alle eine zweite Chance verdient haben", sagte sie und griff nach meiner Hand. „Wie heißt du denn?"

„Jessica", antwortete ich und spürte die Wärme ihrer Finger.

„Jessica. Ein schöner Name. Ich bin Lilly."

Als unser Flugzeug einige Stunden später gelandet war, verabschiedete ich mich von Lilly in der Ankunftshalle. Während wir uns umarmten, flüsterte sie mir etwas ins Ohr.

„Alles Gute bei deiner zweiten Chance. Auch, wenn du dir einredest, dass du keine verdient hast."

„Ich weiß nicht …", antwortete ich leise.

„Weißt du, manchmal scheint es so, als würden Wunder nicht existieren. Solange, bis dir irgendetwas oder irgendwer das Gegenteil beweist. Gib mir mal deinen Arm", sagte sie und legte meine Hand auf ihr Tattoo, „wünsch dir was."

Ich schloss meine Augen und spürte, wie mir Lilly einen Kuss auf die Wange gab, sich dann umdrehte und zu ihrer nächsten Maschine ging. Als ich meine Augen wieder öffnete, stand ich alleine zwischen Menschen, die sich freudig in die Arme nahmen oder sich unter Tränen verabschiedeten. Lilly war zwar verschwunden, doch ich konnte ihre Umarmung noch immer spüren. Ich verließ den Flughafen und nahm ein Taxi zum Hostel.

„Willkommen in Mexiko, Señorita", begrüßte mich mein Taxifahrer, „wie heißen sie?"

Während der Fahrer zu mir nach hinten grinste, schaute ich aus dem Fenster und beobachtete eines der Flugzeuge bei seinem Start. Hatte ich wirklich eine zweite Chance verdient? Selbst jemand, der das Leben eines Menschen auf dem Gewissen hatte? Ich wünschte mir, dass Lilly Recht hatte und Wunder tatsächlich existierten. Für sie, für mich und auch für alle anderen.

„Mein Name ist … Lilly“, antwortete ich ihm und dachte an ihre Worte, „Lilly Wunderlich.“ Der Name sollte mich jeden Tag daran erinnern, dass vielleicht wirklich irgendwo ein Wunder auf mich wartete.

Viereinhalb Jahre später stand ich mit Leon vor der Wohnung. Ihn und die anderen zu treffen, war das Wunder, nachdem ich so lange gesucht hatte. Doch nun stand ich hier und spürte, wie die Mauer, die ich mir über all die Jahre aufgebaut hatte, langsam zusammenbrach. Ich war kurz davor, mein Wunder zu verlieren.

# ROLEX-ZEIT

*Blur – Song 2*

**3.834 / 9.600 km bis zur Mongolei**

Lillys feuchte Augen funkelten im Mondlicht. Während wir uns anschwiegen, zerschellte irgendwo in der Gasse hinter uns eine Glasflasche, woraufhin mehrere Hunde im Chor jaulten.

„Ich … ich …", stotterte sie und schaute dabei mit glasigem Blick durch mich hindurch, „ich … ich bin Jessica Gross."

„Und wer ist Lilly Wunderlich?" Lilly machte erneut einen Schritt in meine Richtung und hielt mir ihre Hände entgegen. Dieses Mal wich ich nicht zurück, sondern griff zu, obwohl ich noch immer Angst vor ihrer Antwort hatte. Ich spürte ihren warmen Händedruck und schaute auf die Tränen, die über ihre Wange kullerten.

„Lilly Wunderlich ist die Person, die ich gerne sein wollte. Jemand, der daran glaubt, dass am Ende alles gut wird." Sie stieß einen langen Seufzer aus. „Jemand, der neu anfangen wollte."

„Aber … aber warum hast du uns angelogen?"

Lillys Augenlider zitterten, und ihr Händedruck wurde immer schwächer. „Weil ich Angst habe, Leon."

„Lilly, ich verstehe nicht. Wovor hast du Angst?" Mein Mund stand offen und ich zog die Schultern nach oben.

„Davor", begann sie zögerlich, „euch zu verlieren … davor … dich zu ver…" Lillys Stimme brach und sie ließ ihren Kopf nach unten sacken.

„Hey", sagte ich und griff an ihre Schultern. „Schau mich an … das brauchst du nicht." Lilly fiel mir um den Hals und schluchzte laut auf. „Kannst du mir versprechen, dass du die Person bist, als die wir dich kennengelernt haben?"

„Ich verspreche, dass ich mich vor euch nie verstellt habe", schniefte sie, „und ich verspreche dir, bald alles zu erzählen. Aber bitte, gib mir noch etwas Zeit." Ich hielt sie noch eine ganze Weile einfach nur fest, bevor wir in die Wohnung gingen. Obwohl sie mir keine richtige Antwort gegeben hatte, fühlte ich mich erleichtert, meine Beobachtung angesprochen zu haben. Ich vertraute ihr und nahm mir vor, für sie da zu sein, sobald Lilly über ihre Vergangenheit sprechen wollte.

In den folgenden drei Wochen forderte Mesut bei Hans seinen Gefallen ein. Er hatte eine grandiose Idee, um Werbung für seine Bar zu machen. So trafen wir uns im späten Januar auf dem Hauptplatz von Trabzon und sahen Hans dabei zu, wie er mit seiner Gitarre durch die Straßen zog und die Bar seines Freundes zu der Melodie von *Blur – Song 2* besang. Mesut war auch für den Text verantwortlich und wir hatten alle das Gefühl, dass es ihm weniger um die Werbung, sondern vielmehr um einen Spaß unter Freunden ging.

Wohoooo
Mixes cocktails in a blender, wohoooo
Has an ice cube dispenser, wohoooo
Put it on your agendaaaaa
Greatest bar in the wooooorld contender
Bar Tender

„Wunderschön, Schatz. Du solltest mehr Lieder in Englisch machen."

„Hör mir auf. Und dieser Text. Wie kann man sich sowas ausdenken. Also Mesut, wir sind jetzt quitt."

„Fantastisch, Hans, das war es wirklich wert", Mesut nahm ihn in den Arm und lachte aus vollem Halse. „Ich bin fast froh darüber, dass ihr den Jack Daniels verschüttet habt."

Als die Temperaturen Anfang März langsam stiegen, wurde uns immer mehr bewusst, dass unsere gemeinsame Zeit in der Tender-Bar bald vorüber war. Es war an der Zeit, um über unsere weitere Reise zu sprechen.

„Du willst also in die Mongolei", sagte Hans und zog eine Augenbraue nach oben. Wir saßen gemeinsam an einem Tisch in der Bar und ich grinste, als mir klar wurde, dass ich tatsächlich schon länger nicht mehr an die Mongolei gedacht hatte. Inzwischen wollte ich mehr Zeit mit meinen Freunden verbringen. Der Ort, an dem ich das tun wollte, spielte keine große Rolle.

„Eigentlich …", begann ich, aber wurde von Hans unterbrochen.

„Ich bin dabei. War schon ne ganze Weile nicht mehr in Russland."

„Ich auch", lächelte Helena, „eine neue Abenteuer."

„Als ich klein war, habe ich immer davon geträumt, irgendwann einmal die Chinesische Mauer zu sehen. Vielleicht könnten wir das verbinden. Ich bin auch dabei." Lilly sah zufrieden aus.

„Ich kann euch nicht versprechen, dass ich den gesamten Weg bei euch bleiben werde, da mein Sabbatjahr irgendwann endet, aber bis es so weit ist, würde ich euch gerne begleiten." Marius nickte.

„Ähm … okay …", murmelte ich. Ich war bereit gewesen, meine Idee mit der Mongolei aufzugeben, um mehr Zeit mit meinen Freunden zu verbringen. Stattdessen hielten mir alle vier ihre Hände entgegen und warteten darauf, dass ich abklatschte. „Wir fahren also in die Mongolei." Ich schüttelte überrascht den Kopf, zog beide Mundwinkel weit nach oben und schlug mit ihnen ab. Kurz darauf verschwand Hans in den Hinterraum, da er noch was erledigen wollte. Nachdem ich Lilly, Helena und Marius dankbar umarmt hatte, folgte ich Hans, um mich bei ihm besonders zu bedanken. Schließlich waren wir mit seinem Mr Wilson unterwegs und er wollte ihn bis zur Mongolei fahren. Hans telefonierte und buchstabierte den Namen von Marius.

„Was war das denn?", fragte ich überrascht, als Hans kurz darauf aufgelegt hatte.

„Ach, das war ein alter Freund. Aber gut, dass du da bist, Leon. Ich könnte deine Hilfe gebrauchen. Ich habe da ne richtig gute Idee." Dann erzählte Hans mir von seinem Plan und auch davon, dass ich dabei etwas helfen könnte.

„Hans, das klingt nach … einem recht lückenhaften Plan. Glaubst du wirklich, dass das funktioniert?" Ich runzelte die Stirn.

„Na klar. Habe ich etwa je falsch gelegen?"

„Meinst du die Frage ernst? Du wolltest mir gestern beispielsweise erklären, dass der *Madonna*-Song *Like a virgin* eigentlich von einer sexhungrigen Nymphomanin handelt."

„Das ist Fakt. Haste etwa noch nie *Reservoir Dogs* gesehen?"

„Doch, ich kenne den Film. Aber Hans, es ist ein Film. Und irgendwie habe ich das Gefühl, dass dein Plan mit Marius auch aus einem stammt."

„Weißt du, ich bin vielleicht kein *Einstein,* aber dafür ein *Da Vinci.*"

„Du bist was?"

„Ich kann keine quadratische Gleichung lösen, aber gib mir ein Blatt Papier und ich male so lang Striche, bis nen Kunstwerk dabei rauskommt."

„Keine Ahnung, was du damit meinst", murmelte ich, „aber bist du dir wirklich sicher, dass dein Plan Marius helfen wird?"

„Zu 100 Prozent. Ich werde bei ihm sein und aufpassen. Glaub mir, ich werde meinen Fehler nicht wiederholen", sagte er und schaute kurz nach oben.

„Welchen Fehler?", fragte ich.

„Leon, vertrau mir einfach, okay?"

„In Ordnung. Ich vertraue dir und werde es für mich behalten."

Wir gingen zurück zum Tisch und Hans verkündete seinen Plan.

Zumindest verkündete er einen Teil davon, aber das wusste nur ich.

„Wir haben genau drei Wochen Zeit, um von Trabzon nach Tbilisi zu kommen."

„Hast du in der Hauptstadt von Georgien erneut einen deiner Auftritte – oder warum der Stichtag?", erkundigte sich Marius.

„Nee, nicht ganz. Ich mein, bestimmt werde ich da auch wieder singen, aber es hat nen anderen Grund. In genau drei Wochen findet da nen Schachturnier statt. Und ich habe dich angemeldet."

„Was hast du getan?", entgegnete Marius entsetzt.

„Du bist doch schlau. Und das ist wichtig beim Schach. Ich glaube, du hast ne gut Chance zu gewinnen, und es gibt 10000 Euro-Preisgeld."

„Das ist ja alles schön und gut, aber Erstens: Ich kann kein Schach spielen. Zweitens: Um sich für ein derartiges Turnier anzumelden, braucht man doch sicherlich einen gewissen Namen im Sport. Und drittens: Sind derartige Einfälle von dir jemals gut ausgegangen?"

„Ach, mach dir keine Sorgen. Ich habe dieses Mal wirklich an alles gedacht. Du nimmst als *Niclas Huschenbeth* teil. Der hat mal die deutsche Schachmeisterschaft gewonnen. Habe den im Internet gesucht und der sieht aus wie du. Und ich kann dir beibringen, wie Schach geht."

„Wenn du weißt, wie man Schach spielt, warum nimmst stattdessen nicht du teil?"

„Na, weil du schlauer bist. Ich habe dir auch schon ne Uniform besorgt", erklärte Hans und zog ein schwarzes Sakko aus seiner Tasche. „Schau, ich habe dir ne Art deutsche Nationalflagge draufnähen lassen." Hans präsentierte uns stolz die kleine Flagge, die auf der linken Brusttasche des schwarzen Sakkos aufgenäht war.

„Willst du mich verarschen?", platzte es aus Marius heraus. Für einen kurzen Moment lang hielten wir alle die Luft an.

„Hast du das wirklich gerade gesagt?“ Lillys Mund stand weit offen.

„Schaut euch das bitte an. Ihr erkennt doch sicherlich auch, dass dies nicht die Nationalflagge von Deutschland ist“, stellte Marius entgeistert fest und gestikulierte wild vor sich hin.

„Ja, da gab’s ein kleines Problem. Die deutsche Flagge war ausverkauft. Aber schau doch. Die von Uganda sieht fast genauso aus.“

„Fast genauso? Die Streifen haben zwar dieselben Farben, aber sie sind anders angeordnet. Noch dazu sind es insgesamt sechs Streifen. Als wäre das nicht schon genug, ist in der Mitte der Flagge auch noch ein Kronenkranich abgebildet.“

„Ein Kranich? Ich dachte, es wäre ein Huhn. Und wir können ja sagen, es wäre das Logo von deinem Schachverein. Passt doch, Schachspieler sind intelligent und Hühner auch. Wusstest du, dass nen Hahn in verschiedenen Sprachen unterschiedlich kräht? In Frankreich macht er ‚cocorico‘, in Litauen ‚kakarieku‘ und in Russland ‚kukkareku‘. Kein Scheiß, steht so in deinem Buch.“

„In Spanien macht die Hahn ‚kukurikú‘.“

„Wenn Marius ein Hahn wäre, würde der bestimmt Kockoriko machen“, kicherte Hans.

„Genug“, schnauzte Marius, stand auf und schob seinen Barhocker beiseite, „willst du, dass wir dieses Mal wegen Identitätsfälschung im Gefängnis landen?“

„Keine Sorge, ich weiß, wie man auf Russisch ‚wir arbeiten in der deutschen Botschaft‘ sagt.“

„Es reicht“, schrie Marius aufgebracht und schlug auf den Tisch. Dann atmete er tief durch und drehte sich zu Hans rüber. „Irgendwas stimmt doch nicht mit dir. Merkst du nicht, dass bei einem solchen ‚Plan‘ der Schlamassel bereits vorprogrammiert ist?“ Ohne seine Antwort abzuwarten, drehte Marius sich um und verließ stürmisch die Bar.

„Na okay, das hätte schlechter laufen können."

„Wirklich? Wie?", fragte Lilly.

„Immerhin hat er nicht ‚nein' gesagt." Hans nickte in meine Richtung. Womöglich meinte er das, als er sagte, dass ich ihm bei dem Plan helfen und Überzeugungsarbeit leisten könnte.

„Ich suche Marius und werde mit ihm reden", sagte ich und machte mich auf den Weg nach draußen. Als ich die Tür öffnete, trafen mich die warmen Strahlen der türkischen Frühlingssonne. Die Straßen von Trabzon füllten sich immer mehr mit internationalen Studenten und überall wurde türkischer Tee getrunken. Ich hatte eine grobe Idee davon, wohin Marius geflüchtet sein könnte. Er hatte einen Lieblingsplatz direkt am Meer: Eine alte Bank, mit einem wunderschönen Ausblick auf das blaue Wasser. Er hatte mir ein paar Mal davon erzählt, wie gerne er dort saß, um einfach nur die Zeit zu vergessen.

„Da bist du ja, Marius. Darf ich mich zu dir setzen?"

Marius antwortete mit einer Gegenfrage: „Wusstest du, dass man bis heute nicht genau weiß, woher der Name ‚Schwarzes Meer' kommt?"

„Du musst nicht auf das Schachturnier, das weißt du, oder? Du kennst Hans und seine Ideen. Er meint es zwar gut, übertreibt es aber gerne." Ich nahm neben ihm Platz.

„Eine Erklärung bezieht sich auf seine dunkle Färbung. Eine andere Theorie stützt sich darauf, dass die Himmelsrichtungen von den Osmanen nach Farben benannt wurden. Schwarz stand dabei für den Norden."

„Hast du mir gerade zugehört?"

„Leon, sei ehrlich. Hältst du den Plan etwa wirklich für eine gute Idee?"

„Eine gute Idee? Wahrscheinlich nicht", gab ich zu, „aber ich bin mir sicher, dass Hans gute Absichten hat."

„Absichten? Mit welcher Intention würde man denn jemanden unter falschem Namen für ein Schachturnier anmelden?"

„Nun, du hast ja von deiner Beziehung und der Sache mit deiner Familie erzählt. Und Hans glaubt wohl, dass sein Plan dir helfen wird."

Marius sah mich nachdenklich an. „Bei was sollte mir eine illegale Teilnahme an einem Schachturnier denn um alles in der Welt helfen können?"

„Das weiß ich auch nicht so recht", antwortete ich und Marius seufzte laut.

„Möchtest du wissen, warum ich meine Armbanduhr noch immer nicht repariert habe?"

„Du meintest doch, es ist lustig, dass sie genau zur Rolex-Zeit stehengeblieben ist: 10 nach 10."

„Du erinnerst dich", antwortete er und zog seine Mundwinkel ein kleines Stück nach oben. „Der eigentliche Grund ist ein anderer. Hast du dir schon mal gewünscht, die Zeit zurückdrehen zu können, um einige deiner Entscheidungen anders zu treffen?"

„Ähm … mein Problem war eher, dass ich Angst davor hatte, überhaupt Entscheidungen zu treffen. Vielleicht würde es jetzt anders sein, wenn ich in die Vergangenheit reisen könnte. Aber dann würde ich euch niemals treffen, oder?"

„Wohl wahr. Der Schmetterlingseffekt. Mein Leben in Deutschland war stets durchgetaktet. Auf jeden Termin folgte ein weiterer Termin, und es gab stets einen durchdachten Plan. Versteh mich nicht falsch, ich war zufrieden. Sehr sogar. Doch dann hat sich alles verändert, und ich bin zu dieser Reise aufgebrochen." Marius starrte noch immer in Richtung Meer. „Dann habe ich euch getroffen. Und seitdem ich bei euch bin, fühlt es sich irgendwie so an, als würde die

Zeit stillstehen. So wie auf meiner Uhr. Das soll jedoch nicht negativ klingen, sondern das Gegenteil. Wir haben selten fixe Termine, unsere Pläne sind im Grunde genommen meist eher Ideen. Und obwohl wir schon über ein halbes Jahr lang zusammen reisen, fühlt sich jeder Tag so lebendig, spontan und aufregend an, als wäre er unser erster. So, als wäre die Zeit völlig irrelevant. So, als könnten wir alle einfach die Personen sein, die wir sein wollen. Und weißt du, was das Verrückteste ist?

„Erzähl es mir."

„Mein Kopf sagt mir, dass ich mich von all dem Chaos und diesen augenscheinlich absurden Ideen distanzieren soll. Doch wenn ich ganz ehrlich zu mir bin, sagt mein Herz das Gegenteil: Ich bin schon lange nicht mehr so zufrieden gewesen." Nun drehte er seinen Kopf in meine Richtung und lächelte mich an.

„Was hat sich denn Zuhause verändert, dass dich zum Reisen gebracht hat?", fragte ich ihn.

„Ich glaube, dass ich mich geändert habe, ohne es wirklich zu wollen. Ich kann mich nicht daran erinnern, je so aus der Haut gefahren zu sein, wie eben in der Bar." Er schüttelte ungläubig den Kopf und schmunzelte leise. „Unglaublich. Leon, schau mich an und sag mir, dass du glaubst, dass Hans weiß, was er da tut."

„Ich glaube, niemand weiß so recht, was im Kopf von Hans so vorgeht. Ich denke nicht mal, er selbst tut das. Aber ich weiß etwas anderes. Er glaubt an dich. Und nicht nur er tut das." Ich nickte ihm ermutigend zu.

Marius schaute wieder zum Meer und nahm einen tiefen Atemzug. „Meine persönliche Meinung ist, dass die Theorie mit den Himmelsrichtungen stimmt." Er legte seine Hand auf meine Schulter. „Lass uns zurück zur Bar gehen und vorher noch kurz an dem Uhrenladen halt machen."

„Ich verstehe nicht. Du hast doch gerade …"

„Es ist an der Zeit, etwas zu verändern, beziehungsweise Veränderungen zuzulassen."

Helena, Lilly und Hans saßen noch immer an der Theke, als wir in die Bar zurückkehrten. Um die Mittagszeit gab es hier nur selten Kundschaft und so verbrachten wir diese Schichten meist mit Gesprächen, Kartenspielen und am Billardtisch. Allesamt schauten sie gespannt auf Marius.

„Ich würde gerne zwei Dinge loswerden. Zunächst möchte ich mich für meinen Wutausbruch von vorhin entschuldigen. Ich bin völlig aus der Haut gefahren."

„Das nennst du ‚aus der Haut gefahren'? Also mich hat die Sache mit der Ananas auf der Pizza viel mehr gescho…", antwortete Hans und wurde von Marius unterbrochen.

„Kannst du die Entschuldigung bitte einfach annehmen?"

„Okay, angenommen", sagte er und zuckte mit seinen Achseln.

„Danke. Kommen wir zur zweiten Sache. Glaubst du wirklich daran, dass ich eine Chance bei dem Turnier hätte?"

„Ich weiß es nicht", antwortete Hans aus dem Bauch heraus, „aber ich weiß ne andere Sache. Wenn es wen gibt, der das schaffen kann, dann du."

„In Ordnung", sagte Marius, ging zu einem der hinteren Tische und zog zwei Stühle nach hinten, „spielen wir Schach."

# DAS SCHNITZEL-MANÖVER

**4.413 / 9.600 km bis zur Mongolei**

„Ich wusste doch, dass ein kleiner Niclas in dir schlummert“, jubelte Hans und riss euphorisch seine Faust nach oben.

„Wer ist nochmal Niclas?“, fragte Helena.

„Na, der Deckname von Marius. Ich bin übrigens dein Dolmetscher. Mein Name ist Iwan Wassili.“

„Du? Mein Dolmetscher? Solltest du dafür nicht Russisch sprechen können?“

„Nikogda ne nedootsenivayte svoyevo opponenta“, antwortete Hans.

„Wie bitte?“

„Das war russisch und bedeutet ‚Unterschätze niemals deinen Gegner‘. Das ist übrigens auch die erste Regel beim Schach. Mein Vater hat mir als Kind russisch beigebracht.“

„In der Tat stets für eine Überraschung gut“, flüsterte Marius vor sich hin.

Hans zog ein hölzernes Schachbrett unter dem Tresen hervor und baute es auf dem Ecktisch auf. Helena, Lilly und ich stellten uns daneben und schauten gespannt zu.

„Das sind die Bauern. Die dürfen immer nur ein Feld nach vorne. Außer bei ihrem ersten Zug. Da dürfen die zwei gehen. Die haben quasi Starthilfe. So, wie wenn du bei nem Auto die Kupplung zu schnell kommen lässt und es so nen Satz nach …“

„Hans“, unterbrach er ihn höflich, „ich kenne die Regeln.“

„Du meintest doch, dass du kein Schach kannst?“

„Ich habe es noch nie gespielt, aber kenne die Regeln.“

Hans rollte mit seinen Augen. „Na gut, lasset die Spiele beginnen“, grölte er durch die ganze Bar.

„Das klingt so, als wären wir im Alten Rom", antwortete Marius amüsiert.

„Rom? Was hat das denn mit Rom … ach, ich verstehe. Du willst mich ablenken. Gute Taktik, aber bei Turnieren wird das nicht gern gesehen. Da solltest du also besser ruhig sein."

„In der Antike …", begann Marius, stockte dann jedoch, „ehrlich gesagt, ist es nicht sonderlich wichtig. Lasset uns beginnen."

Wir bestaunten interessiert jeden einzelnen Zug und nach einer halben Stunde endete das erste Spiel unseres zukünftigen Schachmeisters.

„Du hast gewonnen. Verdammt bist du gut. Die anderen werden sowas von keine Chance haben", freute sich Hans und schlug Marius stolz auf die Schulter. „Lass uns noch ne Runde spielen."

In den folgenden zwei Wochen waren die beiden fast dauerhaft damit beschäftigt, sich auf das Turnier vorzubereiten. Sie analysierten bekannte Schachpartien und wir merkten, wie etwas von Hans' Euphorie auf Marius übersprang.

„So, und zum Abschluss zeige ich dir noch nen geheimen Zug. Das ist der Notfallplan und ich bin mir sicher, dass du damit deinen Gegner überraschen kannst. Ich nenne ihn das Schnitzel-Manöver."

Mit der letzten Lektion von Hans ging auch unsere Zeit in der Bar Tender zu Ende. Wir verabschiedeten uns mit einem lachenden und einem weinenden Auge von Mesut. Es war ein wunderschöner Winter, den wir mit ihm verbringen durften, aber es war an der Zeit, weiterzuziehen. Nicht nur zum Schachturnier, sondern auch in Richtung Mongolei.

„Macht es gut, ihr Verrückten. Passt mir ja gut auf Hans auf und lasst euch das nächste Mal nicht erwischen, wenn ihr nackt im Wald tanzt. Und ihr wisst ja, in der Bar Tender stehen euch stets alle Türen offen."

„Lass uns noch eine gemeinsame Bild für Mr Wilson machen."

„Gute Idee", antwortete Mesut, „*Burak Özçivit* sollte mit drauf. Und die Flasche."

So wischten wir den Staub von Mr Wilson, weckten ihn aus seinem Winterschlaf und befestigten ein weiteres Polaroid über der Küche. Eines, auf dem sechs lachende Gesichter, eine Flasche Macallan und ein charismatischer Pappaufsteller zu sehen waren. Wir verließen die Türkei mit einem breiten Lächeln. So, wie ich es mir Monate zuvor hinter der türkischen Grenze gewünscht hatte. Je näher wir Georgien kamen, desto höher stiegen nicht nur die Berge, sondern auch die Aufregung von Marius. Er saß die gesamte Fahrt über auf der Rückbank und spielte Schach gegen sich selbst, während ich die schneebedeckten Gipfel in der Grenzregion bestaunte. Anfangs war Marius sehr skeptisch gewesen, aber in den letzten Wochen hatte ihn der Ehrgeiz gepackt. Er wollte alles geben und das Turnier gewinnen.

Als wir in Tbilisi ankamen, parkte Hans Mr Wilson direkt vor der Turnhalle, in dem das Turnier stattfinden sollte. Marius hatte uns übrigens erklärt, dass Tbilisi im Deutschen eigentlich Tiflis genannt wird, aber wir waren uns mit Hans einig.

„So werde ich das nicht nennen. Das klingt ja wie ne Geschlechtskrankheit. Marius, biste bereit für deinen großen Tag morgen?"

„Könnte man als Schachnovize, der sich als deutscher Meister ausgibt, jemals bereit für ein Turnier sein?"

„Du schaffst das schon. Bei mir in die Schule haben die immer gesagt, ‚Alle, die mitmachen, sind Gewinner'." Marius nickte und verabschiedete sich, um alleine noch ein wenig Schach zu spielen. Bis spät in die Nacht kam Licht aus seinem Zelt.

Am nächsten Morgen betraten wir die Turnhalle. Sie war riesig und mit mindestens 40 Tischen und Hunderten Menschen gefüllt. An jedem der hellgrauen Klapptische standen zwei Stühle und auf ihnen befanden sich jeweils ein Schachbrett, zwei Uhren und zwei Flaschen Wasser.

„Das ist ja ein riesiges Turnier, Hans. Ich dachte, es wäre eine lokale Veranstaltung."

„Mach dir keine Sorgen. Du bist bestens vorbereitet. Und ab jetzt sprechen wir uns nur noch mit den Schachnamen an. Du kennst deinen noch?

„Niclas Huschenbeth?"

„Perfekt. Und ich bin Iwan Wassili. Du musst übrigens deine Brille abnehmen. Auf den Bildern trägt Niclas nie eine."

„Aber ich sehe ohne Brille kaum etwas."

„Das ist gar kein Problem. Spiel einfach mit deinem Herzen. Beim Schach ist es sowieso wichtiger, die Figuren zu fühlen, als sie zu sehen."

„Guter Gott, steh mir bei", seufzte Marius sichtlich angespannt.

„Helena, Lilly, Leon. Ihr mischt euch unter die Zuschauer. Und wir gewinnen dieses Ding. Schlagt ein."

Unsere Hände klatschten laut zusammen. Anschließend gingen Hans und Marius, beziehungsweise Niclas und Iwan, zur Anmeldung. Hans trug ein hellblaues Hemd, eine dunkle Jeans und hatte sich die Haare mit etwas Pomade nach hinten gelegt. Er trug trotz seines schicken Outfits Flipflops, so wie eigentlich immer. Hans selbst nannte sie stolz „Statement-Flipflops", und obwohl ich seine Argumentation nie so ganz verstanden hatte, passte es zu seinem selbstbewussten Auftreten. Marius trug polierte Lederschuhe, eine dunkle Stoffhose und das Sakko, auf dem die Nationalflagge von Uganda aufgenäht war. Er sah ungefähr so aus, wie ich mir niemals einen deutschen Schachweltmeister vorstellen würde.

Jede Turniergruppe bestand aus insgesamt fünf Spielern. Um in die nächste Runde zu gelangen, musste man mindestens zwei von ihnen besiegen. Marius wurde Gruppe C zugelost und stand gemeinsam mit Hans in einem Kreis neben den übrigen Gruppenteilnehmern. Wir standen direkt hinter ihnen, um die beiden moralisch zu unterstützen.

„Was haben die anderen gesagt, Hans?", fragte Marius und wischte sich mit einem Taschentuch über die Stirn. Hans räusperte sich. „Verzeihung. Was haben die anderen gesagt, Iwan?"

„Die sagten, dass du ganz schön alt geworden bist."

„Wie alt ist der richtige Niclas?", flüsterte Marius.

„Ich weiß es nicht so genau. Er sieht auf den Bildern recht jung aus. Vielleicht Mitte 20?"

„Mitte 20? Ich bin 35 Jahre alt! Ich wusste es. Dieser Plan wird niemals funktionieren."

„Keine Sorge. Ich habe das bereits geklärt. Habe ihnen gesagt, dass bei dir vor kurzem *antalogytrophe Lapidalknotenskerose* diagnostiziert wurde."

„Was wurde diagnostiziert?"

„Ist ne Hautkrankheit, von der niemand genau weiß, wie sie sich auswirkt. Habe ihnen gesagt, dass sie das Altern beschleunigt."

„Woher kannst du dir sicher sein, dass sie es nicht doch wissen?"

„Na, weil ich mir die Krankheit gerade ausgedacht habe."

Marius starrte verzweifelt zur Hallendecke und verschränkte die Hände hinter dem Kopf.

„Entspann dich. Gleich geht's los. Das da vorne ist deine Gegnerin. Soll ich dich zum Tisch führen, oder siehste den Stuhl?"

Ein lauter Gong läutete den Beginn des Turniers ein und gab so auch den Startschuss für die erste Partie von Marius. Seine Gegnerin war ein 14-jähriges Mädchen aus Georgien, und um ihren Tisch hatten sich unerwartet viele Leute versammelt, als ob unter keinen Umständen irgendwer das erste Spiel von Niclas Huschenbeth verpassen wollte. Lilly, Helena und ich standen hinter Marius, hatten die Arme über unsere Schultern gelegt und schauten gespannt zu. Dann wurde die erste Figur bewegt. Der erste Bauer machte sich auf den Weg in Richtung der gegenüberliegenden Seite. 40 Minuten später endete die Partie. Schachmatt.

Marius und Hans verhielten sich ruhig, schüttelten fleißig Hände und stießen einige Meter vom Tisch entfernt zu uns.

„Verdammt, du Teufelskerl. Du hast es geschafft! Keine Chance haste ihr gelassen. Geiles Spiel“, schrie Hans.

„Nicht so laut, Iwan. Aber ja, es hat tatsächlich funktioniert.“

Beide waren überglücklich und der nervöse Marius hatte nun einem euphorischen und siegessicheren Niclas Huschenbeth Platz gemacht.

„Ihr schafft das. Wir drücken euch ganz fest die Daumen.“

Die Glocke ertönte erneut. Schachmatt. Und erneut. Schachmatt. Und schließlich musste Marius nur noch eine letzte Partie spielen, bevor die KO-Phase am morgigen Tag beginnen würde.

„Was ist nur auf einmal los. Das erste Spiel lief so gut und nun habe ich mein zweites und drittes in je unter 20 Zügen verloren“, sagte Marius enttäuscht.

„Ach, sowas passiert. Deine erste Gegnerin war auch keine professionelle Schachspielerin. Das war die Nichte der georgischen Präsidentin, und sie nimmt als Ehrengast teil.“

„Und diese Information teilst du mir erst jetzt mit?“, seufzte Marius. „Ich glaube nicht, dass ich das Turnier gewinnen kann. Es tut mir leid, dich enttäuschen zu müssen.“

„Mich enttäuschen? Du machst Witze. Um ehrlich zu sein war mir klar, dass du recht niedrige Chancen hast, als Anfänger hier zu gewinnen. Ich mein, die meisten hier spielen schon richtig lange.“

„Und warum sind wir dann hier?“ Marius kratzte sich an der Schläfe und atmete hörbar aus.

„Na, weil ich mir wünschen würde, dass du ein bisschen mehr Vertrauen in dich selbst hast. Dann ist alles möglich. Also Niclas, wie schaut's aus? Haste Lust, den georgischen Landesmeister zu schlagen? Du erinnerst dich doch bestimmt noch an den geheimen Zug." Hans zog den rechten Mundwinkel hoch und hielt ihm seine Faust entgegen. Marius schaute zu uns rüber und schüttelte den Kopf.

„Dieser Kerl …", murmelte er, drehte sich wieder zu Hans und ignorierte erneut die Faust. „Ich verspreche, mit dir abzuschlagen, falls ich gewinnen sollte. Aber nun lass uns Schach spielen." Marius machte sich mit breiter Brust auf den Weg zu seinem Tisch. Voller Selbstbewusstsein und Vertrauen setzte er ein Bein vor das andere und knallte schließlich mit voller Wucht gegen den Tisch. Dabei verlor er das Gleichgewicht und riss das Schachbrett mit sich nach unten. Nachdem die Zuschauer dabei geholfen hatten, die Spielfiguren zu suchen, konnte die Partie beginnen.

Der Gong erklang. Wir sahen dabei zu, wie sowohl Marius, als auch sein Gegenüber konzentriert auf das Schachbrett starrten. Das entscheidende Spiel hatte begonnen und die Figuren wurden bewegt.

*Das Schnitzel-Manöver:* Marius bewegte den Bauer vor seiner Dame zwei Felder nach vorne. Dann schob er die Dame diagonal ebenfalls um zwei Felder in Richtung seines Gegners. Danach machte sich sein rechter Läufer auf den Weg … und dann ging alles ganz schnell. Schachmatt. Nach genau drei Zügen war das Schnitzel-Manöver vorüber und weitere sechs Züge später stand der König von Marius im Schachmatt. Er schüttelte seinem Gegenüber förmlich die Hand, stand auf, verbeugte sich und verließ enttäuscht die Turnierhalle. Wir folgten ihm und kurz darauf stieß auch Hans vor der Eingangstür zu uns.

„Scheint fast so, als wäre doch nicht alles möglich", seufzte Marius.

„Ach Quatsch. Hättest du je gedacht, dass du mal auf nem Turnier gegen nen Schach-Landesmeister spielst?“, antwortete Hans mit heiterer Stimme.

„Nein, in der Tat nicht.“

„Siehste, alles ist möglich. Du hast das toll gemacht. War ne richtig geile Show.“

Lilly begann zu applaudieren und Helena, Hans und ich schlossen uns an. Marius wurde rot und winkte bescheiden ab.

„Hier, schau, ich war eben noch kurz bei der Turnierleitung. Du hast ne Teilnehmermedaille bekommen.“ Hans machte einen Schritt auf Marius zu und hing ihm die Medaille um den Hals.

„Danke, wirklich … aber warum steht da ‚Junior Medal‘ drauf?“

„Naja, Übersetzungsproblematik. *Google*-Übersetzer und so. Du weißt schon.“

„Entschuldigung“, unterbrach uns eine Stimme auf Deutsch von hinten „du bist doch der, der eben versucht hat, den georgischen Landesmeister mit dem bekanntesten aller Züge zu besiegen, dem Schäferzug. Ich habe dein Spiel beobachtet und war fasziniert. Du scheinst ganz schön mutig zu sein.“

„Schäferzug?“, fragte Marius in die Richtung von Hans.

„Schäferzug, Schnitzel-Manöver. Schafe, Schweine. Sind doch alles Tiere.“

„Ich habe schon viele Schachtuniere gesehen, aber das war ein Novum. Ich bin Nick. Darf ich euch fünf in mein Lieblings-Restaurant einladen?“ Nick bedeckte seinen Kopf mit einer blauen Baseballmütze, trug ein Poloshirt in Mintfarbe und erzählte uns, dass er Schachturniere liebte. Er kam übrigens auch aus Deutschland.

„Ja, essen“, sagte Helena, „lasst uns essen gehen.“

Während wir in Richtung des Restaurants spazierten, ließ ich mich mit Hans unbemerkt etwas zurückfallen.

„Glaubst du, dass es funktioniert hat, Hans?“

„Ich glaub schon. Haste gesehen, wie selbstbewusst er zu seiner letzten Partie gegangen ist?"

„Du meinst, als er gegen den Tisch gerannt ist und alles abgeräumt hat?" Ich musste lachen.

„Ja, okay, das mit der Brille war nicht so durchdacht. Aber ich glaub, er ist verdammt stolz auf sich, auch wenn er das nach außen hin nicht so zeigt. Mein Freund bei der Turnierleitung fand seine Leistung für nen Schachanfänger auch richtig gut. Er hat sogar extra ne Medaille besorgt. War leider nur noch eine für Kinder übrig."

„Hans, du bist wirklich der verrückteste Mensch, den ich je getroffen habe."

„Danke, aber du weißt noch nicht das Verrückteste. Weißt du, was mein Kumpel eben zu mir gesagt hat? Da kommst du nie …"

„Beeilt euch, die Küche hat nicht mehr lang geöffnet", unterbrach Nick und winkte uns zu sich. Hans nickte und sagte, dass er mir ein anderes Mal davon erzählen würde. Einige Minuten später saßen wir in einem kleinen Lokal und ließen uns von Nick Essen bestellen.

„Chinkali", sagte er, „das sind georgische Teigtaschen. Ich komme jedes Jahr für ein paar Tage hierher, um Tbilisi zu besuchen. Jedes Mal esse ich hier, weil sie die besten Chinkali machen. Aber erzählt, wie hat es euch hierher verschlagen?"

„Lecker. Ich könnte die ganze Topf aufessen. Das koche ich uns auch mal. Aber auf spanische Art."

„Was genau bedeutet ‚spanische Art'?", fragte Lilly.

„Das bedeutet, dass eine Spanier das kocht."

Wir lachten gemeinsam über das Turnier und erzählten Nick von unserer Reise und der Mongolei. Natürlich erzählten wir ihm auch, wie wir auf die Idee kamen, an dem Schachturnier teilzunehmen, und dass wir den Gewinn für einen guten Zweck nutzen wollten.

„Er hat sich als Niclas Huschenbeth ausgegeben?"

„Ne richtig gute Idee, findest du nicht?", kicherte Hans.

„Absolut", lachte Nick und schaute zu Marius, „ich glaube, er wäre stolz auf dich gewesen. Besonders für dein erstes Turnier. Ihr seid wirklich ein verrückter Haufen. Wo übernachtet ihr?"

„In einem ockerbraunen Campervan. Er steht direkt auf dem Parkplatz neben der Turnierhalle", erklärte Lilly.

„Ihr schlaft in einem Auto vor der Halle? Wow, bei eurer Hingabe hättet ihr es definitiv verdient gehabt, das Turnier zu gewinnen." Nick schaute uns kopfschüttelnd an und hob sein Glas in die Mitte des Tisches.

Wir saßen noch etwa eine Stunde in dem Restaurant, bis Nick sich verabschieden musste, da er die KO-Phase am nächsten Tag auf keinen Fall verpassen wollte. Wir schlossen uns an und machten uns auf den Weg zurück zu Mr Wilson. Nick hatte uns auf halber Strecke verlassen, um zum Hotel abzubiegen. Er hatte auf dem Nachhauseweg mehrmals betont, dass unsere Pläne in seinen Augen unglaublich „mutig" waren und er sich selbst sowas nie trauen würde. Es war eines der Wörter, die ich damals auf meinen Zettel geschrieben hatte, nur um es kurz darauf wieder durchzustreichen. Doch warum eigentlich? Und was genau bedeutete überhaupt Mut?

„Gute Nacht, ihr Lieben. Danke für den tollen Tag." Lilly umarmte uns der Reihe nach, dann verschwanden wir in unseren Schlafsäcken. Ich lag noch eine Weile wach im Zelt und dachte über unseren Abend und die letzten Wochen nach. Wie sehr hatte ich mich seit meiner Abreise eigentlich verändert? War ich wirklich mutiger geworden, seit ich vor ungefähr neun Monaten zu Hans und Helena ins Auto gestiegen war? Als ich mich entschied, bei ihnen zu bleiben, und als ich von Lillys Geheimnis erfuhr. Als ich entschied, in Richtung Mongolei aufzubrechen: War das Mut? In meinen Gedanken griff ich mir das Stück Papier und schrieb unter MEHR und neben „Freundschaft" und

„Optimismus" ein viertes Wort. Eines, das offensichtlich ziemlich viel mit dem Trauen zu tun hatte und auf Fremde manchmal wie Mut wirkte: Vertrauen.

In den kommenden Tagen erkundeten wir Tbilisi, aßen auf Helenas Wunsch hin bei jeder Gelegenheit die georgischen Teigtaschen und besorgten uns Wanderschuhe. Der Grund dafür war, dass Lilly sich gewünscht hatte, an ihrem Geburtstag in die Berge aufzubrechen. Sie wollte diesen Tag in der Natur verbringen. Und sogar Hans musste sich widerwillig eingestehen, dass seine Flipflops im Gebirge ein falsches Statement setzen würden.

„Schaut mal", sagte ich und zeigte auf ein großes Schild, das auf einem belebten Platz in Tbilisi stand, „das hier ist der *Saarbrücken Square.* Ist das nicht die Hauptstadt des Saarlandes? Marius, weißt du, warum der Platz hier so heißt?"

„Es ist in der Tat dessen Hauptstadt, aber ehrlich gesagt weiß ich nicht, warum es diesen Platz hier gibt. Mein Saarland-Wissen ist jedoch auch eher als marginal zu bezeichnen."

„Yo, ich weiß was über das Saarland", begann Hans. „In die Blase von nem erwachsenen Menschen passt exakt die durchschnittliche jährliche Niederschlagsmenge pro Quadratmeter vom Saarland. Steht so in deinem Buch."

„Es freut mich wirklich, dass dir das Buch gefällt. Nun, da du anscheinend das Lesen für dich entdeckt hast, schenke ich dir zu deinem nächsten Geburtstag vielleicht einen meiner Lieblingsromane: Der Alchimist."

„Besser nicht. Ich war in Chemie immer richtig schlecht." Ich konnte aus dem Augenwinkel erkennen, wie Marius seinen Blick zum Himmel wandte und irgendetwas murmelte.

Als wir zurück bei Mr Wilson waren und uns langsam auf den

Weg zum Startpunkt der Wanderung machen wollten, bemerkte Hans einen Werbeflyer unter dem Scheibenwischer unseres Autos.

„Ach, diese Verschwendung“, murrte er und wollte den Prospekt entfernen. Als er einen Blick auf den Zettel warf, runzelte er die Stirn und kratzte sich verwirrt am Kopf. „Schaut mal, Leute. Unter der Werbung klemmte noch nen eingeschweißter Briefumschlag.“

„Na los, mach ihn auf. Spann uns nicht auf die Folter“, sagte Lilly aufgeregt.

Nachdem Hans das Plastik zerrissen und den Umschlag geöffnet hatte, hielt er ein rechteckiges Stück Papier in der Hand. Er starrte es für eine Weile wortlos an und hob seinen Kopf langsam in unsere Richtung. Im ersten Moment wirkte er verwirrt, verzog dann aber die Mundwinkel zu einem zufriedenen Grinsen.

„Was ist es?“, wiederholte Lilly.

„Hier steht: Die große Schachmeisterschaft in Tbilisi. Erster Platz. Niclas Seifert. Preisgeld 35.000 georgische Lari, Bindestrich 10.000 Euro. Und untendrunter steht noch was in Handschrift.“

*Für meinen Namensvetter, der versucht hatte, den georgischen Landesmeister in Rekordzeit zu schlagen. Ich bin mir sicher, dass ihr eine gute Verwendung für das Geld finden werdet. Gute Reise.*

„Ich verstehe nicht“, entgegnete Helena mit gerunzelter Stirn.

„Hans, weißt du vielleicht, was das zu bedeuten hat?“, fragte Lilly.

„Wisst ihr“, schmunzelte er, „da gibt es noch ne kleine Sache, die ich euch erzählen sollte. Ich habe nen Freund bei der Turnierleitung, der eingeweiht war. Er meinte, dass du als Niclas Huschenbeth teilnehmen kannst, weil er sich dieses Jahr nicht angemeldet hat. Nach dem Turnier war ich dann nochmal bei ihm. Und wisst ihr, was er mir gesagt hat? Der richtige Huschenbeth kam spontan doch zum Turnier.

Er fand es wohl amüsant, einen geheimen Doppelgänger zu haben und hat stattdessen mit seinem Geburtsnamen Niclas Seifert teilgenommen."

„Möchtest du damit sagen …", stutzte Marius.

„Es wird noch besser. Ich habe mir ja damals nen paar Bilder von ihm angeschaut. Und was soll ich euch sagen. Ich glaub, unser Nick hieß mit vollem Namen Niclas."

„Das war Niclas Huschenbeth?" Marius' Augen wurden immer größer. Hans zwinkerte ihm zu und startete den Motor von Mr Wilson. „Herzlichen Glückwunsch zu deiner ersten Schachmeisterschaft."

Marius schaute noch immer verwirrt und seine Blicke schweiften wild umher. Dann drehte sich Helena nach hinten und schaute ihn glücklich an.

„Nick hat gesagt, dass die richtige Niclas stolz auf deine Spiel wäre." Helena nahm ihre Hände nach oben und begann erneut zu applaudieren. Der Rest von uns schloss sich an, und wir verließen die Hauptstadt Georgiens – mit einer Juniorenmedaille, dem Preisgeld von Niclas Huschenbeth und einem stolzen Marius. Stolz darauf, dass er genügend Vertrauen in sich selbst hatte, um an einem Schachturnier teilzunehmen.

# DAS TAL DER KOPFLOSEN

**4.508 / 9.600km bis zur Mongolei**

Hans schnallte die Gitarre an seinen Rucksack. Wir schlüpften in unsere Wanderschuhe, zogen die von Lilly gestrickten Mützen über die Ohren und machten unsere ersten Schritte in das Kaukasusgebirge. Der Beginn unserer Wanderung führte durch grüne, bewaldete Täler und offenbarte uns am Horizont den Ausblick auf schneebedeckte Gipfel. Der Boden unter unseren Füßen war matschig, und je länger wir bergauf gingen, desto mehr brannte die kalte Luft in meiner Lunge. Unser Ziel war ein kleines Bergdorf, das laut den Einheimischen ungefähr eineinhalb Tagesmärsche entfernt lag. Sie erklärten uns zwar, dass zu dieser noch frühen Zeit des Jahres dort wohl niemand sein würde, aber uns ging es ohnehin eher um einen gemütlichen Ort zum Zelten, an dem wir gemeinsam Lillys Geburtstag feiern konnten. Damals, vor den Wasserfällen, war ich überrascht darüber, wie laut sie in der Realität waren. Nun staunte ich über das Gegenteil: Es herrschte eine fast unheimliche Stille, die lediglich von unseren Schritten und Gesprächen durchbrochen wurden. Da Hans eigentlich immer eine Frage auf der Zunge lag, geschah dies auch sehr häufig.

„Habt ihr euch auch mal gefragt, was ne Kuh sagen will, wenn sie ‚muh' macht?"

„Eigentlich nicht", antwortete Lilly und drehte sich zu mir. „Wie kommt er bloß immer auf solche Sachen?" Ich zog ratlos meine Schultern nach oben.

„Es gibt ein paar Wissenschaftler, die sich damit beschäftigen", antwortete Marius. „Sie haben bisher sieben Muh-Botschaften abstrahieren können: Kuh ruft Kalb, Kuh ruft Kuh, Husten, Brunft, Beschwerde für verspätetes Melken, Schmerzen und Hunger."

„Husten? Warum sollten die dann nicht einfach husten, statt zu muhen? Also, da muss mehr dahinterstecken."

Nachdem es immer dunkler wurde und sich die beiden darauf geeinigt hatten, dass Kühe nicht husten können, schlugen wir unsere Zelte an einem ebenen Plätzchen auf. Da wir alle extrem müde waren, entschlossen wir uns dazu, heute kein Lagerfeuer zu machen. Stattdessen aßen wir nur schnell ein paar Brötchen zum Abendessen und verkrochen uns frühzeitig in unseren warmen Schlafsäcken. Mein Körper war so entkräftet von der Wanderung und dem Tragen meines ziemlich schweren Rucksacks, dass ich sofort in einen tiefen Schlaf fiel.

Mitten in der Nacht wurde ich von etwas geweckt. Ich rieb mir die Augen und blinzelte zur Zeltdecke. Der Mond schien hell und ließ mein Zelt so wirken, als würde es von einer gedimmten Lampe mit kaltem Licht gefüllt werden. Von draußen hörte ich ein Geräusch und zuckte zusammen. Vermutlich war es das gleiche, das mich geweckt hatte. Es kam von der linken Seite meines Zeltes und klang nach einem Stampfen. Ich hielt die Luft an, spürte, wie mein Herz immer schneller schlug und hörte genau hin. Es stampfte erneut. Dieses Mal jedoch ein klein wenig lauter. Der matschige Boden schmatzte, als ob jemand mitten in der Nacht draußen rumlaufen würde. Ich presste beide Hände gegen meinen Mund und versuchte, mich lautlos nach links zu drehen. Der Schlafsack machte ein leises Geräusch, mein Atem stieg als Nebel unter meinen Händen empor, und als ich einen Blick auf meine Zeltwand werfen konnte, erstarrte ich vor Angst. Es stampfte ein weiteres Mal und der helle Mond warf einen dunklen Schatten auf mein Zelt. Es war eine schwarze Silhouette mit schmalen Beinen, breitem Oberkörper und einem langgezogenen Kopf. Die Person, zu welcher der Schatten gehörte, musste unmittelbar neben meinem Zelt stehen. Für einen Moment lang stand alles still. Der Wind pfiff leise über die Berge, und weder ich noch der Schatten machten auch nur die geringste Bewegung. Solange, bis meine Hand sich zitternd zum Rucksack bewegte, um nach dem Handy zu suchen. Auf einmal wurde es schlagartig dunkel. Eine Wolke schob sich vor den Mond und ließ den Schatten an meiner Zeltwand verschwinden. Ich zog mein Handy zu mir, hielt es vor mein Gesicht und starrte auf das Display. Es war Mitternacht. Plötzlich stieß Hans einen lauten Schrei aus.

„Yihha! Es ist Zeit für ein Ständchen." Seine Stimme hallte laut aus der Richtung, in der Helena und er ihr Zelt aufgeschlagen hatten.

Zum Geburtstag viel Glück
Zum Geburtstag viel Glück
Zum Geburtstag liebe Lilly
Zum Geburtstag viel Glück

Auch Helena und Marius stiegen lautstark mit ein und man hörte ihr Singen durch die Zeltwände. Ich sang etwas verhaltener und starrte weiterhin zu der Person, die womöglich noch immer neben meinem Zelt stand. Durch die Lautstärke des Geburtstagsständchens konnte ich nicht sagen, ob sie sich bewegt hatte. In diesem Moment zog die Wolke vorbei und ließ die Lichtstrahlen des Mondes erneut die Nacht erhellen. Nun konnte ich es ganz klar erkennen. Der schwarze Schatten war verschwunden.

„Vielen Dank, ihr Lieben", gähnte Lilly aus ihrem Zelt, „aber lasst uns nun weiterschlafen. Wir müssen ja später noch ein gutes Stück wandern."

Ich rollte mich wieder auf meinen Rücken und spürte, wie mir das Handy aus der Hand rutschte und mit einem dumpfen Klatschen auf dem Boden landete. Hatte ich mir den Schatten und die Geräusche womöglich eingebildet? Ich wischte mir durchs Gesicht, kniff die Augen zusammen und versuchte, mir nicht zu viele Gedanken zu machen.

Nach einer mehr oder weniger schlaflosen Nacht fielen schließlich die ersten Sonnenstrahlen auf mein Zelt und ich atmete erleichtert auf. Ich stieg aufgeregt in die Klamotten, öffnete den Reißverschluss vom Zelt und wollte die Stelle, von der die Geräusche gekommen waren, nach Fußabdrücken absuchen. Doch als ich einen Schritt nach draußen machte, wurde ich von einer weißen Winterlandschaft überrascht. Es musste irgendwann in der Nacht geschneit haben, und eine zehn Zentimeter dicke Schneeschicht hatte mögliche Fußabdrücke verschwinden lassen.

„Yo, Leon. Morgenstund hat Schnitzel im Mund, oder? Seit wann bist du so früh wach?“ Ich wich einen Schritt nach hinten.

„Verdammt, erschreck mich doch nicht so“, fluchte ich, beruhigte mich aber schnell wieder, „Schnitzel im Mund? Was soll das bitte bedeuten?“

„Kennste nicht? Wenn du aufwachst und so nen Teppich auf der Zunge hast. So, als hätte jemand deine Zunge paniert.“

„Ähm, ja, doch. Natürlich.“

„Alles klar mit dir? Du siehst aus, als hättest du ne Kuh gesehen.“

„Was? Nein … mir geht es gut. Sag mal, Hans. Du warst die Nacht nicht zufällig raus auf Toilette?“

„Nee, wieso?“

Eine Stunde später hatten wir unsere Sachen zusammengepackt und machten uns auf den Weg in das Dorf, in dem wir unsere zweite Nacht verbringen wollten. Lilly hatte sich gewünscht, mit den Glückwünschen und weiteren Geburtstagsliedern bis zum Abend zu warten. Daher stapften wir kurz nach dem Aufwachen weiter bergauf.

„War von euch gestern Abend jemand draußen, bevor wir Lilly ihr Geburtstagslied gesungen haben?“, fragte ich, kurz nachdem wir losgelaufen waren. Sie schüttelten ihre Köpfe.

„War bestimmt nen Tier. Ne Kuh oder so“, antwortete Hans. Während das Tal um uns herum immer kahler und meine Beine immer schwerer wurden, blieb ich öfter einmal kurz stehen und schaute mich behutsam um. Irgendwie konnte ich das seltsame Gefühl nicht abschütteln, dass wir von jemandem beobachtet wurden.

„Seid ihr euch auch sicher, dass wir in die richtige Richtung gehen?“, fragte Lilly, als wir gegen Mittag eine kurze Rast einlegten.

„Jap, ich habe bei sowas immer ein gutes Bauchgefühl.“

„Und deshalb ist es auch so wichtig, dass wir essen. Schaut, ich habe von die Teigtaschen dabei. Schmecken auch kalt super.“

„Keine Sorge, Lilly“, begann Marius, „ich habe darauf geachtet, dass wir immer in Richtung Nordosten gehen.“

„Du hast nen Kompass dabei?“

„Schau her.“ Marius ging zu Hans, kniete sich vor ihm hin und zog seine Armbanduhr aus. „Du richtest die Uhr so aus, dass der Stundenzeiger auf die Sonne zeigt. Dann ziehst du in Gedanken eine Linie vom Stundenzeiger zur Sonne und vom Mittelpunkt der Uhr zur 12 Uhr-Markierung. Diese beiden Linien verbindest du und der Mittelpunk zeigt Richtung Süden.“

„Viel zu viel Mathe“, schoss es aus Hans heraus, „gut, dass ich ein richtig gutes Bauchgefühl habe.“

„Ja, das ist in der Tat unser großes Glück. Wir müssen hier vorne übrigens links abbiegen.“

„Genau“, lachte Hans verlegen, „wusste ich natürlich.“

Wir erreichten das Dorf am frühen Nachmittag. Wie erwartet war es vollkommen verlassen und wirkte wie eine Geisterstadt. Erst im Sommer würden die Einheimischen zurückkehren und Touristen bei ihren Wanderungen eine warme Bleibe zur Verfügung stellen. Der kleine Ort bestand aus fünf Steinhäusern, die teils mehrere hundert

Meter voneinander entfernt waren und durch schmale Trampelwege, auf denen der Schnee etwas tiefer lag, miteinander verbunden waren. Die Dächer der Häuser waren weiß, und vor den Eingangstüren konnten wir mehrere kleine Holzunterstände erkennen. Vor einem von ihnen fanden wir eine große Feuerstelle, neben der mehrere Holzbänke standen. Wir hätten uns keinen besseren Zeltplatz wünschen können.

Die Flamme unseres Feuers loderte, ließ den Schnee um uns schmelzen und der Mond schien heute sogar noch etwas voller. Hans spielte Gitarre und wir sangen gemeinsam sämtliche Lieder, die sich Lilly wünschte. Jetzt war es auch an der Zeit, ihr unsere Geschenke zu überreichen.

Helena hatte Lilly einen Muffin mitgebracht, in den sie insgesamt fünf Geburtstagskerzen steckte und anzündete.

„23 haben leider nicht in die Muffin gepasst. Aber so hast du zwei und drei Kerzen." Lilly pustete sie mit einem Mal aus und wünschte sich etwas.

„Mein Geschenk ist zwar nicht sonderlich kreativ, aber ich würde dich gerne bei deinem Hobby unterstützen." Marius überreichte ihr ein Stricknadelset und ein Wollbündel in Lillys Lieblingsfarbe: mintgrün. Sie freute sich riesig. Und dann war Hans an der Reihe.

„Weißt du noch, in Albanien am Strand? Du hast gemeint, du würdest auch gern Gitarre spielen. Das ist zumindest nen Anfang. Ich helfe dir auch beim Lernen." Lilly riss neugierig das Geschenkpapier auf und zog eine Ukulele heraus. Sie war überglücklich und umarmte jeden Einzelnen von uns. Auch mich, obwohl ich ihr mein Geschenk erst später geben wollte.

„Habt ihr Lust auf ne Gruselgeschichte?", fragte Hans gegen Mitternacht.

Wir hatten bereits um viele Lagerfeuer gesessen, die die Umgebung immer nur in einem begrenzten Radius erhellten. Normalerweise hatte mich das nie gestört. Da ich aber noch immer das Gefühl hatte, dass man uns beobachtete, fand ich es heute gruselig. Theoretisch hätte die Person vom Vorabend ein paar Meter neben uns außerhalb des Lichtradius stehen können, ohne, dass wir es je bemerkt hätten. Bevor ich jedoch meine Bedenken aussprechen konnte, zog Hans seine Taschenlampe hervor, strahlte sich von unten ins Gesicht und begann zu erzählen.

„Ich warne euch. Die Geschichte ist wahr und handelt von einem realen Ort", begann er wie so ziemlich jede Person, die eine Gruselgeschichte erzählte. „Ich will euch von nem Ort in Kanada erzählen: dem *Nahanni* National-Park. Viele Leute sagen, dass der Ort verflucht ist. Nun fragt ihr euch vielleicht warum und denkt, dass sowas Quatsch ist. Oder, oder?" Hans machte eine kurze Pause und schaute erwartungsvoll zu Marius.

„In der Tat", murmelte er.

„Ich wusste es. Aber ich kann dir das Gegenteil beweisen. Lasst mich euch von ein paar Sachen erzählen, die dort passiert sind. Man erreicht den Park nur über einen Fluss, der extrem gefährlich ist. Besonders früher, als die Flöße noch nicht so gut gebaut waren wie das von *Tom Hanks*. Also, 1904 hatten zwei Brüder ne richtig gute Idee und sind dorthin aufgebrochen, weil sie Gerüchte über Gold gehört hatten. Hunderte von Kilometern arbeiteten sie sich mit einfachster Ausrüstung voran. Und sie kamen tatsächlich an. Jetzt ratet mal, was passiert ist."

„Sie haben Gold gefunden?", fragte Lilly trocken.

„Scheiße, ja, ich war etwas zu früh. Sie fanden wirklich Gold und kehrten auch wieder unbeschadet zurück. Aber mit Gold ist das wie mit nem guten Schnitzel. Die Jungs wollten mehr. Deshalb brachen die Brüder ein Jahr später nochmal in das Tal auf. Seitdem hatte man nichts mehr von ihnen gehört. Drei Jahre später, im Jahr 1908, ist der dritte Bruder auf ne Suchmission gegangen und fand in der Nähe von ihrem Camp zwei Skelette. Die ganze Ausrüstung und das Essen waren noch da und die Skelette hatten auch keine Spuren, die auf nen Tierangriff oder so hingedeutet hätten. Ganz im Gegenteil, die beiden Skelette waren gut erhalten. Aber eine Sache war unheimlich." Hans schaute erneut in unsere Gesichter, als würde er Vorschläge erwarten.

„Flogen die Geister der beiden Männer umher und machten Geräusche?", fragte ich.

„Hörten sie sich an, wie die von einem Kuckuck?", schob Lilly nach.

„Oder die von Lämmern?" Ich klatschte unauffällig mit ihr ab.

„Es hat nicht möglicherweise etwas mit Paella-Pfannen zu tun?" Marius kratzte sich am Kinn.

„Ihr nehmt die Sache nicht ernst", murmelte Hans, „aber das werdet ihr noch, wenn ihr die ganze Geschichte kennt. Was den Skeletten nämlich fehlte, waren die Köpfe." Er wedelte nun wild mit der Taschenlampe vor seinem Gesicht umher und versuchte dabei, unheimliche Geräusche zu machen. Helena verschränkte ihre Arme und Lilly, Marius und ich schauten uns fragend an.

„Okay, ich merk schon, ich braucht noch nen bisschen mehr. Auf jeden Fall hatten die Leute von dem Dorf, aus dem die Brüder kamen, Angst – und für ne lange Zeit ist niemand mehr in das Tal gegangen. Es dauerte neun Jahre, bis sich 1917 wieder jemand getraut hat. Er war ein Schweizer, der so wie ihr nicht an Flüche geglaubt hat. Und ihr wisst ja: Schweizer und Gold sind wie Mehl und Schnitzel. Ratet mal, was mit dem passiert ist."

„Sein Skelett wurde ohne Kopf irgendwo im Tal gefunden", antwortete Marius spontan.

„Genau. Jetzt scheißt ihr euch nen bisschen in die Hosen, oder?"

„Hat dir mal jemand gesagt, dass du ein grandioser Geschichtenerzähler bist, Hans?“ Marius runzelte die Stirn. „Doch vielleicht könntest du sie ein ganz klein wenig seltener unterbrechen.“

„Ja, sagt man mir dauernd. Aber ich bin noch nicht fertig. Es wird noch gruseliger. 1942 sind nochmal sieben Männer auf den Weg gegangen. Die hatten Waffen und fühlten sich als Gruppe sicher. Keiner von ihnen kehrte je zurück. Sie verschwanden spurlos und nur von einem wurden die Überreste gefunden. Ihr kennt das Spiel, er hatte keinen Kopf mehr. Habt ihr ne Ahnung, wie viel Menschen dort verschwunden sind?“

„Schatz, haben wir langsam genug mit die kopflose Leute?“

„50!“, schrie Hans laut, „50 Leute sind da verschwunden. Und niemand weiß, wie und wo und warum. Die Einheimischen nennen es ‚Tal der Teufel‘. Aber ich mag ‚Tal der Kopflosen‘ viel mehr. Eine der Leichen wurde übrigens direkt neben nem Lagerfeuer gefunden. Sie saß auf dem Boden. Direkt vor der Feuerstelle – so wie wir heute. Und könnt ihr euch vorstellen, was ihr fehlte?“

Wir schwiegen einen Moment lang und ein lauter Seufzer von Marius hallte durchs Tal. Für kurze Zeit herrschte Stille, doch dann hörte ich ein leises Geräusch in der Nähe unserer Feuerstelle.

„Habt ihr das gehört? Hört ihr das? Sind das Schritte?“, fragte ich panisch.

„Hör auf, Leon, das ist nicht witzig“, antwortete Helena mit zittriger Stimme.

„Bestimmt noch ne Kuh oder so.“

„Keine Ahnung, wie du auf Kühe kommst, aber ich habe auf der ganzen Wanderung noch nicht eine gesehen. Leuchte mal mit deiner Taschenlampe nach dahinten“, flüsterte ich.

Hans richtete den Lichtstrahl in die Richtung, die ich angedeutet hatte, zuckte zusammen und ließ die Taschenlampe auf den Boden fallen. Wir sprangen gleichzeitig von unseren Bänken auf und liefen um das Feuer herum, um möglichst weit von dem entfernt zu sein, was auch immer Hans mit seiner Taschenlampe angeleuchtet hatte.

„Habt ihr das auch gesehen?“, stammelte Lilly.

„Scheiße“, sagte Hans erschrocken, „definitiv keine Kuh.“

Lilly krallte ihre Fingernägel in meinen Arm und wir rückten alle dicht zusammen, während die Schritte immer näherkamen. Je lauter die Geräusche wurden, umso deutlicher erkannte ich eine bedrohlich wirkende Silhouette, die im Schein des Feuers auftauchte. Sie war riesig und stoppte kurz vor unserem Lagerfeuer. Die Flammen loderten wild umher und warfen ein warmes Gelb auf das unbekannte Wesen. Ich kniff meine Augen zusammen und konnte es immer klarer sehen, während Lillys Griff immer fester wurde. Die Silhouette gehörte zu einem bärtigen Mann. Als der Fremde etwas Unverständliches brummte und noch einen Schritt auf uns zu machte, sah ich außerdem, dass er etwas in seiner Hand hielt. Er trug eine lange Axt und starrte uns mit weit aufgerissenen Augen an. Meine Hände wurden eiskalt und das Knistern des Feuers wirkte nun so laut, als würde es fast mein Trommelfell zerreißen. Sollten wir laufen? Doch wohin? Es war stockdunkel, und weder meine Freunde noch ich kannten uns hier aus. Wir würden wohl irgendeinen Abgrund hinabstürzen und nie gefunden werden. Aber was für eine andere Option hatten wir?

„Ich rette uns“, flüsterte Hans und sprach den Unbekannten auf Russisch an. Während Helena, Lilly, Marius und ich die Luft anhielten, führten die beiden ein kurzes, grimmig wirkendes Gespräch. Dann verstummten sie und Hans drehte langsam seinen Kopf in unsere Richtung. „Es tut mir leid.“

Der bärtige Mann hielt seine Axt nun in einer Hand, richtete sie in unsere Richtung und machte mit der anderen Hand eine Schneide-Geste an seinem Hals. So, als würde er unsere Köpfe fordern.

# DAS GEHEIMNIS

**4.508 / 9.600 km bis zur Mongolei**

Der Mann hob seine Axt nach oben, holte weit aus und schlug sie mit voller Kraft in den Boden. Sein grimmiger Blick entspannte sich etwas und er starrte mit weit aufgerissenen Augen zu Hans.

„Ideal'no", antwortete er und drehte sich zu uns rüber. „Seht ihr, ich habe euch doch gesagt, dass ihr euch in die Hosen machen werdet." Er lachte aus vollem Halse. So laut, dass man es sicherlich auch noch im Tal hören können musste. Während Hans sich vor Lachen auf dem Boden kugelte, machte der fremde Mann ein paar Schritte auf uns zu, reichte uns die Hand und stellte sich als Aleko vor. So tauten wir langsam wieder aus unserer anfänglichen Schockstarre auf. Spätestens an dem Punkt, als uns der Mann in sein Haus einlud. Wir setzten uns vor seinen Kamin und bekamen warmen Tee serviert.

„Ich war noch raus, Holz machen und habe dann euer Feuer gesehen", erklärte Aleko. „Normalerweise bin ich zu dieser Jahreszeit der Einzige hier oben und hatte Angst, dass ihr euch vielleicht verlaufen habt. Dann hat Hans erklärt, dass ihr hier wandert und mich um einen Gefallen gebeten. Ich sollte kurz so tun, als würde ich euch die Köpfe abschneiden wollen." Wir blickten grimmig zu Hans hinüber. Er selbst kicherte immer noch.

„Bitte nehmt es mir nicht übel", fuhr Aleko fort. „Wisst ihr was eigenartig ist? Gestern war auch schon jemand hier. Ein riesiger, breit gebauter Russe, der die ganze Nacht durchgewandert ist. Er erzählte mir irgendwas davon, dass er beim Wandern an vier Zelten vorbeigegangen war und fast zu Tode erschrocken ist, als die Leute auf einmal Dinge in einer komischen Sprache geschrien und gesungen haben. Nun ja, er war jedenfalls ein eigenartiger Kerl. Hat ein paar Stunden hier verbracht und ist dann weiter Richtung Gipfel, obwohl dafür eigentlich zu viel Schnee liegt."

Aleko machte mir nicht nur klar, vor wem ich letzte Nacht tatsächlich Angst gehabt hatte, sondern bot uns auch warme Betten an.

„Du hast heute Geburtstag? Dann ist dieser Abend mein Geschenk. Fühlt euch wie zu Hause. Ich würde euch gerne was von meinem selbstgebrannten Schnaps zum Anstoßen geben, aber die Flasche ist schon leer. Ich bekomme um diese Jahreszeit selten Besuch", sagte er zu Lilly und gratulierte ihr.

Wir waren Aleko unglaublich dankbar, tranken fast die ganze Nacht lang gemeinsam Tee und erzählten von unserer Reise. Auch davon, dass uns sein Anblick eine mordsmäßige Angst bereitet hatte.

„Ihr seid lustig. Hier in der Wildnis braucht man keine Angst vor Menschen zu haben. Höchstens vor Tieren."

„Sprichst du von den Kühen?", fragte Hans.

„Kühe? Wie kommst du auf die Idee, dass es hier Kühe gibt? Nein, ich spreche von Bären", erklärte Aleko mit ruhiger Stimme. Marius stieß ein lautes Seufzen aus und Lilly blickte erschrocken zu Hans hinüber. „Aber die gibt es hier nur noch ganz selten."

„Seht ihr, alles sicher. Wie ich gesagt habe." Hans pfiff vor sich hin und schaute zur Decke.

„Aleko, was treibst du hier oben alleine im Nirgendwo?", fragte ich ihn.

„Geld verdienen. Für meine Familie. Wir haben Pferde, mit denen wir im Sommer Touristen auf den Berg führen. Und auch im Winter muss sich jemand um die Tiere kümmern. Das ist mein Job."

„Und wo ist deine Familie?", erkundigte sich Helena.

„Die lebt unten in einem kleinen Dorf in der Nähe von Stepanzminda. In zwei Monaten kommen sie mich besuchen", sagte er und schaute uns glücklich an. Anschließend suchte Aleko nach seinem

Geldbeutel und zeigte uns mehrere Fotos. Bilder von seiner Frau und ihren insgesamt vier Kindern. Es musste schwer sein, die Menschen, die man liebt, nur so selten zu sehen. Aber es schien nicht so, als würde dieser Umstand den Georgier traurig machen, sondern er wirkte auf mich wie ein zufriedener Mann.

„Entschuldige die Frage, aber hast du keinerlei Angst, fremde Menschen in deine Wohnung einzuladen und ihnen sogar ein Bett anzubieten?", wollte Marius wissen.

„Angst? Wovor denn?"

„Beispielsweise davor, dass wir etwas Böses im Sinn haben könnten. Schließlich weißt du nicht das Geringste über uns. Wir könnten gesuchte Straftäter sein", antwortete Marius mit gerunzelter Stirn. Ich konnte aus dem Augenwinkel erkennen, dass Lilly mir einen flüchtigen Blick zuwarf.

„Und was wisst ihr über mich? Was, wenn ich mal im Gefängnis gesessen hätte?" Aleko grinste.

„Bist du wirklich eine Knasti?", fragte Helena mit weit geöffnetem Mund, „wir auch."

„Wirklich? Dann passen wir ja besser zusammen als gedacht." Er klatschte mehrmals in seine Hände. „Warum wart ihr im Gefängnis?"

„Schatz." Hans räusperte sich.

„Weil wir in die Wald nackt getanzt haben."

„Oh, in Ordnung. Interessant. Bei mir war das ein wenig anders. Eines meiner Kinder hat Leukämie. Um irgendwie die Behandlung zu bezahlen, habe ich angefangen, Drogen zu verkaufen und landete schließlich für vier Jahre im Gefängnis. Das hier ist meine zweite Chance. Keine Ahnung, wer ihr seid und was ihr getan habt. Aber ihr wirkt nett und freundlich. Das ist alles, was für mich zählt. Deshalb habe ich euch eingeladen." Helenas Wangen waren leicht gerötet, und sie hielt ihren Kopf gesenkt.

„Danke“, flüsterte Lilly mit Tränen in den Augen und schob zögerlich eine Frage nach: „Wie geht es deinem Kind?“

„Gut. Irgendwann werde ich das Geld für die Behandlung gespart haben. Und wir hoffen, dass unser kleiner Josebi solange durchhält. Aber das wird er schon, er ist ein Kämpfer.“ Er lächelte uns mit einem breiten Grinsen an, während ich selbst gerührt in seine Augen starrte. „Will noch jemand Tee?“

Bevor uns Aleko eine gute Nacht wünschte und unsere leeren Tassen beiseite räumte, sagte er noch einen Satz in englischer Sprache. Zuvor war Hans händeringend damit beschäftigt gewesen, zwischen Deutsch und Russisch zu dolmetschen. Ehe er uns die vier Zimmer zeigte, in denen bereits wärmende Bettdecken bereitlagen, sagte er Folgendes:

„That is life.“ Aleko machte eine kurze Pause. „Very beautiful“, und strich dabei mit seiner rechten Hand über die lachenden Kindergesichter auf dem Foto, das noch immer vor ihm auf dem Tisch lag.

Als wir uns langsam auf den Weg zu unseren Betten machten, griff ich nach Lillys Arm. „Kann ich dir noch mein Geschenk geben?“

„Natürlich, ich bin schon gespannt“, antwortete sie lächelnd und führte mich in ihr kleines Zimmer.

„Es ist nichts Besonderes, eher eine Kleinigkeit, aber … Ich habe dir ja von dem Münzwurf erzählt. Auch davon, dass ich gelogen hatte und eigentlich ‚Zahl‘ oben lag. Aber weißt du, ich habe viel über diese Lüge nachgedacht. Und ich bin mir sicher, dass es eine der besten Entscheidungen meines Lebens war. Deshalb möchte ich dir diese Münze schenken. Denn ohne zu wissen, was für ein Geheimnis du mit dir herumträgst – vielleicht ist die Wahrheit nicht immer wichtig.“ Ich spürte erneut, wie mein Herz kräftig pochte, so als ob es kurz davor wäre, meine Brust zu zerreißen. „Denn … egal ob du Lilly oder Jessica bist … ich mag dich.“

Lilly atmete tief durch, griff die Münze, stellte sich vor mich und nahm meine Hände.

„Darf ich dich etwas fragen?", begann sie.

„Natürlich."

„Damals an dem Wasserfall. Warum hast du niemandem davon erzählt, dass ich bei der letzten Frage getrunken hatte?"

„Du weißt … dass ich es … weiß?" Bisher war ich davon überzeugt gewesen, dass Lilly mich nicht bemerkt hatte. Doch sie nickte. „Ich … habe mir ehrlich gesagt viele Gedanken darüber gemacht. Aber ich kam zu dem Schluss, dass es bestimmt eine Erklärung gibt." Während ich verwirrt auf ihren Pullover starrte, hallten mir erneut Alekos Worte durch den Kopf. „Ich habe mich entschieden, dir zu vertrauen und die Vergangenheit ruhen zu lassen. Aber warum hast du nichts gesagt?" Lilly legte ihre Hand auf meine Wange und schaute mir tief in die Augen.

„Weil … ein Teil von mir sich gewünscht hat, dass du mich verurteilst und dich von mir distanzierst. Dass du irgendwas tust, dass mich davon abhält, mich in dich … zu verlieben. Nicht weil ich dich nicht mag, sondern im Gegenteil. Ich habe schon mal einen Menschen verloren, der mir unendlich viel bedeutet hat. Und ich weiß nicht, ob ich es erneut verkraften könnte. Ich will dir heute endlich die Wahrheit erzählen. Ich möchte dir zeigen, wer Jessica Gross ist. Aber nur, wenn du auch wirklich von meinem Geheimnis erfahren möchtest." Wir setzten uns nebeneinander aufs Bett und Lilly griff wieder nach meinen Händen. Je länger ich in ihre traurigen Augen starrte, umso mehr wurde mir bewusst, wie schwer ihr die Worte fielen.

„Also", begann Lilly mit einem tiefen und traurigen Seufzen, „heute vor genau fünf Jahren feierte ich meinen 18. Geburtstag in einem australischen Club. *Down Under* hieß der Laden. Meine Freundinnen und ich tanzten die ganze Nacht lang. Es war ein schöner und ausgelassener Abend, bis ich in der hinteren Ecke des Clubs meinen Ex-Freund sah. Er hatte mich wenige Wochen zuvor verlassen, weil er mehr Zeit für sich selbst wollte. Plötzlich stand er dort und küsste eine Blondine. Danach bin ich zur Bar gerannt, um mich einfach nur zu betrinken. Als ich den Club verließ, um den letzten Bus zu erwischen, konnte ich kaum noch stehen. Auf dem Weg zur Bushaltestelle überkam mich das Verlangen nach einer Zigarette, dabei hatte ich schon vor über einem Jahr aufgehört. Ich wankte also mitten in der Nacht zu einer Tankstelle, kaufte mit dem letzten Geld eine Packung Zigaretten und rauchte eine nach der anderen, als würde die Wut auf meinen Ex dadurch verpuffen. Natürlich verpasste ich deswegen den Bus und hatte auch nicht mehr genug Geld für ein Taxi." Ich merkte, wie Lillys Hände immer feuchter wurden und ihre Stimme immer schwächer klang.

„Ich rief meine Mutter an und sie kam mich abholen. Sie war noch nicht mal wütend, dass ich mitten in der Nacht anrief. Sie war froh, dass es mir gut ging. Doch dann roch sie den Zigarettenrauch und sah mich enttäuscht an. Ich hatte ihr damals versprochen, nie wieder in meinem Leben eine Zigarette zu rauchen, denn sie hatte … meine Mutter hatte … ein Freund von Mutter war fast an Krebs gestorben." Lilly kullerten mittlerweile dicke Tränen über das Gesicht. „Ich werde nie vergessen, wie sie mich ansah. Jede Nacht träume ich von genau diesem Blick. Er war voller Wut und Trauer. Er war voller Unverständnis. Und während sie mich eine gefühlte Ewigkeit anstarrte, wurde alles dunkel. Ich kann mich nur noch schemenhaft erinnern. Ein lauter Knall, Menschen, die wild durcheinander schrien und laute Sirenen." Ihre Hände lösten sich langsam. Sie legte sie neben sich auf das Bettlaken und schwieg für eine Weile. Dann nahm Lilly tief Luft und erzählte mir den Rest der Geschichte:

„Das nächste, an das ich mich erinnere, ist, wie ich in einem

Krankenhaus aufwachte. Ich schrie nach meiner Mutter, wollte sie sehen, aber jeder sagte mir nur, ich muss mich beruhigen – solange, bis mein Vater völlig benommen ins Zimmer torkelte. ‚Alles wird gut', sagte er und wiederholte es immer wieder, doch das wurde es nicht. Nie mehr. Als sie mich enttäuscht anstarrte, überfuhr meine Mutter eine rote Ampel und wir krachten in einen Lkw. Unser Auto war komplett zerdrückt, doch ich blieb auf dem Beifahrersitz fast unversehrt. Die Ärzte nannten es ein Wunder, ich nenne es Ungerechtigkeit. Sie war … sie war direkt tot. Vater konnte sich nicht mal verabschieden … ich hätte an ihrer Stelle sterben sollen. Wegen mir saß sie in diesem Auto, weil ich rauchen musste und so den Bus verpasste. Und wäre sie nicht so enttäuscht gewesen, dann …" Lilly ließ ihren Blick nach unten sinken und starrte in die Leere. „Ich bin schuld, Leon. Ich habe sie getötet."

Ich wollte etwas sagen, dass Lilly tröstete und suchte verzweifelt nach den richtigen Worten. Doch gab es diese überhaupt? Während ich versuchte, mich in ihre Lage zu versetzten, unterbrach sie meine Gedanken.

„Ich bin weggelaufen, dachte, ich könnte neu anfangen und habe sogar meinen Namen geändert. Aber die Schuld holt mich immer wieder ein. Wer würde schon etwas mit einem Menschen zu tun haben wollen, der …", flüsterte sie mit dumpfer Stimme.

„Lilly", antwortete ich nachdenklich und unterbrach sie, „ich kann mir nicht im Ansatz vorstellen, durch welche Hölle du nach diesem grausamen Unfall gehen musstest und auch heute noch gehst. Aber ich möchte bei dir sein. Bei der Person, die ich damals in Sarajevo kennenlernen durfte. Und es spielt keine Rolle, ob sie Jessica oder Lilly heißt. Und auch nicht, was dieser Person in der Vergangenheit passiert ist." Nun richtete sie ihren Kopf vorsichtig auf und schaute mich an. Sie schniefte laut und rieb ihre Augen.

„Du möchtest … nicht gehen?“ Sie wischte sich mit dem Ärmel ihres Pullovers durchs Gesicht und schaute mich überrascht an.

„Ich möchte mit dir gemeinsam weitergehen. Und keine Vergangenheit könnte daran etwas ändern.“ Unsere Köpfte bewegten sich langsam aufeinander zu und unsere Lippen berührten sich. Obwohl sie es nur für einen kurzen Moment lang taten, fühlte ich eine Wärme, die ich so noch nie gespürt hatte. Ich fühlte eine Geborgenheit, die ich nie mehr missen wollte. Als sich unsere Lippen wieder voneinander lösten, hielten wir uns erneut an den Händen.

„Möchtest du, dass ich heute Abend bei dir bleibe?“

„Das wäre schön“, antwortete sie und lächelte zaghaft, mit Tränen in den Augen. Ich legte mich neben sie aufs Bett und sie presste ihren Rücken an meine Brust. Erst zog sie die Decke über uns, dann griff sie nach meinem Arm und legte ihn um ihren Oberkörper.

„Würdest du mir nochmal die Geschichte von König Edward erzählen?“ Ihr Schniefen wurde langsam leiser und ich konnte unter meinem Arm spüren, dass auch ihr Herzschlag allmählich zur Ruhe kam. Ich erzählte ihr vom Adlerkönig und dem Fliegen, bis mir irgendwann ein sachtes Schnarchen verriet, dass Lilly eingeschlafen war. Daraufhin schmiegte ich mein Gesicht an ihren Nacken, atmete tief durch und schloss meine Augen mit dem Wissen, dass ich gerade nirgendwo lieber wäre, als neben dieser einen Person.

Als ich am nächsten Morgen wach wurde, schaute ich in Lillys schlafendes Gesicht. Sie hatte sich anscheinend irgendwann in der Nacht umgedreht. Während ich sie anschaute, begann sie etwas Unverständliches zu murmeln. Lilly hustete laut, riss ihre Augen auf und sah mich ängstlich an. Wir erschraken beide.

„Hey, Lilly, alles in Ordnung? Hast du einen Alptraum gehabt?“

Sie nickte und lächelte mich an. „Hast du gut geschlafen?“

Ich hatte noch nie zuvor eine Nacht neben einer Frau verbracht.

Normalerweise hätte mir der bloße Gedanke daran Angst gemacht, aber bei Lilly tat es das nicht.

„Ja, und du? Wie fühlst du dich?“

„So gut wie schon lange nicht mehr. Danke, dass du bei mir geblieben bist, Leon“, sagte sie und nahm mich fest in den Arm. „Ich bin froh, dir davon erzählt zu haben.“

„Hast du wirklich Angst davor gehabt, dass ich dich verlassen würde?“ Lilly löste sich von mir und schaute mich mit funkelnden Augen an.

„Leon … ich …“ Plötzlich klopfte es an der Tür.

„Yo, alles klar bei euch? Wollt ihr was essen?“

„Wir sollten zu den anderen gehen“, sagte Lilly mit einem breiten Lächeln, wischte mir meine Haare aus den Augen und wir standen gemeinsam auf.

Der Rest unserer Gruppe wartete bereits an einem voll gedeckten Frühstückstisch. Während Hans kicherte, als er uns beim Verlassen des Zimmers sah, zog Aleko zwei Stühle zurück.

„Schaut, ich habe mit Aleko eine spanisch-georgische Frühstück gemacht.“ Helena präsentierte uns stolz ihre ersten spanischen *Chinkali*. Der Hauptunterschied zu den traditionellen, georgischen Teigtaschen bestand vor allem darin, dass Helena sie mit Olivenöl übergoss. Nachdem wir aufgegessen und gemeinsam etwas aufgeräumt hatten, verabschiedeten wir uns von Aleko. Wir dankten ihm für seine Gastfreundschaft und wünschten ihm von Herzen alles Gute. Als wir unsere Rucksäcke wieder umgeschnallt hatten, begannen wir den Abstieg zurück in Richtung unseres Autos. Doch kurz hinter der Hütte von Aleko blieb Lilly stehen und rief uns zu sich.

„Was haltet ihr davon, Aleko bei seiner zweiten Chance zu helfen? Wir könnten ihm den Scheck vom Schachturnier überlassen, damit er seinem Sohn helfen kann.“

„Richtig gute Idee", antwortete Hans und zog das Kuvert aus seinem Rucksack. Auch der Rest von uns musste nicht lange überlegen, und wir hoben einstimmig unsere Arme.

Als wir die Hütte wieder betraten, saß Aleko am Küchentisch und war in das Bild seiner Familie vertieft. Lilly räusperte sich und der Georgier schnellte nach oben. Nachdem Hans ihm erklärt hatte, warum wir zurückgekommen waren und ihn anschließend überredete, das Geld anzunehmen, stand er wortlos vor uns. Aleko gab uns nacheinander kräftige Umarmungen und schaute uns mit feuchten Augen an. Dann wiederholte er den Satz vom Abend zuvor.

„That is life." Dieses Mal war seine Pause noch etwas länger. „Very beautiful."

Lilly griff nach meiner Hand und ihr Händedruck wurde immer fester, als würde sie meine Hand fast zerdrücken.

# KEINE HOSE, KEINE PROBLEME

*Jason Mraz – I'm Yours*

**4.508 / 9.600 km bis zur Mongolei**

Die Sonne hatte den Schnee mittlerweile vollständig aufgetaut, wodurch manche Teile des Rückwegs zur reinsten Rutschpartie wurden. Um uns nicht zu verletzten, entschieden wir uns dazu, etwas langsamer zu gehen. Da unser Frühstück bei Aleko zudem wesentlich länger als geplant ausgefallen war, erreichten wir unser Auto nicht vor Sonnenuntergang und zelteten auch in der kommenden Nacht.

Lilly und ich ließen uns etwas zurückfallen und gingen einige Meter weiter hinten.

„Es war nicht deine Schuld, sondern ein schrecklicher Unfall. Das weißt du, oder?"

„Das ist nett von dir, doch es war meine Schuld. Ohne mich wäre sie noch am Leben. Aber ich habe gelernt, damit zu leben." Lilly legte ihren Arm um meinen Rücken und stützte ihren Kopf auf meiner Schulter ab.

Ob ich sie wohl irgendwie vom Gegenteil überzeugen konnte? Ich hatte keine Ahnung, aber auch wenn nicht, konnte ich Lilly zumindest dabei helfen, mit ihren Schuldgefühlen zu leben, indem ich für sie da war.

„Und", begann ich zögerlich, „was ist mit deinem Vater?"

„Er hat sein Bestes gegeben. Jedes Mal, wenn er mich ansah und ‚alles wird gut' sagte, konnte ich etwas in seinem Blick erkennen. Seine traurigen Augen sagten mir, dass ein Teil von ihm mich für unseren Verlust verantwortlich machte. Jedes Mal, wenn ich in sein müdes Gesicht sah. Und so habe ich mich auch mit meinen Freunden gefühlt. Niemand wollte es aussprechen, aber jeder kannte den Grund für den Tod meiner Mutter. Deshalb habe ich meine Heimat verlassen und sogar meinen Namen geändert. Ich wollte all das irgendwie hinter mir lassen."

„Habt ihr seitdem miteinander gesprochen?"

„Nein – und ich könnte es auch nicht. Ich habe ihm nicht nur seine Frau genommen, sondern bin dann auch noch einfach davongelaufen. Aber es scheint ihm gut zu gehen. Er überweist mir jeden Monat Geld und schreibt im Verwendungszweck jedes Mal, dass alles in Ordnung ist und ich immer zurückkommen kann. Aber ich glaube, dass es ihm ohne mich besser geht." Während ich ihre Worte auf mich wirken ließ, versuchte ich mir vorzustellen, wie schwer es wohl sein musste, mit einer derartigen Last zu leben. Doch egal wie sehr ich es auch versuchte, ich hatte nicht den blassesten Schimmer.

„Kann ich dir irgendwie helfen, Lilly?" Sie blieb stehen und drehte sich zu mir.

„Das tust du. Heute und an jedem anderen Tag, seitdem ich euch getroffen habe." Lilly lächelte mich an, nahm meine Hände und wir kamen uns erneut näher. Solange, bis sich unsere Lippen fast berührten.

„Yo, ihr beiden, hier schauen Kinder zu", rief Hans und ließ uns abrupt stoppen.

„Meine Augen sind wirklich nicht die besten, aber wo in Herrgottsnamen kannst du hier Kinder entdecken?", fragte Marius.

„Na überall um uns herum. Kinder von Tieren und so. Die verstecken sich, aber können uns sehen."

„Wo hast du eine Tierbaby gesehen, Schatz?" Helena sah sich aufgeregt um.

*„Himbeersorbet,* wir suchen nachher nach Tierbabys. Lasst uns aber zuerst die Zelte aufschlagen. Es wird bald dunkel und hier ist ein guter Platz." Lilly grinste, zwinkerte mir zu und ließ meine Hände wieder los.

„Tierbabys? Wirklich?“, raunte ich zu Hans und rollte meine Augen, als ich meinen Rucksack neben ihm absetzte.

„Ja, sorry. Dachte, es wäre lustig. Aber das nächste Mal sehe ich bestimmt keine Tierbabys.“

„Bestimmt“, murmelte ich und klopfte Hans auf die Schulter. Nachdem wir unsere Zelte aufgebaut hatten, entfachten wir wieder ein Lagerfeuer und ich genoss die Stille der Berge. Zumindest solange, bis Hans wieder eine Frage stellte.

„Erzählt mal. Wovor habt ihr Angst?“

„Ich habe Angst vor diese komische Gerät. Wie heißt das nochmal? *Thermomix?*“

„Du hast Angst vor einem Küchengerät?“, fragte ich erstaunt, „warum denn das?“

„Weil die alles kann. Mixen, kneten, wiegen und kochen. Ist das nicht gruselig? Ich habe Angst, dass die Köche irgendwann keiner mehr braucht.“

*„Biskuitbällchen,* deine Fähigkeiten werden nie von einer Maschine ersetzt werden. Die Leute müssten spinnen. Wo wir auch schon beim Thema wären. Ich habe Angst vor Spinnen.“ Hans schüttelte sich am ganzen Körper.

„Spinnen?“, antwortete Marius überrascht. „Bei dir hätte ich in der Tat mit etwas Verrückterem gerechnet.“

„Spinnen sind ja wohl sowas von verrückt. Komische krabbelnde kleine Tiere. Und wisst ihr, was das Schlimmste ist? Die sind immer bereit. Ein Hund oder ne Katze schläft, aber Spinnen sind immer in Lauerstellung und rasen dann auf einmal auf dich zu. Wenn man zum Beispiel so’n verlassenes Spinnennetz sieht und man denkt ‚hey, die Spinne ist ausgezogen‘. Doch dann fasst man es an und aus dem Nichts ist sie da und schaut dich hungrig an. Mit ihren Beinen und Augen und Haaren. Igitt.“

„Du warst wahrscheinlich noch nie in Australien, oder?“ fragte Lilly.

„Für kein Geld der Welt“, schoss es aus Hans heraus, „da würde ich ja eher Pizza mit Ananas essen.“

Wir lachten, doch wie aus dem Nichts setzte Lilly einen entsetzten Gesichtsausdruck auf.

„Nicht panisch werden, Hans“, begann sie, „alles ist gut. Aber an deinem Bein ist eine kleine Spinne.“ Hans sprang auf, schrie laut und klopfte sich wie wild beide Beine ab. Während er dies tat, brachen erst Lilly und dann auch der Rest von uns in lautes Lachen aus.

„Haste mir grad nen Streich gespielt?“

„Sei mir nicht böse, aber ich konnte einfach nicht widerstehen. Eine kleine Rache unter Freunden.“ Lilly wischte sich die Tränen aus dem Gesicht und konnte langsam wieder durchatmen.

„Rache? Aber wofür?“

„Hmm … vielleicht für die Tierbabys. Oder dafür, dass du einen fremden Mann mit Axt auf die Idee gebracht hast, uns die Köpfe abzuschneiden.“

„Er war ja nicht fremd, sondern er war Aleko. Und ich habe direkt gemerkt, dass er nen lieber Kerl ist.“

„Aber was, wenn er das nicht gewesen wäre?“

„Einspruch, reine Mutmaßung.“ Nun war auch Hans wieder entspannt und sprang energisch auf.

„Sind wir jetzt vor Gericht?“ Lilly zog ihre linke Augenbraue nach oben und sah ihn fragend an.

„Einspruch“, antwortete Hans, „Suggestivfrage.“

„Bist du dir sicher, dass du nicht doch Jura studiert hast?“, scherzte Marius.

„Ziemlich. Dafür braucht man nicht zu studieren. Einfach ein bisschen von der Serie *Law & Order* schauen. Schon ist man Richterexperte. Sag mal, Marius, was hast du nochmal studiert?“

„Richterexperte“, wiederholte Marius und schüttelte den Kopf, „ich habe einen Doktor in Volkswirtschaftslehre. Summa cum laude.“

„Du bist eine Arzt?“, fragte Helena.

Während Marius ihr erklärte, dass mit Doktor nicht der Arzt, sondern ein akademischer Titel gemeint ist, griff Hans nach seiner Gitarre. Anscheinend hatte ihn „Summa cum laude“ an einen Song erinnert.

Wie heißt die Mutter von Niki Lauda?
Mama Laudaaa, Mama Laudaaa

„Um Gottes Willen, Laude, nicht Lauda. Das kommt von dem lateinischen Verb für Lob“, seufzte Marius, „aber was erzähle ich hier eigentlich. Herr Richter, ich beantrage, die letzte Bemerkung zu streichen.“

„Stattgegeben“, antwortete Hans und schaute dann in meine Richtung. „Wovor hast du Angst?“

„Dem Meer“, sagte ich.

„Dem Meer?“

„Ja. Ich kann nicht schwimmen, und wenn ich an das Meer denke, habe ich Angst, zu ertrinken.“

„Ach, stimmt, das hattest du mir damals am Strand schon gesagt. Warum kannste eigentlich nicht schwimmen?“, fragte Hans.

„Naja, das klingt jetzt vielleicht seltsam, aber meine Eltern konnten auch nicht schwimmen und hatten Angst um mich. Deshalb wollten sie mich nie ins Wasser lassen und haben mich nie zum Schwimmunterricht gebracht.“

„Würdest du denn gerne schwimmen können?“, fragte Lilly.

„Ich weiß nicht. Vielleicht irgendwann einmal.“

„Irgendwann bring ich es dir bei. Und dann treiben wir zusammen auf nem Meer und lassen es einfach laufen." Während Hans mir seine Faust entgegenstreckte, konnte ich aus den Augenwinkeln die überraschten Blicke meiner Freunde erkennen.

„Und du, Marius? Hast du auch vor eine Sache Angst?", fragte Helena.

„Ich habe eine sehr bizarre Angst. Versprecht ihr, euch nicht darüber lustig zu machen?"

„Die Angst hat nichts mit deinem Nachnamen Kock zu tun, oder?"

„Nein, natürlich nicht."

„Versprochen, ich werde nicht lachen. Nicht mal ein bisschen", kam es von Hans.

Marius atmete tief durch. „Ich habe Angst davor, ohne Hose aufzuwachen."

„Warum das denn?", fragte Lilly neugierig.

„Meine Mitschüler hatten mich früher gemobbt. Und ihr Lieblingsstreich war es, nach dem Sportunterricht meine Hosen zu verstecken. Nur, damit ich dann in Unterwäsche zum Lehrerzimmer musste und sie mich auf dem Weg dorthin auslachen konnten."

„Oh nein, wie böse. Warum haben die so eine Sache gemacht?" Helena hielt sich ihre Hände vor den Mund.

„Teenager", antwortete Marius emotionslos, „ich war anders und das war für sie Grund genug."

„Scheiße", seufzte Hans, „tut mir leid. Das ist gar nicht gut."

„Schon in Ordnung. Diese Zeiten sind Gott sei Dank vorbei. Damals bin ich an all den Hänseleien fast zerbrochen, aber heute stehe ich über ihnen." Er starrte in die Flammen des Feuers.

„Ein schlauer Mann hat mal gesagt, dass wir alle zerbrochen sind. Nur so kommt das Licht in uns rein", sagte Hans.

„Hast du wirklich gerade *Hemingway* zitiert?" Marius warf ihm einen überraschten Blick zu.

„Tja, das ist mein Summa cum Lauda. Ich kenne mich mit Dingen aus, die mich interessieren. Hundefell, *Cast Away, Hemingway.* Sowas eben.“ Dann sprang er auf und begann mit lauter Stimme damit, einen Dialog aus einem weiteren Werk von *Hemingway* zu rezitieren.

„Maybe“, sprach er und gestikulierte dabei so, als würde er ein Theaterstück aufführen, „you will fall in love with me all over again – Hell, I love you enough now. What do you want to do? Ruin me? – Yes, I want to ruin you – Good, that's what I want too.“

„Auf die Gefahr hin, dass ich mich wiederhole“, grinste Marius, „dieser Mensch ist stets für eine Überraschung gut.“

„Wie ein Ü-Ei“, antwortete Hans und streckte seine Faust aus, doch Marius schüttelte seinen Kopf. „Na, okay. Hatte echt schon bessere Witze. Tut mir auf jeden Fall leid, dass deine Mitschüler solche Arschlöcher waren. Das ist mir zum Glück erspart geblieben.“

„Weil du schon damals dermaßen selbstbewusst aufgetreten bist?“, fragte ich.

„Nee, weil ich nie so richtig in ner Schule war.“ Für einen kurzen Moment verstummten wir. Die Glut das Feuers knisterte laut, während die Zeltplanen in der kühlen Abendbrise flatterten.

„Aber wie …“, begann Marius leise.

„Ne lange Geschichte.“ Es war einer der seltenen Momente, in denen ich im Gesicht von Hans nicht einmal das geringste Lächeln erkennen konnte. „Meine Jugend war nicht so geil. Aber lasst uns über was anderes reden. Weißt du, woran mich deine Angst erinnert? Ich habe mal so nen Kerl getroffen, der mir ne verrückte Geschichte erzählt hat. Wollt ihr sie hören?“

Während Helena aufgestanden war, um ihrem Freund einen Kuss zu geben, nickte der Rest von uns. Hans hatte zuvor Fragen über die Zeit vor seiner Reise immer mit einem Lächeln abgetan und dann das Thema gewechselt. Doch heute wurde mir klar, dass selbst dieser

Mensch, der so unbeschwert und sorglos durch das Leben zu spazieren schien, Dinge mit sich herumtrug, über die er nicht sprechen wollte. Nur Helena schien zu wissen, was hinter der Aussage von Hans steckte.

„Es wäre toll", begann Marius, „wenn du die Geschichte dieses Mal nicht ganz so oft unterbrechen würdest."

„Yo, ich versuche es. Ich habe mal nen Kerl aus dem Saarland kennengelernt", begann Hans mit heiterer Stimme, „wisst ihr, so nen Kerl aus dem Saarland eben." Hans schaute erwartungsvoll in die Runde und Marius schlug seine Hand gegen die Stirn. „Schon gut, war'n Witz. Also, dem Kerl ist die Geschichte wirklich passiert. Zuerst noch kurz zur Ausgangssituation: Er hatte ne Freundin und ihren Freund in Bochum besucht, kam sonntags an und hatte auf 'nem Parkplatz geparkt, der nur am Wochenende kostenfrei war. Er wollte dann Montagmorgen sein Auto umparken. Sie waren abends zu dritt gemeinsam feiern. Er hatte etwas zu viel getrunken und nach der letzten Bar erinnerte er sich an nichts mehr. Blackout. Das Nächste, was er wusste, war, dass er aufwachte, weil ne Frauenstimme ihn fragte, ob alles in Ordnung sei. Er kam also langsam zu sich, schaute sich um und bemerkte, dass er in ner Toilette vor nem Urinal stand. In Unterhose und T-Shirt. Schuhe hatte er auch an. Er war anscheinend im Stehen eingeschlafen. Als es erneut klopfte, öffnete er die Toilettentür und vor ihm stand ne Frau in Security-Uniform. Sie fragte ihn, was zur Hölle er dort tat, aber er konnte es ihr nicht sagen. Schließlich konnte er sich an nichts erinnern. Ratlos gingen sie gemeinsam in Richtung des Eingangs des – wie sich herausstellen sollte – Casinos und überlegten, was sie machen konnten. Sie erzählte ihm, dass sie von nem Mitarbeiter angerufen wurde. Er meinte, dass gerade ein Mann ohne Hose ins Casino gekommen und zielgerichtet zur Toilette gegangen ist. Das alles war ganz schön kurios, weil er noch nie in dem Laden gewesen war. Aber gut. Das große Problem war nun folgendes: Er hatte die Freundin in Bochum zum ersten Mal besucht und ihre Adresse auf dem Handy gespeichert. Aber das war in der verschwundenen Hose. Er konnte sie also nicht kontaktieren. Das Ganze passierte übrigens um 8 Uhr morgens und er konnte durch die Glastür des Casinos den Menschen dabei zuschauen, wie sie zur Arbeit gingen. Es war ne denkbar doofe Situation, aber alle waren nett zu ihm. Dann riefen sie die Polizei, weil sie nicht wussten, was sie sonst machen sollten.

Leider konnte er sich noch nicht einmal an irgendwas in der Nähe ihrer Wohnung erinnern. Aber natürlich kannte er den Namen seiner Freundin. Zum Glück gab es auch nicht so viele Frauen mit vietnamesischem Namen in Bochum und so fand die Polizei recht schnell eine Adresse. Aber als sie ihm diese vorlasen, gab es ein neues Problem. Er konnte sich zwar nicht mehr an den Straßennamen erinnern, aber er wusste, dass er einen Tag zuvor nicht die von den Polizisten genannte Adresse ins Navi eingegeben hatte. Und dann wurde ihm auch bewusst, warum. Seine Freundin war zwei Wochen zuvor umgezogen und hatte sich noch nicht umgemeldet. Das hatte sie ihm am Abend zuvor erzählt. Alle waren ratlos. War ein bisschen so wie bei nem *Scotland Yard*-Spiel. Während die Polizisten über den weiteren Verlauf diskutierten, verließ er kurz das Casino und fragte einen Passanten nach ner Zigarette. Er hatte mir erzählt, dass es noch nie so einfach war, ne Kippe zu schnorren. ‚Entschuldigung, kann ich eine Kippe haben? Habe meine Hose verloren. Danke. Feuer bräuchte ich bitte auch'. Aber weiter mit der Geschichte.

Sie fanden keine Lösung und einigten sich darauf, gemeinsam zum Polizeirevier zu fahren. Irgendwann würde ihn schon wer vermissen. Also verabschiedete er sich freundlich von seinen neuen Casinofreunden und ging mit den Beamten nach draußen zum Auto. Er meinte übrigens, dass es recht unangenehm war, morgens um 9 Uhr in Unterhose von Polizisten abgeführt zu werden, während

Hunderte Menschen auf die S-Bahn warten. Dann wurde ihm die Tür des Polizeiautos geöffnet, er blickte sich noch ein letztes Mal kurz um und konnte plötzlich seinen Augen nicht trauen. Sie standen direkt vor der Wohnung seiner Freunde. Das Casino befand sich etwas zurückstehend und daher konnte er die ganze Zeit nicht erkennen, dass sie sich zwei Häuser neben ihrer Wohnung befanden. Überglücklich machte er die Polizisten darauf aufmerksam, aber irgendwie wollten sie ihm nicht so recht glauben. Deshalb bestanden sie darauf, ihn zur Wohnung zu begleiten. Sie klingelten, stapften drei Stockwerke nach oben und gingen durch die Wohnungstür, die seine Freundin bereits geöffnet hatte. Er ist zuerst rein, um den Freunden zu sagen, dass er die Polizei dabeihat und fragte, ob sie ne Idee hatten, wo seine Hose sein könnte. Die beiden sahen ihn völlig entsetzt an. ‚Haste mal in dein Zimmer geschaut?' Er konnte die Antwort beim besten Willen nicht verstehen, ging aber trotzdem zum Bett, um nachzusehen. Und da lag sie. Seine Hose samt Geldbeutel und Handy. Gar nichts davon machte Sinn, aber er war einfach nur froh, fiel auf das Bett und schlief ein.

Am nächsten Tag erzählten ihm die Freunde die Geschichte aus ihrer Sicht. Nach der Bar, in der er sich betrunken hatte, haben sie ihn nach Hause getragen und ins Bett gelegt. Irgendwann am frühen Morgen wurden sie dann wach, als sie hörten, dass er aus dem Haus ging. Sie dachten aber, dass er zu seinem Auto unterwegs war, um es umzuparken. In Wirklichkeit schlafwandelte er. Er verließ sein Bett, zog sich lediglich Schuhe an, ging zwei Stockwerke nach unten, dann 20 Meter die Straße lang und dort in ein wildfremdes Casino auf die Toilette. Er erzählte mir, dass er noch nie in seinem Leben so froh darüber war, nicht nackt zu schlafen."

„Das klingt … wirklich verrückt. Irgendwie hoffe ich für deine Bekanntschaft, dass er sich die Geschichte doch ausgedacht hat", staunte ich.

„Ich glaub, er hat die Wahrheit gesagt. Er sah aus wie ein Kerl, dem sowas passiert."

„Wie sieht denn jemand aus, der ohne Hose in einem Casino aufwacht?", fragte Lilly mit gerunzelter Stirn.

„Er hatte lange Haare, wirkte etwas daneben. Eigentlich so wie ich. Nur, dass er nen Haufen Tattoos hatte. Was hältst du von der Geschichte, Marius? Konnte sie dir die Angst nehmen?"

„Angst nehmen? Das wäre ein absolutes Horrorszenario", antwortete Marius, „doch ich freue mich für deine Bekanntschaft, dass er die Situation so elegant gelöst hat. Aber genug von Hosen. Lilly, wovor hast du Angst?" Sie drehte ihren Kopf in meine Richtung und schaute mich an.

„Ich habe … Angst davor, den letzten Abend meiner Geburtstagswanderung ohne Musik zu verbringen." Ihre Mundwinkel zogen sich weit nach oben.

„Na, da kann ich helfen", jubelte Hans.

„Das habe ich mir fast gedacht", antwortete Lilly.

„Lasst uns zusammen nen Song spielen. Nen Song, der uns alle Ängste nehmen wird. Außer meine mit den Spinnen." Hans sprang auf und griff nach seiner Gitarre. Dann begann er, jedem von uns ein Instrument zuzuordnen.

„Marius, du spielst die Bongo. Trommel einfach auf dem Stück Holz hier. Lilly, du spielst Ukulele und Leon schnipst mit seinen Fingern. *Zwetschgenknödelchen,* kannste zwei Teller nehmen und aneinanderhauen?"

„Aber ich kann doch noch gar nicht spielen", protestiere Lilly.

„Nicht schlimm. Schlag einfach in die Saiten. Wir improvisieren, so wie beim Jazz. Seid ihr bereit? Ihr kennt den Song alle. Wir spielen *Jason Mraz – I'm Yours.*"

But I won‘t hesitate no more, no more
It cannot wait, I‘m yours

Marius klopfte konzentriert gegen den Holzstumpf, Lilly zupfte ratlos verschiedene Saiten ihrer Ukulele, ich schnipste meine Finger im Takt und Helena schlug die beiden Teller gegeneinander, während sie neben ihrem Freund tanzte. Das laute Knistern des Lagerfeuers begleitete unser Konzert und die raue Stimme unseres Freundes hallte kräftig durch die Stille der Nacht.

Well, open up your pants and feel the breeze
Open up your pants and, damn, you‘re free
And look into your heart you don’t need Shorts, Shorts,
Shorts, Shorts

Helena hatte nun ihre Augen geschlossen, die Teller zur Seite gelegt und bewegte sich um das Feuer. Auch Marius stand mittlerweile und tanzte zurückhaltend neben den Flammen. Dann stand auch Lilly auf, legte ihre Ukulele beiseite, zog mich vom Baumstamm nach oben und legte meine Hände um ihre Hüfte. Ihre eigenen schlang sie um meinen Hals und sah mich zufrieden an.

„Möchtest du wissen, vor was ich wirklich Angst habe?“, flüsterte sie.

„Vor was?“

„Davor, dich zu verlieren.“ Ihre Augen waren tief wie das Meer, doch heute Abend hatte ich keine Angst davor, zu ertrinken.

Listen to the music of the moment
people dance and sing
We‘re just one big family

And it‘s our Godforsaken right not to wear Shorts,
Shorts, Shorts, Shorts

Ich spürte, wie Lilly mit ihren zarten Fingern über meine Wange strich. Die Seiten unserer Nasen berührten sich und ich fühlte die Wärme ihres Atems.

„Davor brauchst du keine Angst zu haben. Versprochen“, flüsterte ich zurück. Für einen endlos langen Moment schien die Zeit still zu stehen, dann küssten wir uns.

So please don‘t, please don‘t, please don‘t
There‘s no need to complicate
Cause our time is short
This, oh this, this is our fate, I‘m yours

Unsere Lippen lösten sich langsam voneinander und wir schauten uns strahlend an. Mein ganzer Körper bebte.

„Das war wundervoll“, sagte sie.

„Ähm … danke, gleichfalls. Ach, verdammt.“ Ich spürte, wie meine Wangen immer heißer wurden und ich unbeholfen nach besseren Worten suchte. Lilly lächelte und gab mir einen weiteren, kurzen Kuss.

„Kommst du mit mir?“, sagte sie und zeigte mit ihrem Kopf in Richtung Zelt. Ich nickte, um so zu verbergen, wie sehr meine Stimme zitterte und folgte ihr.

Der harte Zeltboden wirkte auf einmal, als wäre er das weichste Bett der Welt. Bei jeder unserer Berührungen fuhr es wie ein Blitz durch meinen Körper. Sie zog mein T-Shirt aus, führte ihren Mund an meinem Hals entlang und legte ihre warmen Hände an meinen Rücken. Mein Herz pulsierte und ich wünschte mir mit jedem

Atemzug, dass dieser Moment niemals enden würde. Während von draußen die Gitarrenklänge von Hans zu uns ins Zelt drangen, verbrachten Lilly und ich eine Nacht, die nur uns beiden gehören sollte.

Später, als die Schatten der Flammen nicht mehr über die Zeltwand tanzten und alle Geräusche um uns herum verstummt waren, lagen wir engumschlungen nebeneinander. Bevor wir unsere Augen schlossen, flüsterte sie einen letzten Satz: „Leon, bitte lass mich nie mehr los."

„Versprochen", antwortete ich und hauchte einen Kuss auf ihren Nacken. Und während ich dies tat, ergänzte ich in Gedanken das Stück Papier auf meinem Wohnzimmertisch um ein weiteres Wort. Ich schrieb es unter MEHR, neben „Freundschaft", „Optimismus" und „Vertrauen". Ein Gefühl, dass ich nie mehr missen wollte: Liebe.

# DER MANN AM TELEFON

*Rammstein – Reise, Reise*

**6.711 / 9.600 km bis zur Mongolei**

Die Buchstaben der Straßenschilder verwandelten sich in Hieroglyphen und die Geldscheine waren mit ungewohnt langen Zahlen bedruckt. Kurz hinter der russischen Grenze hielten wir an.

„Es ist so weit", verkündete Hans freudestrahlend, „die letzte Wünsch-dir-was-Runde vor der Mongolei. Wer will anfangen?"

Während ich nachdachte, ließ ich meine Blicke schweifen. Vor mir lag eine endlos wirkende, flache Steppe und hinter mir konnte ich noch immer das Gebirge erkennen, in dem wir zwei Tage zuvor gewandert waren. Neben mir blickte ich auf Lilly, deren schwarze Haare mittlerweile bis leicht über die Schultern hingen. Ihren Pony hatte sie mit Hilfe von Helena gelegentlich selbst geschnitten. Die letzten neun Monate waren atemberaubend gewesen und hatten mich viel über Freundschaft, Mut und auch Vertrauen gelehrt. Doch nun, da ich mich mit Lilly ausgesprochen und wir uns geküsst hatten, brachte die Liebe meine Gefühle in völlig neue Höhen.

„Ehrlich gesagt, bin ich wunschlos glücklich", erklärte ich. Lilly gab mir einen Kuss und ich konnte an den lächelnden Gesichtern der anderen erkennen, wie sehr sie sich für uns freuten.

„Na gut, ich habe ne richtig gute Idee. Was haltet ihr davon, wenn wir uns irgendwas richtig Verrücktes wünschen. Wisst ihr, was ich meine?"

„Etwas Verrücktes? Wie würdest du denn die Dinge, die uns normalerweise so passieren, bezeichnen?" Marius schaute ihn skeptisch an.

Hans zog seine Schultern nach oben. „Normal halt."

„Ich habe was", sagte Lilly. „Ich wünsche mir, dass irgendwann mal ein Schnitzelsong von Hans in den deutschen Single-Charts landet."

„Dann wünsche ich mir, eine Mrs Wilson zu finden – irgendwo", fuhr Helena fort.

„*Franzbrötchen,* du möchtest, dass Mr Wilson ein anderes Auto heiratet? Geht sowas überhaupt?"

„Möglicherweise würde sowas in Las Vegas funktionieren", mutmaßte Marius.

„Nein", widersprach sie, „muss nicht heiraten sein. Kann ja auch irgendwie anders gehen, denke ich."

„Ich würde mir wünschen", begann Marius, „dass niemand von uns jemals wieder hinter Gittern landet."

„Fandest du das so schlimm?" Hans schob seine Unterlippe nach vorne. „Wie auch immer. Ich wünsche, dass Leon irgendwann lernt zu schwimmen. Und dann mit mir zusammen ins Wasser pink…"

„Schwimmen lernen", unterbrach ich ihn, „lass es uns dabei belassen. Ich wünsche mir, in der Mongolei anzukommen und die Adlerjäger zu sehen. Vielleicht ist das nicht ganz so verrückt, aber zumindest fühlte es sich so an, als ich damals aufgebrochen war."

„Na, das nenne ich mal nen schönen Abschluss. Also. Seid ihr bereit, für *la gran final?*"

„Schatz, hier sagt du besser *el gran final.* Mit *la gran final* meint man eher so eine Finale vom Fußball zum Beispiel."

„Diese Ironie." Marius musste laut lachen.

Wir legten unsere Hände aufeinander und rissen sie abermals zum Himmel. Damals wussten wir noch nicht, dass dieses Mal einer unserer Wünsche nicht in Erfüllung gehen sollte.

Zu Beginn unserer Russlandetappe mussten wir uns an viele Dinge gewöhnen. Zunächst einmal war da die Größe dieses Landes. In Russland lagen zwei Städte, die auf dem Handy fast wie Nachbarorte wirkten, mehrere tausend Kilometer voneinander entfernt. Außerdem wirkten viele Russen auf den ersten Blick sehr kühl und abweisend, tauten dann aber schnell auf, sobald man mit ihnen ins Gespräch kam. Und dank der Sprachkenntnisse von Hans war dies auch kein Problem. Er fand sogar richtig Spaß daran, uns mit seinem Russisch weiterzuhelfen und hatte es sich zum Ziel gesetzt, Marius ein wenig zu unterrichten. Eine weitere Sache, an die ich mich erst gewöhnen musste, war meine Beziehung zu Lilly. Viel zu oft ertappte ich mich dabei, wie ich mir Gedanken darüber machte, ob ich mich richtig verhielt. Schließlich war es das erste Mal, dass ich eine Beziehung führte. Aber Lilly schaffte es, mir diese Ängste mit jedem Tag etwas mehr zu nehmen. Mit jedem Händehalten, jeder Gute-Nacht-Geschichte, die ich ihr zum Einschlafen erzählte, jedem Kuss und jedem Morgen, den ich neben diesem wundervollen Menschen beginnen durfte.

Zwei Wochen, nachdem wir die Grenze überquert hatten, legten wir unsere erste längere Pause in Ufa ein, einer russischen Großstadt, die entlang der Strecke in Richtung Mongolei lag. Wir hatten uns vor einem leuchtenden Riesenrad versammelt, das direkt auf dem Parkplatz vor einem gut besuchten Einkaufszentrum aufgebaut war. Während ich auf die Wohnblöcke aus Beton starrte, die uns zu allen Seiten hin umgaben, bereitete Hans sein heutiges Konzert vor und zog sich um.

„Hello my friends. Nice that you are here tonight. Welcome to my first Show in Russia after a long time. Because I know that all Russian people love *Rammstein* so much, my first song is from the very famous German band *Rammstein*. The name is *Reise, Reise.*“

Aus der Pfanne hört man Zischen
Wo Pilz und Sahne sich vermischen
Ich freue mich auf den Verzehr
Du bist all das, was ich begehr'
Gut. Guten.

Schnitzel, Schnitzel, Jägerschnitzel
Rezept auf die Hand gekritzelt
Der eine schwitzt Schalotten an
Der andere macht Weißwein dran

Schnitzel, Schnitzel, Jägerschnitzel
In der Pfanne staut sich Hitze
Der eine spritzt Zitrone drauf
Der and're isst es ohne auf

„Schaut euch nur an, wie die sonst so grimmig wirkenden Russen völlig ausgelassen tanzen. Wie macht dieser Mensch das nur?", fragte Marius.

„Hans hat eben so eine Talent. Er kann sehr gut andere Menschen lachen lassen." Helena schloss sich den Jägerschnitzel-Chören an.

„Das kann er wirklich", stimmte Lilly zu und zog an meinem Arm. „Los, lass uns wieder tanzen gehen. Wie damals."

Wie gewohnt folgte auf diesen Auftakt eine bunte Reise durch das deutsche Liedgut. Die *Spider Murphy Gang* mit *Skandal im Schweinestall, Tim Bendzko* mit *Nur kurz das Schnitzel braten* und *Steffen Jung* mit *Maximal paniert.* Lilly, Helena, Marius und ich hatten in der Menge Platz gefunden und tanzten, sangen und schlossen uns den Gesängen der anderen Fans an. Auch, wenn wir kein Wort von ihnen verstehen konnten.

Nachdem das Konzert beendet war, und der Applaus langsam leiser wurde, löste sich die johlende Menschenmenge allmählich auf. Hans unterhielt sich seit einer ganzen Weile mit einem Mann mittleren Alters, der einen schicken Anzug trug. Der Russe gestikulierte wie wild, strahlte Hans dabei an, als wäre er *Russia's Next Superstar,* und schüttelte ihm wiederholt euphorisch die Hand. Dann verschwand er in einer schwarzen Limousine.

„Wer war denn diese Mann, Schatz?"

„Juri, ein ziemlich reicher Kerl. Kein Scheiß, so hat er sich vorgestellt. Juri ging zufällig hier vorbei und hat sich in meine Musik verliebt. Und dann hat er uns für heute Abend in seinen Nachtclub eingeladen. Da ist *Ladys Night.* Ich soll da nen kurzen Song spielen."

„Hast du die Einladung angenommen?", fragte ich.

„Klar. Er hat mir versprochen, im Gegenzug nen 1000 Euro-Scheck für das Tierheim hier in Ufa auszustellen. Kommt ihr mit?"

„Ich war schon lange nicht mehr in eine Club. Lasst uns tanzen gehen."

Kurz vor Mitternacht standen wir vor der langen Schlange eines russischen Clubs und schauten auf die überwiegend weiblichen Gäste. Sie trugen ausnahmslos kurze und oft sogar glitzernde Abendkleider, manche bedeckten ihre Schultern mit einem Pelz, und die Höhe einiger High Heels ließen uns wie Zwerge erscheinen. Wir waren im Vergleich völlig underdressed.

„Sag mal, Hans", begann Lilly, „hat Juri zufällig irgendwas von einer Kleiderordnung erwähnt?"

„Ein bisschen. Er meinte aber, dass wir uns keinen Kopf machen sollen, da wir Ehrengäste sind. Juri sagte nur, dass ich keine Flipflops tragen soll."

„Und warum trägst du welche?"

„Na, weil es Statement-Flipflops sind. Wenn ich die nicht tragen würde, wäre das doch ein schlechtes Statement, oder? Kommt, da vorne ist der VIP-Eingang."

Während wir ihm folgten und sein „Statement" belächelten, baute sich ein riesiger Türsteher vor uns auf. Seine Statur glich der eines Kleiderschranks, die Arme hatte er vor der Brust verschränkt und er musterte Hans von oben bis unten. Schließlich blieb er bei seinen Füßen stehen und schaute ihn entsetzt an.

„Das da. Was ist das? Willst du mich verarschen?", brummte er.

„Ein Statement. Ich bin Schnitzel-Hans, ein Freund von Juri." Der grimmige Türsteher hielt sich daraufhin die Hand ans Ohr und schien über Funk mit jemandem zu sprechen. Seine Miene entspannte sich schlagartig, er verbeugte sich und bat uns herein.

„Kommt, meine Freunde. Juri erwartet euch. Dawai, dawai."

Er führte uns zu einer runden Sitzecke, in der Juri uns mit offenen Armen empfing. Ich nahm auf einer der roten Polstergarnituren Platz und schaute mich um. Der Männeranteil war auffällig niedrig und die wenigen, die ihren Weg hierher gefunden hatten, wirkten wie reiche Geschäftsleute. Fast alle Gäste befanden sich auf einer endlos wirkenden Tanzfläche und bewegten sich zu elektronischer Musik.

„Da seid ihr ja", jubelte Juri, „und du hast ja doch die komischen Schuhe an. Hältst dich anscheinend nicht an Regeln. Mutig. Das mag ich. Was wollt ihr trinken?" Hans schaute stolz in unsere Richtung, zwinkerte mit einem Auge und flüsterte uns „Statement" zu.

„Was kostet denn die Getränk. Sieht teuer aus deine Club. Aber ist schön", antwortete Helena.

„Für Frauen ist heute alles umsonst", antwortete Juri. Helena strahlte und schaute uns überrascht an.

„Habt ihr das gehört? Heute Abend kommen alle auf mir und Lilly." Wir hüstelten verlegen im Takt.

„*Vanillebeutelchen,* das kannste so nicht sagen. Das kann man falsch verstehen.“

Lilly grinste und zog sich an mich ran. Ich freute mich bereits darauf, später wieder ganz unspektakulär neben ihr im Zelt einzuschlafen und ihr eine Geschichte zu erzählen. Diese unspektakulären Momente waren Dank ihr so unbeschreiblich spektakulär geworden.

„Yo Marius, haste gesehen? Hier gibt es gute Cocktails. Verstehst du? Kock-Tails.“ Hans kicherte wieder.

Marius seufzte und wischte sich mit der Hand über die Stirn. „Könnte ich bitte einen Martini haben?“, fragte er höflich.

„Martini? Bist du *James Bond?“,* platzte es aus Juri heraus und er schlug sich dabei lachend auf den Oberschenkel, „Natascha! Bring uns sechs Wodka. Und wo ist eigentlich deine Begleitung?“

„Seine Beziehung hat momentan ein paar Probleme“, antwortete Hans.

„Probleme? Da habe ich eine Lösung. Julenka, komm. Dawai. Kümmere dich um *James Bond.“*

„Danke, aber ich möchte verzichten“, sagte Marius und forderte die halbnackte Frau freundlich dazu auf, nicht auf seinem Schoß Platz zu nehmen.

„Was ist denn los mit dir? Bist du schwul oder was?“ Juris Gesichtsausdruck wirkte nun auf einmal sehr ernst. Marius schaute ihn mit müden Augen an.

„Und was, wenn ich das wäre?“

„Dann würde ich dich persönlich hier rausschleifen. Schwuchteln haben in meinem Club nichts verloren.“ Marius starrte ihn noch immer an, ohne eine Miene zu verziehen.

„Keine Sorge. Dafür besteht keine Notwendigkeit.“ Marius nickte emotionslos und entschuldigte sich. „Ich werde an die frische Luft gehen und draußen warten. Viel Erfolg bei dem Konzert.“

„Was ist denn los mit dem?“, schnauzte Juri, als Marius sich vom Tisch entfernte. Während Hans mit ihm diskutierte, schaute ich zu Lilly.

„Ich werde zu ihm gehen“, sagte ich und sie nickte mir zu. Ich stand auf und schaute nochmal kurz zu Juri rüber.

„Was? Bist du jetzt auch noch schwul?“, brüllte er und sein Kopf wurde immer roter. Mein Herz schlug bis zum Hals und Juris aufgequollene Adern zogen sich quer durch sein Gesicht.

„Du solltest dich schämen“, sagte ich, drehte mich um und verließ mit schnellen, wenn auch wackligen Schritten den Club.

Draußen stand nach wie vor eine lange Schlange. Ich schaute mich hektisch um und suchte nach Marius. Links blickte ich in eine menschenleere Seitenstraße, vor mir torkelten zwei betrunkene Jugendliche umher. Ich schaute nach rechts und sah eine kleine Bank, auf der eine einzige Person Platz genommen hatte. Sie leuchtete abwechselnd in den verschiedenen Farben einer großen Leuchtreklame, die über einem Schaufenster auf der anderen Straßenseite hing. Ich war mir recht sicher, dass es Marius war, der dort alleine saß. Als ich näher kam, bemerkte ich, dass er telefonierte.

„Ja, es tut mir leid … alles … ich weiß.“ Marius machte eine kurze Pause und ich konnte hören, wie er schniefte. „Mir ist bewusst, wie egoistisch das ist, aber … es tut mir wirklich leid, Julius. Hallo? Bist du noch da? Julius?“ Marius ließ den Arm samt seinem Telefon langsam nach unten fallen und starrte auf die leere Straße vor ihm.

„Julius?“, fragte ich, und Marius zuckte zusammen.

„Leon, was tust du denn hier“, sagte er erschrocken, „du belauschst gerne fremde Telefonate, oder?“

„Ich wollte dich nicht … möchtest du … darf ich mich zu dir setzen?“

„Gerne“, seufzte er, rutschte etwas zur Seite und zog ein Taschentuch aus seiner Jacke. „Ich bin es leid, Leon. Ich bin es wirklich leid", schluchzte er und wischte sich die Tränen aus dem Gesicht. „Wäre es wirklich zu viel verlangt, wenn Menschen sich um ihre eigenen Probleme kümmern würden? Seit meiner Kindheit verfolgt mich diese Frage. Ich bin es wirklich leid." Ich legte meinen Arm um Marius und klopfte ihm auf die Schulter.

„Falls du darüber sprechen möchtest … ich bin hier." Marius drehte sich kurz zu mir und ich erkannte, dass seine Augen gerötet und völlig verweint waren.

„Weißt du, meine Eltern sind sehr gläubig und zogen mich sehr streng auf. Ich war nie jemand, der groß feiern wollte, aber selbst wenn, hätte ich es nicht tun dürfen. Während die anderen in meinem Alter anfingen, in Clubs zu gehen, las ich bis spät in die Nacht Bücher. Hast du mal in der Schule jemanden vor dem Unterricht gefragt, ob du noch schnell die Hausaufgaben abschreiben kannst?"

„Nicht oft, aber ja. Gelegentlich."

„Genau diese Person war ich. Also die Person, die man für so etwas fragte: Marius, der Streber. Marius, der Langweiler. Alle erdenklichen Variationen von meinem Nachnamen ‚Kock'. Beim Volleyball im Sportunterricht war ich der Kock-Blocker, in Biologie war es … nun ja. Mir wurden alle möglichen Namen gegeben. Ich habe nie jemandem auch nur irgendetwas getan und dennoch machten sich alle über mich lustig. Die einzigen Personen, die mir halfen, waren meine Eltern. Sie haben mich von der Schule genommen und auf ein Elitegymnasium geschickt. Doch jetzt kommt die Ironie der ganzen Sache. Hast du eine Idee, was das Erste war, das mir meine neuen Mitschüler sagten?" Ich schaute traurig zu ihm und schüttelte meinen Kopf.

„Sie zeigten auf andere Schüler und erklärten: ‚Von dem da musst du dich fernhalten. Seine Eltern haben gar kein Geld, sondern mussten für die Schule einen Kredit aufnehmen. Und vor dem da solltest du dich in Acht nehmen. Der steht auf Kerle.' Das Einzige, das sich geändert hatte, war, dass ich nun nicht mehr die Person war, die gemobbt wurde. Das ist die Welt, in der wir leben. Menschen, die anders sind, werden ausgelacht und ausgegrenzt. Jahre später absolvierte ich meine Promotion und meine Eltern waren unglaublich stolz auf mich. Sie standen mit funkelnden Augen vor mir, als ich ihnen davon erzählte. ‚Wir könnten uns keinen besseren Sohn wünschen', sagten sie. Es gab nur eine Sache, auf die sie nach wie vor hofften. Sie wünschten sich, dass ich endlich eine Frau finden und heiraten würde. Sie haben sogar versucht, mich zu verkuppeln: Mit Töchtern von Freunden, jungen Mitgliedern ihrer Kirchengemeinde und mit Frauen, die sie aus ihrem Golfclub kannten. Aber irgendwie habe ich nie jemanden gefunden, geschweige denn so etwas wie Liebe gefühlt. Versteh mich nicht falsch, Leon. Es hat mir an nichts gefehlt und ich hatte mich damit abgefunden, alleine zu sein. Außerdem genoss ich es, dass Menschen sich nicht mehr über mich lustig machten, sondern meinen Job und mein teures Auto bewunderten. Doch dann hat sich eines Tages alles geändert." Marius drehte seinen Kopf langsam zu mir und obwohl er versuchte, zu lächeln, stand ihm die Trauer ins Gesicht geschrieben.

„Die Firma, für die ich arbeite, organisiert jedes Jahr eine große Weihnachtsfeier, und auf einer von ihr lernte ich Julius kennen. Ich hatte ihn vorher noch nie gesehen, da er auf einer anderen Etage arbeitete. Wir verstanden uns von Beginn an blendend, redeten ununterbrochen, tranken Martini und mussten schließlich gehen, als die Feier zu Ende war. Aber Julius und ich wollten uns noch nicht verabschieden. Wir fanden eine Bank, so wie die in Trabzon, auf der ich mit dir gesessen hatte. Julius und ich saßen dort bis zu den ersten Sonnenstrahlen. Es war ein wunderschöner Abend, doch auf einmal küsste er mich aus heiterem Himmel. Ich wich erschrocken zurück und schaute ihn entsetzt an. Und wie von selbst küsste ich ihn nun auch." Marius starrte mit weit aufgerissenen Augen zum Himmel. „Es war eines der schönsten Gefühle, die ich je hatte. Aber ich wusste, dass ich so ein Leben nicht leben konnte. Meinen Eltern würde es das Herz brechen und du kennst ja die Gesellschaft, in der wir leben. Überall gibt es Menschen, die Juris Ansichten zustimmen würden. Nein, ich weiß, wie es sich anfühlt, behandelt zu werden, als würde etwas nicht mit einem stimmen. Beleidigt zu werden für Dinge, für die man nicht beleidigt werden sollte. Nie wieder möchte ich dieses Gefühl haben." Ich starrte gemeinsam mit Marius zu den Sternen.

„Hast du mal versucht, mit deinen Eltern darüber zu sprechen? Vielleicht würden sie ja hinter dir stehen."

„Keine Chance. Das würde in ihren Augen eine Todsünde darstellen ... Satan!", rief er zum Himmel und stieß dabei ein kurzes, gequält klingendes Lachen aus. Nun drehte er sein Gesicht wieder zu mir und sah mich an. Die Tränen waren mittlerweile getrocknet. „Ich hatte mich für meine Familie und gegen Julius entschieden. Aber jeden Morgen, an dem ich zur Arbeit ging, lief ich an der Bank vorbei, auf der wir uns geküsst hatten. Und jedes Mal zerbrach es mein Herz. Weißt du noch, Leon? Als wir damals in der Türkei auf der Bank saßen, habe ich dir erzählt, dass ich gerne in die Vergangenheit reisen würde, um eine meiner Entscheidungen zu ändern. Deshalb bin ich hier. Um herauszufinden, ob ich nicht auf die Weihnachtsfeier gehen würde und Julius so nie kennenlernen, oder ob ich stattdessen zu meinen Gefühlen stehen würde. Aber das ist nun ohnehin egal. Er möchte nichts mehr mit mir zu tun haben."

„Komm her, Marius", sagte ich und nahm ihn in den Arm, „es tut mir leid, dass du das alles durchmachen musstest. Und ich verstehe dich, auch wenn ich nie in so einer Situation war."

„Was soll ich nur tun?", antwortete er leise. Wir schwiegen für eine Weile und ich erinnerte mich an den Beginn meiner Reise.

„Als ich meinen ersten Abend mit Helena und Hans verbrachte, saßen wir am Feuer und ich sagte zu ihnen, dass ich mich an sowas gewöhnen könnte. In diesem Moment war ich so glücklich und zufrieden, wie ich es schon lange nicht mehr gewesen war. Und weißt du, was Hans mir geantwortet hat?"

Marius drehte sich zu mir rüber. „Was denn?"

„Er sagte ‚Warum tust du es nicht einfach'. Und darüber habe ich lange nachgedacht. Wann warst du das letzte Mal so richtig glücklich und zufrieden?"

„Ich …" Marius stieß einen lauten Seufzer aus und schaute wieder zu den Sternen, „an dem Abend meiner Weihnachtsfeier."

„Marius", sagte ich, „möchtest du dich wirklich von anderen Menschen davon abhalten lassen, dich glücklich zu fühlen?" Für eine ganze Weile schwiegen wir. „Kannst du mir sagen, wie viel Uhr wir haben?"

„Natürlich." Er drehte das Handgelenk und schaute auf seine Rolex. „Es ist kurz vor Mitter … Moment. Du möchtest gar nicht wirklich wissen, wie viel Uhr es ist, oder?" Ich schüttelte sachte meinen Kopf. „Danke, Leon", antwortete er und zog seine Mundwinkel nach oben.

„Nicht doch. Und übrigens, ich hätte da noch eine gute Idee. Weißt du, was wir tun sollten?"

„Was denn?"

„Lass uns die anderen einsammeln und gemeinsam einen neuen Club suchen. Und dann bestellen wir uns Martini." Ich stand auf und reichte ihm meine Hand.

„Martini?", schmunzelte Marius und griff zu, „bist du etwa *James Bond?*"

## Marius Kock
## 10 Monate zuvor

Sollte ich meinen Eltern von meinen wahren Gefühlen erzählen? Immerhin ist statistisch gesehen jede dreizehnte deutsche Person homosexuell. Womöglich machte ich mir unnötig Sorgen und sie würden es akzeptieren, dass ich mich in einen Mann verliebt hatte. Aber was, wenn nicht? Und wie würden die Menschen in meinem Umfeld reagieren? Meine Arbeitskollegen, meine Großeltern oder mein Arbeitgeber? Ich hatte mich in mein ehemaliges Kinderzimmer zurückgezogen, um mir Gedanken zu machen. Auf dem Schreibtisch vor mir standen mehrere Pokale aus meiner Jugendzeit. Erste Plätze bei Mathe- und Buchstabierwettbewerben. Auszeichnungen von Olympiaden, zu denen mich meine Eltern damals angemeldet hatten. Über dem Tisch hing ein Poster mit einem Albert Einstein-Zitat an der Wand: „Ein Genie besteht zu 1% aus Talent und zu 99 % aus Arbeit." Und noch immer war das Wort „Arbeit" mit einem dicken, weißen Marker eingekreist. Mein Vater hatte es damals markiert, als meine Eltern einen Wechsel zu der Privatschule beschlossen hatten. „Man muss sich anstrengen und viel arbeiten, um im Leben etwas zu erreichen. Lass dich von niemandem davon abhalten", hatte er gepredigt. Ob er damit wohl auch meinte, dass man seine wahren Gefühle nicht verbergen sollte? Der Kuss mit Julius lag mittlerweile eine Woche zurück und er ging mir nicht mehr aus dem Kopf. Einerseits war es überwältigend, zum ersten Mal in meinem Leben das Gefühl des Verliebtseins zu verspüren. Aber gleichzeitig taten sich derart viele Probleme auf. Doch waren es überhaupt Probleme, oder machte ich sie nur zu welchen? Ich hatte die Kontrolle verloren und mich seit meiner Schulzeit nicht mehr so hilflos gefühlt.

„Liebling, das Essen ist fertig. Was machst du denn solange in deinem Zimmer? Komm runter!"

Jeden ersten Sonntag im Monat war ich bei meinen Eltern zum Mittagessen eingeladen. Heute hatte meine Mutter Hirschragout zubereitet. Der Tisch war mit der besten Tischdecke gedeckt und in der Mitte stand ein silberner Kerzenständer. Ich nahm gegenüber von meinem Vater vor einem leeren Teller Platz. Wir aßen und sprachen über Politik, den neusten Klatsch aus unserem Dorf und über meinen Job, bei dem alles so wie immer lief. Alles, bis auf Julius. Vielleicht würden meine Eltern es wirklich verstehen. Schließlich haben sie mich auch sonst immer unterstützt und nur das Beste für mich gewollt.

„Hast du mitbekommen, dass die Hochzeit der Hermanns geplatzt ist?", fragte mein Vater in Richtung Mutter.

„Wieso das denn? Die beiden waren doch so ein schönes Paar.", antwortete sie.

„Maximilian ist ein paar Tage vor der Hochzeit mit seinem Trauzeugen durchgebrannt. Kannst du dir sowas vorstellen?"

„Um Gottes Willen. Wie schlimm das für die Familie sein muss." Meine Mutter machte große Augen und schlug entsetzt ihre Hände vors Gesicht.

„Immerhin blieb den beiden eine unglückliche Ehe erspart", wand ich ein.

„Ich rede nicht von der Hochzeit, sondern davon, dass er Männer liebt", antwortete sie, „aber ich habe es den Herrmanns immer gesagt. Sie haben ihrem Sohn zu viel Freiheiten gelassen und ihn nicht christlich genug erzogen."

„Und was das alles für Folgen hat", fuhr mein Vater fort, „besonders für die Karriere – die ist jetzt ruiniert. Habt ihr eine Ahnung, wie oft Homosexuelle an ihrem Arbeitsplatz diskriminiert werden?"

„Ungefähr ein Drittel von ihnen", murmelte ich.

„Wie bitte?"

„Nichts“, antwortete ich mit leiser Stimme.

„Wann bringst du denn mal eine Frau zum Essen mit, Schatz?“, fragte meine Mutter. „du bist so ein guter Mann. Gut erzogen und finanziell abgesichert.“

*Gut erzogen und finanziell abgesichert.* Das waren die Adjektive, mit denen mich meine Mutter beschreiben würde. Ich hatte das Gefühl, dass ihr Hauptaugenmerk darauf lag, dass ich kein schlechtes Licht auf unsere Familie warf. Dass keiner unserer Nachbarn am Essenstisch sitzen und sowas sagen würde wie „die Eltern von Marius haben bei ihrer Erziehung etwas falsch gemacht.“ Sie hatten Angst davor, dass irgendwer sich über sie lustig machen würde. Ironischerweise war es dieselbe Angst, die ich verspürte. Aber dennoch waren sie meine Eltern und außer ihnen war damals niemand für mich da, als ich Tag für Tag gemobbt wurde. Was, wenn sie nicht ertragen könnten, dass ihr Sohn einen anderen Mann liebte? Und was, wenn sich andere Menschen wieder über mich lustig machen würden?

„Sicherlich werde ich bald jemanden kennenlernen“, antwortete ich und nickte ihr zu.

„Bestimmt“, schloss sich mein Vater an und wischte sich mit einer Serviette über den Mund. „Wo ist eigentlich die Uhr, die wir dir geschenkt haben? Warum trägst du sie nicht?“ Mein Vater hatte damals von seinem Vater eine Rolex-Uhr geschenkt bekommen, als er seinen Doktortitel bekam. Als ich so weit war, hatte er die Uhr an mich weitergegeben und sie den Stolz unserer Familie genannt.

„Ich habe sie zu Hause liegen lassen.“

„Liegen lassen?“ Mein Vater schaute mit unverständlichem Blick zu mir.

„Es tut mir leid, es wird nicht wieder passieren“, versprach ich und Vater nickte mir wortlos zu.

Als ich einige Stunden später an meinem Appartement ankam, erstarrte ich.

„Was machst du denn hier?", stotterte ich. Julius saß auf der Treppe vor meiner Wohnungstür. Er trug dasselbe karierte Hemd wie bei der Weihnachtsfeier vor einer Woche.

„Warum ignorierst du mich? Warum gehst du mir auf der Arbeit aus dem Weg und nimmst meine Anrufe nicht an?", fragte er mit traurigem Blick.

„Weil ich … du verstehst das nicht." Ich richtete meinen Blick zur Seite, da ich mich davor schämte, ihm in die Augen zu sehen.

„Du hast Recht", antwortete er, stand auf und kam in meine Richtung, „das tue ich nicht. Aber ich würde es gerne verstehen. Marius, schau mich an." Er streckte mir seine Hände entgegen und ich schaute beschämt nach unten. „Schau mich an und sag mir, dass dir der Abend nichts bedeutet hat."

„Es tut mir leid", flüsterte ich traurig, wich zurück und ging an ihm vorbei in Richtung Wohnungstür. Doch dann griff er mir an die Schulter.

„Schau mich an und sag es mir. Sag mir, dass du nicht versuchst, vor deinen Gefühlen davonzulaufen. Wenn du mir das sagen kannst, werde ich dich in Ruhe lassen. Versprochen." Seine Stimme war zittrig.

Als seine Hand sich langsam von meinem Arm löste, drehte ich mich zögerlich zu ihm um. Ich sah in seine geröteten Augen und konnte es ganz klar fühlen. Seit einer Woche musste ich ununterbrochen an dieses Gesicht denken. An sein Lächeln, den Geschmack seiner Lippen und das unbeschreibliche Gefühl, das seine Nähe sowohl vor einer Woche, als auch heute bei mir auslöste. Julius war die Person, mit der ich zusammen sein wollte.

„Es … der Abend …", stammelte ich und wandte meinen Blick wieder von ihm ab, „der Abend war ein Fehler." Ich ging mit strammen

Schritten zur Wohnungstür, öffnete sie hastig und schlug sie hinter mir zu. Mein Rücken presste sich von innen gegen die Tür und mein Gesicht versank in meinen Händen. Julius war die Person, mit der ich zusammen sein wollte, aber leider nicht die Person, mit der ich zusammen sein konnte.

Warum ich? Warum konnte ich nicht einfach wie jeder andere sein? Warum war ich nicht in der Lage, die Kontrolle über mein eigenes Leben zu behalten? Ich ballte wütend meine Hände und drückte sie gegen die Stirn. Was sollte ich nur tun?

Ein Teil von mir wünschte sich, die Zeit für eine Weile lang einfach nur stillstehen zu lassen, um mir selbst Zeit zu nehmen, mir über meine Gefühle Gedanken zu machen. Vielleicht mochte ich in Wirklichkeit doch Frauen und es war nur eine Phase. Vielleicht war ich doch wie jeder andere, aber brauchte einfach etwas Zeit. Ich drückte mich von der Tür ab und torkelte traurig und ratlos zu meiner Kommode. Die Rolex-Uhr meiner Familie lag seit dem Kuss mit Julius in ihrem Etui. Ich nahm sie vorsichtig auf und hielt sie vor mein Gesicht. Es musste bereits nach Mitternacht sein, doch die Uhr zeigte 10 vor 10. Sie musste seit dem letzten Tragen irgendwann stehengeblieben sein.

Ungefähr elf Monate später saß ich mit Leon auf einer Bank und erzählte zum ersten Mal in meinem Leben jemandem davon, wie ich mich im tiefsten Inneren fühlte. Und es tat unglaublich gut. Es fühlte sich befreiend an, mich dieses eine Mal nicht verstellen zu müssen.

# ERINNERUNGEN

*Bob Dylan – Like a Rolling Stone*

**6.711 / 9.600 km bis zur Mongolei**

Als Marius und ich von der Bank aufgestanden waren und in Richtung Club gingen, mussten wir zu unserer Überraschung feststellen, dass Helena, Lilly und Hans bereits vor dem Eingang auf uns warteten.

„Bitte sagt mir, dass Juri euch nicht wegen mir rausgeworfen hat", begann Marius.

„Er war so wütend, er hat mir nen Finger abgeschnitten", antwortete Hans trocken. „Er meinte: Irgendwer muss für dieses Verhalten mit einem Finger beza…" Er machte einen Schritt auf Marius zu und verstummte, als er seine traurigen Augen erkennen konnte.

„Wir sind freiwillig gegangen, kurze Zeit, nachdem Leon und du raus seid. Und als wir euch auf der Bank sitzen gesehen haben, wollten wir nicht stören", erklärte Lilly.

„Für so nen Typen würde ich nie nen Song singen. Tut mir leid, dass ich euch hierhergeschleppt habe."

„Und was ist mit dem Geld für das Tierheim?"

„Keine Sorge, Tiere würden von so nem Kerl auch kein Geld wollen. Wir werden es einfach irgendwie anders besorgen. Ich kann ja wieder singen." Hans lächelte und klopfte Marius auf die Schulter.

Wir suchten uns eine neue Bar, in der wir an einem runden Tisch in der hinteren Ecke Platz nahmen und Martini bestellten. Marius erzählte auch den übrigen Freunden das, was er mir vorher auf der Bank erzählt hatte.

„Jetzt wisst ihr, dass ich in einen Mann verliebt bin." Marius nahm einen Schluck aus seinem Martiniglas und schaute dann wieder nach unten auf den Tisch.

„Es muss schwer gewesen sein, es solange für dich behalten zu haben", sagte Lilly und Marius nickte.

„Und dass du dann daheim immer versucht hast, eine andere Mensch zu sein. Wie schlimm das sein muss", sagte Helena und Marius nickte ein weiteres Mal.

„Hey, Marius", sagte Hans mit trauriger Stimme und gesenktem Kopf. „Manchmal bin ich wirklich ein riesiger Idiot. Ich mit meinen Witzen … vor allem die über deinen Nachnamen … Die Kock-Witze …"

„Wie gesagt", antwortete Marius, „mittlerweile stehe ich über solchen Äußerungen. Außerdem hast du es ja nicht böse gemeint. Es ist in Ordnung, Hans."

„Nein, ist es nicht. Es war falsch", widersprach er und versuchte dann langsam wieder zu lächeln, „aber erzähl mal. Wie ist Julius so?"

Marius wirkte überrascht und kratzte sich kurz an der Stirn. „Er ist … toll. Hilfsbereit. Freundlich. Charmant … ein wenig so wie du, Hans." Seine Mundwinkel zogen sich mit jedem Wort weiter nach oben und dann geschah etwas Unerwartetes. Er ballte seine Hand zur Faust und hielt sie vor Hans.

„Danke", antwortete Hans leise und er wirkte so, als würde er jeden Moment eine kleine Träne verdrücken, „aber wir finden nen schöneren Moment für unseren ersten Faustschlag, okay?"

Marius nickte. „In Ordnung. "

„Aber zurück zum Thema. Können wir dir irgendwie helfen? Nen gutes Wort einlegen? Ich könnte mit dir zusammen nen Song für ihn schreiben. Musik hilft immer."

„Mag er Mützen? Ich kann ihm eine stricken, und du bringst sie ihm als Geschenk mit."

„Und ich gebe dir eine gute Rezept für die Schokoladenmuffin. Liebe geht ja durch die Bauch."

„Ich kann … dir beibringen, wie man Zwiebeln schneidet, ohne dabei zu weinen, falls das irgendwie hilft“, scherzte ich.

„Danke. Wirklich, ihr seid …“, Marius machte eine kurze Pause und eine Träne lief über seine Wange. „Entschuldigung. Ich bin unendlich froh, euch getroffen zu haben und mit euch hier zu sein. Es wäre wirklich schön, wenn alle Menschen so offen wären.“

„Weißt du“, antwortete Hans, „ich sag immer, das Leben ist wie nen Schnitzel. Jeder soll es essen, wie er mag, und wenn irgendwer um dich rum ein Problem damit hat, musst du eben das Restaurant wechseln.“

„Das Leben ist wie ein Schnitzel“, wiederholte Marius mit einem breiten Grinsen und hob sein Glas nach oben, „du bist tatsächlich ein Unikat. Zum Wohl. Auf euch, meine Freunde.“

Den Rest des Abends versuchten wir gemeinsam eine Nachricht zu formulieren, die Marius an Julius senden konnte. Wir sprachen über verborgene Königreiche und Schnitzelmetaphern, diskutierten über dumme Entscheidungen und Fehler und über Entschuldigungen und das Vergeben. Marius hatte uns nie erzählt, was für eine Nachricht er an diesem Abend an Julius schickte. Aber ich konnte an seinem Gesichtsausdruck erkennen, dass sie ihn glücklich stimmte.

Am nächsten Morgen schlenderten wir gemeinsam durch Ufa. Vorbei an leerstehenden Betonblöcken, vollbesetzten Starbucks-Cafés, neu errichteten, modernen Einkaufszentren und drei riesigen, bunten Buchstaben, die den Namen der Stadt bildeten.

„Ufa, nen lustiger Name, oder? Meint ihr, dass Ufos wirklich existieren?“

„Schatz“, sagte Helena, „ich liebe, wie deine Kopf funktioniert.“

„Stellt euch mal vor, vielleicht gibt es nen Planeten, auf dem alles aus Schnitzeln besteht.“

„Meinst du, ein solcher Planet würde dich als Gott verehren?“, fragte Lilly.

„Du wärst eine tolle Schnitzelkönig, Schatz."

Bevor wir jedoch ausführlicher über die Möglichkeit eines Schnitzeluniversums diskutieren konnten, kamen zwei junge Männer auf uns zu und sprachen uns auf Russisch an. Nachdem Hans eine längere Unterhaltung mit den beiden geführt hatte, in der auffällig oft auf Marius gezeigt wurde, drehte sich Hans wieder zu uns um.

„Leute, wir sollten noch ne Nacht länger bleiben. Die haben uns grad nen Job angeboten."

„Was für ein Job?" Wir schauten Hans neugierig an.

„Hier in Ufa findet heut Abend nen Schachturnier statt und die suchen noch Teilnehmer." Hans kicherte.

„Netter Versuch", antwortete Marius und grinste.

„Ja, okay, war Spaß. Die beiden Russen haben nach Werbemodellen gesucht. Die bringen ne neue Biersorte auf den Markt und wollten dafür zwei Leute, die Deutsche spielen. Und zufällig kenne ich die perfekten Personen dafür. Die bezahlen auch gut und wir können das Geld fürs Tierheim nehmen."

„Leon und ich sollen also Modell stehen?", fragte Marius.

„Leon? Quatsch, der trinkt doch gar kein Bier. Du und ich!"

„Der Mann mit dem australischen Surferlook", seufzte ich. Hans zog seine Schultern nach oben und teilte uns die übrigen Einzelheiten mit.

Marius hatte tiefe Falten auf der Stirn. „Es werden nur Fotos von uns gemacht, ja? Wir müssen uns nicht ausziehen, nackt tanzen oder sonst etwas tun, für das wir ins Gefängnis kommen könnten, richtig?"

„Genau, ganz easy. Wird das reinste Schnitzelessen."

„In Ordnung", antwortete Marius und reichte gemeinsam mit Hans den beiden Russen die Hand.

Zwei Stunden später kamen wir am ausgemachten Treffpunkt an.

Von außen wirkte das triste Gebäude wie ein verlassener Betonblock, aber im Inneren eröffnete sich uns ein professionelles Studio. Im hinteren Teil des Raumes befand sich ein großer Greenscreen, vor dem auf einer kniehohen Bühne zwei Barhocker aufgestellt waren. Das Set wurde von mehreren Fotolampen bestrahlt, und um es herum waren im Halbkreis mehrere Kameras platziert worden. Während Marius und Hans zu den Umkleiden geführt wurden, nahm der Rest von uns auf einer durchgesessenen, bordeauxroten Ledercouch neben den Kameras Platz. Überall wuselten Menschen herum. Eine junge Frau breitete gerade Pinsel und Schminkutensilien vor zwei großen, beleuchteten Spiegeln aus, ein breitgebauter Mann justierte die Beleuchtung und eine etwas ältere Dame reichte uns drei Flaschen Bier: *Baltika Germania.* Obwohl ich nicht gerne Bier trank, war ich neugierig, wie das Bier, für das Hans und Marius Werbung machen würden, wohl schmeckte. Ich nahm einen großen Schluck aus der Flasche. Es war herb, etwas bitter und erinnerte mich daran, warum ich so selten Bier trank. Währenddessen verließ Hans die Garderobe.

„Yo, wie sehe ich aus?“

„Wunderbar, Schatz. So wie immer.“

„So wie immer trifft es wirklich gut“, lachte Lilly. Hans trug wie bei seinen Auftritten ein kariertes Hemd und eine dunkelbraune Lederhose. Der einzige nennenswerte Unterschied bestand darin, dass ihm dieses Mal ein grauer Filzhut aufgesetzt wurde. Dann kam auch Marius aus der Umkleide.

„Wow, wer ist denn diese Mann“, staunte Helena, „ist das *James Bond?“* Marius trug einen Smoking über einem weißen Hemd und dazu eine schwarze Fliege. Er zwinkerte mir zu und tat so, als würde er mir mit einem Martiniglas zuprosten.

„Komm, die haben uns gerade gerufen“, verkündete Hans, zog sich seine Hosenträger zurecht und ging gemeinsam mit Marius zu den großen Spiegeln. Während ihre Gesichter gepudert wurden, fragten wir uns, wie wohl der Werbeslogan dieser Kampagne lauten könnte.

„Wie wäre es mit ‚Baltika Germania – dieses Bier ist für jeden da'", schlug ich vor.

„Oder ‚Egal ob Anzug oder Oktoberfestausflug – Baltika Germania tut zu jedem Anlass gut'", fuhr Lilly fort.

„Oder vielleicht ‚Ich feiere richtig hart, ich bin eine Saufautomat'." Lilly und ich schauten uns verdutzt an. „Was? So eine Lied gibt es. Mein Schatz hat das mal gesungen." Kurze Zeit später klickten die ersten Kameras und gaben so den Startschuss für das Fotoshooting.

Während wir von der Couch aus gespannt zusahen, wurden Marius und Hans aufgefordert, verschiedene Posen nachzustellen. Hans übersetzte dabei jede dieser Aufforderungen ins Deutsche. Anstoßen, zur Seite schauen, mehr grinsen, weniger grinsen – und einmal sollten sie sogar so tun, als würden sie mit den Flaschen flirten. Marius kratzte sich bei dieser Aufforderung an der Stirn, während Hans seinem Bier einen Zungenkuss gab. Egal, was sie taten, die Flasche *Baltika Germania* musste jedes Mal deutlich zu sehen sein. Nach ungefähr einer Stunde sah ich, wie die Produzentin auf ihre Uhr schaute und eine letzte Anweisung zu geben schien.

„Die wollen noch ne letzte Pose und dazu …" Hans verstummte und starrte in den Raum hinein.

„Was wollen sie, Hans?" Marius rüttelte an seinem Arm.

„Sie wollen …", antwortete er leise und schaute nach unten, „sie meinen, wir sollen etwas mehr Abstand halten. Es sieht sonst so aus, als wären wir …" Hans rümpfte seine Nase und schaute beschämt zu Marius. Er hingegen ließ sich auf den ersten Blick nichts anmerken und legte stattdessen seine Hand auf die Schulter von Hans.

„Weißt du was? Kennst du das Bild des Bruderkusses zwischen *Leonid Breschnew* und *Erich Honecker?"*

„Was für nen Bruder?"

Marius beugte sich ruckartig nach vorne und gab Hans einen kurzen Schmatzer auf den Mund. Dann setzte er seine Flasche an und leerte sie in einem Zug. Hans hatte die Augen weit aufgerissen und starrte Marius sprachlos an.

„Ich glaube, damit ist alles gesagt, was gesagt werden muss. Wir sollten vermutlich von hier verschwinden, bevor wir wirklich wieder hinter Gitter landen", sagte Marius trocken, stellte seine leere Flasche beiseite und verabschiedete sich höflich von der Produktionscrew. Wir hingegen schauten uns noch immer mit riesigen Augen an und zweifelten in diesem Moment wohl alle daran, dass der Kuss wirklich real war.

„Was ist da gerade passiert?", fragte Lilly staunend, nachdem wir Marius gefolgt waren und mit ihm hinter dem Ausgang standen.

„Habt ihr verstanden, was ihre letzte Anweisung war? Ehrlich gesagt weiß ich selbst nicht so recht, was da gerade mit mir geschehen ist." Marius ging unruhig auf und ab und schüttelte dabei den Kopf.

„Und, wie war es? Also nicht der Kuss, sondern das Gefühl und so", fragte Hans neugierig und hielt ihn am Arm fest.

„Es war ein freundschaftlicher Schmatzer, bilde dir bitte nichts darauf ein", sagte Marius und verdrehte die Augen.

„Schon klar, dass du das jetzt sagen musst. Wir wollen ja nicht, dass mein *Puddingschneckchen* eifersüchtig wird." Hans kicherte, zwinkerte Helena zu und wurde dann wieder ernst. „Spaß beiseite, wie fühlst du dich jetzt?"

„Ehrlich gesagt", antwortete Marius und atmete laut aus, „es fühlte sich gut an. Sehr gut sogar. Es war befreiend."

„Yo", sagte Hans, „das freut mich echt, aber ich bin etwas fassungslos."

„Es tut mir leid, ich hätte das nicht einfach tun sollen, ohne dich vorher nicht zumindest zu fragen." Marius wand seinen Blick von Hans ab und hatte leicht gerötete Wangen.

„Nee, das ist es nicht. Schau mich an." Marius drehte sein Gesicht wieder zu ihm herüber. „Dir war eben total egal, was irgendwer von den anderen sagen würde. Du hast einfach das gemacht, was du für richtig gehalten hast. Marius, ich bin verdammt stolz auf dich", fuhr Hans fort und streckte ihm seine Faust entgegen. Marius lächelte, wischte sich kurz mit dem Arm durch die Augen und nach insgesamt zehn Monaten gaben sich die beiden ihren ersten Faustschlag. Unmittelbar danach klingelte das Handy von Marius. Er zog es aus der Tasche und blickte verdutzt aufs Display.

„Julius hat geschrieben. Er möchte heute Abend telefonieren."

Wir hatten uns neben einer Tankstelle etwas außerhalb der Stadt niedergelassen. Hier war es ähnlich ruhig wie in den georgischen Bergen. Auf den schmalen Landstraßen waren überwiegend Lkws unterwegs, doch nachts standen sie am Straßenrand. Aufgrund der teils desaströsen Straßenzustände, die selbst Hans bei Tageslicht höchste Konzentration abverlangten, wirkte dies auch sehr vernünftig. Während Hans Tee kochte und ich mit Lilly und Helena zusammensaß, telefonierte Marius. Zwei Tassen später gesellte er sich wieder zu uns.

„Und, wie lief es?", fragte ich.

„Gut, glaube ich zumindest. Julius möchte es langsam angehen lassen, aber ich glaube, dass wir tatsächlich eine Chance haben." Marius starrte verträumt in den sternenklaren Himmel.

„Richtig gut", jubelte Hans, „ich freue mich echt für dich."

„Ihr werdet so eine schöne und schlaue Paar, ich bin ganz sicher", schloss Helena an.

„Danke. Euch allen", antwortete Marius mit sanfter Stimme, während er noch immer nach oben schaute. „Doch ein Schritt nach dem anderen. Habt ihr euch mal gefragt, warum wir Menschen so gerne in Richtung der Sterne schauen?“

„Ich liebe die Sterne, weil sie mich an meine Heimat erinnern. Egal, wo du bist, wir sehen immer alle in die gleiche Himmel“, antwortete Helena.

„Vermisst du dein Zuhause?“, fragte Lilly.

„Nicht vermissen, aber ich mag Spanien und liebe es, an das Zeit dort zu denken. Ein anderes Zeit, aber auch ein schönes. Und du?“

„Ich vermisse viele Momente und Personen. Aber manches auch nicht.“ Auch Lilly starrte nun zum Himmel. „Wisst ihr, warum ich zu den Sternen blicke? Wenn ich diese kleinen Lichter sehe, habe ich oft das Gefühl, ein winziger Teil von einem großen Ganzen zu sein. Ein klitzekleiner, unbedeutender Teil. Und es fühlt sich gut an zu wissen, dass nicht jede Entscheidung eine weitreichende Auswirkung haben wird. Ich fühle mich erleichtert, wenn ich zu den Sternen schaue. So, als würde all der Druck von meinen Schultern fallen.“

Ich nahm sie in den Arm und gab ihr einen Kuss.

„Habt ihr gewusst, dass die meisten der Sterne gar nicht mehr existieren? Die sind so weit von uns weg, dass ihr Licht immer noch unterwegs ist. Ein schöner Gedanke, oder? Schönheit in Dingen sehen, die gar nicht mehr da sind.“

„Hans, ich möchte deine Illusion nicht zerstören“, erklärte Marius zögerlich, „aber das ist ein weit verbreiteter Irrglaube. Es ist zwar durchaus möglich, dass der ein oder andere Stern, den wir sehen, nicht mehr existiert, aber die Chance hierfür ist schwindend gering. Dafür ist die menschliche Lebensspanne viel zu klein.“

„Ach, Haarspalterei. Siehste den da oben? Da, den dunklen neben dem hellen. Ich glaub, der ist nicht mehr da“, antwortete Hans überzeugt.

„Ich glaube, wir lieben die Sterne so sehr, weil ein Teil unseres

Unterbewusstseins weiß, dass wir alle irgendwo auf einem dieser Sterne entstanden sind. Dass unsere Atome alle irgendwo dort oben geschmiedet wurden", erklärte ich.

„Meinst du? Ich bin eher irgendwo in nem Hotel an Silvester entstanden."

„Was sind Atome? Ist das die gleiche Wort wie im Englischen?", fragte Helena.

„Na, das sind die kleinen Dinger, aus denen alles besteht. Oder noch einfacher ausgedrückt: Wäre die Welt ne einzige Panade, wären die Mehlkörner ihre Atome. Würden das die Lehrer ihren Schülern so beibringen, würde das auch jeder verstehen."

„Was Hans damit sagen wollte", fuhr Lilly fort, „ist ‚Ja'. Es ist das gleiche Wort in der englischen Sprache."

„Wenn die Welt eine einzige Panade wäre", wiederholte Marius und musste laut husten, „du als Lehrer, das wären definitiv Perlen vor die Säue."

„Säue? Ich verstehe. Wegen Schnitzeln und Schweinen und so. Das war nen guter Witz."

„Du bist einfach un…", begann Marius und hielt kurz die Luft an, „… nicht so wichtig. Zurück zum Thema. Ich denke, wir schauen so oft zu den Sternen, um uns zu erinnern." Nun schloss er seine Augen. „An Menschen, Momente oder Orte. An schöne Dinge, aber gelegentlich auch an schlechte. Je nachdem, was wir gerade brauchen oder gerade verdienen."

„Erinnerungen", wiederholte Hans mit ruhiger Stimme und griff sich seine Gitarre „so geht's mir bei der Musik. Ich würde gerne einen meiner Lieblingssongs von *Bob Dylan* spielen. *Like a Rolling Stone."*

Ahh princess on a steeple and all the pretty people
They‘re all drinking, thinking that they‘ve got it made
Exchanging all precious gifts
But you better take your diamond ring, you better pawn
it babe
You used to be so amused
At Napoleon in rags and the language that he used
Go to him he calls you, you can‘t refuse
When you ain‘t got nothing, you got nothing to lose
You‘re invisible now, you‘ve got no secrets to conceal

How does it feel, ah how does it feel?
To be on your own, with no direction home
Like a complete unknown, like a rolling stone

„Woran erinnert dich dieser Song?“, fragte Marius vorsichtig, als Hans die Gitarre wieder zur Seite gelegt hatte.

„An ne Person, die mich damals gerettet hat“, antwortete er und neigte seinen Kopf zu den Sternen.

„Gerettet? Darf ich fragen, wovor?“

„Davor weiterzurollen“, sagte er ruhig und legte ein weiteres Stück Holz aufs Feuer.

# GRUNDSTÜCKSVERKEHRS-GENEHMIGUNGSZUSTÄNDIGKEITS-ÜBERTRAGUNGSVERORDNUNG

*Oli P. – Flugzeuge im Bauch*

**8.056 / 9.600 km bis zur Mongolei**

Manche Wörter wirken extrem kompliziert, und um sie verstehen zu können, müsste man vermutlich ein Experte auf dem entsprechenden Gebiet sein. Andere wirken auf den ersten Blick recht simpel, aber entfalten dann eine ungeahnte Komplexität. So ging es mir bei der Liebe. Ein Wort, für das es so unendlich viele und teils recht verschiedene Beschreibungen und Erklärungen gibt. An unserem letzten Morgen in Ufa wachte ich – wie so oft – früher als Lilly auf. In diesen Momenten drehte ich mich zu ihr und schaute sie einfach nur an. Ich mochte es, ihr die Haare aus dem Gesicht zu streichen und zart mit meinem Daumen von ihrem Auge runter zur Wange zu wischen, ohne sie dabei aufzuwecken. Jedes Mal bekam ich eine leichte Gänsehaut – und spürte auch heute noch dasselbe Kribbeln wie bei unserer ersten Begegnung. Das Gefühl, jeden Morgen neben der Person aufzuwachen, die dich wie die glücklichste Person auf unserem Planten fühlen lässt. So würde ich das Wort Liebe beschreiben.

„Guten Morgen, Schatz“, gähnte Lilly, „bist du schon lange wach?“ Sie sah mich verschlafen an und grinste bis über beide Ohren.

„Nein, Liebling, bin ich nicht. Schlaf ruhig noch ein bisschen weiter“, flüsterte ich und gab ihr einen zarten Kuss auf die Stirn.

Doch Hans schien andere Pläne zu haben. „Yo, der frühe Koch brät die ersten Schnitzel. Los, wacht auf. Es wird Zeit, Ufa zu verlassen. Die Skisprungschanze wartet.“

Er hatte uns einige Tage zuvor von einem Ort in der russischen Stadt Omsk erzählt, den er unbedingt mal sehen wollte, seitdem er im Internet über ein Bild davon gestolpert war. Es war das dortige Musiktheater, und der Grund dafür war recht trivial. Laut den Worten von Hans sah das Gebäude wie eine Skisprungschanze aus und das fand er unglaublich lustig.

Wir legten die 1300 Kilometer von Ufa nach Omsk in Mr Wilson innerhalb von drei Tagen zurück. Während wir durch die scheinbar unendlichen Weiten Sibiriens fuhren, starrte ich aus dem Seitenfenster. Die meiste Zeit der Fahrt wurde die schmale Straße zu beiden Seiten hin durch dichte Wälder begrenzt. Gelegentlich mussten wir kleine Hügel überqueren, aber meist war unsere Strecke eben. Obwohl die Landschaft nicht sonderlich aufregend war, klopfte mein Herz mit jedem zurückgelegten Kilometer etwas schneller, da wir der Mongolei immer näherkamen.

„Das hättest du nicht gedacht, oder, Leon?“ rief Hans nach hinten und wiederholte seine Frage, als er meinen träumerischen Blick sah. „Damals, als du bei uns eingestiegen bist, hättest du wohl nicht gedacht, dass wir zusammen bis in die Mongolei fahren, oder?“

„Ich kann es ehrlich gesagt immer noch nicht so ganz glauben, dass wir in einer Woche wirklich ankommen werden.“

„Ist schon ein bisschen verrückt. Aber yo, da fällt mir noch was ein. Als du uns damals angehalten hast, wolltest du doch unseren Lieblingsdinosaurier wissen. *Briochekipferlein,* ich glaub, wir schulden Leon noch ne Antwort.“

„Meine Lieblingsdino sind die kleinen Grünen von die zweite *Jurassic Park*-Film. Die, wo am Anfang an die Strand das Sandwich essen.“

„Meinst du die kleinen Dinosaurier, die später am Wasser im Rudel den Söldner töten?“, fragte ich.

„Ja, aber der war auch böse. Hat die Dinos mit die Elektrostab gehauen. War schon okay, dass er gefressen worden ist.“

„Mein Lieblingsdinosaurier ist der T-Rex“, offenbarte Hans.

„Lass mich raten, weil die Kurzform von Tyrannosaurus Rex so schön kurz ist?“, schlug ich siegessicher vor.

„Nee, der T-Rex ist mein Lieblingsdinosaurier, weil er wie ich nur vier Finger hat“, sagte Hans und hielt lächelnd seine rechte Hand nach oben.

„Soweit ich weiß, hat ein Tyrannosaurus Rex nur zwei Finger. Und wenn ich mich richtig erinnere, nennt man den Lieblingsdinosaurier von Helena *Compsognathus“,* erklärte Marius.

„Du denkst falsch“, antwortete Hans, „aber ich erkläre es dir. Also, der T-Rex hat doch zwei Arme mit je zwei Fingern. Also vier Finger. Wie ich an meiner rechten Hand.“

„In der Tat. So ergibt das selbstverständlich viel mehr Sinn“, sagte Marius und schlug seinen Kopf zart gegen die Scheibe.

„Wie kamst du eigentlich auf das Frage?“

Ich grinste Helena an und ließ in Gedanken meinen Weltuntergang Revue passieren. Wie gerne hätte ich Dinosaurier-Dame davon erzählt, was für wundervollen Menschen ich wegen ihrer kleinen Mutprobe kennenlernen durfte. Dann erzählte ich meinen Freunden von ihr.

Als wir in Omsk ankamen und einen gemütlichen Platz für Mr Wilson gefunden hatten, erkundeten wir die Innenstadt. Schließlich erreichten wir den Ort, von dem uns Hans erzählt hatte. Die russische „Skisprungschanze“. Eigentlich ging ich davon aus, dass der Vergleich hauptsächlich der Fantasie von Hans entsprungen war, aber er war überraschend zutreffend. Es war ein großer Betonblock, auf dessen Dach eine bogenförmige, kupferfarbene Schanze eingearbeitet war. Die Schanze selbst war riesig und in mehrere Bahnen unterteilt. Sie erinnerte mich an eine überdimensionale Version der Rutschen, die ich als Kind auf einem Teppich hinabgerast bin.

„Das Musiktheater sieht in der Tat sehr extravagant aus", sagte Marius.

„Ich habe es euch ja gesagt. Das Gebäude ist der Hammer. Die Show heut Abend wird nen Kracher", bestätigte Hans und deutete dabei auf ein weißes Stück Papier, das an die Ankündigungstafel des Theaters geklebt worden war.

„Ach, wie lustig", sagte er, „hier sucht jemand nen Deutschlehrer für seinen Sohn. Ein zweiwöchiger Crashkurs. Was meint ihr, ich wäre der perfekte Mann dafür, oder?"

„Du als Deutschlehrer?" Marius zog seine Stirn nach oben. „Hast du denn schon einmal derartige Erfahrungen gesammelt?"

„Na, ich spreche doch jeden Tag Deutsch. Also könnte ich dem Sohn alle wichtigen Wörter beibringen, die man eben so braucht. Hund, Schnitzel, oder Grundstücksverkehrsgenehmigungszuständigkeitsübertragungsverordnung."

„Eure Sprache ist so lustig." Helena lachte lautstark. „Was bedeutet diese lange Wort?"

„Ich habe keine Ahnung. Aber es ist das längste Wort im Duden. Steht so in dem Buch von Marius. Nach meinem Auftritt rufe ich die Nummer hier an und dann werde ich Deutschlehrer."

Bevor wir jedoch herausfinden sollten, ob Hans es wirklich ernst meinte, wollte seine Fangemeinde vor dem Musiktheater von Omsk unterhalten werden.

„Hello my friends. Nice that you are here tonight. We start with a song that reminds me of this theatre. It looks like the thing, that skijumpers jump from. And because the skijumpers fly like airplanes, the first song is *Oli P. – Flugzeuge im Bauch.*"

Ohhhoho jeeoh ohhoooo, ooooh, ooooh
Es war zu jener Zeit, wir wollten essen zu zweit
Du hattest ein Gespür, kamst durch die Küchentür
Du fragtest „ist das Raps?“ und schon bei diesem Satz
Hätt ich wissen müssen, dass du den Plan durchschaut hast
Du machst auf Demi Moore, sprichst mit deinen Augen nur
Und sagst was Palmöl macht, ist schlecht für die Natur
Ich hab dir lange vertraut und immer Rapsöl gekauft
Getan was andere sagen, jetzt lass mich endlich braten

Lass es los
Ich versteh ja dein Ziel
Aber Palmöl ist so unglaublich hitzestabil
Mir ist die Umwelt wichtig, das weißt du auch
Und doch will ich Schnitzel in meinem Bauch

Gib mir mein, gib mir mein Öl zurück
Ich möchte dein Rapsöl nicht
Gib mir mein Öl zurück
Bevor die Herdflamme erlischt
Je eher, je eher ich es hab
Desto schneller wird mein Schnitzel wieder saftig und zart

Als das Konzert zu Ende war, schlugen wir mit Hans ein, verneigten uns vor seinem Einfallsreichtum und beobachteten ihn dann dabei, wie er sich sein Handy ans Ohr hielt. Einige Minuten später drehte er sich wieder zu uns um.

„Seht ihr, morgen früh habe ich ein Bewerbungsgespräch. So einfach geht das."

So sorgte ein kleines Stück Papier an einer Ankündigungstafel wie ein erster Dominostein dafür, dass eine Kette von weiteren Ereignissen ausgelöst wurde. Damals, als wir scherzend zurück zu Mr Wilson gingen, ahnte jedoch noch niemand, dass sich am Ende dieser Kette alles verändern würde.

# EFFEKTDOMINO

**8.056 / 9.600 km bis zur Mongolei**

„Wie lief dein Vorstellungsgespräch? Hat es sich ausgezahlt, dass du dieses Mal wirklich keine Flipflops getragen hast?", fragte ich Hans.

„Sowas von. Die waren richtig begeistert. Die Eltern sind froh, mit mir ein bisschen ihr Englisch üben zu können, der Sohn mag mich und wir hatten nen richtig schönen Nachmittag. Ich habe sogar was für die gekocht und sie fanden es richtig gut." Hans bekam von seiner Freundin einen lauten Kuss auf die Wange gedrückt. „Und das Beste ist, die wohnen in ner richtigen Luxusbude. Mit Pool und Sauna und so."

„Es wird mir wohl für ewig ein Rätsel bleiben, wie dir das gelungen ist", sagte Marius mit großen Augen, „aber bitte, gib dir Mühe und bring dem Kind auch etwas Sinnvolles bei."

„Nur Sinnvolles! Heut Morgen hat er schon sein erstes Wort gelernt: Schadenfreude. Aber es wird noch besser. Die Familie ist über das Wochenende in ihrer Ferienhütte. Wisst ihr was das heißt?"

„Dass du Urlaub hast?", antwortete Lilly aus dem Bauch heraus.

„Nee, es muss ja schließlich wer die Blumen gießen."

„Pflanzen gießen, kochen … bist du dir sicher, dass du als Deutschlehrer eingestellt wurdest?" Lilly grinste ihn an.

„Ich bin eben ein Mann mit vielen Talenten. Aber das wisst ihr ja. Ich soll auf die Bude aufpassen. Und das bedeutet Poolparty am Wochenende! Ihr seid ganz herzlich eingeladen."

„Eine Party? Du hast die Familie aber gefragt, oder?", erkundigte ich mich sicherheitshalber.

„Na klar. Sie haben gesagt, ich soll mich wie zu Hause fühlen."

„Juhu, Poolparty", schrie Helena euphorisch, sprang freudig hin und her und fiel ihrem Freund in die Arme, „dann kann ich endlich wieder meine Bikini tragen. Diese Familie ist wirklich lieb."

Während uns Hans in den folgenden Tagen jeden Morgen früh verließ und erst spät am Abend wieder zurückkam, fieberten wir dem Wochenende entgegen. Lilly übte mit ihrer Ukulele und konnte mittlerweile die ersten Songs spielen. Marius hatte in der Bibliothek von Omsk einige interessante Bücher entdeckt und Helena führte uns durch die russische Küche. Ihr Favorit war übrigens Borschtsch, eine Suppe, die mit Roter Bete und Weißkohl zubereitet wird. Ich selbst genoss unsere kleine Pause und dachte immer öfter darüber nach, wie es sich wohl anfühlen würde, bald in der Mongolei zu sein. Gleichzeitig machte ich mir aber auch immer öfter Gedanken darüber, was nach der Mongolei geschehen würde. Würden wir vielleicht gemeinsam weiterreisen? Schließlich war Marius der Einzige von uns, dessen Reise zeitlich begrenzt war. Doch diese Gedanken hatten noch etwas Zeit. Schließlich lagen immer noch 1500 km zwischen uns und der Mongolei.

Es war Freitagnachmittag und wir machten uns auf den Weg zu der Luxus-Suite, in welche die Familie uns eingeladen hatte.

„Wow, die Haus ist wirklich wunderschön. Wie in eine Film."

„Du hast in der Tat nicht zu viel versprochen, Hans", stimmte Marius zu.

„Lasst die Poolparty beginnen!" Lilly zog ihre Kleider aus und sprang in den beheizten und blau ausgeleuchteten, runden Swimmingpool.

Zu meiner Erleichterung war er nicht besonders tief, sodass selbst ich als Nichtschwimmer mich sicher fühlte. Außer, wenn Hans sich dazu entschied, uns seine elegante Sprungtechnik vorzuführen.

„Arschbombe! In Deckung!"

Am späten Abend öffnete Helena eine Flasche Wein und Hans

präsentierte uns einen Sixpack *Baltika Germania,* den er im Supermarkt entdeckt hatte. Wir trieben im Kreis entlang des Beckenrandes und unsere Zehenspitzen schauten vereinzelt aus dem Wasser.

„Sagt mal“, begann Hans, „habt ihr irgendwelche unnützen Talente?“

„Ein unnützes Talent? Ähm … ich kann gut diese langen Ketten mit Dominosteinen bauen. Ich habe das als Kind ganze Nächte lang getan“, begann ich.

„Kennst du diese Fernsehshows, bei der sie diese riesigen Dominoketten gebaut hatten? Ich habe sie geliebt.“ Lilly lächelte und imitierte das Geräusch von umfallenden Dominosteinen.

„Mich hat dieses Klackern immer verrückt gemacht“, murrte Hans, „wie schaut’s mit dir aus? Hast du nen unnützes Talent, Lilly?“

„Ich bin eine erstklassige Schattenspielerin.“

„Du hast in die Schatten gespielt? Ich liebe eher die Sonne.“

„Nein, Helena, warte, ich zeige dir, was Schattenspiele sind.“ Lilly sprang aus dem Pool, stellte sich vor einen der Poolscheinwerfer und faltete ihre Hände.

„Seht ihr? Ein Hase. Und jetzt eine Spinne. Eine dicke australische Spinne, die zu Hans krabbelt.“ Sie spreizte ihre Finger voneinander ab und bewegte ihre Hände in seine Richtung.

„Hör auf! Ekelhaft“, schrie Hans und schwamm zur anderen Seite. „Gut, dass Spinnen nicht schwimmen können.“ Nach ihrer kurzen Verfolgungsjagd kam Hans wieder zur Ruhe.

„Es gibt sehr wohl Spinnen, die schwimmen können“, widersprach Marius.

„Aufhören, bitte.“ Hans warf ihm einen bösen Blick zu und spritzte ihm eine Ladung Wasser entgegen.

„Ich habe auch eine Talent“, sagte Helena, „ich kann mit meiner Zunge an meine Ellenbogen lecken.“ Kurz, nachdem sie es uns bewiesen hatte, versuchten auch wir unser Glück.

„Ihr seht aus wie Elefanten." Hans lachte und ließ sich auf dem Rücken über das Wasser treiben. „Außer bei dir, mein *pyrenäisches Hirtenbrot,* bei dir sieht es schön aus."

„Wenn dein regulärer Wortschatz auch nur im Ansatz so ausgereift wäre, wie es dein Backwarenvokabular ist, würde ich dich vielleicht auch als Deutschlehrer engagieren."

Sogar Hans musste schmunzeln und strecke Marius symbolisch die Faust entgegen. „Und du Spaßvogel, was ist dein unnützes Talent?"

„Ich kann Wörter rückwärts sprechen. *Hirtenbrot* heißt beispielsweise *Torbnetrih",* antwortete Marius.

„Na, das kann ich auch. Zum Beispiel Leons Talent: *Dominoeffekt* heißt rückwärts *Effektdomino."* Während Hans sich selbst stolz auf die Schulter klopfte, bekamen wir vor Lachen kaum noch Luft und hielten uns am Beckenrand fest. „Kannste auch nen schweres Wort? Zum Beispiel Grundstücksverkehrsgenehmigungszuständigkeitsübertragungsverordnung?"

Marius konzentrierte sich, dachte kurz nach und machte dabei mit seiner rechten Hand eine Zählbewegung. Dann gab er Hans eine Antwort.

„Gnundrorevsgnugartrebüstiekgidnätsuzsgnugimhenegsrhekrevskcütsdnurg."

„Nicht schlecht, und jetzt *Maoam."* Während Marius mit den Augen rollte, offenbarte Hans sein eigenes Talent. „Ich habe Talent dafür, Deutsche beim Reisen zu treffen. Ich mein, schaut euch unsere Gruppe mal an. Aber ich habe nen Haufen Talente." Gerade als Hans tief Luft holte und uns von ihnen erzählen wollte, klingelte das Telefon. „Moment, da muss ich rangehen. Ist das Telefon von der Familie." Er sprang aus dem Pool, lief ins Wohnzimmer und hielt sich den Hörer ans Ohr. Wer zu dieser späten Uhrzeit wohl noch anrief?

Wir sahen vom Pool aus durch die große Glasfront in das Gesicht von Hans und konnten erkennen, wie seine Miene schlagartig ernst wurde.

„Wir haben ein Problem. Die Familie ist wieder auf dem Heimweg. Das Wetter ist wohl umgeschlagen. Sie sind in fünf Minuten hier und wollten, dass ich die Sauna anstelle."

„Aber du hast doch gesagt, dass du sie gefragt hattest", erwiderte ich.

„Naja, nicht direkt. Sie sagten, ich solle mich wie zu Hause fühlen. Und wenn ich hier zu Hause wäre, hätte ich ne Poolparty geschmissen."

„Hans", seufzte ich und fuhr mir mit der Hand durchs Gesicht.

„Schnell", schoss es aus Lilly heraus, „wir haben noch genug Zeit. Hans macht die Küche sauber, Leon und Marius, ihr kümmert euch um den Pool und Helena kommt mit mir ins Wohnzimmer."

Wir wuselten durch die Wohnung, suchten unsere Kleider zusammen, räumten die Flaschen beiseite und gerade, als wir das Haus verlassen wollten, hörten wir, wie jemand die Haustür aufsperrte. Lilly schaute sich um und zeigte dann auf die Couch und den vor ihr stehenden Wohnzimmertisch.

„Hans, versuch die Familie in die Sauna zu bekommen und gib uns ein Zeichen, wenn die Luft rein ist. Wir verstecken uns solange", flüsterte Lilly. Er nickte und eilte dann zur Tür.

Ich lag mit Marius unter dem massiven Holztisch, einen Meter vor mir blickte ich auf Lilly und Helena, die eng umschlungen unter der Wohnzimmercouch lagen. Neben dem Sofa konnte ich auch einen kleinen Teil der Küche sehen und Hans dabei beobachten, wie er die russische Familie begrüßte. Sie unterhielten sich auf Englisch.

„Entschuldige die kurzfristige Planänderung, aber als wir unterwegs waren, zog ein Sturm auf. Wir probieren es nächste Woche nochmal. Gut sieht es hier aus. Wir hatten schon Angst, dass du eine große Party veranstalten würdest", lachte eine Frauenstimme.

„Und wie ich an deinen Haaren erkenne, hast du auch unseren Pool getestet. Ich hoffe, du hattest Spaß", fügte eine Männerstimme hinzu. „Hör mal, Hans. Da es schon spät ist. Möchtest du heute nicht hier übernachten? Und würdest du uns vielleicht wieder eines von deinen Sojaschnitzeln machen? Das war so unglaublich gut."

Sie wollten gemeinsam essen? Meine Hände wurden schwitzig bei dem Gedanken, dass die Familie uns möglicherweise entdecken könnte. Der Sohn von ihnen war anscheinend in seinem Zimmer verschwunden und hatte die Tür laut zugeschlagen. Das Ehepaar hingegen fiel erschöpft auf die Couch und streckte die Beine aus, sodass ihre Füße nur wenige Zentimeter von meinem Gesicht entfernt waren.

„Schatz, die Fußbodenheizung war eine unserer besten Investitionen."

Die Fußbodenheizung war wirklich eine große Hilfe. Sie machte das Verstecken auf den Wohnzimmerfließen wesentlich angenehmer, als ich es mir vorgestellt hätte.

„Wolltet ihr nicht in die Sauna?", fragte Hans zögerlich.

„Nachher, erst wird gegessen. Ich habe einen solchen Hunger", antwortete die Frau. Hans seufzte laut und schaltete die Dunstabzugshaube ein.

Was, wenn uns die Familie entdecken würde? Wie könnten wir uns aus dieser Situation nur herauswinden? Ich versuchte, so leise wie möglich zu atmen und konzentrierte mich darauf, mit meinen zitternden Knien nicht gegen den Tisch zu stoßen. *Alles wird gut,* sagte ich in Gedanken. Doch während ich mir diesen Satz immer wieder vorsagte, lief mir ein kalter Schauer über den Rücken. Aus der Küche hörte man Teller klappern, Schranktüren, die auf- und zugemacht wurden und plötzlich folgte ein lauter Schrei.

Kurz darauf schrie auch die russische Frau, ihre Beine schnellten in einer ruckartigen Bewegung nach oben und die Couch kippte gemeinsam mit ihrem Mann nach hinten um. Vor meinen Augen zerschellte ein Porzellanteller auf den Fliesen. Hans hatte ihn anscheinend zu der Familie geworfen, die ihn dann auf den Boden fallen gelassen hat. Nun erkannte ich auch, wieso. Inmitten der Porzellanscherben saß eine Kellerspinne, die sich kurz im Kreis drehte und schnell davonkrabbelte. Das russische Ehepaar schrie erneut lautstark, als sie Helena und Lilly auf dem Boden liegen sahen. Der Mann griff nach dem Schürhaken, der neben ihrem Kamin stand und wedelte damit vor sich hin und her. Dabei blieb er an einer Vase hängen, die auf dem Regal stand und dann ebenso mit einem lauten Knall auf dem Boden zerschellte. Unser Vorhaben, das Haus ungesehen zu verlassen, war gescheitert. Marius und ich krochen langsam unter dem Tisch hervor. Die beiden sichtlich aufgebrachten Russen begannen schnell und durcheinander auf Hans einzureden. Ich verstand zwar nicht, was sie sagten, doch das war vielleicht auch besser so. Der Rest von uns stand mit gesenkten Köpfen neben ihnen. Wir konnten ihr Gespräch zwar nicht verstehen, aber ich hatte das Gefühl, dass sich die Stimmung mit jedem gesprochenen Satz etwas mehr beruhigte. Dann drehte sich die russische Frau zu uns und wechselte ins Englische.

„Habt ihr Hunger?“ Wir sahen uns mit großen Augen an. „Es scheint so, als müsste Hans heute Abend für ein paar mehr Personen kochen.“ Sie lächelte und ihr Mann legte seinen Arm um ihre Schulter, nachdem er den Schürhaken wieder abgelegt hatte.

Was hatte Hans zu ihnen gesagt? Was es auch war, ich war froh, dass das Ehepaar sich beruhigt hatte und uns nicht alle aus dem Haus schmiss. Oder, schlimmer noch, die Polizei rief. Mittlerweile stand das Sofa wieder an seiner ursprünglichen Stelle, und wir hatten gemeinsam im Wohnzimmer Platz genommen. Während wir uns der Familie vorstellten, half Helena ihrem Freund in der Küche. Plötzlich rumste es laut, ein metallisches Klicken ertönte und ich sah gerade noch, wie eine kleine Dose über den Fußboden rollte. Es zischte, Rauch breitete sich in dem großen Raum aus und vernebelte uns die Sicht.

„Verflucht“, keuchte der Vater und hustete, „unser Sohn Alexej …“

Der Rauch brannte in meinen Augen und war bereits so dicht, dass ich rein gar nichts mehr erkennen konnte. Während ich mich hilfesuchend an der Wand entlangtastete und nach Lilly rief, packten mich zwei kräftige Hände und drückten mich auf den Boden. Die Arme wurden mir hinter dem Rücken zusammengedrückt und mit Kabelbinder festgeschnürt. Meine rechte Gesichtshälfte klebte auf dem beheizten Boden und drückte sich in eine der Porzellanscherben. Ich schrie die Namen meiner Freunde, aber konnte nichts verstehen. Es herrschte ein wirres Durcheinander verschiedener Sprachen und die einzige Stimme, die ich zuordnen konnte, war die von Hans. Er schrie lauthals den immergleichen Satz auf Russisch. Würden wir wieder in einem Gefängnis landen? Dieses Mal jedoch in einem russischen und ohne einen Freund wie Mesut, der uns wieder rausholen könnte. Als sich der Rauch ein klein wenig lichtete, hob ich mein Gesicht nach oben und versuchte, etwas zu erkennen. Neben mir stand ein breiter Mann in dunkelblauem Camouflage. Er hatte ein Maschinengewehr in seinen Händen und trug eine Gasmaske, die fast sein gesamtes Gesicht bedeckte. Ich konnte jedoch einen flüchtigen Blick auf seine Augen erhaschen. Sie wirkten bitterernst und ließen meine Wange wieder auf die Fliesen sinken.

Einige endlos wirkende Minuten später grummelte einer der Männer einen Befehl, woraufhin ein anderer ein Messer zückte und sich zu mir hinunterbeugte. Als er mich kräftig am Arm packte, zuckte ich unweigerlich zusammen. Etwas zerrte an den Kabelbindern an meinem Handgelenk, die sich schmerzhaft in meine Haut bohrten, dann waren meine Hände plötzlich frei. Ich traute mich nicht, aufzustehen und blieb stattdessen auf dem Boden liegen. Dabei blickte ich mich um. Die große Schiebetür zum Pool wurde geöffnet, wodurch der Rauch abziehen konnte. Ich sah zu Marius, als sich einer der Uniformierten zu ihm beugte und auch seinen Kabelbinder durchtrennte. Dann richtete ich mich verwirrt auf, blieb jedoch erst noch am Boden sitzen. Kurz darauf verschwanden die Männer wortlos und wir waren wieder allein mit dem russischen Ehepaar. Nun stand auch ihr Sohn Alexej vor uns und richtete eine Spielzeugpistole in unsere Richtung. Er hatte die Polizei alarmiert, nachdem er die lauten Schreie und die Geräusche der zerbrochenen Vase und des Tellers gehört hatte. Da wir uns im Haus befanden, konnte die Polizei eine Geiselnahme nicht ausschließen, schickte das Sondereinsatzkommando und setzte Rauchgranaten ein.

Die Hausbesitzerin gab Lilly ein Pflaster und sie klebte es mir ins Gesicht, um so die kleine Schnittwunde zu verarzten. Anschließend saßen wir wieder alle am Wohnzimmertisch. Die Wohnung sah mittlerweile aus, als wäre eine Bombe eingeschlagen, und unter der Decke hing eine dünne Schicht Rauch.

„Arbeitet ihr wirklich alle in der Deutschen Botschaft?", fragte die Frau.

„Wie bitte?", entgegnete Marius erstaunt.

„Hans hatte diesen Satz ununterbrochen geschrien, als er auf dem Boden festgehalten wurde." Wir sahen ihn an und schüttelten unsere Köpfe. Er hingegen grinste stolz. Schließlich bestellte die russische Familie bei einem Lieferservice für alle etwas zu essen.

Nachdem wir gemeinsam gegessen und zusammen die Wohnung aufgeräumt hatten, umarmten wir die Familie zum Abschied und machten uns auf den Heimweg zu Mr Wilson.

„Es war auch wirklich an der Zeit, dass wieder etwas Absurdes geschieht", sagte Marius, während wir gegen Mitternacht die leere Straße entlanggingen.

„Finde ich auch", antwortete Hans. Marius blieb kurz stehen und schaute ihn mit hochgezogenen Augenbrauen an.

„Das war Sarkasmus", murrte er, „könnten wir uns darauf einigen, bis zur Mongolei keine weiteren, unüberlegten Dinge zu tun?" Auch Helena, Lilly und ich blieben stehen und schauten zu Hans.

„Ja, okay", antwortete er murmelnd und schlenderte langsam den Weg entlang. Ich ließ mich zu ihm zurückfallen.

„Sag mal. Was hast du der Familie gesagt? Wie hast du es geschafft, dass sie uns zum Essen eingeladen haben?"

„Ich habe ihnen gesagt, dass ich mir immer so eine Familie wie ihre gewünscht hätte. Und dass meine vier Freunde hier die erste Familie sind, die ich seit Jahren habe." Ich blieb stehen und hielt Hans am Arm fest.

„Wie war denn deine Familie? Und warum erzählst du nie von der Zeit vor deiner Reise?" Er hob den Kopf, sah mich an und seine traurigen Augen ließen mich erschaudern.

„Leon, ich mag es, andere zum Lachen zu bringen." Er machte eine kurze Pause, hob zögerlich seine rechte Hand nach oben und schaute sie an. „Doch die Geschichte von meiner Vergangenheit tut das Gegenteil."

„Aber du kannst …"

„Ich weiß", unterbrach mich Hans, „und irgendwann werde ich euch davon erzählen. Aber heute würde ich gerne einfach nur den Abend mit meiner neuen Familie verbringen." Nun schauten seine Augen wieder normal und er legte die Hand auf meine Schulter. „Komm schon, lass uns schlafen gehen. Morgen wird ein langer Tag. Wir werden in die Mongolei aufbrechen."

Ich runzelte die Stirn. „Aber du musst doch noch eine weitere Woche unterrichten?“

„Nee, ich wurde gefeuert, weil ich ne Poolparty geschmissen habe. Dass sie freundlich waren bedeutet nicht, dass meine Partyidee in Ordnung war.“ Hans zwinkerte mir zu und joggte dann zum Rest unserer Gruppe.

# BIER, WEIN – ODER WAS ANDERES

**8.056 / 9.600km bis zur Mongolei**

„Bevor wir weiterfahren und unsere letzte Etappe beginnen, will ich mit euch noch kurz in die Stadt. Ich habe ne richtig gute Idee."

„Hast du gelegentlich auch mal eine Idee, die nicht ‚richtig gut' ist?", fragte Marius mit einem sarkastischen Unterton.

„Lustig, das hat Lilly auch mal gefragt", kicherte Hans.

„Und was war die Antwort?", fragte Marius in ihre Richtung.

„Nein, hat er nicht", antwortete sie trocken.

„Wird ne Überraschung. Lasst uns zu Fuß gehen. Ist nicht weit."

„Nur um sicherzugehen", sagte Marius mit ruhiger Stimme, „du erinnerst dich daran, was wir gestern auf dem Nachhauseweg besprochen haben, oder? Keine unüberlegten Ideen."

„Keine Angst, ich hab schon ne Weile darüber nachgedacht." Hans grinste und zeigte uns den Weg.

Zwanzig Minuten später standen wir in einer kleinen Seitengasse am Stadtrand von Omsk und blickten uns überrascht an. Überrascht und vielleicht auch ein klein wenig verängstigt.

„Ein Tätowierer?", fragte Marius.

„Genau. Ne tolle Idee, oder? Aber keine Sorge. Ihr müsst euch nichts tätowieren lassen. Ich würde mich freuen, wenn sich jeder von euch ein kleines Motiv aussucht, das ich dann auf mir verewigen werde. Ich will unsere kleine Familie auch nach der Reise als Erinnerung bei mir tragen." Hans schaute uns zufrieden an. Und obwohl ich mir sicher war, dass ich unsere gemeinsame Zeit niemals vergessen würde, fand ich die Idee einer ewigen Erinnerung schön.

„Ich hätte auch gerne ein kleines Tattoo", sagte ich.

„Ich will auch", schloss sich Helena an. „Meine Mama wird zwar böse sein, aber wir können es ja an eine Stelle machen, wo man es nicht so sieht."

„Wie wäre es denn", begann Lilly, „wenn wir uns alle etwas stechen lassen würden und die Motive gegenseitig aussuchen?"

„Ich weiß nicht so recht", antwortete Marius, „die Idee ist in der Tat charmant, aber Tattoos lassen sich nicht sonderlich gut mit meinem Beruf vereinbaren."

„Pass auf, wir könnten nen Tattoo auf den Fuß machen. Du willst ja wahrscheinlich nicht irgendwann den Beruf wechseln und als Bademeister arbeiten, oder?"

„Hmm", summte Marius, „in Ordnung. Ich bin dabei. Ein kleines Tattoo am Fuß."

„Sehr gut", jubelte Hans, „ich will mir eins für Marius aussuchen. Habe da ne richtig gute Idee."

„Darf ich meine Entscheidung widerrufen?" Marius wischte sich mit der Hand durch die Haare.

„Nee, zu spät."

„Dann würde ich gerne eines für Leon wählen", fügte Marius hinzu.

Auch der Rest von uns entschied sich recht schnell. Lilly überlegte sich ein Tattoo für Helena, Helena umgekehrt für Lilly, und ich wollte mir eines für Hans ausdenken. Wir schlugen erneut ein und betraten das Studio. Hans hatte dafür gesorgt, dass der Tätowierer seine Tattoos nach getaner Arbeit mit einem Stück schwarzer Folie bedeckte, und zwar so, dass wir sie wenig später im Wartebereich des Studios gemeinsam enthüllen konnten.

„Verdammt, ist das spannend", kommentierte Hans, als wir wieder beisammensaßen, „fast so wie *Cast Away.* Wer fängt an?"

„Ich möchte anfangen", sagte Lilly und zog sich die Folie vom Fußknöchel. Helena hatte sich für sie einen kleinen Rucksack ausgesucht.

„Du hast ja gesagt, du siehst gerne zu die Sterne, weil dir dann die Druck von deine Schultern fällt. So kannst du die Sachen in die Rucksack machen und das ist leichter zu tragen für deine Rücken." Lilly bedankte sich mit einer Umarmung und eine Träne kullerte über ihre Wange.

Dann zog Helena ihre Folie ab und zeigte uns ihr Tattoo von Lilly. Es war ein Smiley.

„Weil du damals meintest, dass du jeden Tag mit einem Lächeln beginnen möchtest. Nun hast du keine andere Wahl mehr." Helena lächelte und sie nahmen sich erneut in den Arm.

Dann offenbarte ich mein Tattoo von Marius. Er hatte sich einen Adler ausgesucht, der nun neben meinem Fußknöchel seine Flügel ausbreitete.

„Nicht ganz so kreativ, aber der passt hoffentlich zu deiner Kindergeschichte und der Mongolei."

„Danke, Marius, es ist perfekt."

Nun war Marius an der Reihe. Er zog zögerlich seine Folie ab und schaute dann überrascht zu Hans. Das Motiv war eine Hose.

„Ab heute brauchst du keine Angst mehr zu haben, ohne Hose aufzuwachen. Siehste, ich habe dir doch versprochen, dir die Angst zu nehmen." Marius schüttelte grinsend den Kopf und bedanke sich für die schöne Idee. Hans war als Letzter an der Reihe.

„Yo, Leon, was ist das? Sind das die Landesumrisse von meiner Heimat Bayern?"

„Erkennt man es nicht?", fragte ich zögerlich.

„Naja …", flüsterte Hans und blickte sich hilfesuchend um, „… doch?"

„Es ist ein Schnitzel."

„Ach so, na klar. Jetzt, wo du es sagst. Ein Schnitzel in der Form meiner Heimat." Hans nickte zufrieden. „Ich wollte mir schon seit langem ein Schnitzel tätowieren lassen. Jetzt bin ich froh, dass du das für mich übernommen hast."

So verließen wir zufrieden das Tattoo-Studio in Omsk und machten uns auf den Weg zurück zu Mr Wilson. Hans gab dabei einen lauten Freudenschrei von sich.

„Seid ihr bereit? Der nächste Halt ist die Mongolei! Wir müssen nur noch ne kleine Sache besprechen. Und ich finde, Leon sollte die Entscheidung treffen, weil die Mongolei seine Idee war. Also, wenn wir in ein paar Tagen ankommen und die Adler sehen, womit sollen wir anstoßen? Bier? Wein? Was anderes? Je nachdem, müssen wir unterwegs noch in nem Supermarkt Halt machen."

„Gib mir etwas Zeit. Eine derart wichtige Entscheidung sollte man nicht voreilig treffen", scherzte ich und dachte daran zurück, wie ich zu Hause gesessen und mich entschieden hatte, zu dieser Reise aufzubrechen. Heute ging es um etwas wesentlich Simpleres. Bier, Wein oder auch etwas anderes. Damals wusste ich nicht, dass genau diese kleine Entscheidung letzten Endes alles verändern sollte.

„Yo, Leon, brauchst du Hilfe bei deiner Entscheidung? Ich glaube, so lang wie du hat noch nie wer über so ne kleine Sache nachgedacht." Wir waren bereits seit knapp sechs Stunden unterwegs, doch ich konnte mich noch immer nicht entscheiden. Während ich lächelnd aus dem Fenster starrte, und mein Blick über die kahlen Landschaften wanderte, nahm mich Marius in Schutz.

„Manchmal haben auch kleine Entscheidungen eine große Wirkung."

„Ist das so? Na komm, du hast doch bestimmt ein Beispiel im Sinn. Hau raus!"

„Es gab mal einen russischen Offizier namens *Stanislaw Petrow*", begann Marius, „der im September 1983 eine dieser Entscheidungen treffen musste. Er war für die Überwachung des russischen Luftraumes zuständig und seine Aufgabe war es, im Falle eines nuklearen Angriffs, den Gegenschlag einzuleiten. Gegen Mitternacht meldete der Computer einen feindlichen Raketenstart aus den USA und kurz darauf sogar vier weitere. *Petrow* blieben weniger als 15 Minuten, um seinen Vorgesetzten zu informieren. Während der russische Offizier unter enormem Druck stand, wog er seine beiden möglichen Entscheidungen gegeneinander ab. Er hätte seinem Bauchgefühl folgen und die Radarmeldungen als technischen Fehler einstufen können. Bei einem tatsächlichen Angriff wären die Folgen für die Sowjetunion jedoch verheerend gewesen. Alternativ konnte *Petrow* dem regulären Protokoll folgen, die Meldung weiterreichen und so womöglich einen Gegenschlag initiieren. Dies hätte jedoch unweigerlich zu einem Nuklearkrieg geführt. Da saß er also. Ein 44-jähriger Russe, dessen Entscheidung die Zukunft unserer Welt bestimmen sollte. Er hörte auf sein Bauchgefühl, stufte die Meldungen als Systemfehler ein und sollte letzten Endes damit Recht behalten."

„Und du glaubst echt, dass ein Getränk die Zukunft der Welt bestimmen kann?" Hans kratzte sich an der Stirn.

„Nein, aber … wie erkläre ich das am besten", murmelte Marius. „Wenn du ein Schnitzel zubereiten möchtest und dann zu viel Wasser zum Mehl kippst …" Lilly hatte eine kräftige Hustenattacke und unterbrach Marius. Sie war bereits seit ein paar Tagen erkältet und ihr Husten schien schlimmer zu werden.

„Ist wirklich alles in Ordnung, Schatz?", fragte ich.

„Ich bin zwar kein Mediziner, aber womöglich sollten wir in einer Apotheke Halt machen und dir Antibiotika besorgen", schlug Marius vor.

„Was meinst du, Lilly?", fragte Hans, „sollen wir nen kurzen Stopp machen, wenn ich die nächste Apotheke sehe? Ich kann auch mit und übersetzen."

Lilly schaute sich um und blieb bei meinem besorgten Gesicht hängen. „In Ordnung. Ich besorge mir Medizin. Und danke Hans, aber du brauchst nicht mitzukommen. Medikamente haben immer denselben Namen und ich weiß, welche ich brauche. Ich war schon öfter erkältet."

Sie lehnte ihren Kopf an meine Schulter, und ich legte meinen Arm um sie, bis wir wenig später an einem großen Rasthof hielten. Lilly ging zur Apotheke und während Hans, Helena und ich hin- und hergingen und unsere müden Beine dehnten, lief Marius zu einem kleinen Souvenirshop. Lilly kam recht schnell mit einer Plastiktüte zurück und ließ traurig den Kopf hängen.

„Schatz, was ist los?"

„Es ist nur", antwortete sie, „meine Kreditkarte wurde nicht genommen. Ich hoffe, dass es am Lesegerät lag, sonst habe ich ein Problem."

„Keine Sorge", antwortete ich und nahm sie in den Arm, „zur Not leihe ich dir Geld, bis wir dir irgendwie eine neue Karte besorgt haben."

Während Lilly mich küsste, verließ auch Marius den Laden. Doch er blieb kurz hinter dem Eingang stehen und schaute uns nachdenklich an.

„Was ist los?", rief Hans ihm zu.

„Ich bin sofort wieder zurück", antwortete er, „ich möchte nur kurz noch mal in den Souvenirladen, um ein kleines Geschenk zu besorgen."

Während wir auf ihn warteten, lief eine Familie an uns vorbei, dessen junges Mädchen sich eine Eiswaffel ins Gesicht drückte. Ihre Mutter war händeringend damit beschäftigt, mit mehreren

Taschentüchern den Schaden zu begrenzen.

„Das habe ich auch immer gemacht. Dann hat Mama mir die Gesicht sauber gewischt und Papa hat gefilmt." Helena schwelgte in Kindheitserinnerungen und grinste dabei bis über beide Ohren. „Kann ich vielleicht noch kurz in die Geschäft gehen und Eis kaufen? Ich habe grad Lust."

„Natürlich *Apfeltasche*", antwortete Hans, „wir haben Zeit."

Als sie zur Tankstelle lief, um für die ganze Gruppe Eis zu kaufen, kehrte Marius zurück und führte uns seine neue Tasse vor. Auf ihr war *Albert Einstein* und ein Spruch in russischer Sprache abgebildet.

„Ich hatte früher ein Poster von *Albert Einstein* in meinem Kinderzimmer und bei der Weihnachtsfeier habe ich Julius davon erzählt. ‚Ein Genie besteht zu 1 % aus Talent und zu 99 % aus Arbeit.' Julius lachte nur und erzählte mir von einem T-Shirt, dass er mal an einem ehemaligen Mitstudenten gesehen hatte. ‚Ein Genie besteht zu 1 % aus Talent und zu 99 % aus Bier'. Irgendwie hat mich die Tasse an ihn erinnert und ich möchte sie ihm als Geschenk mitbringen."

„Er wird sich bestimmt freuen", sagte Lilly und nickte ihm zu.

„Ich hoffe es, aber ein Schritt nach dem anderen", antwortete Marius und schaute gemeinsam mit uns zum Himmel, als ein leiser Donnerschlag ertönte. „Wollen wir wirklich weiterfahren? Die Wolken sind ziemlich dunkel."

„Keine Sorge. Ich fahr langsam. Ich kenne in Nowosibirsk nen geilen Zeltplatz. Noch ne Stunde und dann sind wir da." Dann stieß auch Helena wieder zu uns und drückte jedem ein Dominoeis in die Hand. Wir aßen es anschließend vor dem Wagen, um nichts zu versauen. Als ich fertig war und meine Hände völlig verschmiert waren, ging ich an das Waschbecken des Campers und machte sie sauber. Ich blickte wieder auf das Bild der „fünf Freunde", das wir damals in Albanien mit der Polaroidkamera gemacht hatten. Es hing direkt über dem Waschbecken. Ich hatte mir die ganze Zeit den Kopf darüber zerbrochen, mit was ich anstoßen wollte, da ich der Meinung war, es müsste etwas Besonderes sein. Doch während ich auf unser „unperfektes" perfektes Bild starrte, auf dem manche unserer Köpfe abgeschnitten, teilweise Augen geschlossen und Gesichter verdeckt waren, wurde mir etwas Wichtiges bewusst. Ich konnte mich endlich entscheiden.

„Leute", sagte ich, „ich weiß jetzt, womit ich in der Mongolei anstoßen möchte. Hans, könntest du mit mir in den Getränkeladen dort hinten gehen?"

„Klar", antwortete er und begleitete mich. Als wir durch die Schiebetür gingen, standen wir vor dem Kassierer.

„Hans, kannst du ihn bitte fragen, ob irgendein Getränk gerade im Angebot ist?" Er schaute mich überrascht an, aber folgte meiner Bitte.

„Er sagt, dass sie aus Versehen zu viel Cranberry-Saft bestellt haben und der unbedingt weg muss. Deshalb gibt's den zum halben Preis."

„Hast du schon mal Cranberry-Saft getrunken?", fragte ich.

„Nee, du?"

Ich schüttelte meinen Kopf. „Lass uns damit anstoßen."

Hans runzelte die Stirn und kaufte anschließend eine Zwei-Liter-Flasche des Saftes.

„Und? Womit werden wir anstoßen?", fragte Lilly, als Hans und ich wieder am Auto waren.

„Cranberry-Saft", antwortete ich, „weiß irgendjemand, wie der schmeckt?" Alle schüttelten die Köpfe und ich grinste. „Perfekt."

„Wie kamst du auf diese Idee?", fragte Marius überrascht. Hans hatte mir im Getränkeladen dieselbe Frage gestellt, doch ich wollte sie vor der ganzen Gruppe beantworten.

„Mir wurde eben etwas klar", begann ich, „es ist vollkommen egal, mit was wir anstoßen. Es muss nichts Besonderes sein, da es zu etwas

Besonderem werden wird, sobald ich es mit euch gemeinsam trinken werde."

So traf jeder von uns an genau diesem Tag und an genau dieser Raststätte eine kleine Entscheidung, die gemeinsam dazu führten, dass wir uns um 22:48 Uhr genau 64 Kilometer vor Nowosibirsk befanden. Lilly, die zugestimmt hatte, sich Antibiotika zu besorgen. Marius, der sich spontan entschieden hatte, nochmal zurück in den Souvenirshop zu gehen, um eine Tasse zu kaufen. Helena, die Eis kaufen ging, da sie das Kind gesehen hatte. Ich, der sich endlich entscheiden konnte, mit welchem Getränk wir anstoßen würden. Und Hans, der beschloss weiterzufahren, um einen Campingplatz in der Nähe von Nowosibirsk aufzusuchen. Wenn auch nur einer von uns seine Entscheidung anders getroffen hätte, wären wir an diesem Abend um 22:48 Uhr nicht genau 64 Kilometer vor Nowosibirsk gewesen.

## 22:47 UHR

*The Cranberries – Zombie*

**8.648 / 9.600km bis zur Mongolei**

„Kannst du überhaupt noch das Straße sehen?“ Helena drückte ihren Kopf an die Windschutzscheibe.

„Ja, geht schon, und die anderen Autos haben ja Lichter an. Keine Sorge, ich fahr schön langsam und in ’ner halben Stunde sind wir da.“ Der Regen prasselte auf das Blech unseres Campers und wir mussten fast schreien, um uns gegenseitig verstehen zu können. Das Trommeln wurde von einem *Modern Talking*-Song aus dem russischen Radio begleitet. Wir hatten uns bereits mehrere Male zuvor darüber amüsiert, dass das deutsche Musikerduo hier in Russland unglaublich populär war. Seit unserer Einreise war kein Tag vergangen, an dem nicht einer ihrer Songs lief. Heute war es *Brother Louie,* doch dann drehte Hans die Lautstärke nach unten.

„Cranberry-Saft“, kicherte er, „finde ich immer noch richtig lustig. Ich glaub, mit sowas hat noch nie wer angestoßen. Aber wisst ihr, woran mich das erinnert? Kennt ihr die Band *The Cranberries?* Das sind die mit dem *Zombie* Song, wo so viel gejodelt wird.“ Hans schaute kurz zu uns nach hinten und begann dann lautstark zu singen.

What‘s in your heeeeeeeeaaaad
In your heeeeeeeeaaaad
Zombie, zombie, zombie ieh ieh, ohh
Do, do, ohh, ohh
Do, do, ieh, ieh

Ein lautes Rumsen, gefolgt von einem Scheppern sorgten dafür, dass wir alle verstummten. Hans machte eine Vollbremsung und

Mr Wilson schlingerte kurz über den nassen Asphalt, bevor er mit quietschenden Reifen zum Stehen kam. Hans umklammerte das Lenkrad so fest, dass seine Knöchel weit hervortraten. Er blickte wie versteinert vor sich in die Dunkelheit.

„Was war das? Was ist passiert, Schatz?", fragte Helena und wischte hektisch über die angelaufene Scheibe.

„Bleibt im Auto. Ich gehe nachsehen", antwortete Hans kreidebleich, löste seinen Gurt und sprang hektisch aus Mr Wilson. Wir hingegen schauten uns mit weit aufgerissenen Augen an. Was war das für ein Geräusch gewesen? Es war definitiv kein anderer Autofahrer oder ein Motorrad. Dann hätten wir nämlich Scheinwerferlichter gesehen. Könnte es sein, dass jemand trotz des Wetters an der Straße unterwegs war? Vielleicht wegen einer Autopanne? Hatten wir jemanden überfahren? Ich bekam Gänsehaut am ganzen Körper und schluchzte.

„Bitte nicht, bitte nicht." Lilly flüsterte den immer gleichen Satz vor sich hin. Marius hielt sich beide Hände vor den Mund und Helena begann, wild gegen die Beifahrertür zu schlagen.

„Warum geht das nicht auf", schrie sie und murmelte mehrere spanische Wörter. Ich beugte mich nach vorne und zog ihren Türknopf nach oben. Als sie ihre Tür aufriss, öffnete auch ich die Schiebetür. Helena, Lilly, Marius und ich liefen gemeinsam nach draußen in den strömenden Regen und sahen uns suchend um.

„Hans?", schrien wir, doch bekamen keine Antwort. Plötzlich ertönte ein lauter Schrei, der selbst den prasselnden Regen durchdrang. Wir liefen die Straße entlang und fanden einige Meter weiter unseren Freund. Die Rücklichter von Mr Wilson warfen ein schwaches Rot auf seinen Rücken und die Warnblinkanlage mischte ein grelles Gelb hinzu.

Hans kniete im strömenden Regen mitten auf der Fahrbahn. Er hatte beide Hände zu Fäusten geballt und hämmerte sie gegen den

Asphalt, während er aus vollem Leibe schrie. Helena rannte zu ihm und während ich langsam näherkam, konnte ich erkennen, dass etwas vor ihm lag. Hans kniete in einer riesigen Blutlache, die vom Regen zum Seitenstreifen gespült wurde. Als Helena ihren Freund erreichte und für einen kurzen Moment auf den Boden starrte, drehte sie sich zu uns um. Sie signalisierte mit ihren Händen, dass wir zurück ins Auto gehen sollen. Ich spürte Lillys Hand und Marius' Griff an meinem Oberarm. Wir taumelten rückwärts in Richtung von Mr Wilson. Marius zog unsere Tür mit einem lauten Scheppern auf, und wir setzten uns wieder auf die Rückbank. Das Wasser tropfte von unseren Klamotten auf den mit hellbraunen Holzlatten ausgelegten Boden und Lilly drückte ihr Gesicht in meinen Oberarm.

„Das war ein Hund, oder?", fragte ich mit zittriger Stimme.

„Es war ein Hund", stammelte Marius, zog seine Brille ab und wischte sich durch die Augen.

„Wir haben einen Hund überfahren", flüsterte ich wie hypnotisiert vor mich hin und hob meinen Arm nach oben, um ihn Lilly über die Schulter zu legen. Sie weinte laut in meinen Pullover. Ich hatte Hans noch nie so außer sich erlebt. So voller Wut und so voller Schmerz. Wie fühlte sich jemand, der gerade ein Leben beendet hatte? Und wie musste Hans, der Hunde über alles liebte, sich in einem solchen Moment nur fühlen? Ich merkte, wie sich alles um mich herum langsam drehte.

Eine gefühlte Ewigkeit später öffnete sich die Beifahrertür und unsere Köpfe schreckten nach oben. Helena setzte sich klatschnass auf den Sitz, schniefte laut und drehte sich zu uns nach hinten um. Ihr Gesicht war völlig aufgequollen.

„Wo ist Hans?", fragte Marius.

„Meine Schatz muss erst einmal alleine sein." Ihre Stimme war schwach und ihre Augen waren gerötet. „Das wissen nur ganz wenige, aber Hans hat schon mal eine Hund in seine Armen sterben gehabt." Helena schob sich ihre rechte Hand vor den Mund und atmete hörbar aus. Ihre andere streckte sie uns entgegen.

„Alles wird gut", wiederholte sie so leise, dass ich es kaum verstehen konnte, „alles wird gut."

Wir legten unsere Hände auf ihre und während der Regen noch immer auf das Dach donnerte, öffnete sich die Schiebetür ein weiteres Mal. Es war Hans. Zumindest sah die Person vor uns aus wie er. Sie hatte jedoch nicht viel mit dem Hans gemeinsam, den wir kannten. Er stand vor uns und starrte ins Leere. Seine Kleidung war komplett durchnässt und klebte an seiner Haut. Die Ärmel waren hochgekrempelt und seine Hände waren mit Matsch bedeckt.

„Hans, ist alles in Ordnung? Wie geht es dir?", fragte ich aufgeregt. Er gab keinen Laut von sich, sondern ging schweigend zum Waschbecken und hielt seine Arme unter den Wasserhahn. Er sah niemanden von uns an, griff roboterhaft nach dem Handtuch und trocknete sich ab.

„Es war nicht deine Schuld", sagte Marius in einem Tonfall, als würde er Hans darum bitten, ihm zu glauben, „es war ein schlimmer Unfall, du kannst nichts dafür."

Hans drehte den Wasserhahn ab, drückte sich nach vorne auf den Fahrersitz und startete den Motor.

„Bitte sag doch was", flehte Lilly und schluchzte laut. Hans ließ seine Hände vom Lenkrad rutschen und griff an die Mittelkonsole. Er drehte sich langsam zu uns um.

„Es tut mir leid", sagte er leise und mit kraftloser Stimme. Er wiederholte es ein weiteres Mal, doch nun etwas lauter. „Es tut mir so leid." Die Freude und Leichtigkeit in seinem Gesicht waren verschwunden. Sie hatte etwas Neuem Platz gemacht, das ich noch nie zuvor an ihm gesehen hatte und mir eine riesige Angst bereitete: Leere.

Hans drehte sich langsam nach vorne, krallte seine Hände um das Lenkrad.

„Es tut mir leid", sagte er ein drittes und letztes Mal. Leise, traurig und hoffnungslos. Doch nun schob er noch ein weiteres Wort nach. „Es tut mir leid, Oliver." Hatte er Oliver gesagt? Keiner von uns sagte etwas.

Helena hatte während der restlichen zwanzigminütigen Fahrt ihre Hand an Hans' Nacken liegen. Selbst sie schwieg und machte uns deutlich, dass er gerade Ruhe brauchte. Als wir den Parkplatz erreichten, zog er den Schlüssel ab, blieb aber sitzen. Lilly, Marius und ich verließen Mr Wilson, klopften Hans dabei aufbauend auf die Schultern und schlugen wortlos unsere Zelte auf. Mittlerweile hatte der Regen aufgehört. So, als würde selbst der Himmel die Stille nicht durchbrechen wollen.

## Hans Heine
## Dreizehneinhalb Jahre zuvor
*Bob Dylan – Like a Rolling Stone*

Ich kniete schreiend auf unserem Wohnzimmerparkett und krallte meine Hände hinter die Ohren. Meine Welt brach zusammen, obwohl sie bereits seit Jahren zerbrochen war. Milos Blutlache wurde mit jedem meiner Schreie größer und breitete sich um meine Knie aus.

„Das kommt davon, wenn du von mir klaust", murmelte mein Vater, hickste laut und nahm einen weiteren Schluck aus der Wodkaflasche, die er in der Hand hielt. Er stand ruhig vor mir, setzte die Flasche ab und grinste mich gehässig an. Genau, wie er es sonst auch immer machte. Meine Hände ballten sich wie von selbst und zitterten vor Wut.

„Ich habe nicht geklaut", schrie ich, „ich hasse dich!", und hämmerte meine Fäuste gegen seine Beine. Er taumelte betrunken ein paar Schritte nach hinten, stolperte über seine eigenen Füße und knallte mit dem Hinterkopf gegen die Küchenplatte. Dann lag er einfach so da. Er blieb regungslos und mit weit aufgerissenen Augen neben Milo liegen. Ich brüllte hysterisch und beugte mich tränenüberströmt über Milo. „Es tut mir leid", wiederholte ich so lange, bis die Sanitäter irgendwann eintrafen und mich von ihm wegzogen.

Drei Monate später wurde ich einem Richter vorgeführt. Mein Vater lag seit dem Abend in einem künstlichen Koma. Milo hatte es nicht überlebt. Der Richter erklärte, dass ich mit meinen 13 Jahren noch nicht strafmündig sei, sprach mir Mut zu und nannte meine Situation eine „Chance für einen Neuanfang". Ich wurde in einer Pflegefamilie untergebracht.

Die ersten Tage bei meinen neuen Eltern waren schön, auch

wenn ihr leiblicher Sohn kein Wort mit mir sprechen wollte. Er hieß Tommy und war 16 Jahre alt. Ich bekam ein eigenes, kleines Zimmer, wir aßen jeden Abend gemeinsam am Wohnzimmertisch und ich zuckte mittlerweile nicht mehr zusammen, wenn jemand meine Zimmertür öffnete. Doch mit den Wochen erinnerte mich mein Neuanfang immer mehr an mein altes Leben. Mein Pflegevater trank gerne, und wenn er betrunken war, schrie er durchs ganze Haus. Es ging fast immer um seine Frau und Männer, die sie seiner Meinung nach heimlich traf. Er schrie so laut, dass ich selbst in meinem Zimmer jedes einzelne Wort hören konnte. Manchmal sogar das Klirren des Porzellans. Mein neuer Bruder Tommy fand nach den ersten Wochen heraus, dass er seinem Vater Geld klauen konnte und ich dafür Hausarrest bekam. Er war in den Augen seines Vaters nämlich ein kleiner Engel. Und ich war eben nur Hans. Hans, dessen Noten zu schlecht waren und Hans, aus dem sowieso nie was werden würde. Die Wände meines neuen Zimmers wurden immer dunkler und trister. Meine Superman- und Batman-Poster, die noch vor ein paar Tagen dort hingen, hatte mein Pflegevater abgerissen. „So ein Schwachsinn“, hatte er gemurmelt, „lern lieber, als dich mit so einem Quatsch zu beschäftigen.“ Ich hatte mir oft vorgestellt, dass es Superhelden tatsächlich gibt, und dass sie eines Tages in meinem Zimmer stehen und mir eine Hand reichen würden. Doch sie kamen nie.

An einem Novemberabend war ich mit meiner Pflegemutter und Tommy im Wohnzimmer. Sie schmückte den künstlichen Tannenbaum mit rotem Lametta. Es war zwar erst Anfang November, aber sie mochte Weihnachtsschmuck. Sie liebte es, die Wohnung mit kleinen Lichtern in ein warmes Gelb zu hüllen. Ich hielt den Baum fest, während sie überlegte, wo der beste Platz für die Weihnachtskugeln war. Plötzlich stürmte mein Stiefvater in den

Raum und durchsuchte wütend seinen Geldbeutel.

„Wo ist der 50-Euro-Schein", brüllte er in meine Richtung. Ich schaute zu Tommy, der seinen Blick nach unten gerichtet hatte. „Komm ja nicht auf die Idee, wieder alles auf unseren richtigen Sohn zu schieben." Er stand auf und zog mich an meinem Ohr zu sich.

„Vielleicht hast du ihn ja verloren", sagte meine Pflegemutter mit leiser Stimme und griff ihrem Mann an die Schulter. Ich mochte sie und konnte in ihren Augen erkennen, wie verängstigt sie war. Ein Gefühl, das ich selbst nur zu gut kannte. Ihr Mann schaute sie wutentbrannt an, ließ mein Ohr los und hob seinen kräftigen Arm nach oben. So, wie es mein eigener Vater viel zu oft getan hatte. „Willst du mir sagen, dass ich nicht auf mein Geld aufpassen kann? Du beleidigst mich in meinem eigenen Haus?" Sein Gesicht wurde immer roter und er ballte seine Hand zur Faust. Ich machte einen Schritt nach vorne, stellte mich schützend vor meine Pflegemutter und schubste ihren Mann zurück. Er taumelte einige Schritte nach hinten und schaute mich entgeistert an. Dann grinste er angsteinflößend.

„Na komm schon, du Versager. Schubs mich – wie deinen Vater. Aber ich verspreche dir: Dieses Mal kommst du nicht so einfach davon. Du bist mittlerweile strafmündig und ich werde dafür sorgen, dass du im Gefängnis landest." Er schnaufte laut und baute sich provokativ vor mir auf. „Komm, schlag zu." Ich stand wie erstarrt vor ihm. „Dachte ich mir. Dafür fehlt dir der Mut. Scheiße, du hast Glück, dass wir das Geld brauchen. Ansonsten würde ich dich undankbaren Bengel vor die Tür setzen", schrie mein Stiefvater, ließ seine Hand wieder langsam nach unten fallen und murmelte etwas vor sich hin: „Das hätte dein Vater besser auch getan. Dann würde er nicht im Koma liegen."

Meine Augen brannten und mein Herz pochte immer stärker. Das war also der eigentliche Grund, warum ich hier war. Weil sie Geld dafür bekamen. Meine Hand ballte sich wie von selbst zu einer Faust und mein ganzer Arm zitterte. So wie damals bei meinem Vater. Ich schaute mich hilflos um. Meine Pflegemutter hatte sich wieder zum Weihnachtsbaum gedreht und Tommy rührte mit einem Löffel in seiner Teetasse. Auch von den Superhelden war wie immer niemand zu Hilfe geeilt. Niemand würde mir helfen. Ich schlug meine Faust auf den Wohnzimmertisch, rannte zur Haustür hinaus und lief so schnell ich konnte. Der Himmel war mit dunklen Wolken bedeckt und es regnete in Strömen. Aber ich lief einfach immer weiter. Solange, bis mich meine Beine nicht mehr tragen konnten und ich erschöpft in einer Seitenstraße auf den Gehweg sackte.

„Was machst du denn da, mein Junge. Komm hier rüber. Du wirst ja ganz nass."

Ich richtete meinen Kopf nach rechts und sah einen bärtigen Mann, der auf einem Stück Pappe saß und eine zerrissene Jacke trug. Er versteckte seine fettig glänzenden Haare unter einer olivfarbenen Stoffmütze und trug zwei unterschiedliche Handschuhe. Sein Gesicht wirkte alt und war von Furchen überzogen, doch er schien keine grauen Haare zu haben.

„Los jetzt. Mach schon!"

Ich stand zögerlich auf und bewegte mich zu dem Obdachlosen, der sich unter einem Garagenvorsprung vor dem Regen schützte.

„Was machst du hier draußen. Warum bist du nicht Zuhause?"

„Ich habe kein Zuhause."

„Na gut. Dann haben wir wohl etwas gemeinsam." Der Mann hob seine Decke nach oben und warf sie über mich. „Wie heißt du denn?"

„Danke … für die Decke. Ich bin Hans. Und du?"

„Du kannst mich Oliver nennen."

„Oliver. Darf ich heute Nacht hierbleiben?"

„Wie alt bist du denn?

„14."

„Mit 14 wirst du doch bestimmt irgendwo vermisst. Wo sind deine Eltern?“

„Ich habe keine Eltern“, sagte ich traurig.

„Du hast keine Familie und kein Zuhause. Man könnte fast meinen, dass du ein Obdachloser wärst.“ Oliver grinste kurz und nickte mir zu. „In Ordnung, du kannst heute Nacht bei mir schlafen. Aber morgen bringen wir dich dorthin zurück, von wo du weggelaufen bist.“ Ich lehnte meinen Kopf an seine Schulter und schlief völlig entkräftet ein.

Am nächsten Morgen erzählte ich ihm von meinem Vater und meiner Pflegefamilie und aus einer Nacht wurden mehrere Wochen. Ich fragte mich, ob sie überhaupt nach mir suchten. Vielleicht hatten sie mein Verschwinden nicht mal gemeldet und kassierten einfach weiter das Pflegegeld ein. Aber selbst, wenn sie mich suchen würden, hätten sie mich hier bei Oliver nur schwer finden können. Es schien so, als wären wir am Rande der Straße für andere Menschen unsichtbar, da alle einfach an uns vorbeigingen.

„Warum sieht uns eigentlich fast nie jemand an, wenn sie an uns vorbeigehen?“ Oliver und ich saßen tagsüber an einer Einkaufsmeile und hatten vor uns eine zum Spendenbehälter umfunktionierte Raviolidose stehen.

„Wenn sie uns anschauen würden, hätten sie das Gefühl, uns etwas Geld geben und helfen zu müssen. Aber dieses Gefühl möchten die wenigsten haben, und deshalb sind wir für sie unsichtbar.“

„Einer meiner Lieblings-Superhelden kann sich auch unsichtbar machen.“

„Superhelden“, lachte Oliver und hustete dabei laut, „früher habe ich mir sowas immer im Kino angeschaut. Nun kann ich mich kaum noch daran erinnern, wann ich das letzte Mal überhaupt einen Film gesehen habe. Ich glaube, es war *Cast Away.* Kennst du den?“ Ich schüttelte meinen Kopf.

„*Tom Hanks* landet nach einem Flugzeugabsturz auf einer verlassenen Insel. Dort lernt er dann den sprechenden Volleyball Mr Wilson kennen und …"

„Moment", unterbrach ich grinsend, „ein sprechender Volleyball? Wie lustig ist das denn."

„Er war eben einsam. Und am Ende hat er sich mit einem selbstgebauten Floß gerettet. Weißt du, ich wollte mir auch immer mal eins bauen und dann mit meiner Frau und meinem Sohn über einen See paddeln." Oliver schnaufte laut, seine Schultern sanken nach unten und mein Lachen verstummte.

„Was ist mit deiner Familie passiert?", fragte ich zögerlich.

„Sie sind vor Jahren weggezogen. Ich war ein schlechter Ehemann und ein noch schlechterer Vater. Erst war es Alkohol und am Ende wurden es immer härtere Drogen." Oliver schaute auf seinen fleckigen Unterarm. „Ich war wie ein Stein, der unaufhaltsam einen steilen Berg herunterrollte."

Ich schloss meine Augen und konnte seinen Schmerz spüren. Wie von selbst begann mein Mund zu singen. Erst leise, dann immer lauter.

How does it feel, ah how does it feel?
To be on your own, with no direction home
Like a complete unknown, like a rolling stone

Als ich den Song von *Bob Dylan* fertig gesungen hatte und wieder langsam die Augen öffnete, stand ein fremder Mann vor mir. Er lächelte, bedankte sich, warf einen 10-Euro Schein in unsere Dose und verschwand dann wieder. Ich schaute ihm verwundert hinterher, als Oliver an meine Schulter griff.

„Du hast eine tolle Stimme“, sagte mein Freund, „du solltest Musiker werden.“

„Davon träume ich, seit ich klein bin. Mein Vater hatte viele Schallplatten zu Hause gehabt. Auch viele von *Bob Dylan.* Aber mir wurde immer gesagt, dass ich was Anständiges machen soll. Um Geld zu verdienen und so.“

„Mein Sohn war Musiker“, sagte er schluchzend und wischte sich eine Träne weg, „seine Stimme klang ein bisschen wie deine. Ich hätte ihn damals mehr unterstützen müssen.“ Er versuchte wieder zu lächeln, obwohl er Tränen in den Augen hatte.

In den folgenden Tagen sang ich immer öfter und es blieben immer mehr Leute stehen, die manchmal sogar applaudierten. Noch nie zuvor in meinem Leben wurde mir gesagt, dass ich in etwas gut war. Nun sprachen wildfremde Menschen von einer besonderen Gabe und nickten mir anerkennend zu. Wir konnten für uns immer mehr Geld ansparen und ich wollte Oliver ins Kino einladen. Doch er lehnte ab und meinte nur, dass er mit dem Geld etwas anderes vorhatte. Was genau das war, wollte er mir jedoch nicht verraten.

„Weißt du, was morgen für ein Tag ist, Hans? Morgen ist Weihnachten. Würdest du mir bei etwas helfen?“

Wir besorgten uns einen Einkaufswagen vom nahegelegenen Discounter und machten uns mit Einbruch der Nacht auf den Weg zu einigen Müllcontainern von Supermärkten. Oliver hielt Wache und ich durchsuchte die Abfälle. Alles, was noch eingeschweißt und essbar war, landete in unserem Wagen.

„Und was machen wir jetzt mit den ganzen Sachen?“, fragte ich ihn.

„Hat dir mal jemand gezeigt, wie sich Freiheit anfühlen kann?“

Wir feierten Weihnachten gemeinsam mit einigen anderen Obdachlosen, die sich riesig über unser Festmahl freuten. Hier, um unser kleines Feuer, das wir in einem alten Ölfass entzündet hatten, waren wir alle gleich. Zum ersten Mal hatte ich das Gefühl, akzeptiert und geschätzt zu werden.

Am ersten Tag des neuen Jahres saß ich abends mit Oliver an genau der Stelle, an der wir uns sechs Wochen zuvor kennengelernt hatten. Wir teilten uns wieder seine Decke und schauten den Passanten dabei zu, wie sie an uns vorbeigingen.

„Ich habe ein Geschenk für dich, Hans. Ich wollte es dir eigentlich zu Weihnachten geben, aber es hat etwas länger gedauert. Warte hier. Ich bin in ein paar Minuten wieder da." Eine Weile später kehrte er mit einem großen Koffer zurück.

„Was ist das denn?"

„Na los, öffne ihn."

Meine Augen wurden immer größer. „Wirklich? Die ist für mich?" Ich hielt eine hellbraune Akustikgitarre in der Hand und war der glücklichste Mensch der Welt.

„Ich sagte dir doch, dass ich eine gute Idee für das Geld habe. Ins Kino können wir ein anderes Mal." Sein warmes Lächeln ließ mich die Januarkälte völlig vergessen.

„Das ist das Schönste, das mir jemals jemand geschenkt hat", antwortete ich mit zitternder Stimme. „Du musst mir zeigen, wie man spielt."

„Hans, schau mich an. Ich habe auch einen Wunsch und du könntest mir dabei helfen, ihn zu erfüllen. Würdest du das tun?"

„Klar!", schoss es aus mir heraus. Oliver hatte so viel für mich getan, dass ich ohne zu zögern alles für ihn tun würde.

„Also … das fällt mir nun wirklich schwer, aber es ist die einzige Möglichkeit. Diese Gitarre ist nicht nur ein Geschenk. Sie ist ein Abschiedsgeschenk. Glaub mir, ich würde mir nichts lieber wünschen, als mehr Zeit mit dir zu verbringen. Aber das hier ist nicht dein Platz."

„Doch, das ist er. Hier bei dir", antwortete ich beleidigt.

„Nein, Hans. Ich wünsche mir, dass du das tust, wozu mir damals die Kraft gefehlt hat. Bring den Stein zum Stoppen, bevor es irgendwann zu spät ist. Ein alter Freund von mir hat zugestimmt, dich fürs Erste bei sich wohnen zu lassen. Und weißt du was? Er weiß sogar, wie man Gitarre spielt." Ich schaute Oliver wortlos an. Nach so vielen Jahren hatte ich in Oliver endlich eine kleine Familie gefunden, die sich um mich sorgte. Und nun sollte ich sie einfach so verlassen?

„Versprich mir", fuhr er fort, „dass du nach vorne schaust. Erfülle dir deinen Traum, Musiker zu werden und zeig den Leuten, dass wir Menschen am Straßenrand nicht unsichtbar sind. Bring sie zum Lächeln und zeig der Welt, was in dir steckt."

„Ich … ich …", stotterte ich, „aber nur, wenn ich dich weiterhin besuchen darf."

„Natürlich darfst du das", antwortete Oliver und legte seinen Arm um mich, „du bist hier immer willkommen. Würdest du mir noch einen Song spielen, Hans? Ich kann dich auf deiner neuen Gitarre begleiten. Kennst du *Blowin' in the Wind* von *Bob Dylan?*"

Am nächsten Morgen zog ich bei Oliver's Freund ein und fand wenig später Arbeit in einem Tierheim. Ich besuchte Oliver fast jeden Abend, wir gingen jeden Sonntag gemeinsam ins Kino und ich bot ihm einen Platz zum Schlafen an, als ich mir eine eigene Mietwohnung leisten konnte. Aber er erklärte mir, dass die Straße sein Zuhause geworden war. Er weigerte sich auch, Geld von mir anzunehmen. So brachte ich Oliver und den anderen Obdachlosen jedes Mal nach der Arbeit ein paar Essenspakete vorbei. In den kommenden vier Jahren arbeitete ich hart, um Musiker zu werden. Ich wollte mit einem eigenen Camper durch die Welt fahren und mich mit meiner Gitarre an die Straße stellen. Das hätte bei meinem Einkommen zwar noch einige Jahre gedauert, aber mir machte die Arbeit im Tierheim wirklich Spaß. Davon abgesehen hatte ich mir noch ein weiteres Ziel gesetzt. Ich hatte im Internet das *Facebook*-Konto von Olivers Sohn gefunden. Er studierte in Leipzig und wenn Oliver ihn besuchen und sich entschuldigen würde, könnten sie bestimmt Frieden schließen. So, wie ich ihn kennengelernt hatte, würde sein Sohn ihm bestimmt vergeben. Oliver wehrte sich anfangs, stimmte am Ende aber zu. Wir gingen gemeinsam zu einem Friseur, kauften ein paar Klamotten und ich brachte ihn zum Bahnhof.

„Danke, Hans", sagte er und umarmte mich kräftig.

„Nein", antwortete ich, „ich danke dir. Für alles. Dank dir habe ich endlich eine richtige Familie und das wirst du auch, wenn du deinen Sohn wiedersiehst. Versprochen. Wenn du in einer Woche zurückkommst, gehen wir zusammen ins Kino und du wirst mir alles erzählen. Wie klingt das?" Oliver nickte, klopfte mir stolz auf die Schulter und drehte sich zum Zug um, ohne mir eine Antwort zu geben. Er ging zum Waggon, drehte sich noch einmal in meine Richtung. Ich konnte das freudige Glänzen in seinen Augen ganz klar erkennen – und dann verschwand er im Zug. In ein paar Stunden würde er endlich seinen Sohn wiedertreffen.

Als die Woche vorbei war, ging ich aufgeregt und neugierig zu dem Ort, an dem wir uns damals kennengelernt hatten. Doch Oliver war nicht da. Vielleicht hatte sein Zug Verspätung oder war ausgefallen. Vielleicht war er ja sogar in Leipzig geblieben, und sie waren wieder eine glückliche Familie geworden? Der Gedanke daran ließ mich vor Freude strahlen. Ich ging zu der Brücke, an der die meisten Obdachlosen übernachteten und fragte, ob sie vielleicht irgendwas von Oliver gehört hatten. Einer von ihnen kam langsam auf mich zu.

„Du sagst, er ist vor einer Woche nach Leipzig gefahren?"

„Genau, ich habe ihn vor einer Woche zum Bahnhof gebracht."

Der Obdachlose schaute mich mit müden Augen an und fasste mir an den Arm.

„Oliver kam vor einer Woche abends hier zu uns“, seufzte er.

„Das kann nicht sein“, protestierte ich und fasste mir an die Stirn, „was hat er gesagt? Gab es Probleme mit dem Zug?“

„Er sagte nur, dass er nicht stark genug sei.“ Seine Augen schauten durch mich durch.

„Oliver … und wo ist er jetzt?“ Ich spürte, wie der Händedruck des Mannes immer fester wurde.

„Er … eine …“, stotterte er und ich rüttelte ihn an der Schulter.

„Wo ist er?“, schrie ich. Der Himmel zog sich immer weiter zu und es donnerte laut.

„Er … hat … sich eine Überdosis gespritzt … Oliver ist vor einer Woche gestorben.“

Ich torkelte verloren durch den strömenden Regen. So wie ich es getan hatte, als mich Oliver zu sich einlud und rettete. „Bring den Stein zum Stoppen, bevor es irgendwann zu spät ist.“ Ich wiederholte seine Worte, während ich durch die dunklen, menschenleeren Straßen wankte. Ich wollte schreien, vor Wut gegen eine Wand schlagen, aber mir fehlte die Kraft. Mein Körper war benommen und in meinen Gedanken stauten sich die Schuldgefühle. Ich hätte für ihn da sein müssen. Ich hätte mehr tun müssen und ihn nicht alleine lassen dürfen. Wäre ich doch bloß mit ihm in den Zug gestiegen. Es war meine Schuld.

Als ich wenig später das Haus, in dem ich wohnte, betrat und die Treppe sechs Stockwerke nach oben gestiegen war, stand ein fremder Mann vor meiner Wohnungstür. Er trug einen Anzug und hielt einen schwarzen Regenschirm in der Hand.

„Sind Sie Hans Heine?“, fragte er.

„Wer sind Sie?“, antwortete ich mit leiser Stimme.

„Mir wurde aufgetragen, den alleinigen Erben Hans Heine ausfindig zu machen.“ Ich kniff meine Augen zusammen und stützte mich an der Wand ab.

„Erben? Was soll das bedeuten?“

„Wissen sie es denn nicht? Ihr Vater Konstantin Heine ist, nachdem er mehrere Jahre im Koma lag, vor einem Monat gestorben.“

Acht Jahre später saß ich allein in Mr Wilson und konnte spüren, wie sich meine Freunde Sorgen machten. Auch, wenn meine große Liebe gerade draußen versuchte, ihnen diese zu nehmen. Acht Jahre lang wollte ich meine Fehler wiedergutmachen. Doch nun war es zu spät. Wenn ich doch bloß nicht weitergefahren wäre. Meine Fäuste ballten sich wie von selbst zusammen. Ich drückte sie gegen die Matratze und wollte das tun, was ich eigentlich nie wieder machen wollte: Weglaufen.

# ANKOMMEN

*Leonard Cohen – Hallelujah*

**8.648 / 9.600km bis zur Mongolei**

„Wie geht es ihm?", fragten wir fast gleichzeitig, als Helena am Morgen nach dem Unfall Mr Wilson verließ. Wir waren am letzten Abend auf einem Parkplatz an der Stadtgrenze angekommen und hatten dort unsere Zelte aufgeschlagen. Geschlafen hatten jedoch zumindest Lilly und ich fast überhaupt nicht.

„Meine Hans wird wieder werden. Doch er braucht eine bisschen Zeit."

Wir nickten ihr zu.

„Können wir wirklich gar nicht helfen?", fragte ich. „Wir könnten in der Stadt Essen kaufen gehen und heute Abend sein Lieblingsessen kochen."

Helena schüttelte ihren Kopf, bedankte sich und verschwand dann wieder im Camper. Während ich ihr hinterherschaute und versuchte, mein Gefühlschaos irgendwie zu ordnen, stand eine Sache für uns alle fest. Wir würden für Hans da sein.

Lilly, Marius und ich gingen in die Stadt, um Hans und Helena Zeit für sich zu geben.

„Bitte, nehmt es mir nicht übel, aber ich würde gerade auch gerne ein wenig alleine sein", erklärte Marius, als wir auf dem Weg in die Innenstadt an einem kleinen Café vorbeikamen. Wir konnten durch die großen Fenster erkennen, dass im hinteren Teil ein breites Bücherregal aufgestellt war, aus dem die Gäste etwas lesen konnten. Lilly und ich gingen weiter zu einem Park, dessen Wiesen mit gelben Blättern bedeckt waren. Wir blieben vor einem kleinen See stehen und schauten für eine Weile lang einfach nur aufs Wasser.

„Glaubst du nicht, dass wir vielleicht doch irgendwas für Hans tun können?“ Er war immer für uns da und hat uns auf seine ganz eigene Art stets zum Lächeln gebracht. Doch nun stand ich hilflos vor dem Wasser und wusste nicht, was ich tun sollte. „Auch wenn er Zeit braucht. Gute Freunde sollten doch wissen, wie man sich hilft.“ Die Sonnenstrahlen glänzten auf der Wasseroberfläche.

„Sei nicht so hart zu dir“, antwortete Lilly und legte ihren Arm um mich, „falls Hans sich auch nur annähernd so fühlt, wie ich damals, können wir nicht viel machen. Wir sind da und werden ihm zur Seite stehen, wenn er uns braucht – und irgendwann wird er das.“ Während wir zwei weißen Schwänen dabei zusahen, wie sie sich lautlos über das Wasser bewegten, küsste ich Lillys Stirn.

Als wir kurz nach Sonnenuntergang Marius abholten und zurück zu Mr Wilson kamen, brannte bereits ein Lagerfeuer. Hans saß mit dem Rücken zu uns und Helena hatte ihren Kopf an seiner Schulter angelehnt. Er hielt die Gitarre in der Hand und zupfte einzelne Saiten. Ich kannte diese Melodie. Es war die von *Halleluja.* Bevor er uns bemerken konnte, begann Hans zu singen. Lilly, Marius und ich blieben einige Meter hinter ihnen stehen und hörten einfach nur zu. Die Worte von Hans drangen tief unter die Haut und ich konnte an Lillys festem Händedruck spüren, dass es ihr ähnlich gehen musste.

Man sagt am Ende gibt es Licht
Wir schaun nach vorn, doch seh’n es nicht
Sag wie soll’n wir es finden, wenn wir blind sind
Wir umgeben sind von Dunkelheit
Keine Hand die führt, der Weg zu weit
Doch fern vom Meer erklingt ein Halleluja

Halleluja, Halleluja
Halleluja, Halleluja

Das Schicksal zeigt uns sein Gesicht
So ungerecht, die Welle bricht
Zum Glück können wir schwimmen, oder doch nicht?
Die Strömung treibt uns raus aufs Meer
Ein Sturm zieht auf, die Körper schwer
Das leise Wimmern, ein Echo, Halleluja

Halleluja, Halleluja
Halleluja, Halleluja

So halten wir aneinander fest
Das Leben ist ein steter Test
Doch wie lautet die Antwort auf seine Fragen?
Der Wind wird stärker, kein Schiff in Sicht
Die Antwort falsch, Verzweiflung spricht
Ein schmerzverzerrtes lautes Halleluja

Halleluja, Halleluja
Halleluja, Halleluja

Wir sprechen zur Unendlichkeit
Und bitten um Gerechtigkeit
Doch was wenn – der Sturm bereits zu stark tobt?
Uns Vergangenheit nach unten zieht
Von außen Frieden, im Innern Krieg
Und was soll uns jetzt noch retten, ein Halleluja?

Halleluja, Halleluja
Halleluja, Halleluja

Dann wurde seine Stimme leiser und seine Gitarrenschläge immer langsamer. Seine Stimme klang immer kratziger, als wäre sie kurz davor, zu zerbrechen.

Wir Menschen streben oft nach mehr
Doch was wir vergessen, ist, dass wer
Stets mehr will, auch Gefahr läuft zu ertrinken
In Euphorie, in Wut, in Schmerz
In Glücksgefühlen, gebrochnes Herz
Und fern vom Meer ein letztes Halleluja

Halleluja, Halleluja
Halleluja.

Nachdem die letzten Akkorde verklungen waren, brach die Stille der Nacht herein. Wir blieben noch einen Moment lang stehen und gingen dann langsam zum Lagerfeuer.

„Wie geht es dir?", fragte ich zögerlich. Wir nahmen gegenüber von Helena und Hans Platz.

„Ein klein bisschen besser", flüsterte er leise, nickte mir zu und blickte dann wieder schweigend ins Feuer.

„Du weißt, dass du jederzeit mit uns reden kannst, oder?", fragte Lilly.

„Danke. Ich weiß, aber brauche noch ein bisschen Zeit." Seine Gitarre lag nun wieder hinter ihm auf dem Boden. Helena fragte nach unserem Tag und wir erzählten ihr von dem Park und dem Büchercafé in Nowosibirsk. Als die Flammen immer kleiner wurden, wollten wir uns zum Schlafen verabschieden.

„Leon, kannst du noch kurz bei mir bleiben?“, fragte Hans.

„Natürlich“, antwortete ich und setzte mich neben ihn.

Nachdem der Rest von uns in ihren Zelten beziehungsweise Mr Wilson verschwunden waren, legte Hans ein weiteres Stück Holz auf.

„Darf ich dir ein Geheimnis verraten?“, begann er, „ich habe noch nie *Cast Away* gesehen.“

„Du hast den Film noch nie gesehen? Aber du erzählst doch immer davon.“ Ich schaute ihn überrascht an.

„Ein ganz besonderer Mensch hat mir mal davon erzählt und mich damit zum Lachen gebracht. Zu einer Zeit, in der ich sehr selten lachte. Daher hat Mr Wilson seinen Namen und jeder wollte immer wissen, wieso. Dann habe ich von dem Film erzählt, gesagt, dass es mein Lieblingsfilm ist, und die Leute haben gelacht. Deshalb habe ich einfach damit weitergemacht. Vielleicht wäre er ja wirklich mein Lieblingsfilm. Aber ich weiß eigentlich nur, dass *Tom Hanks* auf 'ner Insel festsitzt, nen Volleyball-Freund hat und am Ende mit 'nem Floß abhaut.“

„Wenn du möchtest, können wir ihn gerne gemeinsam schauen, wenn wir uns nach der Reise mal wieder in Deutschland sehen.“

„Nee, lieber nicht. Stell dir mal vor, dass mir Mr Wilson am Ende unsympathisch ist und ich nen neuen Namen brauche.“

„Nun ja, er ist ein Volleyball. Ich glaube, da besteht kaum Gefahr.“

„Mal schauen. Aber ich wollte eigentlich auch über ne andere Sache mit dir reden. Weißt du noch, als wir damals in Kroatien am Meer standen?“

„Als du wolltest, dass ich die Augen schließe und dir sage, was ich sehe?“

„Schwarz, haste gesagt“, sagte Hans und musste ein klein wenig grinsen, „du Spaßvogel.“ Es tat unglaublich gut, ihn lächeln zu sehen.

Auch, wenn er es nur für einen winzigen Moment lang tat.

„Erinnerst du dich, was ich noch gesagt habe?“, fuhr er fort.

„Du meintest, dass dir früher ein Freund dabei geholfen hat, dein Leben zu verändern, und dass ihr mir vielleicht auch dabei helfen könnt.“

Hans nickte. „Der Name dieses Freundes war Oliver. Er hat mich damals gerettet und wurde zu meiner ersten, richtigen Familie. Also wollte ich ihm auch helfen, aber ich konnte es nicht …“ Hans schwieg für einen kurzen Moment. „Ich konnte es nicht. Ich habe nicht genug gegeben und war nicht bei ihm, als er mich am meisten brauchte.“ Seine Stimme war kratzig und leise. „Seitdem habe ich mir vorgenommen, Menschen so gut ich kann zu helfen. Und dann hast du an der Straße gestanden und wolltest dein Leben verändern.“ Er drehte seinen Kopf zu mir und schaute mich an. „Sag mir, Leon.“ Seine Stimme war so zerbrechlich, dass ich die Worte fast nicht verstehen konnte. „Konnten wir dir helfen? Bitte sag mir, dass wir helfen konnten.“ Nun sah ich noch etwas anderes in seinen Augen: Angst.

„Ob ihr helfen konntet?“ Eine dicke Träne lief über meine Wange, ich schüttelte den Kopf und griff an seine Schulter. „Mehr als das. Ich bin glücklicher, als ich es mir jemals hätte erträumen können, weil ihr damals angehalten habt und bei mir geblieben seid. Hans, obwohl wir noch nicht in der Mongolei sind, bin ich schon vor Tausenden Kilometern dort angekommen, wo ich immer hinwollte.“ Er schaute mich an, rieb sich durchs Gesicht und grinste ein weiteres Mal.

„Haste etwa Pipi in den Augen?“ Dann nahm er mich fest in den Arm. „Ich bin stolz darauf, dass du hier neben mir sitzt.“

„Dank dir“, flüsterte ich in seinen Nacken.

„Nein, nicht dank mir“, antwortete er, „das haste selbst geschafft. Ich habe nur ein paar Ideen beigesteuert. Gute und weniger gute. Aber all das ändert nichts daran, dass manche Entscheidungen und Ideen schlimme Konsequenzen haben. Weil ich weitergefahren bin, wurde ne Familie zerstört." Wir lösten langsam unsere Umarmung.

„Was meinst du damit?"

„Die Hündin, die ich überfahren habe, hatte Zitzen. Sie muss kurz vorher geworfen haben. Ich bin wie wild rumgelaufen und habe die Jungen gesucht, konnte sie aber nicht finden. Damit muss ich nun leben." Hans stützte seine Ellenbogen auf den Beinen ab und ließ seinen Kopf in die Hände fallen. „Jeden Tag bin ich morgens aufgewacht und habe mich darauf gefreut, euch zum Lächeln zu bringen. Aber jetzt muss ich es erst wieder selbst lernen. Ihr solltet die Reise ohne mich beenden. Momentan halte ich euch nur zurück." Nun blickte ich wieder in dieselbe Leere, die ich direkt nach dem Unfall in seinem Gesicht erkennen konnte.

„Du warst immer für uns da, hast uns geholfen und an uns geglaubt. Jetzt sind wir dran. Das ist es doch, was Freundschaft ausmacht, oder nicht? Ein Geben und Nehmen, und wir wollen dir etwas von dem zurückgeben, was du uns all die Monate gegeben hast. Gemeinsam kriegen wir das schon hin. Dieses Mal musst du mir vertrauen. Und außerdem hast du es doch selbst gesagt. Wir sind alle zerbrochen. Nur so kann das Licht in uns rein."

Er wischte sich über die Lippe und antwortete mit ruhiger Stimme: „Das war nicht ich, Leon. Das war Hemingway." Dann schaute er zu den Sternen.

„Du wolltest immer nur anderen helfen und hast jedem deine Hand entgegengestreckt." Ich stand auf und hielt ihm meinen Arm entgegen. „Aber jeder Mensch braucht irgendwann eine helfende Hand. Auch du."

Hans starrte noch eine Weile in den Himmel. Dann neigte er seinen Kopf zu mir. „Danke, Leon, das weiß ich zu schätzen", antwortete er, griff zu und zog sich an mir nach oben, „doch dabei kann mir niemand helfen. Du hast mir aber eine Sache klargemacht. Es bringt nichts, hierzubleiben und in Selbstmitleid zu versinken. Es ist Zeit, weiterzureisen.“ Er blinzelte mich an und ging dann zu Mr Wilson. Dabei starrte er wieder in die Sterne, und kurz, bevor er an der Tür ankam, machte er eine letzte Bemerkung, ohne sich dabei zu mir umzudrehen: „Seitdem wir unterwegs sind, warst du immer da, wenn jemand von uns Probleme hatte. Du warst immer der, dem man Dinge anvertraut. Du hast gelernt, für dich selbst einzustehen. Und jetzt stehst du hier bei mir und reichst mir deine Hand. Weißt du, wie man so jemanden nennt?“ Hans öffnete Mr Wilson. „Man nennt ihn einen Superhelden“, sagte er und verschwand hinter der ockerbraunen Tür.

Nachdem ich noch eine Weile zum Himmel gestarrt hatte, schlich ich mich leise in unser Zelt und kuschelte mich an Lilly. Dann legte ich meinen Arm um sie und spürte ihren Herzschlag.

„Gute Nacht, Schatz“, hauchte sie mir im Halbschlaf entgegen.

„Ich liebe dich“, flüsterte ich zurück.

So viele Tausende von Kilometern lagen bereits hinter mir und erst heute Nacht wurde mir bewusst, dass ich längst angekommen war.

# FAMILIE

## 8.648 / 9.600 km bis zur Mongolei

Am nächsten Morgen wachte ich wieder vor Lilly auf. Während ich ihr eine Haarsträhne hinter's Ohr strich, dachte ich noch immer über mein Gespräch mit Hans nach. Es war schön, ihn wieder grinsen zu sehen, und obwohl er sicherlich noch mehr Zeit benötigen würde, war ich mir bei einer Sache sicher: Er wusste, dass wir, seine Freunde, immer für ihn da sein werden. Ich hatte zudem eine Idee, wie ich Hans eine kleine Freude machen könnte und summte leise die Melodie meines Lieblingssongs vor mich hin.

Was, wenn das ganze Leben ein Musikalbum wäre. Eines von *Oli P.*, *Vicky Leandros* oder vielleicht auch eines von *Bob Dylan*. Wenn auf jedes *Halleluja* ein Song voller Freude und auf jedes *Like a Rolling Stone* ein Song voller Hoffnung und Zuversicht folgen würde? Was, wenn das Ende eines Songs auch immer der Anfang eines neuen wäre?

„Guten Morgen, Schatz, na, wie war dein Gespräch mit Hans gestern Abend?“ Lilly rieb sich müde den Schlaf aus den Augen.

„Es war … emotional. Und er hat gesagt, dass er nicht in Selbstmitleid versinken möchte und wir heute weiterreisen.“

„Wirklich? Das sind schöne Neuigkeiten“, antwortete sie verschlafen und gab mir einen Kuss.

„Ich finde auch. Da gibt es noch so eine Sache, mit der ich ihn gerne überraschen möchte. Kennst du *Ich liebe das Leben* von *Vicky Leandros?*“

„Du meinst den Song von deinem Wecker, mit dem du manchmal meine Ohren quälst?“

„Der Song, mit dem ich unsere Ohren verwöhne.“

„Keine Sorge, Schatz. Das ist ein geringer Preis dafür, neben einem so tollen Menschen aufwachen zu dürfen“, sagte sie und gab mir einen Kuss.

„Also, ich habe folgende Idee. Ich habe mir gedacht, dass ich Hans einen eigenen Schnitzelsong singen könnte. Dafür habe ich den Refrain von *Vicky Leandros* umgeschrieben und bräuchte deine Meinung. Bist du bereit?“ Lilly gähnte, hielt sich dabei den Arm vor den Mund und nickte mir zu.

Nein, sorg dich nicht um Mehl
Das Schnitzel wird dir vergeben
Ich hab von Chefkoch eine Idee
Es wird gut schmecken, sicherlich

„Hast du wirklich *Mehl* auf *Idee* gereimt?“ Sie schmunzelte.

„Finde mal einen guten Reim auf Mehl“, protestierte ich.

„Ist das ein *Befehl?“*, antwortete Lilly und kicherte, „aber ja. Hans wird ihn lieben. Das ist eine sehr schöne Geste.“

„Danke.“ Ich strahlte zufrieden. „Wollen wir aufstehen?“

„Ich merke schon, dass du es kaum noch erwarten kannst. Also los, überraschen wir Hans.“

Ich zog mir hastig etwas an, öffnete den Reißverschluss des Zeltes und stieg aufgeregt hinaus in die frische Luft des neuen Morgens, um meinen ersten Schnitzelsong zu singen. Lilly folgte dicht hinter mir und stieß gegen mich, als ich abrupt stehen blieb.

„Leon? Wo ist Mr Wilson?“, fragte sie und fasste sich an die Stirn.

„Vielleicht … vielleicht sind sie Kaffee holen“, antwortete ich und schaute ratlos über den Platz.

„Aber das wäre sehr untypisch.“ Lilly schaute mit weit hochgezogenen Augenbrauen auf ihre Armbanduhr. „Normalerweise hätte uns Hans schon längst mit ‚Ihr faulen Schnitzel‘ begrüßt und aus den

Zelten gejagt. Irgendwas stimmt hier nicht."

„Guten Morgen", begrüßte uns Marius, den unser Gespräch offenbar geweckt hatte. Er nahm seine Brille und schaute zu mir rüber. „Wo ist denn unser Camper? Sind Helena und Hans Frühstück besorgen?"

„Wir wissen es nicht", antwortete Lilly und ging zu meinem Zelt, das wir jeden Abend aufbauten, um Dinge aus Mr Wilson darin zu verstauen. So hatten Helena und Hans mehr Platz zum Schlafen.

„Hast du heute Nacht irgendwas gehört?", fragte ich.

„Nicht das Geringste. Hat Hans möglicherweise bei eurem Gespräch gestern Abend irgendwas gesagt?"

Ich starrte in das erloschene Lagerfeuer und dachte nach. Mit jedem Gedanken wurden meine Beine wackliger. Konnte es wirklich sein? „Es ist Zeit, weiterzureisen", wiederholte ich murmelnd die Worte von Hans. Dann taumelte Lilly aus meinem Zelt heraus.

„Sie sind weg", sagte sie, ließ ihren Kopf nach unten fallen und hielt uns beide Arme entgegen. In einer Hand hielt sie einen Briefumschlag, in der anderen das Foto, das wir zu Beginn unserer gemeinsamen Reise in Albanien aufgenommen hatten. „Diese zwei Sachen haben auf unserem Gepäck gelegen. Und auf dem Kuvert steht ‚Goodbye'."

Ich ließ mich wie benommen auf den Baumstumpf neben der Feuerstelle sacken. Lilly setzte sich zu mir und hielt sich an meinem Bein fest. Marius lief noch mehrmals hin und her und schaute sich dabei hektisch um, bevor er zu uns kam.

„Lasst uns den Brief öffnen. Vielleicht haben sie darin beschrieben, wo wir sie wiederfinden." Marius kratzte sich ratlos am Kopf und nahm Platz.

„Ich glaube, ich kann das nicht", sagte Lilly mit zitternder Stimme.

„Schon gut, Schatz. Ich werde ihn vorlesen." Ich gab ihr einen langen Kuss auf die Stirn und nahm ihr den Brief ab. Dann griff ich nach ihrer Hand und begann zu lesen.

*Meine lieben Freunde, es tut mir leid, dass wir einfach so abgehauen sind. Bitte lest diesen Brief und ich hoffe, dass ihr es am Ende wenigstens ein bisschen verstehen könnt.*

*Ich möchte euch eine Geschichte erzählen, die ich schon viel früher hätte erzählen sollen. Aber ihr kennt mich. Ich wollte euch zum Lachen bringen, statt über meine traurige Vergangenheit zu sprechen.*

*Als ich fünf Jahre alt war, hat meine Mutter mich und meinen Vater über Nacht verlassen. Wir haben nie erfahren, warum, aber mein Vater machte mich dafür verantwortlich. Er hat versucht, seinen Schmerz mit Alkohol zu betäuben, trank immer mehr und wurde mit den Jahren immer gewalttätiger. Jedes Mal, wenn er in mein Zimmer kam, wusste ich, dass er mich verprügeln wollte. Aber irgendwann war es schon fast normal. Eines Abends hatte mein Vater sich wieder betrunken und schlug mich grün und blau. Er meinte, ich hätte ihm Geld gestohlen und wollte mich dafür bestrafen. Also griff er ein Messer, drückte meinen Arm auf den Wohnzimmertisch und schnitt mir einen Finger ab. Mit einer verstümmelten Hand könnte man schließlich nicht mehr klauen. Als ich vor Schmerzen schrie und ihn anflehte aufzuhören, stellte sich unser Hund Milo schützend vor mich. Er bellte, biss meinem Vater sogar in den Arm, doch Vater war nicht mehr aufzuhalten. Er stach mit dem Messer auf Milo ein. Als er mir sagte, dass es meine Schuld war, schubste ich ihn. Er stolperte, schlug mit seinem Kopf gegen die Küchenplatte und lag regungslos am Boden. Im Krankenhaus wurde er ins künstliche Koma versetzt. Viereinhalb Jahre später starb er. Und ohne unseren Hund Milo wäre ich womöglich derjenige, der nun nicht mehr am Leben ist.*

*Manchmal sind es die traurigen Menschen, die andere stets zum Lachen bringen wollen. Weil sie genau wissen, wie es sich anfühlt, traurig zu sein und nichts zum Lachen zu haben.*

Ich musste den Brief kurz beiseitelegen. Hans war stets so locker und ausgelassen, dass ich nie vermutet hätte, dass er eine solche Bürde mit sich herumtrug. Selbst Menschen, die glücklich wirkten, konnten Probleme haben, doch manche konnten sie wohl tiefer vergraben als andere. Dann las ich den Rest des Briefes vor:

*Lilly und Marius haben mich mal gefragt, ob ich auch Ideen habe, die nicht richtig gut sind. Das habe ich sehr oft. Trotz des schlechten Wetters weiterzufahren war eine davon. Und auch euch zu verlassen, ohne mich zu verabschieden. Aber es war die einzige Möglichkeit, da ihr mich niemals gehen gelassen hättet. Doch in meinem momentanen Zustand würde ich euch nur daran hindern, eure Träume zu erfüllen. Deshalb solltet ihr erstmal ohne mich weiterreisen. Solange, bis ich wieder lachen und Songs über Schnitzel singen kann.*

*Wisst ihr, man kann sich nicht aussuchen, in welche Familie man geboren wird. Aber mit viel Glück findet man Menschen wie euch, die zu einer neuen Familie werden. Danke.*

*Bis zum nächsten Lagerfeuer und bis zur nächsten sternenklaren Nacht. Euer Hans.*

*Eine PS von Helena: Ich werde euch ganz viel vermissen, aber ich will bei Hans bleiben und ihm helfen. Ich habe euch eine paar Brötchen gemacht. Sie liegen in die kleine Box neben eurem Gepäck. Ich habe euch lieb.*

Der Wind raschelte durch die Blätter, die sich am Boden türmten. Hinter uns im Wald hämmerte ein Vogel seinen Schnabel gegen einen Baum und ich stellte mir vor, wie irgendwo auf einer russischen Straße *Bob Dylan* aus einem Autoradio schallte. Selbst Hans lief vor etwas davon.

Vielleicht bestand das Leben manchmal nicht nur aus einem, sondern mehreren Musikalben. Und manche von ihnen enden nun mal mit einem zutiefst traurigen Song. Aber selbst in den traurigsten

Liedern findet sich meist eine Stelle, die Zuversicht spendet. Eine Zeile, die daran erinnert, dass es immer weitergeht. Ich schaute in den blauen Himmel und flüsterte Helena, Hans und Mr Wilson etwas zu.

„Gute Fahrt, meine Freunde."

Das Album der fünf Freunde war zu Ende. Doch im Leben wird es immer neue Geschichten geben, die geschrieben werden wollen. Unbekannte Melodien und Zeilen, die es bisher nur in unseren Träumen gab. Es war an der Zeit, ein neues Album zu schreiben.

# SONG 01 – INTRO

**8.648 / 9.600km bis zur Mongolei**

„Hört ihr das auch?“, fragte Marius, „Was ist das nur für ein Lied? Wird da etwa auf Deutsch gesungen?“

Wir saßen auf drei gepolsterten Stühlen in einer tristen Hotellobby. Neben uns waren mehrere Kunstpalmen aufgestellt, die potentielle Gäste in Urlaubsstimmung bringen sollten, und vor uns versuchte ein junger Angestellter, unsere Buchungsanfrage zu bearbeiten. Ohne Hans und seine russischen Sprachkenntnisse waren derartige Situationen nun plötzlich eine Herausforderung, da in diesem Teil von Russland nur sehr selten Englisch gesprochen wurde.

„Was für ein Wort singen die nach ‚drei, vier‘?“, fuhr Marius fort.

„Grenadier“, antwortete ich, „ich kenne das Lied aus dem Internet. Damit macht sich die Internet-Welt über unsere Sprache lustig, obwohl die Band *Mo-Do* aus Italien kommt.“

Wir hatten uns mittlerweile daran gewöhnt, dass die russischen Radiosender täglich *Modern Talking* spielten. Aber im tiefsten Sibirien zu sitzen, und *Eins Zwei Polizei* zu hören, wirkte surreal. Ebenso unwirklich wie die Tatsache, dass wir nur zu dritt hier saßen.

„Daraus hätte Hans sicherlich eine nette Schnitzelversion machen können“, flüsterte Lilly vor sich hin und meldete sich mit „Ja, hier“, als der Rezeptionist „Frau Wunderlich“ ausrief. Sie hatte uns heute Morgen ein Taxi gerufen, nachdem wir noch eine ganze Weile schweigend am Zeltplatz gesessen hatten. So landeten wir in einem Hotel in Nowosibirsk und bekamen schließlich zwei Schlüssel gereicht. Lilly und ich teilten uns ein Doppelzimmer, während Marius in ein eigenes Zimmer eingecheckt hatte. Obwohl keiner von uns seine Gedanken wirklich ordnen konnte, waren wir uns in einer Sache einig: Auch wir brauchten etwas Zeit.

„Wir schaffen es auch zu dritt in die Mongolei. Mach dir keine Sorgen“, ermutigte mich Lilly, als wir Gesicht an Gesicht auf unserem Bett lagen und sie mit meinen Haaren spielte. Mittlerweile fielen sie über meine Augen und reichten fast bis zum Mund.

„Wir sind so nah dran, aber es fühlt sich an, als wäre die Mongolei gerade unendlich weit entfernt.“ Ich zwang mich dazu, meine Mundwinkel hochzuziehen.

„Gib dir einfach etwas Zeit.“ Lilly legte ihre Hand auf meine Wange und nickte mir zu.

„Wie lange hast du damals gebraucht, um den Unfall zu verarbeiten?“

„Verarbeiten? Ich weiß nicht, ob ‚verarbeiten‘ das richtige Wort ist. Es vergeht keine Nacht, in der ich nicht das enttäuschte Gesicht meiner Mutter sehe. Anfangs hat es mich jedes Mal schweißgebadet aus dem Schlaf gerissen, und ich habe vor Wut geschrien. Mittlerweile wache ich davon meistens nicht mal mehr auf. Aber mein Herz zerbricht dennoch jede Nacht aufs Neue. Manche Narben verheilen nie, aber man lernt, mit ihrem Anblick zu leben. Ich glaube, die Frage, ob und wie man etwas verarbeiten kann, muss sich jeder Mensch selbst beantworten.“

Lilly legte nun ihre Arme um mich und schwieg. Dieses Mal war sie es, die mich festhielt. Und ich sagte genau die Worte, die sie damals während unserer ersten gemeinsamen Nacht in den georgischen Bergen zu mir gesagt hatte: „Bitte lass mich nie mehr los.“

„Versprochen“, schniefte sie und drückte fest zu, „so gut wie ich nur kann.“

Gegen Nachmittag klopfte Marius an die Tür und fragte, ob wir gemeinsam mit ihm zu Abend essen wollten. Er hatte online ein italienisches Restaurant im Stadtzentrum gefunden und sich gewünscht, dort unseren Abend zu verbringen.

„Es fühlt sich eigenartig an, zum ersten Mal seit langem wieder in einem richtigen Bett zu liegen, findet ihr nicht?“ fragte Marius, während wir uns Pizza bestellten.

„Das tut es wirklich. Ich wünschte nur, dass der Anlass dafür ein schönerer wäre“, antwortete Lilly.

„Ja, in der Tat. Wisst ihr, warum ich heute Abend in eine Pizzeria wollte?“

„Weil du Lust auf Pizza hattest?“, antwortete ich aus dem Bauch heraus.

„Nun ja, nicht nur deshalb. Unser allererstes gemeinsames Abendessen fand damals in einer Pizzeria statt. Zumindest, wenn wir die Nächte im Krankenhaus außen vor lassen. Kurz nach dem Abend hatten wir entschieden, gemeinsam zu reisen. Eben in meinem Zimmer wurde mir etwas bewusst. Wir müssen alle weitermachen. Sowohl ihr, als auch ich.“

„Was meinst du mit ‚ihr und ich‘?“ Lilly rutschte auf die Stuhlkante und stützte ihre Ellenbogen auf den Tisch.

„Unsere Reisen werden in unterschiedliche Richtungen weitergehen. Als ich eben auf meinem Bett lag, habe ich über den Brief von Hans nachgedacht. Darüber, dass man sich Familie nicht aussuchen, aber sich eine eigene aufbauen kann. Ihr seid im letzten Jahr zu dieser Familie geworden, aber es gibt da, wie ihr wisst, noch eine Person, die mir fehlt.“ Marius faltete seine Hände auf dem Tisch zusammen und starrte sie an. „Und da mein Sabbatical ohnehin in zwei Monaten zu Ende geht, habe ich für übermorgen einen Flug zurück nach Deutschland gebucht. Das bin ich mir selbst, aber vor allem Julius schuldig. Davon abgesehen würde euch beiden etwas Zweisamkeit sicherlich auch guttun. Seid bitte nicht enttäuscht.“

„Enttäuscht?“, sagte Lilly mit großen Augen, „ich bin stolz auf dich.“

„Wir sind stolz auf dich. Und Helena und Hans wären es auch“, fügte ich mit ebenso weit aufgerissenen Augen hinzu. Marius sah uns an, zog seine Mundwinkel nach oben und reichte uns je eine Hand.

„Danke. Ohne euch alle hätte ich das nicht geschafft. Lasst uns anstoßen.“ Marius rief den Kellner zu sich. „Haben sie zufällig Cranberry-Saft?“

Der Mann starrte uns an, als hätten wir die ungewöhnlichste Frage aller Zeiten gestellt. Dann brachte er ein Glas Martini, ein Glas Rotwein und ein Glas Apfelsaft zu unserem Tisch.

Wir verbrachten einen ausgelassenen Abend und ließen all die schönen, gemeinsamen Momente unserer Reise Revue passieren. Schachturniere, Poolpartys, russische Bierwerbeshootings, teure Whiskeyflaschen, nackt im Regen tanzen und all die Schnitzelsongs. Marius hatte sich damals in Albanien von seiner Reise gewünscht, dass er sich über seine Gefühle klarwerden und anschließend auch zu ihnen stehen würde. Und genau darauf stießen wir an.

„Auf unsere Familie.“

An unserem letzten gemeinsamen Tag besuchten wir verschiedene Museen und legten lange Spaziergänge ein. Außerdem schauten wir bei einem Tierheim vorbei und schnürten einige Essenspakete, die wir den Obdachlosen, denen wir begegneten, in die Hand drückten. Auch wenn Hans und Helena nicht mehr bei uns waren, reiste ein Teil von ihnen in jedem von uns weiter. Am Abend entdeckten wir in einer Seitengasse einen jungen, russischen Straßenmusiker, der ein bisschen so aussah wie Hans. Abgesehen davon, dass der Mann wenig überraschend keine Lederhosen trug.

„Was meint ihr, worüber er wohl singt?“, fragte Marius.

„Für mich klingt es, als würde er in seinem Lied über Schnitzel singen."

„Meinst du wirklich, Lilly?", antwortete ich. „Für mich klingt das eher nach Rapsöl."

„Ich werde euch vermissen", sagte Marius, griff in seinen Geldbeutel und legte dem Musiker seine letzten russischen Geldscheine in den Hut, „das werde ich wirklich."

Als ich am nächsten Morgen mit einem leisen Gähnen aufwachte, wischte ich mir den Schlaf aus den Augen. Dabei bemerkte ich, dass Lilly bereits hellwach neben mir lag und mich ansah.

„Ist alles in Ordnung?", fragte ich.

„Alles wunderbar. Ich liebe es, dir beim Aufwachen zuzusehen. Meistens bist du vor mir wach, aber das macht diese Momente noch einzigartiger." Ich lächelte und gab ihr einen Kuss. „Wollen wir zu zweit in die Mongolei aufbrechen? Wir finden sicherlich einen Bus, der in die Richtung fährt", sagte Lilly.

Wollte ich in die Mongolei? Nun, da ich das Gefühl hatte, bereits angekommen zu sein? Ich wollte zu den Adlerjägern, um etwas an meinem Leben zu verändern und „mehr" zu erfahren. Und das hatte ich. Kleine Dinge wie das Zwiebelschneiden ohne zu weinen, den ursprünglichen Liedtext von *Oh Tannenbaum,* oder auch, was das längste Wort in unserem Duden war. Sogar, wie man es rückwärts ausspricht. Wie es sich anfühlt, die Füße an einem knisternden Feuer zu wärmen und den prasselnden Regen auf meinem nackten Oberkörper zu spüren. Aber die Reise hatte mir auch viel wichtigere Dinge gezeigt. Wie Freundschaft in der Lage war, Ängste zu nehmen. Wie man mit etwas Optimismus und Vertrauen sein eigenes Luftschloss erbauen konnte. Dass Familien nicht nur durch Geburten und Partnerschaften wachsen konnten und wie die Liebe in der Lage war, einen alles um sich herum vergessen zu lassen. Und je länger ich über unsere bisherige Reise nachdachte, umso mehr wurde mir eine weitere Sache bewusst. All die wunderschönen Orte, die wir gemeinsam bereist hatten, waren vielmehr eine Kulisse für unsere eigentliche Geschichte.

„Lilly, ich möchte Zeit mit dir verbringen. Ich will herausfinden, wohin uns die Zukunft führt. Und ganz ehrlich, mir ist völlig egal, wo ich das tun werde, solange du an meiner Seite bist.“ Dann dachte ich kurz nach, während sie schwieg. „War das zu dick aufgetragen?“

Sie schaute mich an, atmete tief ein und dann wieder aus. „Das war das Schönste, das jemals jemand zu mir gesagt hat“, antwortete sie freudestrahlend und nahm mich in den Arm. Ihre Augen waren feucht, als wäre sie kurz davor, dicke Freudentränen zu verdrücken.

„Vielleicht sollten wir mit der Mongolei noch etwas warten“, fuhr ich fort, „irgendwie fühlt es sich falsch an, ohne Helena, Hans und Marius dorthin zu reisen. Immerhin war es unser gemeinsames Ziel geworden. Wer weiß, vielleicht stoßen Helena und Hans bald wieder zu uns. Vielleicht nimmt sich Marius ja mit Julius eine weitere Auszeit und sie schließen sich uns an.“

Lilly nickte und legte dann beide Hände an meinen Nacken. „Vertraust du mir?“

„Mehr als du dir je vorstellen könntest“, antwortete ich. Dann sprang sie auf, zog ihre Hose an und schlug kräftig in die Hände.

„Pack deine Sachen, Schatz.“

„Meine Sachen packen?“

„Na los, vertrau mir.“

Einige Stunden später verließen wir gemeinsam mit Marius das Taxi und standen mit sämtlichem Gepäck vor einer riesigen Glasfront.

„Ich liebe Flughäfen“, sagte Lilly.

„Ehrlich gesagt, war ich noch nie an einem. Und auf den ersten

Blick wirkt das hier alles recht chaotisch", erwiderte ich.

„Mit ‚chaotisch' müsstest du dich nach dieser Reise doch nur allzu gut auskennen", scherzte Marius und hielt mir seine Faust entgegen.

„Weißt du noch, als du in der Türkei meintest, dass ich wohl zu viel Zeit mit Hans verbracht habe?" Ich grinste und schlug ein.

„Nun", begann Lilly, „du musst auf die kleinen Details achten. Ich mag es, an den Empfangsterminals zu warten und dabei zuzuschauen, wie Menschen ihre Liebsten in die Arme nehmen. Ein Wiedersehen ist eine der schönsten Sachen auf der Welt. Und daran versuche ich, mich jedes Mal zu erinnern, wenn ein schmerzhafter Abschied bevorsteht. Denn ohne einen Abschied kann es kein Wiedersehen geben."

„Du versuchst es mir gerade leichter zu machen, oder?", antwortete Marius, während er versuchte, gegen seine Tränen anzukämpfen.

„Hier, Marius", sagte Lilly und reichte ihm vor dem Check-In-Schalter das Polaroidfoto, auf dem unsere fünf grinsenden Gesichter zu sehen waren, „wenn es dir in Deutschland schlecht gehen sollte, schau dir dieses Bild an und erinnere dich an unser gemeinsames Abenteuer und daran, dass alles möglich ist. Immerhin hast du fast den georgischen Schachweltmeister geschlagen."

„Um ein Haar", lachte Marius, „danke, Lilly. Gebt ja gut auf euch acht."

„Das werden wir", antwortete sie.

„Und du, Leon. Auch dir danke für alles. Für die Gespräche und dafür, dass du immer für mich da warst. Bleib wie du bist."

„Ich werde dich vermissen, Marius", sagte ich und fiel ihm um den Hals, „wer soll uns ohne dich nur mit interessantem Hintergrundwissen füttern?"

„Du solltest anfangen, Bücher zu lesen", antwortete er und zwinkerte mir zu, „aber da fällt mir noch was ein. Ich habe, bevor wir zum Flughafen gefahren sind, noch ein paar Nachrichten gelesen und

*Tom Hanks* hat heute Geburtstag. Dabei tauchte auch der Nachname seiner Ehefrau auf. Könnt ihr euch vorstellen, wie sie heißt?"

*„Frau Hanks?"*, fragte ich und zuckte mit meinen Schultern.

„Guter Versuch." Marius löste die Umarmung, wischte sich durch die Augen und lächelte bis über beide Ohren. „Wilson. Sie heißt *Rita Wilson.*" Dann drehte er sich langsam um. Ich zog mich zu Lilly heran und legte meinen Arm um ihre Taille.

„Bis zu unserem Wiedersehen", rief sie ihm nach, als er langsam hinter einer Schar Menschen verschwand.

„Wir werden dich vermissen", wiederholte ich flüsternd, zog meine Nase hoch und drehte mich zu Lilly. „Willst du mir nun verraten, warum wir unser Gepäck dabeihaben?"

„Komm mit", antwortete sie und zog mich vor einen riesigen Bildschirm. Weißt du, was ich schon immer mal machen wollte? Schließ deine Augen, Leon."

Wir schlossen beide unsere Augen, dann merkte ich, wie Lilly meinen Arm nahm und ihn gegen den Bildschirm presste.

„Und nun machen wir zusammen die Augen auf. Auf drei. Eins, zwei, drei." Unsere Finger zeigten auf einen Namen.

„Mumbai, Indien. Abflug in zwei Stunden", las ich vor und drehte mich zu ihr.

„Wollen wir unser gemeinsames Abenteuer in Mumbai beginnen?", fragte sie mich.

„Dort ist es bestimmt warm. Und falls ich in Erdkunde richtig aufgepasst habe, liegt Indien ja fast auf dem Weg zur Mongolei." Ich griff nach ihren Händen. „War dieser Plan nicht etwas riskant? Was wäre denn gewesen, wenn unser Finger beispielsweise auf eine Stadt in Deutschland gezeigt hätten? Stell dir vor, unser Finger hätte auf einen Flughafen im Saarland gezeigt. Falls es dort überhaupt einen Flughafen gibt", schmunzelte ich.

„Das Saarland? Der Name klingt irgendwie schön, findest du nicht? Vielleicht sollten wir dort als Nächstes hin." Lilly zwinkerte mir zu und legte ihre Arme um meinen Nacken. Wir gaben uns einen langen Kuss, während um uns herum hektisch nach Flugnummern und Verspätungszeiten gesucht wurde. Dann erklang eine Flughafendurchsage. Der Check-In zu Flug 408 nach Mumbai hatte begonnen. Es war das Intro unseres neuen Albums.

# DER PUMUCKL

Der erste Flug meines Lebens verlief sehr angenehm. Ich hatte zwar die gesamte Zeit über ein flaues und leicht mulmiges Gefühl in meinem Magen, aber Lillys warme Hand und die Möglichkeit, in dem kleinen Bildschirm vor mir *Star Wars* zu schauen, lenkten mich davon ab. Und das, obwohl nur *Star Wars – Episode 1* zur Auswahl stand.

Als wir den Flughafen in Mumbai erreicht hatten und am Einreiseschalter standen, schaute uns der Beamte grimmig an. Er erklärte, dass wir unser Visum vor der Einreise hätten online beantragen müssen. Normalerweise hätte uns Marius, der die Internetseite des Auswärtigen Amtes herunterbeten konnte, wahrscheinlich im Vorfeld darauf hingewiesen. Oder Hans hätte irgendeine richtig gute Idee gehabt und dem Mann am Schalter im Austausch für ein Visum eines seiner Schnitzelkonzerte versprochen. Doch nun waren Lilly und ich alleine unterwegs, und ich schaute sie ratlos an. Der Beamte kratzte sich am Kopf, schloss unsere Reisepässe und bemerkte, dass es deutsche waren. Nun lächelte er und erzählte uns davon, dass er unsere Heimat liebte und von Bayern München, seinem liebsten Fußballverein. Danach führte er ein kurzes Telefonat und wir durften einreisen.

„Geht es nur mir so, oder fühlt sich das ungerecht an?“, fragte ich Lilly, während ich auf meinen gestempelten Pass sah.

„Schon. Ich kann dir nicht sagen, wie oft mir mein Reisepass aus der Klemme geholfen hat. Aber das ist die Realität. Unsere Welt ist nicht gerecht“, antwortete Lilly und wiederholte es, als wir etwas später im Zug saßen und an den Randbezirken von Mumbai vorbeifuhren. Durch die Fenster unseres Waggons blickten wir auf riesige Slums, in denen sich Tausende Wellblechhütten aneinanderreihten. Ihre Dächer schlossen meist miteinander ab, sodass man die Gehwege zwischen ihnen nur erahnen konnte. Die wenigen freien Flächen waren mit meterhohen Müllbergen bedeckt. Kurze Zeit später wechselte das Stadtbild auf einmal zu glänzenden Hochhäusern und grünen Stadtparks. So, als hätte jemand eine Linie zwischen Armut und Wohlstand gezogen.

Da wir bisher nur mit Mr Wilson unterwegs gewesen waren, waren wir es gewohnt, dass sich Landschaft und Kultur langsam veränderten. Im Gegensatz dazu fühlte sich Indien so an, als hätte uns das Flugzeug in wenigen Stunden in eine völlig neue und andere Welt gebracht. Die Stille und Leere Sibiriens ersetzten nun Millionen von Menschen, die auf den Straßen wuselten. Sämtliche Verkehrswege in Mumbai waren derart verstopft, dass es fast eine Rarität war, ein sich bewegendes Auto zu erblicken. Dennoch hupten sie alle, warum auch immer, ununterbrochen.

Wir erreichten unser Hotel im Stadtzentrum, bezogen ein gemütliches Doppelzimmer, schmissen uns auf das gemütliche Bett und wollten uns Zeit nehmen.

Ohne unsere drei Freunde und Mr Wilson mussten wir die Art unseres Reisens verändern. Wir begannen, nach Bus- und Bahnverbindungen Ausschau zu halten und suchten online nach *Orten, die man unbedingt sehen sollte.* Meist schliefen wir in Hotels, aber wenn wir andere Reisende kennenlernen wollten, buchten wir uns auch gelegentlich in Gemeinschaftszimmern von Hostels ein. Anfangs war das alles noch sehr neu und ungewohnt. Zudem wurde mir klar, wie komfortabel es gewesen war, Helena und Hans einfach folgen zu können, ohne selbst viel planen zu müssen. Doch ich mochte die neuen Klänge unseres eigenen Albums. Mit jedem Tag genoss ich es mehr, neben Lilly in einem warmen Bett aufzuwachen, mehr Zeit für uns zu haben und somit gänzlich neue Facetten unserer Beziehung zu entdecken. Ich lernte beispielsweise, dass Lilly sich davor ekelte, mehrere Zahnbürsten in denselben Becher zu stellen. Auch, dass sie jeden

Morgen unser Bett machte, obwohl das Hotelpersonal es gegen Mittag neu beziehen würde, und dass Lilly niesen musste, wenn sie dunkle Schokolade aß. Und auch, dass sie ihr Rückgeld an Ticketautomaten stets liegen ließ, um so der Person nach ihr eine Freude zu bereiten. Sie erzählte mir, dass mintgrün ihre Lieblingsfarbe war, weil ihre Mutter Pistazieneis so sehr mochte, davon, dass sie gerne an Muscheln roch und davon, dass sie schon immer mal die Chinesische Mauer sehen wollte, weil sie schon seit Tausenden Jahren existiert und Lilly davon beeindruckt war. All diese kleinen Dinge wurden zu Besonderheiten, da nur ich sie kannte. Ich mochte unser neues Album nicht nur, ich liebte seinen Klang. Es jeden Tag aufs Neue hören zu können, fühlte sich an wie wahres Glück.

„Ich habe eine Idee", sagte Lilly, als wir an unserem dritten Morgen in Mumbai gemeinsam unter der Bettdecke lagen und sie durch meine Haare wuschelte, „jetzt, wo wir unser eigenes Abenteuer erleben. Was hältst du von einer neuen Frisur?" Ich pustete eine Haarsträhne, die vor meinem Mund hing, nach oben und nickte.

„Lass uns Friseur-Roulette spielen", sagte Lilly und klatschte vor Freude in die Hände.

„Was für ein Roulette?"

„Lass dich überraschen. Das wird ein riesiger Spaß, versprochen."

Eine Weile später standen wir vor einem indischen Friseurladen, der sich *The hair kitchen,* also die Haar-Küche nannte.

„Was hat ein Friseur bitte mit einer Küche zu tun?" Ich runzelte die Stirn.

„Ich bin mir sicher, dass Hans dir eine Antwort geben könnte. Los, lass uns reingehen."

Während sich Lilly mit der Besitzerin unterhielt, nahm ich auf einem der beiden Hocker Platz. Vor mir hing ein riesiger Spiegel und ich blickte in mein bis über beide Ohren grinsendes Gesicht. Das Gesicht eines Mannes, der vor fast einem Jahr losgezogen war, um „mehr" zu finden. Dann kehrte Lilly mit einem dicken Buch zurück.

„Friseure haben fast immer so ein Buch", erklärte sie, „weil es oft schwer ist, sich mit den Touristen zu verständigen. Hier sind irgendwelche Promis abgebildet und man kann sich deren Frisur schneiden lassen. Das ist Friseur-Roulette. Mach deine Augen zu, Leon."

Ich schloss sie und je mehr ich über ihren Plan nachdachte, umso mehr hoffte ich, dass *Modern Talking* in Indien wesentlich weniger bekannt war als in Russland.

„Und jetzt sag irgendwann ‚Stopp'."

„Stopp."

Ich konnte hören, dass Lilly laut lachte. Und als ich verängstigt meine Augen öffnete, erkannte ich auch, warum. Sie zeigte auf ein Bild von *Ed Sheeran.*

„Die Besitzerin wird sich freuen. Einfach ein bisschen Spitzen schneiden, rot färben und einmal durchwuscheln. Perfekt. Oder sollte ich *Perfect* sagen?"

„Lach nicht zu laut, Schatz. Jetzt bist du dran: Augen zu."

Lilly's schwarze Haare hingen mittlerweile bis über ihre Schultern und sie hatte ihren Pony immer seltener geschnitten. Ich blätterte durch ein zweites Buch, in dem unzählige Frauen abgebildet waren. Solange, bis auch Lilly „Stopp" sagte.

„Das ist *Britney Spears",* murmelte ich verunsichert, ohne ihr das Bild zu zeigen. Lilly stieß einen lauten Freudenschrei aus.

„Ich wollte schon immer einmal lange blonde Haare haben."

„Schatz …"

„Die haben hier bestimmt diese Haarverlängerungen."

„Schatz … ähm … schau mal." Wer auch immer dieses Fotobuch zusammengestellt hatte, war wohl kein besonderer *Britney Spears-*

Fan. Nur so konnte ich mir erklären, dass kein Bild mit ihren langen, blonden Haaren gewählt worden war. Stattdessen blickten wir auf eine kahlrasierte Frau. Lilly wurde kreidebleich.

„Schatz … ich weiß, es war meine Idee. Aber können wir eine andere Frisur wählen?"

„Wirklich? Ich bin mir sicher, dass du mit jeder Frisur wunderschön bist."

„Danke, aber das ist es nicht. Ich habe mir früher mal die Haare abrasiert und mochte es gar nicht. Wirklich gar nicht." Ich schaute in ihre weit aufgerissenen Augen. Blankes Entsetzen spiegelte sich in ihnen, als würde Lilly sich an etwas Furchtbares erinnern. Vielleicht an ihren Unfall?

„Oh", begann ich, „ich merke gerade, dass ich etwas zu spät angehalten habe. Eigentlich hast du eine Seite früher ‚Stopp' gesagt." Ich schlug eine Seite zurück und zeigte auf eine neue Frisur. *„Cate Blanchett",* verkündete ich, „sogar eine Australierin."

„Und ich bekomme doch noch meine blonden Haare", sagte Lilly erleichtert und glücklich. „Wenn du möchtest, kannst du auch einen neuen Promi bekommen, Leon."

„Keine Sorge, Schatz, du bekommst deinen *Ed Sheeran."*

„Wirklich, ich wäre dir wirklich, wirklich gar nicht böse", lachte sie und dann bekamen wir beide unsere neuen Frisuren. So verließen zwei äußerlich völlig neue Menschen die Haar-Küche. Lilly trug nun blondes, schulterlanges Haar und ich eine rote, zerzauste Kurzhaarfrisur. Der neue Look stand ihr ausgezeichnet und auch mein neuer Haarschnitt kam mit einigen Vorzügen, wie ich schnell herausfinden sollte. Als wir uns auf den Heimweg machten und eine Straßenbrücke überquerten, wurden wir von einem Passanten angesprochen.

„Excuse me, Sir, excuse me", sagte ein Mann hinter mir und tippte auf meine Schulter. Ich ließ Lilly los, drehte mich um und sah in ein strahlendes Gesicht.

„Are you *Ed Sheeran?* Picture please, picture please."

Lilly sah mich an. „Umgedrehter Schubkarren?", fragte sie. Wir nutzten diesen Ausdruck um mitzuteilen, dass uns eine Situation unangenehm war. Nur für den Fall, dass irgendwer um uns herum Deutsch sprach.

„Wackeldackel", antwortete ich. Unser Geheimwort für „nein".

„Also gut, mein kleiner *Ed Sheeran.* Mach deine Fans glücklich", sagte Lilly und wuschelte erneut durch mein Haar.

„Yes, of course. Let's take a picture."

Nachdem wir mehrere Bilder aufgenommen und der Mann sich überglücklich bedankt hatte, nahm ich Lilly in den Arm und begann zu singen.

When I saw you in that dress, looking so beautiful
I don't deserve this, darling, you look perfect tonight

„Bitte, hör auf", lachte sie, „du magst vielleicht aussehen wie Mister *Sheeran,* aber an deinem Gesang musst du noch etwas feilen."

„In Ordnung, du hast gewonnen. Soll ich dir was verraten?", fragte ich, während wir gemeinsam am Brückengeländer standen und unter uns die hupenden Autos vorbeischlichen.

„Was denn?"

„Wenn ich früher diesen Song gehört habe, habe ich manchmal eine Beziehung vermisst, die ich noch gar nicht geführt hatte. Heute weiß ich, dass es unsere war."

„Du bist sowas von süß", antwortete sie, drehte mich um und sprang auf meinen Rücken, „lass uns gemeinsam in Richtung Zukunft reiten, wie du das sonst immer in deinen Musikvideos tust."

„Sehr wohl, Mylady."

Und nachdem wir durch Mumbai galoppiert waren, flogen die folgenden drei Monate, in denen wir nach Norden reisten, nur so an uns vorbei. Der Geruch des Taj Mahal, der Geschmack des Indischen Ozeans, die Hitze des indischen Tees und die Kälte des Himalaya-Gebirges. Die Kulisse, vor der mir Lillys braune Augen und die vertraute Wärme ihrer Lippen davon erzählten, dass ich diesen Menschen nie wieder loslassen würde. Vom Norden Indiens flogen wir zurück nach Mumbai, um dort Weihnachten zu verbringen. Zu dieser Zeit des Jahres war die Stadt mit unzähligen bunten Lichtern und zahlreichen Weihnachtsbäumen geschmückt. Natürlich keine echten, da die Temperaturen zur Weihnachtszeit bei über 30 Grad lagen.

„Fast wie zu Hause", scherzte ich, „mir war gar nicht bewusst, dass Weihnachten hier groß gefeiert wird."

„Ob es hier wohl Glühwein gibt?" Ich runzelte meine Stirn. „Ich weiß, was du jetzt denkst. Hier ist es viel zu heiß, um Glühwein zu trinken. Aber vielleicht haben wir ja Glück. Immerhin ist Weihnachten, und da gibt es doch Wunder. Sagt man zumindest, oder?"

„Bestimmt", stimmte ich ihr zu und küsste sie.

Wir hatten uns dazu entschieden, Heiligabend in einem Hostel zu verbringen und das Jahr gemeinsam mit einer Gruppe fremder Reisender abzuschließen. So saßen wir abends mit Menschen aus den verschiedensten Ländern an einem Küchentisch, tranken Glühwein und bereiteten uns auf eine wilde Nacht vor.

„Siehst du, ich habe es gewusst", schmunzelte Lilly und stieß mit ihrer Tasse an. „Frohe Weihnachten, Schatz."

Neben uns saß eine schüchterne Französin, die es eklig fand, warmen Rotwein zu trinken. Daneben hatte ein Australier Platz genommen, der es sich zum Ziel gesetzt hatte, an bekannten Orten, wie beispielsweise dem Taj Mahal, ein großes Geschäft zu verrichten. Immerhin lautete eine seiner Regeln, dafür stets eine Toilette zu nutzen. Dann saßen da noch zwei Engländer, die Feuer und Flamme für ihr Trinkspiel waren. Sie scheuten nicht einmal davor zurück, sich gegenseitig die Füße abzulecken. Und neben ihnen hatten zwei Amerikanerinnen Platz genommen, die vor ihrer baldigen Yogaausbildung noch ein letztes Mal ausgelassen feiern wollten.

Am späten Abend fanden wir unseren Weg in einen indischen Club. Während die anderen betrunken auf der Tanzfläche herumtorkelten, hatten Lilly und ich uns mit dem Alkohol zurückgehalten und es bei einem Wein belassen. Wir tanzten nicht ganz so wild und standen gegen Ende des Abends gemeinsam an der Bar.

„Ich habe das Hostelleben schon ein wenig vermisst." Lilly setzte ein warmes Lächeln auf. „All die Leute, die aus verschiedenen Gründen auf Reisen sind, unterschiedliche Ziele verfolgen und dennoch gemeinsam Spaß haben. Doch ich wäre wirklich ganz und gar nicht böse, wenn wir nach Weihnachten wieder in ein Hotel wechseln würden."

„Warum? Findest du Männer, die sich gegenseitig die Füße ablecken, etwa nicht ansprechend?" Und während wir gemeinsam lachten, sprach uns ein Mann von der Seite an.

„Entschuldigt die Störung. Aber ist das deutsch?", fragte er in englischer Sprache. Wir nickten ihm zu. „Ich wusste es. Ich kann auch ein bisschen Deutsch", fuhr er fort und warf uns einige deutsche Wörter und Sätze entgegen. „Ich möchte zwei Bier bitte. Und wartet, ich kenne noch ein Wort: Schnitzel." Natürlich kannte er „Schnitzel". Hans wäre sicherlich stolz gewesen, wenn er das gehört hätte.

„Und wartet. Ich kenne noch ein Wort. Wie war das nochmal … Ich glaube Dunstabzugshaube."

„Bitte was? Woher kennst du bitte dieses Wort?", fragte ich entgeistert, während Lilly ihr halbes Getränk über den Tresen spuckte und laut losprustete.

„Ich war mal in so einer Strandbar in Südamerika. Da hat man ein Getränk umsonst bekommen, wenn man dieses Wort gesagt hat. War ein eigenartiger Kerl, dieser Besitzer. Wisst ihr, ich habe genug von den betrunkenen Backpackern. Darf ich mich zu euch gesellen? Ihr wirkt recht nüchtern. Mein Name ist Jack."

Jack trug ein zerrissenes Jeanshemd und hatte es bis zur Brust aufgeknöpft, wodurch seine wuschigen Brusthaare besonders zur Geltung kamen. Gemeinsam mit den Cowboystiefeln und einem verblassten Hut hatte er seinen ganz eigenen Stil. Dürften Tabakfirmen noch Werbung machen, wäre Jack das perfekte Werbemodell gewesen. Um meinen Eindruck zu bestätigen, holte er kurz darauf ein kleines Päckchen aus seiner Hosentasche, klopfte eine Zigarette heraus und zündete sie mit einem klickenden Zippo-Feuerzeug an. Einen Teil des Rauches formte er zu kleinen Ringen und pustete sie in Richtung Bar. Der Rest zog langsam aus seiner Nase, staute sich unter seinem Hut und stieg dann entlang seiner lockigen, schulterlangen Haare nach oben. Alles an ihm wirkte verwegen und leicht mysteriös.

„Leon, das war dein Name, oder? Ich mag deinen Style. Hat ein wenig was von dem Roten aus Harry Potter, aber irgendwie auch cool."

„Ron", seufzte ich, „du erinnerst mich an den Marlboro-Mann."

„Danke", antwortete Jack und sah den Vergleich offenbar als Kompliment. „Darf ich euch was fragen? Ihr seht so aus, als wärt ihr schon lange unterwegs. Wie viele Länder habt ihr bereist?"

Lilly und ich schauten uns an. Wir überlegten, und als wir Jack nach wenigen Sekunden noch keine Antwort gaben, ergriff er erneut das Wort.

„Ich glaub, wir werden uns gut verstehen. Wisst ihr, warum? Ich mag Leute, die nicht wissen, in wie vielen Ländern sie waren."

„Und warum ist das so?" Ich kratzte mich an der Stirn.

„Keine Ahnung, ist einfach so."

„Wie viele Länder hast du bereits gesehen?", fragte Lilly und zog ihre rechte Augenbraue nach oben.

„83", antwortete Jack trocken und wie aus der Pistole geschossen. Lilly und ich schauten uns überrascht an. „Kommt schon, ihr beiden, das war ein Witz. Ihr dürft lachen. Lasst mich euch auf ein Getränk einladen."

Für den Rest des Abends erzählten wir Geschichten unserer Reisen und philosophierten über das Leben. Jack war ein 36-jähriger Australier, der seit mehreren Jahren um die Welt segelte. Als wir uns schließlich von ihm verabschieden wollten, hielt er mich am Arm zurück und sah mich mit leuchtenden Augen an.

„Ihr habt nicht zufällig Lust auf ein Abenteuer? Ich will an die indische Südspitze segeln und dabei an mehreren Inseln haltmachen. Manche von ihnen sind noch völlig unberührt. Und wie es der Zufall so will, suche ich noch nach einer Crew."

Ich hatte noch nie über das Segeln nachgedacht, und da ich nicht schwimmen konnte, kam es sowieso nicht in Frage. Alleine der Gedanke daran ließ meine Hände schwitzig werden.

„Tut mir leid, aber ich kann nicht schwimmen."

„Ich habe euch ja auch nicht zu Aquagymnastik eingeladen, sondern zum Segeln. Da musst du nicht schwimmen, sondern … segeln."

„Und was, wenn ich über Bord gehe?"

„Dann wirst du eh von einem Hai gefressen." Ich schaute Jack erschrocken an. „Kommt schon, muss ich meine Witze wirklich erklären? Das ist ganz einfach, Leon. Ich baue keinen Unfall, und zur Not ziehen wir dir eine Schwimmweste über und binden dich am Boot fest oder so."

„Und was, wenn das Boot sinkt?", wandte ich ein.

„Sinken? Sehe ich etwa so aus, als würde ich mein Boot sinken lassen?" Während Jack uns erwartungsvoll anstarrte, musterten wir ihn mit großen Augen. „Wie schaut es mit dir aus, bist du auch dabei?“, fragte er in Richtung Lilly.

„Ich wollte schon immer mal aufs Meer, aber ich werde meinen Freund definitiv nicht in Lebensgefahr bringen.“

„Na gut“, begann Jack, „dann ist ja alles geklärt. Ich muss nur noch schnell einen weiteren Rum trinken, damit wir wirklich keinen Schiffbruch erleiden.“ Er hielt dem Kellner sein Glas entgegen und signalisierte, dass er gerne ein neues hätte.

„Du hörst uns schon zu, oder?“, fragte ich, „und warum musst du noch ein Glas trinken?“

„Weil ich genau 13 Rum getrunken habe“, antwortete er trocken.

„Wie bitte?“, fragte ich entsetzt.

„13 bringt Unglück. Deshalb muss ich schnell noch einen trinken.“

„Ich meinte, wie kannst du so viel getrunken haben und immer noch aufrecht stehen und vor allem sprechen können?“

„Ich sag ja, ihr braucht euch keine Sorgen zu machen. Ihr seid bei mir in guten Händen.“ Jack nahm sein nächstes Glas in die Hand und leerte es in einem Zug. „Wir treffen uns nach Weihnachten einfach wieder hier in der Bar und besprechen alles Weitere. Dann segeln wir zum Horizont. Passt auf euch auf. Ich freue mich schon drauf, euch bald wiederzusehen.“

„Aber wir haben doch gerade gesagt, dass wir nicht mitkommen“, antwortete Lilly.

„Das mag sein, aber eure Augen haben mir das Gegenteil erzählt“, sagte er, knallte sein leeres Glas auf die Theke und verschwand in der Menschenmenge.

„Unsere Augen“, wiederholte ich und schüttelte meinen Kopf. „Geht es nur mir so, oder erinnert dich Jack auch ein wenig an Hans?“

„Die Ähnlichkeit ist wirklich etwas unheimlich.“ Lilly nickte und nahm mich in den Arm.

„Wir werden das auf keinen Fall tun, oder?“

„Auf gar keinen Fall“, stimmte Lilly zu.

„Obwohl er irgendwie schon vertrauenswürdig rüberkommt. Immerhin teilt er sich einen Vornamen mit meinem Lieblings-Piraten aus den *Fluch der Karibik*-Filmen“, scherzte ich.

„Und er ist Australier“, fügte Lilly hinzu, „das sind Überlebenskünstler.“

Meine Mundwinkel entspannten sich und meine Augen wurden immer größer. „Wir denken nicht gerade wirklich darüber nach, sein Angebot anzunehmen, oder?“, fragte ich ungläubig.

„Nein, nein, bestimmt nicht“, antwortete Lilly überzeugt, „aber es war echt ein bisschen eigenartig. Es hat sich angefühlt, als würde Hans gerade wirklich vor uns sitzen.“

„Und uns von seiner richtig guten Idee erzählen. So ein wenig vermisse ich seine Einfälle ja schon. Hoffentlich geht es ihm und Helena gut.“

„Ich bin mir sicher“, antwortete Lilly, „du kennst die beiden. Vermutlich sitzen sie gerade irgendwo glücklich in Mr Wilson und diskutieren über *Cast Away.*“

„Ich frage mich nur, warum sie sich noch nicht gemeldet haben. Helena hat doch deine Nummer.“

„Das werden sie“, antwortete Lilly und wischte mit der Hand über meine Wange. „Möchtest du noch einmal tanzen, bevor wir zum Hostel gehen?“

„Ja, lass uns tanzen. Ich muss nur noch kurz nachrechnen, wie viele Getränke ich hatte. Nicht, dass es 13 waren.“ Während ich mit meinen Fingern bis drei zählte, grinste Lilly mich an, gab mir einen Kuss und zog mich mit auf die Tanzfläche.

# DIE SCHATZTRUHE

*Hans Zimmer – One Day (Pirates of the Caribbean Soundtrack)*

Drei Tage später saßen wir erneut in dem indischen Club und warteten auf Jack. Ich konnte es nicht so recht glauben, dass ich mich trotz meiner Ängste für den Segeltrip entschieden hatte, und ich wusste auch nicht so wirklich, warum. Aber irgendwie fühlte es sich so an, als hätte Hans aus der Ferne seinen Arm auf meine Schulter gelegt und mir zugeflüstert, dass ich Vertrauen haben soll. Zudem fühlte ich mich in Lillys Gegenwart so, als müsste ich vor nichts in dieser Welt Angst haben, da sie mir versprochen hatte, mich nie mehr loszulassen.

„Ihr seid wirklich gekommen“, jubelte Jack, als er uns an der Bar sitzen sah. „Fuck, was soll ich denn jetzt dem französischen Pärchen erzählen, dass ich gestern eingeladen habe.“ Wir schauten ihn überrascht an.

„Okay, wir haben viel Arbeit vor uns. Regel Nummer 1: Ihr solltet lernen, meinen Humor zu verstehen“, sagte er und bestellte drei Rum.

„Jack, danke, aber ich trinke …“

„Regel Nummer 2: Wir trinken Rum“, unterbrach mich Jack.

„Aber nur einen kleinen“, seufzte ich und schaute auf meine Uhr, „es ist immerhin erst 13 Minuten nach 1.“

„Na na na“, machte Jack und wedelte dabei mit seinem Zeigefinger, „es ist kurz nach 1 Uhr – die 13 streichen wir, klar soweit?“ Ich spürte, wie Lilly ihre Stirn gegen meinen Oberarm fallen ließ.

„In Ordnung. Einen Schluck. Bitte sag mir, dass Regel Nummer 3 lautet, dass die Person am Steuerrad nüchtern sein muss.“

„Natürlich“, antwortete Jack und nahm einen großen Schluck aus seinem Glas, „nicht. Regel Nummer 3 lautet, dass wir keine Bibeln mitnehmen.“

„Ist bei dir alles in Ordnung?“ Lilly schüttelte ihren Kopf und musste laut lachen.

„Klar. Wisst ihr, im Indischen Ozean verbergen sich verrückte Orte. Es gibt sogar eine Insel Namens *North Sentinel Island,* die zum absoluten Sperrgebiet erklärt wurde. Dort lebt eines der isoliertesten Völker der Welt. 2018 wollte ein amerikanischer Missionar die Kunde Gottes überbringen und wurde bei seiner Ankunft mit Pfeilen durchsiebt. Deshalb keine Bibeln."

Der Plan von Jack sah es vor, innerhalb von drei Wochen zu der südindischen Stadt Kochi zu segeln. Unterwegs wollten wir an einigen Inseln anlegen und so oft wie möglich an Stränden übernachten. Sein Plan klang sicher. Zumindest so sicher, wie er aus dem Mund eines australischen Cowboys klingen konnte.

„Keine Sorge, wir bleiben halbwegs nah am Festland. Im schlimmsten Fall legen wir unterwegs irgendwo an. Für Leon habe ich übrigens eine extra sichere Schwimmweste besorgt. Und ich habe sogar eine Harpune dabei. Falls uns ein riesiger Krake angreifen sollte, sind wir gewappnet. Immer aufs Auge zielen."

So begann unser gemeinsames Abenteuer auf einem Katamaran, den Jack *Treasure,* also „der Schatz", getauft hatte.

„Kommt nach oben, kommt hoch", schrie Jack, als Lilly und ich unter Deck Geschirr spülten. Kurze Zeit später standen wir neben ihm an der Reling. Jack trug ein im Wind flatterndes Seidenhemd und hatte seine Haare unter einem Bandana zusammengebunden. Lilly trug ein bauchfreies Top und ich hatte die Rettungsweste angelegt, die mir Jack gegeben hatte. Sie war knallorange und auf ihrem Rücken war der Schriftzug „Baywatch" aufgedruckt.

„Mit etwas Glück können wir von hier aus das Feuerwerk sehen. Ich habe auch was ganz Besonderes dabei, mit dem wir anstoßen können."

Etwas ganz Besonderes? Ich sah Jack mit hochgezogenen Augenbrauen an und wünschte mir für eine Sekunde lang, dass er gleich eine Flasche Cranberry-Saft auspacken würde. Kurz darauf knallte er eine Flasche Rum auf den Tisch vor sich. Natürlich. Was wäre ein Segelabenteuer ohne Rum? *Captain Jack Sparrow* wäre stolz auf uns gewesen.

„Könntest du mir bitte nur einen kleinen Schluck reinmachen, oder ihn etwas mit Wasser verdünnen?", fragte ich ihn.

„Verdünnen? Was bist du denn für ein Pirat."

„Gar keiner?", antwortete ich mit hochgezogenen Schultern.

„Wir sind alle Piraten, Leon. Wir jagen alle einem Schatz hinterher. Und weißt du, was das Lustige an uns Menschen ist? Sobald wir den Schatz gefunden haben, suchen wir nach einem neuen", erklärte Jack und schüttete uns Getränke ein.

„Kommt daher der Name deines Bootes?", fragte Lilly.

„Nein, der kommt von meiner Lieblings-Rum-Marke: *The Secret Treasures.*" Jack nickte und hob sein Glas nach oben. „Zum Wohle", schrie er, während ich heimlich versuchte, einen Teil des Glasinhaltes hinter der Reling verschwinden zu lassen.

„Glaub nicht, dass ich das nicht sehe, Leon", grummelte Jack.

„Ich will doch nur den Gott der Meere besänftigen. Damit Poseidon auf uns achtgibt."

„Meinst du wirklich, dass man den Gott des Meeres mit einem Schluck verwässerten Rum gutmütig stimmen kann?" Jack schaute mich skeptisch an.

„Vermutlich nicht", antwortete ich nachdenklich, „vielleicht sollten wir die ganze Flasche reinschütten."

„Guter Versuch", lachte er. Dann erblickten wir die ersten Lichter am Nachthimmel, und die bunten Feuerwerkskörper verdrängten die Dunkelheit. Jack stieß einen lauten, langgezogenen Jubelschrei aus.

„Aye, Piraten. Auf ein neues Jahr. Und vergesst nicht, einen Vorsatz zu fassen."

Ich lauschte den anhaltenden Feuerwerksgeräuschen und dachte über Jacks Worte nach. Hatte er Recht? Suchten wir alle nach immer neuen Schätzen? In diesem Moment erinnerte ich mich an das Stück Papier, das vermutlich immer noch zu Hause auf meinem Wohnzimmertisch lag, wenn der Staub es mittlerweile nicht vollständig aufgefressen hatte. MEHR hatte ich damals draufgeschrieben. Hatte Jack wirklich Recht?

„Hört ihr das?", unterbrach Jack meine Gedanken, „Delfine!"

Wir rannten zum Heck und starrten auf die dunkle Wasseroberfläche. Wir konnten sie zwar nicht sehen, doch neben dem Geräusch von plätscherndem Wasser hörte man Laute, die mich an den Film *Jurassic Park* erinnerten, den ich als Kind oft gesehen hatte. Und während ich über diesen Moment und das, was Jack zuvor gesagt hatte, nachdachte, wurde mir klar, was mein Vorsatz fürs neue Jahr sein sollte. Ich nahm mir vor, nicht ständig nach einem neuen Schatz zu suchen. Nicht immer mehr zu wollen, sondern stattdessen mit „mehr" zufrieden zu sein. Ich nahm Lilly in den Arm, lehnte meinen Kopf an sie und gemeinsam starrten wir zu den Sternen.

„Hört ihr das?", begann Jack erneut. „Das könnte ein riesiger Blauwal sein, hört genau hin."

Plötzlich erklang einer der lautesten Fürze, die ich je in meinem Leben gehört hatte.

„Denkt dran, Regel Nummer 1", schrie Jack und sein Lachen hallte in die Nacht hinein.

„Danke Jack, es war gerade romantisch", seufzten Lilly und ich fast gleichzeitig und schauten uns an.

„Vielleicht hört es sich ja genauso an, wenn ein Wal diese Fontänen hochpustet", flüsterte ich ihr zu.

„Es tut mir leid, Schatz", schmunzelte sie, „aber das hört sich ganz … ehrlich gesagt … hört es sich wirklich so an." Ich spürte ihre warmen Lippen auf meiner Wange.

Die ersten zwei Wochen auf See waren aufregend. Wir segelten entlang der indischen Küste, legten gelegentlich an verlassenen Stränden an und besorgten uns alle paar Tage in verschiedenen Häfen neue Lebensmittel. Mittlerweile spürte ich die Rettungsweste, die ich dauerhaft trug, schon gar nicht mehr. Meine anfängliche Angst war schnell verflogen und abseits davon, dass mein Magen zu Beginn etwas mit dem Wellengang zu kämpfen hatte, ging es mir wunderbar. Lilly und ich teilten uns eine kleine, aber dennoch gemütliche Kajüte. Jack schlief nebenan in seiner eigenen Kabine. Eines Morgens wachte ich wieder vor Lilly auf. Nachdem ich ihr, wie so oft, eine Weile beim Schlafen zugeschaut hatte, ging ich nach oben und begrüßte Jack mit zwei Tassen heißem Kaffee. Es war leicht, ihn zu finden. Man musste lediglich der dezenten Rum- und Rauchfahne folgen. Er stand wie gewohnt hinter seinem Steuerrad, als die Sonne ihre ersten Strahlen über den Horizont warf.

„Du schläfst nicht viel Jack, oder?"

„Ein richtiger Pirat schläft nicht. Er wacht. Und trinkt. Aber er trinkt wachsam."

„Wie auch immer", antwortete ich, „hier, ich habe dir einen Kaffee mitgebracht."

Jack bedankte sich, griff in seine Hosentasche und schüttete ein paar Schlucke aus seinem Flachmann hinzu.

„Kennst du die Musik, Leon?"

Jack hatte hinter dem Steuerrad eine große Musikanlage installiert, aus der Musik schallte. Er erklärte mir, dass er sich ein Leben ohne Musik nicht vorstellen könnte, weil sie ihn an bestimmte Momente erinnerte. Wie es damals auch Hans gesagt hatte.

„Klar, das ist aus *Fluch der Karibik,* oder?“, fragte ich und Jack bejahte mit einem Kopfnicken. „Ich liebe die Filme und besonders den Charakter *Jack Sparrow.*“

„Jeder liebt *Jack Sparrow,* Leon. Weißt du auch, warum?“

„Lass mich raten. Wegen seines Vornamens?“

„Das auch, aber nein. Komm mal her. Komm mal zu mir ans Steuer.“ Jack griff meine Hände und drückte sie an das hölzerne Steuerrad seines Schiffes. „Und jetzt schau nach vorne in Richtung Horizont und spüre die Brise des Meeres.“

Der Wind wehte meine roten Haare durchs Gesicht und legte einen dünnen Salzfilm auf meine Lippen. Langsam erreichten die ersten Sonnenstrahlen meine Wangen und ließen mich die kühlen Morgentemperaturen fast vergessen. Ich fühlte mich frei. Als würde ich jeden Moment abheben und mit den Möwen über das Meer fliegen. Und obwohl ich immer nur davon geträumt hatte, kam mir das Gefühl auf eine unerklärliche Weise bekannt vor.

„Manche von uns wünschen sich“, begann er, „neben *Captain Jack* am Steuer zu stehen. Und obwohl wir wissen, dass dies niemals geschehen wird, fühlt sich der Gedanke daran irgendwie vertraut an. Wir stellen uns vor, wie wir auf der *Black Pearl* stehen, seine Hand auf unserer Schulter spüren und all die Abenteuer fühlen, zu denen wir nie aufgebrochen sind. Wir spüren, wie unser Schiff in den Wellen wankt, wie uns das Wasser durch die Finger rinnt und wie es versucht, unser Verlangen zu ertränken. Aber weißt du, Leon, auch wenn wir nie dort oben auf der *Black Pearl* stehen werden, machen wir weiter und schauen bei jedem Sonnenaufgang in Richtung Horizont. Und im tiefsten Inneren hoffen wir darauf, vielleicht eines Tages doch die Silhouette eines großen Schiffes erkennen zu können. Wir machen weiter, egal, welche Stürme wir noch durchsegeln müssen und egal, wie oft die Sonne noch aufgehen wird. Das macht uns Menschen aus.

Spürst du die Kraft des Steuerrads, Leon? Spürst du, wie es versucht, dich vom Kurs abzubringen und wie der Moment dein inneres Verlangen umarmt? Hörst du, wie die See nach dir ruft?"

„Nicht im Ernst, Jack", antwortete ich, „sag mir bitte, dass du gerade nicht wieder gefurzt hast."

„Kaffee, Rum und Zigaretten", antwortete Jack, „das Piratenleben hat mich eben fest im Griff. Klar soweit?"

Zwei Tage später legten wir an einer malerischen Insel an. Als wir unseren Anker warfen, tauchte eine ganze Schar Inselbewohner auf, die in bunte Tücher gehüllt waren. Die Frauen trugen selbstgemachten Schmuck, und einige von ihnen hatten ihre Gesichter mit weißer Farbe bemalt.

Ich dachte an die Geschichte mit den Missionaren, die Jack uns erzählt hatte. Hoffentlich würden sie uns nicht mit Pfeilen attackieren. Nachdem die Einheimischen uns kurz beäugt hatten, winkten sie freudig und luden uns in ihr kleines Dorf ein. Das mulmige Gefühl in meinem Magen verschwand zwar nicht ganz, doch ich war ziemlich erleichtert, da sie einen freundlichen Eindruck machten. Was hatten wir schon zu befürchten? Immerhin hatten wir Regel 3 befolgt und keine Bibeln dabei.

Die Einwohner führten uns zu einer Feuerstelle, auf der ein großer Topf köchelte.

„Chucka, chucka", sagten sie und machten dabei Essbewegungen. „Chucka" bedeutete also anscheinend „essen", und so löffelten wir gemeinsam ihren Linseneintopf. Zumindest machten Linsen einen großen Bestandteil des Gerichts aus. Als ich versuchte, nach den übrigen Zutaten zu fragen, bekam ich eine Antwort, die mich mit noch mehr Fragen zurückließ. Der Eintopf bestand aus Chucka, Chucka und Chucka. Generell sollten wir recht schnell herausfinden, dass

Chucka wohl so ziemlich alles bedeuten konnte: Kokosnüsse, Kinder, Rum, Blähungen und Segelboot. Wir fanden außerdem heraus, dass „Ooooh, Chucka Chucka" Feuerzeug bedeutete. Vielleicht verhielt es sich mit ihrer Sprache ja auch so wie bei der chinesischen. Während unserer Zeit in Indien hatten Lilly und ich eine Frau aus China kennengelernt, die uns die Bedeutung von Betonungen in ihrer Sprache an einem lustigen Satz erklärte: „Shíshì shīshì Shī Shì, shì shī, shì shí shí shī." Was für mich klang wie der Beginn eines typischen *Jason Derulo* Songs, bedeutete in Wirklichkeit „Steinhöhlendichter Shi, süchtig nach Löwen, schwört, zehn Löwen zu essen." Jedenfalls bestanden die Inselbewohner darauf, Jack sämtliche Feuerzeuge abzukaufen, die er mitgebracht hatte. Sie bezahlten ihn in Kokosnüssen.

„Findet ihr auch, dass sich ihre Sprache ein bisschen wie die von Chewbacca anhört, der Haarige aus *Star Wars?*"

„Hör auf, Jack", erwiderte ich, „das ist unhöflich."

„Ach was. Ich wette mit dir, dass sie sich auch über unsere Sprache lustig machen. Also, vor allem über eure. Englisch klingt wie ein ruhiger Fluss, der durch ein idyllisches, mit Blumen verziertes Tal fließt. Euer Deutsch klingt hingegen so, als würde man Kartoffeln mit voller Kraft auf eine deutsche Autobahn werfen."

„Du spinnst doch", antwortete Lilly auf Deutsch und lachte.

„Ja, ja, Schnitzel", erwiderte Jack und wechselte dann wieder in die englische Sprache, „passt auf, ich beweise es euch." Dann richtete er seinen Blick in Richtung der Inselbewohner und begann damit, Chewbacca zu imitieren.

„Muaaaaaau! Roooarrgh Ur Roo!", schrie er, während Lilly und ich uns peinlich berührt anstarrten.

„Ooohh, Chucka Chucka?", antwortete einer der älteren Männer, pfiff laut und zeigte auf eines der uns umgebenden Lehmhäuser. Plötzlich drückte sich eine schlanke, schwarze Katze aus der Tür heraus.

„Muaaaaaau!", wiederholte er und kurz darauf gab die Katze ein lautes „Miau" von sich und lief an uns vorbei.

„Fuck, habt ihr das gesehen? Eine schwarze Katze. Die ist von links nach rechts gelaufen. Das bringt Unglück." Jack krallte sich nervös an seine Rumflasche.

„Glaubst du wirklich daran?", fragte ich Jack. Er warf mir einen verstörten Blick zu und nahm einen tiefen Schluck. Kurz darauf lief die Katze erneut an ihm vorbei. Dieses Mal von rechts nach links.

„Gott sei Dank. Wir haben nochmal Glück gehabt. Darauf sollten wir trinken. Möchtet ihr einen?"

Lilly und ich lehnten dankend ab, aber die Inselbewohner fanden seine Idee klasse. Jack schenkte mehrmals aus und mit jedem Glas konnte er besser an ihren Gesprächen teilnehmen. Auch, wenn er immer nur dasselbe Wort wiederholte: Chucka. Daher tauften wir die Inselbewohner *das Volk der Chucka Chucka.*

Die Chucka Chucka hatten uns nicht nur herzlich empfangen, sondern boten uns eine der Lehmhütten an, in der wir übernachten konnten. Wir versuchten in den folgenden Tagen, die Kultur und die Traditionen der Chucka Chucka etwas besser zu verstehen. Uns wurde schnell klar, dass wir nicht ihr erster Kontakt mit der modernen Welt gewesen waren. Sie hatten einen riesigen Vorrat an Feuerzeugen, wussten, wie man Handys bediente und einer der Männer trug eine rote Sonnenbrille von Louis Vuitton. Am meisten beeindruckt schienen sie von meiner Haarfarbe zu sein, und die Frauen der Chucka Chucka standen Schlange, um meine Haare zu berühren. Außerdem erklärten sie uns, dass in ihrer Kultur die Kinder ihre Kraft von den Dorfältesten erbten. So verstanden wir zumindest die Gesten, bei denen abwechselnd auf ihre angespannten Oberarme und dann eines der Kinder gezeigt wurde. Der Name eines Kindes war Lian. Er war Chucka Chucka Jahre alt – seinen Fingern zufolge 9 – und fand Gefallen an unserer Gesellschaft. Lian zeigte uns die Insel, führte uns zum Sonnenaufgang auf einen inaktiven – hofften wir zumindest – Vulkan und zeigte uns, wie man Kokosnüsse an einem Steinbrocken öffnen konnte.

An unserem dritten Abend saßen wir erneut gemeinsam am Lagerfeuer. Fast so, wie wir es damals mit Helena, Hans und Marius getan hatten. Anstatt der Gerichte von Helena aßen wir Chucka Chucka aus Bleitöpfen. Anstelle von Schnitzelsongs summten wir mit den Bewohnern geheimnisvolle Melodien und statt lehrreichen Fakten von Marius teilte Jack uns seine Erkenntnisse mit.

„Glaubt mir, je mehr Rum man intus hat, desto mehr Sinn macht dieses ganze Chucka Chucka. Hier, nehmt auch einen Schluck."

„Nein danke", schnaufte ich, berührte Lilly an ihrer Schulter und lief gemeinsam mit Lian davon, „du bist dran!" Plötzlich unterbrach der Stammesälteste unser Fangen-Spiel und wedelte wild mit seinen Armen.

„Chucka Chucka!", schrie er und gestikulierte, dass wir ihm folgen sollten. Wenig später standen wir an einem hinter dichtem Wald versteckten, kleinen Strandabschnitt auf feinem, fast weißem Sand. Mit weit geöffnetem Mund schaute ich nach vorne und konnte nicht glauben, was ich da sah. Das Meer leuchtete. Es war unglaublich, das Wasser leuchtete wirklich.

Mit jeder Bewegung strahlte das Wasser in leuchtendem Hellblau. Und während wir dabei zusahen, wie die Wellen in kräftigen Farben vor unseren Füßen brachen, schlug mir Lian ans Bein und zeigte in Richtung Horizont. Ich richtete meinen Kopf nach oben und war völlig sprachlos. Eine Gruppe von Delfinen schwamm vor uns und bei jedem Sprung zogen sie eine Spur leuchtenden Wassers hinter sich her.

„Wie ist das möglich", hauchte ich vor mich hin und spürte, wie sich Lillys Körper an mich drückte.

„Biolumineszenz", antwortete Jack, „das sind Mikroorganismen, die bei der Berührung Lichtsignale aussenden. Quasi die Glühwürmchen der Meere."

„Das ist das Schönste, das ich je gesehen habe", staunte ich.

„Eigentlich würde ich dich dafür mit meinem Ellenbogen anstoßen, aber du hast recht. Es ist atemberaubend." Lilly griff meine Hand und drückte sie sanft, während unsere Blicke sich nicht von dem Naturschauspiel vor uns lösen konnten. Wir waren wie hypnotisiert.

Den Rest des Abends verbrachten Lilly, Jack, Lian und ich gemeinsam an diesem Strand. Jack saß im Schneidersitz auf dem Sandboden und blickte in Richtung des Horizonts, als würde er nach der Black Pearl Ausschau halten. Lilly hatte ihren Kopf an meine Schulter gelehnt und Lian hatte es sich auf meinem, beziehungsweise unserem Schoß bequem gemacht. Während wir auf das strahlende Meer starrten, strahlte er nur uns an. Für jemanden von dieser Insel war es wohl ein völlig normales Schauspiel. So normal, wie es für Kinder aus meiner Heimat sein musste, in einem vollgepackten Kinosaal durch eine 3D-Brille dabei zuzusehen, wie irgendwelche Superhelden unsere Welt retteten.

„Möchtest du in der Zukunft mal Kinder haben?", fragte Lilly, während uns Lian immer noch anstarrte.

„Mit dir?" Ich zog meine Mundwinkel nach oben.

„Mit wem denn sonst", scherzte sie.

„Ehrlich gesagt, habe ich mir noch nie wirklich Gedanken darüber gemacht. Ich habe vor dir ja auch noch nie eine Beziehung geführt. Und du?"

„Eigentlich schon", antwortete sie mit ruhiger Stimme, schaute den Wellen zu und atmete tief ein und aus.

„Eigentlich? Wie meinst du das?", fragte ich und schaute sie an. Ihr Blick war weiterhin aufs Meer fixiert.

„Ich würde wirklich gerne Kinder großziehen, aber ich … bin mir nicht sicher, ob ich das kann."

Plötzlich rief jemand von hinten Lians Namen. Es war wohl an der Zeit für ihn, schlafen zu gehen. Lian zog eine Grimasse, spannte dann seinen Oberarm an und zeigte stolz auf seine Muskeln. Ich hatte keinen blassen Schimmer, was er mir damit sagen wollte und würde es auch nie erfahren. Schließlich verstand ich seine Sprache nicht und er meine genauso wenig. Lian sprang auf und lief in Richtung des Waldes.

„Kinder", sagte ich schmunzelnd und gab Lilly einen Kuss auf die Wange, „ich bin mir sicher, dass du eine tolle Mutter wärst."

„Meinst du wirklich? Ich habe nicht die geringste Ahnung von Kindern."

„Du hast ein großes Herz, Schatz. Das ist alles, was es braucht."

„Danke, Leon. Doch was, wenn das am Ende nicht genug ist?" Sie griff nach meiner Hand.

„Hey, ihr beiden. Bevor ihr hier am Strand wirklich noch Kinder zeugt, wollen wir auch schlafen gehen? Es wird langsam spät und meine Flasche ist leer."

„Hast du uns die ganze Zeit zugehört?", fragte ich ihn.

„Sorry, Piratenangewohnheit. Immer wachsam sein und die Umgebung im Auge haben. Solltest du auch. Dann hättest du gemerkt, was für ein Tier hinter dir im Busch auf dich lauert." Ich drehte mich erschrocken um und hörte, wie Jack in lautes Lachen ausbrach.

Lilly, Jack und ich gingen gemeinsam zu der Hütte, in der wir unsere Isomatten auf dem Boden ausgebreitet hatten. Links von mir kuschelte sich Lilly an mich und rechts neben mir lag der schnarchende Jack. Und vor meinem geistigen Auge leuchteten noch immer die Farben des Meeres, die mich auch beim Einschlafen noch daran erinnerten, wie wunderschön unsere Erde war. Dann schloss auch ich meine Augen, bis Jack mich irgendwann mitten in der Nacht wachrüttelte.

„Hörst du das?“, sagte er, „hörst du das?“

„Bitte tu es nicht“, sagte ich schlaftrunken.

„Nein, dieses Mal meine ich es ernst. Ich höre was von draußen.“ Kurz nachdem er seinen Satz beendet hatte, stand Jack auf und verließ auf Zehenspitzen unsere Hütte. Als ich langsam wach wurde, lauschte auch ich, konnte allerdings nichts Ungewöhnliches hören. Um sicherzugehen, zog ich meinen Arm unter Lilly weg und schaffte es, mich nach draußen zu schleichen, ohne sie dabei zu wecken.

„Jack?“, flüsterte ich, „Jack? Wo bist du?“ Ich bekam keine Antwort und lief einige Meter in Richtung der anderen Häuser. Die Grillen zirpten laut und ich konnte aus weiter Entfernung das Rauschen des Meeres hören. Doch von Jack fehlte jede Spur. Plötzlich packte mich jemand am Arm. Ein Ruck ging durch meinen Körper und mir lief ein kalter Schauer über den Nacken. Als ich mich umdrehte, blickte ich in Jacks panisches Gesicht. Seine Augen waren weit aufgerissen und obwohl er flüsterte, wirkte es so, als würde er mich anschreien.

„Wir müssen von der Insel runter. Sofort.“

„Was ist denn los?“

„Sofort, Leon. Oder wir werden hier sterben.“ Er zog mich in die Hütte und weckte Lilly.

„Packt eure Sachen. Wir verschwinden“, schoss es aus ihm heraus, „wir hätten nie zu dieser Insel kommen dürfen.“

„Jack, was …“

„Sofort“, zischte er erneut und zeigte auf unser Gepäck. Irgendetwas musste Jack eine riesige Angst bereitet haben, und so locker wie er sonst immer war, musste es etwas Schlimmes gewesen sein. Panisch packten wir unsere Sachen zusammen und liefen dann gemeinsam durch den Wald zu dem Strandabschnitt, an dem unser Boot lag. Meine Füße schmerzten bei jedem Schritt, da ich vor lauter Panik noch nicht mal meine Schuhe anziehen konnte.

„Leon, hol den Anker ein und Lilly, kümmere dich um die Segel." Jack schmiss unser Gepäck auf den Katamaran und wir begannen, sein Boot aufs Meer zu schieben.

„Was ist nur los?", fragte Lilly, die genau wie ich nicht das Geringste verstand. Jack schwieg, schaute paranoid in Richtung der immer kleiner werdenden Insel und erst, als sie fast verschwunden war, erklärte er es uns.

„Ich habe ein Geräusch gehört und bin raus ins Dorf. Und dort habe ich einen Dorfbewohner gesehen, der eine Ziege an der Leine hatte." Lilly und ich schauten uns fragend an.

„Und was ist dann passiert?"

„Was passiert ist? Nichts, weil wir abgehauen sind. Kennt ihr sowas nicht? Ich habe mal von diesen eigenartigen Ritualen gelesen. Zuerst hätten sie die Ziege geopfert und dann hätten sie uns getötet. Ich sagte ja, dass eine schwarze Katze ein ganz schlechtes Zeichen ist." Jack tippte sich mit dem Zeigefinger an die Stirn.

„Was?", entgegnete Lilly verdutzt, „das ist einer deiner Witze, oder?"

„Ein Witz? Über sowas macht man keine Witze. Hast du etwa noch nie einen dieser Filme gesehen? Das war vermutlich eine Vorbereitung, um uns später einem ihrer Götter zu opfern oder gar zu essen. Deshalb haben die uns auch nie gezeigt, was genau in Chucka Chucka drin ist. Das waren andere Reisende."

„Das kann doch nicht dein Ernst sein", murrte Lilly aufgebracht und schüttelte ihren Kopf. „Wie viel Rum hast du gestern getrunken?"

„Keine Ahnung. Auf jeden Fall keine 13", antwortete Jack und nickte überzeugt.

„Unglaublich, dass du uns deshalb einen solchen Schrecken eingejagt hast." Lilly war verärgert und verschwand in unserer Kajüte.

„Gute Nacht, Jack", sagte ich, klopfte ihm auf die Schulter und folgte meiner Freundin.

Am nächsten Morgen sah ich, dass Jack wieder hinter dem Steuerrad stand.

„Hier, für dich“, sagte ich und reichte ihm eine Tasse Kaffee.

„Danke, Leon. Sorry, vielleicht habe ich etwas überreagiert.“

„Ist schon in Ordnung. Es besteht ja schon eine klitzekleine Möglichkeit, dass du Recht hattest. Immerhin waren wir vor ein paar Monaten noch mit einem Freund unterwegs, der sein Geld damit verdiente, in Lederhosen deutsche Songs als Schnitzelversionen zu singen.“

Jack sah mich überrascht an. „Was haben Menschenopfer und Kannibalismus denn mit Schnitzelsongs zu tun?“

„Ähm … ja, stimmt“, murmelte ich und schüttelte den Kopf, „wir segeln also auf Kochi zu?“

„Wir könnten gegen Nachmittag dort anlegen.“ Er klopfte auf sein Steuerrad, als würde er es loben wollen.

„Weißt du schon, wohin du als Nächstes aufbrechen wirst?“, fragte ich.

„Nicht wirklich. Und ihr? Hast du nicht erzählt, dass ihr eigentlich in die Mongolei wolltet?“ Jack zog seine Augenbrauen nach oben und sah mich an.

„Eigentlich schon. Aber wir haben uns kurz vor der Grenze entschieden, erst später dorthin zu reisen.“

„Hmm. Warum?“

„Ich weiß es nicht genau. Es war eine Art Bauchgefühl“, antwortete ich.

„Bauchgefühl?“ Sein Blick wurde immer neugieriger.

„Hast du mal von einem Ort geträumt und als du dort ankamst, war es nicht so, wie du es dir erhofft hast?“

„Natürlich“, antwortete Jack, „davor hast du Angst? Selbst wenn die Mongolei nicht deinen Träumen entspricht, hast du auf dem Weg dorthin einige Schätze entdeckt, oder etwa nicht?“ Ich nickte ihm zu. „Los, hiss die Segel. Wir nehmen Kurs auf das Festland, damit ihr nicht die gleichen Fehler macht, wie ich damals.“

„Wie meinst du das?“, fragte ich.

„Es wird Zeit, dass ihr in die Mongolei aufbrecht. Weißt du, Leon, wenn du nach einem Schatz jagst, musst du bereit dafür sein, ihn irgendwann auch zu finden. Aber eine Sache ist noch wichtiger: Du musst bereit dafür sein, möglicherweise eine leere Truhe zu öffnen. Und ich glaube, dass ihr das seid.“

Der Zigarettenrauch zog an seinem mit Sonne bedeckten Gesicht vorbei und der Wind blies stark in die Segel. Jack hatte den Hut beiseitegelegt und seine Haare wehten wild umher, während er das Steuerrad drehte. Obwohl wir fast drei Wochen mit ihm gemeinsam auf einem Boot gelebt hatten, war mir dieser Mann noch immer ein Buch mit sieben Siegeln. Aber an seinen Worten schien etwas dran zu sein. Sie erinnerten mich an meine Freunde und daran, dass wir alle vor etwas davongelaufen waren. Helena lief davon, weil sie Angst hatte, etwas zu verpassen und Marius lief damals vor seinen wahren Gefühlen davon. Hans flüchtete vor seiner Vergangenheit und Lilly vor ihren Schuldgefühlen. Es war an der Zeit, in die Mongolei aufzubrechen. Denn wenn ich es nicht tat, würde auch ich vor etwas davonlaufen: Vor der Möglichkeit, eventuell enttäuscht zu werden und dort eine leere Schatztruhe zu finden.

„Es war mir eine Ehre“, sagte Jack, nachdem wir in Kochi angelegt und uns in den Außenbereich einer Bar gesetzt hatten. „Ihr beiden habt tolle Seeleute abgegeben. Wir sollten darauf anstoßen.“

„Jack, dürfte ich mir dieses eine Mal ein Getränk aussuchen, mit dem wir anstoßen?“, fragte ich.

„Na gut. Aber nur, weil du so tapfer warst. Du bist vermutlich der erste Seemann, der lebensmüde genug war, als Nichtschwimmer auf See zu gehen." Jack kicherte und zog dann seinen Hut.

„Aber du meintest doch, dass …" Ich schaute ihn entsetzt an.

„Keine Sorge", antwortete Jack gelassen, „die Delfine hätten uns bestimmt gerettet und an Land gebracht, wenn wir untergegangen wären."

„Delfine …", seufzte ich, „in Ordnung. Wir stoßen heute mit Apfelsaft an." Jack rümpfte seine Nase und warf einen Blick zu seiner Hosentasche, in der sich der Flachmann versteckte.

„Denk nicht einmal daran", sagte ich mit erhobenem Zeigefinger, und er nickte mir murrend zu.

„Zum Wohl", sagten wir und schlugen unsere Gläser aneinander. Dabei konnte ich erkennen, dass Jack nur einen kleinen Schluck nahm und den Rest dann hinter sich in die Wiese kippte.

„Was denn?", fragte er mit hochgezogenen Schultern, „für Gaia, die Göttin der Erde. Du hast damit angefangen, Leon, nicht ich." Wir lachten ein letztes Mal gemeinsam und verabschiedeten uns mit einer kräftigen Umarmung.

„Wo geht es für dich als Nächstes hin?", fragte Lilly neugierig.

„Nun, ich habe Gerüchte gehört, dass die *Black Pearl* irgendwo im Norden gesichtet wurde", antwortete er, zwinkerte mir zu und drückte seine Zigarette aus. „Bis irgendwann, ihr Piraten. Passt auf euch auf." Dann stand er auf, schlenderte die Straße entlang, griff in seine Hosentasche und verschwand in Richtung seines Bootes.

„Die *Black Pearl?"*, fragte Lilly, „weißt du, was er damit gemeint hat?"

„Ich glaube, dass er noch immer nach seinem Schatz sucht."

# DAS FLIEGEN

Jedes Mal, wenn wir an die drei Wochen auf See zurückdachten, taten wir dies mit einem breiten Grinsen. Dennoch freute ich mich darüber, wieder in nicht schwankenden Betten zu schlafen und festen Boden unter den Füßen zu haben. Während wir unsere Energiereserven in Kochi auffüllten und ich morgens neben Lilly aufwachte, stellte ich die Frage, vor der ich nicht mehr weglaufen wollte.

„Schatz", begann ich, „als wir in Russland darüber sprachen, ob wir zu zweit in die Mongolei reisen … warum hattest du vorgeschlagen, vom Flughafen aus in eine zufällig ausgewählte Stadt aufzubrechen?"

„Du kannst mir doch so früh am Morgen keine komplizierten Fragen stellen." Lilly gähnte und dachte kurz nach. „Vorschlag: Wir machen eine Kissenschlacht, der Verlierer geht Kaffee holen und dann gebe ich dir eine Antwort."

„Viel besser", sagte Lilly zufrieden, nachdem ich Kaffee besorgt hatte und sie vorsichtig ihr heißes Getränk schlürfte. „Also, ich glaube, bei Zielen hat man Erwartungen, wohingegen der Weg dorthin voller Überraschungen steckt. Ich wollte nicht, dass du am Ende vielleicht enttäuscht bist und sich dann womöglich irgendetwas ändern würde. Denn ich liebe unseren gemeinsamen Weg und habe Angst davor …" Lilly stieß einen leisen Seufzer aus, „dass er irgendwann enden könnte."

„Du wolltest nicht, dass ich enttäuscht werde?" Ich war gerührt, nahm Lilly in den Arm und gab ihr einen langen Kuss. „Wie wäre es denn, wenn wir uns ein neues Ziel setzten und die Mongolei als Zwischenstation einbauen würden. Dann wäre die Mongolei quasi immer noch der Weg."

„Klingt nach einem richtig guten … ich meine … nach einem

tollen Plan." Lilly wirkte glücklich und strich mir über die Wange.

„Jetzt brauchen wir nur noch ein neues Ziel. Hast du eine Idee, Lilly?"

„Hmm … ich war schon lange nicht mehr in Deutschland. Wir könnten pünktlich zum Frühling da sein."

„Du würdest wirklich mit mir nach Deutschland kommen?"

„Immerhin hätten wir dort keine Sprachprobleme und ich würde wirklich gerne deine Eltern kennenlernen. Wir könnten ja sogar Marius besuchen … und wir könnten endlich Cranberry-Saft trinken", antwortete sie.

„Und ich habe ein eigenes Haus. Du würdest sogar deinen eigenen Zahnbürstenbecher bekommen. Versprochen."

Lilly strahlte mich an. „Deutschland klingt toll. Wollen wir also als Zwischenhalt in die Mongolei fliegen?"

„Wie wäre es, wenn wir vor unserem Zwischenstopp noch einen Halt in Peking machen? Ich würde nämlich furchtbar gerne einmal die Chinesische Mauer sehen."

„Ich liebe dich, Leon", sagte sie und küsste mich, „von ganzem Herzen. Da gibt es nur noch eine winzige Sache. Bevor wir fliegen, habe ich eine kleine Überraschung für dich."

Am nächsten Morgen standen wir um vier Uhr vor unserem Hotel und wurden von einem Fahrer in einem grauen Jeep abgeholt.

„Wohin fahren wir?", fragte ich, während wir uns durch die indische Dunkelheit bewegten.

„Ich bin ja selbst immer neugierig, aber lass dich überraschen." Sie reichte mir ihre Hand und begegnete meinem neugierigen Blick mit einem warmen Lächeln. Pünktlich zu den ersten Sonnenstrahlen erreichten wir den Gipfel eines Berges und wurden zum Aussteigen aufgefordert. Dann öffnete sich der Kofferraum.

„Nein, das kann nicht sein“, staunte ich.

„Doch. Kann es.“

„Wirklich?“, fragte ich fassungslos.

„Wirklich.“

„Wir werden fliegen?“

„Wir werden fliegen, Leon.“

Nachdem ich aufgeregt hin- und hergerannt war und Lilly dabei immer wieder in den Arm nahm, gab uns einer der Männer eine kleine Einführung. Er klärte uns über die Sicherheitsbestimmungen auf und dann wurden auch schon die Schirme gespannt.

„Habt ihr schon mal Paragliding gemacht?“ fragte einer der Inder.

„Ich ja, mein Freund aber noch nicht.“

„Okay, ganz einfach. Wir laufen zusammen vorne die Klippe herunter. Du musst mitlaufen, danach heben wir ab und du kannst dich entspannen. Beim Landen dann wieder mitlaufen.“

Es brauchte keine Minute, um mich auf meinen ersten Flug vorzubereiten. Laufen, entspannen, laufen. So einfach lernte man hier das Fliegen. Dann ging alles ganz schnell. Ich wurde an dem Piloten festgeschnürt, Lilly gab mir einen Kuss, unser Schirm erhob sich in die Lüfte und wir begannen zu laufen. Zumindest der Pilot. Ich konnte vor lauter Aufregung und Freude keinen klaren Gedanken fassen und spürte noch nicht einmal, dass meine Beine wie taub über den Boden schleiften, bis wir schließlich über die Klippe sprangen und durch die Lüfte schwebten.

„Wooohooo, Lilly“, schrie ich ihr zu, während wir aneinander vorbeiflogen, „schau, ich fliege!“

Der Wind peitschte in mein Gesicht, meine Füße baumelten umher und dabei stieg die Sonne langsam hinter den Berggipfeln empor. Sie tauchte den Himmel in ein magisches Licht und ließ den Horizont glühen. Ich sah das Meer, Berggipfel und Vögel, die mühelos an uns vorbeiflogen. Es war wie in einem meiner Träume, doch ich flog dieses Mal tatsächlich durch die Lüfte. Und so war mein Traum endlich in Erfüllung gegangen. Es fühlte sich an, als würde mein Gehirn alle Endorphine ausschütten und mich so in eine Art Trance versetzen. Das Einzige, zu dem mein Körper noch in der Lage war, war vor Ehrfurcht zu lächeln, vor Freude zu schreien und vor Glück zu weinen. Nun verstand ich, warum König Edward das Fliegen anfangs so vermisst hatte.

„Bei der Landung bitte die Beine bewegen. Nicht wie bei unserem Start“, rief der Mann, an dem ich festgeschnürt war.

Wir setzten am Boden auf, meine Füße schleiften erneut über das Gras, wir kippten nach vorne und kamen schließlich zum Stehen. Zumindest im übertragenen Sinne. Als wir anhielten, lag ich unter meinem Piloten begraben auf dem Boden.

„Sehr gut“, sagte er verlegen, „das nächste Mal solltest du die Beine aber ein klein wenig mehr bewegen.“ Er löste unsere Gurte und wenig später landete auch Lilly. Im Gegensatz zu meiner Bruchlandung wirkte ihre sehr elegant.

„Da, siehst du?“, sagte mein Pilot und zeigte zu ihr rüber, „so musst du das machen.“ Ich lächelte und nahm Lilly fest in die Arme. Meine Tränen waren noch immer nicht getrocknet und auch meine Beine zitterten nach wie vor.

„Wie war es, Schatz? Wie hat es sich angefühlt, zu fliegen?“, fragte sie gespannt.

Während ich darüber nachdachte und versuchte, meine Gefühle in Worte zu fassen und sie mit irgendetwas, das ich kannte, zu vergleichen, wurde mir etwas klar. Meine Mundwinkel zogen sich immer weiter nach oben und ich schüttelte ungläubig meinen Kopf. An jedem Morgen, an dem ich neben Lilly aufwachte und in ihre verschlafenen Augen sah, musste ich lächeln. Ich hätte jedes Mal vor Freude schreien und vor Glück weinen können. Mir wurde bewusst, dass ich auch ohne wirklich zu fliegen in gewisser Art und Weise bereits jeden Tag fliegen konnte.

„Es fühlte sich an wie die Liebe“, antwortete ich und legte meine Hände auf ihre Wangen.

Ich verstand jetzt nicht nur, warum König Edward das Fliegen anfangs so vermisst hatte, sondern auch, warum er es am Ende nicht mehr tat.

Nachdem eine Woche später unser Visumsantrag für China genehmigt wurde, sollten wir erneut fliegen. Am Abend, bevor wir in das Flugzeug stiegen, stießen wir ein letztes Mal auf unsere gemeinsame Zeit in Indien mit Masala-Tee an.

„Auf unseren nächsten Zwischenstopp, die Chinesische Mauer“, sagte ich und hielt meine Tasse nach oben.

„Ich werde diesen Tee vermissen“, sagte Lilly träumerisch. „Ich würde wirklich gerne wissen, wie viel wir davon in den letzten Monaten getrunken haben.“

„Jetzt bräuchten wir Jack. Der hatte ja ein Talent für Zahlen“, scherzte ich. „Sag mal, in wie vielen Ländern warst du eigentlich schon?“ Lilly dachte etwas nach und zählte an ihren Fingern ab.

„Es müssten 22 sein. Und du?“ Auch ich überlegte. Da ich vor dieser Reise noch nie im Ausland war, musste ich lediglich unsere Route in Gedanken abfahren. Mein Atem stockte und ich kniff meine Lippen zusammen.

„Schatz, du bist nicht abergläubig, oder?“

„Keine Sorge“, antwortete sie prompt, „warum?“

„Nun … China … wird mein dreizehntes Land sein“, stotterte ich und trank meine Tasse mit einem großen Schluck aus. In diesem Augenblick klingelte Lillys Handy, das auf dem Tisch lag. Da sie keinen Kontakt zu ihrem Vater oder früheren Freunden hatte, klingelte ihr Handy nur äußerst selten. Auf dem Display war eine unbekannte Nummer zu sehen.

„Na los, Schatz, geh ran. Oder ist das etwa dein heimlicher Geliebter?“ Ich setzte ein neckisches Grinsen auf.

„Hmm … vielleicht ist die Nummer von Jack.“

„Meinst du, er braucht unsere Hilfe, weil er wieder eine Ziege gesehen hat?“

„Hör bloß auf“, sagte sie, drückte auf den grünen Hörer und hielt sich das Handy ans Ohr, „Hallo? Du? … Wie schön, von dir zu hören. Mit dir habe ich ja gar nicht gerechnet … wie geht es dir? Also … wir fliegen morgen nach Peking … Ihr wollt auch kommen?“ Dann gab es eine längere Pause. Lilly erblasste und eine tiefe Falte bildete sich auf ihrer Stirn. „Das tut mir leid … in Ordnung, wir telefonieren in den nächsten Tagen noch einmal.“ Sie ließ ihr Handy wortlos auf den Tisch sinken.

„Wer war das?“, fragte ich und Lilly stieß einen lauten Seufzer aus.

„Das war Helena. Sie will uns in China besuchen.“

„Das sind doch fantastische Neuigkeiten. Von wegen 13 ist eine Unglückszahl. Aber warum freust du dich nicht? Ist alles in Ordnung mit den beiden?“ Lilly legte zunächst ihre Hand auf mein Bein, doch dann fiel sie mir in die Arme. Sie flüsterte und ihre Stimme klang schwach und zittrig.

„Leon, sie haben sich getrennt. Helena und Hans haben sich getrennt.“

# SIEBEN TAGE IN TIBET

**667 km bis zur Mongolei**

Auf den ersten Blick ähnelte Peking in vielen Belangen den indischen Großstädten, die wir in den letzten Monaten besucht hatten. Überall tummelten sich Menschen, Autos standen eher, als dass sie fuhren, und in den versteckteren Seitenstraßen saßen Leute auf bunten Plastikhockern vor kleinen Restaurants. Ich hatte angenommen, dass die Sprachbarriere uns wie in Russland vor eine große Hürde stellen würde, da wir die Buchstaben beziehungsweise Schriftzeichen nicht lesen konnten. Aber Peking war auf Touristen vorbereitet. Entweder gab es englische Übersetzungen, oder in den Menükarten waren zu jeder Mahlzeit Bilder abgedruckt. Es gab nur eine Sache, die mir noch immer Sorgen bereitete: Lillys Husten kam immer wieder zurück. Sie hatte in Indien erneut Apotheken besucht. An manchen Tagen schien es so, als würden die Medikamente wirken. Doch sie wurde einfach nicht richtig gesund. Lilly hatte mir wenigstens versprochen, in Peking einen Arzt aufzusuchen, sollte es hier nicht besser werden.

Vier Tage nach unserer Ankunft standen wir erneut am Flughafen und fieberten unserem großen Wiedersehen entgegen.

„Meinst du, sie hat sich in den letzten vier Monaten verändert?", fragte ich.

„Am Telefon hat sie sich so wie früher angehört. Ich war sogar etwas überrascht, wie normal sie klang, als sie von ihrer Trennung erzählte."

„Und sie hat wirklich nicht gesagt, warum sie sich getrennt haben?"

„Nein, sie wollte wohl nicht darüber reden."

Ich nickte. „Sie wird es uns bestimmt persönlich erzählen wollen."

„Vielleicht möchte Helena einfach auf andere Gedanken kommen“, erklärte Lilly.

„Lilly? Leon?“, schallte es quer durch die Ankunftshalle. Helena lief wie von Sinnen auf uns zu und rammte dabei fast einen anderen Passagier um. Sie fiel zuerst Lilly, dann auch mir in die Arme.

Wir umarmten uns eine gefühlte Ewigkeit und mir wurde bewusst, dass Lilly Recht hatte. Nicht damit, dass Helena auf andere Gedanken kommen wollte, da ich das zu diesem Zeitpunkt noch nicht sagen konnte, sondern mit einer anderen Sache, die sie damals bei unserem Abschied von Marius gesagt hatte: Wiedersehen waren wirklich etwas Wundervolles.

„Toll siehst du aus“, sagte Lilly, „wie geht es dir? Wo warst du die letzten Monate?“

„Lasst uns erst zu eure Wohnung gehen und dann trinken wir zusammen was in eine Bar und ich erzähle. Heute Abend gehen alle auf mich.“

Auf den ersten Blick wirkte Helena wirklich wie früher. Sie war energiegeladen, strotzte nur so voller Tatendrang und lächelte ständig. Doch beim genaueren Hinsehen fiel mir auf, dass sie nun kleine Falten um ihre Augen hatte. Eine weitere Sache, die sich wohl nicht geändert hatte, war ihre Freude am Tanzen. So folgten wir ihrem Wunsch und landeten eine Weile später in einem chinesischen Club, nachdem wir ihr Gepäck in unserem gemieteten Apartment verstaut hatten.

„Ich mag eure neue Haare. Lilly sieht aus wie eine Topmodel. Und du siehst aus wie die eine Mann aus Harry Potter“, sagte sie und wollte eine neue Runde bestellen.

„Du bist süß, Helena. Und danke, aber mir brauchst du noch kein neues Glas zu bestellen. Meins ist noch voll.“ Auch ich signalisierte ihr, dass ich mein erstes chinesisches Bier gerade erst geöffnet hatte.

„Gut, dann nur eine." Sie leerte auch ihr neues Getränk in einem Zug und knallte es zufrieden auf die Theke.

„Helena", begann ich, „geht es dir wirklich gut?"

„Mir geht es super. Hans hat zwar Schluss gemacht, aber die Leben geht weiter. Kommt, ich will feiern. Lasst uns auf die Tanzfläche." Noch bevor wir eine Antwort geben konnten, verschwand unsere beschwipste Freundin in der tanzenden Menge.

„Wir müssen gut auf sie aufpassen", sagte Lilly zu mir, „ich glaube, es geht ihr gar nicht gut." Ich nickte.

Den Rest des Abends wechselten Lilly und ich zwischen der Tanzfläche und einem Platz an der Bar. Dabei versuchten wir, Helena stets im Blick zu haben. Mit jedem Getränk wurde ihr Tanzstil ausgelassener und mit jeder Zigarette scharten sich mehr Männer um sie.

„Seit wann raucht Helena?", fragte ich und kniff meine Augen zusammen.

„So wie sie die Zigarette hält, seit heute", antwortete Lilly.

„Können wir ihr nicht irgendwie helfen?" Ich schaute sie fragend an.

„Schatz, ich liebe es, dass du immer helfen möchtest. Aber manchmal muss man Menschen einfach etwas Zeit geben und einfach nur für sie da sein. So wie du damals, als du an meinem Geburtstag einfach nur bei mir gelegen hast."

Als wir unseren Blick wieder zur Tanzfläche richteten, sahen wir, wie Helena mit einem blonden Mann Nummern austauschte. Er hatte einen weißen Anzug an und trug eine verspiegelte Sonnenbrille, obwohl wir uns in einem dunklen Club befanden. Helena stolperte, fiel dem blonden Kerl um den Hals und drückte ihm einen Kuss auf die Lippen. Dann fuhr sie erschrocken zurück, sah ihr Gegenüber mit weit aufgerissenen Augen an und stürmte in unsere Richtung. Der Mann schaute ihr nur verwirrt hinterher.

„Ich bin so eine dumme Kopf“, schniefte sie und vergrub die Hände in den Handflächen. Lilly legte tröstend die Hand auf ihre Schulter.

„Bist du nicht“, antwortete sie, „es ist alles in Ordnung.“

„Können wir von hier weg?“ Helena trocknete sich mit einem von Lillys Taschentüchern das Gesicht und griff dann nach ihrer Jacke. Wir verließen den Club, fanden in einem kleinen Park einen Kinderspielplatz. Nachdem Helena sich wieder etwas beruhigt hatte, setzte sie sich auf die Schaukel.

„Sowas habe ich in Spanien immer gerne gemacht, als ich eine Kind war.“ Sie stieß sich ab und schaute in den hell erleuchteten Nachthimmel, während sie hin- und herschaukelte. In Peking war es nie dunkel, da all die Lichter der Stadt die Dunkelheit vertrieben. „Lilly, Leon. Ich will, dass alles noch mal so ist wie früher. Aber wie soll das gehen?“

Lilly nahm auf der zweiten Schaukel Platz und ich setzte mich vor die beiden ins Gras.

„Willst du uns erzählen, was passiert ist?“, fragte Lilly.

„Als wir weg sind von euch, bin ich mit Hans zurück in die Türkei gefahren, und es ging ihm mit jede Tag eine bisschen besser. Doch auf einmal sagt er zur mir, dass er mir eine Flug nach Spanien gebucht hat, weil er alleine sein muss. Er meinte, dass seine Probleme nach unten drücken und er nicht gut für mich ist, aber das stimmt nicht. Meine Schatz ist so eine Dickkopf manchmal. Er hat einfach Schluss gemacht.“ Helenas Stimme klang wütend und verzweifelt.

„Er kann wirklich ein Dickkopf sein“, seufzte ich und erinnerte mich an den Abend, an dem er uns verlassen hatte.

Wir saßen noch stundenlang im Park und sprachen über die vergangenen Monate. Helena erzählte uns davon, wie begeistert ihr Vater von ihren Deutschkenntnissen war und auch davon, dass ihre Mutter fast in Ohnmacht fiel, als sie durch Zufall das Smiley-Tattoo an ihrem Fuß gesehen hatte.

„Wollt ihr mal eine schlimme Sache hören? Als ich in unsere Haus kam und meine Eltern überrascht habe, wisst ihr, was ich da sehe? Meine Mama hat sich eine von diese Thermomix gekauft. Und die neue Gerät davon kann sogar braten." Ich war etwas erleichtert, dass Helena wieder scherzen konnte.

„Wie war es denn, nach der langen Reise zurück bei deiner Familie und deinen Freunden zu sein?", fragte Lilly.

„Wirklich schön, aber irgendwie auch komisch. Es war so, als ob ich ganz viel neue Sachen gelernt habe, aber zu Hause die Zeit stillgestanden ist. Ein paar von die Freunde haben neue Freunde gehabt oder neue Wohnungen, aber sonst war alles wie früher. Und mit jede Tag habe ich gemerkt, wie ich meine Leben mit Hans vermisse." Helena zog ihre Hände vors Gesicht und schniefte laut.

„Er wird bestimmt wieder zurückkommen", sagte Lilly, stand von der Schaukel auf und stellte sich neben Helena.

„Meint ihr wirklich?"

„Ich glaube ganz fest daran", wiederholte ich Lillys Worte, „so wie du damals bei mir und Lilly." Ich zwinkerte ihr zu. „Was ist denn nur mit deinem Optimismus geschehen?"

„Ist verloren gegangen in die Türkei."

„Dann sollten wir ihn schnellstmöglich wiederfinden", antwortete ich, stand vom Boden auf und hielt meine Hand vor die beiden, „gemeinsam schaffen wir das." Wir schlugen ein, so, wie wir es früher hinter jeder neuen Grenze getan hatten.

„Okay, gut. Aber können wir erst etwas zum Essen finden? Ich habe eine sehr große Hunger."

Am nächsten Morgen sah die Welt wieder ein klein wenig freundlicher aus. Unser Apartment hatte ein Schlafzimmer, in dem ich mir mit Lilly ein Doppelbett teilte, eine kleine Toilette und ein geräumiges Wohnzimmer. Dort stand nicht nur eine gemütliche Couch, sondern auch der Esstisch. Die Küche versteckte sich hinter einem gelben Vorhang, und durch unser einziges Fenster konnten wir vom Wohnzimmer aus auf die belebten Straßen Pekings blicken. Wir frühstückten gemeinsam und planten den Tag. Helena hatte uns Omelette zubereitet und ich spürte bei jedem Bissen, wie sehr ich ihre Kochkünste vermisst hatte.

„Danke für die Abend gestern. Ich bin froh, bei euch zu sein."

„Dafür sind Freunde da." Lilly legte ihr die Hand auf die Schulter.

„Ich habe eine Idee, was wir machen können. Gestern habe ich so eine blonde Mann getroffen und er hat mich seine Karte gegeben. Er arbeitet in eine Firma, die Abenteuerreisen nach Tibet macht."

„Der, mit dem du geknutscht hast?" Lilly zog eine ihrer Augenbrauen nach oben.

„Ja. Meine Freunde in Spanien meinten, ich soll mal eine andere Mann küssen, weil das hilft. War eine dumme Ratschlag, aber er war nett. Und er sagte, dass sie eine besondere Tour haben. Nicht die normale Touristen-Tour, auf die man nichts machen darf, sondern eine geheime Tour. Es wäre doch toll, wenn wir zusammen wieder so eine verrückte Sache machen, oder? So wie früher." Helena sah uns strahlend an.

Während sie mit Lilly über ihre Idee sprach, führte ich mit meinem Handy eine kurze Internetrecherche durch. Ich klickte auf das erste Suchergebnis und begann zu lesen: Tibet ist ein autonomes chinesisches Gebiet auf der Nordseite des Himalaya-Gebirges … Die Hauptstadt Lhasa beherbergt den auf einem Hügel gelegenen Potala-Palast, die ehemalige Winterresidenz des *Dalai Lamas* … Es ist Touristen heute strengstens untersagt, den Namen *Dalai Lama* auch nur zu erwähnen oder gar Bilder von ihm zu verbreiten. Ich überflog den Rest des Artikels. Anscheinend war es Touristen und selbst Chinesen strengstens untersagt, nach Tibet zu reisen, es sei denn, man buchte eine offizielle Tour mit Guide.

„Meinst du wirklich, es ist eine gute Idee, eine inoffizielle Tour zu buchen? Vor allem bei einer flüchtigen Clubbekanntschaft?“, fragte Lilly und schob ihre Unterlippe vor. Helena schaute sie überrascht an.

„Habt ihr gestern Abend nicht erzählt, dass ihr in eine Bar eine Pirat kennengelernt habt und dann mit ihm durch die Meer gesegelt seid?“ Lilly und ich schauten uns an und zuckten mit den Schultern.

„Das stimmt schon“, antwortete sie zögerlich, „aber damit hatten wir auch gegen kein Gesetz verstoßen – denke ich zumindest. Glaubst du wirklich, dass wir dem Mann vertrauen können? Warum trug er eine Sonnenbrille?“

„Ja, er hat diese komische Augenkrankheit und kann nicht gut in die helle Licht schauen. Bitte. Ihr müsst euch auch wirklich keine Sorgen machen. Es wird schon nichts passieren.“

„Von wegen, du hast deinen Optimismus verloren.“ Lilly strahlte Helena an. Nachdem wir einige Zeit über den Plan diskutiert hatten, stimmten wir unter einer Bedingung zu: Wir wollten vorher selbst diesen blonden Mann kennenlernen. Helena organisierte ein gemeinsames Treffen in einem Café, bei dem sich der Mann als John vorstellte. In zwei Tagen müssten wir für die Tour in bar bezahlen und weitere zwei Tage danach würden wir dann von einem Auto abgeholt und in Richtung Tibet gefahren werden. Dort kannten John und seine Organisation einige Polizisten und Einheimische, die uns diese besondere, „wahre“ Tibet-Erfahrung ermöglichen sollten. Helena war bereits Feuer und Flamme und so stimmten wir zu.

Zwei Tage später hatten wir umgerechnet insgesamt 3000 Euro in bar abgehoben. Anfangs kam mir die Sache sehr eigenartig vor, aber nachdem ich bei ein paar anderen Reiseagenturen in der Straße unseres Apartments nachgefragt hatte, wurde mir versichert, dass es normal sei, hier mit Bargeld zu zahlen. Nun mussten wir es nur noch zum Büro von Johns Reiseagentur bringen und unserem siebentägigen Tibet-Abenteuer hätte nichts mehr im Wege gestanden. Aber Lillys Husten wurde schlimmer.

„Schatz, du hast mir versprochen, zu einem Arzt zu gehen. Bitte, ich mache mir Sorgen."

„Das brauchst du nicht", versicherte sie mir, „aber du hast Recht – ich habe es versprochen. Lass uns Folgendes tun: Ich gehe zu einem Arzt und du und Helena bringt das Geld zur Agentur."

„Ich gehe alleine", widersprach ich, „und Helena geht mit dir zum Doktor. Ich werde auch mit John sprechen und sichergehen, dass wir die Tour im Notfall verschieben können."

„Schatz, ich möchte wirklich nicht, dass Helena mit mir dort im Wartezimmer unnötig warten muss."

„Nein, das kommt nicht in Frage. Ihr geht zusammen", antwortete ich und Lilly stimmte widerwillig zu.

Kurz darauf verließen die beiden unser Apartment und als sie zwei Stunden später noch nicht zurück waren, machte ich mich auf den Weg zu Johns Büro. Glücklicherweise konnte ich den Treffpunkt zu Fuß erreichen, denn die Straßen waren heute völlig verstopft. Vermutlich waren Lilly und Helena deshalb noch nicht wieder vom Arzt zurück. Nach einem kurzen Fußweg bog ich in die Seitengasse ein, in der sich die Reiseagentur befand. John stand in der Gasse und begrüßte mich.

„Hey, du bist der Freund von den beiden Ladies? Leon …? Richtig?"

„Schön, dich zu sehen. Du, es gibt da ein kleines Problem. Lilly und Helena sind noch zum Arzt. Falls es Lilly bis übermorgen nicht besser gehen sollte, müssten wir die Tour verschieben. Wäre das möglich?"

John schlug mir freundschaftlich auf die Schulter und winkte mit der anderen Hand ab.

„Klar, Leon. Gar kein Problem. Mach dir bloß keine Sorgen."

Ich bedankte mich und schüttelte John erleichtert die Hand. Jetzt musste Lilly nur noch ihre Erkältung loswerden und unserem Abenteuer hätte nichts mehr im Wege gestanden.

Plötzlich traf mich etwas am Hinterkopf und ein höllischer Schmerz durchzuckte meinen Schädel. Alles wurde schwarz.

# DER ADLER

**667 km bis zur Mongolei**

Ich spürte etwas Kaltes, Raues unter meinen Handflächen. Mein Kopf dröhnte vor Schmerzen. Als ich die Augen öffnete, erkannte ich, dass ich auf einem Betonboden lag. Stöhnend hob ich mich nach oben und sah mich um. Ich war in einem kahlen Raum, in den durch ein kleines Fenster etwas Licht fiel. Es erinnerte an eine Gefängniszelle. Eine Matratze in der Ecke. Ein Tisch mit Stuhl. Ein Loch im Boden, das anscheinend als Toilette diente. Ich kroch zu der einzigen Tür im Raum, eine dicke Stahltür. Doch sie war verschlossen.

„John?“, rief ich und fasste an meinen schmerzenden Hinterkopf, „kannst du mich hören?“

Ich hörte ein leises Klopfen.

„Leon? Bist du das?“ Es war die Stimme von John und sie schien von der anderen Seite der Wand zu kommen.

„Wie geht es dir? Und wo bist du?“, rief ich.

„Mein Kopf tut weh und ich bin anscheinend in einer Zelle gefangen“, stöhnte er, „weißt du, was passiert ist?“

„Ich habe eigentlich gehofft, dass du mir das sagen kannst.“ Meine Beine klappten zusammen und ich lehnte meinen Rücken an die Betonwand, hinter der anscheinend die Zelle von John war. Ich musste so laut sprechen, dass mir meine eigene Stimme im Schädel brummte.

„Wir wurden offenbar entführt“, sagte er. In diesem Moment hörte ich das laute Krachen einer Tür und John begann zu schreien. „Was wollt ihr! Hilfe!“ Seine Schreie wurden immer leiser.

„John?“ Keine Antwort. Wir mussten vor seinem Büro überfallen und hier eingesperrt worden sein. Ich starrte zum Fenster und wartete, bis ich einige Zeit später erneut ein lautes Geräusch hörte. Dieses Mal war es meine Zellentür. Zwei vermummte Männer erschienen im

Türrahmen und kamen mit strammen Schritten auf mich zu.

„Wer seid ihr. Was wollt ihr von uns?“, schrie ich. Panik überfiel mich, und bevor ich weitere Fragen stellen konnte, zog mir jemand einen Leinensack über den Kopf. Alles wurde dunkel. Zwei Hände packten mich an den Oberarmen und schleiften mich aus der Zelle. Ich versuchte, mich zu lösen, doch ich hatte nicht die Kraft. Die einzigen Geräusche, die ich hörte, waren mein beschleunigter Atem und das laute Hallen der schweren Stiefel der zwei Menschen, die mich an den Armen packten. Es klang, als wären wir in einem Gang oder Tunnel. Als der Hall der Schritte immer leiser wurde, drückten die Entführer mich auf einen harten Hocker und zogen mir den Leinensack vom Kopf. Das Licht war so grell, dass ich zunächst nichts sehen konnte. Als sich meine Augen langsam daran gewöhnten, erkannte ich, dass ein Baustellenstrahler direkt auf mich gerichtet war. Daneben stand ein Mann, der eine Sturmmaske über seinen Kopf gezogen hatte und eine Pistole am Gürtel trug. Er war dabei, eine Kamera zu justieren, von der anderen Person fehlte jede Spur.

„Wo bin ich? Was hast du vor?“ Meine Stimme zitterte.

„Halt die Klappe“, schnauzte er, ohne mich weiter zu beachten. Er sprach englisch, aber mit einem chinesischen Akzent.

„Bitte, ich gebe dir alles, was ich habe.“

„Du sollst deine verdammte Klappe halten“, schrie er erneut, kam auf mich zu und schlug mir mit voller Kraft ins Gesicht. Ich stöhnte vor Schmerzen, spuckte eine Ladung Blut auf meine Hose und fühlte, wie Tränen über meine Wange liefen. Dann hielt mir der Mann ein Blatt Papier vors Gesicht.

„Lies das! Und schau in die Kamera.“

Ich schaute mich verzweifelt und hilfesuchend im Raum um. Doch wir waren alleine. Der Mann zog seine Pistole aus dem Gürtel und richtete sie auf mich. Sah so das Ende meiner Reise aus?

Ich erinnerte mich noch gut an den Tag, an dem ich auf meine Reise aufgebrochen war. Damals wollte ich mehr, ohne zu wissen, was „mehr" überhaupt bedeutete.

Jede Person, die ich traf, jeder Ort, den ich besuchte und jedes Abenteuer, das ich erlebte: Alles brachte mich genau heute hier an diesen Ort. All die Lagerfeuer, die Freudentränen und selbst die Abgründe, vor denen wir manchmal standen. Ohne sie hätte ich das Mehr nie gefunden. Doch vielleicht wollte ich am Ende einfach zu viel. Vielleicht war ich deshalb gerade dabei, alles zu verlieren.

„Du sollst das vorlesen", schrie der Mann erneut und kam mit der Pistole einen Schritt auf mich zu. Ich hustete laut und tat, was er von mir wollte.

„Hallo. Mein Name ist Leonard Mehrens. Mir geht es gut und ich bin am Leben. Wenn das so bleiben soll, müsst ihr den Forderungen nachkommen. 200000 Dollar in bar. Falls ihr nicht zahlt, werdet ihr mich", ich versuchte zu schlucken, doch meine Kehle zog sich immer weiter zu, „werdet ihr mich nie mehr wiedersehen."

Der Fremde riss den Brief von mir weg, knüllte ihn zusammen und drehte sich um. Mein Kopf sackte nach unten und ich starrte zu den Blutflecken auf meiner Hose. War das vielleicht meine letzte Chance? Ich riss mein Gesicht nach vorne und blickte entschlossen in die Kamera.

„Lilly, ich liebe …" Die Hand des Entführers traf mich ein weiteres Mal heftig am Kopf.

„Ich habe doch gesagt, du sollst die Fresse halten", schrie er und stülpte mir erneut den Sack über. Meine Ohren piepten und ich spürte, wie mein Körper langsam nach unten sank. So, als würde ich fallen. Immer und immer weiter.

Als ich wieder zu mir kam, fühlte ich erneut den kalten Betonboden unter meinem Körper. Ich schleppte mich auf die Matratze und starrte zu einem kleinen Lichtfleck auf der gegenüberliegenden Seite. Einige wenige Sonnenstrahlen fielen durch das Fenster und erleuchteten ein kleines Quadrat an der grauen Wand. John war wohl nicht wieder in seine Zelle gebracht worden und es gab niemanden, der auf meine Hilferufe reagierte. Zum Glück waren Lilly und Helena nicht mit zur Übergabe gekommen. Doch der Gedanke daran, dass sie nicht wussten, was mit mir passiert war, brachte mich fast um den Verstand. Oder wussten sie es vielleicht doch? Musste ich für sie das Video aufnehmen? Dicke Tränen kullerten über meine Wange, als ich mir vorstellte, wie sie sich Sorgen um mich machten.

„Lilly", wimmerte ich und streckte meine Hand in die Dunkelheit.

Die nächsten Tage liefen alle gleich ab. Irgendwann öffnete sich ein kleiner Spalt am Boden der Tür und ein Tablett mit Essen wurde in die Zelle geschoben. Es gab Reis und Nudeln. Jeden Tag gab es zweimal genau die gleiche Mahlzeit. Nichts änderte sich und niemand sprach mit mir. Jedes Mal, wenn sich die Essenklappe öffnete, versuchte ich es erneut. Ich schrie ihnen zu, dass ich viel Geld auf meinem Konto hätte und auch einen Kredit aufnehmen könnte. Aber es schien niemanden zu interessieren. Mittlerweile hatte ich meine Matratze zur anderen Seite des Raumes gezogen, um so zur Mittagszeit auf ihr sitzen und die wenigen Lichtstrahlen in meinem Gesicht spüren zu können. Die Sonne brannte auf meiner kalten Haut und als ich nach unten schaute, blickte ich auf das Tattoo an meinem Fuß. Der Adler, ein Zeichen für Mut und Kraft. Ich versuchte durchzuhalten und stark zu bleiben. Für Lilly, meine Familie und meine Freunde. Aber mit jedem Mal, an dem die Sonne von der Wand verschwand, fiel es mir schwerer.

Mittlerweile wusste ich schon gar nicht mehr, wie lange ich bereits hier war. Minuten fühlten sich wie Stunden an, Tage wie Wochen. Und je länger ich alleine in der Zelle saß, desto öfter führte ich Gespräche mit mir selbst. Ich sprach mit meiner Mutter über das Wetter in der Mongolei, erklärte meinem Vater, wie man einen Seemannsknoten macht und lachte mit meinen Onlinefreunden über meine neue Frisur. Natürlich sprach ich auch mit meinen vier Freunden und konnte jeden Abend Lillys Umarmung spüren, wenn ich zusammengekauert auf meiner Matratze lag. Sie spendete mir Wärme in den sonst so kalten Nächten. Je mehr Zeit verging, umso öfter sprach ich nicht nur mit ihnen, sondern sah sie auch bildlich vor mir sitzen. Sogar Freunde, die eigentlich gar nicht existierten.

„Meinst du, dass dich eine kleine Gesangseinlage aufmuntern könnte, hicks?"

„Danke, Frosch, das ist nett von dir. Aber mir ist gerade gar nicht nach Singen zumute."

„Meine Schnelligkeit wird dir wohl auch nicht helfen", sagte der Hase enttäuscht.

„Isch habe eine Idee. Wir haben früher mit meiner Familie immer Netflixsch geschaut. Da war die Scherie Prischon Break. Die waren ausch einem Gefängnisch auschgebrochen. Du muscht die Ärzschtin vom Gefängnisch nur dazschu bringen, sich in disch zu verlieben. Dann läscht sie disch frei."

„Siehst du hier bitte irgendwo eine Gefängnisärztin, Mr Biber?", antwortete der Fuchs kopfschüttelnd. „Aber Leon, es tut mir leid. Selbst ich habe keine bessere Idee."

„Es ist schon gut. Danke, dass ihr hier seid", seufzte ich.

„Ich bin stolz auf dich", sagte der Adlerkönig Edward, der sich nicht mehr nur auf meinem Fuß befand, sondern nun direkt vor mir saß.

„Darauf, dass ich vermutlich in einer Zelle sterben werde?"

„Nein du Dummerchen. Darauf, dass du geflogen bist."

„Ich weiß jetzt", antwortete ich, „warum du das Fliegen nicht mehr vermisst hattest, nachdem du mit Gerlinde zusammen warst." König Edward nickte mir zufrieden zu.

Die Tiere verschwanden und kurz darauf saß ich mit meinen realen Freunden am Lagerfeuer. Hans klimperte auf seiner Gitarre, Helena kochte Wasser, Marius las in einem dicken Wälzer und Lilly griff nach meiner Hand.

„Hans", begann ich, „habe ich dir mal gesagt, auf welches Wort sich dein Name reimt?"

„Jetzt ist nicht die Zeit für Späße. Konzentriere dich und gib nicht auf", antwortete er.

„Warum hast du denn aufgegeben? Warum hast du Helena verlassen?" Hans schaute mich ausdruckslos an und ließ seinen Kopf nach unten sinken.

„Weil ich ein riesiger Idiot bin", murmelte er vor sich hin, „aber du bist das nicht."

„Wusstest du", fuhr Marius fort, „dass statistisch gesehen die meisten Entführungen gut enden?"

„Und ich bin ganz sicher, dass du zu die meisten gehörst", sagte Helena.

Mein Körper war kraftlos, kippte nach vorne und fiel auf den harten Boden. Ich spürte den kalten Beton an meiner Wange und merkte, dass meine Augenlider immer schwerer wurden. Lilly kniete sich neben mich, rüttelte an meiner Schulter und sprach mir Mut zu.

„Leon. Bitte gib nicht auf. Bitte. Du hast mir versprochen, mich niemals loszulassen." Hans stand neben ihr und streckte mir seine Hand entgegen, während Helena und Marius sich in den Armen lagen.

„Es tut mir leid, ich kann nicht mehr", flüsterte ich leise, „ich habe euch lieb. Doch ich kann nicht mehr." Jedes Wort schmerzte und meine Zelle wurde immer dunkler. Ich versuchte noch ein letztes Mal, meine Augen aufzureißen und in Lillys bildhübsches Gesicht zu sehen. Mit den letzten Kraftreserven zog ich meinen Arm in ihre Richtung, um ihren Händedruck noch ein weiteres Mal zu spüren. Doch bevor wir uns berührten konnten, hustete sie stark und wankte einige Schritte nach hinten. Lilly löste sich auf, dann verschwanden auch Helena, Hans und Marius.

„Mehr …“, hauchte ich und schloss die Augen, „mehr Zeit.“

Meine Zelle füllte sich mit Licht. Die Stimme von Lilly hallte durch meinen Kopf und ich riss meine Augen wieder auf. Jemand hatte die Zellentür geöffnet. Zwei vermummte Männer zogen mir erneut einen Leinensack über den Kopf und schleiften mich durch den Gang. Ich versuchte, mich irgendwie zu wehren und bekam dafür direkt einen weiteren Schlag.

„Hör auf zu zappeln“, schrie der Chinese. Und plötzlich hörte ich eine weitere Stimme.

„Schlag ihn nicht tot, du Trottel“, murrte die zweite Person. Es war eine Stimme, die ich wiedererkannte.

„John? Bist du das?“, japste ich.

„Scheiße“, platzte es aus John heraus, „bei der Menge an Beruhigungsmitteln, die ich ihm heute Morgen ins Essen gemischt hatte, sollte er eigentlich schlafen wie ein Baby.“

„Gut gemacht“, schnauzte der Chinese, „jetzt müssen wir ihn umbringen.“ Es entbrannte eine lautstarke Diskussion. Mittlerweile hatten sie mich losgelassen und ich brach vor ihnen auf dem Boden zusammen. Die beiden fauchten sich weiter an, doch ich war so entkräftet, dass ich nur einzelne Gesprächsfetzen verstehen konnte: Polizei … Zeugen … und Töten.

Ich hörte ein metallisches Klacken und spürte, wie mir etwas Hartes gegen die Stirn gedrückt wurde. Es musste die Pistole sein.

Die Gesichter meiner Freunde zogen ein weiteres Mal an mir

vorbei. Lilly, Helena, Hans und Marius. Sie legten ihre Hände auf meine Schulter und nickten mir traurig zu. Als würden sie genau wissen, dass unsere gemeinsame Reise heute enden würde.

„Ich würde jedes Mal wieder einsteigen", flüsterte ich in Gedanken und es gab einen lauten Knall. Die Gesichter meiner Freunde wurden immer blasser, bis sie irgendwann ganz verschwunden waren.

# TEIL 3 – HELENA

„Du meintest mal, dass du gerne mutiger wärst", sagte Marius, „dabei warst du der Mutigste von uns allen. Du warst stets für jeden von uns da, hast uns geholfen und immer weitergemacht. Selbst in den dunkelsten Momenten deines Lebens. Deine Geschichte wird uns und so vielen Menschen für ewig Mut geben. Ruhe in Frieden, mein Freund." Marius beendete seine Rede und nahm vorne rechts auf einer Parkbank Platz.

„Vielen Dank, Marius", sprach der Priester, „ich danke für die bewegenden Worte. Nun stehen noch genau zwei Personen auf der Liste, die mir gegeben wurde. Als Nächstes bitte ich Helena nach vorne."

Sie stand vorne links auf, warf einen kurzen Blick zu Lilly und mir und ging langsam auf die Bühne. Sie trug ein buntes Sommerkleid, auf dem rote Blumen aufgenäht waren und ihre kräftigen Locken strahlten durch den ganzen Raum.

„Hallo zusammen. Ich bin Helena und ich habe Leon damals kennengelernt, als er seine Reise gerade erst begonnen hatte. Er sagte mir mal, dass er meinen Optimismus bewundernswert fand und er genau das so an mir mochte. Aber ehrlich gesagt war Leon ein ähnlich großer Optimist. Immerhin brach er in die Mongolei auf, weil er auf einem Magazincover ein Bild von diesem Land gesehen hatte. Leon war eine Person, die andere Menschen oft für bestimmte Eigenschaften bewunderte, ohne selbst zu merken, dass er viele davon selbst besaß. Genau das mochte ich so an ihm. Er war bescheiden und er war immer für uns da. Danke Leon. Ohne deine Hilfe wäre ich vielleicht nie zu Hans zurückgegangen." Sie machte eine kurze Pause, „Moment, es heißt zurückkehren. Entschuldigung." Helena wischte sich die Tränen aus den Augen.

„Als du damals in Albanien angeschossen wurdest, hast du mir im Krankenhaus das Gefühl des Sterbens beschrieben. Du meintest, dass du Angst hattest, all die liebgewonnenen Menschen zu verlieren und sie traurig zu machen. Aber falls du mich hören kannst: Du hast uns nicht verloren. Im Gegenteil. Du wirst weiterleben. Sowohl in unseren Herzen, als auch in unseren Geschichten." Helena schaute nach vorne und ließ ihren Blick langsam über die Menschenmenge gleiten. Sie trug ein breites Lächeln in ihrem Gesicht.

# DIE FRAGE ALLER FRAGEN

**691 km bis zur Mongolei**

Ich hustete kräftig und spürte, wie eine lauwarme Flüssigkeit in meinen Mund drang. Als ich sie ausspuckte, hustete ich noch stärker. Der Boden unter meinen Händen war rau und kalt. Ich öffnete langsam die Augen und blinzelte verwirrt. War ich tot? Träumte ich? Mit einer Seite meines Gesichtes lag ich in einer Pfütze in der Seitengasse, an der ich mich mit John getroffen hatte. Obwohl ich völlig entkräftet war, schaffte ich es, aufzustehen. Ich fasste an meinen Hinterkopf. Die Haare waren nass, vermutlich von dem Wasser der Pfütze. An meinen Fingern hatte ich eine dunkelrote, zähe Flüssigkeit. Es war Blut. Das letzte, woran ich mich erinnerte, war, wie mir etwas gegen die Stirn gedrückt wurde. John oder sein Freund mussten mich mit der Waffe ohnmächtig geschlagen und dann hierhergebracht haben. Aber warum? War ich frei? Ich blickte mich um und erkannte, dass Johns Reiseagentur in Wirklichkeit ein verlassenes Gebäude war. Ängstlich machte ich einige Schritte nach hinten, bis mein Rücken sich gegen eine Häuserwand drückte. Außer mir war keine Menschenseele in dieser Gasse. War es wirklich vorbei?

Mein Blick kreiste noch ein letztes Mal umher und dann begann ich zu laufen. Ich lief so schnell ich konnte in Richtung unseres Apartments, und das Adrenalin ließ mich meine schweren Beine und den dröhnenden Kopf völlig vergessen. Schließlich stand ich vor der Wohnungstür und hämmerte mit aller Kraft dagegen. Immer und immer wieder. Ich stützte mich am Türrahmen ab. Dann öffnete sich die Tür einen kleinen Spalt weit.

„Lilly“, schrie ich und sackte auf meine Knie. Ihre warmen Hände krallten sich in meinen Rücken und der vertraute Geschmack ihrer Lippen wirkten wie der Himmel auf Erden. Waren wir wirklich wieder vereint oder sah so das Jenseits aus? Und selbst wenn. Solange ich Lilly nie mehr loslassen musste, spielte das „Wo“ keine Rolle. Ich schaute nach oben in den strahlend blauen Himmel. War das wirklich real? Ich küsste Lilly ein weiteres Mal, hielt sie so fest ich konnte, drückte mich mit den Beinen ab und wir flogen gemeinsam durch die Lüfte.

Als ich zu mir kam, blickte ich in eine grell scheinende Deckenlampe. Ich drehte meinen Kopf zur Seite. Lilly saß auf einem Stuhl neben meinem Bett, hatte ihren Oberkörper nach vorne gelehnt und lag mit ihrem Kopf auf der Matratze.

„Wie geht es dir? Bist du gesund?“, flüsterte ich. Sie hob ruckartig den Kopf.

„Leon! Du bist wach!“, schrie sie. Tränenüberströmt fiel sie mir um den Hals, und auch Helena sprang von der anderen Seite des Raumes zum Bett und presste ihren Kopf an meine Brust.

„Du bist wieder wach, wieder bei uns, du lebst“, schluchzte Lilly völlig aufgelöst, drückte ihre Hände an meine Wangen und starrte mich mit riesigen Augen an. Sie waren genauso wunderschön wie in meinen Träumen, obwohl sie heute dunkle Augenringe hatten.

„Ich … lebe“, wiederholte ich murmelnd. Und erst in diesem Moment wurde mir bewusst, was passiert war. „Ich lebe“, hauchte ich ein weiteres Mal.

„Wir haben uns so eine große Sorge gemacht“, sagte Helena mit zittriger Stimme. Auch sie weinte.

„Wo sind wir?“, fragte ich, als unsere Tränen langsam versiegten.

„Es hat kräftig an der Tür gehämmert und als ich sie öffnete, hast du am Boden gekniet. Du bist in Ohnmacht gefallen und jetzt sind wir in einem Krankenhaus.“

„Ich verstehe.“ Mein Kopf dröhnte immer noch fürchterlich und immer wieder verschwamm alles um mich herum. „Und was hat der Arzt gemeint?"

„Du hast eine leichte Gehirnerschütterung, aber sonst brauchst du nur etwas Ruhe. Schatz, ich bin so froh, dass es dir gut geht und du wieder hier bist." Lilly hielt ihr Gesicht gegen meinen Arm und küsste ihn. Neue Tränen liefen über meine Haut und tropften auf das Bettlaken.

„Ich meine, was der Arzt zu dir gesagt hat. Bist du wieder gesund?", verdeutlichte ich. Ihr Kopf bewegte sich langsam nach oben und sie sah mich mit ihren großen, glänzenden Augen an.

„Mir geht es gut, Schatz. Jetzt, wo du wieder hier bist, geht es mir gut", antwortete sie und schüttelte ihren Kopf. „Haben sie dir was getan?"

Ich atmete erleichtert durch. „Das sind tolle Nachrichten. Mir geht es gut. Ich wurde mehrmals geschlagen, als ich das Video aufnehmen musste, doch die meiste Zeit war ich alleine in meiner Zelle. Schatz, kannst du meine Hand halten?" Lilly nahm sie und drückte vorsichtig zu.

„Wir haben die Video geschickt bekommen." Helenas trauriger Blick richtete sich auf den Boden. „Man hat in deine Gesicht gesehen, dass die dich gehauen haben. Alles ist meine Schuld. Was für ein dummes Idee."

„Das muss schlimm für euch gewesen sein", sagte ich mit ruhiger Stimme, „Helena, hör mir zu. Niemand von uns ist schuld." Ich spürte, wie Lillys Händedruck immer kräftiger wurde.

„Schlimm für uns? Du warst eingesperrt und wir konnten dir nicht helfen", entgegnete Lilly wütend.

„Hey, Lilly, schau mich an." Auf ihrer Stirn zeichneten sich tiefe Falten ab und ihre Augen waren rot vom Weinen. „Ihr habt mir geholfen. Jeden Tag habe ich euch in Gedanken bei mir sitzen gehabt. Mit euch geredet, gelacht und manchmal auch geweint. Eure Gesichter haben mich durchhalten lassen. Ihr habt mir die Kraft gegeben, die ich brauchte." Sie küsste mich, wie sie es in jedem meiner Träume getan hatte.

Lilly und Helena erzählten mir, dass sie bei der Polizei waren, als sie das Video bekamen. Aber sie konnten John nicht orten, da er anscheinend ein Wegwerfhandy genutzt hatte und vermutlich auch gar nicht John hieß.

„Habt ihr das Lösegeld bezahlt? Sie haben mir nichts gesagt, sondern mich einfach so freigelassen. Und wie lange war ich eigentlich weg?"

„Genau sieben Tage", antwortete Lilly und schaute dann nochmal zu Helena.

„Das Polizei hat die Geld bezahlt", sagte sie zu meiner Verwunderung. Ich hatte noch nie davon gehört, dass Polizisten ein Lösegeld zahlten. Vielleicht wollten sie andere Touristen nicht abschrecken. „Aber du musst Hans fragen. Der hat das mit die Polizei beredet."

„Hans?", fragte ich verblüfft, „habt ihr wieder von ihm gehört?"

„Es gibt da eine Sache …", begann Helena und im selben Moment ging die Zimmertür auf.

„Da bleibt mir doch glatt das Schnitzel im Hals stecken."

„Hans, du bist hier!" Ich war völlig baff und konnte es kaum fassen, dass Hans tatsächlich gekommen war.

„Du hättest dich nicht extra entführen lassen müssen, nur, um mich wiederzusehen. Lass mich dich drücken." Hans umarmte mich vorsichtig. „Ich habe mir echt Sorgen gemacht."

„Wie geht es dir? Und wie … wie bist du hierhergekommen?"

„Du kannst doch nicht jedes Mal, wenn du in einem Krankenhaus aufwachst, erstmal die anderen fragen, wie es ihnen geht", schmunzelte

Hans, „aber ja: besser." Er drehte sich kurz zu Helena um und nickte ihr zu. „Viel besser. Die beiden haben mich angerufen und erzählt, was passiert ist. Dann bin ich zum ersten Mal in ein Flugzeug gestiegen und hier rübergeflogen. Scheiße, ich hatte die ganze Zeit über Angst zu sterben. Also nicht so wie du … denke ich … aber es war gruselig." Ich konnte hören, wie Lilly von rechts laut seufzte.

„Wenn Marius hier wäre, könnte er dir bestimmt anhand von Statistiken erklären, dass Flugzeuge das sicherste Verkehrsmittel sind", antwortete ich. „Wartet, Marius versteckt sich nicht auch noch hinter der Tür, oder?"

„Sicher? Sitz mal bei nem Zehn-Stunden-Flug neben nem Neugeborenen. Marius ist nicht hier, aber wir sollen dir schöne Grüße sagen. Er wollte auch kommen, aber der Mutter von seinem Freund gehts gerade nicht gut. Deshalb ist er in Deutschland geblieben."

„Hast du gerade Freund gesagt?" Meine Mundwinkel zogen sich weit nach oben.

„Er hat sich getraut und ist jetzt mit Julius zusammen. Marius hat sich wirklich getraut, zu seinen Gefühlen zu stehen." Hans nickte zufrieden.

„Und was ist mit euch? Mit dir und Helena?"

*„Donauwellchen*, haste das gehört? Leon will wissen, ob wir wieder zusammen sind."

„Komm ja nicht auf das Idee, mich je wieder zu verlassen", antwortete Helena und boxte ihm spielerisch gegen den Arm.

„Versprochen", antwortete er, „vor allem, weil ich weiß, auf was für dumme Ideen ihr ohne mich kommt."

„Sprach der Meister der guten Ideen", fügte Lilly hinzu und stützte ihren Kopf mit der Hand.

„Hast du Hans schon davon erzählt, dass wir seinen australischen Piratenzwilling in Indien getroffen haben?" Ich legte meine Finger an

Lillys Kopf und wischte ihr eine Haarsträhne hinter's Ohr.

„Piratenzwilling? Hat der Lieder über Piraten gesungen oder was? Ich kenne auch eins."

Doch die Piraten, die Piraten
Schießen heute aus Versehen mit Tomaten
Und aus ihren riesigen Kanonen
Fliegen statt Kanonenkugeln nur Melonen
Die Piraten, diese Schurken
Kämpfen heute statt mit Säbeln nur mit Gurken
So gibt es heute keinen Nervenkitzel
Denn

„Excuse me", räusperte sich ein Mann im Türrahmen und unterbrach den Gesang von Hans. Es war ein Arzt und er betrat sichtlich verwundert das Zimmer, um meinen Blutdruck zu messen. Kurz darauf wurde ich entlassen – und abgesehen davon, dass ich es langsam angehen sollte, gab es keinerlei Einschränkungen.

Als wir zurück im Apartment waren, machten wir es uns auf der großen u-förmigen Couch bequem. Lilly lag in meinem Arm, Hans lag quer auf der gegenüberliegenden Seite und Helena bestand darauf, für uns Paella zu kochen.

„Wie ging es für dich weiter, nachdem Helena nach Spanien geflogen ist?", fragte ich neugierig.

„Ich bin nach der Trennung wieder zu Mesut in die Bar. Und an jedem Tag, an dem ich mich nicht bei Helena meldete, musste ich den Bar Tender-Song auf 'nem öffentlichen Platz singen. Es war also nur ne Frage der Zeit. Aber mal im Ernst. Ich hätte nicht weglaufen sollen und ich hoffe, dass du mir – wie Helena – verzeihen kannst. Ach, ihr kennt mich ja. Sorry."

„Du bist wirklich der Meister der dummen Ideen." Ich zwinkerte ihm zu.

„Dumme Ideen? Ich meinte damit eigentlich, dass ich immer zurückkomme. Wie *Tom Hanks.* Aber okay. War wirklich ne dumme Idee. Doch genug von mir. Wie machst du das, Leon?" Ich schaute ihn fragend an und runzelte die Stirn. „Na du sitzt hier, als wäre nichts gewesen. Du warst für ne Woche gefangen, wie kannste das so einfach wegstecken? Ich war mal für nen Tag in 'nem Nebenraum von 'ner Kneipe eingesperrt und konnte anschließend ne Woche lang in keine Bar mehr gehen."

„Ähm … ich … also ich habe auf jeden Fall nicht vor, in absehbarer Zeit nochmal eine Tour nach Tibet zu buchen. Davon abgesehen weiß ich nicht, wie man sich normalweise nach einer Entführung fühlt … gerade bin ich einfach nur glücklich, am Leben zu sein und euch alle wiederzusehen."

„Krasser Kerl." Hans schüttelte ungläubig den Kopf. „Na gut, ich habe ein Angebot für dich. Ich habe, als du im Krankenhaus geschlafen hast, mit Lilly und Helena geredet. Mr Wilson steht zwar in der Türkei, aber wenn du Lust hast, können wir zusammen mit der transsibirischen Eisenbahn in die Mongolei fahren. Wir laden dich ein."

„Danke, das ist wirklich nett von euch. Aber lasst uns morgen darüber sprechen." Ich nickte ihm lächelnd zu und dann brachte Helena die Paella-Pfanne an den Tisch.

„Wo habt ihr eigentlich die Pfanne her?", fragte ich in die Runde.

„Du hast keine Ahnung, wie lange ich mit denen am Check-In diskutieren musste", antwortete Hans.

Ich schaute zu Lilly, die auf meinem Schoß lag. Sie schüttelte den Kopf und zog ihre rechte Schulter nach oben.

„Guten Morgen, Schatz“, flüsterte ich ihr zu, als sie am nächsten Morgen langsam aufwachte.

„Hast du gut geschlafen?“, gähnte sie.

Ehrlich gesagt hatte ich kaum ein Auge zugemacht. Aus Angst, dass ich einschlafen und am Ende merken würde, dass alles doch nur ein Traum gewesen war. Doch die Wärme ihrer Lippen ließ keine Zweifel zu. Es war real.

„Hast du über das Angebot der beiden nachgedacht?“ Lilly strich mit ihren Fingerspitzen über mein Gesicht.

Vor einigen Monaten hätte ich mir nichts sehnlicher gewünscht, als die Zeit zurückzudrehen und wieder mit ihnen durch die Welt zu ziehen. Aber seitdem hatte sich vieles verändert. Und in den letzten sieben Tagen wurde mir klar, dass auch ich mich verändert hatte. Ich war nicht mehr der Leon, der von einem Abenteuer zum nächsten jagen wollte und dabei nach „mehr“ suchte. Das musste ich nicht mehr, denn ich hatte alles gefunden. Es gab nur eine Sache, die ich unbedingt tun wollte, nämlich den nächsten Song von unserem Album hören. Dem Album von Lilly und mir.

„Weißt du, was mich in meiner Zelle am Leben gehalten hat?“, sagte ich und schaute ihr tief in ihre Augen. „Der Gedanke an dich und daran, noch mehr Zeit mit dir verbringen zu können und dich beim Aufwachen wieder neben mir liegen zu sehen. Und genau das würde ich gerne machen. Lass uns gemeinsam deinen Traum erfüllen und zur Chinesischen Mauer aufbrechen. Nur du und ich.“ Ich verstummte kurz, als ich eine kleine Träne in Lillys Augen sah. „Schatz, ist alles in Ordnung?“

„Leonard Mehrens, ich liebe dich. Ich liebe dich und ich werde dich immer lieben“, antwortete sie, „ich bin so unglaublich glücklich. Deshalb die Tränen.“

Wir küssten uns eng umschlungen und mein Herz pochte noch

immer so kräftig wie an unserem ersten gemeinsamen Abend in Bosnien-Herzegowina. Damals, als alles begann. Ich kannte zwar noch nicht das Ende unseres Albums, aber ich wusste, welchen Song ich als Nächstes mit dieser wundervollen Frau schreiben wollte. Und was hätte es für einen besseren Ort hierfür geben können als die Chinesische Mauer. Ein Wunderwerk, das bereits Jahrtausende überdauert hatte. Es war der perfekte Ort, um unser nächstes Lied zu singen. Bei seinem Text war ich mir noch nicht ganz sicher, aber seinen Titel sah ich schon ganz genau vor mir: Die Frage aller Fragen.

Als wir aufgestanden waren, hatte Helena bereits Frühstück gemacht und Hans schenkte gerade Orangensaft ein.

„Ich habe wirklich in der ganzen Stadt gesucht, aber echt nirgends ne Flasche Cranberry-Saft gefunden. Ehrlich gesagt, weiß ich aber auch nicht, wie Cranberry in chinesischen Schriftzeichen aussieht." Lilly rollte mit ihren Augen und klopfte Hans auf die Schulter.

„Schau, Leon, ich habe das Ei so gemacht, wie du es am liebsten magst."

„Ihr seid wirklich lieb", sagte ich und setzte mich zu ihnen an den Tisch.

„Also, wie schaut's aus. Wann reisen wir weiter?" Hans schlug euphorisch seine Hände zusammen.

„Hans, Helena", begann ich, „ich liebe euch. Aber Lilly und ich werden alleine weiterreisen. Davon abgesehen haben Helena und du auch etwas Zeit für euch verdient."

„Verstehe", murmelte Hans und schaute nach unten. „Ich freue mich für euch. Wirklich."

„Sei nicht traurig. Es bedeutet mir viel, dass du gekommen bist. Ich werde euch für immer dankbar sein. Wir sind jetzt eine Familie, du hast es selbst gesagt. Und daran wird sich nie etwas ändern." Ich setzte mich zu ihm und legte meinen Arm über seine Schulter.

„Wir können ja bald eine neue Treffen machen", sagte Helena.

„Wie wäre es mit Deutschland? Lilly und ich wollen bald dorthin, und das wäre doch die perfekte Möglichkeit für ein Wiedersehen der fünf Freunde."

„Okay", sagte Hans, begann zu lächeln und hielt seine rechte Hand über unseren Tisch, „lasst uns darauf einschlagen."

Unser zweiter Abschied war wesentlich angenehmer als damals in Russland. Helena und Hans buchten einen Flug in die Türkei, um dort Mr Wilson abzuholen. Und Lilly und ich hatten eine Fahrt zur Chinesischen Mauer geplant.

„Passt auf euch auf", sagte Helena und umarmte uns. „Ich habe euch in die Küche noch ein paar Brötchen gemacht. Vor allem Leon muss viel essen. Du bist eine dünne Knochen geworden."

„Macht's gut, ihr beiden. Lasst euch nicht entführen", verabschiedete sich Hans.

„Hans!", hüstelte Lilly.

„Schon gut, Schatz, mir geht es wirklich gut."

Dann nahm auch er mich in seine Arme, und während er dies tat, flüsterte er mir etwas zu.

„Es tut mir leid. Ich hätte nicht weglaufen sollen." Dann ließ er mich los und verließ gemeinsam mit Helena unser Apartment.

Am nächsten Morgen wurden wir von einem kleinen Bus abgeholt. Zwei Stunden später standen wir auf der Chinesischen Mauer. Der gepflasterte Weg vor uns schlängelte sich vorbei an malerischen Hügellandschaften und wirkte endlos. Mit jeder Kuppe, die wir überquerten, tat sich ein neuer Weg auf, der dann irgendwo hinter dem Horizont verschwand.

„Ist es so, wie du es dir vorgestellt hast?", fragte ich Lilly, als wir ein ruhiges Fleckchen gefunden hatten.

„Besser“, antwortete sie und drückte sich an meine Brust. Dann nahm ich ihre Hände und drehte mich zu ihr.

„Schatz, eigentlich wollte ich dir wieder *Perfect* von *Ed Sheeran* vorsingen, aber ich glaube, die letzten Wochen waren bereits hart genug. Du erinnerst dich bestimmt an die Geschichte von König Edward, oder?“ Sie nickte und ihre Augen funkelten mich an.

„Als ich dich damals getroffen habe, träumte ich vom Fliegen. Dank dir weiß ich nun, wie es sich anfühlt. Nicht wegen deiner Überraschung mit dem Paragliding, sondern weil ich mich in deiner Gegenwart stets so fühle, als würde ich schweben. Ich möchte mit dir an meiner Seite in Richtung Zukunft fliegen. An jedem Tag unseres gemeinsamen Lebens. Durch jeden Sturm, jedes Unwetter und jede Windböe. Ich habe zwar keinen richtigen Ring dabei, da alles etwas schnell ging, aber wer braucht schon Schmuck, wo ich doch mit dir gemeinsam ein eigenes Königreich erbauen möchte.“ Ich griff in meine Hosentasche und zog einen Ring heraus, den ich aus einem kleinen Stück Wollfaden von Lillys Häkelsachen zusammengebunden hatte und hielt ihn ihr entgegen.

Sie sah mich an, kniff ihre Lippen zusammen und drückte meine Hände etwas fester. Ich konnte erkennen, wie ihr Tränen über die Wangen liefen. Es war der perfekte Ort, um dieser perfekten Person ein Versprechen für die Ewigkeit zu geben. Ich wollte sie nie mehr loslassen.

„Lilly Wunderlich, Jessica Gross, möchtest du mich für den Rest meines Lebens begleiten und an meiner Seite fliegen?“

Sie löste eine Hand und hielt sie sich vor den Mund. Als sie meine Frage beantwortete, schluchzte und schniefte sie laut. Und dann wurde mir klar, warum sie es tat.

„Nein."

# TEIL 4 – LILLY

„Ich habe mal zu Leon gesagt, dass man nicht nach einem verborgenen Königreich, sondern nach einer freien Lichtung suchen soll, um es dort zu erbauen", sagte Helena, „und es macht mich unglaublich stolz zu sehen, welches Königreich er sich aufgebaut hat. Eines, das für immer bestehen wird. Mach es gut, mein Freund."

„Vielen Dank, Helena", sprach der Priester. „Bevor wir den offiziellen Teil dieser Trauerfeier beenden, möchte ich noch eine weitere Person nach vorne bitten. Ich bitte Lilly auf die Bühne."

Während Helena wieder vorne neben Hans Platz nahm, stand sie neben mir auf, ließ meine Hand los und folgte der Bitte des Priesters. Sie trug einen übergroßen Pullover und lächelte für eine ganze Weile wortlos zu den Gästen. Dann zog sie das Mikrofon zu sich.

„Es ist unglaublich schön zu sehen, dass ihr alle euren Weg hierher gefunden habt", begann sie und legte ein Taschentuch auf das Rednerpult. „Ich bin Lilly und möchte mich verabschieden. Von einem Menschen, der nie aufgegeben hat. Ein Mensch, der stets an Wunder glaubte und immer weitermachte. Ein Mensch, der kein ‚Nein' akzeptieren wollte. Auch, wenn er lernen musste, es manchmal zu tun."

Lilly machte eine kurze Pause und ihr Blick richtete sich zu Helena und Hans, wanderte langsam zu Marius und fiel dann auf mich. Ich konnte spüren, dass sie mich gerade brauchte, stand vorsichtig auf und ging zu ihr nach vorne.

# WUNDER

„Nein."

Ihre Antwort hallte wie ein Echo durch die Gasse der Chinesischen Mauer. „Nein." Während ich auf diesem Tausende Jahre alten, anscheinend unzerstörbaren Bauwerk stand, spürte ich, wie unter meinen Füßen die gesamte Welt zusammenbrach. Ich blickte noch immer ratlos in Lillys verweintes Gesicht und war nicht imstande, auch nur einen einzigen Ton herauszubringen. Auf einmal legte sich eine Hand auf meine Schulter.

„Excuse me, Mister. You look like *Ed Sheeran.* Can we take picture please? We married last week and our weeding song was *Perfect.*"

Ein chinesisches Pärchen zog mich in ihre Mitte und ich versuchte mir ein Lächeln für sie abzuringen. Doch mein Gesicht war genau wie der Rest meines Körpers: völlig taub. Mit jedem Foto spürte ich einen brennenden Schmerz in meiner Brust, als würde mir jedes Mal ein Messer ins Herz gerammt werden. Und jeder flüchtige Blick, den ich Lilly zuwarf, während ich zwischen den beiden Chinesen stand, machte den Schmerz nur umso schlimmer.

„Thank you, Mister. You made this day very special. You made it perfect." Die beiden lächelten mir zu, schüttelten meine verkrampfte Hand und gingen ihren Weg, während der von Lilly und mir anscheinend genau an diesem Ort zu enden schien.

Ich schwankte mit weichen Knien zur Seite der Mauer, versuchte, nicht das Gleichgewicht zu verlieren und stütze mich mit meinen Unterarmen auf dem Mauersims ab.

„Können wir …", schluchzte Lilly, „können wir an einen Ort gehen, an dem wir allein sind?" Ihre Stimme klang schwach und zerbrechlich. Ich nickte und wir gingen wortlos zu den Stufen, über die wir vorher aufgestiegen waren. Während wir hinabstiegen, griff

Lillys Hand zögerlich nach mir. So wie damals, als wir uns kennengelernt hatten. Ihre Hand war eiskalt, doch der Schmerz brannte wie Feuer auf meiner Haut.

Hinter dem Eingang fanden wir eine kleine Steinbank, von der man auf einen winzigen Teich blicken konnte.

„Schatz", begann ich, „Lilly, ich verstehe nicht. Du wolltest doch, dass ich dich nie mehr loslasse. Kam meine Frage zu früh?" Sie legte beide Hände an meine Wangen, wischte meine Tränen mit ihren Daumen beiseite und schüttelte ihr verweintes Gesicht.

Lilly blinzelte mehrmals, drehte sich von mir weg und schaute zum strahlend blauen Himmel. „Ich kann es nicht." Sie zog ihre Hände ruckartig zu sich und schwieg. Ich war verwirrt und wütend, konnte aber nicht genau sagen, ob ich wütend auf sie oder mich selbst war. Was konnte sie nicht? Und warum hatte ich nicht vorher gemerkt, dass sie es nicht konnte? Ich griff nach ihren Schultern und versuchte, sie in meine Richtung zu drehen, um in ihre Augen blicken zu können.

„Was ist nur los? Bitte, ich verstehe es nicht." Die Worte blieben mir fast im Hals stecken. Lilly hustete, wandte sich wieder von mir ab und stand von der Bank auf. Sie wankte zum Teich, blieb davor stehen und starrte auf das Wasser. Ihre Schultern hingen schlaff herunter. Sie schwieg eine Weile, bevor sie tief Luft holte und etwas sagte, ohne sich dabei zu mir umzudrehen.

„Ich bin krank", sagte sie mit zittriger Stimme.

„Aber … aber", stotterte ich, „das weiß ich doch. Wir haben doch Medikamente gekauft und der Arzt meinte, es ist alles …" Ich verstummte. Was hatte der Arzt wirklich gesagt? Meine Knie wurden immer weicher und ich konnte spüren, wie sie unter dem Gewicht dieser Frage zusammenbrachen.

„Ich habe mir während der Reise nie Medikamente gekauft. Ich …" Sie schlang die Arme um ihren Oberkörper und wich meinem

Blick aus, obwohl ich jetzt direkt neben ihr stand.

„Bitte Schatz, was ist los?", flehte ich. Sie drehte sich langsam um und schaute mir tief in die Augen. Sie waren voller Liebe und voller Wärme. Aber auch voller Verzweiflung und voller Hoffnungslosigkeit.

„Leon", hauchte sie kratzig, als würde jede Silbe in ihre Kehle schneiden, „ich … habe Lungenkrebs."

Meine Ohren klirrten und alles um mich herum, begann sich zu drehen. Auf einmal machte so vieles Sinn. Ich sah ihren erschrockenen Blick, als sie in Georgien am Morgen nach unserem ersten Kuss laut hustete. Wie Aleko am selben Morgen *That is life, very beautiful* sagte, nachdem wir ihm das Preisgeld überlassen hatten und sie meine Hand immer fester zudrückte. Wie sie mit hängendem Kopf die Apotheke verließ und sagte, dass ihre Bankkarte nicht gelesen werden konnte. Wie sie bei unserem Friseurbesuch schockiert auf das Bild von *Britney Spears* starrte. Wie sie mir auf der Insel sagte, dass sie sich nicht sicher war, ob sie Kinder großziehen könnte. Ich sah, wie sie auf der Chinesischen Mauer vor mir stand, meine Hände hielt und laut schluchzte, als ich ihr meinen Ring anstecken wollte.

Ihre warmen Hände auf meiner Haut holten mich zurück in die Realität. Sie konnten die Kälte, die sich in mir ausgebreitet hatte, jedoch nicht vertreiben.

„Aber … bist du ganz sicher? Vielleicht ist es etwas anderes", flüsterte ich.

„Ich bin mir sicher", sagte sie mit trauriger Stimme. Lilly löste sich von mir, griff meinen Arm und wir gingen wieder zur Bank. „Es ist nicht das erste Mal. Ich hatte mit 15 Jahren Lungenkrebs und machte eine Chemotherapie … und es war die Hölle. Deshalb war meine Mutter bei dem Unfall so entsetzt und enttäuscht darüber, dass ich geraucht hatte." Sie schaute auf unsere Hände, die ineinander verschlungen auf ihrem Schoß lagen.

„Ich hatte ihn besiegt, doch wenige Wochen, bevor ich euch in Bosnien und Herzegowina getroffen hatte, kam dieses leichte Husten zurück, mit dem es auch damals begonnen hatte.“ Lilly hustete erneut kräftig, während alles um mich herum lautlos wurde. Die Geräusche der Touristen, das Zwitschern der Vögel und auch der Wind, der über die Chinesische Mauer wehte. Alles, bis auf ihre Stimme, war stumm. „Doch ich spürte vom ersten Moment an, dass es keine normale Erkältung war. Aber dann traf ich euch.“ Sie hob ihren Kopf, schaute mich an und lächelte, wenn auch nur für einen kurzen Moment. „Und ob du es mir glaubst oder nicht: Das Husten verschwand. Es war ein Wunder, ich fühlte mich wieder gesund. Doch nicht nur das. Ich fühlte mich so gut wie nie zuvor. Solange, bis das Husten in Georgien am Morgen nach meinem Geburtstag wieder langsam zurückkam.“

„Es … tut mir so unglaublich leid. Warum hast du nicht früher etwas gesagt?“ Ihr Gesicht flimmerte vor meinen feuchten Augen.

„Weil ich es nicht ertragen konnte, in deine traurigen Augen zu sehen. Weil ich mich genau vor diesem Moment gefürchtet habe und davor weglaufen wollte. So wie damals.“ Lilly gab ein lautes Schluchzen von sich. „Der Arzt in Peking meinte, dass es Krebs im Endstadium ist.“ Eine große Wolke schob sich vor die Sonne und warf ihren Schatten auf unsere Gesichter.

„Lilly“, begann ich, suchte verzweifelt nach Worten und versuchte, meine Tränen zu unterdrücken, „du bist nicht alleine. Wir werden es gemeinsam durchstehen.“

„Schatz, ich habe damals gesehen, wie meine Mutter fast daran zerbrochen ist, mir nicht helfen zu können. Wie sie mit mir gelitten, für mich gebetet hat, überhaupt nicht mehr sie selbst war. Das kann ich dir nicht antun. Es würde mir das Herz brechen, dich so zu sehen wie sie damals." Sie löste zögerlich ihre Hand und atmete hörbar ein und aus.

„Du hast Recht. Ich habe nicht die leiseste Ahnung, wie schlimm es noch werden wird", sagte ich leise und spielte gedankenversunken mit dem Ring aus Wollfäden in meiner Hand. „Aber eine Sache weiß ich. Ich werde dich auf keinen Fall allein lassen. Es ist mir egal, ob du mich heiraten willst oder nicht, ich habe dir versprochen, dich niemals loszulassen. Und das werde ich auch nicht. Wir werden das gemeinsam schaffen." Ich hatte die Knoten gelöst, sodass der Ring nun wieder ein langer Wollfaden war. Vorsichtig nahm ich ihre Hand in meine, wickelte den Faden um ihr Handgelenk und knotete ihn zu. Dann legte ich meine Handflächen an ihre feuchten Wangen, rückte nah an sie heran und spürte, wie sehr sie zitterte. „Ich wollte wegen einem Adlerbild auf einer Zeitschrift bis in die Mongolei reisen. Was meinst du, wie weit ich für die Liebe meines Lebens gehen würde? Ich bin bei dir, Lilly. Aber du musst mir versprechen, zu kämpfen und weiterzumachen. Selbst wenn uns unser Weg durch die Hölle führen wird." Lilly stand auf, zog mich nach oben und legte mir ihre Hände auf die Schultern.

„Womit habe ich dich nur verdient", schluchzte sie und blinzelte, „ich verspreche es dir. Ich werde für dich kämpfen."

Ich zog sie zu mir ran und strich ihr eine Träne aus dem Gesicht. „Kämpfe für uns", flüsterte ich ihr zu und küsste sie. Der Kuss schmeckte nach Hoffnung und Zuversicht. Zumindest zwang ich mich dazu, genau das zu schmecken, da ich an allem anderen zerbrochen wäre.

Am nächsten Morgen flogen wir in Richtung Deutschland und hatten eine Zwischenlandung in Moskau. Während wir auf unsere Anschlussmaschine warteten, nahmen wir in einem Café am Flughafen Platz. Ich legte beide Hände flach auf den Tisch, um Lilly nicht zu zeigen, wie sehr sie zitterten.

„Du brauchst keine Angst zu haben. Mir wird deine Wohnung sicherlich gefallen", sagte Lilly, während sie verträumt zu mir sah. Sie nahm meine Hand und drückte sie. Ich zog überrascht meine Augenbrauen nach oben, als mir klar wurde, warum Lilly dies gesagt hatte. Nicht nur ich versuchte, stark zu sein.

„Kennst du diese modernen Ikea-Wohnungen, die aussehen wie aus einem Katalog?"

„Klar."

„Gut, dann stell dir das genaue Gegenteil vor. So sieht es bei mir aus."

„Retro ist doch wieder im Trend", sagte Lilly und zwinkerte mir zu, „oder nennt man das Vintage?"

„Ich glaube, das nennt man eher altmodisch."

Lilly lachte. „Ich bin …" Plötzlich verstummte sie und hob ungläubig ihren Zeigefinger, „siehst du das auch?"

„Das kann nicht … unmöglich."

Wir starrten gemeinsam auf einen großen LED-Bildschirm, vor dem eine Angestellte gerade unseren Kaffee zubereitete. Auf ihm liefen russische Nachrichten und ein Reporter stand in einer belebten Straße, in der alle Wände mit dem gleichen Motiv beklebt waren. Es waren Hans und Marius, wie sie ihr *Baltika Germania* in die Kamera hielten und sich küssten. Gleichzeitig zeigten die Nachrichten, dass Polizisten damit beschäftigt waren, diese Plakate zu entfernen. Wir fragten die Kellnerin verwundert, worum es in dem Beitrag ging.

„Oh", begann sie, „das ist eine verrückte Geschichte. Es gibt eine neue Biersorte, die in den letzten Monaten hier in Russland durch die Decke ging. Aber das Werbemotiv war eigentlich anders. Normal küssen sich die beiden hübschen Männer nicht, sondern stehen einfach nur nebeneinander. Der Kreml sagt, dass Regierungsgegner das Bild inszeniert und das gefälschte Plakat dann in einer Nacht- und Nebelaktion überall in Moskau aufgeklebt haben. Ganz schön mutig von den zwei Männern. Das hat der LGBT-Community ganz schön viel Aufmerksamkeit und Rückhalt beschert." Den letzten ihrer Sätze flüsterte sie uns zu, damit niemand der anderen Personen ihn hören konnte.

„Ich verstehe", sagte Lilly, drehte sich zu mir und lächelte, „meinst du nicht auch, dass die Aufnahme für ein inszeniertes Bild recht real wirkt?" Wir wussten beide, dass es eine Momentaufnahme war. Es war der Moment, in dem Marius sich dazu entschloss, sein Leben nicht von Vorurteilen anderer bestimmen zu lassen. Anscheinend gehörte einer der Fotografen der LGBT-Bewegung an und hatte das Bild verbreitet, nachdem die Bierwerbung bekannt geworden war.

„Du meintest doch, dass du damals nach einem Wunder gesucht hast", sagte ich und zwinkerte ihr zu, bevor wir unseren Kaffee austranken und in den Flieger Richtung Deutschland stiegen.

„Jetzt verstehe ich, was du mit altmodisch gemeint hast", grinste Lilly und zeigte auf den dunkelgrünen Stoff, mit dem mein Toilettendeckel bezogen war, „aber die Wohnung hat Charakter."

„Gefällt sie dir wirklich?"

„Das tut sie", antwortete Lilly und nahm mich in den Arm, „ich könnte mich glatt daran gewöhnen, mit dir hier zu leben."

Wir waren gerade in Deutschland gelandet und hatten unser Gepäck in meinem Haus abgestellt. Leider blieb nicht viel Zeit, um es uns hier bequem zu machen, da im Uniklinikum Frankfurt ein denkbar ungemütliches Zimmer wartete. Bevor wir uns auf den Weg ins Krankenhaus machten, hatte Lilly jedoch noch einen Wunsch. Sie wollte mit mir spazieren gehen, und so schlenderten wir gemeinsam durch die Mittagssonne entlang des Mainufers. Wir hielten unsere

Hände, schwangen unsere Arme vor und zurück und schlugen mit vorbeifahrenden Skateboardern ab. Vor einem alten, zerfallenen, brüchigen Stück Mauer direkt an der Uferpromenade des Mains blieb Lilly stehen.

„Schau", sagte sie fröhlich, „hat ein bisschen was von der Chinesischen Mauer, oder?"

„Mit ein paar weniger Hügeln und Bergen, dafür aber mit wesentlich mehr Hochhäusern."

„Und mit weniger Menschen." Lilly lächelte mich an und zog an meinem Arm. „Komm, Schatz, lass uns Platz nehmen."

Wir setzten uns nebeneinander auf die Mauer, ließen unsere Füße am Ufer baumeln und sahen gemeinsam zur anderen Seite des Flusses.

„Als wir auf der Chinesischen Mauer standen", begann Lilly mit ernster Stimme, „und du um meine Hand angehalten hast, ging mein größter Traum in Erfüllung."

„Lilly, du brauchst nicht …"

„Nein, schon gut. Hör mir zu, Leon, ich möchte, dass du das weißt." Ihre Augen waren weit aufgerissen. „Bitte versprich mir, mich nochmal zu fragen, falls ich den Krebs besiege. Und dann bauen wir gemeinsam unser eigenes Königreich."

Ich atmete tief durch. „Sobald …", sagte ich und stockte, da sich ein Kloß in meinem Hals gebildet hatte. „Ich werde dich nochmal fragen, sobald du den Krebs besiegt hast. Und ich werde es genau an diesem Ort hier tun. Wir werden unser eigenes Königreich bauen und mit unserer kleinen, ganz eigenen Chinesischen Mauer in Frankfurt beginnen." Ihr Kopf legte sich zärtlich auf meine Schulter, und wir beobachteten die riesigen Schiffe, die gemächlich an uns vorbeizogen.

Wir hatten einen schönen Blick auf den Main und stellten uns vor, auch unsere Chinesische Mauer sehen zu können. Lilly lag in einem höhenverstellbaren Bett und hatte das Kopfteil nach oben gefahren, um mich und ihr Fenster besser sehen zu können. Gegenüber von ihrem Bett stand ein Besuchertisch, auf dem ihre Ukulele lag. An den Wänden hingen Bilder von unserer gemeinsamen Reise, die ich ausgedruckt und eingerahmt hatte. Wenn Lilly nach oben in Richtung Decke blickte, sah sie auf eine kleine Lichterkette. Sie sollte an Mr Wilson erinnern. Ich selbst hatte mir einen Stuhl vom Besuchertisch neben ihr Bett gezogen und hielt ihre linke Hand. Das Krankenhauspersonal konnte an meinen Blicken erkennen, dass ich Lilly nicht von der Seite weichen würde. Sie versuchten zwar ein paar Mal, mich am Ende der Besuchszeit nach Hause zu bitten, gaben aber irgendwann auf. Sie erkannten, dass mein Zuhause neben Lilly war.

Die Diagnose lautete Lungenkrebs im Endstadium, aber die Ärzte versicherten uns, dass es noch Hoffnung gab. Lilly begann eine Chemotherapie. Einer der Ärzte hatte mir im Krankenhausflur gesagt, dass es bei dieser Behandlung unglaublich wichtig sei, den Willen zum Kämpfen nicht zu verlieren. Er sagte auch, dass er selten eine so tapfere und entschlossene Person wie Lilly gesehen hatte, und klopfte mir ermutigend auf die Schulter. Obwohl Lilly mir stets das Gefühl gegeben hatte, in ihrer Gegenwart keine Angst haben zu müssen, hatte ich nun Angst davor, dass sie aus meiner Gegenwart verschwinden könnte. Und für diesen Gedanken schämte ich mich. Schließlich war Lilly diejenige, die um ihr Leben kämpfte und alles zu verlieren hatte, nicht ich. Dennoch ließ sie sich nichts anmerken. Sie war stark und tapfer. So, wie sie es an der Chinesischen Mauer versprochen hatte. Sie war stärker, als ich es jemals hätte sein können.

„Schatz, kannst du mir eine Geschichte erzählen?“, fragte sie am ersten Abend im Krankenhaus. Ich dachte kurz nach und lehnte mich zu ihr.

„Es war einmal vor langer Zeit. Da lebte ein Volk auf einer einsamen Insel. Sie nannten sich die Chucka Chucka ..." Irgendwann schloss Lilly ihre Augen und ihr Händedruck wurde immer schwächer. Sie schlief mit einem Grinsen im Gesicht ein und mir wurde bewusst, dass sie den ersten kleinen Schritt ihres langen Weges in Richtung Heilung gegangen war: Wir waren hier. Während ich sie ansah, wie sie friedlich im Bett lag, kämpfte ich mit den Tränen. Ich ballte meine Hände zusammen und wurde wütend auf mich selbst. „Reiß dich zusammen", sagte ich in Gedanken. Doch egal, wie oft ich es mir vorsagte, das Brennen in meinen Augen nahm immer weiter zu. Vielleicht war ich nicht so stark, wie ich gerne wäre. Aber vielleicht spielte das auch gar keine Rolle. Vielleicht ging es nicht darum, immer stark zu sein, sondern in den richtigen Momenten Stärke zu beweisen.

„Ich lasse dich nie mehr los", flüsterte ich, wischte meine Tränen weg und legte meinen Kopf neben ihre Hand. Dabei schaute ich zu den Infusionen, die auf der anderen Seite des Bettes hingen. Sie tropften stetig.

An Tag 5 schien die Sonne. Es gab Kartoffelpüree und als Nachtisch wurde Lillys Lieblingsjoghurt serviert. Die Krankenschwester hatte uns zwei volle Tabletts gebracht, nickte mir zu und sagte „aber pssst." Heute ging es Lilly gut. Laut der Ärzte lief bisher alles wie geplant und wir waren überglücklich. Sie nahm meine Hand und drückte kräftig zu.

„Möchtest du deine Eltern anrufen?", fragte sie. „Ich fühle mich wirklich gut und würde sie gerne kennenlernen und herausfinden, von wem du dein großes Herz hast."

Am Nachmittag kamen sie uns besuchen. Mein Vater stellte einen Strauß Blumen in die Vase auf dem Besuchertisch und meine Mutter hatte ein paar Stücke Marmorkuchen mitgebracht.

„Lilly, es ist wirklich schön, dich endlich persönlich kennenzulernen“, sagte mein Vater und reichte ihr die Hand.

„Du bist wunderschön. Nur ein bisschen dünn“, sagte meine Mutter. Lilly lächelte warm und legte die Hand auf ihren Arm.

„Mama, Lilly ist krank.“

„Das ist in Ordnung, Liebes“, antwortete sie in Lillys Richtung, „mir sagen die Leute auch immer, dass ich krank bin. Aber solange man noch lachen kann, ist die Welt in Ordnung.“

„Ihr habt wirklich einen tollen Sohn.“ Meine Mutter schaute sie überrascht an.

„Sohn? Welcher Sohn?“ Lilly sah einen Moment erschrocken aus, fing sich aber schnell wieder und griff nach der Hand meiner Mutter.

„Schlägt die Behandlung an?“, flüsterte mir mein Vater zu.

„Es ist noch sehr früh, aber es sieht gut aus“, antwortete ich. „Wie geht es Mama?“

„Mach dir um sie keine Sorgen. Sie hat mal gute und mal schlechte Tage. Aber es geht ihr gut.“ Vater nickte, legte seine Hand auf meine Schulter und drehte sich zu Lilly. „Spielst du Ukulele?“, sagte er und zeigte dabei zum Besuchertisch.

„Ein wenig, aber ich bin noch nicht sonderlich gut. Euer Sohn hat mich immer vom Üben abgehalten.“ Sie zwinkerte mir zu und mein Vater lachte laut.

„Wenn du wieder gesund bist, machen wir eine große Feier bei uns im Garten. Und du spielst uns was vor, in Ordnung?“

„Gerne“, antwortete sie glücklich.

Gegen Abend waren wir wieder alleine im Zimmer.

„Sie mögen dich wirklich sehr“, sagte ich.

„Hast du etwa was anderes erwartet?“ Sie grinste und strich mit ihrem Daumen über die Innenfläche meiner Hand.

„Natürlich nicht“, sagte ich und küsste sie. „Bist du dir wirklich sicher, dass ich unseren Freunden nicht Bescheid sagen soll? Sie würden sicherlich kommen.“

„Es würde ihnen das Herz brechen, mich so zu sehen“, antwortete Lilly, „ich will nicht in ihre traurigen Gesichter blicken. Wir laden sie alle ein, wenn ich wieder …“ Auf einmal bekam sie einen starken Hustenanfall. Als es ihr ein paar Minuten später besser ging, schaute sie mich an. „Wenn ich wieder gesund bin.“ Sie zog ihre Mundwinkel nach oben, doch es schien ihr nun deutlich schwerer zu fallen als zuvor. „Schatz, erzählst du mir eine Geschichte?“

„Vor langer Zeit lebte einmal ein Mann, der Ähnlichkeit mit *James Bond* hatte und mehr oder weniger freiwillig an einem Schachturnier teilnahm …“ Auch heute lag ein Grinsen in ihrem Gesicht, als ihr Händedruck schwächer wurde und sie einschlief.

An Tag 13 hatten wir uns nach kurzer Überlegung darauf geeinigt, ihn zu überspringen und Tag 14 zu nennen.

An Tag 14 war es bewölkt. Es gab Gnocchi-Nudeln in Sahnesoße, und als Nachtisch wurde wieder Lillys Lieblingsjoghurt serviert, da der Krankenschwester aufgefallen war, wie sehr sie sich darüber freute. Sie schien uns wirklich zu mögen. Heute schwankte Lillys Zustand. Ihr Haar wurde langsam lichter und ihre Augen wirkten erschöpft. Sie schlief immer länger, hielt mittlerweile Mittagsschlaf und ihr Händedruck war nicht mehr so kräftig wie zu Beginn. Aber sie konnte noch immer lächeln, auch, wenn es nun sichtlich angestrengter wirkte.

„Sieht schlimm aus, oder?“, sagte sie und rieb sich über den Kopf.

„Schlimm? Im Gegenteil. Du siehst immer mehr so aus wie mein Kindheitsschwarm: *Britney Spears.*“

„Dann hast du Glück“, antwortete sie, „da du deinen Kindheitstraum nun erfüllen kannst und mich küssen darfst." Ich beugte mich zu ihr und gab ihr einen Kuss. Anfangs konnte Lilly noch aus ihrem Bett aufstehen und mit mir durch den Gang spazieren, aber mittlerweile war sie so entkräftet, dass sie sich aus eigener Kraft nicht mehr nach vorne beugen konnte, um mich von selbst zu küssen. Es war eine der Nebenwirkungen, von denen uns im Vorfeld erzählt worden war.

Als sie aus ihrem Mittagsschlaf aufwachte, saß ich neben ihr und versuchte, eine Mütze zu häkeln. Lilly kicherte leise und suchte meine Hand.

„Ist die für mich?"

Ich nickte. „Sobald du gesund bist, möchte ich mit dir in die Mongolei reisen. Und ich habe gehört, dass es dort kalt sein soll. Also brauchst du eine Mütze."

„Ich glaube, das müssen wir noch etwas üben. Versuch mal …" In diesem Moment klingelte mein Handy und ich hielt es aufgeregt an mein Ohr.

„Wer war das, Schatz?", fragte Lilly, als ich wieder aufgelegt hatte.

„Bitte sei mir nicht böse, aber sie haben versprochen, keine traurigen Gesichter zu machen." Lilly schaute mich mit großen Augen an, als sich die Zimmertür öffnete.

„Lilly, es ist so schön dich zu sehen. Schau, ich habe dir eine Pistazieneis in die Krankenhaus geschmuggelt", sagte Helena und umarmte sie auf ihrem Bett.

„Uns ist zu Ohren gekommen, dass dir ein paar bekannte Gesichter sicher guttun würden. Und irgendwie scheinen Krankenhäuser bei uns ja auch so'n Freunde-Ding zu sein", scherzte Hans und drückte ihre Hand.

„Hallo Lilly", sagte Marius, „es freut mich, euch beide endlich wiederzusehen, auch wenn … es ist schön, euch zu sehen."

Lilly strahlte über beide Ohren. „Das ist wirklich eine Überraschung", sagte sie berührt. Ich freue mich riesig, dass ihr hier seid."

Marius erzählte ihr von Julius, Helena und Hans richteten Grüße von Mesut aus und wir erzählten ihnen von dem russischen Werbeplakat. Wir hatten uns darauf geeinigt, es langsam angehen zu lassen, um Lilly nicht zu überfordern. Und obwohl ich spüren konnte, wie gut es ihr tat, ihre Freunde wiederzusehen, merkte ich, wie viel es ihr abverlangte.

„Kannst du bitte bevor ihr geht noch *I'm Yours* spielen? Wie damals in den Bergen", Lilly zeigte mit ihrem Kinn in Richtung der Ukulele.

„Klar, aber ihr müsst mir wieder helfen. Leon, du kannst wieder mit den Fingern schnipsen. Das haste damals richtig gut gemacht. Marius trommelt auf dem Tisch da und Helena, du kannst mit dem kleinen Löffel gegen die Vase klopfen. Lilly, hat dein Bett so ne Fernbedienung, mit dem du es hoch- und runterfahren kannst?"

„Also, ja", antwortete sie und runzelte ihre Stirn.

„Perfekt. Das Geräusch sollte passen. Fahr einfach hin und her. Bereit? Drei, zwei, eins." Wir sangen und tanzten in Gedanken um unser imaginäres Lagerfeuer, bis wir uns nach einer halben Stunde wieder verabschiedeten. Sie hatten alle ihr Versprechen gehalten, es gab keine traurigen Gesichter.

„Wenn du wieder gesund bist, lernst du Julius kennen. Du wirst ihn mögen", sagte Marius und gab Lilly einen Kuss auf die Hand.

„Wenn du wieder bei uns draußen bist, mache ich dir so viel Paella, bis deine Bauch platzt. Auch wenn das bestimmt dauert bei deine dünne Figur." Helena gab ihr zum Abschied einen Kuss auf den Mund.

„Ich habe ne richtig gute Idee", sagte Hans und klopfte ihr zart auf die Schulter. „Wenn du wieder gesund bist, könnten wir zusammen ein Schnitzelkonzert spielen, und du begleitest mich auf der Ukulele. Ich hätte auch schon ne Idee für dein Kostüm."

„Ein Dirndl?", fragte Lilly mit leiser Stimme.

„Ich hätte eher an sowas in Richtung Musketiere gedacht, aber das können wir noch klären. Werd schnell wieder gesund, Lilly." Sie nickte dankbar, während ich unsere Freunde nach draußen begleitete und mich im Krankenhausflur verabschiedete.

„Leon, wenn ihr uns braucht, sag jederzeit Bescheid. Wir haben uns hier in der Nähe ein Hotelzimmer genommen und werden für euch da sein", erklärte Marius.

„Morgen bringe ich eine paar gefüllte Teigtaschen vorbei", fügte Helena hinzu. Dann legte Hans seine Hand auf meine Schulter, holte tief Luft, um etwas zu sagen, doch bekam nichts heraus. Eine Träne lief über seine Wange. Er machte einen Schritt zurück, ließ meine Schulter los und streckte mir seine Hand entgegen. So, wie ich es damals am Lagerfeuer in Nowosibirsk getan hatte. Ich ergriff sie, wir nickten uns wortlos zu, und dann drehte er sich um. Ich sah meinen Freunden hinterher, als sie im Fahrstuhl verschwanden.

„Danke, Schatz", sagte Lilly mit schwacher Stimme, als ich wieder bei ihr war. „Das war wirklich schön."

„War es auch nicht zu viel?"

„Nein, keine Sorge. Es war eine tolle Idee, aber ich muss jetzt etwas schlafen. Könntest du …" Ihr Blick wandte sich von mir ab. „Könntest du bitte jemanden rufen? Ich muss zur Toilette."

Am Abend ging es Lilly nicht gut. Sie hatte Schmerzen, und obwohl sie heute nicht danach fragte, hoffte ich, sie mit einer weiteren Geschichte etwas ablenken zu können.

„Vor langer Zeit reiste ein verliebtes Pärchen mit liebevoll, wenn auch nicht sonderlich professionell gestrickten Mützen in die Mongolei. Sie war die tapferste und schönste Frau, die die Adlerjäger je gesehen hatten. Und er war der glücklichste Mensch auf Erden, da er diese Frau gefunden hatte …"

Ihre Augen waren bereits geschlossen, als ich mit meiner Geschichte begann, doch ich meinte, ein kleines Lächeln erahnen zu können. Zumindest wünschte ich es mir, als ich ihre kraftlose Hand hielt.

An Tag 25 hingen dicke Wolken am Himmel, es schüttete wie aus Eimern und die Blumen von meinem Vater ließen ihre Köpfe hängen. Es gab Kartoffeln mit Möhren und als Nachtisch wurde wie immer Lillys Lieblingsjoghurt serviert. Heute half ich ihr beim Essen, da sie die Arme kaum heben konnte. In fünf Tagen würde der erste Zyklus der Chemotherapie enden. Dann könnte Lilly mit mir nach Hause gehen und bis zur nächsten Therapie bei mir bleiben. Die Ärzte hatten es uns erklärt. In der Behandlungspause soll sich der Körper regenerieren können.

„Bald kommen wir nach Hause“, versprach ich ihr.

„Schatz, ich liebe dich“, sagte Lilly, nachdem sie mich gefragt hatte, ob ich meine Hand in ihre legen könnte.

„Ich liebe dich auch.“ Wir versuchten, jeden Tag so zu leben, als wäre es der erste und letzte zugleich. „Alles wird gut.“ Ich gab ihr einen Kuss auf die Wange.

„Alles wird gut“, wiederholte Lilly, als würde es sie an etwas erinnern, und sah mich mit erschöpften Augen an. Sie versuchte zu nicken. „Kannst du mir bitte einen Gefallen tun? Würdest du einen Brief für mich schreiben?“

Der Weg, den wir seit knapp einem Monat gingen, verlangte Lilly immer mehr ab. Mittlerweile war ihr ein Katheter gelegt worden und ihr fehlte die Kraft, um selbst schreiben zu können. Die Ärzte beruhigten uns zwar ständig und sagten, dass Kraftlosigkeit eine normale Nebenwirkung sei, aber es fiel mir immer schwerer, die Hoffnung zu bewahren. Ich verstand mittlerweile, warum Lillys Mutter damals fast daran zerbrochen war.

Dann begann sie damit, ihren Brief zu diktieren.

*Lieber Papa,*

*ich habe fast sechs Jahre gebraucht, um den Mut zu finden, mich bei dir zu melden. Und es tut mir unendlich leid.*

*Mir tut so vieles leid. Ich habe mir über die Jahre immer wieder eingeredet, dass du mir Mamas Tod nie wirklich verziehen hast. Dass ich jedes Mal in deinen Augen sehen konnte, dass ein Teil von dir mich für ihren Tod verantwortlich macht. Aber in den letzten Monaten ist mir klargeworden, dass ich mich möglicherweise geirrt habe und vielleicht nur das gesehen habe, was ich sehen wollte. Ich wollte, dass du mich verurteilst, weil ich es selbst getan habe. Ich glaube, dass alles, was ich in deinen Augen sah, mein eigenes Spiegelbild war: Ein Mensch, der sich schuldig fühlen wollte. Als du mir damals im Krankenhaus gesagt hast, dass alles gut wird, wollte ich es nicht wahrhaben. Doch du hattest Recht. Alles ist gut geworden, und ohne dich hätte ich nicht die Kraft gehabt, dies herauszufinden.*

*Vor einem Jahr habe ich eine Person kennengelernt, die ich über alles liebe und die du hoffentlich irgendwann einmal kennenlernen wirst. Und ich habe Freunde gefunden, die mir gezeigt haben, wie wichtig es ist, weiterzumachen. Nach vorne zu sehen und an das Gute in unserer Welt zu glauben. Ich habe nach all den Jahren endlich Frieden geschlossen und ich hoffe, das hast du auch. Ich hoffe, es geht dir gut.*

*Was auch immer geschehen wird, ich möchte, dass du eine Sache weißt: Es war nie deine Schuld, dass ich damals davongelaufen bin.*

*Ich habe dich lieb, Papa, alles wird gut,*

*deine Jessica.*

„Danke Leon", sagte Lilly mit kraftloser Stimme und begann dann damit, die Adresse ihres Vaters zu diktieren. Als ich die ersten Buchstaben des Straßennamens schrieb, erstarrte meine Hand und der Stift fiel auf den Boden. Mir wurde klar, für welchen Fall sie mir die Anschrift gab. Ich legte den Brief beiseite und schaute in ihr müdes, wunderschönes Gesicht. Meine Augen brannten und ich öffnete meinen Mund, um ihr erneut zu sagen, dass alles gut wird. Aber die Angst schnürte mir die Kehle zu.

„Ist schon gut, Schatz“, flüsterte sie und versuchte, meine Hand zu berühren, „ich habe auch Angst.“

Ich legte meinen Kopf an ihre Brust, drückte ihre Hand und weinte all die Tränen, die sich in den letzten Wochen angestaut hatten.

„Ist schon gut“, sagte sie, „alles wird gut“, und fuhr mit ihrem Kinn über meinen Kopf.

„Es tut mir leid, Schatz, wenn ich doch nur so stark wäre wie du“, schluchzte ich.

„Leon. Ich weiß, dass du das nicht wahrhaben möchtest, und ich mag das an dir. Sehr sogar. Aber du bist einer der stärksten Menschen, die mir je begegnet sind.“ Ich beugte mich langsam zurück, presste meine Lippen zusammen und schaute sie an. Auch Lilly hatte Tränen in den Augen. „Du warst immer für jeden von uns da, wenn wir jemanden brauchten und bist nie weggelaufen. Das ist wahre Stärke.“ Einen Moment lang weinten wir einfach nur und hatten gemeinsam Angst.

„Kannst du dich zu mir legen?“, fragte sie. Meine Knie waren weich, doch ich stand auf, ging zur anderen Seite des Bettes und legte mich vorsichtig an ihre Seite.

„Würdest du mich bitte etwas zu dir drehen und mich in den Arm nehmen?“, flüsterte sie mit zittriger Stimme, „ich möchte dein Gesicht sehen.“ Wir starrten uns tief in die Augen und ich sah, wie sich all unsere gemeinsamen Momente in ihnen spiegelten. Wie sie mich in Sarajevo bei unserem ersten Schnitzelkonzert in die Menge zog und mit mir tanzte. Als sie mir in den georgischen Bergen von ihrer Vergangenheit erzählte und mich küsste. Wie sie nach meiner Hand griff und mit ihr auf die Flughafentafel in Nowosibirsk zeigte. Und wie ich ihr Gesicht sah, als ich im chinesischen Krankenhaus wach wurde. Ich sah Liebe, Vertrautheit und wie wir gemeinsam durch die Lüfte flogen.

„Glaubst du an Wunder?“, fragte Lilly, und ich schaute sie für einen Moment lang wortlos an. „Ich möchte dir eine Geschichte erzählen“, fuhr sie fort, „und zwar davon, warum ich mir den Nachnamen Wunderlich ausgesucht habe. Zu Beginn meiner Reise hatte ich nicht an Wunder geglaubt, aber wünschte mir, dass sie doch existierten. Doch ich konnte kein Wunder finden. Nichts, das die Vergangenheit rückgängig machen konnte, egal, wie sehr ich danach suchte. Und als ich die Hoffnung fast schon aufgegeben hatte, fand ich euch. Ihr habt mir gezeigt, dass ich vor lauter Suchen den Blick für all die kleinen Wunder verloren hatte. Jeder Tag mit euch fühlte sich wie ein Wunder an. Jedes Mal, wenn ich neben dir aufwachen und in deine strahlenden Augen blicken durfte. Wenn wir zusammen lachten, tanzten und Menschen zum Lächeln brachten. Wunder geschehen, glaub mir. Und du bist eines davon. Leonard Mehrens, du bist wundervoll.“ Ich hielt sie so fest wie ich nur konnte.

„Jetzt bist du dran, Schatz“, fuhr sie fort, „kannst du mir nochmal meine Lieblingsgeschichte erzählen? Die von König Edward? Und bitte mit meinem besonderen Ende.“ Während wir durch Indien reisten, kam mir die Idee, für Lilly ein eigenes Ende zu erfinden. Damals, als sie vor den Wasserfällen auf meinem Schoß gelegen hatte, sah ich eine Sternschnuppe und wünschte mir, dass es Lilly gut ging. Und diesen Wunsch wollte ich in unserer Geschichte festhalten. Ich begann zu erzählen.

„… So endete die Geschichte von König Edward, der am Ende all das erreichte, was er sich immer erträumt hatte. Jeden Abend saßen sie gemeinsam am Feuer, erzählten Geschichten und lachten. Manchmal kann man ihr Feuer sogar sehen, wenn man abends in Richtung der Hügel blickt." Dann folgte Lillys besonderes Ende: „... und ganz selten, wenn sie alle am Lagerfeuer sitzen, bittet Gerlinde ihren geliebten Edward um einen Gefallen. Sie fragt ihn, ob er für sie einmal durch die Lüfte fliegen kann. Es sind diese seltenen Nächte, in denen Edward abhebt und derart schnell durch den Nachthimmel fliegt, dass er hinter sich einen hellen Schweif herzieht. Wir Menschen nennen dieses Phänomen Sternschnuppen, und auch wir tun in diesen Momenten genau das, was Edward und Gerlinde damals getan haben. Wir wünschen uns etwas, das uns glücklich machen soll." Ich strich ihr entlang ihrer geschlossenen Augen zu den Wangen.

„Leon, ich kann dich sehen", flüstere sie wie im Halbschlaf, „ich kann dich fliegen sehen. Wie eine Sternschnuppe." Sie machte eine kurze Pause. „Ich wünsche mir, dass du nie aufhörst, an Wunder zu glauben."

„Das werde ich", sagte ich und griff nach ihrer Hand, „und ich werde dich nie loslassen. Wie ich es dir versprochen habe." Als ich sie hielt, spürte ich einen Gegenstand. Ich blickte kurz nach unten und sah, dass die Münze, die ich ihr damals zum Geburtstag geschenkt hatte, in ihrer Handinnenfläche lag. Lilly musste sie die ganze Zeit über in ihrer rechten Hand gehabt haben. Ich sah erneut in ihr Gesicht, in dem ein Grinsen stand. So breit und befreit, wie ich es seit Wochen nicht mehr gesehen hatte. Sie sah genauso friedlich und glücklich aus wie damals auf unserer Reise, wenn ich ihr beim Schlafen zugesehen hatte. Ich wiederholte mein Versprechen, strich ihr eine imaginäre Haarsträhne hinters Ohr und schloss meine Augen.

„Ich lasse dich nie mehr los."

# DIE CHINESISCHE MAUER

Vor uns zogen riesige Schiffe auf dem Main vorbei und der Schatten der gegenüberliegenden Bäume bewegte sich langsam in Richtung unseres Ufers. Eine kühle Brise wehte durch meine Haare und die wärmenden Sonnenstrahlen brannten in meinem Gesicht.

„Weißt du noch, Lilly, wie wir hier saßen und davon geträumt haben, uns ein eigenes Königreich zu bauen? Manchmal sehe ich es vor mir. Ein schöner, alter Platz mitten in der Stadt, mit hellroten Pflastersteinen, auf dem jedes Wochenende ein kleiner Markt stattfindet. In der Mitte des Platzes gibt es einen großen Springbrunnen, wie der in Sarajevo, und das Lachen der Menschen, die um ihn herumspazieren, übertönt sogar die Geräusche des plätschernden Wassers. Wir wohnen in einem gemütlichen, mintgrünen Haus und haben ein Sofa, das du vintage und ich altmodisch nennst. Aber es ist bequem und ich liebe es, mit dir in meinen Armen darauf zu liegen und die Welt um uns herum völlig zu vergessen. Unser Garten ist riesig und überall wachsen Apfelbäume. Hans beschwert sich immer, dass die fallenden Äpfel schon einige Dellen in das Dach von Mr Wilson geschlagen haben. Aber dann sagt er stets, dass ein Schnitzel ohne Beulen ja auch kein Schnitzel sei. Marius und Julius wohnen direkt gegenüber von uns. Ihr Haus ist etwas moderner und sie haben es selbst designt. Und weißt du, was das Schönste an unserem Königreich ist? Wir haben eine riesige Feuerstelle, an der nicht nur Helena, Hans, Marius und Julius Platz haben, sondern auch viele neue Freunde. Arbeitskollegen, Bekannte aus deiner Häkelrunde, Schachmeister, Piraten, Barbesitzer und spielende Kinder. Manchmal sogar auch unsere eigenen. Du hättest damals keine Angst zu haben brauchen. Du bist nämlich eine wundervolle Mutter."

Eine Träne lief über meine Wange und tropfte auf die Strickmütze, die ich in der Hand hielt. „Schatz, du hattest recht. Wunder geschehen tatsächlich. Aber manchmal geschehen sie nicht an dem Ort, an dem man sie sich gerade wünscht.“ Während die Sonnenstrahlen langsam verblassten, berührte mich eine Hand auf der Schulter.

„Bist du bereit, oder möchtest du noch etwas Zeit mit ihr alleine haben?“, fragte Marius.

„Ich bin bereit“, antwortete ich, stand auf und stellte mich zu meinen drei Freunden vor unsere kleine Chinesische Mauer. Mit ihrer Hilfe hatte ich sie provisorisch repariert und neue Steine gelegt. Laut den Plänen von Marius sollte sie wie ihr reales Vorbild Tausende von Jahren überdauern können. Helena stellte einen kleinen Bambusteller mit einer gefüllten Teigtasche an die Mauer und Marius legte einen Strauß Blumen daneben. Hans stellte eine Flasche Cranberry-Saft dazu und warf eine Münze. Sie flog durch die Luft und landete auf dem Boden am Ufer. Wir schauten nicht, welche Seite oben lag. Ich legte die selbstgestrickte Mütze vor das Bild der „Fünf Freunde“, das seinen Platz an der Mauer gefunden hatte. Danach griff Hans nach seiner Gitarre und wir sangen ein weiteres Mal Lillys Lieblingssong: *I'm Yours* von *Jason Mraz.* Wir tanzten, spielten imaginäre Instrumente und erinnerten uns an all unsere gemeinsamen Wunder. Wir hatten uns vorgenommen, an diesem Tag keine Tränen zu verdrücken, da sie es sich sicherlich so gewünscht hätte. Doch auch wenn wir es versuchten, mussten wir diese Regel jedes Mal brechen. Wir nannten sie Freudentränen. Freude darüber, dass wir das große Glück hatten, diesen wundervollen Menschen kennenlernen zu dürfen. Es war der dritte Todestag von Lilly Wunderlich. Vor genau drei Jahren erzählte ich ihr zum letzten Mal die Geschichte von König Edward mit unserem ganz eigenen Ende. Ich hielt ihre Hand mit der Münze bis zum nächsten Morgen. So, wie ich es ihr versprochen hatte.

Ihre Urne hatten wir einige Wochen nach ihrem Tod nach Australien geflogen und sie dort, gemeinsam mit Lillys Vater, neben ihrer Mutter beerdigt. Nach all den Jahren waren sie nun wieder vereint. Auf ihrem Grabstein standen zwei Namen. Einer, der zeigen sollte, dass sie am Ende ihren Frieden geschlossen hatte und nicht mehr weglaufen musste. Und ein anderer, der daran erinnerte, was für ein Wunder sie war: Jessica Gross, Lilly Wunderlich.

Einen Teil ihrer Asche hatten wir jedoch hier, an unserer eigenen Chinesischen Mauer verstreut. Hier, wo wir ihr eigenes, kleines Königreich gebaut hatten.

Als es langsam dunkel wurde, wechselten wir in eine Bar und tranken – wie jedes Jahr – gemeinsam auf Lilly.

„Ich hätte damals echt nicht gedacht, dass ein Cranberry-Saft wirklich schmecken kann", sagte Hans, nachdem er sein Glas in einem Zug geleert hatte und ein neues bestellte.

„Habe ich dich etwa je enttäuscht?", antwortete ich mit feuchten Augen.

„Nein, Leon, das haste nicht." Hans nickte mir zu. „Auf Lilly und darauf, dass sie nie aufgegeben hat."

„Auf die tapferste Frau, die ich je kennenlernen durfte", sagte Marius und legte mir dabei die Hand auf die Schulter.

„Darauf, dass sie am Ende ihren Frieden gefunden hat." Helena blickte gerührt zur Decke.

„Auf Lilly Wunderlich. Die Frau, die mir dabei geholfen hat, zu verstehen, wie mein Mehr aussieht. Auf Jessica Groß."

„Wie läuft es in eurem Heim?", fragte ich, nachdem wir unsere zweite Runde bestellt hatten.

„Seitdem sich rumgesprochen hat, wie gut ich koche, werden es jeden Tag mehr Menschen", antwortete Helena und schaute mich glücklich an. Nach Lillys Tod hatten sie und Hans sich dazu entschieden, erstmal in Deutschland zu bleiben. Irgendwann hatte Hans die Idee, ein eigenes Obdachlosenheim zu gründen und dieses mit Spenden von seinen Musikfans zu finanzieren. Das Besondere an dem Heim waren jedoch nicht nur Helenas Kochkünste, sondern auch die Tatsache, dass ein Tierheim angebaut war. Sämtliche Vierbeiner wurden hier mehrmals täglich von den Bewohnern Gassi geführt. Das war die einzige Regel, um im Heim leben zu dürfen. Zudem gab es ein kleines Kino, in dem die Bedürftigen jeden Tag kostenfrei Filme schauen konnten. Sie hatten ihr Obdachlosenheim Mrs Wilson genannt. So hatten sie für Mr Wilson wirklich eine Partnerin finden können. Er selbst stand vor dem Heim und wurde als Eisdiele genutzt. Es gab sogar ein besonderes Pistazieneis, das Helena in Erinnerung an Lilly „Wunderbecher" genannt hatte. Marius arbeitete gemeinsam mit Julius noch immer für die Bank, aber er hatte sich dazu bereiterklärt, Helena und Hans bei Geldangelegenheiten und Steuersachen behilflich zu sein.

„Haste eigentlich auch so nen Brief von der russischen Botschaft bekommen?", fragte Hans.

„Du meinst das Schreiben, in dem mitgeteilt wurde, dass für mich ein lebenslanges Einreiseverbot erlassen wurde?", antwortete Marius. „Ja, habe ich." Wir lachten und die beiden schlugen ihre Fäuste aneinander.

„Und wie läuft es mit Julius?", fragte ich.

„Um ehrlich zu sein, gibt es große Neuigkeiten. Wir haben uns verlobt. Und meine Eltern haben mir tatsächlich ihren Segen gegeben."

„Das ist wunderbar", jubelte Helena, „darf ich Trauzeugin sein? Ich kann das wirklich gut."

„Aber nur, wenn ich das auch im Gegenzug auf eurer Hochzeit sein darf. Wenn ihr denn irgendwann mal heiratet." Hans errötete etwas, entzog sich Helenas Blick und griff schnell nach seinem Glas.

„Auf Marius und Julius", sagte er und hob seinen zweiten Cranberry-Saft in die Mitte des Tisches.

„Und wie geht es dir, Leon?", fragte Marius, „sprichst du noch immer mit ihr?"

Wie ging es mir? Mit Lillys Tod vor drei Jahren zerbrach ein großer Teil von mir. Anfangs war ich wütend, verzweifelt und wusste nicht weiter. Aber ich hatte ihr versprochen, stark zu sein und nach vorne zu schauen. Auch heute noch war ich mir nicht sicher, ob ich alleine die Kraft dafür gehabt hätte. Aber das musste ich nicht, schließlich waren Helena, Hans und Marius stets an meiner Seite gewesen. Wir hatten in den letzten drei Jahren gemeinsam getrauert und gelernt, weiterzumachen. Am Ende wurde mir klar, dass Lilly damals auf dem Bett in Indien recht hatte. Damals, als sie bereits wusste, dass der Krebs zurückgekehrt war.

„Manchmal höre ich ihre Stimme, aber nur noch selten", antwortete ich. „Wisst ihr, Lilly hat mir in Indien mal gesagt, dass manche Narben nie verheilen, aber man lernen kann, mit ihnen zu leben. Ich verstehe jetzt, warum sie das damals zu mir gesagt hat." Und so machte ich weiter und erinnerte mich an Lilly als das Wunder, das sie gewesen war. Ihr großes Herz, ihren Mut und ihr zufriedenes Grinsen, mit dem sie zum letzten Mal ihre Augen geschlossen hatte. Ich hatte ihr zwar versprochen, sie niemals loszulassen, aber die letzten Jahre hatten mich etwas gelehrt. Manchmal musste man loslassen, um jemanden für die Ewigkeit zu halten. Auch, wenn man dies nur in Erinnerungen konnte.

Am Ende des Abends, nachdem ich mich von Helena, Hans und Marius verabschiedet hatte, folgte meine ganz eigene Tradition für diesen besonderen Tag. Ich setzte mich alleine an die Bar.

„Zwei Gläser Cranberry-Saft, bitte."

„Lasst mich raten, von eurer Truppe hatte noch nie jemand eine Blasenentzündung, oder?", lachte der Kellner. Ich zog meine Augenbrauen nach oben und schaute ihn fragend an. „Ähm, nicht so wichtig, zwei Mal Cranberry, kommt sofort."

Ich hob mein Glas vor mich und stieß es an das zweite, das neben mir auf der Theke stand.

„Auf dich, Lilly", flüsterte ich, „und darauf, dass du irgendwo dort oben fliegst."

Während ich langsam an meinem Glas nippte und der Musik lauschte, setzten sich zwei Personen neben mich an die Bar. Ich konnte aus ihrem Gespräch erahnen, dass ein Mann und eine Frau gerade ihr erstes Date hatten.

„Du siehst viel besser aus als auf den Bildern", sagte er.

„Ähm … danke. Du auch", antwortete sie verlegen.

„Also, was sind deine Hobbys?"

„Ich liebe Filme. Ganz besonders *Star Wars.* Wusstest du, dass *Yoda* ursprünglich von einem Affen gespielt werden sollte? Sie hatten sogar bereits einen Affen, dem sie ein *Yoda*-Kostüm anziehen wollten. Aber einer der Crewmitglieder hatte früher bei *Odyssee im Weltraum* mitgearbeitet und überzeugte den Regisseur davon, wie anstrengend Dreharbeiten mit einem Affen sind."

„Interessant", antwortete er, „ich bin ehrlich gesagt kein Fan von diesem Weltraumzeug."

„Oh, ich verstehe. Und wie sieht es mit *Jurassic Park* aus? Hast du einen Lieblingsdinosaurier?"

„Hör mal, wollen wir den ganzen Quatsch nicht einfach überspringen?"

„Quatsch?", antwortete sie überrascht, „was meinst du damit?"

„Ich meine … Lieblingsdinosaurier. Ernsthaft? Wollen wir den sinnlosen Smalltalk nicht einfach auslassen? Meine Wohnung ist ganz in der Nähe und ich habe ein paar gute Flaschen Wein zu Hause."

„Wenn mein Gespräch sinnlos ist, solltest du wohl nach Hause gehen und dich alleine der Sinnhaftigkeit deiner Weinflaschen hingeben."

„Komm schon", protestierte er, „stell dich nicht so an."

„Bitte geh jetzt."

„Na gut", schnauzte er und ich hörte, wie sein Hocker über den Boden schrammte, „kein Wunder, dass du Single bist."

„Wie bitte?", platzte es aus ihr heraus. Dann herrschte Stille. Solange, bis ich ihr eine Antwort gab.

„Der Brontosaurus", sagte ich laut genug, damit sie es hören konnte.

„Entschuldigung?", fragte sie überrascht.

„Mein Lieblingsdinosaurier. Der Brontosaurus", wiederholte ich und starrte dabei immer noch auf mein Glas.

„Oh, Entschuldigung. Ich wollte nicht, dass du unser Gespräch mit anhören musst. Der Brontosaurus ist toll. Ich habe *In einem Land vor unserer Zeit* als Kind geliebt. Ehrlich gesagt, tue ich das auch heute noch. Aber gut, mein Lieblingsdinosaurier ist der T-Rex. Willst du wissen, warum?" Ich schwieg und fasste langsam an meine Stirn.

„Wenn es mir schlecht geht", fuhr sie fort, „stelle ich mir vor, wie ein Tyrannosaurus mit seinen kleinen Ärmchen versucht, nach dem Schlafen seine Bettdecke zusammenzulegen. Das ist lustig, oder?"

Das konnte unmöglich sein. Ich stellte ungläubig mein Glas ab, wischte nervös mit den Fingern über den Rand und drehte meinen Kopf zögerlich nach rechts.

„Leon?" Sie spuckte beinahe ihr Getränk über den Tresen. „Du bist es wirklich! Ich habe dich mit deiner Frisur fast nicht erkannt. Lass dich umarmen." Es war die Dinosaurier-Dame, die mir damals, zu Beginn meiner Reise in Ljubljana, den Geldbeutel zurückgegeben hatte. „Wow, das ist … verrückt … darf ich mich zu dir setzen?"

„Gerne", antwortete ich und zog den Hocker neben mir nach hinten.

„Ich weiß gar nicht, was ich sagen soll", sagte sie, „mit dir hätte ich heute Abend nicht gerechnet. Jetzt muss ich nicht mehr jeden Tag am *Flixbus*-Bahnhof nach dir Ausschau halten." Sie grinste mich an.

„Das war ein Witz, oder?", fragte ich mit gerunzelter Stirn.

„Ja, Leon", sagte sie, „ich habe nur jeden ersten Sonntag des Monats gewartet." Ich grinste zurück „Schau dich an. Wie hoch waren wohl die Chancen, dir hier in Frankfurt über den Weg zu laufen?"

„Vermutlich ähnlich niedrig, wie die, dich damals in Ljubljana zu treffen", flüsterte ich ungläubig, „aber erstmal schuldest du mir noch eine Antwort." Meine Mundwinkel zogen sich nach oben. „Wie heißt du wirklich, Dinosaurier-Dame?"

„Ja, das klingt fair. Mein Name ist Jasmin."

„Jasmin", wiederholte ich, „ein schöner Name. Nachdem du mir ihn damals nicht verraten wolltest, hätte ich definitiv mit etwas Schlimmerem gerechnet."

„Was wäre denn ein schlimmer Name?", fragte sie neugierig.

„Ähm … sowas wie Saurus Bronto."

„Touché", antwortete sie und zeigte dann auf das zweite Glas, „wartest du auf jemanden?"

„Ich … das Glas gehört jemandem, der … einer ganz besonderen … vielleicht erzähle ich dir ein anderes Mal davon, okay?"

„Natürlich", antwortete sie, „also, Leon, wie war deine Reise?"

„Das ist eine sehr lange Geschichte", antwortete ich, „hast du mal Cranberry-Saft probiert?"

„Klar, immer, wenn ich eine Blasenentzündung habe." Ich dachte kurz an die Worte des Kellners zurück, grinste und bestellte ein weiteres Glas.

„Hier, bitteschön."

„Vielen Dank", sagte sie höflich, „ein wahrer Gentleman." Sie stieß mit mir an und tat es dann auch mit Lillys Glas. „Zum Wohl, liebe Unbekannte. Wie beginnt deine Geschichte?"

„Weißt du, Jasmin, eigentlich begann sie mit einer Dinosaurier-Dame, wegen der ich meinen Bus in Slowenien verpasst hatte."

„Oops", antworte sie und schaute in Richtung Boden, „das war dann wohl meine Schuld. Es tut mir wirklich leid, aber ich dachte …"

„Nein", unterbrach ich sie, „damals meinen Bus zu verpassen war das Beste, das mir je hätte passieren können." Für einen Moment lang schauten wir uns einfach nur an. Dann richtete ich meinen Blick zum Handgelenk auf die gefälschte Rolex-Uhr, die mir Marius und Julius vor zwei Jahren aus ihrem Türkeiurlaub mitgebracht hatten. „Jasmin, lass uns ein Experiment wagen. Stell dir vor, in zehn Minuten würde die Welt untergehen und du kannst mir genau eine Frage stellen. Was wäre es für eine?" Sie drehte ihren Kopf zur Seite und dachte kurz nach.

„Ich würde fragen, ob du wusstest, dass Mammuts noch gelebt haben, als die ersten Pyramiden gebaut wurden."

„Ehrlich gesagt, ja", antwortete ich grinsend, „einer meiner Freunde kennt alle diese ‚Unnützes-Wissen'-Bücher auswendig. Weißt du, was ich dich fragen würde?"

„Was denn?", antwortete sie und starrte mich mit ihren großen Augen an. Sie waren blau wie das Meer. Auch heute hatte ich keine Angst zu ertrinken.

„Glaubst du an Wunder?"

# TEIL 5

*Vicky Leandros – Ich liebe das Leben*

„... ich bin Lilly und möchte mich verabschieden. Von einem Menschen, der nie aufgegeben hat. Ein Mensch, der stets an Wunder glaubte und immer weitermachte. Ein Mensch, der kein ‚Nein' akzeptieren wollte. Auch, wenn er lernen musste, es manchmal zu tun."

Lilly machte eine kurze Pause und ihr Blick richtete sich zu Helena und Hans, wanderte langsam zu Marius und fiel dann auf mich. Ich konnte spüren, dass sie mich gerade brauchte, stand vorsichtig auf und ging zu ihr nach vorne. Als ich neben ihr am Podest stand, ergriff ich die Hand meiner Schwester und schaute mit ihr gemeinsam zu den Gästen.

„Ich möchte mich von einem ganz besonderen Menschen verabschieden", fuhr sie fort, „ein Freund, ein Vorbild und eine Inspiration. Ein Mensch, der immer da war und ein Vater, wie man sich ihn nicht besser hätte wünschen können." Lilly wischte sich mit einem Taschentuch durch ihr Gesicht.

„Bevor unsere Mutter Jasmin vor zwei Jahren von uns ging, hat sie uns oft von ihrer zweiten Begegnung mit Vater erzählt. Sie traf ihn in einer Bar, als Mutter eines der schrecklichsten Dates ihres Lebens hatte. Doch dann sagte Vater ein Wort, das alles verändern sollte: Brontosaurus." Ein lautes Lachen ging durch die Menge.

„Die beiden sprachen an diesem Abend von seiner Reise und all den Höhen. Von wundervollen Begegnungen, Freunden und Momenten des Glücks. Und dann erzählte er ihr auch davon, wie er einen geliebten Menschen an den Krebs verloren hatte. Ein Mensch, der Vater gezeigt hatte, wie wichtig es ist, weiterzumachen und dem ich meinen Namen zu verdanken habe. Sie hieß Lilly Wunderlich. Aber dennoch saß unser Vater an diesem Abend mit Mutter an der Theke, trank sein Lieblingsgetränk und war überzeugt davon, dass Wunder existieren. Das war eine der Eigenschaften, die wir alle so an Vater mochten. Er schaute nach vorne und flog weiter, egal, wie stark der Sturm am Horizont auch war. Vater war ein außergewöhnlich guter Pilot, auch, wenn er die Ausbildung dazu nie begonnen hatte.

Unser Vater erzählte meist eine andere Geschichte. Er erzählte von einem Moment, der vier Jahre nach dem Treffen in der Bar stattfand. Mutter und er waren in die Mongolei geflogen, hielten sich im Arm und beobachteten die Adlerjäger. Dann sagte er etwas, von dem unsere Eltern bei vielen Gelegenheiten erzählt hatten: ‚Wir jagen fast alle einem Schatz hinterher, doch manchmal müssen wir feststellen, dass am Ende unserer Suche eine leere Schatztruhe auf uns wartet. Aber es ist möglich, diese leere Truhe mit einem neuen Schatz zu füllen.' Mit diesen Worten ging unser Vater Leonard auf die Knie und hielt um die Hand unserer Mutter Jasmin an.

Den Rest seiner Geschichte dürften wir alle kennen. Er setzte es sich zum Ziel, mit seinen weiteren Projekten Menschen Mut zu machen. Menschen zu helfen, die am Abgrund standen. Menschen zu helfen, deren Suche sie vor eine leere Schatztruhe geführt hat. Ihnen die Hand zu reichen und zu zeigen, dass es immer weitergeht. So gründete er die *Mehr-Stiftung*, und obwohl er stets darauf beharrte, dass er diesen Namen von seinem Nachnamen *Mehrens* abgeleitet hatte, wissen wir es wohl alle besser. Wir wissen, dass so viel ***mehr*** dahintersteckte.

82 Jahre lang hat Leonard Mehrens unsere Welt bereichert. Und auch wenn sie einen tollen Menschen verloren hat, wird seine Vision und Liebe in uns allen und in seiner Stiftung weiterleben. So, wie er es sich immer erträumt hatte. Bevor mein Bruder Lian die Schlussworte sprechen wird, möchte ich euch noch eine Sache erzählen. Ich möchte euch erzählen, wie Leon eingeschlafen ist. Mein Bruder und

ich waren bei ihm, als er immer schwächer wurde. Er strahlte uns an, zwinkerte uns zu und sagte, dass wir nie damit aufhören sollen, in die Sterne zu schauen. Denn er selbst würde bald auch dort oben irgendwo mit Mutter am Himmel fliegen und uns mit jeder Sternschnuppe daran erinnern, dass es Wunder wirklich gibt. Dann schloss Vater seine Augen, und auf seinem Gesicht zeichneten sich tiefe Lachfalten ab. So, als wäre er der glücklichste Mensch auf dieser Erde. Vielen Dank." Während die Gäste applaudierten, machte Lilly einen Schritt zur Seite und ließ mich hinter das Mikrofon treten.

Nun war es an der Zeit, die letzten Wünsche unseres Vaters zu erfüllen. Bevor ich begann, blickte ich ein weiteres Mal in all die vertrauten Gesichter. Tante Helena wischte Onkel Hans mit einem Taschentuch Tränen von den Wangen. Onkel Marius blickte mit funkelnden Augen nach vorne und hielt dabei die Hand seines Ehemannes Julius.

„Mein Name ist Lian. Lian Mehrens. In meinem Alter hatte Vater bereits so unglaublich viele Abenteuer erlebt. Und manchmal beneidete ich ihn darum. Aber in diesen Momenten sagte er immer, dass jeder Tag ein Abenteuer sein kann. Man müsste ihn nur zu einem machen." Ich sah, wie Helena mir zunickte. „Vater hat viele Dinge gesagt, ihr wisst das. Zum Beispiel, dass man erst schwimmen lernen muss, bevor man nach mehr strebt. Oder dass jeder Mensch lernen sollte, eine helfende Hand zu akzeptieren. Und auch, dass die Nacht vor der Dämmerung am dunkelsten ist. Ja, Vater hat stets behauptet, dass er diesen Satz nicht von den Batman-Filmen geklaut hat." Ein weiteres, lautes Lachen hallte durch das Kellergewölbe.

„Manchmal sagte er aber auch weniger philosophische Dinge. Er sagte, dass das Leben kein Ikea-Katalog ist. Oder, dass ich niemals Jägermeister trinken soll. Oder aber, dass Cranberry-Saft nicht nur bei Blasenentzündungen gut ist."

„Das stimmt", rief Hans von vorne rechts.

„Vor seinem Tod bat er mich um eine wichtige Sache. Er sagte, dass ich ihm auf seiner Beerdigung zwei Wünsche erfüllen müsse, die für viele wenig, aber für wenige viel Bedeutung hätten. Ja, Vater wurde mit den Jahren wirklich sehr philosophisch. Ich war mir stets sicher, dass er das von Onkel Hans hatte."

„Das stimmt so nicht ganz", rief Marius von vorne links. Beide schauten sich kurz an und blickten dann mit einem breiten Grinsen nach vorne.

„Also, die erste Sache ist folgende. Unser Vater bittet jeden von euch um einen kleinen Gefallen. Er hat sich gewünscht, dass ihr nach der Feier auf die Webseite seiner Stiftung geht: www.Mehr-Stiftung.de. Dort gibt es ein Gästebuch, in dem man anonym Nachrichten hinterlassen kann. Vater würde sich wünschen, dass jeder von euch ein paar Worte schreibt. Worte, die aufbauen und Mut machen sollen. Er sagte, dass wir uns vorstellen sollen, eine fremde Person am Tiefpunkt ihres Lebens zu treffen und ihr die Hand zu reichen. Vater meinte, dass er es ohne seine Freunde damals nicht geschafft hätte, weiterzumachen. Und dann sagte er, dass jeder von uns eine Helena, ein Hans oder ein Marius für jemand anderen sein kann. Macht einer fremden Person Mut. Und wenn es euch schlecht geht, dürft ihr diese Seite gerne erneut besuchen. Lesen, was all die Menschen dort für Nachrichten hinterlassen haben. Zeigt der Welt, wie viel Menschlichkeit existiert, und dass sich selbst der stärkste Sturm durchsegeln und die kräftigste Windböe durchfliegen lässt. Zeigt ihnen, dass Wunder existieren.

So viel zu seinem ersten Wunsch. Für den zweiten benötige ich zwar auch eure Hilfe, aber es wird ganz einfach. Greift bitte jetzt unter eure Stühle. Dort findet ihr einen Liedtext. Wundert euch bitte nicht, dass der Text abgeändert wurde. Das war das Werk meines Vaters.

Hans, er hat sich gewünscht, dass du den Song hier vorne auf der Bühne spielst und singst."

„Hat er das?" Hans schüttelte den Kopf und erhob sich langsam von seinem Stuhl. Als er bei mir war und ich ihm den Liedtext gab, hielt ich ihn an der Schulter und flüsterte ihm etwas ins Ohr: „Ich soll dir von Vater noch Folgendes sagen: ‚Ich habe nach all den Jahren endlich rausgefunden, wie du als Vegetarier dauernd über Schnitzel singen konntest. Es ging in Wirklichkeit immer nur um Soja-Schnitzel.'" Hans schaute mich überrascht an, grinste und antwortete flüsternd: „Dein Vater war schon ein schlaues Kerlchen, oder?" Er zwinkerte mir zu und griff nach dem Mikrofon.

„Yo, ich bin's wieder. Tut mir leid, dass ihr meine Visage schon wieder sehen müsst, aber ich würde Leon nie nen Wunsch abschlagen. Nun gut. Ich habe hiervon nichts gewusst, also keine Ahnung, was euch jetzt erwartet. Wir singen ...", Hans hielt sich das Stück Papier vor die Augen und fragte mich anschließend, ob ich es in dieser Position festhalten könne, „wir singen *Vicky Leandros* mit *Ich liebe das Leben.*"

Dann spielte Hans die ersten Töne. Er spielte den Lieblingssong meines Vaters in einer Version, die dieser anscheinend irgendwann vor seinem Tod geschrieben hatte. Und so stimmten wir alle gemeinsam ein:

Im Schweinestall wird laut gequiekt
Es ist an der Zeit
Sie seh'n sich an und fühlen auch
Der Metzger steht bereit
Der Rolli ist das dickste Tier
Und grunzt „was wird aus mir?"

Nein, sorg dich nicht ums Schwein
Du weißt, ich koch vegetarisch
Ein Päckchen Soooo-ja kommt da rein
Und dazu noch ein Gläschen Wein
Roooo-lli wird nichts gescheh'n
Glaub mir, auch er liebt das Leben
Sein Ringelschwanz wird sich weiterdreh'n
Auch wenn er auseinandergeht

Mag sein, dass dicke Schweine oft
Viel zu kostbar sind
Verzweifelt auf die PETA hofft
Und dem Tod entrinnt
Geboren, um paniert zu sein
Doch dann hat Rolli Schwein

Nein, sorg dich nicht ums Schwein
Du weißt, ich koch vegetarisch
Ein Päckchen Soooo-ja kommt da rein
Und Hans und Schwanz, das ist ein Reim

In diesem Moment verstummte sein Gesang und der letzte Akkord klang langsam aus. So endete der offizielle Teil der Trauerfeier: Mit laut lachenden und applaudierenden Menschen und mit einem fluchenden Hans.

„Dieser Kerl", murmelte er auf der Bühne, „und die meinten damals, dass ich es bin, der immer für ne Überraschung gut ist."

# BUNT

Nachdem Hans seine musikalische Darbietung beendet hatte, schloss der Priester den offiziellen Teil und wir Gäste wechselten langsam in den Nebenraum. Meine Schwester eröffnete das Buffet und ich setzte mich an einen großen, runden Tisch, auf dem eine kleine Papierkarte aufgestellt war: Die „Egal wie viele Musketiere."

Onkel Hans hatte neben seiner Frau Helena Platz genommen und Onkel Marius saß neben seinem Ehemann Julius. Obwohl wir alle nicht wirklich miteinander verwandt waren, hatte ich mich daran gewöhnt, diesen verrückten Haufen mit Onkel und Tante anzusprechen. Sie waren nicht nur für meinen Vater, sondern auch für mich und meine Schwester zu einer Familie geworden.

„Fast so, als wären wir die *Ritter der Tafelrunde*", erklärte Hans.

„Du kannst ja immer noch nicht zählen, Onkel", scherzte ich.

„Pass ja auf! Du glaubst gar nicht, was unter meiner verschrumpelten Haut noch alles schlummert."

„Oh ja, in meinem Hans schlummert einiges", bestätigte Helena, „er schlummert die ganze Nacht, dann nach dem Mittagessen und auch nochmal am Nachmittag."

„Schlaf ist eben wichtig. Es wurde noch kein Schnitzel ohne Mehl paniert."

„Ich glaube, dass das so nicht ganz korrekt ist", widersprach Marius.

„Immer noch ein Klugscheißer", murmelte Hans.

Es war schön zu beobachten, dass sich manche Dinge wohl wirklich nie änderten.

„Wie geht es dem Nachwuchs, Tante Helena und Onkel Hans?", fragte ich.

„Ach, hör mir auf. Oliver jagt irgendwo in Südamerika einer Frau hinterher und Nora gibt immer noch Surfunterricht in Australien. Irgendwas stimmt mit den beiden nicht. Müssen sie von ihrer Mutter haben."

„Ja, Schatz", schmunzelte Helena, „das haben sie sicherlich von ihrer Mutter."

„Apropos: Julius und ich haben auch Neuigkeiten", verkündete Marius, „wir werden Großeltern." Er lächelte zufrieden und gab Julius einen Kuss auf die Wange. Die beiden hatten vor vielen Jahren zwei Kinder aus einem Heim adoptiert und sich so den Wunsch einer eigenen Familie erfüllt.

„Darauf müssen wir anstoßen", jubelte Hans, „und falls ihr nen guten Deutschlehrer sucht, sagt Bescheid."

„Liebling, du hast gar nicht erzählt, dass Hans Deutschlehrer ist", sagte Julius und schaute seinen Mann überrascht an.

„Nun ja", antwortete Marius, „falls unsere Enkel sich jemals dazu entscheiden sollten, eine Bäckereischule zu besuchen, könnten wir ihn als Lehrer in Erwägung ziehen."

„*Zwetschgensträuselchen,* haste gehört? Die alten Säcke da machen sich über uns lustig."

„Ich bin mal so frei und korrigiere dich, Schatz", hüstelte Helena, „sie machen sich über dich lustig." Auch sie gaben sich einen Kuss.

„Zurück zum Thema, Lian, habt ihr zufällig Macallan hier? Wir müssen mit was anstoßen."

„Ich glaube, wir haben Jack Daniels."

„Leon ist echt ein Spaßvogel", sagte Hans trocken. „Also los, lasset die Trinkspiele beginnen. Wie in Rom." Er nickte dabei mit seinem Kinn in Richtung Marius.

Wir tranken auf den Nachwuchs, auf vergangene Geschichten und natürlich auch auf meinen verstorbenen Vater.

„Soll ich euch mal was richtig lustiges erzählen?", fragte Hans, „hat was mit Büchern und ner geheimen Botschaft zu tun." Marius schaute ihn neugierig an. „Also, ihr kennt ja *Harry Potter.* Wenn man von den Titeln der Bücher nur die ersten zwei Buchstaben nimmt und aneinandersetzt, kommt nen geheimes Wort raus."

Marius kratzte sich an der Stirn und versuchte scheinbar in Gedanken die Buchtitel zusammenzusetzen, als Hans ihn unterbrach.

„HaHaHaHaHaHaHa", schrie er und trommelte dabei wie wild auf seine Oberschenkel. Während Helena und ich lachten, stieß Marius einen lauten Seufzer aus und schüttelte den Kopf. „Das ist lustig, oder? Geht auch mit *der Herr der Ringe.*"

„DeDeDe?", antwortete Marius.

„Scheiße, stimmt …"

„Wo wir über Bücher reden", unterbrach ich sie, „wusstet ihr, dass Vater vor seinem Tod auch eins geschrieben hat?"

„Er hat was?", antwortete Helena überrascht.

„Ist nicht wahr. Haste schon nen Blick reinwerfen können?"

„Um ehrlich zu sein, habe ich es bereits gelesen. Er hat es mir wenige Wochen vor seinem Tod gegeben."

„Hat das Buch schon einen Titel?", fragte Marius.

„Ich hätte ne Idee", begann Hans, „Die sagenhafte Schnitzelsafari des Leon Mehrens."

„Sogar mit Alliteration", schmunzelte Marius und verschluckte sich fast an seinem Getränk.

„Nun, er hat sich für einen etwas dezenteren Titel entschieden", erklärte ich und fügte ein ‚glücklicherweise' hinzu, „es heißt Mehr."

„Wie langweilig. Und komisch, ich dachte immer, dass er Angst vor dem Meer hat", antwortete Hans.

„Ich glaube, dass er das Mehr mit ‚h' meint, Schatz", korrigierte Helena ihren Mann.

„Ach so, von *Mehrens.* Verstehe. Wie gut kommen wir weg?",

erkundigte sich Hans neugierig.

„Du wirst es verstehen, wenn du es liest", beruhigte ich ihn, „er beschreibt euch so, wie ihr auch wirklich seid. Also braucht ihr euch keine Sorgen zu machen. Außer Onkel Hans vielleicht."

„Du Spaßvogel. Du kommst echt nach deinem Vater. Aber mal im Ernst. Erzähl was über das Buch."

„Ich glaube, dass ihr es einfach selbst lesen solltet", antwortete ich lächelnd. „Aber ich hätte da noch eine Frage an euch. Onkel Hans, wie hast du es damals eigentlich geschafft, dass die Polizisten das Lösegeld bezahlt haben?"

Die anderen schauten sich wortlos an.

„Sollen wir?", fragte Helena.

„Ich glaube, es wäre ein guter Zeitpunkt", stimmte Marius zu.

„Na gut", begann Hans, „wir haben dieses Geheimnis lange genug gehütet. Unsere Lilly hat mich und Marius damals angerufen und von der Entführung und dem Lösegeld erzählt. Hat Leon in seinem Buch irgendwas von einer Rolex geschrieben?"

„Das Familienerbstück?"

„Genau. Marius hat sie verkauft und dafür nen Haufen Geld bekommen."

„Vergiss ja nicht zu erwähnen, dass du die andere Hälfte des Geldes mit deinen *Singing Schnitzel*-Fans akquirieren konntest", fügte Marius hinzu.

„Ihr habt das Lösegeld gezahlt?", fragte ich völlig überwältigt.

„Ne Uhr und nen Beitrag auf meiner Webseite. Ein geringer Preis für das Leben eines Menschen, oder?"

Wir stießen erneut an. Sie hatten es meinem Vater die ganzen Jahre über verschwiegen.

„Und da ist noch eine eigenartige Sache", fuhr ich fort. „Hat er euch auch von dem Cover des Magazins erzählt? Das mit dem Adler, wodurch er den Impuls zu der Reise bekommen hatte."

„Das mit den Bär-Kutschen ...", begann Hans.

„Berkutschi", berichtigte Marius.

„Genau. Ich wollte mir das Cover anschauen, nachdem ich das Buch gelesen hatte. Und wisst ihr was? Ich habe mir alle Titelbilder angeschaut, die es jemals auf das *National Geographic*-Magazin geschafft haben. Aber ein mongolischer Adlerjäger war nie dabei. Ich habe sogar bei dem Arzt nachgefragt, ob früher vielleicht mal andere Zeitschriften auf dem Tisch lagen. Aber die Praxis befand sich seit Jahrzehnten in Familienbesitz, und an den Zeitschriftenabonnements hatte sich nie etwas geändert. Mein Vater konnte das Titelbild mit den Berkutschi also nicht gesehen haben."

„Ach wirklich?" Hans schüttelte seinen Kopf und grinste zufrieden. „Weißt du, dein Vater war schon immer ein kleiner Träumer. Moment mal. Seid mal kurz still. Hört ihr das?"

Für einen kurzen Moment schwiegen alle an unserem Tisch und lauschten aufmerksam.

„Das ist doch *Blowin' in the Wind* von *Bob Dylan.* Hat Leon sich etwa die Musik für seine eigene Beerdigung ausgesucht?" Ich nickte. „Den guten Musikgeschmack hat er definitiv von mir", lachte Hans, „das muss man deinem Vater wirklich lassen. Er weiß, wie man mich dazu bringt, Pipi in den Augen zu haben."

„Wo wir schon davon sprechen", fuhr ich fort, „er wollte noch, dass ich dir etwas gebe, Hans. Wusstest du, dass mein Vater vor ein paar Jahren Schwimmunterricht genommen hat?" Ich griff in meine Hosentasche und reichte meinem Onkel ein kleines, rundes Abzeichen. „Er meinte, dass du es verstehen würdest."

„Ein Seepferdchen", murmelte Hans, „und er wollte wirklich, dass ich es ..." Hans verstummte, eine dicke Träne lief seine Wange hinunter und er steckte das Abzeichen wortlos in die Tasche seines Hemds.

„Ich soll dir aber auch sagen, dass er nie ins Wasser gepinkelt hat", erklärte ich und trat eine lautstarke Diskussion los.

Am späten Abend gesellte sich auch meine Schwester zu unserer Runde hinzu, nachdem sie gemeinsam mit ihrem Mann die Kinder ins Bett gebracht hatte.

„Deine Worte waren wunderschön. Sie hätten ihm und deiner Mutter sehr gefallen", sagte Helena.

„Vielen Dank, Tante. Es ist toll, euch alle hier zu haben. Das Kostüm von eurem Hund ist übrigens genial. Wer kam bitte auf die Idee, Milo als Sushi-Rolle zu verkleiden?"

„Dreimal darfst du raten", sagte Helena und zwinkerte Lilly zu.

Wir lachten gemeinsam über den Hund der beiden. Wir lachten über den Priester, der mittlerweile seine Kleidung gewechselt hatte. Und wir lachten über all die lustigen Geschichten, die heute Abend an unserem Tisch erzählt wurden.

„Eine Sache noch", begann Hans, „ich bin neugierig. Wie endet das Buch von Leon? Endet es damit, dass es mein *Schnitzel im Bauch*-Song tatsächlich Jahre später in die deutschen Singlecharts geschafft hat?"

„Um Gottes Willen, Hans, du kannst doch nicht nach dem Ende fragen", seufzte Marius.

„Ist schon gut", sagte ich, „es ist sogar ganz passend, dass du diese Frage stellst. Das Ende hat er nämlich noch gar nicht geschrieben."

„Na, das ist aber jetzt ein Problem, oder?"

„Hans", räusperte sich Helena.

„Schon in Ordnung", schmunzelte ich. Dann erzählte ich der Runde von einem weiteren Wunsch, den Vater mit mir geteilt hatte:

„Er wollte das Ende gar nicht selbst schreiben."

## Leonard Mehrens
## Fünf Wochen vor der Beerdigung

„Jetzt kennst du die ganze Geschichte“, sagte mein Vater, „mit all ihren Höhen und Tiefen. Und dann kamen Höhen, von denen ich noch nicht einmal geträumt hätte. Du und deine Schwester. Gesunde Enkelkinder. Ihr seid das größte Geschenk, dass mir je gemacht wurde.“ Obwohl seine Diagnose bedeutete, dass er nur noch wenig Zeit hatte, lächelte er mich glücklich an.

„Aber Papa, vielleicht wirst du ja doch wieder gesund.“

„Lian. Mein lieber Sohn. Was bin ich stolz auf dich. Aber jede gute Geschichte muss irgendwann ein Ende finden. Und 82 Jahre sind eine recht gute Zeit dafür, findest du nicht? Es wird Zeit, dass ich eure Mutter und all die Menschen, die ich entlang meines Weges verloren habe, wiedersehe.“

Ich nahm meinen Vater kräftig in den Arm.

„Da wären übrigens noch ein paar Sachen, die ich mit dir besprechen möchte.“

Dann erzählte Vater von seiner Idee einer perfekten „unperfekten“ Trauerfeier. Davon, wie er sich mit dem befreundeten Priester einen Spaß erlauben wollte, da sie schon seit Jahren über den Sinn von Kleiderordnungen stritten. Auch davon, dass ich Hans sein Seepferdchen überreichen sollte.

„Und da ist noch eine wichtige Sache. Das klingt jetzt vielleicht ein wenig seltsam, aber ich habe vor einem Jahr damit begonnen, ein Buch über meine damalige Reise zu schreiben.“

„Du hast ein Buch geschrieben?“, fragte ich völlig überrascht.

„Heutzutage muss man einfach in so ein Gerät sprechen und die Buchstaben schreiben sich von selbst. Verrückt, oder? Aber es ist noch nicht ganz fertig. Als ich vor einigen Wochen meine Diagnose bekam, habe ich ein paar Kapitel hinzugefügt. Noch sind sie einfach schwarz, aber ich möchte dich darum bitten, sie nach meinem Tod mit Worten zu füllen. Ich wünsche mir, dass du sie mit den Trauerreden meiner Freunde füllst. Irgendwann, nachdem ihr von mir Abschied genommen habt."

„Du möchtest, dass ich dein Buch fertig schreibe?" Ich runzelte die Stirn.

„Ich möchte, dass die Menschen, die mir am wichtigsten sind, mein Buch zu Ende schreiben. Also ja, mein Sohn."

„Ich werde mein Bestes geben", antwortete ich gerührt.

„Mach dir keine Sorgen. Ich werde nicht mehr da sein, um mich zu beschweren", sagte er grinsend, „und du weißt ja, dass wahres Glück oft im Unvollkommenen liegt."

„Natürlich, wie könnte ich deine philosophischen Weisheiten je vergessen." Ich schüttelte lachend den Kopf. „Wirst du in deinem Buch auch endlich verraten, wie du das Geheimnis des Glücks gefunden hast? Du sprichst immer davon, erklärst es aber nie."

„Dann würde ich Menschen ja daran hindern, selbst auf die Suche zu gehen. Und glaub mir, manchmal ist die Suche wichtiger als das Finden. Abgesehen davon ließe sich ein derart gut gehütetes Geheimnis sowieso nur zwischen den Zeilen finden. Aber eine Bitte habe ich noch. Ich konnte noch kein Ende schreiben. Dabei müsstest du mir auch helfen."

„Ich kann doch nicht das Ende deines Buches schreiben! Nachher endet es noch so wie deine Lieblingsserie." Ich zwinkerte Vater zu.

„Game of Thrones? Ich schwöre dir, dass ich vom Himmel herabsteigen werde und dich als Poltergeist verfolge. Nein, du wirst es nicht alleine schreiben müssen. Ich möchte dich um einen weiteren Gefallen bitten. Dieses Mal wirklich der letzte, versprochen. Ich möchte, dass du Hans am Ende von meiner Trauerfeier etwas sagst. Und ich werde von irgendwo dort oben zuschauen und zuhören. Womöglich auch die ein oder andere Träne verdrücken, aber ich werde jeden Moment davon genießen. Und so werdet ihr gemeinsam das Ende von ‚Mehr' schreiben.

„Mehr?"

„Das ist der Titel des Buches."

„Wegen unseres Nachnamens?"

„Weißt du, Lian, als ich damals zu meiner Reise aufgebrochen bin, wollte ich mehr vom Leben, ohne zu wissen, was „mehr" überhaupt bedeutet. Aber da gab es eine wichtige Sache, die ich damals nicht wusste: Je mehr man hat, umso mehr kann man auch verlieren. Und ich wäre damals, als Lilly gestorben ist, fast in einem Meer aus Wut und Verzweiflung ertrunken." Mein Vater streckte mir seine Hand entgegen und zeigte auf die Schublade seines Nachttisches. Ich öffnete sie und fand ein zusammengefaltetes Stück Papier.

„Hör mir nun gut zu. Ich kann dir das Geheimnis des Glücks nicht verraten, weil sich in dieser Schatztruhe für jeden von uns etwas anderes verbirgt. Aber ich kann dir sagen, was ich in meiner Truhe gefunden habe. Öffne dieses Blatt, sobald der richtige Moment gekommen ist, und du wirst sehen, was sich am Ende hinter meinem Mehr verborgen hat. Beziehungsweise, dass ‚Mehr' irgendwann gar kein ‚Mehr' mehr war."

Ich schaute ihn fragend an. „Ähm, in Ordnung. Und wie erkenne ich den richtigen Moment?"

„Habe Vertrauen. Du wirst es spüren", antwortete Vater und schloss seine Augen. Er grinste breit und stieß ein lautes, zufriedenes Seufzen aus.

# DER LETZTE SONG

„Vater fragte mich, ob ich dich um etwas bitten kann, Onkel Hans. Er sagte, dass ich dich an den Abend erinnern soll, an dem du vor dem Lagerfeuer *Halleluja* gesungen hast. Und ich soll dir sagen, dass er sich eine neue, letzte Strophe wünschen würde. Seiner Meinung nach fehlte es deinem Song ein wenig an Hoffnung. Er wünschte sich, sein eigenes Album und somit auch sein Buch mit genau diesem Lied zu beenden.

„Das hat er gesagt?", antwortete Hans und seufzte berührt. „In Ordnung. Gebt mir nen kleinen Moment."

Es wurde dunkel und der Großteil der Gäste hatte bereits ihren Weg nach Hause gefunden. Als Hans uns mit „Yo, bin fertig" mitteilte, dass er die Strophe vollendet hatte, waren es nur noch er, seine Frau Helena, Lilly, Marius und ich. Julius war zwar auch noch da, aber er lag bereits auf einer Sitzbank und schlief. Wir nahmen in der ersten Reihe des Kellergewölbes Platz und beobachteten Hans dabei, wie er langsam auf die Bühne ging. Er nahm seine Gitarre und spielte uns einen letzten Song.

„Als ich diesen Song das erste Mal spielte, befand ich mich selbst an einem der Tiefpunkte meines Lebens. Ich war verzweifelt und wütend und hatte meine Hoffnung verloren. Aber heute stehe ich hier. Und der Grund dafür ist, dass es Menschen wie euch und Menschen wie Leon gibt. Vielleicht hat er sich deshalb diesen letzten Song gewünscht. Meine Damen und Herren: *Halleluja.*"

Ich weiß am Ende gibt es Licht
Wir schau'n nach vorn, doch seh'n es nicht
Sag, wie soll'n wir es finden, wenn wir blind sind?
Wir umgeben sind von Dunkelheit
Keine Hand, die führt, der Weg zu weit
Doch fern vom Meer erklingt ein Halleluja

Halleluja, Halleluja
Halleluja, Halleluja

Das Schicksal zeigt uns sein Gesicht
So ungerecht, die Welle bricht
Zum Glück können wir schwimmen – oder doch nicht?
Die Strömung treibt uns raus aufs Meer
Ein Sturm zieht auf, die Körper schwer
Das leise Wimmern, ein Echo, Halleluja

Halleluja, Halleluja
Halleluja, Halleluja

So halten wir aneinander fest
Das Leben ist ein steter Test
Doch wie lautet die Antwort auf seine Fragen?
Der Wind wird stärker, kein Schiff in Sicht
Die Antwort falsch, Verzweiflung spricht
Ein schmerzverzerrtes lautes Halleluja

Halleluja, Halleluja
Halleluja, Halleluja

Wir sprechen zur Unendlichkeit
Und bitten um Gerechtigkeit
Doch was, wenn der Sturm bereits zu stark tobt?
Uns Vergangenheit nach unten zieht
Von außen Frieden, im Innern Krieg
Und was soll uns jetzt noch retten, ein Halleluja?

Halleluja, Halleluja
Halleluja, Halleluja

Und dann wurde seine Stimme leiser, aber sie wirkte dennoch kraftvoll und voller Hoffnung. So sang er seine neue und somit letzte Strophe.

Doch Ebbe drängt die Flut zurück
Das Album endet – ein letztes Stück
Wie wichtig es doch ist, sich zu erinnern
An Euphorie, an Wut, an Schmerz
An Glücksgefühle, gebroch'nes Herz
An Menschen, die so viel mehr sind, Halleluja

Halleluja, Halleluja

Helena schaukelte vor der Bühne langsam hin und her.

Halleluja, Halleluja

Marius ging zu meiner Schwester Lilly, reichte ihr seine Hand und auch sie sangen.

Halleluja, Halleluja,

Und ich? Ich drehte mich unbemerkt um und ging in kleinen Schritten zur Tür des Kellers. Dann öffnete ich sie, verließ das Gewölbe und richtete meinen Blick nach oben zu Leon. Es war eine sternenklare Nacht und dennoch fielen vereinzelte Regentropfen auf mein Gesicht. So, als würde da oben jemand Freudentränen vergießen. Ich griff in meine Tasche und zog das Stück Papier heraus, das mir Vater vor seinem Tod gegeben hatte. Als ich es vor mich hielt und auffaltete, blickte ich auf seinen Namen.

„Leonard MEHRens", stand groß in der Mitte geschrieben und um ihn herum standen fünf weitere Wörter:

Freundschaft
Optimismus
Vertrauen
Liebe
Zeit

Halleluja, Halleluja.

Schließlich wurde der Gesang immer leiser, bis das Echo irgendwann verstummte. Dann spürte ich einen Arm, der sich um meine rechte Schulter legte. Kurz darauf einen weiteren, der sich auf meiner linken Seite abstützte. So standen wir nebeneinander und hielten uns aneinander fest. Meine Schwester, Helena, Hans, Marius und ich. Fünf Freunde, die gemeinsam zu den Sternen schauten.

„Habt ihr das gesehen? Habt ihr die Sternschnuppe gesehen?“, fragte ich.

„Was meinst du, Lian, bist du betrunken?“, antwortete Hans, „es ist doch völlig bewölkt und regnet.“

„Wenn mein Vater Adlerbilder auf Zeitschriften sehen konnte, die es niemals gab, können wir auch Sternschnuppen sehen, die es nicht gibt, oder? Wir sollten uns etwas wünschen.“

„Ich wünsche mir“, begann Tante Helena, „dass noch unzählige Menschen dein Königreich finden werden, Leon. Und dass seine Schönheit sie dazu inspirieren wird, öfter optimistisch zu sein und ihre eigene, freie Lichtung zu finden“, sprach Helena in Richtung der imaginären Sternschnuppe.

„Ich wünsche mir, dass du von dort oben noch vielen Menschen beistehen und Mut machen wirst und sie daran erinnerst, sich auf die glücklichsten Momente ihres Lebens zu besinnen. So, wie du es damals bei mir getan hast“, sagte Marius in Richtung der dichten Wolkendecke.

„Ich wünsche mir, dass dir das Ende deines Albums gefallen hat. Wenn du mich fragst, wäre *Bob Dylan* neidisch gewesen“, sagte Hans in Richtung des Firmaments, „vielleicht hätte es noch das ein oder andere Schnitzel mehr vertragen können, aber in deinem Buch gibt es bestimmt genug davon. Damals für dich anzuhalten, war eine der besten Entscheidungen meines Lebens. Weißte, was das Beste an Superhelden wie dir ist? Sie sind unsterblich. Gute Reise, mein Freund.“

„Ich wünsche mir, dass du zu einem der Sterne zurückgekehrt bist, auf denen du geboren wurdest und irgendwo dort mit Mama ein neues Zuhause gefunden hast“, flüsterte Lilly in Richtung des Firmaments.

„Und ich wünsche mir, dass sich dein größter Wunsch erfüllen wird, Papa. Ich wünsche mir, dass deine Hand noch viele Menschen erreichen und ihnen dabei helfen wird, ihr eigenes Album bist zum letzten Song zu schreiben."

So standen wir im strömenden Regen und starrten in den bewölkten Himmel. Der Wind peitschte unsere Haare. Es donnerte, und Blitze erhellten die Dunkelheit. Fünf Freunde, die zu einer noch viel größeren Familie geworden waren.

Du hattest Recht, Papa. Wunder existieren.

*Mein Vater sagte, dass jeder, der nach mehr sucht, zunächst das Schwimmen lernen sollte. Und kurz vor seinem Tod erklärte er mir, dass man dies auf zwei Arten tun könnte. Entweder springt man ins kalte Wasser und hofft darauf, nicht von der Strömung in die Dunkelheit getrieben zu werden – oder man lässt sich von jemandem helfen. Von Menschen, die es dir beibringen, auf dich achtgeben und dir im richtigen Moment ihre Hand entgegenstrecken, bevor du untergehst. Und auch, wenn es manchmal wie das Schwerste auf diesem Planeten erscheinen mag, zuzugreifen, lernt man so die vielleicht wichtigste Lektion des Lebens und findet den Weg zum eigenen Glück:*

*Das Geheimnis ist nicht, Mehr zu finden, sondern herauszufinden, was Mehr bedeutet.*

How many seas must a white dove sail
Before she sleeps in the sand?
…
The answer, my friend, is blowin‘ in the wind
The answer is blowin‘ in the wind

Bob Dylan

# EPILOG: GUTEN FLUG

Hallo, schön, dass du da bist. Mein Name ist Daniel Dakuna und auch ich möchte dir eine kleine Geschichte erzählen. Diesel Mal handelt sie nicht von singenden Schnitzeln oder von georgischen Schachturnieren. Stattdessen handelt sie von einer der stärksten und mutigsten Personen, die ich je getroffen habe.

Im November 2019 durfte ich bei einer meiner Shows in Darmstadt einen ganz besonderen Menschen kennenlernen. Sein Name war *Philipp Mickenbecker.* Wie bei den meisten meiner Auftritte fragte ich irgendwann nach einem Schlafplatz, und nach meiner Show luden mich Philipp, sein Zwillingsbruder Johannes, Janet und Eric zu ihnen ein. Ich nahm ihre Einladung dankbar an. Zu diesem Zeitpunkt wusste ich jedoch noch nicht, dass wir die Nacht gemeinsam in einem wunderschönen Baumhaus verbringen würden. Und auch von den Schicksalsschlägen, mit denen der damals 22-Jährige bereits konfrontiert wurde, hatte ich nicht den blassesten Schimmer. Ein Jahr vor unserem Treffen war seine 18-Jährige Schwester Elli bei einem Flugzeugabsturz ums Leben gekommen, und Philipp selbst hatte gerade den Krebs besiegt. Zum zweiten Mal.

Ich saß damals neben ihm auf dem Beifahrersitz. So, wie ich es auf meiner eigenen Reise unendlich oft getan hatte. Ich hörte ihm einfach nur zu. Er erzählte seine Geschichte und tat dies mit einem Optimismus, der mich zu Tränen rührte. Er tat es mit einer Hoffnung und Lebenslust, die mich zutiefst inspirierte.

Anfang 2021 ließ mir Janet, eine seiner besten Freundinnen, die Nachricht zukommen, dass der Krebs zum dritten Mal ausgebrochen war. Wenige Tage später machte ich mich auf den Weg nach Darmstadt und half mit unzähligen anderen seiner Freunde, ein fahrbares Haus zu bauen – ein Projekt für den guten Zweck.

Am zweiten Abend, kurz bevor er nach Hause fuhr, führte ich ein kurzes Gespräch mit Philipp, in dem Wissen, dass es ohne ein Wunder, womöglich unser letztes sein könnte. Aber wir glaubten beide fest daran, nein, wir wussten beide, dass Wunder geschehen. Und ich kann mich noch genau an unsere Worte erinnern.

„Philipp", sagte ich zu ihm, „du weißt das sicherlich, aber ich will es dir dennoch sagen. Wenn mein Leben irgendwann vorbei ist und ich dann darauf zurückblicke, wenn ich an diesem Punkt auch nur einem Bruchteil der Menschen geholfen haben werde, wie du es mit deinen 23 Jahren bereits getan hast: Ich wäre der glücklichste Mensch der Welt. Du hast mit deiner Geschichte so vielen Menschen Mut gegeben und geholfen. Glaub mir, wenn ich das auch nur im Ansatz so schaffen kann, werde ich mit einem breiten Lächeln einschlafen. Du kannst verdammt stolz auf dich sein."

Wisst ihr, was dieser 23-Jährige junge Mann antwortete? Er sagte, dass er daran keinen Zweifel hat und dass er selbst nur das tut, was jeder in seiner Situation machen würde. Alle, die Philipp kannten, wissen, dass er unzählige fantastische Eigenschaften besaß. Bescheidenheit war eine von ihnen.

In den weiteren Monaten war er als Gast in zahlreichen Sendungen und Magazinen. Er sprach auf Bühnen über seine Krankheit und schrieb ein Buch über seine Geschichte. Warum er das tat? Um diese Frage beantworten zu können, kannte ich Philipp leider viel zu wenig. Aber bei einer Sache bin ich mir sicher: Er wollte den Menschen Mut machen. Ihnen zeigen, dass sich auch in der dunkelsten Dunkelheit eine helfende Hand finden lässt. Und genau das hat er getan. Er hat Millionen von Menschen seine Hand gereicht und ihnen gezeigt, dass irgendwann immer die Dämmerung anbricht. Auch wenn man sie selbst manchmal nicht mehr miterlebt. Die Welt hat am 9. Juni 2021 von einem wundervollen Menschen Abschied genommen. Ein

Mensch, der es sich nicht nur zum Ziel gesetzt hatte, sondern diese Welt wirklich ein klein wenig besser gemacht hat – auch, wenn er das selbst vermutlich so nie zugegeben hätte.

Lieber Philipp, ich weiß, wie sehr du Adler geliebt hast. Daher hoffe ich, dass du dort oben gemeinsam mit König Edward durch die Lüfte fliegst und das goldene Königreich sehen kannst, das du hinterlassen hast. Von irgendwo dort oben, zwischen all den Sternschnuppen und Sternen, von denen manche vielleicht wirklich nicht mehr existieren, aber uns, so wie du, dennoch Licht spenden.

Guten Flug,
Daniel Dakuna

# MEINE MEHR-LISTE

Ich danke all den Menschen, die ich im Laufe meines bisherigen Lebens auf meine ganz persönliche Mehr-Liste packen durfte. Manche von ihnen sind schon seit langer Zeit ein Teil von ihr und werden es auch hoffentlich weiterhin bleiben. Andere Namen sind mittlerweile zwar verblasst, aber ich bin für jede einzelne Erinnerung dankbar. Dafür, dass sie mich auf Etappen meines Lebens begleitet haben und mich zu der Person gemacht haben, die ich heute bin.

Danke an dich. Danke, dass du dir die Zeit genommen hast, meinen ersten Roman zu lesen. Ich hoffe, du hast die Reise genossen und ich würde mich sehr darüber freuen, wenn du dir ein paar Minuten Zeit nehmen würdest, um auf www.Mehr-Stiftung.de einen Beitrag zu verfassen. Einen, der Mut macht und vielleicht irgendeiner Person auf diesem Planeten die Hand reichen und helfen wird.

Davon abgesehen sind Rezensionen auf den bekannten Seiten eine riesige Hilfe für mich und mein neues Buchprojekt. Meldet euch auch gerne direkt bei mir und gebt mir Rückmeldung. Durch mein erstes Buch „Anekdoten eines Beifahrers" sind derart viele Freundschaften mit Menschen aus den verschiedensten Regionen entstanden – ich würde mich freuen, wenn genau das auch mit „Mehr" geschehen würde. Da alle, die mich kennen, wissen, dass ich euch nie ohne einen letzten, zweifelhaften Wortwitz entlassen würde: Ich hoffe, dass ihr in diesem Buch irgendeinen Mehrwert finden konntet. Höhö.

Danke an all die Personen, die mich in Bezug auf die Charaktere und Geschichten dieses Buches inspiriert haben. Die Liste dieser Namen wäre viel zu lang, aber falls du dich an der ein oder anderen Stelle angesprochen gefühlt hast, warst möglicherweise genau du eine dieser Inspirationen.

Danke an Nina Giebel, die wie bei „Anekdoten eines Beifahrers" mit an der Version von „Mehr" gearbeitet hat, die im Anschluss beim Verlag ins Lektorat ging. In meinem ersten Buch habe ich dich eine „beispiellose Beifahrerin" genannt. Dieses Mal warst du noch viel „mehr" als das. In Ordnung, nun höre ich wirklich damit auf – versprochen.

Danke auch an den Verlag und besonders an Hans-Jürgen. Dafür, dass du meinen teils doch recht absurden Ideen nie einen Riegel vorgeschoben und mich stattdessen stets in ihnen bekräftigt hast.

Abschließend möchte ich noch über eine ganz bestimmte Person sprechen. Nach einer meiner „Anekdoten eines Beifahrers"-Live-Shows in Dudweiler, im April 2022, lernte ich einen jungen Mann kennen. Sein Name war Elias. Er war 18 Jahre jung, kaufte eines meiner Bücher und erzählte mir davon, dass er in wenigen Wochen seinen Abschluss machen wird und dann auf eine große Reise nach Australien aufbrechen möchte. So, wie ich es damals selbst getan hatte. Ich nahm ihn in den Arm, klopfte auf seine Schulter und versicherte Elias, dass dieses Abenteuer womöglich seine ganze Welt auf den Kopf stellen wird – im schönsten aller Sinne. Drei Monate später teilte mir ein gemeinsamer Freund mit, dass es Elias plötzlich immer schlechter ging und er ins Krankenhaus musste. Er verbrachte mehrere Wochen auf einer Intensivstation und kämpfte. Seine Familie hat mir später erzählt, dass er in dieser Zeit stets das „Anekdoten eines Beifahrers"-Buch auf dem Nachttisch liegen hatte. Vielleicht konnte er so am Ende zumindest von dem Abenteuer lesen und träumen, zu dem Elias leider nie aufbrechen konnte. Es starb im Alter von 18 Jahren an einem Hirnaneurysma.

Ich möchte niemandem sagen, wie eine „Mehr"-Liste auszusehen hat. Aber das Wort „Zeit" sollte meiner Meinung nach auf jeder von ihr zu finden sein. Genießt sie und seid dankbar für jeden einzelnen

Moment, den ihr mit Menschen, die einen Platz in eurem Herzen haben, verbringen dürft.

Ich wünsche euch alles Gute und hoffe, dass jeder von euch sein ganz persönliches „Mehr“ finden wird. Vielleicht könnt ihr mir ja irgendwann einmal in einer gemütlichen Strandbar davon erzählen. Irgendwo an einem warmen Meer. Irgendwo, wo ich hoffentlich irgendwann mein ganz eigenes „Mehr“ finden werde. An einem Ort, an dem Anführungszeichen nur noch in wörtlichen Reden vorkommen werden.

Bleibt gesund.

MEIN ERSTES BUCH BESTELLBAR UNTER
DAKUNA-SHOP.DE
UND NATÜRLICH AUCH IN JEDER BUCH-
HANDLUNG ODER DIREKT BEIM VERLAG
HIER MEHR ERFAHREN
Anekdoten
EINES
BEIFAHRERS
DANIEL
DAKUNA
100
BUCHVERLAG
„Niemand weiß, wo wir am Ende des Tages stehen werden."
Steig ein und begleite mich auf eine Reise per Anhalter, die mich durch insgesamt 42 Länder geführt hat. Eine Fahrt voller Abenteuer, unbekannter Straßen, emotionaler Begegnungen und unbegreiflicher Zufälle. Geschichten über das Scheitern, die Liebe, über inspirierende Bekanntschaften und Einsichten, zu denen ich durch meine Reise kam. Ich erzähle Geschichten über die Menschlichkeit.
53.000 Kilometer, 432 Mitfahrgelegenheiten und 135 kostenfreie Schlafplätze
Basierend auf der Live Show „Anekdoten eines Beifahrers", mit der Daniel bisher bereits tausende Menschen erreichen konnte.
BEIFAHRERS

Daniel Dakuna
**Anekdoten eines Beifahrers**
ISBN: 978-3-947984-09-1
324 Seiten
ab 16 Jahren

**„Niemand weiß, wo wir am Ende des Tages stehen werden“**

42 Länder in fast zwei Jahren hat Daniel Dakuna bereist, bestaunt und bewundert.
Nach 53.000 Kilometern, 432 Mitfahrgelegenheiten und 135 kostenfreien Schlafplätzen kehrt er zurück nach Deutschland. Er war als Alleinreisender unterwegs, doch keinesfalls einsam. Menschliche Begegnungen waren ihm wichtiger und wertvoller als die Orte, die er auf seiner Reise kennenlernte.

Daniel nimmt alle mit, die selbst davon träumen, die Zelte abzubrechen und sich auf die Reise zu machen, oder sich auf dem Sofa in unbekannte Welten entführen lassen möchten.
Er berichtet von einer Fahrt voller Abenteuer, unbekannter Straßen, emotionaler Begegnungen und unbegreiflicher Zufälle. Mit dabei Geschichten über das Scheitern, die Liebe, über inspirierende Bekanntschaften und Einsichten.

Durch knapp 100 Fotos von seiner Reise wird die Vielfalt der von ihm bereisten Orte, aber auch die Intensität der menschlichen Begegnungen dem Leser in anschaulicher Weise vor Augen geführt. Fast so, als wäre man selbst bei den Viktoriafällen in Sambia, stünde in den endlosen Weiten Tansanias und könnte die Schönheit Indiens greifen.